Nowe oblicze Greya

By Twoje życie
nabrało pikanterii...

Magda Kwiatka

09.01.2015r.

Trylogia „Pięćdziesiąt odcieni”:

Pięćdziesiąt twarzy Greya
Ciemniejsza strona Greya
Nowe oblicze Greya

E L James

Nowe oblicze Greya

Z angielskiego przełożyła
Monika Wiśniewska

WYDAWNICTWO
SONIA DRAGA

Projekt graficzny okładki: Jennifer McGuire
Ilustracja na okładce: Kineticimagery/Dreamstime.com
Zdjęcie autorki: © Michael Lionstar

Redakcja: Ewa Penksyk-Kluczkowska
Korekta: Aneta Iwan, Iwona Wyrwisz, Magdalena Bargłowska

ISBN: 978-83-7508-596-9

Sprzedaż wysyłkowa:
www.merlin.com.pl
www.empik.com
www.soniadraga.pl

WYDAWNICTWO SONIA DRAGA Sp. z o. o.
Pl. Grunwaldzki 8-10, 40-127 Katowice
tel. 32 782 64 77, fax 32 253 77 28
e-mail: info@soniadraga.pl
www.soniadraga.pl
www.facebook.com/wydawnictwoSoniaDraga

Skład i łamanie:
Wydawnictwo Sonia Draga

Katowice 2014. Wydanie I

Druk:
Abedik S.A., Poznań

Para mi Mamá con todo mi amor y gratitud
I dla mojego ukochanego Ojca
Tatusiu, brak mi Ciebie każdego dnia

PODZIĘKOWANIA

Dziękuję Niallowi, mojej opoce.

Kathleen za to, że pozwala testować na sobie moje pomysły, jest przyjaciółką, powiernicą i specem od spraw technicznych.

Bee za niewyczerpane wsparcie moralne.

Taylorowi (także specowi od spraw technicznych), Suzi, Pam i Norze za pokazanie, co to znaczy dobrze się bawić.

A za rady i takt bardzo bym chciała podziękować:

Doktor Rainie Sluder za pomoc we wszystkich kwestiach medycznych; Anne Forlines za porady finansowe; Elizabeth de Vos za życzliwe uwagi dotyczące amerykańskiego systemu adopcyjnego.

Dziękuję Maddie Blandino za przepiękne, inspirujące obrazy.

A Pam i Gillian za kawę w sobotni poranek i pomoc w powrocie do rzeczywistości.

Dziękuję także moim redaktorkom, Andrei, Shay oraz zawsze uroczej i tylko czasami wpienionej Janine, która moje bicie piany toleruje z cierpliwością, hartem ducha i ogromnym poczuciem humoru.

Dziękuję Amandzie i całej ekipie z The Writer's Coffee Shop Publishing House, a także wszystkim z Vintage.

PROLOG

Mamusiu! Mamusiu! Mamusia śpi na podłodze. Już długo tak śpi. Szczotkuję jej włosy, bo to lubi. Nie budzi się. Szarpię ją. Mamusiu! Boli mnie brzuszek. Jestem głodny. Jego tu nie ma. Chce mi się pić. W kuchni podsuwam krzesło do zlewu i odkręcam kran. Woda opryskuje mi niebieski sweter. Mamusia dalej śpi. Mamusiu, obudź się! Leży i się nie rusza. Jest zimna. Idę po swój kocyk, przykrywam mamusię i kładę się obok niej na lepkim, zielonym dywanie. Mamusia nadal śpi. Mam dwa małe samochodziki. Jeżdżę nimi po podłodze obok mamusi. Chyba jest chora. Szukam czegoś do jedzenia. W zamrażalniku jest groszek. Zimny. Jem go powoli. A potem boli mnie brzuszek. Zasypiam obok mamusi. Groszku już nie ma. W zamrażalniku jest coś jeszcze. Dziwnie pachnie. Liżę i język przywiera mi do tego czegoś. Jem powoli. Fuj, niedobre. Popijam wodą. Bawię się samochodzikami i śpię obok mamusi. Jest taka zimna i nie chce się obudzić. Drzwi otwierają się z hukiem. Przykrywam mamusię kocykiem. On tu jest. „Kurwa? Co tu się, do kurwy nędzy, wyrabia? Co za porąbana dziwka. Cholera. Kurwa. Spierdalaj, gówniarzu”. Kopie mnie, a ja uderzam głową o podłogę. Boli mnie głowa. On dzwoni do kogoś, a potem wychodzi. Zamyka za sobą drzwi. Kładę się obok mamusi. Boli mnie głowa. Jest tu pani policjantka. Nie. Nie. Nie. Nie dotykajcie mnie. Nie dotykajcie mnie. Nie dotykajcie mnie. Zostaję z mamusią. Nie. Zostawcie

mnie. Pani policjantka trzyma w rękach mój kocyk i podnosi mnie z ziemi. Krzyczę. Mamusiu! Mamusiu! Chcę
do mamusi. Słowa zniknęły. Nie potrafię ich wypowiadać.
Mamusia mnie nie słyszy. Nie mam żadnych słów.

– Christianie! Christianie! – Jej głos wyrywa go z otchłani koszmarnego snu, z otchłani rozpaczy. – Jestem
przy tobie. Jestem.

Budzi się i widzi, że ona pochyla się nad nim, trzymając go za ramiona, potrząsając nim. Twarz ma nazna-
czoną udręką, w niebieskich oczach błyszczą łzy.

– Ana. – Jego głos to pozbawiony tchu szept.
W ustach czuje smak strachu. – Jesteś.

– Oczywiście, że tak.

– Miałem zły sen…

– Wiem. Jestem przy tobie, jestem.

– Ana. – Bez tchu wypowiada jej imię, które jest ta-
lizmanem chroniącym przed mroczną, dławiącą paniką
przetaczającą się przez jego ciało.

– Ćśś, jestem przy tobie. – Oplata go całą sobą, a jej
ciepło wślizguje się do jego ciała, przeganiając cienie, odsuwając strach. Ona jest słońcem, jest światłem… i należy
do niego.

– Proszę, nie kłóćmy się. – Głos ma schrypnięty, gdy
obejmuje ją mocno.

– Dobrze.

– Przysięgi. Żadnego posłuszeństwa. Dam radę.
Znajdziemy rozwiązanie. – Słowa wypływają z jego ust,
gnane emocjami, konsternacją i niepokojem.

– Tak. Znajdziemy. Oczywiście, że znajdziemy –
szepcze i swoimi ustami zamyka jego, uciszając go, spro-
wadzając do teraźniejszości.

ROZDZIAŁ PIERWSZY

P rzez szpary w parasolu z trawy morskiej zerkam na letnie śródziemnomorskie błękitne niebo i wzdycham zadowolona. Na sąsiednim leżaku leży Christian. Mój mąż – mój podniecający, piękny mąż odziany wyłącznie w obcięte dżinsy – czyta książkę wieszczącą upadek bankowego systemu Zachodu. Musi być niesamowicie wciągająca. Jeszcze nigdy nie widziałam go w takim bezruchu. Na pierwszy rzut oka przypomina bardziej studenta niż prezesa jednej z największych prywatnych spółek w Stanach Zjednoczonych.

Nasz miesiąc miodowy powoli dobiega końca, a my oddajemy się błogiemu lenistwu na plaży hotelu Beach Plaza Monte Carlo w Monako. Nie zatrzymaliśmy się w nim jednak. Otwieram oczy i zerkam na zacumowaną w porcie Fair Lady. Nocujemy, rzecz jasna, na pokładzie luksusowego jachtu. Zbudowana w 1928 roku, kołysze się majestatycznie na wodzie, królowa wszystkich jachtów w porcie. Wygląda trochę jak nakręcana zabawka. Christian jest nią zachwycony; podejrzewam, że kusi go, aby ją kupić. Ach, ci chłopcy ze swoimi zabawkami.

Opieram się wygodnie, słucham na nowym iPodzie playlisty Christiana Greya i drzemię, delektując się popołudniowym słońcem. Cofam się myślami do jego oświadczyn. Och, tych wymarzonych oświadczyn w hangarze… Niemal czuję zapach polnych kwiatów…

‖‖‖‖‖‖‖‖‖‖‖‖‖‖‖‖‖

– Możemy się pobrać jutro? – mruczy mi Christian do ucha. Leżę z głową na jego piersi w tym ukwieconym alkierzu, w który zamienił hangar, zaspokojona po naszym pełnym żaru seksie.

– Hmm.

– To znaczy tak? – W jego głosie słyszę pełne nadziei zaskoczenie.

– Hmm.

– Nie?

– Hmm.

Wyczuwam, że się uśmiecha.

– Panno Steele, ma pani problem z jednoznacznym wysławianiem się?

Uśmiecham się szeroko.

– Hmm.

Śmieje się i przytula mnie mocno, całując w czubek głowy.

– Wobec tego jutro w Vegas.

Sennie unoszę głowę.

– Myślę, że moi rodzice nie byliby tym zbytnio uradowani.

Przesuwa opuszkami palców po moich nagich plecach, pieszcząc mnie delikatnie.

– Na co masz ochotę, Anastasio? Vegas? Wielkie wesele ze wszystkimi bajerami? Powiedz mi.

– Nie wielkie… Tylko rodzina i przyjaciele. – Wpatruję się w niego, poruszona niemym błaganiem w płonących szarych oczach. A czego on pragnie?

– W porządku. – Kiwa głową. – Gdzie?

Wzruszam ramionami.

– Moglibyśmy zorganizować to tutaj? – pyta z wahaniem.

– W domu twoich rodziców? Nie mieliby nic przeciwko?

Prycha.

– Moja matka byłaby w siódmym niebie.

– W takim razie dobrze, tutaj. Jestem pewna, że
moim rodzicom ta opcja bardziej by się spodobała.

Christian gładzi moje włosy. A mnie szczęście
wprost rozsadza.

– A więc ustaliliśmy gdzie, zostało nam kiedy.

– Powinieneś zapytać o to swoją matkę.

– Hmm. – Uśmiecha się. – Mogę jej dać maksymalnie miesiąc. Zbyt mocno cię pragnę, aby dłużej czekać.

– Christianie, przecież mnie masz. Już od jakiegoś
czasu. Ale dobrze, niech ci będzie miesiąc. – Składam na
jego torsie delikatny, niewinny pocałunek i uśmiecham
się promiennie.

‖‖‖‖‖‖‖‖‖‖‖‖‖‖‖‖

– Usmażysz się na skwarkę – Christian szepcze mi do
ucha, wybudzając mnie z drzemki.

– Nie lubisz skwarek? – Uśmiecham się do niego słodko. Słońce zdążyło zmienić położenie i parasol
nie zapewnia mi już ochrony przed jego promieniami.
Christian jednym płynnym ruchem przesuwa mój leżak
w cień.

– Proszę zejść z tego śródziemnomorskiego słońca,
pani Grey.

– Dziękuję za pański altruizm, panie Grey.

– Cała przyjemność po mojej stronie, pani Grey, i to
nie altruizm przeze mnie przemawia. Jeśli się spieczesz,
nie będę mógł cię dotykać. – Unosi brew, a oczy błyszczą
mu wesoło. – Ale podejrzewam, że o tym wiesz i pod-
śmiewasz się ze mnie.

– Czy ośmieliłabym się zrobić coś takiego? – Udaję niewinność.

– Owszem. I często to robisz. To jedna z wielu rzeczy, które w tobie kocham. – Nachyla się i całuje mnie w usta, żartobliwie przygryzając mi dolną wargę.

– Miałam nadzieję, że nasmarujesz mnie jeszcze raz kremem z filtrem. – Wydymam usta.

– Pani Grey, to brudna robota… ale nie potrafię odrzucić takiej propozycji. Siadaj. – Głos ma schrypnięty. Robię, co mi każe, a on powoli i skrupulatnie rozsmarowuje krem na moim ciele. – Jesteś naprawdę śliczna. Szczęściarz ze mnie – mruczy, gdy opuszki jego palców muskają mi piersi.

– To prawda, panie Grey. – Rzucam mu spod rzęs spojrzenie pełne fałszywej skromności.

– Skromność to pani drugie imię, pani Grey – stwierdza Christian. – Odwróć się. Kolej na plecy.

Z uśmiechem przekręcam się na brzuch, a on rozwiązuje sznureczki góry od koszmarnie drogiego bikini.

– Jak byś się czuł, gdybym opalała się topless, jak reszta kobiet na tej plaży? – pytam.

– Nie byłbym zadowolony – odpowiada bez chwili wahania. – Nie podoba mi się też, że teraz masz na sobie tak niewiele. – Nachyla się i szepcze mi do ucha: – Nie kuś losu.

– To wyzwanie, panie Grey?

– Nie. To stwierdzenie faktu, pani Grey.

Wzdycham i kręcę głową. Och, Christianie… mój zaborczy, zazdrosny, lubiący wszystko kontrolować Christianie.

Na zakończenie klepie mnie w pupę.

– Proszę bardzo, kobieto.

Odzywa się jego nieodłączny, jak zawsze aktywny BlackBerry. Marszczę brwi.

– Tylko dla moich oczu, pani Grey. – Unosi brew w żartobliwym ostrzeżeniu, daje mi jeszcze jednego klapsa, po czym wraca na swój leżak, aby odebrać telefon.

Moja wewnętrzna bogini zaczyna mruczeć. Może dzisiejszego wieczoru przygotowałybyśmy jakiś pokaz tylko dla jego oczu. Uśmiecham się na tę myśl i wracam do oddawania się popołudniowej sjeście.

– MAM'SELLE? UN PERRIER *pour moi, un* coca-cola light *pour ma femme, s'il vous plaît. Et quelque chose a manger… laissez-moi voir la carte.*

Hmm… Budzi mnie płynna francuszczyzna Christiana. Mrugam powiekami i dostrzegam, że z tacą w ręku oddala się od nas młoda kobieta w uniformie. Jasne włosy ma związane w kucyk, który kołysze się prowokacyjnie.

– Chce ci się pić? – pyta mnie Christian.

– Tak – odpowiadam zaspanym głosem.

– Mógłbym ci się przyglądać przez cały dzień. Zmęczona?

Oblewam się rumieńcem.

– W nocy nie dane mi było pospać zbyt wiele.

– Mnie także. – Uśmiecha się szeroko, odkłada BlackBerry i wstaje. Spodenki lekko mu się zsunęły, odsłaniając gumkę kąpielówek. Christian zdejmuje krótkie dżinsy, przyprawiając mnie o zawrót głowy. – Chodź ze mną popływać. – Wyciąga rękę, a ja wpatruję się w niego otumaniona. – Popływamy? – pyta, przechylając głowę na bok. W jego oczach tańczą iskierki rozbawienia. Kiedy nie odpowiadam, kręci powoli głową. – Widzę, że trzeba cię dobudzić.

Jeden sus i jest już przy moim leżaku, po czym bierze mnie na ręce. Piszczę, bardziej zaskoczona niż przestraszona.

– Christian! Puść mnie!

– Dopiero w wodzie, mała – chichocze.

Niesie mnie w stronę morza i wchodzi do wody, podczas gdy kilkoro plażowiczów przygląda się ze skonsternowaną obojętnością. Wiem już, że to reakcja typowa dla Francuzów.

Obejmuję Christiana za szyję.

– Nie zrobisz tego – mówię bez tchu, próbując zdusić chichot.

Uśmiecha się szeroko.

– Och, Ana, maleńka, czy nasza krótka znajomość niczego cię nie nauczyła? – Całuje mnie, a ja wykorzystuję okazję, wsuwając palce w jego włosy i całując mocno, gdy tymczasem on atakuje me usta językiem. Wciąga głośno powietrze i odsuwa się. Oczy ma pociemniałe, lecz czujne. – Już ja znam te twoje gierki – szepcze i powoli zanurza się razem ze mną w chłodnej, przejrzystej wodzie, po raz kolejny odnajdując ustami moje wargi. Oplatam go nogami, zupełnie nie zważając na chłód Morza Śródziemnego.

– Myślałam, że chcesz popływać – mruczę mu do ust.

– Działasz na mnie mocno rozpraszająco. – Christian przesuwa zębami po mojej dolnej wardze. – Ale nie jestem pewny, czy chcę, aby porządni obywatele Monako zobaczyli moją żonę ogarniętą pożądaniem.

Przesuwam zębami po jego brodzie, czując pod językiem łaskoczący zarost. Mam gdzieś porządnych obywateli Monako.

– Ana – jęczy Christian. Owija sobie wokół nadgarstka mój kucyk i lekko pociąga, dzięki czemu ma dostęp do mojej szyi. Obsypuje ją pocałunkami. – Mam cię posiąść w wodzie? – pyta bez tchu.

– Tak – odszeptuję.

Odsuwa się ode mnie i obrzuca spojrzeniem, w którym obecne jest ciepło, pragnienie i rozbawienie.

– Pani Grey, jest pani nienasycona i strasznie bezwstydna. Czyżbym stworzył potwora?

– Na swoje podobieństwo. No więc jak będzie?

– Posiądę cię, w jaki tylko sobie życzysz sposób, doskonale o tym wiesz. Ale nie teraz. Nie na oczach widowni. – Pokazuje głową na brzeg.

Co takiego?

Rzeczywiście wielu plażowiczów zrzuciło maskę obojętności i obserwuje nas z zainteresowaniem. Nagle Christian łapie mnie w talii, podrzuca do góry i puszcza, a ja cała zanurzam się w wodzie. Wyskakuję na powierzchnię, kaszląc, prychając i chichocząc.

– Christianie! – besztam go, udając oburzenie. – Myślałam, że będziemy się kochać w morzu... i zaliczymy kolejny pierwszy raz. – Przygryza dolną wargę, aby ukryć rozbawienie. Pryskam na niego wodą, a on mi się odwzajemnia.

– Mamy dla siebie całą noc – mówi, śmiejąc się jak głupi do sera. – Na razie, mała.

Daje nura pod wodę i wyłania się metr ode mnie, po czym perfekcyjnym kraulem odpływa.

Och! Żartobliwy, drażniący się ze mną Szary! Przyglądam mu się, dłonią osłaniając oczy przed słońcem. Co mogę zrobić, aby go do siebie zwabić? Płynąc do brzegu, rozważam możliwości. Przy naszych leżakach zdążyło pojawić się nasze zamówienie, więc szybko wypijam kilka łyków dietetycznej coli. Christian stanowi w tej chwili niewielki punkt w oddali.

Hmm... Kładę się na brzuchu, rozwiązuję sznureczki stanika i rzucam go niedbale na leżak Christiana. Proszę bardzo... popatrz sobie, jak bardzo potrafię być bezwstydna, panie Grey. Musi pan to przełknąć. Zamykam oczy, a słońce ogrzewa mi skórę... ogrzewa mnie całą. Moje myśli biegną do dnia naszego ślubu.

‖‖‖‖‖‖‖‖‖‖‖‖‖‖‖‖‖

– Może pan pocałować pannę młodą – oznajmia pastor Walsh.

Uśmiecham się promiennie do męża.

– Nareszcie jesteś moja – szepcze, po czym bierze mnie w ramiona i składa na ustach niewinny pocałunek.

Jestem mężatką. Jestem teraz panią Grey. Ze szczęścia kręci mi się w głowie.

– Ślicznie wyglądasz, Ano – szepcze z uśmiechem, a w jego oczach lśni miłość… i coś bardziej mrocznego, coś gorącego. – Tylko mnie wolno zdjąć z ciebie tę suknię, jasne? – Jego uśmiech i opuszki palców, którymi przesuwa po moim policzku, rozgrzewają mnie do czerwoności.

Cholera… Jak mu się to udaje, nawet tutaj, w obecności tych wszystkich ludzi?

Bez słowa kiwam głową. Jezu, mam nadzieję, że nikt nas nie słyszy. Na szczęście pastor Walsh dyskretnie się cofnął. Zerkam na wystrojonych gości. Mama, Ray, Bob i Greyowie biją brawo – nawet Kate, moja druhna. Wygląda oszałamiająco w jasnoróżowej kreacji, stojąc obok drużby Christiana, jego brata Elliota. Kto by pomyślał, że nawet Elliot potrafi się tak odstawić? Wszyscy uśmiechają się promiennie – z wyjątkiem Grace, która wdzięcznie szlocha w nieskazitelnie białą chusteczkę.

– Gotowa na imprezę, pani Grey? – pyta cicho Christian, posyłając mi ten swój nieśmiały uśmiech. Cała się rozpływam. Wygląda bosko w prostym czarnym smokingu ze srebrną kamizelką i krawatem. Jest taki… szykowny.

– Gotowa jak nigdy dotąd.

A później, kiedy przyjęcie weselne się rozkręca… Carrick i Grace przeszli samych siebie. Ponownie rozstawili w ogrodzie namiot, który przystrojono przepięknie

w odcieniach bladego różu, srebra i kości słoniowej. Poły
uniesiono, abyśmy mieli widok na zatokę. Pogoda nam
sprzyja i woda skrzy się w popołudniowym słońcu. Z jednej strony namiotu znajduje się parkiet do tańca, z drugiej
zasobny szwedzki stół.

Ray i moja matka tańczą razem, śmiejąc się wesoło.
Ich widok sprawia mi radość zaprawioną kroplą goryczy.
Mam nadzieję, że związek mój i Christiana przetrwa dłużej niż ich. Nie wiem, co bym zrobiła, gdyby mnie zostawił. Co nagle, to po diable. Dręczy mnie to powiedzenie.

Obok mnie stoi Kate. Tak ślicznie wygląda w długiej
sukni z jedwabiu. Zerka na mnie i marszczy brwi.

– Hej, to ma być najszczęśliwszy dzień twego życia
– besztà mnie.

– I jest – szepczę.

– Och, Ano, co się dzieje? Chodzi ci o mamę i Raya?
Kiwam ze smutkiem głową.

– Są szczęśliwi.

– Bardziej szczęśliwi osobno.

– Naszły cię wątpliwości? – pyta niespokojnie.

– Nie, w żadnym razie. Po prostu… tak bardzo go
kocham. – Urywam, nie potrafiąc, a może nie chcąc ubrać
w słowa swoich obaw.

– Ana, na pierwszy rzut oka widać, że za tobą szaleje.
Początek waszej znajomości był niekonwencjonalny, zgoda, ale przez ostatni miesiąc miałam okazję popatrzeć, jak
bardzo jesteś szczęśliwa. – Ujmuje moje dłonie i ściska
je mocno. – Zresztą klamka i tak już zapadła – dodaje,
uśmiechając się szeroko.

Chichoczę. Kto jak kto, ale Kate rzeczywiście potrafi
wszystko trafnie podsumować. Funduje mi teraz Specjal-
ne Przytulenie Katherine Kavanagh.

– Ana, wszystko będzie dobrze. A jeśli z głowy spadnie ci choć jeden włos, twój mąż odpowie za to przede

mną. – Puszcza mnie i obdarza uśmiechem kogoś, kto stoi za mną.

– Cześć, maleńka. – Christian obejmuje mnie ramieniem i całuje w skroń. – Kate – dodaje. Choć minęło sześć tygodni, moją przyjaciółkę traktuje dość chłodno.

– Witaj ponownie, Christianie. Uciekam, aby poszukać twojego drużby, który przypadkiem jest moją osobą towarzyszącą. – Uśmiecha się do nas, po czym oddala w stronę Elliota, pijącego w towarzystwie jej brata Ethana i naszego przyjaciela José.

– Pora się zbierać – mruczy Christian.

– Już? To pierwsze przyjęcie, na którym mi nie przeszkadza, że znajduję się w centrum uwagi. – Odwracam się do niego.

– Zasługujesz na to. Przepięknie wyglądasz, Anastasio.

– Ty także.

Uśmiecha się.

– Do twarzy ci w tej ślicznej sukni.

– Naprawdę? – Uśmiecham się nieśmiało i pociągam za koronkowe wykończenie prostej, dopasowanej sukni ślubnej, zaprojektowanej dla mnie przez matkę Kate. Niesamowicie podoba mi się sposób, w jaki koronka opada z ramion; to takie skromne, a jednocześnie kuszące. Taką mam przynajmniej nadzieję.

Christian całuje mnie w usta.

– Chodźmy. Nie chcę się już tobą dzielić z tymi wszystkimi ludźmi.

– Możemy opuścić swoje własne wesele?

– Skarbie, to nasze przyjęcie i wolno nam robić, co tylko chcemy. Pokroiliśmy tort. A teraz mam ochotę porwać cię stąd i mieć całą dla siebie.

Chichoczę.

– Będzie mnie pan miał do końca życia, panie Grey.

– Bardzo mnie to cieszy, pani Grey.

– Ach, tu jesteście! Gruchające gołąbki.

Jęczę w duchu… Znalazła nas matka Grace.

– Christian, kochany, jeszcze jeden taniec z babcią?

Christian sznuruje usta.

– Oczywiście, babciu.

– A ty, śliczna Anastasio, zrób przyjemność staruszkowi i zatańcz z Theo.

– Z Theo, pani Trevelyan?

– Z dziadkiem Trevelyanem. Myślę też, że możesz nazywać mnie babcią. I coś wam powiem, musicie się na poważnie zająć kwestią moich prawnuków. Nie będę żyć wiecznie. – Uśmiecha się do nas kokieteryjnie.

Christian patrzy na nią przerażony.

– Chodźmy, babciu – mówi, pospiesznie ujmując jej dłoń i prowadząc w stronę parkietu. Odwraca się do mnie, przewracając oczami. – Na razie, mała.

Gdy idę w stronę dziadka Trevelyana, zaczepia mnie José.

– Nie będę cię prosił o kolejny taniec. Chyba już wystarczająco cię zmonopolizowałem na parkiecie… Cieszę się, widząc cię szczęśliwą, Ana, ale mówiłem poważnie. Możesz na mnie liczyć… gdybyś tylko mnie potrzebowała.

– Dziękuję ci. Dobry z ciebie przyjaciel.

– Mówię poważnie. – W jego ciemnych oczach widać szczerość.

– Wiem. Dziękuję, José. A teraz przepraszam cię, ale jestem umówiona ze starszym panem.

Marszczy z konsternacją brwi.

– Dziadkiem Christiana – wyjaśniam.

Uśmiecha się szeroko.

– Powodzenia, Annie. Powodzenia ze wszystkim.

– Dzięki.

Po tańcu z jak zawsze szarmanckim dziadkiem Christiana staję przy wyjściu i patrzę, jak słońce zachodzi powoli nad Seattle, zalewając zatokę odcieniami oranżu i akwamaryny.

– Chodźmy – odzywa się zniecierpliwiony Christian.

– Muszę się przebrać. – Chwytam go za rękę, by pociągnąć na górę za sobą. Marszczy brwi, nie rozumiejąc, o co mi chodzi. – Sądziłam, że to ty chcesz zdjąć ze mnie tę suknię – wyjaśniam.

Oczy mu rozbłyskują.

– Zgadza się. – Obdarza mnie lubieżnym uśmiechem. – Ale nie będę rozbierał cię tutaj. Nie wyszlibyśmy stamtąd... no wiesz... – Macha ręką, nie kończąc zdania, ale dla mnie jest jasne, co ma na myśli.

Oblewam się rumieńcem i puszczam jego dłoń.

– I nie rozpuszczaj włosów – mruczy.

– Ale...

– Żadnego ale, Anastasio. Pięknie wyglądasz. I to ja chcę cię rozebrać.

Och. Marszczę brwi.

– Spakuj swoje rzeczy na podróż. Przydadzą ci się. Dużą walizkę ma Taylor.

– Dobrze.

Co on zaplanował? Nie powiedział mi, dokąd się wybieramy. Prawdę mówiąc, chyba nikt tego nie wie. Ani Mia, ani Kate nie zdołały podstępem wyciągnąć z niego tej informacji. Odwracam się w stronę Kate i mojej mamy, stojących niedaleko.

– Nie przebieram się.

– Co takiego? – pyta mama.

– Christian nie chce. – Wzruszam ramionami, jakby to wszystko wyjaśniało.

– Nie przysięgałaś posłuszeństwa – przypomina mi taktownie.

Kate prycha. Piorunuję ją wzrokiem. Ani ona, ani moja matka nie mają pojęcia o batalii, którą musiałam o to stoczyć

z Christianem. Jezu, ależ ten mój Szary potrafi się dąsać…
i mieć nocne koszmary. To wspomnienie mnie otrzeźwia.

– Wiem, mamo, ale podoba mu się ta suknia, a ja
chcę mu sprawić przyjemność.

Jej mina łagodnieje. Kate przewraca oczami i odsuwa
się taktownie, zostawiając nas same.

– Tak ślicznie wyglądasz, kochanie. – Carla delikatnie
pociąga za wiszące luźno pasmo moich włosów i głaszcze
mnie po brodzie. – Jestem z ciebie taka dumna. Dasz Christianowi naprawdę wiele szczęścia. – Bierze mnie w objęcia.

Och, mamo!

– Nie mogę uwierzyć, jak dorośle dzisiaj wyglądasz.
Rozpoczynasz nowe życie… Pamiętaj jedynie, że mężczyźni są z innej planety, a wszystko będzie dobrze.

Chichoczę. Christian jest nie tylko z innej planety,
ale wręcz z innego wszechświata.

– Dzięki, mamo.

Podchodzi Ray, uśmiechając się do nas czule.

– Śliczną dziewczynkę wydałaś na świat, Carlo –
mówi, a w jego oczach błyszczy duma.

Wygląda niezwykle wytwornie w czarnym smokingu i bladoróżowej kamizelce. Pod powiekami czuję łzy.
O nie… do tej pory udało mi się nie rozpłakać.

– A ty pomogłeś mi ją wychować, Ray. – W głosie
Carli pobrzmiewa nostalgia.

– Ciesząc się każdą chwilą. Cudna z ciebie panna
młoda, Annie. – Ray zakłada mi pasmo włosów za ucho.

– Och, tato… – Zduszam szloch, a on niezręcznie
bierze mnie w ramiona.

– Żoną też będziesz cudną – szepcze. Głos ma
schrypnięty.

Kiedy mnie puszcza, przy moim boku stoi już Christian. Ray ściska mu ciepło dłoń.

– Opiekuj się moją dziewczynką, Christianie.

– Taki mam właśnie zamiar. – Kiwa głową memu ojczymowi i całuje mamę.

Pozostali goście weselni utworzyli długi łuk, pod którym mamy przejść aż do frontowego wejścia.

– Gotowa? – pyta Christian.

– Tak.

Bierze mnie za rękę i prowadzi pod ich wyciągniętymi ramionami, gdy tymczasem nasi goście głośno życzą nam szczęścia, wykrzykują słowa gratulacji i obsypują nas ryżem. Na końcu czekają Grace i Carrick. Po kolei ściskają nas i całują. Grace znowu się rozkleja, kiedy żegnamy się z nimi pospiesznie.

W audi SUV czeka na nas Taylor. Gdy Christian przytrzymuje mi drzwi, odwracam się i rzucam biało-różowy różany bukiet w stronę stojących razem młodych kobiet. Łapie go Mia i triumfalnie nim macha, uśmiechając się od ucha do ucha.

Gdy wchodzę do samochodu, śmiejąc się radośnie, Christian schyla się, aby unieść skraj mej sukni. Siadam na swoim miejscu, a on żegna się z tłumem gości.

Taylor otwiera mu drzwi.

– Moje gratulacje, proszę pana.

– Dziękuję, Taylor – odpowiada Christian, siadając obok mnie.

Gdy samochód rusza, nasi goście weselni obrzucają go ryżem. Christian ujmuje moją dłoń i całuje.

– Na razie wszystko dobrze, pani Grey?

– Na razie wszystko cudownie, panie Grey. Dokąd jedziemy?

– Sea-Tac – odpowiada zwięźle i posyła mi sfinksowy uśmiech.

Hmm... co on planuje?

Wbrew moim oczekiwaniom Taylor nie podjeżdża pod halę odlotów, lecz kieruje się prosto na asfalt. I wtedy go widzę: odrzutowiec Christiana z wielkim niebieskim napisem na kadłubie „Grey Enterprises Holdings, Inc.".

– Tylko mi nie mów, że znowu chcesz nadużyć własności firmy!

– Och, taką mam nadzieję, Anastasio.

Taylor zatrzymuje audi przed prowadzącymi do samolotu schodkami i wyskakuje, aby otworzyć Christianowi drzwi. Rozmawiają o czymś przez chwilę, po czym Christian otwiera drzwi z mojej strony. Lecz zamiast się odsunąć i zrobić mi miejsce, pochyla się i bierze mnie na ręce.

– Co ty robisz? – piszczę.

– Przenoszę cię przez próg – odpowiada.

– Och. – A to przypadkiem nie powinno dziać się w domu?

Wnosi mnie bez wysiłku po schodach, a za nim wchodzi Taylor z moją małą walizką. Zostawia ją na progu samolotu, po czym cofa się do audi. W kabinie zastaję Stephana, pilota Christiana. Ma na sobie mundur.

– Witam państwa Grey na pokładzie. – Uśmiecha się.

Christian stawia mnie i wymienia ze Stephanem uścisk dłoni. Obok niego stoi ciemnowłosa kobieta. Wygląda na trzydzieści kilka lat i także ma na sobie mundur.

– Gratuluję państwu – kontynuuje Stephan.

– Dziękujemy. Anastasio, znasz Stephana. Będzie dziś naszym kapitanem, a to pierwszy oficer Beighley.

Kobieta rumieni się, gdy Christian ją przedstawia, i szybko mruga powiekami. Mam ochotę przewrócić oczami. Jeszcze jedna laska zauroczona moim stanowczo zbyt przystojnym mężem.

– Bardzo mi miło państwa poznać – wyrzuca z siebie Beighley.

Uśmiecham się do niej życzliwie. Bądź co bądź ten mężczyzna należy do mnie.

– Gotowi do lotu? – pyta ich Christian.

Ja tymczasem rozglądam się po kabinie. Wszędzie jasny klon i jasnokremowa skóra. Ślicznie tu. Na końcu kabiny stoi jeszcze jedna młoda kobieta w mundurze – bardzo ładna brunetka.

– Mamy pozwolenie na lot. Aż do Bostonu mamy dobrą pogodę.

Boston?

– Turbulencje?

– Dopiero za Bostonem. Nad Shannon przesuwa się front pogodowy, który może nami trochę potrząść.

Shannon? Irlandia?

– Rozumiem. Cóż, mam nadzieję, że wszystko prześpię – stwierdza rzeczowo Christian.

Prześpi?

– Wobec tego ruszamy, proszę pana – mówi Stephan. – Pozostawię państwa pod troskliwą opieką Natalii, państwa stewardesy.

Christian zerka w jej stronę i marszczy brwi, ale potem odwraca się z uśmiechem do Stephana.

– Doskonale – mówi. Bierze mnie za rękę i prowadzi do jednego z przepastnych skórzanych foteli. Razem jest ich chyba dwanaście. – Usiądź. – Zdejmuje marynarkę i rozpina srebrną kamizelkę ozdobioną wytłaczanym wzorem.

Zajmujemy dwa fotele naprzeciwko siebie. Między nimi stoi niewielki stolik z błyszczącym blatem.

– Witam państwa na pokładzie i proszę przyjąć moje gratulacje. – Obok nas stoi Natalia, wręczając po kieliszku różowego szampana.

– Dziękujemy – mówi Christian, a ona uśmiecha się do nas grzecznie, po czym wycofuje do części kuchennej.

– Za szczęśliwe małżeńskie życie, Anastasio. – Stukamy się kieliszkami.

Szampan jest przepyszny.

– Bollinger? – pytam.

– W rzeczy samej.

– Po raz pierwszy piłam go z filiżanki. – Uśmiecham się szeroko.

– Doskonale to pamiętam. Dzień ukończenia przez ciebie studiów.

– Dokąd lecimy? – Nie jestem już w stanie tłumić ciekawości.

– Shannon – odpowiada Christian, a jego oczy skrzą się podekscytowaniem. Wygląda jak mały chłopiec.

– W Irlandii? – Lecimy do Irlandii!

– Aby zatankować – dodaje, przekomarzając się ze mną.

– A potem? – pytam niecierpliwie.

Jego uśmiech staje się jeszcze szerszy. Kręci głową.

– Christian!

– Londyn – mówi, przyglądając mi się uważnie, próbując wybadać moją reakcję.

Wciągam głośno powietrze. O kurczę. Sądziłam, że wybierzemy się do Nowego Jorku, Aspen, ewentualnie na Karaiby. Ledwie mogę uwierzyć w to, co się dzieje. Anglia od zawsze była moim marzeniem. Cała promienieję ze szczęścia.

– Potem Paryż.

Co takiego?

– Potem południe Francji.

O rany!

– Wiem, że marzyłaś o Europie – mówi miękko. – Pragnę spełniać twoje marzenia, Anastasio.

– To ty jesteś spełnieniem moich marzeń, Christianie.

– I vice versa, pani Grey – szepcze.

O rety…

– Zapnij się.

Uśmiecham się i robię, co mi każe.

Gdy samolot kieruje się w stronę pasa startowego, sączymy szampana, uśmiechając się do siebie idiotycznie.

Nie mogę w to uwierzyć. W wieku dwudziestu dwóch lat nareszcie opuszczam Stany Zjednoczone i wybieram się do Europy – i to nie byle gdzie, ale do Londynu!

Gdy znajdujemy się już w powietrzu, Natalia donosi nam szampana i przygotowuje weselną ucztę. To rzeczywiście prawdziwa uczta: wędzony łosoś, a jako danie główne pieczona kuropatwa z sałatką z zielonego groszku i ziemniakami *dauphinoise*.

– Deser, panie Grey? – pyta Natalia.

Christian kręci głową i przesuwa palcem po dolnej wardze, posyłając mi pytające spojrzenie. Ma nieodgadniony wyraz twarzy.

– Nie, dziękuję – mówię cicho, nie mogąc oderwać od niego wzroku.

Na jego ustach pojawia się tajemniczy uśmiech. Natalia zostawia nas samych.

– To dobrze – mruczy. – Na deser zaplanowałem sobie ciebie.

Och… tutaj?

– Chodź – mówi, wstając od stolika i wyciągając do mnie rękę. Prowadzi mnie na sam koniec kabiny. – Tu jest łazienka. – Pokazuje na małe drzwi, po czym przechodzimy wąskim korytarzem do końca.

Jezu… sypialnia. Pomieszczenie jest całe w kremach i klonie, a na łóżku leżą złote i beżowe poduszki. Wygląda na bardzo wygodne.

Christian odwraca się i bierze mnie w ramiona.

– Pomyślałem, że noc poślubną spędzimy na wysokości dziesięciu kilometrów. Nie robiłem tego nigdy dotąd.

Kolejny pierwszy raz. Wpatruję się w niego, a serce wali mi jak młotem… Klub Mile High. Słyszałam o nim.

– Ale najpierw muszę z ciebie zdjąć tę bajeczną suknię. – W jego oczach płonie miłość i coś bardziej mrocznego, coś, co kocham… coś, co przywołuje moją wewnętrzną boginię. Ten mężczyzna zapiera mi dech w piersiach. – Odwróć się.

Głos ma niski, apodyktyczny i seksowny jak diabli. Jak on to robi, że w te dwa krótkie słowa potrafi wlać tyle obietnicy? Ochoczo spełniam jego polecenie, a jego dłonie biegną ku moim włosom. Delikatnie wyjmuje z nich po jednej wsuwce, a dzięki sprawnym palcom szybko kończy zadanie. Włosy opadają, lok za lokiem, na plecy i aż do piersi. Staram się stać nieruchomo, ale cała jestem jednym wielkim pragnieniem. Po długim i męczącym, choć ekscytującym dniu pragnę Christiana – całego.

– Masz takie piękne włosy, Ano – szepcze mi do ucha. Czuję jego oddech, mimo że jego usta mnie nie dotykają. Kiedy w moich włosach nie ma już żadnej wsuwki, przeczesuje je palcami, delikatnie masując mi skórę głowy… o rety… Zamykam oczy i rozkoszuję się tym doznaniem. Jego palce przesuwają się niżej i pociągają za włosy, a ja odchylam głowę, odsłaniając szyję. – Jesteś moja – mówi bez tchu i kąsa mnie lekko w ucho.

Jęczę.

– Bądź cicho – upomina mnie. Przerzuca mi włosy przez ramię i przesuwa palcem po moich plecach, od ramienia do ramienia, wędrując wzdłuż koronkowego brzegu sukni. Moim ciałem wstrząsa dreszcz wyczekiwania. Christian składa czuły pocałunek na moich plecach, tuż nad górnym guzikiem. – Taka piękna – mówi cicho, zręcznie rozpinając pierwszy guzik. – Uczyniłaś mnie dzisiaj najszczęśliwszym człowiekiem na świecie. – Nieskończenie powoli odpina kolejne guziki, przesuwając się w dół pleców. – Tak bardzo cię kocham. – Obsypuje pocałunkami mój kark, schodząc ustami do ramienia. Pomiędzy nimi mruczy: – Tak. Bardzo. Cię. Pragnę. Chcę. Znaleźć. Się. W. Tobie. Jesteś. Moja.

Upajam się każdym słowem. Zamykam oczy i od-chylam głowę, aby miał lepszy dostęp do szyi, i ulegam dalszemu urokowi Christiana Greya, mojego męża.

– Moja – szepcze raz jeszcze. Zsuwa materiał z ra-mion i po chwili suknia opada u mych stóp kaskadą je-dwabiu i koronki. – Odwróć się.

Jego głos staje się ochrypły. Robię, co mi każe, a on wciąga głośno powietrze.

Mam na sobie obcisły gorset z bladoróżowej satyny, pas do podwiązek, koronkowe majteczki i białe jedwabne pończochy. Spojrzenie Christiana błądzi wygłodniale po moim ciele. On sam w ogóle się nie odzywa. Patrzy jedy-nie na mnie wzrokiem pełnym pożądania.

– Podoba ci się? – pytam szeptem, świadoma ru-mieńca wypełzającego mi na policzki.

– Podoba? To za mało powiedziane, maleńka. Wyglą-dasz zjawiskowo. – Podaje mi rękę, a ja ujmuję ją i wystę-puję z sukienki. – Stój nieruchomo – mruczy i nie odry-wając pociemniałego spojrzenia od moich oczu, przesuwa środkowym palcem po krzywiznach gorsetu opinającego mi piersi. Oddycham coraz szybciej. Raz jeszcze to powta-rza. Pod kuszącym palcem wzdłuż kręgosłupa przebiega mi dreszcz. Christian gestem pokazuje, abym się odwróciła.

W tej akurat chwili zrobiłabym dla niego wszystko.

– Zatrzymaj się – mówi.

Stoję twarzą do łóżka. Ramieniem obejmuje mnie w talii i przyciąga do siebie, po czym trąca mnie nosem w szyję. Delikatnie ujmuje w dłonie piersi, bawiąc się nimi, a jego kciuki zataczają kółka wokół brodawek na-pierających na materiał gorsetu.

– Moja – szepcze.

– Twoja – mówię bez tchu.

Przesuwa dłonie niżej, po brzuchu, aż do ud. Kciu-kami muska mą kobiecość. Tłumię jęk. Z typową dla siebie zręcznością odpina jednocześnie obie podwiązki, po czym jego dłonie wędrują ku pośladkom.

– Moja – szepcze, rozkładając dłonie na pupie, ponownie mnie muskając opuszkami palców.

– Ach.

– Ćśś. – Jego dłonie zsuwają się z pośladków i Christian odpina tylne podwiązki. Pochyla się i odsuwa narzutę z łóżka. – Usiądź.

Spełniam jego polecenie, a on klęka przy moich stopach i delikatnie zdejmuje z mych stóp białe pantofelki od Jimmy'ego Choo. Chwyta skraj lewej pończochy i powoli ją zsuwa, przesuwając kciukami po nodze… Chwilę później robi to samo z drugą pończochą.

– To jak rozpakowywanie gwiazdkowego prezentu. – Uśmiecha się do mnie i rzuca mi spojrzenie spod długich ciemnych rzęs.

– Prezentu, który już otrzymałeś…

Marszczy brwi.

– O nie, skarbie. Tym razem naprawdę należy do mnie.

– Christianie, jestem twoja od chwili, gdy powiedziałam „tak". – Nachylam się i biorę w dłonie jego ukochaną twarz. – Jestem twoja. Zawsze będę twoja, mój mężu. A teraz wydaje mi się, że masz na sobie zbyt wiele ubrań. – Pochylam się jeszcze niżej, żeby go pocałować, ale on nagle unosi się, całuje mnie w usta i wplata palce we włosy.

– Ana – dyszy. – Moja Ana. – Jego wargi ponownie odnajdują moje.

– Ubranie – szepczę. Nasze oddechy mieszają się ze sobą, gdy rozpinam mu kamizelkę. Wyplątuje się z niej, puszczając mnie na chwilę. Wpatruje się we mnie wielkimi, przepełnionymi pragnieniem oczami.

– Pozwól mi, proszę. – Głos mam miękki i przymilny. Chcę rozebrać mojego męża, mojego Szarego.

Przysiada na piętach, a ja chwytam jego krawat – srebrnoszary, mój ulubiony – powoli go odwiązuję i ściągam z szyi Christiana. Unosi brodę, abym miała lepszy dostęp do górnego guzika białej koszuli; następnie zabieram się za spinki do mankietów. Są platynowe, z wygrawerowanymi, splecionymi ze sobą literami A i C. To mój prezent ślubny dla męża. Bierze je ode mnie, całuje i wsuwa do kieszeni spodni.

– Panie Grey, cóż za romantyzm.

– Dla pani, pani Grey, serduszka i kwiatki. Zawsze.

Ujmuję jego dłoń i zerkając na niego spod półprzymkniętych powiek, całuję prostą platynową obrączkę. Christian jęczy i zamyka oczy.

– Ana – szepcze moje imię niczym modlitwę.

Wracam do drugiego guzika koszuli i naśladując Christiana, po rozpięciu każdego kolejnego guzika składam delikatny pocałunek na jego klatce piersiowej, szepcząc między nimi:

– Tak. Bardzo. Mnie. Uszczęśliwiasz. Kocham. Cię.

Z jego gardła wydobywa się niski jęk, a potem Christian jednym ruchem obejmuje mnie w talii i kładzie na łóżku, by chwilę później położyć się na mnie. Jego usta odnajdują moje, dłonie unieruchamiają głowę, a nasze języki upajają się sobą nawzajem. Niespodziewanie Christian klęka, zostawiając mnie bez tchu i jeszcze bardziej spragnioną.

– Jesteś taka piękna... żono. – Przesuwa dłońmi po moich nogach, po czym chwyta mnie za lewą stopę. – Masz śliczne nogi. Mam ochotę całować każdy ich centymetr. Zaczynając tutaj.

Ustami dotyka dużego palca, by chwilę później go przygryźć. Zaciskają się wszystkie mięśnie w moim ciele od pasa w dół. Język Christiana prześlizguje się po podbiciu aż do kostki. Obsypuje pocałunkami wewnętrzną część łydki. Och, słodkie, wilgotne pocałunki. Wiję się pod nim.

– Proszę się nie ruszać, pani Grey – rzuca ostrzegawczo i nagle przekręca mnie na brzuch, by kontynuować niespieszną wędrówkę ust w górę mych nóg, ku udom, pośladkom. Tam się zatrzymuje.

– Proszę... – jęczę.

– Chcę cię nagą – mruczy i powoli rozpina mi gorset, haftka po haftce. Kiedy ta część mojej garderoby opada na łóżko, Christian prześlizguje językiem po mym kręgosłupie.

– Christian, błagam.

– Czego pani pragnie, pani Grey? – szepcze mi miękko do ucha. Niemal na mnie leży... Czuję na pośladkach twardość erekcji.

– Ciebie.

– A ja ciebie, moja miłości, moja najdroższa... – szepcze i nim zdążę się zorientować, co się dzieje, obraca mnie na plecy. Wstaje i jednym płynnym ruchem pozbywa się spodni i bokserek i teraz stoi nade mną nagi, wielki i gotowy. Niewielką kabinę przyćmiewa jego oszałamiająca uroda i pragnienie mego ciała. Schyla się i ściąga mi majteczki, po czym wbija we mnie gorące spojrzenie. – Moja – mówi bezgłośnie.

– Proszę...

Uśmiecha się szeroko. To zmysłowy, szelmowski, kuszący uśmiech w stylu Szarego.

Wraca na łóżko i tym razem obsypuje pocałunkami moją prawą nogę... aż dociera do miejsca, w którym łączą się uda. Rozchyla je szerzej.

– Ach... żono moja – mruczy.

Sekundę później jego usta znajdują się na mnie. Zamykam oczy i poddaję się och, tak bardzo zwinnemu językowi. Zaciskam dłonie na jego włosach, a moje biodra kołyszą się i unoszą w niewoli jego rytmu. Chwyta mnie za biodra, aby je unieruchomić... ale nie przerywa rozkosznych tortur. Jestem blisko, tak blisko.

– Christianie – jęczę.

– Jeszcze nie – dyszy i podciąga się nieco wyżej. Zanurza język w moim pępku.

– Nie! – Do diaska! Wyczuwam na brzuchu jego uśmiech. Jego usta przesuwają się wyżej.

– Cóż za niecierpliwość, pani Grey. Do wylądowania na Zielonej Wyspie mamy naprawdę sporo czasu. – Nabożnie całuje mi piersi i bierze do ust lewą brodawkę. Podnosi na mnie wzrok i widzę, że spojrzenie ma mroczne niczym tropikalna burza.

O rety... Zupełnie zapomniałam. Europa.

– Mężu, pragnę cię. Proszę.

Opiera się na łokciach i kładzie na mnie. Pociera nosem mój nos, a ja przesuwam palcami w dół silnych, umięśnionych pleców aż do pięknych pośladków.

– Pani Grey... żono. Naszym celem jest sprawianie przyjemności. – Muska ustami me usta. – Kocham cię.

– Ja ciebie też kocham.

– Nie zamykaj oczu. Chcę cię widzieć.

– Christianie... ach... – wołam, gdy powoli wślizguje się we mnie.

– Ana, och, Ana – wyrzuca z siebie i zaczyna się poruszać.

– Co TY, DO jasnej cholery, wyprawiasz? – woła Christian, budząc mnie z niezwykle przyjemnego snu.

Stoi w nogach leżaka mokry i piękny, a oczy płoną mu z gniewu.

Co ja takiego zrobiłam? O nie... Leżę na plecach... Jasny gwint, a on jest wściekły. Naprawdę wściekły.

ROZDZIAŁ DRUGI

Jestem już zupełnie rozbudzona, zaś erotyczny sen to jedynie wspomnienie.

– Leżałam na brzuchu. Musiałam się przekręcić we śnie – bronię się słabo.

Jego oczy ciskają błyskawice. Nachyla się, bierze ze swojego leżaka górę od mojego kostiumu i rzuca ją we mnie.

– Włóż to! – syczy.

– Christianie, nikt nie patrzy.

– Zaufaj mi. Patrzy. Jestem przekonany, że Taylor i ochrona świetnie się bawią! – warczy.

Jasna cholera! Czemu ciągle o nich zapominam? W panice zasłaniam dłońmi piersi. Od czasu sabotażu Charliego Tango nieustannie nam towarzyszą ci przeklęci ochroniarze.

– No i jacyś obleśni paparazzi też mogli zrobić ci zdjęcie. Masz ochotę znaleźć się na okładce „Star"? Tym razem naga?

A niech to. Paparazzi! Kurde! Gdy pospiesznie wkładam stanik, cała krew odpływa mi z twarzy. Wzdrygam się. W mojej głowie pojawia się nieprzyjemne wspomnienie oblężenia przez paparazzich przed siedzibą Seattle Independent Publishing, gdy do prasy przeciekła wiadomość o naszych zaręczynach – to wszystko składa się na życie z Christianem Greyem.

– *L'addition!* – warczy Christian do przechodzącej kelnerki. – Zbieramy się – mówi do mnie.

– Już?

– Tak. Już.

Cholera, jest w takim nastroju, że lepiej się nie sprzeciwiać.

Wkłada spodenki, choć z jego kąpielówek kapie woda, następnie szary T-shirt. Po chwili zjawia się kelnerka z jego kartą kredytową i rachunkiem.

Niechętnie wkładam turkusową sukienkę na ramiączkach i japonki. Gdy kelnerka odchodzi, Christian bierze z leżaka książkę oraz BlackBerry i skrywa wściekłość za przyciemnianymi szkłami okularów przeciwsłonecznych. Emanują z niego gniew i napięcie. Robi mi się smutno. Wszystkie kobiety na plaży opalają się topless – to przecież nic takiego. Prawdę mówiąc, ja wyglądam dziwnie w kompletnym stroju. Wzdycham w duchu. Myślałam, że Christian dostrzeże zabawną stronę sytuacji... tak jakby... Może gdybym pozostała na brzuchu... Teraz jednak po jego poczuciu humoru nie został nawet ślad.

– Proszę, nie złość się na mnie – szepczę, biorąc od niego książkę i telefon i wkładając je do plecaczka.

– Na to już za późno – mówi cicho... zbyt cicho. – Idziemy.

Bierze mnie za rękę i daje znak Taylorowi oraz jego dwóm pomocnikom, francuskim ochroniarzom, Philippe'owi i Gastonowi. Są jednojajowymi bliźniakami, co jest doprawdy dziwaczne. Cierpliwie obserwują z werandy nas i to, co dzieje się na plaży. Czemu ciągle o nich zapominam? Taylor ma kamienną twarz i oczy ukryte za ciemnymi okularami. Kurde, on też jest na mnie zły. Nie mogę się przyzwyczaić do oglądania go w takim swobodnym wydaniu: w krótkich spodenkach i czarnej koszulce polo.

Christian prowadzi mnie do hotelowego lobby, stamtąd zaś na ulicę. Milczy poirytowany, a to wszystko moja wina. Za nami podążają Taylor i jego ekipa.

– Dokąd idziemy? – pytam niepewnie, podnosząc wzrok na męża.

– Wracamy na łódź. – Patrzy przed siebie.

Nie mam pojęcia, która jest godzina. Myślę, że coś koło piątej, może szóstej. Kiedy docieramy do mariny, Christian prowadzi mnie na nabrzeże, gdzie zacumowano motorówkę i skuter wodny należące do Fair Lady. Gdy Christian odcumowuje skuter, podaję swój plecak Taylorowi. Zerkam na niego nerwowo, ale z jego twarzy, tak samo jak w przypadku Christiana, niczego się nie da wyczytać. Rumienię się na myśl o tym, co miał okazję widzieć na plaży.

– Proszę bardzo, pani Grey.

Taylor przynosi mi z motorówki kapok, a ja go posłusznie zakładam. Dlaczego tylko ja muszę mieć kapok? Christian i Taylor wymieniają spojrzenie. Jezu, na Taylora też jest wkurzony? Następnie Christian sprawdza paski w moim kapoku, mocno pociągając za środkowy.

– Może być – mruczy z obrażoną miną, nadal na mnie nie patrząc. Cholera.

Wsiada z gracją na skuter i wyciąga do mnie rękę. Chwytam ją mocno i jakoś udaje mi się przerzucić nogę przez siedzenie za nim, nie wpadając przy tym do wody. Taylor i bliźniacy wsiadają do motorówki. Christian odpycha się nogą od nabrzeża i skuter wpływa powoli do mariny.

– Złap się – nakazuje, a ja obejmuję go w pasie. To moja ulubiona część pływania na skuterze. Ściskam go mocno, wtulając nos w jego plecy, myśląc o tym, że swego czasu nie pozwoliłby mi się tak dotknąć. Ładnie pachnie… Christianem i morzem. Proszę, Christianie, wybacz mi… Sztywnieje. – Ruszamy – mówi, tym razem nieco łagodniej. Całuję go w plecy i opieram się o nie policzkiem, patrząc w stronę nabrzeża, skąd przygląda nam się kilkoro urlopowiczów.

Christian przekręca kluczyk i silnik budzi się do życia. Dodaje gazu, więc skuter rusza przed siebie, po czym prześlizguje się szybko po chłodnej, ciemnej wodzie, przez marinę do centrum portu w kierunku Fair Lady. Obejmuję go jeszcze mocniej. Uwielbiam to – jest tak bardzo ekscytujące. Gdy tulę się do Christiana, wyczuwam każdy mięsień jego szczupłego ciała.

Dogania nas Taylor w motorówce. Christian zerka na niego, po czym znowu dodaje gazu i skuter wystrzeliwuje do przodu, podskakując na powierzchni wody niczym wprawnie rzucony kamyk. Taylor kręci głową z pełną rezygnacji irytacją i kieruje się prosto w stronę jachtu, gdy tymczasem Christian mija Fair Lady i płynie na otwarte morze.

Woda rozpryskuje się wokół nas, a ciepły wiatr smaga mi twarz i wywija włosami związanymi w kucyk. To jest takie fajne. Być może Christianowi poprawi się dzięki temu humor. Nie widzę jego twarzy, ale wiem, że dobrze się bawi – dla odmiany zachowując się beztrosko, jak przystało na osobę w tym wieku.

Zatacza wielki łuk, a ja przyglądam się linii brzegowej – łodziom w marinie, mozaice żółtych, białych i piaskowych biurowców i apartamentowców oraz górującym nad wszystkim skalistym zboczom. Zupełnie nie przypomina to schludnych przecznic i kwartałów, do których jestem przyzwyczajona, ale wygląda niesamowicie malowniczo. Christian zerka na mnie przez ramię. Na jego ustach błąka się cień uśmiechu.

– Jeszcze raz? – przekrzykuje hałas silnika.

Kiwam entuzjastycznie głową. W odpowiedzi uśmiecha się szeroko, dodaje gazu i ponownie zawraca ku otwartemu morzu… i chyba już mi wybaczył.

– Złapało cię dziś słońce – mówi łagodnie Christian, rozpinając mi kapok.

NOWE OBLICZE GREYA   39

Niespokojnie próbuję wyczuć jego nastrój. Znajdujemy się na pokładzie jachtu i jeden ze stewardów stoi obok
nas, czekając na mój kapok. Christian podaje mu go.

– To wszystko, proszę pana? – pyta młody mężczyzna.
Uwielbiam jego francuski akcent. Christian zerka na
mnie, zdejmuje okulary i wsuwa zausznik za kołnierzyk
T-shirta.

– Masz ochotę na drinka? – pyta mnie.

– A przyda mi się?

Przechyla głowę na bok.

– Dlaczego tak mówisz? – Głos ma łagodny.

– Wiesz dlaczego.

Marszczy brwi, jakby się nad czymś zastanawiał.

– Prosimy dwa razy gin z tonikiem. I trochę orzesz-
ków i oliwek – mówi do stewarda, który kiwa głową, po
czym szybko się oddala. – Sądzisz, że zamierzam cię ukarać? – Głos Christiana jest iście aksamitny.

– A chcesz?

– Tak.

– W jaki sposób?

– Coś wymyślę. Może kiedy już wypijesz tego drinka.
I jest to groźba podszyta zmysłowością. Przełykam ślinę, a moja wewnętrzna bogini mruży oczy na leżaku, na którym zawieszoną na szyi tarczą odblaskową próbuje chwytać
promienie słońca. Christian ponownie marszczy brwi.

– A chcesz tego?

Skąd on wie?

– To zależy – mamroczę, rumieniąc się.

– Od czego? – Skrywa uśmiech.

– Od tego, czy chcesz mi zrobić krzywdę czy nie.

Usta zaciska w cienką linię. W jego oczach nie czai
się już wesołość. Nachyla się i całuje mnie w czoło.

– Anastasio, jesteś moją żoną, nie uległą. W żadnym
razie nie chcę robić ci krzywdy. Powinnaś już to wiedzieć.

Po prostu... nie rozbieraj się w miejscu publicznym. Nie chcę cię widzieć nagiej w bulwarówkach. Ty tego nie chcesz i jestem pewny, że twoja mama i Ray także.

Och! Ray. Jasny gwint, przyprawiłoby go to o zawał. Co ja sobie myślałam? W duchu ganię się surowo.

Steward przynosi nam drinki oraz przekąski i stawia je na stole z drewna tekowego.

– Usiądź – nakazuje Christian. Posłusznie siadam na krześle reżyserskim. Christian zajmuje miejsce obok i wręcza mi gin z tonikiem. – Na zdrowie, pani Grey.

– Na zdrowie, panie Grey. – Pociągam spory łyk. Drink jest zimny i przepyszny. Kiedy podnoszę wzrok, widzę, że Christian przygląda mi się uważnie. Nie potrafię wyczuć, jaki ma nastrój. To takie frustrujące... Nie mam pojęcia, czy nadal jest na mnie zły. Uciekam się do swojej sprawdzonej techniki odwracania uwagi. – Kto jest właścicielem tego jachtu? – pytam.

– Brytyjski szlachcic. Sir jakiś tam. Jego pradziadek zaczynał od sklepu z artykułami spożywczymi. A jego córka poślubiła jednego z europejskich książąt.

Och.

– Superbogaty?

W spojrzeniu Christiana pojawia się ostrożność.

– Tak.

– Tak jak i ty – mówię cicho.

– Tak.

Och.

– I tak jak ty – szepcze Christian i wsuwa do ust oliwkę.

Mrugam szybko powiekami... powraca wspomnienie eleganckiego Christiana w smokingu i srebrnej kamizelce... jego oczy przepełnione szczerością, gdy patrzy na mnie podczas naszej ceremonii zaślubin.

– „Wszystko, co moje, należy teraz do ciebie" – głośno i wyraźnie recytuje z pamięci słowa swojej przysięgi.

Należy do mnie?

– To takie nienaturalne. Najpierw nic, a potem – gestem pokazuję na otaczający nas zbytek – wszystko.

– Przyzwyczaisz się.

– Nie sądzę.

Na pokładzie pojawia się Taylor.

– Telefon, proszę pana.

Christian marszczy brwi, ale bierze od niego Black-Berry.

– Słucham – rzuca do aparatu i wstaje, po czym rusza na dziób jachtu.

Wpatruję się w morze, nie przysłuchując się rozmowie Christiana z Ros, jego prawą ręką. Jestem bogata… obrzydliwie bogata. Nie zrobiłam niczego, aby zasłużyć na te pieniądze… poślubiłam jedynie bogacza. Wzdrygam się, gdy moje myśli biegną ku naszej rozmowie dotyczącej intercyzy. To była niedziela, nazajutrz po jego urodzinach, i siedzieliśmy w kuchni, racząc się leniwym śniadaniem… wszyscy. Elliot, Kate, Grace i ja dyskutowaliśmy na temat wyższości bekonu nad kiełbaskami, podczas gdy Carrick i Christian czytali niedzielne gazety…

<hr>

– Popatrzcie! – piszczy Mia, stawiając przed nami na stole swojego netbooka. – Na stronie Seattle Nooz Web pojawiła się informacja o twoich zaręczynach, Christianie.

– Tak szybko? – pyta zaskoczona Grace. I w jej głowie pojawia się jakaś mocno nieprzyjemna myśl, gdyż zaciska usta w cienką linię. Christian marszczy brwi.

– „Doszły nas słuchy – czyta Mia na głos – że najlepsza partia Seattle, Christian Grey, w końcu się ugiął i słychać już bicie weselnych dzwonów. Ale kim jest jego szczęśliwa wybranka? Nooz postara się jak najszybciej

tego dowiedzieć. Jedno jest pewne: czyta teraz iście sza-
tańską intercyzę".

Chichot Mii szybko cichnie, gdy Christian piorunuje ją wzrokiem. Zapada cisza, a temperatura atmosfery
w kuchni Greyów spada poniżej zera.

O nie! Intercyza? Coś takiego w ogóle nie przyszło
mi do głowy. Przełykam ślinę, czując, jak z twarzy odpływa mi cała krew. Marzę o tym, by zapadła się pode mną
ziemia. Christian poprawia się niespokojnie na krześle,
gdy rzucam mu niespokojne spojrzenie.

– Nie – mówi do mnie bezgłośnie.

– Christianie – odzywa się łagodnie Carrick.

– Więcej nie będę poruszać tego tematu – warczy do
ojca, który zerka na mnie nerwowo i otwiera usta, aby coś
powiedzieć. – Żadnej intercyzy! – Christian niemal krzyczy i posępnie wraca do czytania gazety, ignorując wszystkich zgromadzonych przy stole. A oni patrzą najpierw na
mnie, potem na niego... a potem wszędzie, byle nie na nas.

– Christianie – mówię cicho. – Podpiszę wszystko,
czego będziecie chcieli ty i pan Grey. – Jezu, nie po raz
pierwszy kazałby mi coś podpisywać.

Christian podnosi głowę i piorunuje mnie wzrokiem.

– Nie! – warczy.

Ponownie blednę.

– To ma cię chronić.

– Christianie, Ano, myślę, że powinniście to przedyskutować na osobności – upomina nas Grace.

Rzuca gniewne spojrzenie Carrickowi i Mii. O rety,
wygląda na to, że oni także napytali sobie biedy.

– Ano, nie chodzi o ciebie – mówi uspokajającym tonem Carrick. – I mów mi, proszę, po imieniu.

Christian mierzy ojca spojrzeniem spod zmrużonych
powiek, a mnie serce podchodzi do gardła. O kurczę...
Jest naprawdę wkurzony.

Wszyscy powracają do ożywionej rozmowy, a Mia i Kate zrywają się od stołu, aby posprzątać po śniadaniu.

– Zdecydowanie wolę kiełbaski – oznajmia Elliot.

Wbijam wzrok w splecione dłonie. Jasny gwint. Mam nadzieję, że państwo Grey nie uznają mnie za jakąś naciągaczkę i łowczynię fortun. Christian kładzie rękę na moich obu dłoniach.

– Przestań.

Skąd on wie, o czym myślę?

– Nie zwracaj uwagi na to, co mówi tato – rzuca na tyle cicho, że tylko ja go słyszę. – Jest nieźle wkurzony z powodu Eleny. Ten atak wycelowany był we mnie. Szkoda, że mama nie utrzymała języka za zębami.

Wiem, że Christian czuje jeszcze ból po wczorajszej „rozmowie" z Carrickiem na temat Eleny.

– On ma rację, Christianie. Jesteś bardzo bogaty, a ja nie wnoszę do naszego małżeństwa nic oprócz kredytu studenckiego.

Christian patrzy na mnie z powagą.

– Anastasio, jeśli mnie zostawisz, równie dobrze możesz wszystko ze sobą zabrać. Już raz ode mnie odeszłaś. Wiem, jakie to uczucie.

– To było coś innego – szepczę poruszona intensywnością jego wyznania. – Ale… to przecież ty możesz chcieć zakończyć nasz związek. – Na tę myśl robi mi się niedobrze.

Prycha i kręci głową.

– Christianie, wiesz przecież, że mogę zrobić coś wyjątkowo głupiego, a ty… – Opuszczam wzrok na zaciśnięte dłonie. Przeszywa mnie tak wielki ból, że nie jestem w stanie dokończyć zdania. Utrata Christiana… kurwa.

– Przestań. Natychmiast przestań. Ten temat uważam za zamknięty, Ano. Więcej nie będziemy go poruszać. Żadnej intercyzy. Ani teraz, ani nigdy. – Posyła mi stanowcze spojrzenie, skutecznie mnie tym uciszając.

Następnie zwraca się do Grace: – Mamo, czy możemy urządzić wesele u was?

....

I rzeczywiście nie poruszył więcej tej kwestii. Prawdę mówiąc, przy każdej nadarzającej się sposobności próbował mnie zapewniać, że jego pieniądze należą także do mnie. Wzdrygam się, przypominając sobie szalony wypad na zakupy, na które wysłał mnie w towarzystwie Caroline Acton – osobistej stylistki z Neimana Marcusa – z myślą o podróży poślubnej. Samo bikini kosztowało pięćset czterdzieści dolarów. Jest ładne, zgoda, ale to absurdalna kwota za cztery trójkąciki materiału.

– Przyzwyczaisz się – Christian przeрywa moje rozmyślania, gdy wraca do stołu.

– Do czego?

– Do pieniędzy – mówi, przewracając oczami.

Och, mój Szary, może z czasem. Przesuwam w jego stronę niewielką miseczkę z solonymi migdałami i orzechami nerkowca.

– Pańskie przekąski, panie Grey – mówię z udawaną powagą, starając się wlać nieco humoru do naszej rozmowy po tych moich niewesołych rozmyślaniach i faux pas z górą od bikini.

– To pani jest dla mnie najsmaczniejszą przekąską, pani Grey. – Częstuje się migdałem. W jego oczach tańczą wesołe iskierki. Oblizuje usta. – Dopij drinka. Idziemy do łóżka.

Co takiego?

– Pij – mówi bezgłośnie, a jego oczy z szarych robią się niemal grafitowe.

O rety, samo to spojrzenie mogłoby ponosić wyłączną odpowiedzialność za globalne ocieplenie. Dopijam gin, nie odrywając wzroku od twarzy Christiana. Rozchyla usta i między zębami dostrzegam koniuszek języka. Uśmiecha się do mnie lubieżnie. Sekundę później wstaje i pochyla się nade mną, opierając dłonie o oparcie krzesła.

– Zamierzam dać ci nauczkę. Chodź. Nie idź siku – szepcze mi do ucha.

Nie idź siku? Jakie to niegrzeczne. Moja podświadomość podnosi zaniepokojona głowę znad książki – *Dzieł zebranych Karola Dickensa, tom I.*

– To nie to, co myślisz. – Christian uśmiecha się z wyższością i wyciąga do mnie rękę. – Zaufaj mi. – Wygląda tak seksownie i uroczo. Jak mogę się oprzeć?

– Dobrze. – Podaję mu dłoń, ponieważ prawda jest taka, że gotowa jestem powierzyć mu własne życie. Co on takiego zaplanował? Serce zaczyna mi szybciej bić.

Idziemy przez pokład, aż Christian wprowadza mnie do luksusowo urządzonego salonu, całego w pluszu, stamtąd zaś wąskim korytarzem do jadalni i dalej, po schodach do głównej sypialni.

W ciągu dnia została posprzątana, a łóżko zaścielone. To śliczna kajuta. Na obu ścianach ma iluminatory, ściany są kremowe, meble wykonane z ciemnego orzecha, a całości dopełniają dodatki w złocie i czerwieni.

Christian puszcza moją dłoń, ściąga przez głowę T-shirt i rzuca go na krzesło. W dwie sekundy pozbywa się japonek, szortów i kąpielówek. O rety. Czy kiedykolwiek spowszednieje mi oglądanie go nagiego? Jest niewiarygodnie przystojny i cały mój. On także się trochę opalił, a włosy ma dłuższe niż zazwyczaj, opadające na czoło. Ależ ze mnie szczęściara.

Ujmuje moją brodę, pociąga lekko, abym przestała przygryzać wargę, i przesuwa po niej kciukiem.

– Tak lepiej. – Odwraca się i podchodzi do bogato zdobionej szafy, w której znajdują się jego ubrania. Z dolnej szuflady wyjmuje dwie pary metalowych kajdanek i samolotową przepaskę na oczy.

Kajdanki! Jeszcze nigdy ich nie używaliśmy. Zerkam nerwowo na łóżko. Do czego on je, u licha, przymocuje? Christian odwraca się i bacznie patrzy na mnie błyszczącymi oczami.

– Coś takiego potrafi być bolesne. Wbijają się w skórę, jeśli pociągnie się za mocno. – Unosi jedną parę. – Ale chciałbym je teraz na tobie wypróbować.

O w mordę. W ustach czuję suchość.

– Proszę. – Podchodzi do mnie z gracją i podaje kajdanki. – Chcesz je najpierw przymierzyć?

Sprawiają wrażenie solidnie wykonanych, metal jest zimny. Mam nadzieję, że w prawdziwym życiu nigdy nie będę musiała ich nosić.

Christian uważnie mi się przygląda.

– Gdzie kluczyki? – W moim głosie słychać wahanie.

Pokazuje mi schowany w dłoni metalowy przedmiot.

– Pasuje do obu kompletów. To znaczy do wszystkich.

Ile on ich ma? Nie pamiętam, abym w muzealnej gablocie widziała choć parę.

Palcem wskazującym dotyka mego policzka, po czym przesuwa go w stronę ust. Nachyla się, jakby chciał mnie pocałować.

– Masz się ochotę pobawić? – pyta niskim głosem.

W moim podbrzuszu budzi się pożądanie.

– Tak – mówię bez tchu.

Uśmiecha się.

– To dobrze. – Składa na moim czole pocałunek, delikatny jak muśnięcie piórkiem. – Będziemy potrzebować hasła bezpieczeństwa.

Co takiego?

– „Przestań" nie wystarczy, ponieważ prawdopodobnie tak powiesz, ale wcale nie to będziesz miała na myśli. – Muska nosem mój nos. To w tej chwili nasz jedyny kontakt fizyczny.

Serce zaczyna walić mi jak młotem. Cholera... Jak to możliwe, że potrafi to zrobić samymi tylko słowami?

– Nie będzie bolało. Będzie intensywne. Bardzo intensywne, ponieważ nie pozwolę ci się ruszać. Dobrze?

O rety. To brzmi tak podniecająco. Mój oddech jest zbyt głośny. Kuźwa, jeszcze nic się nie dzieje, a ja już ciężko dyszę. Dobrze, że poślubiłam tego akurat mężczyznę, w przeciwnym razie coś takiego byłoby krępujące. Moje spojrzenie biegnie ku dowodowi jego podniecenia.

– Dobrze – mówię cichutko.

– Wybierz jakieś słowo, Ano.

Och...

– Hasło bezpieczeństwa – dodaje miękko.

– Lizak.

– Lizak? – pyta z rozbawieniem.

– Tak.

Uśmiecha się szeroko i odsuwa, by na mnie spojrzeć.

– Interesujący wybór. Unieś ręce.

Robię, co mi każe, a Christian chwyta za skraj mojej sukienki, zdejmuje mi ją przez głowę i rzuca na podłogę. Wyciąga rękę, a ja oddaję mu kajdanki. Kładzie oba komplety na stoliku nocnym, obok przepaski na oczy, i ściąga z łóżka narzutę.

– Odwróć się.

Odwracam, a on rozwiązuje mi górę od stroju kąpielowego i rzuca na sukienkę.

– Jutro przykleję to do twoich piersi – burczy i zdejmuje gumkę, rozpuszczając mi włosy. Zbiera je w dłoń i pociąga lekko, tak że robię krok do tyłu w jego stronę. Dotykając jego klatki piersiowej. Dotykając wzwodu. Wciągam głośno powietrze, kiedy przechyla mi głowę na bok i całuje w szyję. – Byłaś bardzo nieposłuszna –

mruczy mi do ucha, a moje ciało przeszywają rozkoszne dreszcze.

– Tak – szepczę.

– Hmm. I co my z tym zrobimy?

– Nauczymy się z tym żyć.

Jego delikatne, niespieszne pocałunki doprowadzają mnie do szaleństwa. Christian uśmiecha się.

– Ach, pani Grey. Niepoprawna z pani optymistka.

Prostuje się. Starannie dzieli moje włosy na trzy części, splata je powoli w warkocz i zakłada gumkę. Pociąga za niego lekko i nachyla się do mego ucha.

– Mam zamiar dać ci nauczkę – mruczy.

Nagle chwyta mnie w talii, siada na łóżku i przekłada mnie przez kolano tak, że czuję na brzuchu twardy wzwód. Daje mi jednego klapsa. Mocnego. Wydaję okrzyk i chwilę później leżę na łóżku, a on wbija we mnie gorące spojrzenie. Chyba zaraz eksploduję.

– Wiesz, jaka jesteś piękna? – Przesuwa opuszkami palców w górę mego uda, a ja czuję mrowienie... wszędzie. Nie odrywając wzroku od mojej twarzy, wstaje z łóżka i bierze ze stolika obie pary kajdanków. Chwyta mnie za lewą nogę i zakłada mi jedne na kostkę.

Och!

Unosi prawą nogę, powtarza czynność, a ja mam teraz kajdanki przy obu kostkach. Nadal nie wiem, do czego zamierza je przypiąć.

– Usiądź – nakazuje, ja zaś natychmiast spełniam jego polecenie. – Teraz podkul kolana pod brodę.

Mrugam powiekami, po czym robię, co mi każe. Obejmuję nogi rękami. Christian nachyla się, unosi mi brodę i składa na ustach mokry pocałunek, po czym zasłania mi oczy przepaską. Nic nie widzę; słyszę jedynie swój przyspieszony oddech i wodę uderzającą o burty kołyszącego się lekko jachtu.

O rety. Jestem taka podniecona… a to dopiero wstęp.

– Jak brzmi hasło bezpieczeństwa, Anastasio?

– Lizak.

– Dobrze. – Bierze moją lewą rękę, zakłada kajdanki na nadgarstek, po czym to samo robi z prawą. Lewą dłoń mam przytwierdzoną do lewej kostki, prawą do prawej. Nie jestem w stanie wyprostować nóg. O kurwa. – A teraz – mówi Christian bez tchu – zamierzam pieprzyć cię tak, aż będziesz krzyczeć.

Co takiego? Z moich płuc ucieka całe powietrze.

Łapie mnie za pięty i popycha tak, że opadam na łóżko. Nie mam wyboru, nogi muszę trzymać zgięte. Kajdanki zaciskają się, gdy za nie pociągam. Christian ma rację… wbijają się w ciało, zadając niemal ból… Dziwnie się czuję, taka skrępowana i bezradna, w dodatku na jachcie. Rozsuwa mi stopy, a ja jęczę.

Całuje wewnętrzną część mego uda. Mam ochotę wić się pod nim, lecz nie mogę. Nie jestem w stanie się zaprzeć, aby unieść biodra. Stopy mam w powietrzu. Nie mogę się ruszyć.

– Będziesz musiała chłonąć całą przyjemność, Anastasio. Nie ruszając się – mruczy, pochylając się nade mną. Pociąga za sznurki po obu stronach dołu od bikini i chwilę później skrawki materiału opadają na bok. Jestem teraz naga, zdana na jego łaskę. Całuje mój brzuch, zahaczając zębami o pępek.

– Ach – wzdycham. To będzie trudne… Nie miałam pojęcia, że aż tak. Usta Christiana przesuwają się w górę, w stronę piersi.

– Ćśś… – mruczy uspokajająco. – Jesteś taka śliczna, Ano.

Jęczę, przepełniona frustracją. W normalnych okolicznościach unosiłabym już biodra, odpowiadając na jego dotyk własnym rytmem, ale teraz nie jestem się w stanie ruszyć. Pociągam za kajdanki. Chłodny metal wbija mi się w skórę.

– Aaa! – wołam. Tak naprawdę mam wszystko gdzieś.

– Doprowadzasz mnie do szaleństwa – szepcze. – Więc mam zamiar doprowadzić do szaleństwa ciebie.

Wisi teraz nade mną, opierając ciężar na łokciach, i uwagę kieruje na piersi. Przygryza, ssie, skręca brodawki palcami, nie przerywając ani na chwilę. To nie do wytrzymania. Och. Błagam. Napiera na mnie twardym członkiem.

– Christianie – jęczę błagalnie i wyczuwam na skórze jego triumfujący uśmiech.

– Mam sprawić, abyś doszła w taki sposób? – mruczy z ustami przy brodawce, od czego ta staje się jeszcze twardsza. – Wiesz, że to potrafię. – Ssie mocno, a ja wydaję okrzyk; rozkoszne dreszcze przenikają bezpośrednio do krocza. Pociągam bezradnie za nadgarstki, bez reszty ogarnięta tym doznaniem.

– Tak – jęczę.

– Och, maleńka, to byłoby zbyt proste.

– Och… błagam.

– Ćśś.

Jego zęby zahaczają mi o brodę, gdy usta wędrują ku moim. Głośno wciągam powietrze. Całuje mnie. Zwinny język wślizguje się do mych ust, smakując, badając, dominując, ale mój przyjmuje wyzwanie i oplata się wokół jego. Smakuje zimnym ginem i Christianem Greyem, a pachnie morzem. Chwyta mnie za brodę, unieruchamiając głowę.

– Nie ruszaj się, skarbie. Masz leżeć nieruchomo – szepcze mi do ust.

– Chcę cię widzieć.

– O nie, Ano. Tym sposobem będziesz więcej czuć.

Boleśnie powoli wysuwa biodra i wchodzi we mnie do połowy. Normalnie moje biodra wyszłyby mu natychmiast na spotkanie, ale nie mogę się ruszyć. Wycofuje się.

– Ach! Christianie, proszę!

– Jeszcze raz? – pyta. Głos ma schrypnięty.

– Christian!

Znowu wchodzi we mnie, nie do końca, po czym wysuwa się, całując mnie przy tym. Jego palce zaciskają się na brodawce. To jest aż zbyt rozkoszne.

– Nie!

– Pragniesz mnie, Anastasio?

– Tak – jęczę.

– Powiedz mi to – mruczy. Oddech ma przyspieszony. Drażni się ze mną raz jeszcze, wchodząc… i wychodząc.

– Pragnę cię – kwilę. – Proszę.

Słyszę przy uchu ciche westchnienie.

– Proszę bardzo, Anastasio.

Wbija się we mnie. Krzyczę, odrzucając głowę, pociągając za kajdanki, gdy uderza w najwrażliwszą część mego ciała. Staję się jednym wielkim doznaniem, wszędzie – to słodka, słodka udręka, i nie jestem w stanie się ruszyć. Christian nieruchomieje, po czym zatacza biodrami kółko, a ruch ten promieniuje w głąb mego ciała.

– Dlaczego mi się sprzeciwiasz, Ano?

– Christianie, przestań…

Ponownie zatacza biodrami kółko, ignorując moje błaganie. Wysuwa się powoli, po czym znowu wbija we mnie aż do końca.

– Powiedz mi. Dlaczego? – syczy przez zaciśnięte zęby.

Jęczę coś bez ładu i składu… tego dla mnie już zbyt wiele.

– Powiedz.

– Christianie…

– Ana, muszę to wiedzieć.

Znowu we mnie wchodzi, mocno, głęboko, a we mnie wzbiera… doznanie tak intensywne – zalewa mnie, przenikając do każdej części ciała, do każdej kończyny, aż do metalowych kajdanek.

– Nie wiem! – wołam. – Ponieważ mogę! Ponieważ cię kocham! Proszę, Christianie.

Jęczy głośno i wbija się głęboko, raz za razem, a ja się zatracam w rozkoszy. Doznanie jest niezwykłe… niesamowite… Tak bardzo pragnę wyprostować nogi, kontrolować zbliżający się orgazm, ale nie mogę… jestem bezradna. Jestem jego, tylko jego, i może robić ze mną to, co mu się podoba… Do oczu napływają mi łzy. To jest zbyt intensywne. Nie jestem go w stanie powstrzymać. Nie chcę go powstrzymać… chcę… chcę… o nie, o nie… to zbyt…

– Właśnie tak – jęczy Christian. – Poczuj to, maleńka!

Eksploduję wokół niego, krzycząc głośno, gdy orgazm rozrywa mnie na kawałki, paląc mnie niczym ogień trawiący wszystko na swojej drodze. Czuję się wykończona, po policzkach płyną mi łzy, moje ciało pulsuje i drży.

Czuję, że Christian klęka i pociąga mnie za sobą na kolana. Jedną ręką podtrzymuje mi głowę, drugą plecy i dochodzi we mnie, gdy cała jeszcze drżę. To takie wycieńczające, takie wyczerpujące, to piekło… to niebo. Rozszalały hedonizm.

Christian zrywa mi z oczu przepaskę i całuje mnie. Całuje oczy, nos, policzki. Scałowuje łzy, trzymając w dłoniach moją twarz.

– Kocham cię, Anastasio – szepcze. – Mimo że doprowadzasz mnie do szału. Przy tobie czuję, że żyję.

Nie mam siły otworzyć oczu ani ust. Bardzo delikatnie kładzie mnie z powrotem na łóżku i wysuwa się ze mnie.

Próbuję protestować, ale nie jestem w stanie wydobyć z siebie głosu. Christian wstaje z łóżka i uwalnia mnie

z kajdanek, po czym delikatnie pociera mi nadgarstki
i kostki. Kładzie się znowu przy mnie i bierze w ramiona. Prostuję nogi. O rety, ale mi dobrze. Tak dobrze. To
był niewątpliwie najbardziej intensywny orgazm, jaki
dane mi było przeżyć. Hmm... seks za karę w wykonaniu
Christiana Greya alias Szarego.

Naprawdę częściej muszę być nieposłuszna.

BUDZI MNIE MOCNE parcie na pęcherz. Otwieram oczy
zdezorientowana. Jest ciemno. Gdzie ja jestem? W Londynie? W Paryżu? Och, na jachcie. Czuję, jak się kołysze na falach i słyszę cichy szum silnika. Płyniemy. Obok
mnie siedzi Christian, pracując na laptopie. Ma na sobie
białą lnianą koszulę i spodnie khaki. Stopy bose. Włosy
nie zdążyły mu jeszcze wyschnąć i czuję zapach żelu pod
prysznic i zapach Christiana... Hmm.

– Hej – mruczy, przyglądając mi się ciepło.

– Hej. – Uśmiecham się, czując nagłą nieśmiałość. –
Długo spałam?

– Tylko około godzinki.

– Płyniemy?

– Pomyślałem, że skoro wczoraj zjedliśmy kolację na
mieście, a potem byliśmy na balecie i w kasynie, to dzisiaj
spędzimy wieczór na pokładzie. Spokojny wieczór *à deux*.

Uśmiecham się szeroko.

– Dokąd płyniemy?

– Do Cannes.

– Okej. – Przeciągam się, gdyż ciało mam zesztyw-
niałe. Żadna ilość ćwiczeń z Claude'em nie przygotowa-
łaby mnie na dzisiejsze popołudnie.

Wstaję ostrożnie z zamiarem pójścia do toalety. Otulam się jedwabną podomką. Skąd ta nagła nieśmiałość?
Czuję na sobie wzrok Christiana. Kiedy zerkam na niego,
on marszczy brwi i wraca do pracy.

Gdy z roztargnieniem myję w umywalce ręce, wspominając wczorajszy wieczór w kasynie, poły podomki rozchylają się. Zaszokowana wpatruję się w lustro.

Jasna cholera! Co on mi zrobił?

ROZDZIAŁ TRZECI

Patrzę z przerażeniem na czerwone ślady na piersiach. Malinki! Mam malinki! Jestem żoną jednego z najbardziej szanowanych biznesmenów w Stanach Zjednoczonych, a on mi, cholera, zrobił malinki. Jak mogłam tego nie poczuć? Oblewam się rumieńcem. Prawda jest taka, że doskonale wiem jak – pan Ekstaza użył w tym celu swych najdoskonalszych technik.

Moja podświadomość przygląda mi się znad okularów i cmoka z dezaprobatą, natomiast wewnętrzna bogini śpi jak zabita na szezlongu. Patrzę na swoje odbicie. Kajdanki pozostawiły na nadgarstkach czerwone ślady. Na pewno pojawią się sińce. Przyglądam się kostkom – to samo. Jasna cholera, wyglądam jak ofiara jakiegoś wypadku. Przesuwam wzrokiem po całym ciele. Ostatnimi czasy moje ciało wygląda inaczej. Zmieniło się, odkąd go poznałam… Stałam się szczuplejsza i bardziej wysportowana, a włosy mam błyszczące i doskonale obcięte. Do tego manicure, pedicure i wyregulowane brwi. Po raz pierwszy w życiu wyglądam nieskazitelnie – z wyjątkiem tych paskudnych malinek.

Nie chcę teraz myśleć o nieskazitelnym wyglądzie. Jestem za bardzo wkurzona. Jak śmiał mnie tak oznaczyć, jak jakąś nastolatkę! Nigdy dotąd nie zrobił mi malinki. Okropnie wyglądam. Wiem, czemu to zrobił. Cholerny kontroler. O nie! Moja podświadomość krzyżuje ręce na piersiach – tym razem posunął się za daleko. Wychodzę

z przylegającej do sypialni łazienki i kieruję się do garderoby, w ogóle nie patrząc w stronę Christiana. Zsuwam
z ramion podomkę i wkładam spodnie od dresu i bluzeczkę na ramiączkach. Rozplatam warkocz, biorę z nie-
wielkiej toaletki szczotkę i rozczesuję włosy.

– Anastasio! – woła Christian i słyszę w jego głosie
niepokój. – Wszystko w porządku?

Ignoruję go. Wszystko w porządku? Nie, nie w porządku. Po tym, co mi zrobił, najpewniej do końca podróży nie będę mogła włożyć nawet stroju jednoczęściowe-
go, nie mówiąc o absurdalnie drogim bikini. Na tę myśl
ogarnia mnie prawdziwa wściekłość. Jak on śmiał? Już ja
mu dam. Ja także potrafię się zachowywać jak gówniara!
Wychodzę z garderoby, rzucam w niego szczotką, odwracam się i opuszczam sypialnię – ale zdążam dostrzec jego
zaszokowaną minę i szybką jak błyskawica reakcję, gdy
unosi rękę, osłaniając głowę, a szczotka odbija się i spada
na łóżko.

Wchodzę gniewnie po schodach na pokład, kierując
się na dziób. Potrzebuję przestrzeni, aby się uspokoić. Jest
ciemno i ciepło. Przyjemna bryza przynosi zapach Morza Śródziemnego, jaśminu i bugenwilli. Fair Lady sunie
przez spokojną, kobaltową toń. Opieram łokcie o drewniany reling i wpatruję się w odległy brzeg, gdzie światełka mrugają i migoczą. Biorę głęboki oddech i powoli
zaczynam się uspokajać. Prędzej wyczuwam, niż słyszę,
że stoi za mną.

– Jesteś na mnie zła – szepcze.

– No coś ty, Sherlocku!

– Jak bardzo?

– W skali od jednego do dziesięciu? Pięćdziesiąt.
Trafnie to ujęłam, co?

– Aż tak zła. – W jego głosie słychać jednocześnie
zaskoczenie i podziw.

– Tak. Zła jak osa – syczę przez zaciśnięte zęby.

Christian milczy, gdy odwracam się i posyłam mu gniewne spojrzenie. Przygląda mi się niespokojnie. Jego mina i fakt, że nawet nie próbuje mnie dotknąć, mówią mi, że czuje się zagubiony.

– Christianie, musisz przestać próbować przywoływać mnie do nogi. Na plaży jasno przedstawiłeś swoje stanowisko. Bardzo jasno, o ile dobrze pamiętam.

Ledwie zauważalnie wzrusza ramionami.

– No, nie zdejmiesz więcej stanika – burczy z rozdrażnieniem.

I to usprawiedliwia to, co mi zrobił? Piorunuję go wzrokiem.

– Nie lubię, gdy zostawiasz na moim ciele ślady. A już na pewno nie aż tyle. To granica bezwzględna! – syczę.

– Nie lubię, gdy się rozbierasz w miejscach publicznych. To moja granica bezwzględna – warczy.

– Myślę, że już to ustaliliśmy. Spójrz tylko na mnie!

Obciągam bluzeczkę, odsłaniając górną część piersi. Christian nie spuszcza wzroku z mojej twarzy, czujny i niepewny. Nie jest przyzwyczajony do oglądania mnie w takim stanie. Czy on nie widzi, co nawyczyniał? Nie rozumie, jak bardzo niedorzecznie się zachowuje? Mam ochotę na niego krzyczeć, ale się powstrzymuję – nie chcę posunąć się za daleko. Bóg jeden wie, co by wtedy zrobił. W końcu wzdycha i unosi ręce w geście rezygnacji i pojednania.

– W porządku – mówi. – Rozumiem.

Alleluja!

– To dobrze!

Przeczesuje palcami włosy.

– Przepraszam. Proszę, nie złość się na mnie. – W końcu wygląda na skruszonego. I używa moich własnych słów.

– Czasami zachowujesz się jak nastolatek – besztam go, ale bojowy duch już mnie opuścił i on o tym wie. Stawia krok w moją stronę, z wahaniem unosi dłoń i zakłada mi za ucho pasmo włosów.

– Wiem – przyznaje cicho. – Dużo się muszę nauczyć.

Przypominają mi się słowa doktora Flynna... „Pod względem emocjonalnym Christian to nastolatek, Ano. Zupełnie ominął ten etap swego życia. Całą energię przelał na osiągnięcie sukcesu w świecie biznesu, sukcesu, który przerósł jego najśmielsze oczekiwania. Emocjonalnie ma wiele do nadrobienia".

Serce mi nieco topnieje.

– Oboje musimy. – Wzdycham i ostrożnie unoszę rękę, po czym kładę mu ją na sercu. Nie wzdryga się, jak kiedyś, lecz sztywnieje. Zakrywa moją dłoń swoją i uśmiecha się nieśmiało.

– Właśnie się przekonałem, że dobrze pani celuje, pani Grey. Nigdy bym się tego nie domyślił, no ale z drugiej strony nieustannie cię nie doceniam. Ciągle mnie zaskakujesz.

Unoszę brew.

– Strzelanie do tarczy z Rayem. Potrafię doskonale rzucać i strzelać, panie Grey, i lepiej, żeby pan o tym pamiętał.

– Dołożę wszelkich starań, aby tak się stało, pani Grey. Albo usunę wszystkie potencjalne pociski z zasięgu pani wzroku, aby nie miała pani dostępu do broni. – Uśmiecha się żartobliwie.

Odpowiadam mu takim samym uśmiechem. Mrużę oczy.

– Jestem bardzo zaradna.

– W rzeczy samej – szepcze i puszcza moją dłoń, po czym bierze mnie w ramiona, chowając nos we włosach. Obejmuję go mocno i czuję, jak jego ciało opuszcza napięcie. – Wybaczyłaś mi?

– A ty mi?

Wyczuwam jego uśmiech.

– Tak – odpowiada.

– Ja też.

Stoimy przytuleni. Złość zupełnie mi już minęła. Choć zachowuje się czasem jak gówniarz, trzeba mu oddać, że pięknie pachnie. Jak mogę mu się oprzeć?

– Głodna? – pyta po chwili.

Mam zamknięte oczy i głowę opartą o jego klatkę piersiową.

– Tak. Umieram z głodu. Wszystkie nasze… eee… działania zaostrzyły mi apetyt. Ale mój strój nie jest odpowiedni na kolację. – Jestem pewna, że spodnie od dresu i bluzeczka na ramiączkach zasłużyłyby w jadalni na kilka surowych spojrzeń.

– Dla mnie wyglądasz dobrze, Anastasio. Poza tym przez tydzień jacht należy do nas. Możemy się ubierać, jak tylko mamy ochotę. Uznajmy, że to wtorek bez krawatu na Lazurowym Wybrzeżu. A zresztą pomyślałem, że moglibyśmy zjeść na pokładzie.

– Chętnie.

Całuje mnie – to szczery, proszący o wybaczenie pocałunek – po czym ruszamy niespiesznie w stronę dziobu, gdzie czeka na nas gazpacho.

STEWARD STAWIA PRZED nami crème brûlée i dyskretnie odchodzi.

– Czemu zawsze splatasz mi włosy w warkocz? – pytam z czystej ciekawości. Siedzimy przy stole naprzeciw siebie. Nasze łydki się splatają. Bierze do ręki łyżeczkę do deserów i marszczy lekko brwi.

– Nie chcę, by włosy ci się w coś wplątały – mówi cicho i przez chwilę milczy. – To pewnie przyzwyczajenie – dodaje. Nagle marszczy brwi, a jego oczy robią się ogromne.

Co mu się przypomniało? To coś bolesnego, zapewne jakieś wspomnienie z pierwszych lat życia. Nie chcę mu o tym przypominać. Nachylam się i kładę mu palec na ustach.

– Nie, to nieważne. Nie muszę wiedzieć. Byłam jedynie ciekawa. – Obdarzam go ciepłym, uspokajającym uśmiechem.

Wydaje się niespokojny, ale po chwili wyraźnie się odpręża. Nachylam się jeszcze bardziej, by ucałować kącik jego ust.

– Kocham cię – mruczę, a on posyła mi ten swój nieśmiały uśmiech. – Zawsze będę cię kochać, Christianie.

– A ja ciebie – mówi miękko.

– Pomimo mojego nieposłuszeństwa? – Unoszę brew.

– Z powodu twojego nieposłuszeństwa, Anastasio. – Uśmiecha się szeroko.

Rozbijam łyżeczką warstwę skarmelizowanego cukru i kręcę głową. Czy ja kiedykolwiek zrozumiem tego mężczyznę? Hmm – ten crème brûlée jest przepyszny.

Kiedy steward uprzątnął nasz stolik, Christian sięga po butelkę różowego wina i ponownie napełnia mój kieliszek. Sprawdzam, czy jesteśmy sami, i pytam:

– Co znaczyło to niechodzenie do ubikacji?

– Naprawdę chcesz wiedzieć? – Uśmiecha się lekko, a w jego oczach widać lubieżny błysk.

– Chcę? – Rzucam mu spojrzenie spod rzęs i biorę łyk wina.

– Im pełniejszy masz pęcherz, tym bardziej intensywny jest orgazm, Ano.

Czerwienię się.

– Och. Rozumiem. – A niech mnie, to sporo tłumaczy.

Uśmiecha się szeroko. Czy już zawsze będę w tyle za panem Sekspertem?

– Tak. Cóż… – Desperacko szukam w głowie jakiegoś innego tematu.

Christianowi robi się mnie w końcu żal.

– Jak masz ochotę spędzić resztę wieczoru? – Przechyla głowę i patrzy na mnie pytająco.

Robiąc to, na co ty masz ochotę, Christianie. Sprawdzając ponownie twoją teorię? Wzruszam ramionami.

– Wiem, na co ochotę mam ja – mruczy. Bierze ze stolika kieliszek z winem, wstaje i wyciąga rękę. – Chodź.

Podaję mu dłoń, on zaś prowadzi mnie do salonu.

W stacji dokującej na komodzie znajduje się jego iPod. Włącza go i wybiera utwór.

– Zatańcz ze mną. – Bierze mnie w ramiona.

– Skoro nalegasz.

– Nalegam, pani Grey.

Z głośników płyną pierwsze takty zmysłowej, lekko tandetnej melodii. To coś latynoskiego? Christian uśmiecha się do mnie szeroko i zaczyna się poruszać, zabierając mnie razem z sobą.

Śpiewa mężczyzna z głosem jak ciepły, płynny karmel. Znam tę piosenkę, ale nie mogę sobie przypomnieć, kto ją wykonuje. Christian mocno mnie przechyla, a ja piszczę zaskoczona, ku jego rozbawieniu. Podnosi mnie, po czym każe wykonać obrót.

– Tak dobrze tańczysz – mówię. – Nawet ja sobie przy tobie nieźle radzę.

Obdarza mnie enigmatycznym uśmiechem, ale nic nie mówi i zastanawiam się, czy to dlatego, że myśli o niej… o pani Robinson, kobiecie, która nauczyła go tańczyć – i pieprzyć się. Dość dawno już o niej nie myślałam. Christian od dnia urodzin nie wspomniał na jej temat ani słowem, a z tego co mi wiadomo, nie prowadzą już razem interesów. Muszę przyznać, aczkolwiek niechętnie, że dobra z niej była nauczycielka.

Ponownie mnie przechyla i składa na ustach przelotny pocałunek.

– Brakowałoby mi twej miłości – mruczę, powtarzając słowa piosenki.

– Mnie twojej by bardziej niż brakowało – mówi i wykonuje jeszcze jeden obrót. A potem śpiewa mi cicho do ucha, od czego ja cała się rozpływam.

Piosenka dobiega końca i Christian patrzy na mnie oczami pociemniałymi i błyszczącymi. A mnie nagle brak jest tchu.

– Chodź ze mną do łóżka, dobrze? – szepcze i ta płynąca prosto z serca prośba zupełnie mnie rozbraja.

Christianie, o zgodę pytałeś mnie dwa i pół tygodnia temu. Ale wiem, że to jego wersja przeprosin i upewnienia się, że wszystko jest już dobrze między nami.

KIEDY SIĘ BUDZĘ, przez iluminatory sączy się słońce, a na suficie chybotliwie odbija się woda. Christian gdzieś zniknął. Przeciągam się i uśmiecham. Hmm… Jeśli chodzi o mnie, to taki seks za karę i seks na zgodę mogę mieć codziennie. Zastanawiam się nad tym, jak to jest pójść do łóżka z dwoma różnymi mężczyznami – Christianem zagniewanym i Christianem, który stara się wszystko mi wynagrodzić. Sama nie wiem, w którym wydaniu podoba mi się bardziej.

Wstaję i idę do łazienki. I zastaję w niej golącego się Christiana. Jest nagi, jeśli nie liczyć owiniętego wokół bioder ręcznika. Odwraca się i uśmiecha do mnie promiennie, niespeszony tym, że mu przeszkodziłam. Odkryłam, że nigdy nie zamyka drzwi na klucz, jeśli znajduje się w jakimś pomieszczeniu sam – powód jest poważny i raczej nie mam teraz ochoty o nim myśleć.

– Dzień dobry, pani Grey – mówi. Na pierwszy rzut oka widać, że jest w doskonałym humorze.

– Dzień dobry panu.

Też się uśmiecham i obserwuję, jak się goli. Uwielbiam ten widok. Unosi brodę i pewnymi ruchami przesuwa maszynką po szyi. Przyłapuję się na tym, że nieświadomie naśladuję jego ruchy. Christian odwraca się i uśmiecha drwiąco. Połowę twarzy ma nadal pokrytą pianką.

– Dobrze się bawisz? – pyta.

Och, Christianie, godzinami mogłabym ci się przyglądać.

– Doskonale – mruczę, a on pochyla się i daje szybkiego buziaka, brudząc mi twarz pianką.

– Mam zająć się tobą? – szepcze łobuzersko i unosi maszynkę.

Zasznurowuję usta.

– Nie – burczę, udając nadąsaną. – Następnym razem użyję wosku. – Przypomina mi się wesołość Christiana, kiedy w Londynie odkrył, że w czasie, gdy on brał udział w jednym ze spotkań, ja z ciekawości zgoliłam włosy łonowe. Naturalnie moje dzieło nie spełniało rygorystycznych standardów Pana Doskonałego…

⁞⁞⁞⁞⁞⁞⁞⁞⁞⁞⁞⁞⁞⁞⁞⁞

– Co ty, u licha, zrobiłaś? – wykrzykuje Christian.

Nie jest w stanie ukryć pełnej przerażenia wesołości. Siada na łóżku w naszym apartamencie w hotelu Brown's niedaleko Piccadilly, włącza nocną lampkę i wpatruje się we mnie. Jego usta tworzą zaskoczoną literę O. Musi być już północ. Moje policzki nabierają barwy pościeli w pokoju zabaw i próbuję obciągnąć satynową koszulkę, żeby nie widział. Przytrzymuje mi rękę.

– Ana!

– Ja… eee… ogoliłam się.

– To widzę. Ale dlaczego? – Uśmiecha się od ucha do ucha.

Zakrywam dłońmi twarz. Czemu tak bardzo się wstydzę?

– Hej – mówi łagodnie i odciąga moje dłonie. – Nie chowaj się. – Przygryza wargę, żeby się nie roześmiać. – Powiedz mi. Dlaczego? – Oczy skrzą mu się wesołością. Co on w tym widzi takiego zabawnego?

– Przestań się ze mnie śmiać.

– Nie śmieję się, przepraszam. Jestem… jestem zachwycony – mówi.

– Och…

– No mów. Dlaczego?

Biorę głęboki oddech.

– Dziś rano, kiedy wyszedłeś na spotkanie, wzięłam prysznic i przypomniały mi się te wszystkie twoje zasady.

Mruga szybko. Już się nie śmieje, lecz obserwuje mnie czujnie.

– Analizowałam je po kolei i to, co o nich myślę, i przypomniał mi się salon piękności i pomyślałam… że to właśnie by ci się spodobało. Nie miałam dość odwagi, żeby iść na woskowanie. – Mój głos cichnie, zamieniając się w szept.

Patrzy na mnie, a oczy mu błyszczą – jednak tym razem nie rozbawieniem, lecz miłością.

– Och, Ano. – Pochyla się i całuje mnie czule. – Jesteś zniewalająca – szepcze i całuje raz jeszcze, ujmując twarz w dłonie. Po zapierającej dech w piersiach chwili odsuwa się i opiera na łokciu. Wrócił żartobliwy nastrój.

– Chyba powinienem przeprowadzić dokładną inspekcję twego rękodzieła.

– Co? Nie. – On chyba żartuje! Zakrywam się, osłaniając świeżo wygolone miejsce.

– Och, nie rób tego, Anastasio.

Odsuwa moje dłonie i przesuwa się zwinnie tak, że teraz znajduje się między moimi nogami. Posyła mi spojrzenie tak gorące, że mógłby nim zapalić suche drwa, nim jednak zdążę eksplodować, nachyla się i prześlizguje ustami po nagim brzuchu w stronę mej kobiecości. Wiję się pod nim, niechętnie poddając się przeznaczeniu.

– No dobrze, co my tu mamy? – Christian składa pocałunek tam, gdzie jeszcze rano miałam włosy łonowe, następnie przesuwa po mnie kolącą brodą.

– Au! – wołam. Cóż za wrażliwe miejsce.

Spojrzenie Christiana wędruje ku mojej twarzy. Widać w nim zmysłowe pragnienie.

– Chyba coś przegapiłaś – mruczy i pociąga lekko za włoski.

– Och… Cholera – mamroczę, mając nadzieję, że to położy kres jego skrupulatnym i raczej wścibskim oględzinom.

– Mam pomysł. – Wyskakuje nago z łóżka i idzie do łazienki.

Co on, u licha, robi? Chwilę później wraca, niosąc kubek z wodą, moją maszynkę, swój pędzel do golenia, krem i ręcznik. Wszystko oprócz ręcznika kładzie na stoliku nocnym i patrzy z góry na mnie.

O nie! – moja podświadomość z trzaskiem zamyka *Dzieła zebrane Karola Dickensa*, zrywa się z fotela i kładzie ręce na biodrach.

– Nie. Nie. Nie – piszczę.

– Pani Grey, jak już coś robić, to porządnie. Unieś biodra. – Oczy ma szare niczym niebo podczas letniej burzy.

– Christian! Nie będziesz mnie golił.

Przechyla głowę.

– A to dlaczego?

Rumienię się. Czy to nie oczywiste?

– Dlatego, że… to po prostu zbyt…

– Intymne? – pyta szeptem. – Ana, łaknę intymności z tobą, wiesz o tym. Poza tym robiliśmy już razem takie rzeczy, że daj spokój ze wstydem. A tę część twego ciała znam lepiej niż ty.

Wpatruję się w niego. Ze wszystkich aroganckich… w sumie to prawda… no ale jednak.

– To nie przystoi! – biadolę.

– Wprost przeciwnie, jest bardzo podniecające.

Podniecające? Naprawdę?

– To cię podnieca? – W moim głosie słychać zdumienie.

Prycha.

– Nie widzisz? – Zerka w dół na wzwód. – Chcę cię ogolić – szepcze.

Och, a co mi tam. Kładę się na plecach i zakrywam ramieniem twarz, żebym nie musiała na to patrzeć.

– Skoro cię to uszczęśliwia, Christianie, proszę bardzo. Ależ ty jesteś perwersyjny – mamroczę, unosząc biodra, żeby mógł podłożyć mi pod pupę ręcznik. Całuje wewnętrzną część uda.

– Och, maleńka, masz stuprocentową rację.

Słyszę, jak zanurza pędzel w wodzie, po czym nakłada na niego krem. Chwyta mnie za lewą kostkę i rozsuwa nogi. Materac ugina się, gdy Christian siada między moimi udami.

– Bardzo chciałbym cię teraz związać – mruczy.

– Obiecuję, że nie będę się ruszać.

– Dobrze.

Robię głośny wdech, gdy przesuwa pędzlem po kości łonowej. Jest ciepły. Wiercę się. Czuję łaskotanie… ale takie przyjemne.

– Leż nieruchomo – beszta mnie Christian i ponownie używa pędzla. – Inaczej rzeczywiście cię zwiążę

– dodaje groźnie, a wzdłuż mego kręgosłupa przebiega rozkoszny dreszcz.

– Robiłeś to już? – pytam z wahaniem, kiedy sięga po maszynkę.

– Nie.

– Och. To dobrze. – Uśmiecham się.

– Kolejny pierwszy raz, pani Grey.

– Hmm. Lubię pierwsze razy.

– Ja też. No to zaczynamy. – I z delikatnością, która mnie zaskakuje, przesuwa maszynką po mej wrażliwej skórze. – Nie ruszaj się – burczy i wyczuwam, że mocno się koncentruje.

Nie mija dużo czasu, a wyciąga spode mnie ręcznik i wyciera pozostały na ciele krem.

– Proszę bardzo. Teraz jest idealnie.

W końcu odsuwam rękę z twarzy i patrzę na niego. Siedzi i podziwia swoje dzieło.

– Zadowolony? – pytam. Głos mam schrypnięty.

– Bardzo. – Uśmiecha się szelmowsko i powoli wsuwa we mnie palec.

⁙⁙⁙⁙⁙⁙⁙⁙⁙⁙⁙⁙⁙

– Ale to było fajne – mówi. W jego spojrzeniu dostrzegam cień drwiny.

– Może dla ciebie.

W sumie jednak ma rację… było… podniecająco.

– O ile mnie pamięć nie myli, to, co wydarzyło się później, dało ci sporo satysfakcji.

Christian wraca do golenia, a ja wbijam wzrok w dłonie. Owszem, sporo. Nie miałam pojęcia, że brak włosów łonowych może aż tak bardzo zmienić doznania.

– Hej, tylko się droczę. Czy nie tak zachowują się mężowie beznadziejnie zakochani w swoich żonach? –

Christian unosi mi brodę i patrzy w oczy. Z niepokojem próbuje wybadać moją reakcję.

Hmm... pora na rewanż.

– Siadaj – mówię.

Patrzy na mnie nierozumiejącym wzrokiem. Popycham go lekko w stronę białego taboretu. Skonsternowany siada, a ja wyjmuję mu z dłoni maszynkę.

– Ana – rzuca ostrzegawczo, gdy dociera do niego mój zamiar.

Nachylam się i całuję go w usta.

– Odchyl głowę – szepczę.

Waha się.

– Wet za wet, panie Grey.

Przygląda mi się z czujnym, rozbawionym niedowierzaniem.

– Wiesz, co robisz? – pyta niskim głosem.

Kręcę powoli głową, robiąc minę na tyle poważną, na ile jestem w stanie. Christian zamyka oczy, po czym poddaje się i odchyla głowę.

A niech mnie, pozwala mi się ogolić. Niepewnie kładę dłoń na jego włosach nad czołem i chwytam je mocno, aby unieruchomić mu głowę. Zaciska mocno powieki i rozchyla usta, biorąc głęboki oddech. Bardzo delikatnie przesuwam maszynką w górę szyi aż do brody, odsłaniając kawałek gładkiej skóry. Christian wypuszcza powietrze.

– Sądziłeś, że zamierzam zrobić ci krzywdę?

– Z tobą nic nigdy nie wiadomo, Ano, ale nie, wiem, że rozmyślnie mnie nie skrzywdzisz.

Ponownie przesuwam maszynką po szyi, odsłaniając jeszcze więcej gładkości.

– Nigdy bym cię z rozmysłem nie skrzywdziła, Christianie.

Otwiera oczy i obejmuje mnie, gdy tymczasem ja delikatnie przesuwam maszynką po policzku.

– Wiem – mówi, przechylając głowę tak, że mam jeszcze lepszy dostęp. Jeszcze dwa ruchy i koniec.

– Zrobione, i nie polała się ani kropla krwi. – Uśmiecham się z dumą.

Przesuwa ręką w górę mej nogi, unosząc materiał koszuli nocnej, po czym pociąga mnie do siebie, manewrując tak, bym siadła na nim okrakiem. Opieram dłonie o jego przedramiona. Naprawdę jest nieźle umięśniony.

– Mogę cię dziś gdzieś zabrać?

– Nie będzie opalania? – pytam zjadliwie, unosząc brew.

Oblizuje nerwowo usta.

– Nie, dziś nie będzie. Pomyślałem, że wolałabyś zająć się czymś innym.

– Cóż, jako że naznaczyłeś mnie malinkami, skutecznie udaremniając leżakowe plany, jasne, czemu nie?

Postanawia zignorować mój ton.

– To kawałek drogi stąd, ale z tego co czytałem, warto tam jechać i mój tato też poleca to miasteczko. Nazywa się Saint-Paul-de-Vence. Mają tam kilka galerii. Pomyślałem, że moglibyśmy kupić kilka obrazów lub rzeźb do nowego domu, gdybyśmy natrafili na coś, co nam się spodoba.

Odsuwam się. Sztuka… chce kupować dzieła sztuki. Jak ja mam to robić?

– Co się stało? – pyta.

– Nie znam się na sztuce, Christianie.

Wzrusza ramionami i uśmiecha się do mnie.

– Kupimy tylko to, co nam się spodoba. Nie mam na myśli inwestycji.

Inwestycje? Jezu.

– No co?

Kręcę głową.

– Posłuchaj, wiem, że mamy dopiero szkice od architekta wnętrz, ale co nam szkodzi popatrzeć, poza tym to bardzo stare, zabytkowe miasteczko.

Och, architekt. Że też musiał mi o niej przypomnieć...
Gia Matteo, przyjaciółka Elliota, która zaprojektowała
wnętrze domu Christiana w Aspen. Podczas naszych spotkań czepiała się Christiana niczym jakaś pijawka.

– No a teraz o co ci chodzi?! – wykrzykuje. Kręcę
głową. – Mów – nakazuje.

Jak mogę mu powiedzieć, że nie lubię Gii? Moja niechęć jest irracjonalna. Nie chcę wyjść na zazdrośnicę.

– Chyba nie złościsz się jeszcze o to, co zrobiłem
wczoraj? – Wzdycha i chowa nos między moimi piersiami.

– Nie. Głodna jestem – burczę, wiedząc doskonale,
że to akurat powstrzyma go od dalszego wypytywania.

– Czemu mi o tym nie powiedziałaś? – Zsuwa mnie
z kolan i wstaje.

Saint-Paul-de-Vence to warowne średniowieczne
miasteczko na szczycie wzgórza, jedno z najbardziej ma-
lowniczych miejsc, jakie w życiu widziałam. Przechadzam
się z Christianem po brukowanych uliczkach, rękę trzymając w tylnej kieszeni jego szortów. Taylor i Gaston albo
Philippe – nie jestem w stanie ich rozróżnić – chodzą za
nami. Docieramy do wysadzanego drzewami placu, gdzie
trzech starszych panów gra w bule. Jeden, pomimo upału,
ma na głowie tradycyjny beret. Jest tu dość sporo turystów,
ale przy boku Christiana czuję się bezpiecznie. Tyle tu do
oglądania – wąskie uliczki i przejścia prowadzące do dzie-
dzińców z kamiennymi fontannami, rzeźby sprzed wieków
i te współczesne, fascynujące niewielkie butiki i sklepiki.

W pierwszej galerii Christian przygląda się z roztargnieniem wiszącym na ścianie fotografiom erotycznym,
ssąc zausznik okularów przeciwsłonecznych. To prace
Florence D'elle – nagie kobiety w różnych pozach.

– Niezupełnie to miałam na myśli – burczę z dezaprobatą. Przywołują wspomnienie kartonu ze zdjęcia-

mi, który znalazłam w jego garderobie, naszej garderobie. Ciekawe, czy rzeczywiście je zniszczył.

– Ja też nie – mówi Christian, uśmiechając się do mnie. Bierze mnie za rękę i przechodzimy do kolejnego artysty. Leniwie zastanawiam się, czy powinnam mu pozwolić, żeby zrobił zdjęcia mi.

Następna jest malarka specjalizująca się w martwej naturze – owoce i warzywa z bardzo bliska w nasyconych, pięknych barwach.

– Te mi się podobają. – Pokazuję na trzy obrazy przedstawiające papryczki. – Przypominają mi, jak kroiłeś u mnie warzywa. – Chichoczę.

Usta Christiana wykrzywiają się lekko, kiedy bez powodzenia próbuje ukryć rozbawienie.

– Sądziłem, że poszło mi całkiem nieźle – mruczy. – Może nie jakoś szczególnie szybko, ale prawda jest taka… – bierze mnie w ramiona – że mnie rozpraszałaś. Gdzie byś je powiesiła?

– Co?

Christian muska mi nosem ucho.

– Obrazy, gdzie byś je powiesiła? – Przygryza mi ucho, a ja czuję to w lędźwiach.

– W kuchni – mamroczę.

– Hmm. Dobry pomysł, pani Grey.

Zerkam na cenę. Pięć tysięcy euro za jeden. O kurwa!

– Są naprawdę drogie!

– No i? – Ponownie trąca mnie nosem. – Przyzwyczaj się do tego, Ano.

Puszcza mnie i podchodzi niespiesznie do biurka, za którym siedzi młoda, odziana w biel kobieta. Wyraźnie pożera go wzrokiem. Mam ochotę przewrócić oczami, ale kieruję uwagę z powrotem na obrazy. Pięć tysięcy euro… o mamusiu.

* * *

Zjedliśmy lunch i siedzimy właśnie na kawie w hotelu Le Saint Paul. Widoki są oszałamiające. Winnice i pola słoneczników tworzą radosny patchwork, wśród którego porozrzucane są małe, schludne domki. Dzień jest taki pogodny, że widok rozpościera się aż do morza migoczącego na linii horyzontu. Moje rozmyślania przerywa Christian.

– Pytałaś, dlaczego zaplatałem ci włosy – mówi cicho. Ton jego głosu napawa mnie niepokojem. On chyba czuje się winny.

– Tak. – Cholera.

– Wydaje mi się, że dziwka pozwalała mi bawić się swoimi włosami. Nie wiem, czy to wspomnienie, czy tylko sen.

Ma na myśli swoją biologiczną matkę.

Przygląda mi się, a z jego twarzy niczego się nie da wyczytać. Serce podchodzi mi do gardła. Co mam powiedzieć, kiedy słyszę coś takiego?

– Lubię, kiedy się bawisz moimi włosami. – W moim głosie słychać wahanie.

Patrzy na mnie niepewnie.

– Naprawdę?

– Tak. – To prawda. Chwytam jego dłoń. – Myślę, że kochałeś swoją matkę, Christianie.

Jego oczy stają się wielkie, ale nic nie mówi.

O cholera. Posunęłam się zbyt daleko? Powiedz coś, Szary, błagam. On jednak zachowuje milczenie, przyszpilając mnie niezgłębionym spojrzeniem szarych oczu. Wydaje się zagubiony.

Przenosi wzrok na moją dłoń i marszczy brwi.

– Powiedz coś – szepczę, ponieważ nie mogę znieść panującej między nami ciszy.

Kręci głową i bierze głęboki oddech.

– Chodźmy.

Puszcza moją dłoń i wstaje od stolika. Minę ma pełną rezerwy. Przekroczyłam granicę? Nie mam pojęcia. Serce mi zamiera i nie wiem, czy powiedzieć coś jeszcze, czy po prostu odpuścić. Decyduję się na to drugie i posłusznie wychodzę za nim z restauracji.

Na uroczej wąskiej ulicy bierze mnie za rękę.

– Gdzie chcesz iść?

On mówi! I nie jest na mnie zły – dzięki Bogu. Oddycham z ulgą i wzruszam ramionami.

– Cieszę się, że jednak się do mnie odzywasz.

– Wiesz, że nie lubię rozmawiać o tamtym gównianym okresie. Było, minęło.

Nie, Christianie, nie minęło. Ta myśl mnie zasmuca i po raz pierwszy się zastanawiam, czy kiedykolwiek minie. Zawsze będzie Szarym… moim Szarym. Chcę, żeby się zmienił? Nie, chyba nie – na tyle tylko, aby czuł się kochany. Podnoszę na niego wzrok i przez chwilę podziwiam jego zniewalającą urodę… i należy on do mnie. Nie chodzi o to, że urzeka mnie jedynie jego piękna twarz i oszałamiające ciało. Tak naprawdę przyciąga mnie to, co się kryje za tą perfekcją… jego delikatna, pokaleczona dusza.

Obejmuje mnie ramieniem i kierujemy się w stronę miejsca, gdzie Philippe/Gaston zaparkował przestronnego mercedesa. Wsuwam dłoń w tylną kieszeń szortów Christiana, ciesząc się, że nie jest na mnie zły. No ale prawda jest taka, że który czterolatek nie kocha swojej mamy, bez względu na to, jak kiepsko wywiązuje się ona ze swoich obowiązków? Wzdycham ciężko i przytulam go jeszcze mocniej. Wiem, że za nami drepcze nasza ochrona i przez chwilę się zastanawiam, czy coś jedli.

Christian zatrzymuje się przed niewielkim sklepem jubilerskim i patrzy najpierw na wystawę, potem na mnie.

Ujmuje moją wolną dłoń i przesuwa kciukiem po jasno-
czerwonej linii, którą zostawiły kajdanki.

– To nie boli – zapewniam go. Przekręca się tak, że
druga dłoń wysuwa się z kieszeni jego spodni. Ją też ujmuje i obraca delikatnie, aby przyjrzeć się nadgarstkowi.
Czerwoną linię zasłania platynowy zegarek Omega, który
podarował mi przy śniadaniu podczas naszego pierwszego poranka w Londynie. Wygrawerowane na nim słowa
nadal mnie zachwycają.

Anastasio
Jesteś moim Więcej
moją Miłością, moim Życiem
Christian

Wbrew wszystkiemu, pomimo tej całej swojej „szarości" mój mąż potrafi być taki romantyczny. Przenoszę
wzrok na bladoczerwony ślad na nadgarstku. No ale potrafi być także brutalny. Puszcza mi lewą dłoń, unosi brodę i niespokojnie bada wyraz mojej twarzy.

– To nie boli – powtarzam.

Unosi dłoń do ust i na wewnętrznej stronie nadgarstka składa delikatny, przepraszający pocałunek.

– Chodźmy – mówi i pociąga mnie za sobą do sklepu.

– Proszę. – Christian rozpina platynową bransoletkę,
którą właśnie kupił. Jest przepiękna, delikatna: filigrany
w kształcie drobnych kwiatków z maleńkimi diamencikami w środku. Zapina mi ją na nadgarstku. Jest szeroka
i zakrywa czerwony ślad. Do tego kosztowała trzydzieści
tysięcy euro. Tyle zrozumiałam z prowadzonej po francu-
sku rozmowy ze sprzedawczynią. Jeszcze nigdy nie miałam na sobie nic tak drogiego.

– Tak już lepiej – mruczy.

– Lepiej? – szepczę, wpatrując się w błyszczące, szare oczy, świadoma tego, że chuda jak tyczka sprzedawczyni przygląda się nam z zazdrością i dezaprobatą.

– Wiesz dlaczego – odpowiada Christian niepewnie.

– Nie potrzebuję tego. – Potrząsam nadgarstkiem. Bransoletka łapie wpadające przez okno promienie słońca i na ścianach zaczynają tańczyć małe połyskujące tęcze.

– A ja tak.

Dlaczego? Dlaczego on tego potrzebuje? Czuje się winny? Z powodu czego? Śladów na nadgarstkach? Biologicznej matki? Niezwierzenia mi się? Och, mój Szary.

– Nie, Christianie, nie potrzebujesz. Już tyle mi podarowałeś. Magiczną podróż poślubną, Londyn, Paryż, Lazurowe Wybrzeże... i siebie. Szczęściara ze mnie – szepczę, a jego spojrzenie łagodnieje.

– Nie, Anastasio, to ja mam ogromne szczęście.

– Dziękuję. – Staję na palcach, zarzucam mu ręce na szyję i całuję... nie w podziękowaniu za bransoletkę, ale za to, że jest mój.

W SAMOCHODZIE NASTRÓJ MA refleksyjny. Wygląda przez szybę na pola jaskrawożółtych słoneczników pławiących się w popołudniowym słońcu. Za kierownicą siedzi jeden z bliźniaków – chyba Gaston – a Taylor zajmuje miejsce obok. Christian pogrążył się w rozmyślaniach. Ujmuję jego dłoń i ściskam pokrzepiająco. Zerka na mnie, po czym zabiera dłoń i kładzie ją na mym udzie. Mam na sobie krótką, rozkloszowaną biało-błękitną spódnicę oraz niebieską dopasowaną bluzeczkę na ramiączkach. Christian waha się i nie wiem, czy jego dłoń zamierza przesuwać się w górę, czy w dół. Wstrzymując oddech, czekam na delikatny dotyk jego palców. Co on ma zamiar zrobić? Decyduje się ruszyć w dół. Nagle chwyta mnie za kostkę i kładzie moją stopę na swoich kolanach. Przekręcam się tak, że siedzę teraz przodem do niego.

– Drugą nogę też chcę.

Rzucam nerwowe spojrzenie Taylorowi i Gastonowi, którzy patrzą przed siebie na drogę, i kładę drugą stopę na kolanach Christiana. Unosi rękę i wciska umieszczony na drzwiach z jego strony guzik. Przed nami opuszcza się przyciemniana szyba i dziesięć sekund później można powiedzieć, że jesteśmy sami. Wow... nic dziwnego, że z tyłu tego auta jest tyle miejsca na nogi.

– Chcę się przyjrzeć twoim kostkom – wyjaśnia cicho Christian. Spojrzenie ma niespokojne. Ślady po kajdankach? Jezu... myślałam, że już zamknęliśmy ten temat. Nawet jeśli zostały ślady, maskują je paseczki od sandałów. Nie przypominam sobie, bym rano je widziała. Delikatnie przesuwa kciukiem po prawym podbiciu. To łaskocze. Christian uśmiecha się lekko i wprawnie rozpina jeden pasek. I poważnieje, gdy dostrzega czerwone ślady.

– To nie boli – mamroczę.

Zerka na mnie i widzę, że jest smutny. Usta ma zaciśnięte. Kiwa głową, jakby mi wierzył, a ja strząsam sandał na podłogę. Wiem jednak, że już go straciłam. Znowu jest roztargniony i zamyślony, mechanicznie głaszcząc mi stopę, wyglądając jednocześnie przez szybę.

– Hej. Czego się spodziewałeś? – pytam miękko.

Odwraca się do mnie i wzrusza ramionami.

– Nie spodziewałem się, że widząc te ślady, poczuję się tak, jak w tej chwili – mówi.

Och! W jednej chwili powściągliwy, a w następnej rozmowny? Jakie to... w stylu Szarego! I jak ja mam za nim nadążyć?

– A jak się czujesz?

– Mocno niefajnie – mówi cicho.

O nie. Odpinam pasy i przysuwam się bliżej niego, pozostawiając nogi na jego kolanach. Mam ochotę wejść mu na kolana i mocno przytulić i tak bym zrobiła, gdyby z przodu znajdował się tylko Taylor. Powstrzymuje mnie świadomość, że jest tam także Gaston. Szkoda, że przepierzenie nie jest jeszcze ciemniejsze.

Ujmuję dłonie Christiana.

– To malinki mi się nie podobają – szepczę. – Wszystko inne... to, co mi zrobiłeś... – jeszcze bardziej ściszam głos – ...kajdankami, mnie się to podobało. Bardziej niż podobało. To było odlotowe. Kiedy tylko będziesz chciał, możemy zrobić powtórkę.

Poprawia się na siedzeniu.

– Odlotowe?

Moja wewnętrzna bogini unosi zaskoczona głowę znad powieści Jackie Collins.

– Tak. – Uśmiecham się szeroko. Napieram palcami na jego twardniejące krocze i bardziej widzę, niż słyszę, jak wciąga powietrze.

– Sądzę, że powinna pani zapiąć pasy, pani Grey. – Głos ma niski, a ja raz jeszcze obejmuję go palcami. Robi kolejny wdech, a jego spojrzenie ciemnieje. Ostrzegawczo chwyta moją kostkę. Chce, żebym przestała? Kontynuowała? Nieruchomieje, krzywi się, po czym wyjmuje z kieszeni nieodłącznego BlackBerry. Zerka na zegarek i odbiera telefon. Marszczy brwi.

– Barney – warczy.

Cholera. Znowu przeszkadza nam jego praca. Próbuję opuścić nogi, ale Christian nie puszcza kostki.

– W serwerowni? – pyta z niedowierzaniem. – Aktywował się system przeciwpożarowy?

Pożar! Zabieram nogi z jego kolan i tym razem mnie nie powstrzymuje. Wracam na swoje miejsce, zapinam pasy i bawię się nerwowo bransoletką za trzydzieści tysięcy euro. Christian ponownie wciska guzik przy drzwiach i przepierzenie się podnosi.

– Ktoś ranny? Jakieś szkody? Rozumiem… Kiedy? – Christian raz jeszcze zerka na zegarek, po czym przeczesuje palcami włosy. – Nie. Ani do straży pożarnej, ani na policję. Przynajmniej na razie.

Pożar? W biurze Christiana? W głowie mam gonitwę myśli. Taylor odwraca się, aby słyszeć rozmowę.

– Tak? Dobrze… w porządku. Chcę mieć szczegółowy raport z wyliczeniem zniszczeń. I pełną listę wszystkich osób, które miały tam dostęp w ciągu ostatnich pięciu dni, łącznie z personelem sprzątającym… Każ Andrei zadzwonić do mnie… Tak, wygląda na to, że argon jest rzeczywiście skuteczny.

Raport dotyczący zniszczeń? Argon? To chyba jakiś pierwiastek?

– Wiem, że jest wcześnie… Przyślij mejl za dwie godziny… Nie, muszę wiedzieć. Dziękuję, że zadzwoniłeś. – Christian rozłącza się, po czym od razu wybiera w telefonie jakiś numer. – Welch… Dobrze… Kiedy? – Po raz kolejny obrzuca spojrzeniem zegarek. – W takim razie godzina… tak… Całodobowa ochrona w drugim magazynie danych… okej. – Kończy rozmowę. – Philippe, za godzinę muszę się znaleźć na pokładzie.

– *Monsieur*.

Cholera, to Philippe, nie Gaston. Samochód przyspiesza.

Christian zerka na mnie. Wzrok ma nieprzenikniony.

– Ktoś ranny? – pytam cicho.

Kręci głową.

– Niewielkie szkody. – Ściska mi uspokajająco dłoń. – Nic się tym nie martw. Mój zespół się wszystkim zajął.

– No i proszę bardzo, wrócił pan prezes, spokojny i zupełnie niewytrącony z równowagi.

– Gdzie wybuchł pożar?

– W serwerowni.

– W Grey House?

– Tak.

Jego odpowiedzi są zdawkowe, więc wiem, że nie chce rozmawiać na ten temat.

– Czemu tak mało szkód?

– Serwerownia jest wyposażona w supernowoczesny system przeciwpożarowy.

No, a jakżeby inaczej.

– Ana, proszę… nie martw się.

– Nie martwię się – kłamię.

– Nie mamy pewności, czy to było podpalenie – mówi, docierając tym do sedna mego niepokoju.

Moja dłoń mknie ze strachem ku szyi. Charlie Tango, a teraz to?

Co dalej?

ROZDZIAŁ CZWARTY

Nie mogę sobie znaleźć miejsca. Christian już ponad godzinę temu zaszył się w gabinecie na jachcie. Próbowałam czytać, oglądać telewizję, opalać się – w ubraniu – ale nie jestem w stanie się odprężyć i nie opuszcza mnie uczucie niepokoju. Przebrawszy się w szorty i T-shirt, zdejmuję niedorzecznie drogą bransoletkę i ruszam na poszukiwanie Taylora.

– Pani Grey – mówi, podnosząc z zaskoczeniem głowę znad powieści Anthony'ego Burgessa. Siedzi w mniejszym salonie, przylegającym do gabinetu Christiana.

– Chciałabym się wybrać na zakupy.

– Dobrze, proszę pani. – Wstaje.

– Chcę popłynąć skuterem.

Otwiera usta.

– Eee. – Marszczy brwi, nie wiedząc, co powiedzieć.

– Nie chcę tym zawracać Christianowi głowy.

Wzdycha.

– Pani Grey... eee... nie wydaje mi się, aby panu Greyowi się to spodobało, a nie chciałbym stracić posady.

Och, na litość boską! Mam ochotę przewrócić oczami, ale tylko je mrużę, wzdycham głośno i wyrażam, jak mi się wydaje, odpowiednią porcję pełnego frustracji oburzenia, że nie jestem panią własnego losu. Z drugiej strony nie chcę, aby Christian wkurzył się na Taylora – ani rzecz jasna na mnie. Pukam więc do drzwi gabinetu i wchodzę.

Christian rozmawia przez BlackBerry, opierając się o mahoniowe biurko. Podnosi wzrok.

– Andrea, chwileczkę – rzuca do aparatu.

Minę ma poważną. Patrzy na mnie z grzecznym wyczekiwaniem. Kurde, czemu się czuję, jakbym się znalazła w gabinecie dyrektora szkoły? Ten mężczyzna wczoraj mnie skuł kajdankami. Nie dam mu się onieśmielać, to w końcu mój mąż, do diaska. Prostuję się i posyłam mu szeroki uśmiech.

– Wybieram się na zakupy. Zabieram ze sobą ochronę.

– Jasne, weź jednego z bliźniaków i Taylora – odpowiada i wiem już, że dzieje się coś naprawdę poważnego, gdyż nie zadaje mi dalszych pytań. Stoję i patrzę na niego, zastanawiając się, czy mogę mu jakoś pomóc. – Coś jeszcze? – pyta. Chce, żebym już poszła.

– Kupić ci coś? – pytam.

Obdarza mnie tym swoim słodko nieśmiałym uśmiechem.

– Nie, maleńka, niczego mi nie trzeba – odpowiada. – Załoga się mną zajmie.

– Świetnie. – Mam ochotę go pocałować. A co, wolno mi, to przecież mój mąż. Podchodzę do niego zdecydowanym krokiem i całuję go w usta, kompletnie go zaskakując.

– Andrea, oddzwonię – rzuca do telefonu. Odkłada go na biurko, bierze mnie w ramiona i całuje namiętnie. Kiedy mnie puszcza, brak mi tchu. Oczy ma pociemniałe z pożądania. – Rozpraszasz mnie. Muszę załatwić tę sprawę, aby móc wrócić do naszego miesiąca miodowego. – Przesuwa palcem wskazującym po mojej twarzy.

– W porządku. Przepraszam.

– Nie przepraszaj, proszę, uwielbiam, gdy mnie rozpraszasz. – Całuje kącik mych ust. – Idź wydać trochę pieniędzy. – Puszcza mnie.

– Dobrze.

Z uśmiechem opuszczam gabinet. Moja podświadomość kręci głową i sznuruje usta. „Nie powiedziałaś mu, że bierzesz skuter" – beszta mnie tym swoim śpiewnym głosem. Ignoruję ją. Co za megiera.

Taylor czeka pod drzwiami.

– Na górze wszystko uzgodnione. Możemy płynąć? – Uśmiecham się, starając się, aby w moim głosie nie słychać było sarkazmu.

Taylor nie kryje uśmiechu pełnego podziwu.

– Pani przodem, pani Grey.

TAYLOR CIERPLIWIE ZAZNAJAMIA mnie ze wszystkimi kontrolkami i przyciskami przy kierownicy skutera. Jego spokój i łagodność sprawiają, że dobry z niego nauczyciel. Znajdujemy się na motorówce podskakującej lekko na spokojnej wodzie w porcie obok Fair Lady. Towarzyszy nam Gaston, ze spojrzeniem ukrytym za ciemnymi szkłami okularów, a za sterami motorówki siedzi mężczyzna z załogi jachtu. Jezu, troje ludzi, tylko dlatego że chcę się wybrać na zakupy. To niedorzeczne.

Zapinam kapok i obdarzam Taylora promiennym uśmiechem. Wyciąga rękę, aby mi pomóc wsiąść na skuter.

– Proszę zawiązać pasek z kluczykiem wokół nadgarstka, pani Grey. Jeśli pani spadnie, silnik automatycznie zgaśnie – wyjaśnia.

– Okej.

– Gotowa?

Kiwam entuzjastycznie głową.

– Proszę przekręcić kluczyk, kiedy znajdzie się pani jakieś półtora metra od nas. Popłyniemy za panią.

– Okej.

Odpycha skuter od motorówki, a kiedy unosi w górę kciuk, przekręcam kluczyk i silnik budzi się do życia.

– Okej, pani Grey, dalej to łatwizna! – woła Taylor.

Dodaję gazu. Skuter wyskakuje do przodu, po czym gaśnie silnik. Do diaska! Jak Christian to robi, że wszystko wydaje się takie proste? Próbuję jeszcze raz, i jeszcze, i silnik znowu gaśnie. Kuźwa.

– Gaz trzeba dodawać powoli, pani Grey! – woła Taylor.

– Jasne, jasne – mamroczę pod nosem.

Próbuję raz jeszcze, bardzo powoli naciskając, i skuter rusza do przodu – ale tym razem silnik nie gaśnie. Tak! Płynie dalej. Ha! I płynie! Mam ochotę krzyczeć i piszczeć z podniecenia, opanowuję się jednak. Oddalam się powoli od jachtu i wpływam do głównego portu. Za sobą słyszę gardłowy ryk motorówki. Kiedy dodaję gazu, skuter wystrzeliwuje do przodu, prześlizgując się po wodzie. Z ciepłą bryzą we włosach i rozpryskującą się wokół mnie wodą czuję się wolna. Ale odjazd! Nic dziwnego, że Christian nigdy nie daje mi prowadzić.

Zamiast kierować się w stronę brzegu i przedwcześnie kończyć zabawę, skręcam, aby zrobić kółko wokół naszego okazałego jachtu. Wow, to jest naprawdę fajne. Ignoruję Taylora i resztę ekipy i po raz drugi okrążam Fair Lady. Gdy kończę to robić, na pokładzie dostrzegam Christiana. Chyba przygląda mi się zdumiony, choć trudno mi to dostrzec z takiej odległości. Odważnie unoszę jedną rękę i macham do niego entuzjastycznie. Wygląda jak wyciosany z kamienia, w końcu jednak unosi rękę i wykonuje coś na kształt machnięcia. Nie widzę jego miny, ale coś mi mówi, że wcale tego nie chcę, kieruję się więc w stronę mariny, prześlizgując się po błękitnej powierzchni Morza Śródziemnego, skrzącej się w popołudniowym słońcu.

Przy nabrzeżu czekam i pozwalam, by pierwszy do brzegu dobił Taylor. Minę ma ponurą i serce mi zamiera.

Za to Gaston sprawia wrażenie lekko rozbawionego. Zastanawiam się, czy wydarzyło się coś, co ochłodziło relacje galijsko-amerykańskie i podejrzewam, że chodzi o mnie. Gaston wyskakuje z motorówki i zawiązuje cumy, Taylor zaś pokazuje mi, abym podpłynęła obok. Bardzo powoli manewruję skuterem, by znalazł się przy burcie motorówki. Spojrzenie Taylora nieco łagodnieje.

– Proszę po prostu wyjąć kluczyk, pani Grey – mówi spokojnie, łapiąc za kierownicę. Wyciąga rękę, aby mi pomóc przesiąść się do motorówki. Zwinnie zeskakuję ze skutera mile zaskoczona tym, że się przy tym nie wywracam.

– Pani Grey – mówi nerwowo Taylor, a jego policzki robią się różowe. – Pan Grey nie jest zbyt zadowolony z tego, że wsiadła pani na skuter. – Przestępuje z zakłopotaniem z nogi na nogę. Dociera do mnie, że zadzwonił do niego wzburzony Christian.

Och, mój ty biedny, patologicznie nadopiekuńczy mężu, co ja mam z tobą począć?

Uśmiecham się pogodnie do Taylora.

– Rozumiem. Cóż, pana Greya tu nie ma, a skoro nie jest zbyt zadowolony, na pewno sam mi o tym powie, kiedy wrócimy na jacht.

Taylor wzdryga się.

– Dobrze, pani Grey – mówi cicho, podając mi torebkę.

Gdy wysiadam z motorówki, na jego twarzy dostrzegam cień niechętnego uśmiechu i sama także mam ochotę się uśmiechnąć. Nie mogę uwierzyć, jak wielką mam słabość do Taylora, ale nie lubię, gdy mnie strofuje – nie jest w końcu moim ojcem ani mężem.

Wzdycham. Christian jest zły – a w tej akurat chwili ma na głowie wystarczająco dużo zmartwień. Co ja sobie myślałam? Gdy stoję na nabrzeżu i czekam, aż Taylor wysiądzie z motorówki, wyczuwam wibrującego w torebce BlackBerry. *Your Love Is King* Sade to melodyjka zastrzeżona dla Christiana.

– Cześć – mówię cicho.

– Cześć – odpowiada.

– Wrócę na jacht w motorówce. Nie złość się.

Chyba go tym zaskoczyłam.

– Ale fajnie było, wiesz? – szepczę.

Wzdycha.

– Cóż, jakżebym śmiał kłaść kres twojej zabawie. Po prostu bądź ostrożna. Proszę.

O kurczę! Pozwolenie na zabawę!

– Dobrze. Chcesz czegoś z miasta?

– Tylko ciebie, w jednym kawałku.

– Zrobię, co w mojej mocy, by tak się stało, panie Grey.

– Miło mi to słyszeć, pani Grey.

– Naszym celem jest sprawianie przyjemności – odpowiadam, chichocząc.

Słyszę w jego głosie uśmiech.

– Mam drugi telefon. Na razie, mała.

– Na razie, Christianie.

Rozłącza się. Kryzys skuterowy chyba został zażegnany. Samochód już czeka i Taylor otwiera przede mną drzwi. Wsiadając, mrugam do niego, a on kręci z rozbawieniem głową.

W samochodzie wystukuję szybki mejl.

Nadawca: Anastasia Grey
Temat: Dziękuję Ci
Data: 17 sierpnia 2011, 16:55
Adresat: Christian Grey

Za to, że nie zachowałeś się jak zrzęda.

Twoja kochająca żona

xxx

Nadawca: Christian Grey
Temat: Próbuję zachować spokój
Data: 17 sierpnia 2011, 16:59
Adresat: Anastasia Grey

Proszę bardzo.

Wróć w jednym kawałku.

To nie jest prośba.

x

Christian Grey
Prezes & Nadopiekuńczy Mąż, Grey Enterprises
Holdings, Inc.

Czytając jego odpowiedź, uśmiecham się. Mój kochany kontroler.

CZEMU W OGÓLE CHCIAŁAM jechać na zakupy? Przecież ich nie znoszę. Ale w głębi duszy wiem czemu, i zdecydowanym krokiem mijam butiki Chanel, Gucci, Diora i innych projektantów, by antidotum na to, co mi dolega, znaleźć w końcu w małym sklepiku z pamiątkami dla turystów. To cienka srebrna bransoletka na kostkę z małymi serduszkami i dzwoneczkami. Pobrzękuje uroczo i kosztuje pięć euro. Zakładam ją jeszcze w sklepie. To jestem ja – to właśnie mi się podoba. Od razu czuję się swobodniej. Nie chcę stracić kontaktu z dziewczyną, której to się podoba, nigdy. Zdaję sobie sprawę z tego, że przytłacza mnie nie jedynie Christian, ale także jego bogactwo. Czy kiedykolwiek się do tego przyzwyczaję?

Taylor i Gaston posłusznie chodzą za mną pośród popołudniowego tłumu i wkrótce zupełnie zapominam o ich obecności. Chcę kupić coś dla Christiana, coś, co oderwie jego myśli od wydarzeń w Seattle. Ale co mam kupić komuś, kto ma wszystko? Zatrzymuję się na niewielkim nowoczesnym placu otoczonym sklepami i przesuwam wzrokiem po wszystkich po kolei. Kiedy dostrzegam sklep ze sprzętem elektronicznym, przypomina mi się nasza dzisiejsza wizyta w galerii, a jeszcze wcześniej w Luwrze. Podziwialiśmy tam wtedy *Wenus z Milo*... W mojej głowie rozbrzmiewają słowa Christiana: „Wszyscy podziwiamy kobiece kształty. Uwielbiamy na nie patrzeć, nieważne, czy to rzeźba, obraz czy film".

Przychodzi mi do głowy zuchwały pomysł. Potrzebna mi jedynie pomoc w wyborze odpowiedniego prezentu, a znam tylko jedną osobę, która mogłaby mi jej udzielić. Wyjmuję z torebki BlackBerry i dzwonię do José.

– Kto...? – mamrocze sennie.

– Z tej strony Ana.

– Ana, cześć! Gdzie jesteś? Wszystko w porządku? – Wydaje się już bardziej przytomny, wręcz niespokojny.

– Jestem w Cannes na południu Francji i wszystko w porządku.

– Na południu Francji, powiadasz? Mieszkasz w jakimś niezłym hotelu?

– Eee... nie. Na jachcie.

– Jachcie?

– Dużym jachcie. – Wzdycham.

– Rozumiem. – Jego głos staje się chłodniejszy.

Cholera, nie powinnam była do niego dzwonić. Coś takiego nie jest mi teraz potrzebne.

– José, potrzebuję twojej rady.

– Mojej rady? – pyta zdziwiony. – Jasne – dodaje i tym razem ton głosu ma znacznie przyjaźniejszy.

Opowiadam mu swój plan.

Dwie godziny później Taylor pomaga mi przedostać się z motorówki na trap jachtu. Gaston i marynarz pokładowy zajmują się skuterem. Christiana nigdzie nie widać, więc przemykam się chyłkiem do naszej kajuty, aby zapakować mu prezent. Przepełnia mnie dziecięce podekscytowanie.

– Dość długo cię nie było.

Christian mnie zaskakuje, kiedy przyklejam ostatni kawałek taśmy. Odwracam się i widzę, że stoi w drzwiach kajuty, bacznie mnie obserwując. A jednak napytałam sobie skuterem biedy? Czy może chodzi o pożar w biurze?

– W pracy wszystko pod kontrolą? – pytam z wahaniem.

– Mniej więcej – odpowiada, a przez jego twarz przemyka cień irytacji.

– Byłam na małych zakupach – mówię z nadzieją, że poprawię mu humor. Och, oby to nie na mnie był zirytowany.

Uśmiecha się ciepło i już wiem, że nie mam się czego obawiać.

– Co kupiłaś?

– To. – Stawiam nogę na łóżku i pokazuję mu bransoletkę na kostce.

– Bardzo ładna – stwierdza.

Podchodzi do mnie i dotyka maleńkich dzwoneczków, które pobrzękują wokół mojej kostki. Marszczy brwi i przesuwa opuszkami palców po czerwonej linii, a mnie przeszywa dreszcz.

– I to. – Podaję mu pudełko, mając nadzieję, że odwrócę tym jego uwagę.

– Dla mnie? – pyta zaskoczony.

Kiwam nieśmiało głową. Bierze ode mnie pudełko i potrząsa nim lekko. Uśmiecha się szeroko i siada na łóżku. Nachyla się, ujmuje moją brodę i składa na ustach czuły pocałunek.

– Dziękuję – mówi z nieśmiałą radością.

– Jeszcze nie otworzyłeś.

– Na pewno mi się spodoba. – Patrzy na mnie błyszczącymi oczami. – Nieczęsto dostaję prezenty.

– Ciężko ci coś kupić. Masz przecież wszystko.

– Mam ciebie.

– Zgadza się. – Uśmiecham się. O tak, Christianie, o tak.

Szybko rozrywa papier.

– Nikon? – Zaskoczony podnosi na mnie wzrok.

– Wiem, że masz tę małą cyfrówkę, ale ten aparat jest do… eee… portretów i takich tam. Ma dwa obiektywy.

Po jego minie widać, że dalej nic nie rozumie.

– Dziś w galerii spodobały ci się fotografie Florence D'elle. I pamiętam, co mówiłeś w Luwrze. No i, rzecz jasna, są jeszcze tamte zdjęcia. – Przełykam ślinę, starając się nie przywoływać obrazów, które odkryłam w garderobie.

Christian wstrzymuje oddech, a jego oczy robią się wielkie, gdy w końcu zaczyna rozumieć, o co mi chodzi. A ja szybko, nim stracę odwagę, kontynuuję:

– Pomyślałam, że mógłbyś, eee… chciałbyś zrobić zdjęcia… mnie.

– Zdjęcia. Tobie? – Wpatruje się we mnie, ignorując leżące na kolanach pudełko.

Kiwam głową, rozpaczliwie próbując wybadać jego reakcję. W końcu jego spojrzenie wraca do pudełka, a palce z nabożną fascynacją przesuwają się po fotografii aparatu.

O czym on teraz myśli? Och, nie takiej reakcji się spodziewałam, a moja podświadomość obrzuca mnie takim wzrokiem, jakbym była jakimś zwierzęciem hodowlanym. Christian przecież nigdy, przenigdy nie reaguje zgodnie z moimi oczekiwaniami. Podnosi głowę, a oczy ma pełne... czego? Bólu?

– Dlaczego sądzisz, że tego chcę? – pyta zdeprymowany.

Nie, nie, nie! To ty mówiłeś, że chciałbyś...

– A nie? – pytam, zagłuszając podświadomość, która zastanawia się głośno, czemu ktokolwiek miałby chcieć robić mi erotyczne zdjęcia. Christian przełyka ślinę i przeczesuje palcami włosy. Wygląda na mocno zagubionego. Bierze głęboki oddech.

– Dla mnie tego typu zdjęcia były najczęściej polisą ubezpieczeniową, Ano. Wiem, że zbyt długo uprzedmiotawiałem kobiety.

– I uważasz, że robienie mi zdjęć jest... eee, uprzedmiotawianiem mnie? – Z twarzy odpływa mi cała krew.

Zaciska powieki.

– Mam w głowie mętlik – szepcze. Kiedy otwiera oczy, widać w nich nieufność i coś jeszcze, jakieś intensywne emocje.

Cholera. To przeze mnie? Moje wcześniejsze pytania dotyczące jego biologicznej matki? Pożar w pracy?

– Czemu tak mówisz? – pytam cicho. Wzbiera we mnie panika. Sądziłam, że jest szczęśliwy. Że my jesteśmy szczęśliwi. Że go uszczęśliwiam. Nie chcę, aby miał w głowie mętlik. Chcę? Zaczynam gorączkowo myśleć. Od prawie trzech tygodni nie widział się z Flynnem. O to właśnie chodzi? To jest powodem jego zachowania? Cholera, powinnam zadzwonić do Flynna? I nagle, w chwili wyjątkowej przenikliwości, dociera do mnie prawda: pożar, Charlie Tango, skuter... Christian się boi, boi się o mnie, i potęguje to widok czerwonych śladów na mojej skórze. Od rana się nimi przejmuje, wprawiając tym siebie w konsternację, ponieważ nie jest przyzwyczajony do takiej reakcji na zadawanie bólu. Ta myśl mnie studzi.

Christian raz jeszcze wzrusza ramionami, a jego spojrzenie prześlizguje się na mój nadgarstek, gdzie wcześniej znajdowała się bransoletka, którą mi dziś kupił. Bingo!

– Christianie, te ślady to nic takiego. – Unoszę rękę, odsłaniając czerwoną linię. – Mieliśmy hasło bezpieczeństwa. Kurczę, wczoraj było naprawdę fajnie. Podobało mi się. Przestań się tym zamartwiać. Lubię ostry seks, już ci to mówiłam. – Moje policzki robią się szkarłatne, gdy próbuję opanować rosnącą panikę.

Przygląda mi się uważnie, a ja nie mam pojęcia, co się teraz dzieje w jego głowie. Może analizuje moje słowa.

– To przez ten pożar? – pytam. – Myślisz, że jest w jakiś sposób powiązany z awarią Charliego Tango? Dlatego tak się martwisz? Porozmawiaj ze mną, Christianie, proszę.

Nadal nic nie mówi, tak jak wcześniej dzisiejszego popołudnia. Jasna cholera! Nie odezwie się do mnie, ja to wiem.

– Nie myśl o tym za dużo, Christianie – mówię cicho.

Słowa te przywołują niepokojące wspomnienie – to, co mi powiedział na temat tego głupiego kontraktu. Biorę z jego kolan pudełko i otwieram je. Przygląda mi się biernie, jakbym była jakimś fascynującym, nieznanym mu dotąd okazem. Wiedząc, że aparat jest przygotowany do użycia przez niezwykle pomocnego sprzedawcę, wyjmuję go z pudełka i zdejmuję blendę. Kieruję obiektyw na

Christiana, na jego piękną twarz, naciskam spust migawki i trzymam, a na karcie zapisuje się dziesięć zdjęć jego zaniepokojonej miny.

– W takim razie ja cię uprzedmiotowię – burczę, ponownie naciskając spust. Na ostatnim ujęciu kąciki jego ust niemal niezauważalnie się unoszą. I jeszcze jedna próba, i tym razem się uśmiecha… lekko, ale jednak to uśmiech. Znowu wciskam spust migawki i widzę, jak Christian się odpręża i absurdalnie wydyma usta do obiektywu. Chichoczę. Och, dzięki Bogu, wrócił pan zmienny. Jeszcze nigdy jego widok tak bardzo mnie nie ucieszył.

– Myślałem, że to mój prezent – burczy, ale wydaje mi się, że tylko się ze mną droczy.

– Cóż, miał zainicjować fajną zabawę, ale wygląda na to, że to symbol kobiecego uciemiężenia. – Pstrykam kolejne zdjęcia, robiąc zbliżenia jego rozbawionej twarzy. Wtedy oczy mu ciemnieją, a mina zmienia się na drapieżną.

– Chcesz być ciemiężona? – mruczy jedwabistym głosem.

– Nie, ciemiężona nie – odpowiadam, nie przerywając pstrykania.

– Nieźle mógłbym panią uciemiężyć, pani Grey – rzuca groźnie. Głos ma lekko schrypnięty.

– Doskonale o tym wiem, panie Grey. I całkiem często pan to robi.

Mina mu rzednie. Cholera. Opuszczam aparat i patrzę na niego.

– Co się stało, Christianie? – W moim głosie słychać frustrację. – Powiedz mi!

Milczy. Wrrr! To takie wkurzające. Ponownie unoszę aparat.

– Powiedz – nalegam.

– Nic – mówi i nagle znika z pola widzenia. Jednym ruchem zrzuca pudełko aparatu na podłogę, chwyta mnie i popycha na łóżko. Siada na mnie okrakiem.

– Hej! – wykrzykuję i robię kolejne zdjęcia.

Christian uśmiecha się do mnie. Chwyta aparat za obiektyw i fotograf staje się nagle modelem.

– A więc chce pani, abym robił jej zdjęcia, tak? – pyta z rozbawieniem, naciskając spust migawki. Zza aparatu widać jedynie jego niesforne włosy i szeroki uśmiech. – Cóż, na początek sądzę, że powinna się pani uśmiechać. – Łaskocze mnie bezlitośnie pod żebrami, a ja piszczę, chichoczę i wiję się pod nim, aż w końcu chwytam go za nadgarstek, próbując powstrzymać. Na próżno. Z uśmiechem jeszcze szerszym Christian łaskocze mnie niestrudzenie, nie przerywając robienia zdjęć.

– Nie! Przestań! – wołam.

– Żartujesz? – Odkłada aparat na łóżko, żeby móc mnie torturować obiema rękami.

– Christian! – protestuję ze śmiechem. Jeszcze nigdy mnie nie łaskotał. Rzucam głową na boki, próbując wywinąć się spod niego, chichocząc i odpychając jego ręce, on jednak nie odpuszcza – uśmiechając się szeroko i doskonale bawiąc.

– Christianie, przestań! – błagam, on zaś nagle spełnia moją prośbę.

Chwyta moje dłonie, unosi je i kładzie po obu stronach głowy, a sam wisi nade mną. Ciężko dyszę po tym ataku śmiechu. Jego oddech jest podobny i Christian patrzy na mnie z… czym? Moje płuca przestają funkcjonować. Z zachwytem? Miłością? Czcią? A niech mnie, co za spojrzenie!

– Jesteś. Taka. Piękna – wyrzuca z siebie.

Wpatruję się w jego kochaną twarz i płonące spojrzenie, a on wygląda tak, jakby widział mnie po raz pierwszy. Zamykając oczy, pochyla się i całuje mnie w usta. To sygnał dla mojego libido. O rany. Puszcza moje dłonie i wplata palce we włosy, a w reakcji na jego pocałunek moje ciało zalewa fala pożądania. Nagle jego pocałunek się zmienia, nie jest już słodki, pełen czci i podziwu, ale zmysłowy, głęboki i wygłodniały – jego język przypuszcza atak na moje usta, wślizgując się władczo i zdecydowanie. W tym pocałunku jest coś desperackiego. Podczas gdy w moim ciele krąży pożądanie, budząc każdy mięsień i tkankę, rodzi się we mnie niepokój.

Och, Szary, co się dzieje?

Christian wciąga głośno powietrze i z jego gardła wydobywa się jęk.

– Och, co ty mi robisz? – szepcze skonsternowany.

Nagle kładzie się na mnie, wciskając w materac – jedną dłonią trzyma mi brodę, druga prześlizguje się po moim ciele: po piersi, talii, biodrze, aż dociera do pośladka. Ponownie mnie całuje, wsuwając mi nogę między uda, unosząc moje kolano, napierając na mnie. Pomimo warstw ubrań jego wzwód ociera się o moją kobiecość. Łapię głośno oddech i jęczę mu do ust, oddając się jego rozgorączkowanej namiętności. Odsuwam na bok niepokój, wiedząc, że Christian mnie potrzebuje i że jeśli chodzi o komunikację ze mną, to jego ulubiona forma wyrażania siebie. Całuję go ulegle, przeczesując mu palcami włosy, zaciskając je w dłoniach, trzymając mocno. Tak pysznie smakuje i pachnie Christianem, moim Christianem.

Nagle nieruchomieje, po czym wstaje i pociąga za sobą, tak że stoję teraz przed nim oszołomiona. Odpina guzik przy moich szortach i klęka szybko, ściągając je ze mnie razem z bielizną, i nim zdążę złapać oddech, znów leżę pod nim na łóżku, on zaś rozpina rozporek. Nie rozbiera się, a ja zostaję w T-shircie. Przytrzymuje mi głowę i bez żadnych ceregieli wchodzi we mnie. Wydaję okrzyk zaskoczenia.

– Tak, maleńka – syczy mi do ucha. Nieruchomieje, po czym zatacza biodrami kółko, wchodząc jeszcze głębiej. Jęczę. – Potrzebuję cię – szepcze. Głos ma niski i schrypnięty. Prześlizguje się ustami po mojej brodzie, ssąc i kąsając zębami, a chwilę później znowu mnie całuje, i to mocno. Oplatam go nogami w pasie, przyciskając mocno do siebie, pełna determinacji, aby zagłuszyć to, co go gryzie, a on zaczyna się poruszać... poruszać, jakby próbował wejść we mnie cały. Raz za razem, gorączkowo, pierwotnie, desperacko i nim poddaję się temu rozszalałemu, ustalonemu przez niego rytmowi, raz jeszcze zastanawiam się, co go dręczy. Ale górę bierze moja fizyczność, zagłuszając tę myśl, zamieniając mnie w jedno wielkie doznanie. Moje ciało wyczekuje każdego kolejnego pchnięcia. W uchu mam jego oddech, głośny i urywany. I wiem, że się we mnie zatraca... Jęczę głośno, ciężko dysząc. To takie erotyczne... że tak mnie pragnie. I wspinam się... wspinam... a on zabiera mnie jeszcze wyżej, obejmując mnie w posiadanie, a ja tak bardzo tego pragnę. Tak bardzo... dla niego i dla siebie.

– Dojdź ze mną – dyszy. – Otwórz oczy – nakazuje. – Muszę cię widzieć. – Ton głosu ma naglący, nieustępliwy.

Natychmiast unoszę powieki i widzę go nad sobą – jego twarz pełną napięcia, oczy gorejące. Ten żar i miłość mi wystarczają i jak na zawołanie szczytuję, odrzucając głowę, a moje ciało pulsuje wokół niego.

– Och, Ana! – woła i dołącza do mnie, by po chwili znieruchomieć i opaść na moje ciało.

Obracamy się tak, że teraz to ja leżę na nim. Nadal znajduje się we mnie. Gdy moje ciało powoli dochodzi do siebie, mam ochotę uczynić jakąś uwagę o byciu uprzedmiotowioną i ciemiężoną, ale gryzę się w język niepewna, w jakim Christian jest nastroju. Podnoszę wzrok na jego twarz. Oczy ma zamknięte. Mocno mnie obejmuje, tuląc do siebie. Przez materiał lnianej koszuli całuję jego klatkę piersiową.

– Powiedz mi, Christianie, co się dzieje? – pytam miękko i czekam niespokojnie, czy teraz, zaspokojony po seksie, w końcu mi powie. Czuję, jak jego uścisk staje się jeszcze mocniejszy i to jedyna odpowiedź. Wpadam na pewien pomysł. – Ślubuję ci być wierną partnerką w zdrowiu i chorobie, stać przy twym boku w dobrych czasach i tych złych, dzielić z tobą radość, ale i smutek – mówię cicho.

Zamiera. Otwiera oczy i wpatruje się we mnie, a ja tymczasem kontynuuję:

– Obiecuję bezwarunkowo cię kochać, wspierać cię w twych dążeniach i marzeniach, darzyć cię szacunkiem, śmiać się z tobą i płakać, dzielić swoje nadzieje i marzenia i przynosić pociechę, gdy zajdzie taka potrzeba. – Robię pauzę, pragnąc, aby się w końcu odezwał. Obserwuje mnie, ale nic nie mówi. – I miłować cię do końca swoich dni. – Wzdycham.

– Och, Ano – szepcze i zmienia pozycję, tak że leżymy teraz obok siebie. Wierzchem dłoni gładzi mnie po policzku. – Ślubuję, że będę strzegł naszego związku i ciebie – szepcze. – Obiecuję ci miłość i wierność, w dobrych chwilach i złych, w zdrowiu i chorobie, bez względu na to, dokąd nas los zawiedzie. Że będę cię chronił, szanował i obdarzał zaufaniem. Dzielił twe radości i smutki i niósł pociechę, gdy będziesz jej potrzebować. Obiecuję miłować cię, stać na straży twych nadziei i marzeń i zapewniać bezpieczeństwo przy moim boku. Wszystko, co należy do mnie, jest teraz twoje. Oddaję ci siebie, swą duszę i miłość, od teraz aż do końca naszych dni.

Do moich oczu napływają łzy. Twarz Christiana łagodnieje.

– Nie płacz – mruczy, ocierając kciukiem zabłąkaną łzę.

– Dlaczego nie chcesz ze mną rozmawiać? Proszę, Christianie.

Zamyka oczy, jakby czuł ból.

– Ślubowałam, że będę ci nieść pociechę. Proszę, nie każ mi łamać obietnic – błagam.

Wzdycha i otwiera oczy. Minę ma posępną.

– To podpalenie – mówi zwięźle i nagle wydaje się taki młody i bezbronny.

O kurwa.

– I najbardziej martwi mnie to, że temu komuś może chodzić o mnie. A jeśli o mnie… – Urywa, nie będąc w stanie mówić dalej.

– …To ten ktoś może wziąć na celownik mnie – szepczę. Christian wzdryga się, a ja wiem, że w końcu dotarłam do sedna jego niepokoju. Dotykam czule jego twarzy. – Dziękuję – mówię cicho.

Marszczy brwi.

– Za co?

– Że mi powiedziałeś.

Kręci głową i na jego ustach pojawia się cień uśmiechu.

– Potrafi pani być bardzo przekonująca, pani Grey.

– A ty potrafisz się zamartwiać i dusić wszystko w sobie i pewnie umrzesz na zawał, nim skończysz czterdziestkę, a ja chcę się cieszyć tobą znacznie dłużej.

– To ty mnie przyprawisz o zawał. Jak zobaczyłem cię na tym skuterze… Mało brakowało. – Zasłania dłonią oczy i wzdryga się.

– Christianie, to tylko skuter wodny. Nawet dzieci na nim jeżdżą. Wyobrażasz sobie, jak się będziesz zachowywał, kiedy wybierzemy się do twojego domu w Aspen i po raz pierwszy przypnę narty?

Wciąga głośno powietrze, a ja mam ochotę śmiać się na widok malującego się na jego twarzy przerażenia.

– Do naszego domu – mówi w końcu.

Ignoruję go.

– Jestem dorosła, Christianie, i znacznie bardziej wytrzymała, niż to widać na pierwszy rzut oka. Kiedy się w końcu z tym pogodzisz?

Wzrusza ramionami i zaciska usta. Postanawiam zmienić temat.

– No dobrze, pożar. Policja o nim wie?

– Nie. – Minę ma poważną.

– To dobrze.

– Ochrona zostanie wzmocniona – mówi rzeczowo.

– Rozumiem. – Omiatam spojrzeniem jego ciało. Nadal ma na sobie szorty i koszulkę, a ja T-shirt. Jezu, to był dopiero szybki numerek. Chichoczę.

– No co? – pyta z konsternacją Christian.

– Ty.

– Ja?

– Tak. Ty. Nadal w ubraniu.

– Och. – Zerka na siebie, potem na mnie, a na jego twarzy wykwita szeroki uśmiech. – Cóż, sama wiesz, jak trudno mi utrzymać ręce z dala od ciebie, zwłaszcza gdy chichoczesz jak uczennica.

No tak, łaskotanie. Ha! Siadam na nim szybko, ale on w tej samej chwili odgaduje mój zamiar i chwyta za nadgarstki.

– Nie – mówi poważnie.

Wydymam usta, ale uznaję, że nie jest na to jeszcze gotowy.

– Nie rób tego, proszę – szepcze. – Nie zniósłbym łaskotania. Nikt mnie nie łaskotał, gdy byłem mały. – Milknie, a ja opuszczam ręce. – Patrzyłem, jak Carrick łaskocze Elliota i Mię, i to wszystko tak fajnie wyglądało, ale ja… ja…

Kładę palec na jego ustach.

– Ćśś, wiem – całuję go lekko w usta, gdzie jeszcze przed chwilą znajdował się mój palec, po czym przytulam się do jego piersi. Wzbiera we mnie znajomy ból i bez-brzeżny smutek. Tak bardzo kocham tego mężczyznę, że zrobiłabym dla niego wszystko.

Obejmuje mnie i skrywa twarz w moich włosach. Gładzi mnie delikatnie po plecach. Nie wiem, jak długo tak leżymy, ale w końcu przerywam panującą w kajucie przyjemną ciszę.

– Jaki jest najdłuższy okres, przez który nie widziałeś się z doktorem Flynnem?

– Dwa tygodnie. Czemu pytasz? Znowu cię kusi, żeby mnie połaskotać?

– Nie. – Chichoczę. – Myślę, że on ci pomaga.

Christian prycha.

– I tak powinno być; w końcu niemało mu płacę. – Pociąga mnie lekko za włosy, żebym na niego spojrzała. – Martwi się pani moim dobrym samopoczuciem, pani Grey? – pyta miękko.

– Każda dobra żona przejmuje się samopoczuciem ukochanego męża, panie Grey – besztam go żartobliwie.

– Ukochanego? – szepcze i w tym słowie kryje się niepewne pytanie.

– Bardzo ukochanego. – Całuję go w usta, a on uśmiecha się nieśmiało.

– Chcesz zjeść kolację na brzegu?

– Chcę zjeść tam, gdzie tobie będzie najlepiej.

– Dobrze. – Uśmiecha się. – Na pokładzie jestem ci w stanie zapewnić bezpieczeństwo. Dziękuję za prezent. – Bierze do ręki aparat, unosi go i robi nam zdjęcie, jak leżymy, tuląc się do siebie.

– Cała przyjemność po mojej stronie – odpowiadam z uśmiechem, a jemu świecą się oczy.

Przechadzamy się po wystawnych, złoconych wnętrzach Wersalu. Początkowo skromny pawilon myśliwski, został przekształcony przez Króla Słońce w okazałą, pełną przepychu siedzibę władcy, a wkrótce stał się świadkiem upadku monarchii absolutnej.

Najbardziej okazała wydaje mi się na razie Galeria Zwierciadlana. Popołudniowe słońce wślizguje się przez okna, odbijając się w wiszących na ścianie wschodniej lustrach i rozświetlając złote ozdobne liście oraz olbrzymie kryształowe żyrandole. To widok zapierający dech w piersiach.

– Ciekawie zobaczyć, co się dzieje z despotycznym megalomanem, który izoluje się pośród takiego przepychu – mruczę do Christiana, stojącego przy moim boku.

Przechyla głowę i przygląda mi się z rozbawieniem.

– Chce pani coś powiedzieć, pani Grey?

– Och, to jedynie taka uwaga, panie Grey.

Pokazuję ręką otaczające nas bogactwo. Uśmiechając się lekko, Christian udaje się za mną na środek sali, gdzie podziwiam widok – spektakularne, odbijające się w zwierciadłach ogrody i spektakularnego Christiana Greya, mojego męża.

– Zbudowałbym to wszystko dla ciebie – szepcze. – Po to tylko, aby zobaczyć, jak w słońcu błyszczą twoje włosy, tu i teraz. – Zakłada mi za ucho pasmo włosów. – Wyglądasz jak anioł. – Całuje mnie tuż pod uchem, bierze za rękę i dodaje: – My, despoci, robimy to dla kobiet, które kochamy.

Rumienię się, słysząc ten komplement. Z nieśmiałym uśmiechem idę za Christianem przez wielką salę.

⁓⁓⁓⁓⁓⁓⁓⁓

– O czym myślisz? – pyta Christian miękko, pociągając łyk kawy.

– O Wersalu.

– Pretensjonalny, prawda? – Uśmiecha się.

Rozglądam się po nieco bardziej oszczędnej w środkach przepychu jadalni Fair Lady i zasznurowuję usta.

– To akurat trudno nazwać pretensjonalnością – mówi nieco obronnym tonem Christian.

– Wiem, tu jest ślicznie. Najlepszy miesiąc miodowy, jaki można sobie wymarzyć.

– Naprawdę? – pyta, autentycznie zaskoczony. A potem uśmiecha się nieśmiało.

– Oczywiście.

– Zostały nam tylko dwa dni. Jest coś, co chciałabyś zrobić lub zobaczyć?

– Po prostu być z tobą – mruczę.

Wstaje od stołu, podchodzi do mnie i całuje w czoło.

– Cóż, a przez jakąś godzinę wytrzymasz beze mnie? Muszę sprawdzić mejle, dowiedzieć się, co słychać w domu.

– Pewnie – odpowiadam pogodnie, próbując ukryć rozczarowanie. To dziwaczne, że chcę z nim spędzać każdą chwilę?

– Dziękuję za aparat – mówi i udaje się do gabinetu.

WRÓCIWSZY DO NASZEJ kajuty, postanawiam nadrobić zaległości we własnej korespondencji i włączam laptopa. W skrzynce czekają mejle od mamy i Kate przesyłającej mi najświeższe ploteczki i pytającej, jak tam miesiąc miodowy. Cóż, fantastycznie, a przynajmniej do czasu, jak ktoś próbował puścić z dymem GEH, Inc… Gdy kończę pisać mejl do mamy, w skrzynce pojawia się wiadomość od Kate.

Nadawca: Katherine L. Kavanagh
Data: 17 sierpnia 2011, 11:45

Adresat: Anastasia Grey
Temat: O mój Boże!

Ana, właśnie się dowiedziałam o pożarze w firmie Christiana.
Myślisz, że to podpalenie?

K xox

Kate jest online! Uruchamiam swoją nowo odkrytą zabawkę – Skype – i widzę, że jest dostępna. Szybko piszę wiadomość.

Ana: Hej, jesteś?
Kate: TAK, Ana! Co słychać? Jak podróż poślubna? Widziałaś mój mejl? Christian wie o pożarze?
Ana: U mnie wszystko dobrze. Podróż super. Tak, widziałam twój mejl. Tak, Christian wie.
Kate: Tak też myślałam. Elliot nie chce mi niczego powiedzieć.
Ana: Polujesz na ciekawy temat?
Kate: Ależ ty mnie znasz.
Ana: Christian niewiele mi przekazał.
Kate: Elliot dowiedział się od Grace!

O nie, jestem pewna, że Christian nie chce, aby wieści o pożarze rozeszły się po całym Seattle. Próbuję swojej sprawdzonej techniki odwracania uwagi nieustępliwej Kavanagh.

Ana: Co u Elliota i Ethana?

Kate: Ethana przyjęto w Seattle na studia uzupełniające z psychologii. Elliot jest kochany.

Ana: Dobra robota, Ethan.

Kate: A jak tam twój ulubiony były Pan?

Ana: Kate!

Kate: No co?

Ana: TY WIESZ CO!

Kate: Sorki.

Ana: Dobrze. Lepiej niż dobrze. ☺

Kate: Cóż, jeśli tylko ty jesteś szczęśliwa, to ja także.

Ana: Jestem bardzo szczęśliwa.

Kate: ☺ Muszę uciekać. Możemy pogadać później?

Ana: Nie jestem pewna. Sprawdź, czy będę online. Te strefy czasowe są do bani!

Kate: Zgadza się. Kocham cię, Ana.

Ana: Ja ciebie też. Na razie. x

Kate: Na razie. <3

Można się było domyślić, że Kate zacznie węszyć. Przewracam oczami i wyłączam Skype'a, nim Christian zobaczy nasz chat. Nie spodobałaby mu się uwaga o byłym Panu i nie jestem tak do końca pewna, czy czas przeszły jest tu na miejscu...

Wzdycham głośno. Kate wie o wszystkim. Tamtego wieczoru, trzy tygodnie przed ślubem, kiedy obie byłyśmy wstawione, w końcu ugięłam się przed inkwizycją Kavanagh. Mocno mi ulżyło, że nareszcie mogę z kimś o tym porozmawiać.

Zerkam na zegarek. Od kolacji minęła godzina i tęsknię już za mężem. Udaję się na pokład, aby sprawdzić, czy skończył pracę.

‖‖‖‖‖‖‖‖‖‖‖‖‖‖‖‖‖‖‖‖‖‖

Znajduję się w Galerii Zwierciadlanej, a obok mnie stoi Christian, uśmiechając się z miłością. *Wyglądasz jak anioł.* Odpowiadam mu promiennym uśmiechem, kiedy jednak zerkam w lustro, widzę, że stoję sama, a sala wokół mnie jest szara i ponura. Nie! Odwracam głowę ku jego twarzy i przekonuję się, że uśmiech ma smutny i tęskny. Zakłada mi włosy za ucho. Następnie odwraca się bez słowa i powoli odchodzi, a od luster odbija się odgłos jego kroków w tym wielkim pomieszczeniu, gdy tak kieruje się ku podwójnym, znajdującym się na końcu drzwiom… zupełnie sam, bez lustrzanego odbicia… i budzę się, walcząc o oddech. Cała w panice.

– Hej – szepcze w ciemności, a w jego głosie słychać troskę.

Och, on tu jest. Nic mu nie grozi. Czuję przemożną ulgę.

– Och, Christianie – mamroczę, próbując odzyskać kontrolę nad walącym sercem. Bierze mnie w ramiona i dopiero wtedy dociera do mnie, że po policzkach płyną mi łzy.

– Ana, co się stało? – Gładzi mnie po policzku, ocierając łzy.

– Nic. Niemądry sen.

Całuje mnie w czoło i mokre od łez policzki, uspokajając mnie.

– To tylko zły sen, maleńka – mruczy. – Jestem tu. Ze mną będziesz bezpieczna.

Otulona jego zapachem trzymam się go kurczowo, starając się ignorować to, co czułam we śnie. I już wiem, że najbardziej na świecie boję się utraty Christiana.

ROZDZIAŁ PIĄTY

Kręcę się, odruchowo szukając ręką Christiana, ale jego nie ma. Cholera! Od razu się budzę i rozglądam niespokojnie po kajucie. Christian przygląda mi się z niewielkiego, stojącego przy łóżku fotela. Schyla się, odkłada coś na podłogę, po czym wstaje i wraca do łóżka obok mnie. Ma na sobie krótkie dżinsy i szary T-shirt.

– Hej, nie panikuj. Wszystko w porządku – mówi łagodnie i uspokajająco, jakby rozmawiał z zapędzonym w róg dzikim zwierzęciem. Czułym gestem odgarnia mi włosy z twarzy, a ja od razu się uspokajam. Widzę, jak bezskutecznie próbuje ukryć własny niepokój.

– Od dwóch dni zachowujesz się bardzo nerwowo – mówi cicho. Spojrzenie ma poważne.

– Nic mi nie jest, Christianie. – Obdarzam go promiennym uśmiechem, ponieważ nie chcę, aby wiedział, jak bardzo się niepokoję tym podpaleniem. W mojej głowie co rusz pojawia się wspomnienie tego, co czułam, gdy po awarii Charliego Tango Christian zaginął – wspomnienie kompletnej pustki i nieopisanego bólu. Z uśmiechem przyklejonym do twarzy próbuję je od siebie odsunąć.

– Patrzyłeś, jak śpię?

– Tak. – Przygląda mi się uważnie. – Mówiłaś przez sen.

– Och? – Cholera! Co mówiłam?

– Martwisz się – dodaje z troską w głosie. Czy istnieje coś, co uda mi się ukryć przed tym człowiekiem?

Nachyla się i składa pocałunek między mymi brwiami.
– Kiedy marszczysz brwi, tworzy ci się tutaj małe V. Nie przejmuj się, skarbie, zaopiekuję się tobą.
     – To nie o siebie się martwię, lecz o ciebie – warczę.
– Kto zaopiekuje się tobą?
     Uśmiecha się pobłażliwie.
     – Jestem wystarczająco duży i brzydki, żeby samemu się sobą zaopiekować. Wstawaj. Chciałbym coś zrobić, zanim wyruszymy w podróż powrotną.
     Posyła mi chłopięcy uśmiech w stylu „tak, mam tylko dwadzieścia osiem lat" i klepie mnie w pupę. Wydaję zaskoczony okrzyk i uświadamiam sobie, że jeszcze dziś odlatujemy do Seattle. Moja melancholia przybiera na sile. Nie chcę wracać. Tak mi dobrze, gdy przebywamy ze sobą dwadzieścia cztery godziny na dobę i nie jestem jeszcze gotowa, aby dzielić się nim z jego firmą i rodziną. Mieliśmy cudowny miesiąc miodowy. Owszem, było kilka wzlotów i upadków, ale to przecież normalne u nowożeńców, prawda?
     Christian nie potrafi ukryć chłopięcego podekscytowania i choć myśli mam niewesołe, okazuje się ono zaraźliwe. Wstaję za nim z łóżka. Co on takiego wymyślił?

CHRISTIAN PRZYTWIERDZA KLUCZYK do mego nadgarstka.
     – Chcesz, żebym ja kierowała?
     – Tak. – Uśmiecha się szeroko. – Nie za ciasno?
     – Nie. Dlatego właśnie założyłeś kapok? – Unoszę brew.
     – Tak.
     Chichoczę.
     – Ależ pan ufa moim umiejętnościom, panie Grey.
     – Jak zawsze, pani Grey.
     – Cóż, tylko nie praw mi kazań.
     Christian unosi ręce w obronnym geście, ale się uśmiecha.

– Jakżebym śmiał.

– Owszem, śmiałbyś, a w tym akurat przypadku nie będziemy się mogli zatrzymać i kłócić na chodniku.

– Celna uwaga, pani Grey. Będziemy tu stać przez cały dzień i debatować na temat pani umiejętności czy też w końcu się zabawimy?

– Celna uwaga, panie Grey.

Zaciskam dłonie na kierownicy skutera i siadam, a Christian za mną. Odpycha nas od jachtu. Taylor i dwóch członków załogi przyglądają się temu z rozbawieniem. Christian obejmuje mnie w talii i dociska uda do moich ud. Tak, to właśnie mi się podoba w takim środku transportu. Przekręcam kluczyk i uruchamiam silnik.

– Gotowy? – wołam do Christiana, przekrzykując hałas.

– Jak najbardziej – odpowiada z ustami blisko mego ucha.

Delikatnie dodaję gazu i skuter odpływa od Fair Lady, zdecydowanie zbyt wolno jak na mój gust. Christian obejmuje mnie jeszcze mocniej. Dodaję więcej gazu, ruszamy do przodu, a ja cieszę się jak dziecko, gdy silnik nie gaśnie.

– Hola! – woła Christian zza moich pleców, ale w jego głosie ewidentnie słychać radosne podniecenie.

Mkniemy ku otwartemu morzu. Fair Lady zakotwiczyła na wysokości Saint-Laurent-du-Var, zaś w oddali widać lotnisko nicejskie. Wygląda tak, jakby wbijało się w wody Morza Śródziemnego. Od wczorajszego wieczoru, kiedy tu przypłynęliśmy, raz na jakiś czas słychać lądujący samolot. Postanawiam, że musimy zobaczyć lotnisko z mniejszej odległości.

Kierujemy się w jego stronę, prześlizgując szybko po wodzie. Niesamowicie mi się to podoba i jestem uradowana, że Christian pozwala mi kierować. Gdy tak płyniemy w stronę brzegu, opuszcza mnie cały niepokój, który mnie dręczy od dwóch dni.

– Następnym razem wypożyczymy dwa skutery! – woła Christian.

Uśmiecham się szeroko. Myśl o ściganiu się z nim jest ekscytująca.

Gdy zbliżamy się powoli do czegoś, co wygląda na koniec pasa startowego, ogłuszający ryk samolotu podchodzącego do lądowania przyprawia mnie o palpitację. Jest tak głośny, że wpadam w panikę, wykonuję gwałtowny skręt, dodając jednocześnie gazu, bo mylę go z hamulcem.

– Ana! – woła Christian, ale już za późno. Wylatuję ze skutera, machając rękami i nogami, pociągając za sobą Christiana.

Z krzykiem wpadam do przejrzystej błękitnej wody, moje gardło zalewa nieprzyjemnie słona woda. Tak daleko od brzegu jest zimna, ale nie mija sekunda, a wynurzam się na powierzchnię. Dobrze mieć kapok. Kaszląc i plując, trę oczy i rozglądam się za Christianem. Płynie już w moją stronę. Skuter unosi się na wodzie kilka metrów od nas. Silnik zdążył zgasnąć.

– Wszystko w porządku? – Gdy dopływa do mnie, spojrzenie ma pełne paniki.

– Tak – chrypię, ale nie potrafię powstrzymać euforii. Widzisz, Christianie? To najgorsze, co może się stać na skuterze! Bierze mnie w objęcia, po czym ujmuje w dłonie twarz i bacznie jej się przygląda.

– Widzisz, nie było tak źle! – śmieję się, gdy płyniemy w stronę skutera.

W końcu uśmiecha się do mnie. Widać, że czuje ulgę.

– Chyba nie. Tyle że jestem mokry – burczy żartobliwie.

– Ja też.

– Lubię, jak jesteś mokra. – Rzuca mi lubieżne spojrzenie.

– Christian! – besztam go, udając oburzenie.

Uśmiecha się szeroko, po czym nachyla w moją stronę i mocno całuje. Kiedy się odsuwa, brak mi tchu.

– Wracajmy. Musimy wziąć prysznic. Teraz ja prowadzę.

॥॥॥॥॥॥॥॥॥॥॥॥॥॥॥॥॥

Oddajemy się lenistwu w saloniku pierwszej klasy British Airways na lotnisku Heathrow, czekając na lot do Seattle. Christian zajęty jest czytaniem „Financial Timesa". Ja wyjmuję jego aparat, chcąc mu zrobić kilka zdjęć. Tak seksownie wygląda w tej swojej białej lnianej koszuli i dżinsach, z okularami przeciwsłonecznymi zatkniętymi za wycięcie koszuli. Jego uwagę zwraca błysk flesza. Mruga powiekami i uśmiecha się do mnie nieśmiało.

– Jak tam, pani Grey? – pyta.

– Smutno mi, że wracamy do domu – burczę. – Lubię mieć cię dla siebie.

Ujmuje moją dłoń, podnosi do ust i składa na niej słodki pocałunek.

– Ja też to lubię.

– Ale? – pytam, słysząc na końcu zdania to krótkie, niewypowiedziane na głos słowo.

Marszczy brwi.

– Ale? – powtarza nieszczerze. Przechylam głowę i posyłam mu spojrzenie nakłaniające do mówienia. Przez dwa ostatnie dni opanowałam je do perfekcji. Christian wzdycha i odkłada gazetę. – Chcę złapać tego podpalacza i pozbyć się go z naszego życia.

– Och. – To zrozumiałe, ale zaskakuje mnie jego szczerość.

– Obetnę Welchowi jaja, jeśli coś takiego się powtórzy.
Wzdrygam się, słysząc jego groźny ton. Patrzy na
mnie spokojnie i nie wiem, czy rzuca mi tym wyzwanie
i czeka na jakąś nonszalancką uwagę, czy chodzi mu o coś
innego. Robię jedyne, co mi przychodzi do głowy, a co
może poradzić sobie z tym nagłym napięciem, jakie wy-
rosło między nami: podnoszę do oczu aparat i pstrykam
jeszcze jedno zdjęcie.

⸺⸺⸺⸺

– Hej, śpiochu, jesteśmy na miejscu – mruczy Christian.
– Hmm. – Wcale nie mam ochoty porzucać tego mi-
łego snu, któremu oddajemy się z Christianem na pikni-
kowym kocu w Kew Gardens. Jestem taka zmęczona. Po-
dróżowanie jest wykańczające, nawet w pierwszej klasie.
Jesteśmy w podróży od niemal osiemnastu godzin.
    Christian otwiera drzwi z mojej strony, pochyla się
nade mną, odpina pasy i bierze na ręce.
– Hej, mogę iść sama – protestuję zaspanym głosem.
Prycha.
– Muszę cię przenieść przez próg.
Zarzucam mu ręce na szyję.
– Będziesz mnie tak niósł przez trzydzieści pięter? –
Uśmiecham się wyzywająco.
– Pani Grey, z ogromną przyjemnością zauważam, że
nieco przybrała pani na wadze.
– Co takiego?
Uśmiecha się szeroko.
– Więc jeśli nie ma pani nic przeciwko, skorzystamy
z windy. – Mruży oczy, ale wiem, że tylko się ze mną droczy.
    Taylor otwiera drzwi do holu Escali i uśmiecha się.
– Witamy w domu, panie Grey, pani Grey.
– Dzięki, Taylor – odpowiada Christian.

Posyłam mu blady uśmiech i patrzę, jak wraca do audi, gdzie za kierownicą czeka Sawyer.

– Co masz na myśli, mówiąc, że przytyłam? – pytam gniewnie Christiana.

Gdy niesie mnie przez hol, jego uśmiech staje się jeszcze szerszy.

– Niedużo – zapewnia, ale przez jego twarz nagle przebiega cień.

– O co chodzi? – Staram się trzymać niepokój na wodzy.

– Odzyskałaś te kilogramy, które straciłaś po tym, jak ode mnie odeszłaś – mówi cicho, wciskając guzik przywołujący windę.

Jego nagła, zaskakująca udręka łapie mnie za serce.

– Hej. – Ujmuję w dłonie jego twarz i przyciągam do swojej. – Gdybym nie odeszła, nie stałbyś tu tak teraz, prawda?

Jego oczy łagodnieją i posyła mi ten mój ulubiony nieśmiały uśmiech.

– Prawda – odpowiada i wchodzi do windy, nadal trzymając mnie w ramionach. Całuje mnie lekko w usta. – Prawda, pani Grey, nie stałbym. Ale wiedziałbym, że zapewnię ci bezpieczeństwo, ponieważbyś mi się nie przeciwstawiała.

W jego głosie pobrzmiewa nutka żalu... Cholera.

– Lubię ci się przeciwstawiać. – Badam grunt.

– Wiem. I dzięki temu jestem taki... szczęśliwy. – Uśmiecha się do mnie z konsternacją.

Och, dzięki Bogu.

– Mimo że jestem gruba? – pytam szeptem.

Śmieje się.

– Mimo że jesteś gruba.

Całuje mnie raz jeszcze, tym razem z większą pasją, a ja wplatam mu palce we włosy. Nasze języki wykonują powolny, zmysłowy taniec. Kiedy winda się zatrzymuje, obojgu nam brak tchu.

– Bardzo szczęśliwy – mruczy. Oczy mu pociemniały i pełne są lubieżnej obietnicy. Potrząsa głową, jakby się przywoływał do porządku, po czym wnosi mnie do holu. – Witamy w domu, pani Grey. – Ponownie mnie całuje i obdarza tym swoim słynnym promiennym uśmiechem. W jego oczach tańczy radość.

– Witamy w domu, panie Grey. – Także się uśmiecham, a serce przepełnia mi szczęście.

Myślałam, że Christian postawi mnie w końcu na ziemi, nie robi tego jednak. Niesie mnie przez hol i korytarz aż do salonu i sadza na wyspie kuchennej. Wyjmuje z szafki dwa kieliszki, z lodówki zaś butelkę schłodzonego szampana – nasz ulubiony, Bollinger. Wprawnie otwiera butelkę, nie roniąc ani kropli, nalewa bladoróżowy płyn do kieliszków i podaje mi jeden. Sam bierze drugi, delikatnie rozsuwa mi nogi i staje między nimi.

– Za nas, pani Grey.

– Za nas, panie Grey – szepczę, uśmiechając się nieśmiało.

Stukamy się kieliszkami.

– Wiem, że jesteś zmęczona – mówi cicho, pocierając nosem o mój. – Ale naprawdę chciałbym pójść do łóżka… i nie po to, by spać. – Całuje mnie w kącik ust. – To nasza pierwsza noc po powrocie, a ty jesteś naprawdę moja.

Obsypuje delikatnymi pocałunkami moją szyję.

W Seattle jest wczesny wieczór, ja jestem potwornie zmęczona, a jednak w dole brzucha zaczyna się budzić pożądanie.

CHRISTIAN ŚPI SPOKOJNIE u mego boku, gdy tymczasem ja przyglądam się różowo-złotym oznakom świtu. Rękę ma zarzuconą na moją pierś. Próbuję powoli i miarowo oddychać, tak jak on, aby jeszcze zasnąć, jednak bez powodzenia. Mój organizm funkcjonuje nadal według czasu europejskiego.

Tak wiele się wydarzyło w ciągu minionych trzech tygodni – kogo ja oszukuję, w ciągu minionych trzech miesięcy – że mam wrażenie, jakby moje stopy nie dotykały ziemi. Oto ja, pani Grey, żona seksownego, absurdalnie bogatego biznesmena i filantropa. Jak to możliwe, że wszystko wydarzyło się w tak ekspresowym tempie?

Przekręcam się na bok, aby popatrzeć na Christiana. Wiem, że on przygląda mi się, jak śpię, ja jednak rzadko mam okazję odwdzięczyć mu się tym samym. Gdy śpi, wygląda młodo i beztrosko, długie rzęsy rzucają cień na policzki, a usta ma lekko rozchylone. Mam ochotę go pocałować, wsunąć język do jego ust, przesunąć opuszkami palców po kłującym zaroście. Walczę ze sobą, aby go nie dotknąć, aby mu nie przerywać snu. Hmm… Mogłabym lekko przygryźć mu ucho i ssać. Moja podświadomość rzuca mi gniewne spojrzenie, podnosząc głowę znad drugiego tomu *Dzieł zebranych Karola Dickensa*, i w duchu mnie beszta. „Daj temu biedakowi spokój, Ana".

W poniedziałek wracam do pracy. Dzisiaj musimy powrócić do swojej rutyny. Dziwnie będzie nie widzieć Christiana przez cały dzień po trzech tygodniach przebywania z nim praktycznie non stop. Kładę się i wbijam wzrok w sufit. Można by pomyśleć, że takie non stop okaże się przytłaczające, ale nie. Rozkoszowałam się każdą chwilą naszej podróży poślubnej, nawet podczas kłótni. Każdą chwilą… z wyjątkiem tej, w której się dowiedzieliśmy o pożarze w Grey House.

Ta myśl mnie mrozi. Kto mógłby chcieć skrzywdzić Christiana? Po raz kolejny próbuję rozgryźć tę zagadkę. Ktoś z branży? Dawna kochanka? Niezadowolony pracownik? Nie mam pojęcia, a Christian, za wszelką cenę pragnący mnie chronić, bardzo mi skąpi informacji na ten temat. Wzdycham. Mój biało-czarny rycerz w lśniącej zbroi zawsze się stara mnie chronić. Jak mam sprawić, żeby bardziej się przede mną otworzył?

Porusza się, a ja nieruchomieję, nie chcąc go budzić. Skutek jest jednak odwrotny. Do licha! Wpatrują się we mnie szare oczy.

– Co się stało?

– Nic. Śpij dalej. – Uśmiecham się do niego uspokajająco.

Christian przeciąga się, pociera twarz, po czym uśmiecha do mnie.

– Jet lag? – pyta.

– Tak to się fachowo nazywa? Nie mogę spać.

– Mogę ci służyć doskonałym panaceum, mała.

Uśmiecha się jak nastolatek, a ja przewracam oczami i chichoczę. Chwilę później po moich czarnych myślach nie ma śladu, a moje zęby łapią Christiana za ucho.

CHRISTIAN I JA JEDZIEMY audi na północ autostradą I-5 w kierunku mostu 52. Wybieramy się na niedzielny powitalny lunch w domu jego rodziców. Będzie tam cała rodzina, a także Kate i Ethan. Rano praktycznie nie miałam okazji porozmawiać z Christianem. Zaszył się w gabinecie, a ja się zaczęłam rozpakowywać. Mówił, że nie muszę tego robić, że zajmie się tym pani Jones. Ale to kolejna rzecz, do której muszę się przyzwyczaić – posiadanie pomocy domowej. Przebiegam palcami po skórzanych drzwiach, aby jakoś uspokoić rozbiegane myśli. Kiepsko się czuję. Przez jet lag? Podpalenie?

– Pozwoliłbyś mi siąść za kierownicą tego auta? – pytam zaskoczona, że w ogóle wypowiadam te słowa na głos.

– Oczywiście – odpowiada Christian z uśmiechem. –
Co moje, to i twoje. Ale jeśli je zarysujesz, zabiorę cię do
Czerwonego Pokoju Bólu. – Zerka na mnie, uśmiechając
się złośliwie.

Cholera! Wpatruję się w niego. To żart?

– Żartujesz. Ukarałbyś mnie za zarysowanie twojego
samochodu? Kochasz to audi bardziej niż mnie? – przekomarzam się.

– Prawie – odpowiada i kładzie mi dłoń na kolanie. –
Ale audi nie dotrzymuje mi towarzystwa nocą.

– Jestem pewna, że to by się dało załatwić. Możesz
w nim spać – warczę.

Christian śmieje się.

– Nie spędziliśmy w domu nawet jednej doby, a ty
już mnie wyrzucasz?

Jest w doskonałym nastroju, a ja nie umiem się wtedy
na niego gniewać, choćbym i chciała. Jeśli się nad tym zastanowić, to ten nastrój utrzymuje się od momentu, gdy rano
Christian wyszedł z gabinetu. I przychodzi mi do głowy, że
powodem mojego rozdrażnienia może być fakt, iż musimy
wrócić do rzeczywistości, a nie wiem, czy on znowu się zmieni w bardziej skrytego Christiana sprzed podróży poślubnej,
czy też zostanie ze mną jego nowa, udoskonalona wersja.

– Z czego się tak cieszysz? – pytam.

Posyła mi jeszcze jeden szeroki uśmiech.

– Z tego, że ta rozmowa jest taka… normalna.

– Normalna! – prycham. – Nie po trzech tygodniach
małżeństwa z tobą.

Jego uśmiech przygasa.

– Żartuję, Christianie – dodaję szybko, nie chcąc mu
psuć nastroju. To niesamowite, jak mało w nim czasem
pewności siebie.

Podejrzewam, że to stan permanentny, tyle że dobrze
to skrywa pod onieśmielającą innych otoczką. Łatwo się

z nim droczyć, pewnie dlatego, że nie jest do tego przyzwyczajony. Dopiero teraz to do mnie dociera. Dużo się
jeszcze musimy dowiedzieć na swój temat.

– Nie martw się, pozostanę przy saabie – burczę.
Odwracam się i wyglądam przez szybę, starając się odsunąć od siebie niewesołe myśli.

– Hej. Co się dzieje?

– Nic.

– Strasznie bywasz frustrująca, Ano. Mów.
Odwracam się do niego i uśmiecham drwiąco.

– I vice versa, panie Grey.
Marszczy brwi.

– Ja się staram – mówi cicho.

– Wiem. Ja też. – Uśmiecham się i humor mam już
nieco lepszy.

STOJĄCY PRZY GRILLU Carrick wygląda niesamowicie za-
bawnie w czapce szefa kuchni i fartuchu z napisem „Li-
cencja na grillowanie". Uśmiecham się za każdym razem,
gdy na niego patrzę. Prawda jest taka, że nastrój mam już
o niebo lepszy. Siedzimy razem wokół stołu na tarasie,
korzystając ze słonecznej pogody. Grace i Mia rozstawiają
właśnie różne sałatki, natomiast Elliot i Christian przeko-
marzają się i omawiają plany związane z nowym domem.
A Ethan z Kate zasypują mnie pytaniami dotyczącymi
naszej podróży poślubnej. Christian nie puszcza mojej
dłoni, bawiąc się obrączką i pierścionkiem zaręczynowym.

– Więc jeśli uda ci się sfinalizować plany z Gią, jestem wolny od września do połowy listopada i mogę tam
wtedy wejść razem ze swoją ekipą – mówi Elliot, obejmując ramieniem uśmiechniętą Kate.

– Z Gią mamy się spotkać jutro wieczorem – odpowiada Christian. – Mam nadzieję, że wszystko uda nam
się ustalić. – Odwraca się i patrzy na mnie wyczekująco.

Och... to coś nowego.

– Pewnie.

Uśmiecham się do niego, głównie z myślą o jego rodzinie, ale mój dobry nastrój diabli biorą. Czemu takie decyzje podejmuje bez konsultacji ze mną? A może chodzi o Gię – krągłe biodra, pełne piersi, kosztowne designerskie ubrania i perfumy – uśmiechającą się zbyt prowokacyjnie do mojego męża? Moja podświadomość gromi mnie wzrokiem. „Nie daje ci żadnego powodu do zazdrości". Cholera, ależ mam dzisiaj huśtawkę nastrojów. Co się ze mną dzieje?

– Ana. – Z zadumy wyrywa mnie głos Kate. – Nadal przebywasz na południu Francji?

– Tak – odpowiadam z uśmiechem.

– Tak dobrze wyglądasz – mówi, ale marszczy przy tym brwi.

– Oboje wyglądacie świetnie. – Grace uśmiecha się promiennie, gdy tymczasem Elliot ponownie napełnia nasze kieliszki.

– Za szczęśliwą parę. – Carrick z uśmiechem wznosi toast, a wszyscy doń dołączają.

– I gratulacje dla Ethana, który dostał się na psychologię – wtrąca z dumą Mia.

Posyła mu uśmiech pełen uwielbienia. Ciekawe, czy udało jej się poczynić jakieś postępy. Trudno powiedzieć.

Słucham toczących się przy stole rozmów. Christian zdaje pokrótce relację z naszej trzytygodniowej podróży, tu i ówdzie lekko koloryzując. Sprawia wrażenie zrelaksowanego i sprawującego kontrolę nad sytuacją, jakby zapomniał o podpalaczu. Ja z kolei nastrój mam nadal nieszczególny. Dziobię widelcem w sałatce. Christian powiedział wczoraj, że jestem gruba. „On żartował!" Moja podświadomość ponownie gromi mnie wzrokiem. Elliot niechcący strąca na ziemię kieliszek, przestraszając wszystkich. Wokół stołu robi się małe zamieszanie.

– Zabiorę cię do hangaru i w końcu dam w tyłek, jeśli nastrój ci się nie zmieni – szepcze mi Christian do ucha.

Zaszokowana odwracam się i patrzę na niego szeroko otwartymi oczami. Co takiego? Droczy się ze mną?

– Nie ośmieliłbyś się! – warczę, a gdzieś w głębi mnie pojawia się znajome, przyjemne podekscytowanie.

Unosi brew. Oczywiście, że by się ośmielił. Zerkam szybko na Kate. Przygląda nam się z zainteresowaniem. Z powrotem odwracam się w stronę Christiana, mrużąc oczy.

– Najpierw musiałbyś mnie złapać, a nie mam dzisiaj obcasów – syczę.

– Fajnie by było próbować – odszeptuje z lubieżnym uśmiechem i wydaje mi się, że żartuje.

Oblewam się rumieńcem. Dziwne, ale czuję się lepiej.

Po deserze – truskawki z bitą śmietaną – niespodziewanie następuje oberwanie chmury. Zgodnie zrywamy się od stołu, zabieramy talerze i szklanki i zanosimy je do kuchni.

– Dobrze, że deszcz zaczekał, aż skończymy – mówi z zadowoleniem Grace, gdy przechodzimy niespiesznie do salonu.

Christian siada przy czarnym pianinie, wciska pedał ściszający i zaczyna grać coś, co jest mi znajome, ale nie do końca wiem skąd.

Grace pyta mnie o wrażenia z wycieczki do Saint--Paul-de-Vence. Ona i Carrick byli tam przed laty podczas swojej podróży poślubnej. Uznaję to za dobry znak, skoro do dziś są ze sobą tacy szczęśliwi. Kate i Elliot siedzą przytuleni na jednej z dużych, obłożonych poduszkami sof, a Ethan, Mia i Carrick pogrążają się w rozmowie. Chyba dotyczącej psychologii.

Nagle, jak jeden mąż, wszyscy Greyowie milkną i wpatrują się w Christiana.

O co chodzi?

Christian śpiewa cicho, akompaniując sobie na pianinie. Zapada cisza, gdy wszyscy wsłuchujemy się w jego cichy, melodyjny głos i słowa *Wherever You Will Go*. Ja miałam już okazję słyszeć, jak śpiewa; oni nie? Urywa, nagle świadomy panującej w salonie kompletnej ciszy. Kate rzuca mi pytające spojrzenie, a ja wzruszam ramionami. Christian odwraca się na stołku i marszczy brwi zakłopotany tym, że znajduje się w centrum uwagi.

– Kontynuuj – mówi miękko Grace. – Nigdy nie słyszałam, jak śpiewasz, Christianie. Nigdy. – Wpatruje się w niego zdumiona.

Christian patrzy na nią nieobecnym wzrokiem, po czym wzrusza ramionami. Jego spojrzenie przesuwa się nerwowo na mnie, następnie na drzwi balkonowe. Pozostali wracają do pełnej skrępowania rozmowy, a ja przyglądam się mojemu kochanemu mężowi.

Grace chwyta moje dłonie i nieoczekiwanie bierze mnie w ramiona.

– Och, kochana dziewczyno! Dziękuję ci, dziękuję – szepcze, tak że słyszę ją tylko ja. W gardle tworzy mi się gula.

Odpowiadam uściskiem, nie do końca wiedząc, za co mi dziękuje. Grace uśmiecha się i całuje mnie w policzek. Oczy jej błyszczą. Co ja takiego zrobiłam?

– Zaparzę nam herbatę – mówi głosem schrypniętym od powstrzymywanych łez.

Podchodzę powoli do Christiana, który stoi teraz, wyglądając przez drzwi balkonowe.

– Hej – mówię cicho.

– Hej. – Obejmuje mnie ramieniem w talii, przyciągając do siebie, a ja wsuwam dłoń w tylną kieszeń jego dżinsów. Przyglądamy się stukającym o szybę kroplom deszczu.

– Lepiej się czujesz?

Kiwam głową.

– To dobrze.

– Zdecydowanie wiesz, jak uciszyć wszystkich obecnych.

– Robię to na okrągło – mówi, uśmiechając się do mnie.

– W pracy owszem, ale nie tutaj.

– To prawda, tutaj nie.

– Nikt nigdy nie słyszał, jak śpiewasz? Nigdy?

– Wygląda na to, że nie – stwierdza cierpko. – Jedziemy?

Podnoszę na niego wzrok, próbując wybadać jego nastrój. Spojrzenie ma łagodne, ciepłe i lekko speszone. Postanawiam zmienić temat.

– Masz zamiar dać mi klapsy? – pytam szeptem i nagle w moim brzuchu pojawia się cała chmara motyli. A może to tego mi właśnie trzeba... to tego mi brakowało.

Przygląda mi się, a oczy mu ciemnieją.

– Nie chcę robić ci krzywdy, ale z ochotą się pobawię.

Oglądam się nerwowo za siebie, ale nikt nas nie słyszy.

– Tylko jeśli źle się pani zachowuje, pani Grey – mruczy mi do ucha.

Jak on to robi, że w jednym zdaniu kryje się taka zmysłowa obietnica?

– Zobaczę, co da się zrobić – odpowiadam z uśmiechem.

Pożegnaliśmy się ze wszystkimi i idziemy w stronę samochodu.

– Proszę. – Christian rzuca mi kluczyki do R8. – Nie porysuj mi go – dodaje ze śmiertelną powagą – inaczej nieźle się wkurwię.

W ustach robi mi się sucho. Pozwala mi prowadzić swoje auto? Moja wewnętrzna bogini zakłada szybko skórzane rękawiczki i buty na płaskim obcasie. O tak! – woła.

– Jesteś pewny? – pytam oszołomiona.

– Tak i wsiadaj, zanim zmienię zdanie.

Chyba jeszcze nigdy nie uśmiechałam się tak szeroko. Christian przewraca oczami i otwiera przede mną drzwi od strony kierowcy. Wsiadam i przekręcam w stacyjce kluczyk, jeszcze zanim on zdąży obejść auto. Wskakuje szybko do środka.

– Taka chętna? – pyta z cierpkim uśmiechem.

– Bardzo.

Powoli wycofuję samochód i skręcam na podjazd. Silnik nie gaśnie, co mile mnie zaskakuje. O rany, ale czułe sprzęgło. Ostrożnie sunąc podjazdem, zerkam w lusterko wsteczne i widzę, jak Sawyer i Ryan wsiadają do audi SUV. Nie miałam pojęcia, że przyjechała z nami ochrona. Waham się chwilę przed wyjazdem na drogę.

– Jesteś tego pewny?

– Tak – odpowiada z napięciem Christian, a ja już wiem, że jest dokładnie na odwrót.

Och, mój biedny, biedny Szary. Chce mi się śmiać zarówno z niego, jak i z siebie, gdyż taka jestem zdenerwowana i podekscytowana. Trochę mam ochotę dla zabawy zgubić Sawyera i Ryana. Włączam się do ruchu. Christian kuli się z napięcia, a ja nie jestem w stanie się oprzeć. Droga przed nami jest pusta. Dodaję gazu i przyspieszamy gwałtownie.

– Hola! Ana! – woła Christian. – Zwolnij, bo nas pozabijasz.

Natychmiast zwalniam. A niech mnie, co za samochód!

– Sorki – mamroczę, kiepsko udając skruchę.

Christian uśmiecha się do mnie drwiąco. Chyba czuje ulgę.

– Cóż, to się kwalifikuje jako złe zachowanie – rzuca lekko, a ja zwalniam jeszcze bardziej.

Zerkam w lusterko wsteczne. Ani śladu audi SUV; za nami jedzie tylko jeden samochód z przyciemnianymi szybami. Wyobrażam sobie, jak Sawyer i Ryan gorączkowo próbują nas dogonić i z jakiegoś powodu przyprawia mnie to o dreszczyk emocji. Nie chcę jednak, aby mój kochany mąż dostał zawału, postanawiam więc być grzeczna. Spokojnie, coraz bardziej pewna siebie, jadę w stronę mostu 520.

Nagle Christian klnie pod nosem i z kieszeni dżinsów wydobywa BlackBerry.

– Słucham? – warczy gniewnie do osoby, która znajduje się na drugim końcu linii. – Nie – mówi i ogląda się. – Tak. Ona.

Rzucam spojrzenie w lusterko wsteczne, ale nie dostrzegam niczego dziwnego, jedynie kilka jadących za nami samochodów. SUV-a dzielą od nas jakieś cztery auta i wszyscy jedziemy w spokojnym tempie.

– Rozumiem – wzdycha Christian i pociera palcami czoło; emanuje z niego napięcie. Cholera, coś się musiało stać. – Tak... nie wiem. – Zerka na mnie i odsuwa telefon od ucha. – Wszystko w porządku. Jedź – mówi spokojnie, uśmiechając się do mnie, ale jego oczy pozostają poważne. Cholera! Czuję przypływ adrenaliny. – Na 520. Jak tylko dojedziemy... Tak... Dobrze.

Wsuwa aparat do uchwytu na desce rozdzielczej i włącza zestaw głośnomówiący.

– Co się dzieje, Christianie?

– Uważaj, jak jedziesz, skarbie – mówi miękko.

Kieruję się w stronę wjazdu na 520 w stronę Seattle. Kiedy zerkam na Christiana, widzę, że patrzy prosto przed siebie.

– Nie chcę, żebyś wpadła w panikę – mówi spokojnie. – Ale gdy tylko wjedziemy na 520, chcę, żebyś dodała gazu. Ktoś nas śledzi.

Śledzi! Jasna cholera. Serce podchodzi mi do gardła, swędzi mnie skóra na głowie, a oczy rozszerza panika. Kto nas śledzi?! Moje spojrzenie mknie ku lusterku wstecznemu i rzeczywiście, ciemny samochód, który widziałam wcześniej, nadal się nas trzyma. Kurwa! To ten? Przez przyciemnianą szybę zupełnie nie widać, kto siedzi za kierownicą.

– Patrz na drogę, skarbie – mówi łagodnie Christian. Nie używa tego zaczepnego tonu, jak w normalnych okolicznościach.

W duchu nakazuję sobie wziąć się w garść. Próbuję zdławić przerażenie, które ma ochotę mnie udusić. A jeśli osoba, która nas śledzi, jest uzbrojona? I chce skrzywdzić Christiana? Cholera! Dopada mnie fala mdłości.

– Skąd wiadomo, że ktoś nas śledzi? – Mój głos to świszczący szept.

– Ten dodge za nami ma fałszywe blachy.

Skąd on to wie?

Włączam kierunkowskaz, gdy zbliżamy się do wjazdu na 520. Jest późne popołudnie i choć deszcz już nie pada, asfalt jest mokry. Na szczęście ruch panuje raczej niewielki.

W mojej głowie rozlega się głos Raya udzielającego mi jednej z wielu lekcji samoobrony: „To panika może cię zabić albo poważnie ranić, Annie". Oddycham głęboko, starając się uspokoić. Osoba, która nas śledzi, chce skrzywdzić Christiana. Gdy biorę kolejny uspokajający oddech, w głowie zaczyna mi się rozjaśniać, a żołądek wraca na swoje miejsce. Muszę zapewnić Christianowi bezpieczeństwo. Chciałam jechać tym autem i chciałam jechać nim szybko. Cóż, teraz mam okazję. Zaciskam dłonie na kierownicy i po raz ostatni zerkam w lusterko wsteczne. Dodge nadal jedzie za nami.

Zwalniam, ignorując rzucone mi przez Christiana spanikowane spojrzenie, i swój wjazd na 520 zgrywam w czasie tak, aby dodge musiał się zatrzymać i zaczekać na swoją kolej. Następnie wciskam gaz do dechy. R8 wystrzeliwuje do przodu, wciskając nas oboje w siedzenia. Prędkościomierz pokazuje sto dwadzieścia kilometrów na godzinę.

– Bez paniki, mała – mówi spokojnie Christian, choć jestem pewna, że spokoju to on akurat nie czuje.

Co rusz zmieniam pas, poruszając się niczym czarny pionek w warcabach, wyprzedzając osobówki i ciężarówki. Na moście znajdujemy się tak blisko jeziora, jakbyśmy jechali po jego powierzchni. Z rozmysłem ignoruję gniewne, pełne dezaprobaty spojrzenia innych kierowców. Christian zaciska leżące na kolanach dłonie, siedząc nieruchomo. Ciekawe, czy robi to po to, aby mnie nie rozpraszać.

– Grzeczna dziewczynka – rzuca pokrzepiająco. Ogląda się. – Nie widzę dodge'a.

– Jesteśmy tuż za PN, panie Grey. – Głos Sawyera dobiega z zestawu głośnomówiącego. – Próbuje pana dogonić. Postaramy się wbić pomiędzy pański samochód a dodge'a.

PN? Co to znaczy?

– Dobrze. Pani Grey dobrze sobie radzi. Zakładając, że ruch pozostanie niewielki, a wszystko na to wskazuje, za kilka minut zjedziemy z mostu.

Przemykamy obok wieży kontrolnej i stąd wiem, że jesteśmy w połowie drogi przez jezioro Waszyngton. Zerkam na prędkościomierz – nadal sto dwadzieścia.

– Naprawdę dobrze ci idzie, Ano – mówi cicho Christian, oglądając się przez ramię. Przez chwilę jego ton przypomina mi nasze pierwsze kontakty w pokoju zabaw, kiedy cierpliwie dodawał mi otuchy. Ta myśl działa na mnie rozpraszająco, więc natychmiast odsuwam ją od siebie.

– Gdzie mam jechać? – pytam, teraz nieco spokojniejsza. Panuję już nad samochodem. Jazda nim to prawdziwa przyjemność, taki jest cichy i łatwy do prowadzenia. Aż nie mogę uwierzyć, że tak szybko jedziemy.

– Pani Grey, proszę się kierować na I-5, a potem na południe. Chcemy się przekonać, czy dodge nadal będzie państwa śledził – odzywa się Sawyer.

Światła na moście są zielone – dzięki Bogu – więc śmigam dalej.

Rzucam Christianowi nerwowe spojrzenie. Uśmiecha się do mnie pokrzepiająco. Po czym rzednie mu mina.

– Cholera! – klnie pod nosem.

Podczas zjazdu z mostu ruch staje się większy i muszę zwolnić. Zerkam w lusterko i chyba widzę dodge'a.

– Jakieś dziesięć samochodów za nami?

– Widzę – mówi Christian, patrząc przez wąskie lusterko wsteczne. – Zastanawia mnie, kim jest ten drań.

– Mnie też. Wiemy, czy to mężczyzna? – rzucam w stronę BlackBerry.

– Nie, pani Grey. Równie dobrze może to być kobieta. Szyby są zbyt ciemne.

– Kobieta? – pyta Christian.

Wzruszam ramionami.

– Twoja pani Robinson? – sugeruję, nie odrywając wzroku od drogi.

Christian sztywnieje i zdejmuje BlackBerry z uchwytu.

– Ona nie jest moją panią Robinson – warczy. – Nie rozmawiałem z nią od urodzin. Poza tym Elena nie zrobiłaby czegoś takiego. To nie w jej stylu.

– Leila?

– Jest w Connecticut z rodzicami. Mówiłem ci.

– Jesteś pewny?

Robi pauzę.

– Nie. Ale gdyby uciekła, jej rodzice na pewno zawiadomiliby o tym Flynna. Porozmawiamy o tym po przyjeździe do domu. Teraz skoncentruj się na jeździe.

– Ale to może być jakiś przypadkowy samochód.

– Nie zamierzam ryzykować. Teraz, gdy ty w tym uczestniczysz – warczy. Wkłada BlackBerry z powrotem do uchwytu, tak że znowu jesteśmy w kontakcie z naszą ochroną.

Cholera. Nie chcę irytować teraz Christiana… może później. Gryzę się w język. Na szczęście ruch staje się nieco mniejszy. Udaje mi się szybko przemknąć przez zjazd na Montlake, ponownie lawirując między samochodami.

– A jeśli zatrzyma nas policja? – pytam.

– To by nie było takie złe.

– Nie dla mojego prawa jazdy.

– Tym się nie przejmuj – odpowiada. Niespodziewanie w jego głosie słychać nutkę wesołości.

Znowu dodaję gazu i przyspieszam do stu dwudziestu. Rany, ale to auto ma zryw. Jest fantastyczne – tak łatwo się prowadzi. Zbliżam się do stu czterdziestu. Chyba jeszcze nigdy nie prowadziłam z taką prędkością. W garbusie byłam w stanie wyciągnąć maksymalnie osiemdziesiąt.

– Wyjechał z korka i nabrał prędkości. – Głos Sawyera jest spokojny. – Ma na liczniku sto czterdzieści pięć.

Cholera! Szybciej! Wciskam gaz i strzałka prędkościomierza przekracza sto pięćdziesiąt. Zbliżamy się do skrzyżowania z I-5.

– Utrzymuj prędkość, Ana – mruczy Christian.

Na chwilę zwalniam, gdy zjeżdżamy na I-5. Na autostradzie panuje raczej mały ruch i w ekspresowym tempie udaje mi się przeskoczyć na szybki pas. Gdy wciskam pedał gazu, fantastyczne audi mknie po asfalcie. Zwykli śmiertelnicy zjeżdżają nam z drogi. Gdybym nie czuła takiego strachu, nawet by mi się to podobało.

– Przyspieszył do stu sześćdziesięciu, proszę pana.

– Trzymaj się go, Luke – warczy Christian do Sawyera. Luke?

Na szybki pas wjeżdża ciężarówka. Cholera. Muszę ostro hamować.

– Pierdolony idiota! – klnie Christian przez zaciśnięte zęby.

Zerkam w lusterka i przecinam trzy pasy naraz. Wyprzedzamy wolniejsze pojazdy, po czym wracamy na szybki pas.

– Niezły manewr, pani Grey – stwierdza z uznaniem Christian. – Gdzie się podziewa policja, kiedy jest potrzebna?

– Nie chcę dostać mandatu – mamroczę, koncentrując się na drodze. – Dostałeś kiedyś mandat za przekroczenie prędkości?

– Nie – odpowiada.

– A zatrzymano cię?

– Tak.

– Och.

– Czar osobisty. Wszystko sprowadza się do czaru. A teraz skoncentruj się. Gdzie dodge, Sawyer?

– Ma prędkość sto siedemdziesiąt pięć, proszę pana.

O kurwa! Serce po raz kolejny podchodzi mi do gardła. Dam radę jechać jeszcze szybciej? Dociskam pedał gazu do podłogi.

– Zamrugaj światłami – nakazuje mi Christian, kiedy ford mustang nie chce mi zjechać z drogi.

– Ale wyjdę na dupka.

– I co z tego? – warczy.

Jezu. Okej!

– Eee, gdzie się włącza długie?

– Kierunkowskaz. Pociągnij go do siebie.

Tak robię i mustang zjeżdża na sąsiedni pas, ale gdy go wymijam, kierowca pokazuje mi środkowy palec.

– To on jest dupkiem – mówi ze złością Christian, po czym warczy do mnie: – Zjedź na Stewart.

Tak jest!

– Skręcamy w zjazd na Steward Street – mówi do Sawyera.

– Kierujcie się prosto na Escalę, proszę pana.

Zwalniam, sprawdzam lusterka, włączam kierunkowskaz, po czym z zaskakującą łatwością przecinam cztery pasy autostrady i docieram do zjazdu. Włączam się do ruchu na Stewart Street i kieruję się na południe. Ulica jest spokojna, mało na niej samochodów. Gdzie się wszyscy podziewają?

– Mieliśmy cholerne szczęście, że nie było korków. Ale to oznacza, że dodge także miał szczęście. Nie zwalniaj, Ano. Zawieź nas do domu.

– Nie pamiętam drogi – mruczę zdenerwowana tym, że dodge nadal siedzi nam na ogonie.

– Na razie jedź cały czas prosto. – W głosie Christiana ponownie słychać niepokój. Przemykam przez trzy przecznice, ale na Yale Avenue światła zmieniają się na żółte. – Jedź, Ana! – woła.

Podskakuję i tak mocno wciskam pedał gazu, że oboje nas wciska w fotele. Światła zdążyły się zmienić na czerwone.

– Zjeżdża w Stewart – rozlega się głos Sawyera.

– Trzymaj się go, Luke.

– Luke?

– Tak ma na imię.

Zerkam na Christiana z ukosa i widzę, że patrzy na mnie jak na wariatkę.

– Patrz przed siebie! – warczy.

Ignoruję jego ton.

– Luke Sawyer.

– Tak! – Wydaje się mocno poirytowany.

– Ach. – Czemu tego nie wiedziałam? Ten człowiek od sześciu tygodni chodzi za mną krok w krok, a ja nie znałam nawet jego imienia.

– Zgadza się, proszę pani – odzywa się Sawyer, a ja aż podskakuję, choć jak zawsze mówi w ten swój spokojny, jednostajny sposób. – PN jedzie teraz Steward Street, proszę pana. I dodaje gazu.

– Jedź, Ana. I koniec tych cholernych pogaduszek – warczy Christian.

– Zatrzymaliśmy się na pierwszych światłach na Stewart – informuje nas Sawyer.

– Ana, szybko, tutaj! – woła Christian, pokazując na parking po południowej stronie Boren Avenue. Z piskiem opon skręcam i wjeżdżam na zapchany parking.

– Jedź dookoła. Szybko – nakazuje Christian. Jadę tak szybko, jak się tylko da, na koniec parkingu, z dala od ulicy. – Tutaj. – Pokazuje na wolne miejsce. Cholera! Chce, żebym zaparkowała. Kurde! – Po prostu to zrób.

Więc robię… perfekcyjnie. To chyba jedyny przypadek, kiedy udało mi się tak ładnie zaparkować.

– Schowaliśmy się na parkingu pomiędzy Stewart a Boren – mówi Christian do BlackBerry.

– W porządku, proszę pana. – W głosie Sawyera słychać nutkę irytacji. – Proszę tam pozostać; my pojedziemy za PN.

Christian odwraca się do mnie.

– Wszystko dobrze? – pyta.

– Jasne – odpowiadam szeptem.

Uśmiecha się lekko kpiąco.

– Kierowca dodge'a cię nie słyszy, wiesz?

Śmieję się.

– Przejeżdżamy teraz przez Stewart i Boren, proszę pana. Widzę ten parking. Dodge was minął, proszę pana.

Oboje oddychamy z ulgą.

– Dobra robota, pani Grey. – Christian delikatnie gładzi opuszkami palców moją twarz, a ja podskakuję, oddychając głęboko.

– To oznacza, że przestaniesz marudzić na mój styl jazdy? – pytam.

Śmieje się – to głośny, oczyszczający śmiech.

– Tego bym nie powiedział.

– Dziękuję, że dałeś mi prowadzić swoje auto. W dodatku w takich ekscytujących okolicznościach. – Desperacko się staram, aby zabrzmiało to lekko.

– Może teraz ja powinienem siąść za kółkiem.

– Jeśli mam być szczera, to w tej chwili raczej nie uda mi się wysiąść, aby cię tu wpuścić. Nogi mam jak z waty. – Nagle cała zaczynam się trząść.

– To adrenalina, skarbie. Poradziłaś sobie doskonale, zresztą jak zawsze. Zdumiewasz mnie, Ano. Jeszcze nigdy mnie nie zawiodłaś.

Wierzchem dłoni dotyka czule mego policzka. Jego twarz jest pełna miłości, strachu, żalu – tyle emocji naraz – a jego słowa kompletnie mnie rozbrajają. Z mojego zaciśniętego gardła wydostaje się zduszony szloch i zaczynam płakać.

– Nie, maleńka, nie. Nie płacz, proszę.

Wyciąga ręce i mimo mocno ograniczonej przestrzeni jakimś cudem przeciąga mnie na swoje kolana. Odgarnąwszy mi włosy z twarzy, całuje moje oczy, następnie policzki, a ja zarzucam mu ręce na szyję i szlocham cicho. Christian chowa twarz w moich dłoniach i mocno tuli do siebie i tak siedzimy, nic nie mówiąc, jedynie się przytulając.

Zaskakuje nas głos Sawyera.

– PN zwolnił pod Escalą. Przeprowadza rekonesans.

– Jedźcie za nim – warczy Christian.

Ocieram nos wierzchem dłoni i biorę głęboki, uspokajający oddech.

– Użyj mojej koszuli. – Christian całuje mnie w skroń.

– Przepraszam – mamroczę zawstydzona tym płaczem.

– Za co? Nie przepraszaj.

Unosi moją brodę i składa na ustach delikatny pocałunek.

– Masz takie miękkie usta, kiedy płaczesz, moja śliczna, dzielna dziewczynko – szepcze.

– Pocałuj mnie jeszcze.

Christian nieruchomieje. Jedną rękę ma na mych plecach, drugą na pupie.

– Pocałuj – szepczę bez tchu i patrzę, jak jego usta lekko się rozchylają.

Przechylając się nade mną, wyjmuje BlackBerry z uchwytu i rzuca go na fotel pasażera obok mych odzianych w sandałki stóp. A potem jego usta łączą się z moimi. Językiem rozsuwa mi wargi, a ja witam go ochoczo. Przez moje ciało przetacza się adrenalina przemieniona w pożądanie. Obejmuję dłońmi twarz Christiana, przesuwając palcami po baczkach, rozkoszując się jego smakiem. Moja gorączkowa reakcja sprawia, że z jego gardła wydostaje się niski jęk. Przesuwa dłoń w dół mego ciała, ocierając się o pierś, talię, aż do pośladków. Poprawiam się lekko na jego kolanach.

– Ach! – mówi i odsuwa się minimalnie ode mnie. Brak mu tchu.

– Tak? – mruczę mu do ust.

– Ana, znajdujemy się na parkingu w Seattle.

– No i?

– Cóż, mam ochotę się z tobą pieprzyć, a ty ocierasz się o mnie... to uciążliwe.

Na te słowa moje pragnienie wydostaje się na wolność, po raz kolejny zaciskając wszystkie mięśnie w podbrzuszu.

– Wobec tego pieprz się ze mną. – Całuję go w kącik ust. Pragnę go. Teraz. Ten pościg samochodowy był ekscytujący. Zbyt ekscytujący. Przerażający... a strach obudził moje libido.

Christian odsuwa się i patrzy na mnie pociemniałymi oczami.

– Tutaj? – Głos ma zachrypnięty.

W ustach mi zasycha. Jak on to robi, że tak bardzo podnieca mnie jednym tylko słowem?

– Tak. Pragnę cię. Teraz.

Przechyla głowę i przez chwilę przygląda mi się uważnie.

– Pani Grey, cóż za bezwstydność – szepcze po upływie, jak mi się zdaje, wieczności. Jego dłoń zaciska się mocniej na moich włosach, przytrzymując mnie na miejscu, a usta ponownie odnajdują moje, tym razem z większą stanowczością. Druga dłoń Christiana zsuwa się z pośladków na udo. – Tak się cieszę, że masz spódnicę – mruczy, wsuwając dłoń pod niebiesko-biały materiał. Poprawiam się na jego kolanach, a on syczy przez zęby.

– Nie ruszaj się.

Kładzie dłoń na mojej kobiecości, a ja natychmiast nieruchomieję. Kciukiem muska łechtaczkę, a przez moje ciało przebiegają rozkoszne dreszcze.

– Nie ruszaj się – szepcze. Znowu mnie całuje, a jego kciuk masuje mnie delikatnie przez cieniutką koronkę markowej bielizny. Powoli wsuwa dwa palce pod koronkę i we mnie. Jęczę i napieram biodrami na jego dłoń.

– Proszę – szepczę.

– Och. Jesteś taka gotowa – mówi, dręcząco powoli wsuwając i wysuwając palce. – Pościgi samochodowe cię podniecają?

– Ty mnie podniecasz.

Uśmiecha się drapieżnie i nagle cofa palce, pozostawiając mnie pustą i spragnioną. Wsuwa mi ramię pod kolana, podnosi mnie i obraca twarzą w stronę przedniej szyby.

– Połóż nogi po obu stronach moich – nakazuje, złączając uda. Robię, co mi każe, stawiając stopy na podłodze. Przesuwa dłońmi po moich udach, podciągając spódnicę. – Ręce na moich kolanach, maleńka. Pochyl się i unieś ten swój rozkoszny tyłeczek. Uważaj na głowę.

Cholera! Naprawdę to zrobimy, na publicznym parkingu. Rozglądam się szybko i nikogo nie widzę, ale dreszczyk ekscytacji pozostaje. Jestem w miejscu publicznym! To takie podniecające! Słyszę charakterystyczny dźwięk rozpinanego rozporka. Obejmując mnie jedną ręką w talii, a drugą odsuwając na bok koronkowe majteczki, jednym płynnym ruchem nabija mnie na siebie.

– Ach! – wołam, opuszczając się na niego, a on wypuszcza powietrze przez zęby.

Jego dłoń biegnie do mojej szyi. Chwyta mnie palcami pod brodę, po czym pociąga do siebie i przechyla mi głowę na bok, aby móc mi całować szyję. Druga dłoń chwyta moje biodro i razem zaczynamy się poruszać.

Opieram się na palcach, a on wbija się we mnie – i wysuwa. To doznanie jest... Jęczę głośno. Czuję go w sobie niesamowicie głęboko. Lewą dłoń zaciskam na hamulcu ręcznym, prawą opieram o drzwi. Christian kąsa moje ucho i pociąga za nie – to niemal bolesne. Raz za razem wbija się we mnie. Unoszę się i opadam, a kiedy ustalamy zgodne tempo, Christian przesuwa dłoń pod moją spódnicą i jego palce przez cienką koronkę zaczynają pieścić łechtaczkę.

– Ach!

– Pospiesz. Się – dyszy mi do ucha przez zaciśnięte zęby. – Musimy to zrobić szybko, Ana. – I jego palce zwiększają nacisk.

– Ach! – Czuję znajome wzbieranie rozkoszy, rodzące się w głębi mego podbrzusza.

– Dalej, mała – szepcze chrapliwie. – Chcę cię słyszeć.

Ponownie jęczę i zamieniam się w jedno wielkie doznanie. Powieki mam mocno zaciśnięte. Jego głos w moim uchu, oddech na szyi, promieniująca od jego palców rozkosz i fakt, że wbija się we mnie naprawdę głęboko, sprawiają, że już po mnie. Kontrolę przejmuje moje ciało, ponad wszystko pragnące spełnienia.

– Tak – syczy Christian, a ja otwieram na chwilę oczy, toczę rozszalałym wzrokiem po suficie R8, po czym ponownie je zamykam i szczytuję.

– Och, Ana – mruczy, obejmując mnie mocno, i po raz ostatni wbija się we mnie, aż wreszcie nieruchomieje, doznając spełnienia.

Przesuwa nosem po mojej brodzie i lekko całuje w szyję, policzek, skroń, gdy tak leżę na nim, a moja głowa opiera się o jego szyję.

– Napięcie zeszło, pani Grey? – Christian ponownie zaciska zęby na moim uchu i pociąga. Jestem wyczerpana i kwilę cicho. Czuję, że się uśmiecha. – Mnie jest zdecydowanie lepiej – dodaje, odsuwając mnie od siebie. – Straciłaś zdolność mowy?

– Tak – mruczę.

– Ale z ciebie rozpustnica. Nie miałem pojęcia, że jesteś taką ekshibicjonistką.

Natychmiast się prostuję.

– Nikt nas nie widzi, prawda? – Rozglądam się nerwowo po parkingu.

– Sądzisz, że pozwoliłbym komukolwiek patrzeć, jak moja żona dochodzi? – Uspokajająco przesuwa dłonią po moich plecach, ale ton jego głosu sprawia, że moje ciało przebiega dreszcz. Odwracam się ku niemu i uśmiecham szelmowsko.

– Seks w samochodzie! – wykrzykuję.

Odpowiada mi równie szerokim uśmiechem i zakłada mi pasmo włosów za ucho.

– Wracajmy. Poprowadzę.

Otwiera drzwi i pozwala mi zsunąć się ze swoich kolan na ziemię. Kiedy odwracam się, szybko zapina rozporek. Wychodzi za mną, po czym przytrzymuje mi drzwi, abym mogła wsiąść z powrotem. Przechodzi szybko na drugą stronę, zajmuje miejsce za kierownicą, bierze do ręki BlackBerry i dzwoni.

– Gdzie Sawyer? – warczy. – A dodge? Czemu nie ma go z tobą? – Słucha uważnie, zapewne Ryana. – Ona? Trzymaj się jej. – Christian rozłącza się i odwraca do mnie.

Ona! Kierowca samochodu? Kto to może być? Elena? Leila?

– Kierowcą dodge'a jest kobieta?

– Na to wygląda – odpowiada cicho. Usta zaciska w cienką, gniewną linię. – Jedźmy do domu.

Przekręca kluczyk w stacyjce i pewnie wyjeżdża z miejsca parkingowego.

– Gdzie jest, eee… PN? A tak w ogóle to co to znaczy?

Christian włącza się do ruchu na Stewart Street.

– To skrót od Podmiot Nieznany. Ryan to były pracownik FBI.

– FBI?

– Nie pytaj. – Christian kręci głową. Widać, że jest pogrążony w myślach.

– No więc gdzie jest ta kobieta PN?

– Na I-5, jedzie na południe. – Rzuca mi ponure spojrzenie.

Namiętność, spokój, niepokój – i to wszystko w ciągu zaledwie kilku chwil. Kładę dłoń na jego udzie i przesuwam ją wzdłuż szwu dżinsów, mając nadzieję, że poprawię mu tym nieco nastrój. Zdejmuje dłoń z kierownicy i powstrzymuje moją rękę.

– Nie – mówi. – Udało nam się dojechać aż tutaj. Chyba nie chcesz, abyśmy mieli wypadek trzy przecznice od domu.

Podnosi moją dłoń do ust i całuje palec wskazujący, żeby osłodzić to odrzucenie. Chłodny, spokojny, zdecydowany... Mój Szary. I po raz pierwszy od jakiegoś czasu sprawia, że czuję się jak niesforne dziecko. Zabieram dłoń i przez chwilę siedzę cicho.

– Kobieta?

– Podobno. – Wzdycha, skręca do garażu podziemnego Escali i na klawiaturze wystukuje kod dostępu. Brama unosi się i wjeżdżamy. Christian parkuje audi na wyznaczonym miejscu.

– Naprawdę podoba mi się to auto – mówię.

– Mnie też. I podoba mi się, jak je prowadziłaś. No i że udało ci się go nie zepsuć.

– Możesz mi takie kupić na urodziny. – Uśmiecham się drwiąco.

Gdy wysiadam z auta, Christian siedzi z otwartą buzią.

– Może białe – dodaję, pochylając się i uśmiechając do niego.

Też się uśmiecha.

– Anastasio Grey, nigdy mnie nie przestajesz zdumiewać.

Zamykam drzwi i przechodzę na koniec samochodu, gdzie czekam na Christiana. Z gracją wysiada, obdarzając mnie tym spojrzeniem... tym spojrzeniem, które wyzwala coś we mnie głęboko. Doskonale znam to spojrzenie. Kiedy zbliża się do mnie, nachyla się i szepcze:

– Podoba ci się ten samochód. Mnie też się podoba. Pieprzyłem cię w nim... być może powinienem pieprzyć cię na nim.

Wciągam głośno powietrze. Gdy do garażu wjeżdża eleganckie srebrne bmw, Christian zerka na nie z niepokojem, który chwilę później przeradza się w irytację. Uśmiecha się do mnie przebiegle.

– Ale wygląda na to, że mamy towarzystwo. Chodź.

Bierze mnie za rękę i razem idziemy do windy. Wciska guzik przywołujący, a gdy czekamy, dołącza do nas kierowca bmw. Jest młody, ma swobodny strój i długie ciemne włosy. Wygląda, jakby pracował w mediach.

– Cześć – mówi, uśmiechając się do nas ciepło.

Christian obejmuje mnie ramieniem i kiwa grzecznie głową.

– Niedawno się wprowadziłem. Apartament szesnaście.

– Witaj. – Odwzajemniam jego uśmiech. Ma życzliwe, łagodne brązowe oczy.

Rozsuwają się drzwi windy i wchodzimy do środka. Christian zerka na mnie. Z jego twarzy nie da się nic wyczytać.

– Ty jesteś Christian Grey – mówi młody mężczyzna.

Christian posyła mu spięty uśmiech.

– Noah Logan. – Wyciąga dłoń. Christian ujmuje ją niechętnie. – Które piętro? – pyta Noah.

– Muszę wstukać kod.

– Och.

– Apartament na ostatnim piętrze.

– Och. – Noah uśmiecha się szeroko. – Naturalnie. – Wciska guzik z ósemką i drzwi się zasuwają. – Zakładam, że to pani Grey.

– Tak.

Uśmiecham się do niego grzecznie i wymieniamy uścisk dłoni. Noah lekko się czerwieni i przygląda mi się odrobinę zbyt długo. Moje policzki także różowieją. Ramię Christiana obejmuje mnie jeszcze ciaśniej.

– Kiedy się wprowadziłeś? – pytam.

– W zeszły weekend. Niesamowicie mi się tu podoba.

Zapada niezręczna cisza. W końcu winda zatrzymuje się na piętrze Noaha.

– Cieszę się, że was poznałem – mówi. W jego głosie słychać ulgę.

Wychodzi, a drzwi zamykają się bezszelestnie. Christian wstukuje kod i winda ponownie rusza w górę.

– Sprawiał wrażenie sympatycznego – mówię. – Nie znam jeszcze żadnych sąsiadów.

Christian patrzy na mnie krzywo.

– Wolę, żeby tak zostało.

– To dlatego, że jesteś pustelnikiem. Mnie się on wydał całkiem miły.

– Pustelnikiem?

– Pustelnikiem. Zamkniętym w swojej wieży z kości słoniowej – oznajmiam.

Kąciki ust Christiana unoszą się z rozbawieniem.

– W naszej wieży z kości słoniowej. I wydaje mi się, że może pani dodać kolejne nazwisko do listy swoich wielbicieli, pani Grey.

Przewracam oczami.

– Christianie, ty każdego uważasz za wielbiciela.

– Czy ty właśnie przewróciłaś oczami?

Tętno mi przyspiesza.

– Owszem – szepczę, a oddech więźnie mi w gardle.

Przechyla głowę, przyglądając mi się z rozbawieniem.

– I co my z tym zrobimy?

– Coś ostrego.

Mruga, próbując ukryć zaskoczenie.

– Ostrego?

– Poproszę.

– Chcesz więcej?

Kiwam powoli głową. Drzwi windy rozsuwają się i jesteśmy już w domu.

– Jak ostrego? – pyta. Oczy ma niemal czarne.

Patrzę na niego, nic nie mówiąc. Zamyka na chwilę oczy, po czym bierze mnie za rękę i ciągnie za sobą do holu.

Kiedy wpadamy przez podwójne drzwi, w korytarzu czeka Sawyer. Patrzy na nas wyczekująco.

– Sawyer, za godzinę masz mi złożyć sprawozdanie – rzuca Christian.

– Tak, proszę pana.

Sawyer odwraca się i kieruje w stronę gabinetu Taylora.

Mamy godzinę!

Christian przenosi spojrzenie na mnie.

– Coś ostrego?

Kiwam głową.

– Cóż, pani Grey, ma pani szczęście. Dzisiaj spełniam prośby.

ROZDZIAŁ SZÓSTY

– Masz coś konkretnego na myśli? – mruczy Christian, przeszywając mnie zuchwałym spojrzeniem.

Wzruszam ramionami, nagle ożywiona i bez tchu. Nie wiem, czy to przez ten pościg, adrenalinę, mój wcześniejszy kiepski nastrój – nie rozumiem, ale chcę tego, w dodatku bardzo.

– Perwersyjne bzykanko? – pyta, pieszcząc mnie słowami.

Kiwam głową i czuję, że twarz mi płonie. Czemu się teraz wstydzę? Uprawiałam już z tym mężczyzną perwersyjny seks wszelkiego rodzaju. To mój mąż, do diaska! Pragnę tego, ale wstydzę się przyznać? Moja podświadomość rzuca mi gniewne spojrzenie. „Przestań niepotrzebnie wszystko analizować".

– Carte blanche? – pyta szeptem i mierzy mnie bacznym wzrokiem, jakby próbował odczytać moje myśli.

Carte blanche? O kuźwa – a z czym to się będzie wiązać?

– Tak – mówię nerwowo, a w moim podbrzuszu zaczyna się rodzić podniecenie.

Christian uśmiecha się leniwie, seksownie.

– Chodź – mówi i pociąga mnie ku schodom. Jego zamiary są jasne. Pokój zabaw!

Na szczycie schodów puszcza moją dłoń, by przekręcić klucz w drzwiach. Klucz ma przytwierdzony do breloczka, który wcale nie tak dawno dostał ode mnie w prezencie.

– Pani przodem, pani Grey – mówi i teatralnym gestem otwiera drzwi.

Pokój zabaw pachnie uspokajająco znajomo: skórą, drewnem i środkiem do pastowania podłóg. Oblewam się rumieńcem na myśl, że podczas naszej podróży poślubnej pani Jones tu sprzątała. Gdy wchodzimy, Christian włącza światło, zalewając miękkim blaskiem ciemnoczerwone ściany. Stoję i patrzę na niego, a w moich żyłach pulsuje oczekiwanie. Co on takiego wymyśli? Zamyka drzwi i odwraca się. Przechyla głowę na bok, przyglądając mi się z namysłem, po czym z rozbawieniem wzrusza ramionami.

– Czego pragniesz, Anastasio? – pyta miękko.

– Ciebie.

Uśmiecha się kpiąco.

– Masz mnie. Masz od tamtego dnia, w którym wpadłaś do mojego gabinetu.

– Wobec tego proszę mnie zaskoczyć, panie Grey.

Kąciki jego ust unosi hamowany śmiech i zmysłowa obietnica.

– Jak pani sobie życzy, pani Grey. – Krzyżuje ręce na piersi i przykłada do ust palec wskazujący. – Chyba zaczniemy od pozbawienia cię odzieży. – Czyni krok do przodu. Chwyta za poły mojej kurtki dżinsowej, rozkłada je i zsuwa mi ją z ramion. Następnie ujmuje brzeg czarnej bluzeczki. – Unieś ręce.

Posłusznie unoszę, a on ściąga mi ją przez głowę. Nachyla się, całuje mnie lekko w usta, w jego spojrzeniu zaś pożądanie miesza się kusząco z miłością. Bluzeczka dołącza do leżącej na podłodze kurtki.

– Proszę – szepczę, zerkając na niego nerwowo, gdy ściągam z nadgarstka gumkę do włosów i podaję mu ją.

Christian nieruchomieje. Jego oczy stają się wielkie, nic jednak nie daje po sobie poznać. W końcu bierze ode mnie gumkę.

– Odwróć się – nakazuje.

Uśmiecham się z ulgą i natychmiast spełniam jego polecenie. Wygląda na to, że pokonaliśmy tę niewielką przeszkodę. Szybko zaplata mi włosy w warkocz, po czym zakłada gumkę. Pociąga za warkocz, odchylając mi głowę.

– Dobrze pomyślane, pani Grey – szepcze mi do ucha, a sekundę później kąsa je. – Teraz się odwróć i zdejmij spódnicę. Niech spadnie na podłogę.

Puszcza mnie i odsuwa się na bok, a ja odwracam się przodem do niego. Nie odrywając wzroku od jego twarzy, odpinam guzik w talii i pociągam za suwak. Rozkloszowana spódnica upada mi do stóp.

– Wyjdź z niej – mówi.

Gdy to robię, szybko przyklęka i łapie mnie za prawą kostkę. Sprawnie rozpina mi sandałki, gdy tymczasem ja pochylam się do przodu, opierając rękę o ścianę pod wieszakami, na których kiedyś wisiały wszystkie jego pejcze, szpicruty i deski. Został tylko jeden pejczyk i jedna szpicruta. Przyglądam się im z ciekawością. Użyje ich dzisiaj?

Zdjąwszy mi buty, tak że mam na sobie już tylko koronkową bieliznę, Christian siada na piętach i podnosi na mnie wzrok.

– Przyjemnie się na panią patrzy, pani Grey. – Nagle klęka, chwyta moje biodra i przyciąga mnie do siebie, po czym zanurza nos w złączeniu ud. – I pachniesz sobą, mną i seksem – mówi, oddychając głęboko. – Upajający zapach.

Całuje mnie przez koronkowy materiał majteczek, a ja pod wpływem jego słów cała się rozpływam. On jest taki… niegrzeczny. Zbiera z podłogi moje ubrania oraz buty i wstaje z gracją.

– Stań przy stole – mówi spokojnie, brodą wskazując kierunek. Sam podchodzi do muzealnej gabloty cudów. Zerka przez ramię i uśmiecha się do mnie kpiąco. – Twarzą do ściany – nakazuje. – Tym sposobem nie zobaczysz, co planuję. Naszym celem jest sprawianie przyjemności, pani Grey, a pani sobie życzyła niespodzianki.

Odwracam się, bacznie nasłuchując – moje uszy nagle stają się wrażliwe na każdy najcichszy dźwięk. Jest w tym dobry – w budowaniu moich oczekiwań, w podsycaniu pożądania... w zmuszaniu mnie do czekania. Słyszę, jak kładzie, chyba na komodzie, moje buty i ubrania, a zaraz potem charakterystyczny stukot opadających na podłogę butów, jednego, sekundę później drugiego. Hmm... lubię, gdy Christian jest boso. Po chwili otwiera szufladę.

Zabawki! Och, uwielbiam, uwielbiam, uwielbiam to wyczekiwanie. Szuflada zamyka się, a mój oddech przyspiesza. Jak to się dzieje, że ten odgłos zamienia mnie w jedno wielkie rozedrganie? To nie ma sensu. Subtelny syk budzącego się do życia sprzętu grającego mówi mi, że będzie muzyczne interludium. Rozlegają się dźwięki pianina, ciche, łagodne i pełne smutku. Nie znam tego utworu. Do pianina dołącza gitara elektryczna. Co to takiego? Odzywa się męski głos i mówi coś o tym, aby się nie bać śmierci.

Christian podchodzi do mnie niespiesznie. Słyszę odgłos jego bosych stóp na drewnianej podłodze. Wyczuwam go sobą, gdy jakaś kobieta zaczyna śpiewać... zawodzić... śpiewać?

– A więc ostro, pani Grey? – szepcze mi do lewego ucha.

– Hmm.

– Musisz mi kazać przestać, gdy będziesz miała dość. Jeśli to powiesz, natychmiast przestanę. Rozumiesz?

– Tak.

– Musisz mi to obiecać.

Robię głęboki wdech. Cholera, co on mi zamierza zrobić?

– Obiecuję – rzucam bez tchu, przypominając sobie jego wcześniejsze słowa: „Nie chcę robić ci krzywdy, ale chętnie się pobawię".

– Grzeczna dziewczynka. – Nachyla się, składa pocałunek na moim nagim ramieniu, po czym wsuwa palec pod pasek od stanika i przesuwa nim w poprzek pleców. Z trudem powstrzymuję jęk. Jak on to robi, że nawet najdelikatniejszy dotyk jest tak erotyczny? – Zdejmij to – szepcze mi do ucha, a ja pospiesznie spełniam jego polecenie. Stanik opada na podłogę.

Jego dłonie prześlizgują się w dół pleców. Zatyka kciuki za gumkę majteczek i zsuwa mi je wzdłuż nóg.

– Wyjdź – mówi. Po raz kolejny się podporządkowuję. Christian całuje mnie lekko w pupę i wstaje. – Zasłonię ci oczy, żeby wszystko inne stało się bardziej intensywne. – Nasuwa mi na oczy maskę do spania i mój świat pogrąża się w ciemnościach. Piosenkarka zawodzi coś niezrozumiale… to dręcząca, płynąca prosto z serca melodia. – Pochyl się i połóż na stole. – Wypowiada to łagodnie. – Teraz.

Bez wahania pochylam się nad stołem i opieram klatkę piersiową o wypolerowany drewniany blat. Twarda powierzchnia chłodzi mi skórę i pachnie lekko woskiem do polerowania o nucie cytrusowej.

– Wyciągnij ręce i przytrzymaj się krawędzi stołu.

Okej… Tak robię. Blat jest szeroki, więc ramiona mam maksymalnie wyciągnięte.

– Jeśli puścisz, dam ci klapsa. Zrozumiano?

– Tak.

– Chcesz, żebym dał ci klapsa, Anastasio?

Wszystkie mięśnie podbrzusza zaciskają się rozkosznie. Uświadamiam sobie, że pragnę tego od chwili, gdy mnie tym postraszył podczas lunchu, i ani pościg samochodowy, ani późniejszy seks w aucie nie zaspokoiły tej potrzeby.

– Tak. – Mój głos to ochrypły szept.

– Dlaczego?

Och… a czy muszę mieć powód? Wzruszam ramionami.

– Powiedz mi.

– Eee…

I nagle daje mi mocnego klapsa.

– Au! – wołam.

– Teraz cicho.

Delikatnie głaszcze mnie tam, gdzie przed chwilą uderzył. Następnie pochyla się nade mną, wbijając biodrami w pupę, składa pocałunek między łopatkami i przesuwa usta w dół pleców. Zdjął koszulę, więc na plecach czuję jego włoski, a przez materiał dżinsów napiera na mnie erekcja.

– Rozsuń nogi – nakazuje.

Tak robię.

– Szerzej.

Z jękiem rozsuwam je szerzej.

– Grzeczna dziewczynka. – Przemyka palcem w dół moich pleców i wsuwa go między pośladki, muskając odbyt, który aż się spina. – Pobawimy się trochę w taki sposób – szepcze.

Kurwa!

Jego palec zsuwa się niżej po moim kroczu i powoli wsuwa we mnie.

– Widzę, że jesteś bardzo wilgotna, Anastasio. Od naszej akcji w aucie czy z powodu tego, co robię teraz?

Jęczę, a on wysuwa palec i znowu wsuwa, i tak raz za razem. Napieram na jego dłoń, rozkoszując się tym doznaniem.

– Och, Ano, myślę, że jedno i drugie. I myślę, że uwielbiasz tu być, taka jak teraz. Moja.

To prawda – och, tak. Wysuwa palec i daje mi jeszcze jednego mocnego klapsa.

– Odpowiedz mi – szepcze nagląco.

– Tak, uwielbiam – kwilę.

Uderza mnie raz jeszcze, mocno, a potem wsuwa we mnie dwa palce. Natychmiast je wysuwa, rozsmarowując wilgoć na odbycie.

– Co ty zamierzasz zrobić? – pytam niespokojnie. O rety… czy on chce przelecieć mój tyłek?

– Nie to, co myślisz – mruczy uspokajająco. – Mówiłem ci, że z tym akurat trzeba powoli, krok po kroku.

Słyszę cichy wytrysk jakiegoś płynu, zapewne z tuby, a chwilę później jego palce masują mnie znowu tam! Nawilżając mnie… tam! Wiję się, gdy strach miesza się we mnie z podekscytowaniem. Daje mi jeszcze jednego klapsa, niżej, uderzając w moją kobiecość. Z mojego gardła wydobywa się jęk. To jest… takie przyjemne.

– Nie ruszaj się – mówi.

– Ach.

– To jest lubrykant. – Rozsmarowuje jeszcze trochę. Staram się nie wić pod nim, ale serce wali mi jak młotem, a w moich żyłach krąży niepokój i pragnienie. – Już od jakiegoś czasu miałem na to ochotę, Ano.

Jęczę. I czuję, jak wzdłuż kręgosłupa przesuwa się coś chłodnego, metalowego.

– Mam dla ciebie mały prezent – szepcze Christian.

A w mojej głowie pojawia się wspomnienie z naszej lekcji pokazowej. Jasny gwint. Zatyczka analna. Christian wsuwa ją między moje pośladki.

O rety.

– Wsunę to w ciebie, bardzo powoli.

Gwałtownie wciągam powietrze. Wyczekiwanie walczy o palmę pierwszeństwa z niepokojem.

– Będzie bolało?

– Nie, skarbie. To jest małe. Kiedy już znajdzie się w tobie, będę się z tobą pieprzył naprawdę ostro.

Niemal mdleję. Nachylając się nade mną, całuje mnie raz jeszcze między łopatkami.

– Gotowa? – pyta szeptem.

Gotowa? Czy jestem na to gotowa?

– Tak.

W ustach mam sucho. Kolejny palec wędruje między pośladkami i wsuwa się we mnie. Kurwa, to kciuk. Obejmuje moją kobiecość i palcami delikatnie pieści łechtaczkę. Jęczę… dobrze mi… I powoli, gdy jego palce dają mi rozkosz, wsuwa we mnie zimną zatyczkę.

– Ach! – jęczę głośno, doświadczając tego nieznanego mi dotąd uczucia. Moje mięśnie protestują przeciwko temu najściu. Kciuk Christiana zatacza we mnie kółka. Wsuwa zatyczkę mocniej i wślizguje się ona bez problemu. Nie wiem, czy to dlatego, że taka jestem podniecona, czy też odwrócił moją uwagę swymi zręcznymi palcami, ale moje ciało ją przyjmuje. Jest ciężka… i… mam dziwne uczucie… tam!

– Och, maleńka.

I czuję ją… tam, gdzie jego kciuk obraca się we mnie… a zatyczka napiera na ściankę… ach, ach… Powoli obraca zatyczkę, a z moich ust wydobywa się długi, głośny jęk.

– Christianie… – Jego imię jest dla mnie niczym mantra, gdy przyzwyczajam się do nowego doznania.

– Grzeczna dziewczynka – mruczy. – Przesuwa wolną dłonią wzdłuż mego ciała, aż dociera do biodra. Powoli wyjmuje kciuk i słyszę, jak rozpina rozporek. Chwyta mnie za drugie biodro i rozstawia mi nogi jeszcze szerzej, popychając moją stopę swoją. – Nie puszczaj się stołu – rzuca ostrzegawczo.

– Dobrze – wyrzucam z siebie.

– Coś ostrego? Powiedz mi, jeśli będę zbyt ostry. Rozumiesz?

– Tak – szepczę, a on wbija się we mnie i w tym samym czasie przyciąga do siebie, wsuwając zatyczkę jeszcze głębiej…

– Kurwa! – wołam.

Nieruchomieje. Oddech ma przyspieszony, tak jak i ja. Próbuję przyswoić sobie wszystkie doznania: rozkoszne wypełnienie, kuszące uczucie, że robię coś zakazanego, erotyczną przyjemność, która rozchodzi się po moim ciele. Christian pociąga delikatnie za zatyczkę.

O rety… Jęczę i słyszę, jak robi głośny wdech – odgłos czystej, prawdziwej rozkoszy. Rozgrzewa mi to krew. Czy miałam już okazję czuć się taka wyuzdana… taka…

– Jeszcze? – szepcze.

– Tak.

– Leż nieruchomo – nakazuje. Wysuwa się ze mnie i sekundę później wbija raz jeszcze.

Och… pragnęłam tego.

– Tak – syczę.

Łapie rytm, oddychając coraz szybciej, wbijając się we mnie raz za razem.

– Och, Ana – dyszy. Zabiera jedną dłoń z mego biodra i jeszcze raz obraca zatyczkę i pociąga ją powoli, wysuwając i znowu wsuwając.

To, co czuję, jest nie do opisania. Mam wrażenie, że zaraz zemdleję. Wszystko w moim podbrzuszu zaciska się i drży.

– O kurwa – jęczę. To mnie chyba rozerwie na pół.

– Tak, maleńka – syczy.

– Proszę – błagam, ale sama nie wiem, o co: aby przestał, aby nie przestawał, aby jeszcze raz obrócił zatyczkę? Moje mięśnie zaciskają się wokół niego i zatyczki.

– Właśnie tak – dyszy i daje mi mocnego klapsa w prawy pośladek.

A ja dochodzę – i jeszcze, i jeszcze, opadając, opadając, wirując, pulsując wokół niego – a Christian delikatnie wysuwa zatyczkę.

– Kurwa! – krzyczę, on zaś chwyta mnie za biodra i głośno szczytuje, unieruchamiając mnie w uścisku.

KOBIETA NADAL ŚPIEWA. Christian zawsze włącza tu automatyczne powtarzanie utworu. Dziwne. Siedzę mu na kolanach, a on tuli mnie do siebie. Nasze nogi są splecione, głowę opieram mu na piersi. Znajdujemy się na podłodze obok stołu.

– Witaj – mówi, zdejmując mi z oczu przepaskę.

Mrugam, gdy mój wzrok przyzwyczaja się do przytłumionego światła. Unosi mi brodę i składa na ustach delikatny pocałunek. Niespokojnie patrzy mi w oczy. Unoszę rękę i dotykam czule jego twarzy. Uśmiecha się.

– No i co, było zgodnie z wytycznymi? – pyta z rozbawieniem.

Marszczę brwi.

– Wytycznymi?

– Chciałaś ostro.

Uśmiecham się szeroko.

– Tak. Chyba ci się udało…

Unosi brwi i odpowiada równie szerokim uśmiechem.

– Niezwykle miło mi to słyszeć. Wyglądasz w tej chwili na porządnie zerżniętą. – Długimi palcami lekko dotyka mojego policzka.

– To chyba słusznie – mruczę.

Pochyla głowę i całuje mnie czule. Usta ma delikatne i ciepłe.

– Nigdy mnie nie rozczarowujesz. – Podnosi głowę. – Jak się czujesz? – W jego głosie słychać troskę.

– Dobrze. – Moje policzki robią się czerwone. – Porządnie zerżnięta. – Uśmiecham się nieśmiało.

– Ależ pani Grey, cóż za język. – Christian udaje oburzenie.

– To dlatego, że poślubiłam bardzo niegrzecznego chłopca, panie Grey.

Jego uśmiech jest zaraźliwy.

– Cieszę się, że go poślubiłaś. – Delikatnie unosi do ust końcówkę warkocza i całuje go nabożnie. Oczy mu płoną miłością. O rety... czy ja w ogóle miałam okazję mu się oprzeć?

Sięgam po jego lewą dłoń i składam pocałunek na obrączce, zwyczajnym platynowym krążku, takim jak mój.

– Mój – szepczę.

– Twój – odpowiada. Mocno mnie obejmuje i wtula nos w moje włosy. – Naszykować ci kąpiel?

– Hmm. Tylko jeśli się do mnie przyłączysz.

– Nie ma sprawy.

Wstaje i stawia mnie na podłodze. Nadal ma na sobie dżinsy.

– Czy włożysz kiedyś te swoje... eee... inne dżinsy?

Marszczy brwi.

– Inne dżinsy?

– Te, które wkładałeś tutaj.

– Tamte? – Mruga z zaskoczeniem.

– Wyglądasz w nich podniecająco.

– Czyżby?

– Aha... Bardzo podniecająco.

Uśmiecha się nieśmiało.

– Cóż, dla pani, pani Grey, może to zrobię.

Nachyla się i całuje mnie w usta, po czym bierze ze stołu miseczkę, w której leży zatyczka, tubka lubrykantu, przepaska na oczy i moje majtki.

– Kto myje te zabawki? – pytam, podchodząc za nim do komody.

Marszczy brwi, jakby nie rozumiał pytania.

– Ja. Pani Jones.

– Co takiego?

Kiwa głową, rozbawiony i chyba zażenowany. Wyłącza muzykę.

– Cóż… eee…

– Robiły to twoje uległe? – kończę za niego.

Wzrusza przepraszająco ramionami.

– Proszę.

Podaje mi swoją koszulę, a ja ją wkładam. Otula mnie jego zapach. Christian zostawia miseczkę na komodzie, bierze mnie za rękę, otwiera drzwi, po czym prowadzi na dół. Idę za nim potulnie.

Niepokój, fatalny nastrój, ekscytacja, strach – wszystko minęło. Jestem odprężona – nasycona i spokojna. Gdy wchodzimy do łazienki, ziewam głośno i się przeciągam… dla odmiany czując się swobodnie z samą sobą.

– Co się stało? – pyta Christian, odkręcając wodę.

Kręcę głową.

– Powiedz – prosi. Wlewa do wanny kilka kropli olejku jaśminowego, napełniając łazienkę słodkim, zmysłowym zapachem.

Oblewam się rumieńcem.

– Po prostu czuję się lepiej.

Uśmiecha się.

– Tak, ostatnio była pani w dziwnym nastroju, pani Grey. – Prostuje się i bierze mnie w ramiona. – Wiem, że przejmujesz się tymi ostatnimi wydarzeniami. Przykro mi, że cię w to wplątałem. Nie wiem, czy to vendetta, były pracownik czy rywal z branży. Gdyby miało ci się coś stać z mojego powodu… – Jego głos przechodzi w udręczony szept.

Mocno go obejmuję.

– A jeśli coś stanie się tobie, Christianie? – wypowiadam na głos swoje obawy.

– Przedyskutujemy to jeszcze. A teraz zrzucaj koszulę i wskakuj do wanny.

– Nie powinieneś porozmawiać z Sawyerem?

– Może zaczekać. – Zaciska usta, a mnie nagle się robi żal Sawyera. Czym sobie zasłużył na taką niełaskę?

Christian pomaga mi zdjąć koszulę, a gdy odwracam się przodem do niego, marszczy brwi. Na piersiach mam jeszcze blade siniaki po malinkach, które mi zafundował podczas podróży poślubnej, ale uznaję, że nie będę się z nim z tego powodu droczyć.

– Ciekawe, czy Ryan dogonił dodge'a.

– Dowiemy się tego po kąpieli. Wskakuj.

Przytrzymuje mnie za rękę, a ja wchodzę do gorącej, pachnącej wody i siadam niepewnie.

– Au. – Skórę pośladków mam wrażliwą i gorąca woda ją podrażnia.

– Spokojnie, mała – mówi Christian.

Nieprzyjemne uczucie po chwili zupełnie mija.

Christian rozbiera się i siada w wannie za mną, po czym przyciąga mnie do klatki piersiowej. Moszczę się między jego nogami i tak leżymy zadowoleni w gorącej wodzie. Przebiegam palcami po jego nogach, a on bierze do ręki mój warkocz i obraca go między palcami.

– Musimy omówić plany dotyczące nowego domu. Dziś wieczorem?

– Jasne.

Przed moimi oczami znowu pojawia się tamta kobieta. Moja podświadomość unosi głowę znad trzeciego tomu *Dzieł zebranych Karola Dickensa* i mierzy mnie groźnym wzrokiem. Wyjątkowo się z nią zgadzam. Wzdycham. Dobrze, że chociaż projekty Gii Matteo są naprawdę rewelacyjne.

– Muszę przygotować sobie rzeczy na jutro do pracy – mówię cicho.

Nieruchomieje.

– Wiesz, że nie musisz wracać do pracy – rzuca.

O nie... znowu?

– Christianie, już to przerabialiśmy. Proszę, nie kłóćmy się o to kolejny raz.

Pociąga za warkocz.

– Tak tylko mówię... – I całuje mnie słodko w szyję.

WKŁADAM SPODNIE OD dresu oraz bluzeczkę na ramiączkach i postanawiam iść do pokoju zabaw po swoje ubrania. Gdy idę przez korytarz, słyszę dobiegający z gabinetu podniesiony głos Christiana. Zamieram.

– Gdzie ty się, kurwa, podziewałeś?

O cholera. Krzyczy na Sawyera. Wzdrygam się i wbiegam po schodach. Naprawdę nie chcę słuchać tego, co ma mu do powiedzenia – krzyczący Christian nadal mnie onieśmiela. Biedny Sawyer. Ja przynajmniej mogę mu się odgryźć.

Zbieram swoje ubrania i buty Christiana, po czym moje spojrzenie pada na stojącą na muzealnej komodzie niewielką porcelanową miseczkę z zatyczką analną. Cóż... chyba powinnam to umyć. Zabieram ją więc i schodzę na dół. Zerkam nerwowo do salonu, ale panuje w nim cisza. Dzięki Bogu.

Jutro wieczorem wraca Taylor, a przy nim Christian jest generalnie spokojniejszy. Taylor ma teraz dwa dni dla swojej córki. Ciekawe, czy ją kiedyś poznam.

Z pomieszczenia gospodarczego wychodzi pani Jones. Obie podskakujemy na swój widok.

– Pani Grey... nie zauważyłam pani. – Och, a więc teraz jestem panią Grey!

– Dzień dobry, pani Jones.

– Witam w domu. I moje gratulacje. – Uśmiecha się.

– Proszę mi mówić po imieniu.

– Pani Grey, nie czułabym się z tym komfortowo.

Och! Czemu wszystko musi się zmieniać tylko dlatego, że mam na palcu obrączkę?

– Chce pani przejrzeć menu na przyszły tydzień? – pyta, patrząc na mnie wyczekująco.

Menu?

– Eee… – Takiego pytania to się akurat nie spodziewałam.

Uśmiecha się.

– Kiedy zaczęłam pracować dla pana Greya, w każdy niedzielny wieczór analizowaliśmy razem menu na nadchodzący tydzień i sporządzałam listę zakupów.

– Rozumiem.

– Mam to od pani zabrać?

Wyciąga ręce po moje ubrania.

– Och… eee. Prawdę mówiąc, będą mi jeszcze potrzebne. – A pod nimi skrywa się miseczka z zatyczką analną! Moje policzki stają się purpurowe. To cud, że jestem w stanie spojrzeć pani Jones w oczy. Ona wie, co my tam robimy; sprząta przecież pokój zabaw. Jezu, brak prywatności jest naprawdę dziwaczny.

– Kiedy będzie pani gotowa, chętnie pomogę.

– Dziękuję.

Przerywa nam pobladły Sawyer; wychodzi z gabinetu Christiana i szybko przechodzi przez salon. Kiwa nam głową, nie patrząc w oczy, i wślizguje się do gabinetu Taylora. Cieszę się z powodu tego przerywnika, bo w tej akurat chwili nie mam ochoty omawiać z panią Jones kwestii menu ani zatyczek analnych. Pospiesznie udaję się do sypialni. Czy ja się kiedykolwiek przyzwyczaję do tego, że mam pomoc domową na każde zawołanie? Kręcę głową… może kiedyś.

Stawiam buty Christiana na podłodze, ubrania rzucam na łóżko, a miseczkę z zatyczką zabieram do łazien-

ki. Przyglądam jej się podejrzliwie. Wygląda bardzo niewinnie i zaskakująco czysto. Nie mam ochoty zbyt wiele
o tym myśleć, więc myję ją szybko wodą z mydłem. To
wystarczy? Będę musiała zapytać pana Seksperta, czy powinno się to może sterylizować. Wzdrygam się na tę myśl.

FAJNIE, ŻE CHRISTIAN pozwolił objąć mi bibliotekę
w posiadanie. Stoi w niej teraz białe drewniane biurko,
przy którym mogę pracować. Wyjmuję laptopa i zaglądam do notatek dotyczących pięciu rękopisów, które
przeczytałam podczas naszego miesiąca miodowego.

Okej, mam wszystko, czego potrzebuję. Trochę z niechęcią myślę o powrocie do pracy, ale tego akurat za nic nie
mogę powiedzieć Christianowi. Wykorzysta tę sposobność
i zmusi mnie do odejścia. Przypomina mi się apoplektycz-
na reakcja Roacha, kiedy mu powiedziałam, że wychodzę
za mąż i kto zostanie moim mężem. Wkrótce potem moje
stanowisko zostało potwierdzone. Teraz dociera do mnie,
że stało się tak dlatego, iż brałam ślub z szefem. To nie jest
przyjemna myśl. Nie jestem już pełniącą obowiązki redakto-
ra naczelnego – jestem Anastasia Steele, redaktor naczelna.

Nie zebrałam się jeszcze na odwagę i nie powiedziałam Christianowi, że w pracy zamierzam pozostać przy
panieńskim nazwisku. Mam konkretne powody. Muszę
się od niego zdystansować, wiem jednak, że dojdzie do
kłótni, kiedy on w końcu się o tym dowie. Być może powinnam z nim dzisiaj o tym porozmawiać.

Zabieram się za ostatnie zadanie na dzisiaj. Jest
siódma. Christian siedzi jeszcze w swoim gabinecie, więc
mam czas. Wyjmuję z nikona kartę pamięci i przerzucam zdjęcia na laptopa. Trochę to potrwa, więc analizuję
w myślach dzisiejszy dzień. Czy Ryan wrócił? A może
jedzie jeszcze w stronę Portland? Dogonił tę tajemniczą
kobietę? Christian ma od niego wieści? Potrzebuję od-

powiedzi. Mam gdzieś, że jest zajęty; chcę wiedzieć, co się dzieje i trochę mam mu za złe, że nie informuje mnie na bieżąco. Wstaję z krzesła, by udać się do gabinetu, ale wtedy na ekranie pojawiają się zdjęcia z kilku ostatnich dni naszej podróży poślubnej.

O kurczę!

A na wszystkich znajduję się ja. Śpiąca, na tylu śpię, włosy mam na twarzy albo rozrzucone na poduszce, usta rozchylone... cholera – ssę kciuk. Już od lat nie ssę kciuka! Tyle zdjęć. Nie miałam pojęcia, że je robił. Jest kilka ujęć zrobionych z daleka, na przykład takie, na którym opieram się o reling jachtu i patrzę przed siebie. Jak to możliwe, że nie zauważyłam, jak je robił? Uśmiecham się na widok zdjęć, na których skręcam się pod nim i śmieję, walcząc z jego łaskoczącymi palcami. I jest zdjęcie, które zrobił z ręki, na którym widać jego i mnie na łóżku w naszej sypialni. Przytulam się do niego, a on patrzy w aparat, młody, beztroski... zakochany. Uśmiecham się jak zadurzona idiotka, ale nie potrafię oderwać wzroku od Christiana. Och, mój piękny mężczyzna: potargane włosy, błyszczące szare oczy, rozchylone w uśmiechu usta... Mój piękny mężczyzna, który nie zniesie łaskotek, który jeszcze niedawno nie potrafił znieść mojego dotyku, a teraz owszem, pozwala mi się dotknąć. Muszę go spytać, czy to lubi, czy pozwala mi się dotykać tylko dlatego, że mnie to sprawia przyjemność.

Marszczę brwi, nagle przytłoczona swoimi uczuciami do niego. Ktoś chce mu zrobić krzywdę – najpierw Charlie Tango, potem pożar w GEH, no a teraz ten cholerny pościg. Zasłaniam dłonią usta, gdy wydobywa się z nich mimowolny szloch. Zostawiam komputer i biegnę, aby go znaleźć – po prostu sprawdzić, czy jest bezpieczny.

Bez pukania wpadam do jego gabinetu. Christian siedzi za biurkiem i rozmawia przez telefon. Zirytowany unosi głowę, ale na mój widok wyraz jego twarzy łagodnieje. Bez wahania obchodzę biurko, a on odwraca się na fotelu w moją stronę. Marszczy brwi i wiem, co sobie myśli: czego ona chce? Kiedy siadam mu na kolanach, unosi zdumiony brwi. Zarzucam mu ręce na szyję i wtulam się w niego. Ostrożnie mnie obejmuje.

– Eee… tak, Barney. Mogę cię na chwilkę przeprosić? – Zasłania dłonią telefon. – Ana, co się stało?

Kręcę głową. Unosi mi brodę i zagląda w oczy. Uwalniam głowę i przytulam policzek do jego szyi. Zwijam się w kulkę. Skonsternowany obejmuje mnie jeszcze mocniej i całuje w czubek głowy.

– Okej, Barney, co mówiłeś? – kontynuuje, wciskając telefon między ucho a ramię. Stuka w klawisz na laptopie. Na ekranie pojawia się ziarnisty, czarno-biały obraz z kamery przemysłowej. Ciemnowłosy mężczyzna w jasnym kombinezonie. Christian wciska kolejny klawisz i mężczyzna idzie w stronę kamery, ale z opuszczoną głową. Kiedy podchodzi bliżej, Christian robi pauzę. Stoi w jasno oświetlonym pomieszczeniu z długim rzędem czarnych wysokich szafek. To musi być serwerownia GEH.

– Okej, Barney, jeszcze raz.

Ekran ożywa. Wokół głowy mężczyzny pojawia się ramka i nagle widzimy zbliżenie. Prostuję się zafascynowana.

– Barney to robi? – pytam cicho.

– Tak – odpowiada Christian. – Da się choć trochę wyostrzyć obraz? – rzuca do telefonu.

Obraz robi się zamazany, po czym nieco się wyostrza. Gdy przyglądam się temu mężczyźnie z opuszczoną głową, robi mi się zimno. W linii jego żuchwy jest coś znajomego. Ma potargane czarne krótkie włosy… a na wyostrzonym obrazie dostrzegam, że ma w uchu kolczyk, małe kółko.

Kurwa mać! Wiem, kto to.

– Christian – mówię cicho. – To Jack Hyde.

ROZDZIAŁ SIÓDMY

– Tak myślisz? – pyta zaskoczony Christian.

– Linia żuchwy – pokazuję na ekran – i kolczyk, i kształt ramion. Postura także pasuje. Na głowie ma perukę. Albo obciął i zafarbował włosy.

– Barney, słyszysz to? – Christian kładzie telefon na biurku i przełącza na głośnomówiący. – Wygląda na to, że bardzo uważnie przyglądała się pani byłemu przełożonemu, pani Grey – mruczy. Nie wydaje się ani trochę zadowolony.

Rzucam mu krzywe spojrzenie, ale ratuje mnie Barney.

– Tak, proszę pana. Słyszałem panią Grey. Właśnie włączam program rozpoznający twarze na całym cyfrowym materiale z kamer przemysłowych. Zobaczymy, gdzie jeszcze zapuszczał się ten sukinsyn, proszę mi wybaczyć, pani Grey.

Zerkam nerwowo na Christiana, który ignoruje język Barneya. Przygląda się uważnie obrazowi z kamery.

– Czemu miałby to robić? – pytam.

Wzrusza ramionami.

– Może z zemsty. Nie wiem. Czasem nie sposób zrozumieć motywów działania ludzi. Jestem po prostu zły, że wasza współpraca była taka bliska. – Zaciska usta i obejmuje mnie ramieniem w talii.

– Mamy także zawartość jego twardego dysku, proszę pana – dodaje Barney.

– Tak, pamiętam. Znasz adres pana Hyde'a? – pyta ostro Christian.

– Tak, proszę pana, znam.

– Powiadom Welcha.

– Jasna sprawa. Przeskanuję także miejski monitoring i zobaczę, czy da się go gdzieś namierzyć.

– Sprawdź, jaki ma samochód.

– Tak jest.

– Barney może zrobić to wszystko? – pytam szeptem.

Christian kiwa głową i uśmiecha się do mnie z zadowoleniem.

– Co się znajdowało na jego dysku? – szepczę.

Jego twarz tężeje. Kręci głową.

– Niewiele – odpowiada, zaciskając usta. Po uśmiechu nie został ani ślad.

– Powiedz mi.

– Nie.

– Dotyczyło to ciebie czy mnie?

– Mnie – wzdycha.

– Co tam było? Coś o twoim życiu?

Christian kręci głową i przykłada mi palec do ust. Krzywię się. Ale on mruży oczy, a to wyraźne ostrzeżenie, że powinnam ugryźć się w język.

– Camaro dwa tysiące sześć – odzywa się podekscytowany Barney. – Prześlę Welchowi także numery rejestracyjne.

– Świetnie. Daj mi znać, gdzie jeszcze ten kutas był w moim budynku. I sprawdź ten obraz ze zdjęć z dokumentacji działu kadr SIP. – Christian rzuca mi sceptyczne spojrzenie. – Chcę mieć pewność, że to on.

– Już to zrobiłem, proszę pana, i pani Grey się nie myli. To rzeczywiście Jack Hyde.

Uśmiecham się szeroko. Widzisz? Czasem się przydaję. Christian gładzi mnie dłonią po plecach.

– Dobra robota, pani Grey. – Uśmiecha się. A do Barneya rzuca: – Daj znać, jak go gdzieś namierzysz. Sprawdź także wszystkie inne budynki GEH, do których mógł mieć dostęp, i powiadom firmę ochroniarską, żeby jeszcze raz je przeszukała.

– Tak jest.

– Dzięki, Barney. – I rozłącza się. – Cóż, pani Grey, wygląda na to, że nie tylko robi pani dobre wrażenie, ale też się pani przydaje. – W jego oczach tańczy rozbawienie. Wiem, że tylko się ze mną droczy.

– Dobre wrażenie? – prycham.

– Bardzo dobre – mówi cicho, składając na mych ustach delikatny, słodki pocałunek.

– Pan, panie Grey, robi znacznie lepsze wrażenie niż ja.

Uśmiecha się i całuje, mocniej tym razem, oplatając sobie warkocz wokół nadgarstka. Kiedy odrywamy się od siebie, aby zaczerpnąć tchu, szaleńczo wali mi serce.

– Głodna? – pyta.

– Nie.

– A ja tak.

– A co byś zjadł?

– No, najlepiej jakieś jedzenie.

– Coś ci naszykuję – chichoczę.

– Uwielbiam, jak się śmiejesz. – Całuje mnie w głowę, po czym wstaję z jego kolan.

– No więc na co ma pan ochotę, proszę pana? – pytam słodko.

Mruży oczy.

– Ależ pani jest milusia, pani Grey.

– Jak zawsze, panie Grey... proszę pana.

Uśmiecha się niczym sfinks.

– I tak mogę cię przełożyć przez kolano – mruczy uwodzicielsko.

– Wiem. – Uśmiecham się szeroko. Opieram dłonie o poręcze jego fotela, nachylam się i całuję. – To jedna z rzeczy, które w tobie kocham. Ale powstrzymaj świerzbiącą rękę, jesteś głodny.

Uśmiecha się nieśmiało, a mnie ściska się serce.

– Och, pani Grey, i co ja mam z panią zrobić?

– Odpowiedzieć na moje pytanie. Co byś zjadł?

– Coś lekkiego. Zaskocz mnie – powtarza moje słowa z pokoju zabaw.

– Zobaczę, co da się zrobić.

Kołysząc biodrami, opuszczam gabinet i udaję się do kuchni. Serce mi zamiera, kiedy zastaję tam panią Jones.

– O, dobry wieczór, pani Jones.

– Pani Grey. Ma pani ochotę coś zjeść?

– Eee…

Miesza coś w stojącym na kuchence garnku. Pachnie pysznie.

– Chciałabym zrobić kanapki sub dla mnie i dla pana Greya.

Nieruchomieje na ułamek sekundy.

– Naturalnie – mówi. – Pan Grey lubi bagietki. W zamrażalniku jest kilka pociętych na odpowiednią długość. Chętnie to zrobię za panią, pani Grey.

– Wiem. Ale mam ochotę sama się tym zająć.

– Rozumiem. Zrobię pani trochę miejsca.

– Co pani gotuje?

– Sos boloński. Do zjedzenia na później. Zamrożę go. – Uśmiecha się do mnie ciepło.

– Eee… więc co Christian lubi do kanapki, eee, sub? – Marszczę brwi zaskoczona tym, co właśnie powiedziałam. Pani Jones rozumie aluzję?

– Pani Grey, może pani tam włożyć cokolwiek, o ile tylko będzie to bagietka.

Uśmiechamy się do siebie.

– Okej, dziękuję.

W zamrażalniku znajduję pokrojone i zapakowane w foliowe woreczki bagietki. Kładę dwie na talerzu, wsuwam do mikrofalówki i włączam rozmrażanie.

Pani Jones gdzieś zniknęła. Marszczę brwi i otwieram lodówkę, by wyjąć coś do kanapek. Pewnie to ja będę musiała ustalić reguły naszych kontaktów i wspólnej pracy. Podoba mi się pomysł gotowania dla Christiana podczas weekendów. Pani Jones może się tym zająć w tygodniu – ostatnie, na co mam ochotę po powrocie z pracy, to pichcenie. Hmm… to przypomina zwyczaje Christiana i jego uległych. Kręcę głową. Nie wolno mi zbytnio się nad tym zastanawiać. W lodówce znajduję szynkę, a w pojemniku na owoce i warzywa duże, dojrzałe awokado.

Kiedy dodaję do rozgniecionego awokado odrobinę soli i soku z cytryny, z gabinetu wyłania się Christian z planami nowego domu. Kładzie je na barze śniadaniowym, podchodzi do mnie i obejmuje, całując w szyję.

– Kobieta przy garach – mruczy.

– Nie powinnam być jeszcze w ciąży? – Uśmiecham się kpiąco.

Nieruchomieje i cały się spina.

– Jeszcze nie teraz – oświadcza.

– Nie! Jeszcze nie!

Odpręża się.

– W tym akurat się zgadzamy, pani Grey.

– Ale tak w ogóle to chcesz mieć dzieci, prawda?

– Jasne, tak. Kiedyś. Ale na razie nie jestem gotowy, aby się tobą dzielić. – Jeszcze raz całuje mnie w szyję.

Och… dzielić?

– Co robisz? Ładnie wygląda. – Całuje mnie za uchem i wiem, że robi to po to, aby odwrócić moją uwagę. Wzdłuż kręgosłupa przebiega mi przyjemny dreszczyk.

– Kanapki sub. – Uśmiecham się drwiąco, odzyskując poczucie humoru.

Kąsa mnie w ucho.

– Moje ulubione.

Daję mu kuksańca w bok.

– Pani Grey, rani mnie pani. – Chwyta się za bok, jakby czuł straszny ból.

– Mięczak – burczę z dezaprobatą.

– Mięczak? – powtarza z niedowierzaniem. Klepie mnie w tyłek, a ja wydaję pisk. – Szybciej z tym jedzeniem, kobieto. A później już ja ci pokażę, jakim jestem mięczakiem. – Żartobliwie daje mi jeszcze jednego klapsa i podchodzi do lodówki. – Napijesz się wina? – pyta.

– Chętnie.

CHRISTIAN ROZKŁADA NA BLACIE plany Gii. Ta kobieta ma naprawdę spektakularne pomysły.

– Podoba mi się jej propozycja z jedną ścianą na dole całą ze szkła, ale…

– Ale?

Wzdycham.

– Nie chcę odbierać temu domowi jego całego charakteru.

– Charakteru?

– Tak. Propozycje Gii są dość radykalne, ale… cóż… zakochałam się w tym domu takim, jaki jest teraz.

Christian marszczy brwi, jakby zupełnie tego nie pojmował.

– Podoba mi się taki, jaki jest – szepczę. Wkurzy go to?

Przygląda mi się spokojnie.

– Chcę, żeby ten dom był taki, jak ty chcesz. Jest twój.

– A ja chcę, żeby tobie także się podobał. Żebyś był w nim szczęśliwy.

– Będę szczęśliwy wszędzie tam, gdzie ty jesteś. To proste, Ano.

W jego oczach widać szczerość. Moje serce wzbiera miłością. O rany, on mnie naprawdę mocno kocha.

– Cóż… – przełykam ślinę, walcząc z niewielką gulą, która uwięzła mi w gardle. – Podoba mi się ściana ze szkła. Może powinniśmy ją poprosić, aby jakoś tak łagodniej wkomponowała ją w dom.

Christian uśmiecha się do mnie.

– Jasne. Co tylko sobie życzysz. A co z planami piętra i piwnicy?

– Podobają mi się.

– Świetnie.

Okej… Szykuję się do zadania pytania za milion dolarów.

– Chcesz mieć tam pokój zabaw?

Gdy wypowiadam te słowa, czuję, jak na policzki wypełza ten jakże dobrze mi znany rumieniec. Christian unosi brwi.

– A ty? – pyta zaskoczony i jednocześnie rozbawiony. Wzruszam ramionami.

– Eee… jeśli ty chcesz.

Przygląda mi się przez chwilę.

– Zostawmy ten temat otwarty. To w końcu będzie dom rodzinny.

Zaskakuje mnie ukłucie rozczarowania. Pewnie ma rację… no ale kiedy się postaramy o dzieci? Może jeszcze minąć wiele lat.

– Poza tym zawsze nam zostaje improwizacja.

– Lubię improwizację – szepczę.

Na jego twarzy pojawia się szeroki uśmiech.

– Chciałbym coś z tobą omówić. – Pokazuje na naszą sypialnię i zagłębiamy się w dyskusję na temat łazienek i osobnych garderób.

* * *

Kiedy kończymy, jest już wpół do dziesiątej.

– Wracasz do pracy? – pytam, gdy Christian składa plany.

– Nie, jeśli ty tego nie chcesz. – Uśmiecha się. – Na co byś miała ochotę?

– Moglibyśmy pooglądać telewizję. – Nie chce mi się czytać i nie chcę iść do łóżka... na razie.

– W porządku – zgadza się ochoczo i udajemy się razem do pokoju telewizyjnego.

Do tej pory byliśmy tam trzy, może cztery razy i Christian zazwyczaj czytał wtedy książkę. W ogóle nie interesuje go telewizja. Siadam obok niego na sofie, podciągam nogi i opieram głowę o jego ramię. On włącza pilotem telewizor z płaskim ekranem i przeskakuje po kanałach.

– Chciałabyś pooglądać jakieś konkretne bzdury?

– Nie przepadasz za telewizją, prawda? – pytam z ironią.

Kręci głową.

– Strata czasu. Ale pooglądam coś z tobą.

– Pomyślałam, że moglibyśmy się poobściskiwać.

– Poobściskiwać? – Przygląda mi się tak, jakby mi nagle wyrosły dwie głowy. Przestaje przerzucać kanały, pozostawiając jakiś hiszpański tasiemiec.

– Tak. – Czemu jest tak przerażony?

– Moglibyśmy pójść do łóżka i tam się obściskiwać.

– Cały czas tak robimy. Kiedy po raz ostatni obściskiwałeś się przed telewizorem? – pytam nieśmiało, ale i żartobliwie.

Wzrusza ramionami i kręci głową. Ponownie przerzuca kanały, aż trafia na stary odcinek Z archiwum X.

– Christian?

– Nigdy tego nie robiłem – mówi cicho.

– Nigdy?

– Nie.

– Nawet z panią Robinson?

Prycha.

– Maleńka, robiłem wiele rzeczy z panią Robinson. Obściskiwanie się do nich nie należało. – Uśmiecha się do mnie kpiąco, po czym mruży oczy z pełną rozbawienia ciekawością. – A ty?

Rumienię się.

– Oczywiście. – Cóż, tak jakby…

– Co takiego? Z kim?

O nie. Wcale nie mam ochoty na tę rozmowę.

– Mów – nalega.

Opuszczam spojrzenie na splecione palce. Christian delikatnie kładzie na nich swoją dłoń. Kiedy podnoszę głowę, uśmiecha się do mnie.

– Chcę wiedzieć. Abym mógł sprać tego kogoś na kwaśne jabłko.

Chichoczę.

– Cóż, za pierwszym razem…

– Za pierwszym razem! A więc było więcej fagasów? – warczy.

Ponownie chichoczę.

– Czemu jest pan taki zdziwiony, panie Grey?

Marszczy brwi, przeczesuje palcami włosy i obrzuca mnie takim spojrzeniem, jakby mnie ujrzał w zupełnie innym świetle. Wzrusza ramionami.

– Jestem i już. Zważywszy na twój brak doświadczenia…

Oblewam się szkarłatnym rumieńcem.

– Odkąd poznałam ciebie, z całą pewnością nadrobiłam braki.

– O tak. – Uśmiecha się szeroko. – Mów. Chcę poznać wszystkie szczegóły.

Patrzę w szare oczy, próbując wybadać jego nastrój. Wkurzy się czy rzeczywiście chce wiedzieć? Nie chcę, żeby się dąsał... jest wtedy niemożliwy.

– Naprawdę chcesz, abym ci powiedziała?

Powoli kiwa głową, a na jego ustach pojawia się rozbawiony, arogancki uśmiech.

– Przez krótki czas mieszkałam w Teksasie z mamą i Mężem Numer Trzy. Byłam w dziesiątej klasie. On miał na imię Bradley i siedzieliśmy razem w laboratorium fizycznym.

– Ile miałaś lat?

– Piętnaście.

– A on co teraz robi?

– Nie mam pojęcia.

– Do której dotarł bazy?

– Christian!

Nagle chwyta moje kolana, a chwilę później kostki i pociąga za nie, tak że opadam płasko na sofę. Siada szybko na mnie, wsuwając jedną nogę między moje. Krzyczę zaskoczona. Chwyta moje ręce i podnosi mi je nad głowę.

– No więc czy ten Bradley dotarł do pierwszej bazy? – pyta cicho, muskając nosem mój nos. Składa delikatny pocałunek w kąciku mych ust.

– Tak – mruczę.

Christian puszcza moją jedną rękę, aby ująć mnie pod brodę. Wsuwa mi język do ust, a ja poddaję się jego namiętnemu pocałunkowi.

– Właśnie tak? – pyta, kiedy odrywa się od mych ust.

– Nie... nic z tych rzeczy – jąkam, czując, jak cała krew spływa mi do podbrzusza.

Przesuwa dłonią w dół mego ciała i cofa ją do piersi.

– A to zrobił? Tak cię dotykał? – Jego kciuk prześlizguje się po brodawce, która twardnieje pod cienkim materiałem bluzeczki.

– Nie. – Wiję się pod nim.

– Dotarł do drugiej bazy? – mruczy mi do ucha. Jego dłoń przesuwa się po moich żebrach i dociera do biodra.

– Nie – dyszę.

W telewizji Mulder zdradza coś na temat osób najbardziej niewygodnych dla FBI.

Christian nieruchomieje, po czym unosi się i wyłącza pilotem dźwięk.

– A co z Picusiem numer dwa? Dotarł do drugiej bazy?

Jego spojrzenie jest gorące… rozgniewane? Podniecone? Trudno wyczuć. Przesuwa się na bok i wsuwa dłoń w moje spodnie.

– Nie – szepczę przyszpilona jego zmysłowym spojrzeniem.

Christian uśmiecha się chytrze.

– To dobrze. – Jego dłoń obejmuje moją kobiecość. – Brak bielizny, pani Grey. Pochwalam.

Ponownie mnie całuje, gdy tymczasem jego palce wykonują magiczny taniec; kciuk prześlizguje się po łechtaczce, a palec wskazujący niezwykle powoli wsuwa we mnie.

– Mamy się obściskiwać – jęczę.

Christian nieruchomieje.

– A nie robimy tego?

– Nie. Obściskiwanie to bez seksu.

– Co takiego?

– Bez seksu…

– Bez seksu, tak? – Wyjmuje dłoń z moich spodni. – Proszę. – Przesuwa po moich ustach palcem wskazującym i czuję własny, słony smak. Wsuwa mi palec do ust, naśladując wcześniejsze ruchy. Zmienia pozycję tak, że znajduje się teraz między moimi nogami i napiera na mnie twardym członkiem. Wykonuje jedno pchnięcie, drugie, trzecie. Wciągam głośno powietrze. – Tego właśnie chcesz? – mruczy, poruszając rytmicznie biodrami, ocierając się o mnie.

– Tak – jęczę.

Jego dłoń wraca do mojej piersi.

– Wiesz, jaka jesteś podniecająca?

Głos ma schrypnięty, gdy napiera na mnie jeszcze mocniej. Otwieram usta, aby wyartykułować odpowiedź, ale głos mnie zawodzi. Jęczę głośno. Christian odnajduje ustami moje wargi. Pociąga zębami za dolną, po czym ponownie wsuwa język. Puszcza moją drugą rękę i moje dłonie biegną łapczywie ku jego ramionom i włosom. Jęczy i podnosi na mnie wzrok.

– Ach…

– Lubisz, gdy cię dotykam? – szepczę.

Marszczy brwi, jakby nie rozumiał pytania. Nieruchomieje.

– Oczywiście. Uwielbiam, gdy to robisz, Ano. Jeśli chodzi o twój dotyk, to jestem niczym umierający z głodu człowiek na bankiecie. – W jego głosie słychać żarliwą szczerość.

Klęka między moimi nogami i zdejmuje mi bluzeczkę. Pod nią jestem naga. Ściąga przez głowę swoją koszulę i rzuca ją na podłogę, po czym wciąga mnie na swoje kolana, przytrzymując mnie tuż nad pośladkami.

– Dotknij mnie – rzuca bez tchu.

O rety… Niepewnie unoszę rękę i opuszkami palców muskam włoski na jego mostku i blizny po przypaleniach. Głośno robi głęboki wdech, a jego źrenice rozszerzają się, lecz nie ze strachu. To zmysłowa reakcja na mój dotyk. Przygląda mi się z napięciem, gdy moje palce prześlizgują się delikatnie po jego skórze, wędrując najpierw do jednej brodawki, potem do drugiej. Twardnieją pod moim dotykiem. Nachylam się i obsypuję pocałunkami jego tors, a moje dłonie przesuwają się do umięśnionych ramion.

– Pragnę cię – szepcze, a dla mojego libido te słowa są niczym zielone światło.

Wplatam mu palce we włosy i odchylam jego głowę tak, by objąć w posiadanie jego usta. Moje podbrzusze płonie żywym ogniem. Jęczy i wciska mnie w kanapę, po czym siada i zrywa ze mnie spodnie, rozpinając jednocześnie rozporek.

– *Home run* – szepcze i sekundę później jest już we mnie.

– Ach… – jęczę, a on nieruchomieje. Ujmuje dłońmi moją twarz.

– Kocham panią, pani Grey – mruczy i bardzo powoli, bardzo delikatnie kocha się ze mną, aż się rozpadam na milion kawałków, powtarzając jego imię i oplatając go sobą, nie zamierzając nigdy już puścić.

Leżymy na podłodze w pokoju telewizyjnym.

– Wiesz, zupełnie ominęliśmy trzecią bazę. – Moje palce wędrują wzdłuż mięśni piersiowych.

Śmieje się.

– Następnym razem. – Całuje mnie w czubek głowy.

Podnoszę wzrok i patrzę na ekran telewizora. Pojawiają się napisy końcowe *Z archiwum X*. Christian sięga po pilota i włącza z powrotem dźwięk.

– Lubiłeś ten serial? – pytam.

– Kiedy byłem dzieckiem.

Och… Christian jako dziecko… kickboxing, *Z archiwum X* i zero dotyku.

– A ty?

– Byłam za mała.

– Jesteś taka młoda. – Christian uśmiecha się czule. – Lubię się z panią obściskiwać, pani Grey.

– I wzajemnie, panie Grey.

Całuję jego tors i leżymy w milczeniu, oglądając ciąg reklam.

– To były boskie trzy tygodnie. Pomimo pościgów samochodowych i pożarów, nie mówiąc o psychopatycznych byłych przełożonych. Jakbyśmy żyli we własnej bańce – mówię z rozmarzeniem w głosie.

– Hmm – mruczy Christian. – Nie mam pewności, czy jestem już gotowy, by dzielić się tobą z resztą świata.

– Jutro powrót do rzeczywistości. – Staram się, aby mój głos nie zdradził melancholii.

Christian wzdycha i przeczesuje palcami włosy.

– Ochrona zostanie wzmocniona...

Przykładam mu palec do ust. Nie chcę wysłuchiwać tego po raz kolejny.

– Wiem. Będę grzeczna. Obiecuję. – I coś mi się przypomina. Unoszę się i opieram na łokciu, aby mieć lepszy widok. – Czemu krzyczałeś na Sawyera?

Natychmiast sztywnieje. O cholera.

– Ponieważ nas śledzono.

– To nie wina Sawyera.

Przygląda mi się spokojnie.

– Nie powinni byli dopuścić do tego, abyś zostawiła ich w tyle. Wiedzą o tym.

Pełna poczucia winy kładę głowę na jego piersi. To moja wina. To ja chciałam im uciec.

– To nie była...

– Wystarczy! To nie podlega dyskusji, Anastasio. To fakt i nie dopuszczą, by sytuacja się powtórzyła.

Anastasio! Jestem Anastasią, kiedy coś nabroję, tak samo jak dla rodziców.

– Okej. – Nie chcę się kłócić. – Ryan dogonił tamtą kobietę w dodge'u?

– Nie. I wcale nie jestem przekonany, że to była kobieta.

– Och? – Ponownie unoszę głowę.

– Sawyer widział kogoś ze związanymi włosami, ale tylko przez ułamek sekundy. Założył, że to kobieta. Ale skoro ty zidentyfikowałaś tego sukinsyna, możliwe, że to był on. – W głosie Christiana słychać odrazę.

Nie wiem, jak zareagować na tę wiadomość. Christian przesuwa dłonią po moich nagich plecach.

– Gdyby coś ci się stało… – szepcze. Spojrzenie ma poważne.

– Wiem. Tak samo myślę o tobie. – Wzdrygam się na tę myśl.

– Zmarzłaś – mówi, siadając. – Chodźmy do łóżka. Tam możemy zająć się trzecią bazą.

Uśmiecha się do mnie lubieżnie, równie zmienny jak zawsze, namiętny, gniewny, niespokojny, seksowny – mój Szary. Ujmuję jego dłoń, on zaś pomaga mi wstać. Bez słowa udaję się za nim do naszej sypialni.

Nazajutrz rano Christian ściska mi dłoń, gdy zajeżdżamy pod SIP. W granatowym garniturze i krawacie wygląda w każdym calu jak prezes. Uśmiecham się. W tak eleganckim wydaniu nie widziałam go od baletu w Monte Carlo.

– Wiesz, że nie musisz tego robić? – pyta mnie cicho.

Kusi mnie, aby przewrócić oczami.

– Wiem. – Nie chcę, aby siedzący z przodu Sawyer i Ryan mnie usłyszeli. Christian marszczy brwi, a ja się uśmiecham. – Ale chcę – kontynuuję. – Wiesz o tym. – Całuję go w usta. Zmarszczka na czole nie znika. – O co chodzi?

Zerka niepewnie na Ryana, gdy tymczasem Sawyer wysiada z samochodu.

– Będzie mi brakować tego, że mam cię całą dla siebie.

Pieszczotliwie dotykam jego twarzy.

– Mnie też. – Całuję go raz jeszcze. – To był cudowny miesiąc miodowy. Dziękuję ci.

– Do roboty, pani Grey.

– Nawzajem, panie Grey.

Sawyer otwiera drzwi. Ściskam raz jeszcze dłoń Christiana, po czym wysiadam. Gdy idę w stronę budynku, odwracam się i macham mu lekko. Sawyer przytrzymuje mi drzwi, a potem wchodzi za mną do środka.

– Cześć, Ana – uśmiecha się Claire z recepcji.

– Claire, witaj. – Odpowiadam jej równie serdecznym uśmiechem.

– Fantastycznie wyglądasz. Udała się podróż poślubna?

– Było wspaniale, dziękuję. A co się działo tutaj?

– Stary Roach bez zmian, ale zwiększono nam ochronę i mamy remont generalny serwerowni. Ale o wszystkim opowie ci Hannah.

No jasne. Uśmiecham się do Claire i udaję do swego gabinetu.

Hannah to moja asystentka. Jest wysoka, szczupła i tak kompetentna, że aż mnie czasem onieśmiela. Ale jest dla mnie przemiła, chociaż ma kilka lat więcej niż ja. Czeka na mnie latte – jedyna kawa, o którą ją proszę.

– Witaj, Hannah – mówię ciepło.

– Ana, jak miesiąc miodowy?

– Fantastyczny. Proszę, to dla ciebie.

Stawiam na biurku niewielki flakonik perfum, który dla niej kupiłam, a ona z radością klaszcze w dłonie.

– Och, dziękuję! Na biurku leży najpilniejsza korespondencja, a o dziesiątej Roach chciałby się z tobą spotkać. Na razie z mojej strony to wszystko.

– Świetnie. Dziękuję. I dzięki za kawę.

Wchodzę do gabinetu, stawiam teczkę na biurku i omiatam spojrzeniem stertę listów. Czeka mnie dużo pracy.

Tuż PRZED DZIESIĄTĄ rozlega się nieśmiałe pukanie do drzwi.

– Proszę.

Głowę wsuwa Elizabeth.

– Cześć, Ana. Chciałam się jedynie przywitać.

– Hej. Muszę powiedzieć, że na widok tej sterty korespondencji żałuję, że nie przebywam teraz na południu Francji.

Elizabeth śmieje się, ale ten śmiech jest wymuszony. Przechylam głowę i przyglądam jej się tak, jak Christian mnie.

– Cieszę się, że wróciłaś cała i zdrowa – mówi. – Do zobaczenia za parę minut na spotkaniu z Roachem.

– Okej – mówię, a ona zamyka za sobą drzwi.

Marszczę brwi. Co to miało być?

Słyszę sygnał nadejścia wiadomości – to mejl od Christiana.

Nadawca: Christian Grey
Temat: Nieposłuszne żony
Data: 22 sierpnia 2011, 09:56
Adresat: Anastasia Steele

Żono,

Wysłałem poniższy mejl, ale do mnie wrócił.

A to dlatego, że nie zmieniłaś nazwiska.

Chciałabyś mi coś powiedzieć?

Christian Grey
Prezes, Grey Enterprises Holdings, Inc.

Załącznik:

Nadawca: Christian Grey
FW Temat: Bańka
Data: 22 sierpnia 2011, 09:32
Adresat: Anastasia Grey

Pani Grey,

Uwielbiam docierać z Tobą do wszystkich baz.

Życzę Ci udanego pierwszego dnia w pracy.

Już mi brakuje naszej bańki.

x

Christian Grey
Prezes, który powrócił do rzeczywistego świata, Grey Enterprises Holdings, Inc.

Cholera. Natychmiast mu odpisuję.

Nadawca: Anastasia Steele
Temat: Niech bańka nie pęka
Data: 22 sierpnia 2011, 09:58
Adresat: Christian Grey

Mężu,

Odpowiadają mi bejsbolowe metafory w kontaktach z panem, panie Grey.

W pracy chcę pozostać przy nazwisku panieńskim.

Wieczorem Ci to wytłumaczę.

Teraz wychodzę na zebranie.

Mnie też brakuje naszej bańki…

PS. Myślałam, że mam używać BlackBerry?

Anastasia Steele
Redaktor naczelna, SIP

Niezła będzie o to walka. Już to czuję. Wzdychając,
biorę ze stołu dokumenty i wstaję.

Zebranie trwa dwie godziny. Biorą w nim udział wszyscy redaktorzy oraz Roach i Elizabeth. Omawiamy kwestie kadrowe, strategię, marketing, ochronę i koniec roku.
W trakcie zebrania robi mi się coraz bardziej niezręcznie.
Wyczuwam subtelną zmianę w nastawieniu współpracowników względem mnie – jest w tym dystans i szacunek, jakiego nie zauważałam przed wyjazdem w podróż
poślubną. A Courtney z działu literatury faktu traktuje
mnie wręcz wrogo. Może zachowuję się paranoidalnie,
ale to w pewien sposób tłumaczy wcześniejsze dziwne
powitanie Elizabeth.

Moje myśli wędrują ku jachtowi, następnie ku poko-
jowi zabaw, a jeszcze potem ku ucieczce przed tajemni-
czym dodge'em. Niewykluczone, że Christian ma rację…
Niewykluczone, że nie mogę już się tym zajmować. Ta
myśl jest przygnębiająca, bo przecież o czymś takim za-

wsze marzyłam. A jeśli nie tym, to czym się będę zajmować? Wracając do gabinetu, próbuję odsunąć od siebie te nieprzyjemne myśli.

Kiedy siadam za biurkiem, szybko sprawdzam skrzynkę odbiorczą. Żadnej wiadomości od Christiana. W BlackBerry także nic. To dobrze. Przynajmniej nie ma ostrej reakcji na mój mejl. Być może porozmawiamy o tym wieczorem, tak jak napisałam. Jakoś mi trudno w to uwierzyć, ale ignoruję uczucie niepewności i otwieram plany dotyczące marketingu, które otrzymałam podczas zebrania.

ZGODNIE Z NASZYM PONIEDZIAŁKOWYM rytuałem Hannah wchodzi do gabinetu z tacą, na której znajduje się naszykowany przez panią Jones lunch, i razem jemy, omawiając to, co chciałybyśmy osiągnąć w tym tygodniu. Dzięki niej jestem także na bieżąco z biurowymi plotkami, których w ciągu trzech tygodni nazbierało się całkiem sporo. Gdy tak gawędzimy, rozlega się pukanie do drzwi.

– Proszę.

Na progu stoi Roach, a obok niego Christian. Na chwilę odbiera mi mowę. Christian rzuca mi gniewne spojrzenie i wchodzi do gabinetu, po czym uśmiecha się grzecznie do Hannah.

– Witam, ty musisz być Hannah. Jestem Christian Grey – mówi.

Moja asystentka zrywa się z krzesła i wyciąga rękę.

– Panie Grey. M-miło pana poznać – duka, gdy wymieniają uścisk dłoni. – Napije się pan kawy?

– Chętnie – odpowiada ciepło.

Rzuca mi spojrzenie pełne konsternacji, po czym wybiega z gabinetu, mijając Roacha stojącego w progu mojego gabinetu. Jest równie oniemiały jak ja.

178 E L James

– A teraz wybacz, Roach, ale chciałbym zamienić słówko z panią Steele. – Christian sarkastycznie akcentuje słowo „pani".

Oto powód jego wizyty... O cholera.

– Oczywiście, panie Grey – mamrocze Roach, po czym zamyka za sobą drzwi.

A ja odzyskuję zdolność mowy.

– Panie Grey, jak miło pana widzieć. – Uśmiecham się stanowczo zbyt słodko.

– Pani Steele, mogę usiąść?

– To pańska firma. – Macham ręką w stronę krzesła, na którym wcześniej siedziała Hannah.

– Owszem. – Uśmiecha się do mnie drapieżnie, ale spojrzenie pozostaje poważne. Emanuje z niego napięcie. Kurwa. Serce mi zamiera. – Bardzo mały ten twój gabinet – mówi, siadając naprzeciwko biurka.

– Mnie odpowiada.

Przygląda mi się z pozornym spokojem, ale ja wiem, że jest wkurzony. Biorę głęboki oddech.

– Czym mogę ci służyć, Christianie?

– Przeprowadzam właśnie przegląd swoich aktywów.

– Twoich aktywów? Wszystkich?

– Wszystkich. Niektórym potrzebna zmiana marki.

– Zmiana marki? W jakim sensie?

– Myślę, że wiesz, w jakim. – Głos ma złowróżbnie cichy.

– Błagam, nie mów mi tylko, że przerwałeś pracę po trzech tygodniach nieobecności po to, aby się tu zjawić i kłócić o moje nazwisko. – Nie zaliczam się do żadnych cholernych aktywów!

Zakłada nogę na nogę.

– Niezupełnie kłócić. Nie.

– Christianie, ja pracuję.

– Mnie to wyglądało na wymienianie się z asystentką ploteczkami.

Policzki mi pąsowieją.

– Układałyśmy plan na cały tydzień – warczę. – A ty nie odpowiedziałeś na moje pytanie.

Rozlega się pukanie do drzwi.

– Proszę! – wołam niepotrzebnie głośno.

Wchodzi Hannah z niewielką tacą. Dzbanuszek z mlekiem, cukiernica, kawa w zaparzaczu – przeszła samą siebie. Stawia tacę na biurku.

– Dziękuję, Hannah – mówię zażenowana tym, że tak głośno krzyknęłam.

– Potrzebuje pan czegoś jeszcze, panie Grey? – pyta bez tchu.

Mam ochotę przewrócić oczami.

– Nie, dziękuję. To wszystko. – Obdarza ją tym swoim oszałamiającym, odurzającym kobiety uśmiechem. Hannah oblewa się rumieńcem i wychodzi. Christian przenosi uwagę z powrotem na mnie. – No dobrze, pani Steele, na czym stanęliśmy?

– Niegrzecznie przerwałeś mi pracę, aby kłócić się ze mną o nazwisko.

Christian mruga powiekami, najwyraźniej zaskoczony moją gwałtownością. Długimi palcami zdejmuje z kolana jakiś niewidzialny paproszek. To mnie rozprasza. Celowo tak robi. Mrużę oczy.

– Lubię składać nieplanowane wizyty. Trzyma to w ryzach personel i żony. No wiesz. – Wzrusza ramionami, usta zaciskając w arogancką linię.

– Nie miałam pojęcia, że masz tyle wolnego czasu – warczę.

Spojrzenie ma lodowate.

– Dlaczego nie chcesz zmienić w pracy nazwiska? – pyta zatrważająco cicho.

– Christianie, czy musimy teraz o tym rozmawiać?
– A czemu by nie?
– Po trzech tygodniach nieobecności mam naprawdę masę pracy.

Spojrzenie ma chłodne i oceniające. Zastanawia mnie, jak to możliwe po zeszłej nocy i po trzech ostatnich tygodniach. Cholera. Musi być wściekły – naprawdę wściekły. Kiedy się nauczy nie reagować zbyt mocno?
– Wstydzisz się mnie? – pyta. Głos ma zwodniczo łagodny.
– Nie! Christianie, oczywiście, że nie. – Patrzę na niego gniewnie. – Chodzi o mnie, nie o ciebie. – Jezu, ależ on bywa irytujący. Niemądry, apodyktyczny megaloman.
– Jak może chodzić nie o mnie? – Przechyla głowę, autentycznie skonsternowany.

Patrzy na mnie wielkimi oczami, a do mnie dociera, że jest urażony. Jasny gwint. Zraniłam jego uczucia. O nie… to ostatnia osoba, którą chcę w jakikolwiek sposób ranić. Muszę sprawić, aby zrozumiał powody mojej decyzji.
– Christianie, kiedy zaczęłam tu pracować, dopiero się poznaliśmy – mówię spokojnie, starannie dobierając słowa. – Nie wiedziałam, że zamierzasz kupić to wydawnictwo…

Cóż mogę rzec na ten temat? Powody były obłąkańcze: jego potrzeba sprawowania nad wszystkim kontroli, rozbuchane skłonności prześladowcze uzasadnione zamożnością. Wiem, że chce mi zapewnić bezpieczeństwo, ale zasadnicze znaczenie ma tutaj fakt, iż Christian jest właścicielem SIP. Gdyby nie wkroczył na scenę, mogłabym dalej normalnie pracować i nie musiałabym mieć do czynienia z niezadowolonymi szeptami współpracowników. Chowam twarz w dłoniach, aby nie patrzeć mu w oczy.

– Dlaczego to dla ciebie takie ważne? – pytam, desperacko próbując zachować spokój. Ale już wypowiadając te słowa, znam odpowiedź.

– Chcę, aby wszyscy wiedzieli, że jesteś moja.

– Jestem twoja, popatrz. – Unoszę lewą dłoń, pokazując mu obrączkę i pierścionek zaręczynowy.

– To nie wystarczy.

– Nie wystarczy, że za ciebie wyszłam? – Mój głos jest niewiele głośniejszy od szeptu.

Mruga powiekami, dostrzegając przerażenie na mojej twarzy. Co jeszcze mogę powiedzieć? Co jeszcze zrobić?

– Nie to mam na myśli – warczy i przeczesuje dłonią przydługie włosy, opadające mu na czoło.

– A co?

Przełyka ślinę.

– Chcę, aby twój świat zaczynał się i kończył na mnie – mówi.

Mam wrażenie, że otrzymałam silny cios w brzuch. A przed moimi oczami pojawia się mały, przerażony szarooki chłopczyk w brudnych, za dużych ubrankach.

– I tak jest. – To prawda. – Próbuję jedynie spełniać się zawodowo, a nie chcę jechać na twoim nazwisku. Muszę coś robić, Christianie. Nie mogę tkwić w Escali niczym więzień i nie mieć nic do roboty. Zwariowałabym. Udusiłabym się. Zawsze miałam jakąś pracę i lubię to. To praca moich marzeń, to o niej zawsze marzyłam. Ale jej wykonywanie nie oznacza, że mniej cię kocham. Jesteś dla mnie całym światem. – Pod powiekami czuję łzy. Nie wolno mi się rozpłakać, nie tutaj. Powtarzam to sobie w głowie. Nie mogę płakać. Nie mogę płakać.

Christian przygląda mi się bez słowa. Następnie na jego czole pojawia się zmarszczka, jakby się zastanawiał nad tym, co powiedziałam.

– Duszę cię? – pyta ponuro.

– Nie… tak… nie. – To taka męcząca rozmowa, na którą nie miejsce ani pora. Zamykam oczy i trę czoło, próbując pojąć, jak w to zabrnęliśmy. – Posłuchaj, rozmawiamy teraz o moim nazwisku. Chcę używać go tutaj, ponieważ pragnę odrobinę się od ciebie zdystansować… ale tylko tutaj, to wszystko. Wiesz, że wszyscy uważają, iż dostałam tę pracę dzięki tobie, gdy tak naprawdę… – Urywam, kiedy Christian otwiera szeroko oczy. O nie… stało się to dzięki niemu?

– Chcesz wiedzieć, dlaczego dostałaś tę pracę, Anastasio?

Anastasio? Cholera.

– Jak to? Co chcesz mi powiedzieć?

Poprawia się na krześle. Rzeczywiście chcę to wiedzieć?

– To członkowie zarządu zdecydowali się powierzyć ci stanowisko Hyde'a. Nie chcieli kosztów wiążących się z zatrudnianiem pracownika wyższego szczebla, gdy spółka była w trakcie sprzedaży. Nie mieli pojęcia, co zrobi z nią nowy właściciel i, co było z ich strony rozsądne, nie chcieli wypłacać sporej odprawy. Dali ci więc stołek Hyde'a, abyś się nim zaopiekowała do czasu, aż nowy właściciel – urywa, a jego usta wykrzywiają się w ironicznym uśmiechu – a mianowicie ja, przejmie kontrolę.

Jasna cholera!

– Co ty mówisz? – A więc to rzeczywiście dzięki niemu. Kurwa! Jestem przerażona.

Uśmiecha się i kręci głową.

– Uspokój się. Doskonale sobie poradziłaś z tym wyzwaniem. – W jego głosie słychać coś na kształt dumy.

– Och. – Próbuję przyswoić to, czego się właśnie dowiedziałam. Opieram się na krześle i z otwartymi ustami przyglądam się Christianowi.

– Nie chcę cię dusić, Ano. Nie chcę zamykać cię w złotej klatce. Cóż... – Twarz mu posępnieje. – Cóż, nie chce tego racjonalna część mnie. – Pociera w zamyśleniu brodę, układając w głowie jakiś plan.

Och, dokąd to zmierza? Christian podnosi nagle głowę, jakby doznał olśnienia.

– Tak więc jednym z powodów, dla których się tu znalazłem, nie licząc rozprawienia się z nieposłuszną żoną – mówi, mrużąc oczy – jest omówienie tego, co zamierzam zrobić z tym wydawnictwem.

Nieposłuszna żona! Nie jestem nieposłuszna i nie należę do aktywów! Rzucam mu gniewne spojrzenie i już nie chce mi się płakać.

– No więc jakie masz plany? – pytam z sarkazmem, przechylając głowę na bok.

Przez jego twarz przebiega cień uśmiechu. Hola – kolejna zmiana nastroju! I jak ja mam nadążyć za panem Zmiennym?

– Zmieniam nazwę wydawnictwa na Grey Publishing.

O kuźwa.

– A za rok będzie należeć do ciebie.

Po raz kolejny otwieram usta – tym razem jeszcze szerzej.

– To mój prezent ślubny dla ciebie.

Zamykam usta, po czym je otwieram, próbując coś powiedzieć – na próżno. W głowie mam kompletną pustkę.

– Mam więc zmienić nazwę na Steele Publishing?

On mówi poważnie. Kurwa.

– Christianie – szepczę, kiedy w końcu odzyskuję zdolność mowy. – Podarowałeś mi zegarek... Nie potrafię zarządzać całą firmą.

Marszczy surowo brwi.

– Ja to robię, odkąd skończyłem dwadzieścia jeden lat.

– Ale ty… to ty. Cudowne dziecko świata biznesu. Jezu, Christianie, studiowałeś na Harvardzie nauki ekonomiczne. Miałeś przynajmniej jakieś podstawy. Ja przez trzy lata sprzedawałam farby i taśmę malarską, na litość boską. Tak mało świata widziałam i wiem tyle co nic! – Mówię coraz głośniej i coraz bardziej piskliwie.

– Jesteś także najbardziej oczytaną osobą, jaką znam – ripostuje. – Uwielbiasz dobrą literaturę. Nawet podczas podróży poślubnej nie potrafiłaś się odciąć od pracy. Ile przeczytałaś rękopisów? Cztery?

– Pięć – mówię cicho.

– I napisałaś pięć szczegółowych raportów. Jesteś bardzo bystrą kobietą, Anastasio. Na pewno dasz sobie radę.

– Zwariowałeś?

– Na twoim punkcie – szepcze.

A ja prycham, ponieważ tylko to mi przychodzi do głowy. Mruży oczy.

– Staniesz się pośmiewiskiem. Kupować firmę dla swojej żonki, która na etacie przepracowała zaledwie kilka miesięcy swego dorosłego życia.

– Myślisz, że przejmuję się tym, co myślą inni? Poza tym nie zostaniesz z tym sama.

Gapię się na niego. Tym razem rzeczywiście odebrało mu rozum.

– Christianie, ja… – Chowam twarz w dłoniach. Czy on oszalał? Nagle zbiera mi się na śmiech. Kiedy ponownie podnoszę głowę, jego oczy stają się wielkie.

– Coś panią bawi, pani Steele?

– Tak. Ty.

Oczy Christiana stają się jeszcze większe, zaszokowane, ale i rozbawione.

– Śmiejesz się z męża? Nieładnie. I przygryzasz wargę. – Oczy mu ciemnieją… w ten charakterystyczny

sposób. O nie, znam to spojrzenie. Zmysłowe, uwodzicielskie, lubieżne... Nie, nie, nie! Nie tutaj.

– Nawet o tym nie myśl – rzucam ostrzegawczo.

– Nie myśl o czym, Anastasio?

– Znam to spojrzenie. Jesteśmy w pracy.

Nachyla się ku mnie, nie odrywając wzroku od mojej
twarzy. Oczy ma głodne i niemal grafitowe. Odruchowo
przełykam ślinę.

– Znajdujemy się w małym, względnie dźwięko-
szczelnym gabinecie z drzwiami zamykanymi na klucz
– szepcze.

– Pogwałcenie zasad moralnych. – Starannie wypowiadam każde słowo.

– Nie z własnym mężem.

– Z szefem szefa mojego szefa – syczę.

– Jesteś moją żoną.

– Christianie, nie. Mówię poważnie. Wieczorem
możesz mnie przelecieć na siedem sposobów. Ale nie teraz. Nie tutaj!

Mruga i po raz kolejny mruży oczy. Po czym niespodziewanie wybucha śmiechem.

– Na siedem sposobów? – Unosi zaintrygowany
brwi. – Trzymam panią za słowo, pani Steele.

– Och, przestań z tą panią Steele! – warczę i walę
pięścią w biurko, zaskakując tym nas oboje. – Na litość
boską, Christianie. Skoro tak wiele to dla ciebie znaczy,
zmienię nazwisko!

Otwiera usta i robi głośny wdech. A potem posyła mi
ten swój promienny, radosny uśmiech.

– Świetnie. – Klaszcze w dłonie i nagle wstaje z krzesła.
Co teraz?

– Misja zakończona pomyślnie. A teraz muszę wracać do pracy, pani Grey.

Ależ on jest nieznośny!

– Ale…

– Ale co, pani Grey?

Opuszczam ramiona.

– Idź już.

– Taki mam zamiar. Do zobaczenia wieczorem. Już się nie mogę doczekać tych siedmiu sposobów.

Gromię go wzrokiem.

– Aha. Czeka mnie sporo imprez towarzysko-biznesowych i chciałbym, żebyś mi na nich towarzyszyła.

Czy on nigdy sobie nie pójdzie?

– Każę Andrei zadzwonić do Hannah, aby wpisała ci daty do kalendarza. Jest kilka osób, które musisz poznać. Od tej pory to Hannah powinna ustalać ci grafik.

– Okej – mamroczę oszołomiona, skonsternowana i zaszokowana.

Nachyla się nad biurkiem. A teraz co? Przyszpila mnie hipnotyzującym spojrzeniem.

– Uwielbiam robić z panią interesy, pani Grey. – Nachyla się jeszcze bardziej i składa na moich ustach czuły pocałunek. – Na razie, mała – mruczy. Po czym prostuje się, mruga do mnie i wychodzi.

Kładę głowę na biurku, czując się, jakby przejechał po mnie czołg – czołg, który tak się akurat składa, jest moim ukochanym mężem. To najbardziej frustrujący, irytujący, pełen przeciwieństw człowiek na tej planecie. Prostuję się i trę oczy. Na co ja się właśnie zgodziłam? Okej, Ana Grey szefową SIP – to znaczy Grey Publishing. Ten człowiek postradał rozum. Rozlega się pukanie do drzwi i pojawia się w nich głowa Hannah.

– Wszystko dobrze? – pyta.

Patrzę na nią bez słowa. Marszczy brwi.

– Wiem, że nie lubisz, jak to robię, ale może zaparzę ci herbaty?

Kiwam głową.

– Twinings English Breakfast, słaba i bez cukru?
Kiwam głową.
– Już się robi, Ano.
Niewidzącym wzrokiem wpatruję się w monitor. Nadal jestem w stanie szoku. Jak mam sprawić, aby on to zrozumiał? Mejl!

Nadawca: Anastasia Steele
Temat: NIE NALEŻĘ DO AKTYWÓW!
Data: 22 sierpnia 2011, 14:23
Adresat: Christian Grey

Panie Grey,

Zanim następnym razem mnie odwiedzisz, umów się, abym mogła się chociaż przygotować na Twoją dziecinną i apodyktyczną megalomanię.

Pozdrawiam

Anastasia Grey <–– zwróć, proszę, uwagę na nazwisko.
Redaktor naczelna, SIP

Nadawca: Christian Grey
Temat: Siedem sposobów
Data: 22 sierpnia 2011, 14:34
Adresat: Anastasia Steele

Moja droga pani Grey (z naciskiem na „moja"),

Cóż mogę rzec na swą obronę? Byłem akurat w okolicy.

I nie, nie zaliczasz się do aktywów, jesteś moją ukochaną żoną.

Jak zawsze sprawiłaś mi wielką przyjemność.

Christian Grey
Prezes & Apodyktyczny Megaloman, Grey Enterprises Holdings, Inc.

Próbuje być zabawny, ale ja nie jestem w nastroju do żartów. Biorę głęboki oddech i wracam do sterty korespondencji.

CHRISTIAN MILCZY, KIEDY wieczorem wsiadam do samochodu.
— Cześć — mówię cicho.
— Cześć — odpowiada nieufnie.
— Komuś jeszcze przeszkodziłeś dzisiaj w pracy? — pytam zbyt słodko.
Przez jego twarz przemyka cień uśmiechu.
— Tylko Flynnowi.
Och.
— Kiedy się będziesz do niego wybierał, dam ci listę tematów do omówienia — syczę.
— Chyba jest pani nie w sosie, pani Grey.
Wbijam wzrok w głowy siedzących przed nami Ryana i Sawyera.
— Hej — mówi Christian miękko i sięga po moją dłoń.
Przez całe popołudnie, kiedy powinnam się koncentrować na pracy, ja się zastanawiałam, co mam mu powie-

dzieć. Ale z każdą godziną mój gniew przybierał na sile. Mam dość jego nonszalanckiego, drażliwego i, szczerze mówiąc, dziecinnego zachowania. Wyrywam mu dłoń – w nonszalancki, drażliwy i dziecinny sposób.

– Jesteś na mnie zła? – szepcze.

– Owszem – syczę.

Krzyżuję ręce na piersi i wyglądam przez okno. Christian poprawia się na siedzeniu, ale ja nie odwracam wzroku. Nie rozumiem, czemu jestem taka zła – ale jestem i już. Cholernie zła.

Gdy tylko zatrzymujemy się pod Escalą, postępuję wbrew ustaleniom i wyskakuję z samochodu. Wchodzę gniewnie do budynku, nie sprawdzając, kto idzie za mną. Do holu wpada Ryan i pędzi do windy, aby ją przywołać.

– No co? – warczę, kiedy docieram do windy.

Policzki mu czerwienieją.

– Przepraszam, proszę pani – jąka.

Obok mnie staje Christian i razem czekamy na windę. Ryan się wycofuje.

– A więc nie tylko na mnie jesteś zła? – pyta cierpko.

Podnoszę na niego wzrok i widzę, że lekko się uśmiecha.

– Drwisz ze mnie? – Mrużę oczy.

– Jakżebym śmiał – odpowiada, unosząc ręce, jakbym trzymała go na muszce.

– Musisz się ostrzyc – burczę. Odwracam się i wsiadam do windy.

– Naprawdę? – pyta, odgarniając włosy z czoła. Wsiada za mną.

– Tak. – Wstukuję kod naszego apartamentu.

– A więc odzywasz się do mnie?

– O tyle, o ile.

– Z jakiego konkretnie powodu jesteś zła? Potrzebuję jakiejś wskazówki – mówi ostrożnie.

Odwracam się do niego.

– Naprawdę nie masz pojęcia? Jesteś inteligentny i z pewnością się domyślasz. Nie mogę uwierzyć, że jesteś taki tępy.

Robi niespokojny krok w tył.

– Rzeczywiście jesteś wkurzona. Sądziłem, że wszystko sobie wyjaśniliśmy w twoim gabinecie – mówi zaskoczony.

– Christianie, ja jedynie podporządkowałam się twoim dziecinnym kaprysom. I tyle.

Drzwi windy się rozsuwają i wychodzę z niej gniewnie. W holu czeka Taylor. Robi krok w tył, gdy mijam go szybko.

– Cześć, Taylor – mruczę pod nosem.

– Pani Grey.

Zostawiam teczkę na korytarzu i udaję się do salonu. Przy kuchence stoi pani Jones.

– Dobry wieczór, pani Grey.

– Witam, pani Jones.

Idę prosto do lodówki i wyciągam butelkę białego wina. Christian też wchodzi do kuchni i obserwuje mnie niczym jastrząb, gdy biorę z szafki kieliszek. Zdejmuje marynarkę i kładzie ją na blacie.

– Chcesz się napić? – pytam słodko.

– Nie, dzięki – odpowiada, nie odrywając ode mnie wzroku.

Jest bezradny. Nie wie, co ze mną począć. Z jednej strony to komiczne, z drugiej tragiczne. A co tam, pieprzyć go! Od naszego popołudniowego spotkania mam problem ze zlokalizowaniem w sobie współczucia. Christian powoli rozwiązuje krawat, po czym odpina górny guzik koszuli. Nalewam sobie duży kieliszek sauvignon blanc, a mój mąż przeczesuje dłonią włosy. Kiedy się odwracam, widzę, że pani Jones zniknęła. Cholera! To moja ludzka tarcza. Pociągam łyk wina. Dobre.

– Daj spokój – szepcze Christian. Robi dwa kroki w moją stronę i staje przede mną. Delikatnie zakłada mi włosy za ucho i pieści je opuszkami palców, a moje ciało przebiega dreszcz. Czy to tego mi brakowało przez cały dzień? Jego dotyku? Kręcę głową, a on puszcza moje ucho. – Rozmawiaj ze mną – mówi cicho.

– A po co? Ty mnie nie słuchasz.

– Słucham. Jesteś jedną z niewielu osób, których słucham.

Pociągam kolejny łyk wina.

– Chodzi o twoje nazwisko?

– Tak i nie. Chodzi o to, jak reagujesz na fakt, że się z tobą nie zgadzam.

Marszczy brwi.

– Ano, wiesz, że mam… problemy. Trudno mi odpuścić, gdy chodzi o ciebie. Wiesz o tym.

– Ale nie jestem dzieckiem i nie należę do twoich aktywów.

– Wiem. – Wzdycha.

– No to przestań mnie tak traktować – szepczę błagalnie.

Przesuwa wierzchem dłoni po moim policzku, a kciukiem muska dolną wargę.

– Nie bądź zła. Tyle dla mnie znaczysz. Jesteś jak największy skarb, jak dziecko – szepcze z powagą.

Jego słowa odwracają moją uwagę. Jak dziecko! Cenna jak dziecko… dziecko byłoby dla niego czymś cennym!

– Nie jestem skarbem ani dzieckiem, Christianie. Jestem twoją żoną. Jeśli czułeś się urażony faktem, że nie zamierzam używać twojego nazwiska, powinieneś był to powiedzieć.

– Urażony? – Marszczy brwi i wiem, że intensywnie się nad tym zastanawia. Nagle prostuje się i zerka szybko na zegarek. – Za niecałą godzinę zjawi się Gia. Powinniśmy coś zjeść.

O nie. W duchu wydaję jęk. Nie odpowiedział na moje pytanie, a teraz muszę się zmierzyć z Gią Matteo. Co za gówniany dzień. Rzucam Christianowi gniewne spojrzenie.

– Nie skończyliśmy tej rozmowy – burczę.

– Co jeszcze zostało do omówienia?

– Mógłbyś sprzedać wydawnictwo.

Christian prycha.

– Sprzedać?

– Tak.

– Sądzisz, że w panującej obecnie sytuacji na rynku znalazłbym kupca?

– Ile za nie zapłaciłeś?

– Było względnie tanie. – W jego głosie słychać nieufność.

– Więc je zamykasz?

Uśmiecha się kpiąco.

– Damy radę. Nie pozwolę go zamknąć, Anastasio. A przynajmniej dopóki ty tam pracujesz.

– A jeśli odejdę?

– I zajmiesz się czym?

– Nie wiem. Czymś innym.

– Powiedziałaś, że to praca twoich marzeń. I wybacz, jeśli się mylę, ale ślubowałem przed Bogiem, pastorem Walshem i naszymi najbliższymi czcić cię, stać na straży twoich nadziei i marzeń i zapewniać ci bezpieczeństwo przy moim boku.

– Cytowanie przysięgi ślubnej nie jest fair.

– Nigdy nie obiecywałem gry fair, jeśli w grę wchodzisz ty. Poza tym – dodaje – ty już użyłaś swojej przysięgi niczym broni.

Krzywię się. To prawda.

– Anastasio, jeśli nadal jesteś na mnie zła, później wyżyj się na mnie w łóżku. – Głos ma niski i pełen zmysłowego pragnienia, a oczy gorące.

Co takiego? Łóżko? Jak?

Uśmiecha się na widok mojej miny. Spodziewa się, że go zwiążę? Jasny gwint!

– Siedem sposobów – szepcze. – Już się nie mogę doczekać.

Hola!

– Gail! – woła nagle i cztery sekundy później zjawia się pani Jones. Gdzie ona była? W gabinecie Taylora? Słuchała nas? O nie.

– Panie Grey?

– Chcielibyśmy teraz zjeść.

– Oczywiście, proszę pana.

Christian nie odrywa ode mnie wzroku. Przygląda mi się nieufnie, jakbym była jakimś egzotycznym stworzeniem, które zaraz rzuci się na niego. Pociągam łyk wina.

– Chyba ja też się napiję – wzdycha i ponownie przeczesuje palcami włosy.

– NIE DOKOŃCZYSZ TEGO?

– Nie. – Wzrok wbijam w ledwie tknięte fettuccini. Nim zdąży coś powiedzieć, wstaję i zbieram ze stołu w jadalni nasze talerze. – Zaraz zjawi się Gia – mówię cicho.

Christian krzywi się z niezadowoleniem, ale milczy.

– Ja to wezmę, pani Grey – mówi pani Jones, gdy wchodzę do kuchni.

– Dziękuję.

– Nie smakowało pani? – pyta z niepokojem.

– Było pyszne. Po prostu nie jestem głodna.

Uśmiecha się ze współczuciem, po czym odwraca się, wyrzuca do kosza zawartość mojego talerza i wstawia go do zmywarki.

– Wykonam teraz kilka telefonów – oznajmia Christian. Mierzy mnie uważnym wzrokiem, po czym znika za drzwiami gabinetu.

Oddycham z ulgą i udaję się do sypialni. Atmosfera przy kolacji była niezręczna. Nadal jestem zła na Christiana, a on uważa, że nie zrobił nic złego. A zrobił? Moja podświadomość unosi brew i patrzy na mnie łagodnie. Owszem, zrobił. W pracy nie czułam się swobodnie, a w domu on nie chciał omówić drażliwych kwestii. Ciekawe, jak sam by się poczuł, gdybym ja wparowała do jego biura, narzucając mu swoją wolę? A na domiar złego chce mi dać SIP! Jak, u licha, miałabym zarządzać firmą? O biznesie wiem tyle, co nic.

Przyglądam się linii wieżowców na tle nieba, skąpanych w perłoworóżowym świetle zmierzchu. I jak zwykle Christian chce rozwiązać nasze problemy w sypialni… eee… holu… pokoju zabaw… pokoju telewizyjnym… na blacie kuchennym… Przestań! Dla niego wszystko sprowadza się do seksu.

Wchodzę do łazienki i krzywię się do swego odbicia w lustrze. Powrót do rzeczywistości nie jest łatwy. Wcześniej jakoś pokonywałam dzielące nas różnice, ponieważ znajdowaliśmy się w tej swojej bańce. Ale teraz? Wracam myślami do naszego ślubu i dręczących mnie tamtego dnia obaw – co nagle to po… Nie, nie wolno mi tak myśleć. Kiedy za niego wychodziłam, wiedziałam, że Christian to Szary. Muszę się tego trzymać i spróbować z nim wszystko przegadać.

Przyglądam się sobie. Blado wyglądam, a teraz czeka mnie jeszcze spotkanie z tą kobietą.

Mam na sobie szarą ołówkową spódnicę i bluzkę bez rękawów. No dobrze! Moja wewnętrzna bogini wyciąga swój krwiście czerwony lakier do paznokci. Rozpinam dwa guziki, odsłaniając nieco dekolt. Zmywam twarz, po czym ponownie się maluję. Na rzęsy nakładam dodatkową warstwę tuszu, a na usta błyszczyk. Pochylam głowę i energicznie szczotkuję włosy. Kiedy się prostuję, spływają mi na ramiona kasztanową kaskadą. Zakładam je starannie za uszy i idę poszukać szpilek.

Kiedy pojawiam się w salonie, stwierdzam, że Christian zdążył już rozłożyć na stole plany domu. Z głośników sączy się jakaś muzyka. Staję jak wryta.

– Pani Grey – mówi ciepło, po czym patrzy na mnie pytająco.

– Co to takiego? – pytam. Muzyka jest przepiękna.

– *Requiem* Gabriela Fauré. Wyglądasz jakoś inaczej – mówi z roztargnieniem.

– Och. Nie słyszałam tego jeszcze.

– Jest bardzo uspokajające, relaksujące. – Unosi brew. – Zrobiłaś coś z włosami?

– Wyszczotkowałam je – burczę.

Zostawiając plany na stole, Christian podchodzi do mnie. Jego kroki są powolne, w rytm muzyki.

– Zatańczysz ze mną? – pyta cicho.

– Ale to requiem – odpowiadam zdumiona.

– Owszem. – Bierze mnie w ramiona, chowa twarz we włosach i zaczyna się lekko kołysać. Pachnie nieziemsko jak zawsze.

Och… stęskniłam się za nim. Obejmuję go mocno i ze wszystkich sił staram się nie rozpłakać. Dlaczego jesteś taki irytujący?

– Nie znoszę się z tobą kłócić – szepcze.

– To przestań być takim dupkiem.

Chichocze i jeszcze mocniej mnie do siebie przytula.

– Dupek?

– Dupek.

– Wolałbym dupkę.

– Nie dziwię się.

Śmieje się i całuje mnie w czubek głowy.

– Requiem? – mruczę nieco zaszokowana faktem, że tańczymy do takiej muzyki.

Wzrusza ramionami.

– To po prostu piękny utwór, Ano.

Rozlega się dyskretny kaszel Taylora i Christian mnie puszcza.

– Jest już pani Matteo – mówi.

O radości!

– Poproś, by weszła – odpowiada Christian.

Bierze mnie za rękę, gdy do salonu wchodzi Gia Matteo.

ROZDZIAŁ ÓSMY

Gia Matteo to atrakcyjna kobieta – wysoka i atrakcyjna. Krótkie, idealnie pofarbowane, ostrzyżone i ułożone włosy blond wyglądają jak wymyślna korona. Ma na sobie jasnoszary spodnium podkreślający krągłości. Spodnium wygląda na drogi. Jej biżuteria to samotny brylant w charakterze naszyjnika i brylantowe kolczyki na sztyfcie. Jest bardzo zadbana – jedna z tych kobiet, którym rodzina zapewnia pieniądze i dobre wychowanie. Choć mam wrażenie, że dzisiejszego wieczoru to dobre wychowanie nie jest bez skazy; jasnoniebieska bluzka ma zbyt duży dekolt. Tak jak i moja. Oblewam się rumieńcem.

– Christianie, Ano. – Uśmiecha się promiennie, demonstrując idealne białe zęby. Wyciąga wymanikiurowaną dłoń najpierw do Christiana, następnie do mnie. Jest odrobinę niższa od mego męża, ale jej buty mają zabójcze obcasy.

– Gia – mówi uprzejmie Christian.

Ja uśmiecham się chłodno.

– Świetnie wyglądacie po podróży poślubnej – mówi bez zająknięcia, rzucając Christianowi spojrzenie spod długich, wytuszowanych rzęs.

Christian obejmuje mnie ramieniem i przyciąga do siebie.

– Wspaniale spędziliśmy czas, dziękujemy. – Muska ustami moją skroń, zaskakując mnie tym.

Widzisz... jest mój. Irytujący – wręcz wkurzający – ale mój. Uśmiecham się szeroko. W tej chwili naprawdę cię kocham, Christianie Greyu. Wsuwam dłoń w tylną kieszeń jego spodni i szczypię w tyłek. Gia uśmiecha się do nas blado.

– Udało wam się zerknąć na plany?

– Owszem – odpowiadam. Podnoszę wzrok na Christiana, który uśmiecha się do mnie, unosząc z cierpkim rozbawieniem brew. Co takiego go bawi? Moja reakcja na Gię czy to, że uszczypnęłam go w tyłek?

– Tam leżą – Christian wskazuje stół w części jadalnej. Bierze mnie za rękę i prowadzi do niego, a Gia rusza za nami. W końcu przypominam sobie o dobrych manierach.

– Napijesz się czegoś? – pytam. – Może wina?

– Chętnie – odpowiada Gia. – Białe wytrawne, jeśli macie.

Cholera! Sauvignon blanc – to białe wytrawne, prawda? Niechętnie puszczam dłoń męża i wracam do kuchni. Słyszę syknięcie iPoda, gdy Christian wyłącza muzykę.

– Dolać ci wina, Christianie? – wołam.

– Poproszę, skarbie.

Otwieram szafkę, czując na sobie jego wzrok, i ogarnia mnie osobliwe uczucie, że Christian i ja odgrywamy razem przedstawienie – ale tym razem gramy w tej samej drużynie, przeciwnikiem zaś jest pani Matteo. On wie, że jej się podoba i że ona wcale tego nie kryje? Robi mi się ciepło na sercu, kiedy dociera do mnie, że Christian być może próbuje mnie uspokoić. A może wysyła tej kobiecie wyraźny sygnał, że jest zajęty.

Mój. Owszem, zdziro, mój. Moja wewnętrzna bogini ma na sobie strój gladiatorki i nie idzie na żadne ustępstwa. Uśmiechając się pod nosem, wyjmuję z szafki trzy kieliszki, z lodówki otwartą butelkę sauvignon blanc i stawiam wszystko na barze śniadaniowym. Gia nachyla się nad stołem, gdy tymczasem Christian stoi obok niej i coś jej pokazuje na planach.

– Ana ma kilka uwag na temat tej szklanej ściany, ale generalnie obojgu nam podobają się twoje pomysły.

– Och, cieszę się – rozpływa się Gia i mówiąc to, dotyka przelotnie jego ramienia.

Christian natychmiast sztywnieje. Ona nawet tego nie zauważa.

Zostaw go, paniusiu, w spokoju. Nie lubi, jak się go dotyka.

Christian odsuwa się nieznacznie i odwraca w moją stronę.

– Ktoś jest spragniony – mówi.

– Już się robi.

On rzeczywiście gra. Obecność tej kobiety wprawia go w zakłopotanie. Czemu wcześniej tego nie dostrzegłam? Dlatego właśnie jej nie lubię. Christian przyzwyczajony jest do tego, jak kobiety na niego reagują. Nieraz to widziałam – najczęściej w ogóle nie zwraca na to uwagi. Ale dotykanie to zupełnie inna sprawa. Cóż, pani Grey biegnie na ratunek.

Szybko nalewam wino, biorę wszystkie trzy kieliszki i spiesznie wracam do mego niespokojnego rycerza. Podając kieliszek Gii, z rozmysłem staję między nimi. Uśmiecha się uprzejmie. Drugi kieliszek podaję Christianowi, który bierze go ode mnie ochoczo, obdarzając spojrzeniem pełnym rozbawionej wdzięczności.

– Na zdrowie – mówi Christian do nas obu, ale patrząc na mnie.

My unosimy kieliszki i zgodnie odpowiadamy. Upijam łyk wina.

– Ano, masz jakieś uwagi odnośnie do ściany ze szkła? – pyta Gia.

– Tak. To świetny pomysł, nie zrozum mnie źle. Ale miałam nadzieję, że uda się to włączyć do domu w taki jakiś bardziej naturalny sposób. Bądź co bądź zakochałam się w tamtym domu i jego wyglądzie i nie chcę żadnych radykalnych zmian.

– Rozumiem.

– Chcę po prostu, aby projekt nieco lepiej harmonizował, no wiesz… z pierwotnym domem.

Podnoszę wzrok na Christiana, który przygląda mi się w zamyśleniu.

– Żadnego poważnego remontu? – pyta cicho.

– Nie. – Kręcę głową dla podkreślenia swego stanowiska.

– Podoba ci się w obecnym wydaniu?

– Generalnie tak. Dla mnie ten dom potrzebuje po prostu odświeżenia.

Gia zerka na nas, a jej policzki stają się różowe.

– Okej – mówi. – Chyba rozumiem, co masz na myśli, Ano. A może zostawimy tę szklaną ścianę, ale otworzymy ją na większy taras, wpisujący się w styl śródziemnomorski? Kamienny taras już tam jest. Można dostawić kamienne kolumny, w dużej odległości od siebie, żeby nie zakłócały widoku. Dodać szklane zadaszenie albo dachówki, jak w pozostałej części domu. Mielibyście dzięki temu także zacienione miejsce do spożywania posiłków na świeżym powietrzu i generalnie do relaksowania się.

Trzeba oddać tej kobiecie, że jest dobra.

– Albo zamiast tarasu moglibyśmy wkomponować w szklane drzwi drewno w wybranym przez was kolorze; to pomogłoby w utrzymaniu śródziemnomorskiego klimatu – kontynuuje.

– Jak błękitne okiennice na południu Francji – mówię cicho do Christiana, który przygląda mi się uważnie.

Upija łyk wina i wzrusza ramionami, bardzo niezobowiązująco. Hmm. Nie podoba mu się ten pomysł, ale go nie odrzuca, dzięki czemu nie czuję się głupio. Boże, ileż w tym mężczyźnie sprzeczności. Przypominają mi się jego wczorajsze słowa: „Chcę, aby ten dom był taki, jak ty chcesz. Co tylko sobie życzysz. Jest twój". Chce, żebym była szczęśliwa – szczęśliwa we wszystkim, co robię. W głębi duszy chyba to wiem. Ja tylko – powstrzymuję się. „Nie myśl teraz o naszej kłótni" – nakazuje mi podświadomość.

Gia patrzy na Christiana, czekając, aż podejmie decyzję. Obserwuję jej rozszerzone źrenice i rozchylone, lśniące błyszczykiem usta. Jej język przesuwa się szybko po górnej wardze. Kiedy odwracam się do Christiana, widzę, że on nadal mi się przygląda – a nie jej. Tak! Zamierzam poprosić panią Matteo na słówko.

– Ano, a ty co byś wolała? – pyta Christian, wyraźnie zdając się na mnie.

– Pomysł z tarasem mi się podoba.

– Mnie też.

Odwracam się do Gii. Hej, paniusiu, popatrz na mnie, nie na niego. To ja podejmuję w tej kwestii decyzje.

– Chętnie zobaczę poprawione plany, uwzględniające większy taras i kolumny pasujące do charakteru domu.

Gia niechętnie odrywa łakome spojrzenie od mojego męża i uśmiecha się do mnie. Czy ona myśli, że jestem ślepa?

– Jasne – mówi grzecznie. – Jeszcze jakieś kwestie do przedyskutowania?

Nie licząc tego, że pieścisz wzrokiem mojego męża?

– Christian chce nieco zmienić naszą sypialnię – burczę.

W progu salonu rozlega się dyskretne kaszlnięcie. Odwracamy się i widzimy Taylora.

– Tak? – pyta Christian.

– Panie Grey, muszę się z panem naradzić w pilnej sprawie.

Stając za mną, Christian kładzie mi dłonie na ramionach i zwraca się do Gii:

– Przy tym projekcie decyzje podejmuje pani Grey. Daję jej carte blanche. Ma być tak, jak sobie życzy. W pełni ufam jej instynktowi. Jest bardzo bystra. – Ton jego głosu ulega subtelnej zmianie. Słyszę w nim dumę i zawoalowane ostrzeżenie. Dla Gii?

W pełni ufa mojemu instynktowi? Och, ależ ten człowiek jest irytujący. Mój instynkt dzisiejszego popołudnia pozwolił mu sponiewierać moje uczucia. Kręcę z frustracją głową, ale cieszę się, że powiedział Pani Prowokacyjnej-Niestety-Dobrej-w-Swoim-Fachu, kto tu rządzi. Dotykam czule jego dłoni.

– A teraz przepraszam. – Christian ściska mi ramiona, po czym oddala się razem z Taylorem. Ciekawe, o co chodzi.

– Więc… kwestia sypialni? – pyta Gia nerwowo.

Upewniam się, że Christian i Taylor nie mogą nas słyszeć, po czym, przywołując całą swoją wewnętrzną siłę, daję jej popalić.

– Słusznie się denerwujesz, Gio, ponieważ w tej akurat chwili twój udział w tym projekcie wisi na włosku. Ale jestem przekonana, że wszystko będzie dobrze, o ile tylko będziesz trzymać ręce z daleka od mojego męża.

Wciąga głośno powietrze.

– W przeciwnym razie nici ze zlecenia. Zrozumiano? – Starannie wymawiam każde słowo.

Mruga szybko, kompletnie osłupiała. Nie może uwierzyć w to, co ode mnie usłyszała. Ale ja się nie uginam, patrząc beznamiętnie w jej wielkie brązowe oczy.

Nie wycofuj się! Nie wycofuj! Tego obojętnego spojrzenia nauczyłam się od Christiana. Wiem, że renowacja rezydencji Greyów to dla Gii bardzo prestiżowy projekt – kolejny sukces w jej karierze architektki. Nie może stracić tego zlecenia. A ja mam gdzieś fakt, że to znajoma Elliota.

– Ano, eee… pani Grey… P-przepraszam. Ja nigdy…

– Oblewa się rumieńcem, nie bardzo wiedząc, co powiedzieć.

– Pozwól, że wyrażę się jasno. Mój mąż nie jest tobą zainteresowany.

– Oczywiście – mamrocze, a z jej twarzy odpływa cała krew.

– Jak już mówiłam, chciałam, aby sprawa została postawiona jasno.

– Pani Grey, najmocniej przepraszam, jeśli sądziła pani… ja… – Urywa, gorączkowo szukając właściwych słów.

– Świetnie. Skoro to sobie wyjaśniłyśmy, wróćmy do kwestii domu. Przedstawię ci nasze pomysły dotyczące sypialni, a potem poproszę o listę wszystkich materiałów, których zamierzasz użyć. Jak wiesz, Christian i ja bardzo chcemy, aby ten dom nie naruszał równowagi ekologicznej i chciałabym go uspokoić w kwestii rodzaju i pochodzenia tych materiałów.

– Oczy-oczywiście – duka. Widać, że jest onieśmielona. To dla mnie nowość. Moja wewnętrzna bogini biegnie wokół areny, machając do rozszalałej widowni.

Gia nerwowym gestem przygładza włosy.

– Sypialnia małżeńska? – pyta niespokojnie, a głos ma niewiele głośniejszy od szeptu.

Teraz, kiedy mam nad nią przewagę, po raz pierwszy od popołudniowego spotkania z Christianem czuję, że się odprężam. A więc potrafię. Moja wewnętrzna bogini świętuje swoją jędzowatość.

* * *

Kiedy Christian do nas dołącza, akurat kończymy.

– Wszystko załatwione? – pyta. Obejmuje mnie w talii i odwraca się w stronę naszego gościa.

– Tak, panie Grey. – Gia uśmiecha się promiennie, choć dla mnie ten uśmiech wygląda na wymuszony. – Za kilka dni przedstawię państwu poprawione plany.

– Doskonale. Jesteś zadowolona? – pyta mnie, a jego spojrzenie jest ciepłe i badawcze. Kiwam głową i rumienię się z jakiegoś powodu, którego nie rozumiem.

– Będę się zbierać – Gia podaje rękę najpierw mnie, potem Christianowi.

– Do następnego razu – mówię.

– Tak, pani Grey. Panie Grey.

Na progu salonu pojawia się Taylor.

– Taylor cię odprowadzi.

Mówię to na tyle głośno, aby usłyszał. Jeszcze raz przyklepując włosy, odwraca się na tych swoich wysokich obcasach i opuszcza salon, a w ślad za nią wychodzi Taylor.

– Jej nastawienie było wyraźnie chłodniejsze – mówi Christian, patrząc na mnie pytająco.

– Tak myślisz? Nie zauważyłam. – Wzruszam ramionami. – Czego chciał Taylor? – pytam częściowo dlatego, że jestem ciekawa, a częściowo dlatego, że pragnę zmienić temat.

Christian marszczy brwi, puszcza mnie i zaczyna składać leżące na stole plany.

– Chodziło o Hyde'a.

– Co z nim? – szepczę.

– Nic, czym trzeba się martwić, Ano. – Zostawia na stole plany i bierze mnie w ramiona. – Okazuje się, że od kilku tygodni nie pojawia się w swoim mieszkaniu, to wszystko. – Całuje mnie w głowę, po czym wypuszcza z ramion i kończy zadanie. – Na co więc się zdecydowałaś? – pyta, a ja wiem, że mam nie ciągnąć tematu Hyde'a.

– Na to, o czym rozmawialiśmy. Myślę, że jej się podobasz – mówię cicho.

Prycha.

– Powiedziałaś jej coś? – pyta, a ja pąsowieję. Skąd wie? Wbijam wzrok w dłonie. – Kiedy przyjechała, byliśmy Christianem i Aną, a przy wyjściu państwem Grey. – Ton głosu ma cierpki.

– Możliwe, że coś powiedziałam – mamroczę pod nosem.

Kiedy podnoszę wzrok, widzę, że przygląda mi się ciepło i przez chwilę wydaje się nawet... zadowolony. Opuszcza oczy, kręci głową i wyraz jego twarzy ulega zmianie.

– Chodzi jej tylko o mój wygląd. – W jego głosie słychać gorycz, a nawet odrazę.

Och, Szary, nie!

– No co? – Jest zdeprymowany moją miną. – Chyba nie jesteś zazdrosna, co?

Rumienię się i przełykam ślinę, po czym wbijam wzrok w zaciśnięte dłonie. Jestem?

– Ana, Gia to seksualny drapieżnik. Zupełnie nie w moim typie. Jak możesz być o nią zazdrosna? O kogokolwiek? Ona mnie w ogóle nie interesuje. – Kiedy podnoszę głowę, on gapi się na mnie, jakby mi wyrosła druga ręka. Przeczesuje palcami włosy. – Liczysz się tylko ty, Ano – mówi cicho. – Zawsze tak będzie.

O rety. Raz jeszcze dając sobie spokój z planami, Christian podchodzi do mnie i ujmuje pod brodę.

– Jak możesz myśleć inaczej? Czy kiedykolwiek dałem ci do zrozumienia, że choćby trochę jestem zainteresowany inną kobietą? – Oczy mu płoną.

– Nie – szepczę. – Zachowuję się niemądrze. Po prostu dzisiejszy dzień... ty... – Na powierzchnię wydostają się wszystkie moje wcześniejsze sprzeczne uczucia. Jego

zachowanie w moim gabinecie mocno mnie skonfundo-
wało i sfrustrowało. W jednej chwili chce, żebym siedziała w domu, w następnej daje w prezencie wydawnictwo.
I jak ja mam za nim nadążyć?

– Co ja?

– Och, Christianie… – Dolna warga mi drży. – Próbuję zaadaptować się w tym nowym życiu, o którym nigdy
nawet nie śniłam. Wszystko jest mi podawane na tacy:
praca, ty, mój piękny mąż, którego nawet nie sądziłam…
nie sądziłam, że aż tak pokocham, tak mocno, tak… pewnie. – Biorę głęboki oddech, a on aż otwiera usta. – Ale
jesteś niczym czołg, któremu ja nie chcę ustąpić, bo co by
wtedy zostało z tej dziewczyny, w której się zakochałeś?
Powiem ci co: bezmyślna kukła żyjąca od jednej impre-
zy dobroczynnej do drugiej. – Ponownie czynię pauzę,
szukając w głowie słów, które opiszą, co czuję. – A teraz
chcesz mnie uczynić prezesem firmy, co nigdy nie znajdowało się na liście moich marzeń. Z jednej strony chcesz
mieć mnie w domu, z drugiej chcesz, abym zarządzała
wydawnictwem. To takie dezorientujące. – Urywam, czując pod powiekami łzy. – Musisz mi pozwolić na podej-
mowanie własnych decyzji, na ryzyko, na błędy, na których będę się uczyć. Nim zacznę biegać, muszę nauczyć
się chodzić, Christianie, nie rozumiesz tego? Potrzebuję
odrobiny niezależności. Tym właśnie jest dla mnie moje
nazwisko. – Proszę bardzo, właśnie to mu chciałam powiedzieć po południu.

– Czujesz się przytłoczona? – szepcze.

Kiwam głową.

Zamyka oczy.

– Chcę ci po prostu podarować cały świat, Ano,
wszystko, co tylko chcesz. I jeszcze chronić cię przed nim.
Zapewniać bezpieczeństwo. Ale chcę także, aby wszyscy
wiedzieli, że jesteś moja. Spanikowałem dzisiaj, kiedy

dostałem twój mejl. Czemu mi nie powiedziałaś o nazwisku?

Moje policzki czerwienieją. On ma rację.

– Przyszło mi to do głowy, gdy byliśmy w podróży
poślubnej, a cóż, nie chciałam przebijać naszej bańki.
I przypomniałam sobie o tym dopiero wczoraj wieczorem. No i jeszcze Jack... No wiesz, odwróciło to moją
uwagę od wielu spraw. Przepraszam. Powinnam ci była
o tym powiedzieć albo przedyskutować to z tobą, ale jakoś nigdy nie było na to odpowiedniej pory.

Intensywne spojrzenie Christiana wytrąca mnie
z równowagi.

– Czemu wpadłeś w panikę? – pytam.

– Nie chcę, abyś mi się wymknęła.

– Na litość boską, nigdzie się nie wybieram. Kiedy to
w końcu dotrze do tej twojej niesamowicie tępej łepetyny? Ja. Cię. Kocham. – Wymachuję ręką tak jak czasami
on, kiedy chce podkreślić swoje słowa. – Bardziej niż...
„światło oczu, powietrze, swobodę"*.

Jego oczy robią się wielkie.

– *Daughter's love*? – Uśmiecha się ironicznie.

– Nie – śmieję się wbrew sobie. – To jedyny cytat,
który mi przyszedł na myśl.

– Szalony król Lear?

– Kochany, szalony król Lear. – Dotykam delikatnie
jego twarzy, a on poddaje się memu dotykowi, zamykając
oczy. – Zmieniłbyś nazwisko na Christian Steele, żeby
wszyscy wiedzieli, iż należysz do mnie?

Christian otwiera oczy i wpatruje się we mnie tak,
jakbym właśnie oświadczyła, że Ziemia jest płaska.
Marszczy brwi.

– Należę do ciebie? – pyta cicho, badając te słowa.

– Do mnie.

* W. Shakespeare, *Król Lear*, przeł. S. Barańczak.

– Twój – mówi, powtarzając słowa, które zaledwie wczoraj wypowiadaliśmy w pokoju zabaw. – Tak, zrobiłbym to. Gdyby miało to dla ciebie wielkie znaczenie.

O rety.

– A dla ciebie ma?

– Tak. – W jego głosie słychać zdecydowanie.

– W porządku. – Zrobię to dla niego.

– Sądziłem, że już wyraziłaś zgodę.

– Owszem, ale teraz, kiedy szerzej poruszyliśmy ten temat, podejmuję tę decyzję chętniej.

Przez chwilę wygląda na zaskoczonego, po czym posyła mi ten swój śliczny chłopięcy uśmiech, którego widok zapiera mi dech w piersiach. Chwyta mnie w talii i obraca. Wydaję pisk, chichoczę i nie wiem, czy Christian jest po prostu szczęśliwy, czuje ulgę, czy... co?

– Pani Grey, wie pani, co to dla mnie znaczy?

– Teraz już tak.

Całuje mnie w usta.

– To znaczy siedem sposobów – mruczy do moich ust.

– Tak myślisz? – Odsuwam głowę, aby na niego spojrzeć.

– Złożono pewne obietnice. Propozycja przedstawiona, negocjacje zakończone – szepcze, a oczy mu błyszczą radośnie.

Próbuję nadążać za zmiennością jego nastrojów.

– Nie zamierzasz dotrzymać obietnicy? – pyta niepewnie, po czym patrzy na mnie badawczo. – Mam pomysł – dodaje.

Och, o jakie perwersyjne bzykanko mu chodzi?

– Trzeba się zająć bardzo ważną sprawą – kontynuuje, nagle poważniejąc. – Tak, pani Grey. Sprawą najwyższej wagi.

Chwileczkę – on się ze mnie śmieje.

– Tak? – pytam bez tchu.

– Musisz mi obciąć włosy. Podobno są za długie, a mojej żonie się to nie podoba.

– Nie mogę obciąć ci włosów!

– Ależ możesz. – Christian uśmiecha się szeroko i potrząsa głową tak, że włosy opadają mu na oczy.

– Cóż, jeśli pani Jones ma jakiś garnek. – Chichoczę. Śmieje się.

– Okej, celna uwaga. Wybiorę się do Franca.

Nie! Franco pracuje dla tego jędzowatego trolla! Może jednak podetnę mu te włosy. W końcu Rayowi obcinałam je całymi latami i nigdy nie narzekał.

– Chodź.

Biorę go za rękę. Jego oczy robią się wielkie. Prowadzę go do naszej łazienki. Stojący w rogu biały drewniany taboret przenoszę przed umywalkę. Kiedy spoglądam na Christiana, stwierdzam, że przygląda mi się z kiepsko skrywanym rozbawieniem. Kciuki ma wsunięte za szlufki spodni.

– Siadaj. – Pokazuję na taboret.

– Zamierzasz umyć mi włosy?

Kiwam głową. Unosi zaskoczony jedną brew i przez chwilę mam wrażenie, że zamierza się wycofać.

– Dobrze.

Powoli, guzik po guziku, rozpina białą koszulę.

O rany… Moja wewnętrzna bogini przerywa zwycięski bieg wokół areny.

Christian unosi rękę gestem mówiącym „zajmij się spinkami", a kąciki ust drżą mu seksownie.

Och, spinki do mankietów. Wyjmuję jedną, platynowy dysk z wygrawerowanymi inicjałami, a chwilę później drugą. Gdy kończę, zerkam na Christiana i widzę, że z jego twarzy zniknęło rozbawienie, a zastąpiło je coś bardziej zmysłowego… dużo bardziej zmysłowego. Zsuwam mu koszulę z ramion i upuszczam na podłogę.

– Gotowy? – pytam cicho.

– Na co tylko sobie życzysz, Ano.

Moje spojrzenie przesuwa się z jego oczu na usta. Rozchylone, żeby głębiej oddychać. To pięknie wykrojone, cudowne usta, którymi doskonale wie, co robić. Unoszę głowę, aby go pocałować.

– Nie – mówi i kładzie mi dłonie na ramionach. – Bo jeśli to zrobisz, moje włosy pozostaną nieobcięte.

Och!

– Chcę, żebyś to zrobiła – kontynuuje. I z jakiegoś niewytłumaczalnego powodu oczy ma szeroko otwarte. To rozbrajające.

– Dlaczego? – szepczę.

Przygląda mi się przez chwilę, a jego oczy robią się jeszcze większe.

– Ponieważ dzięki temu poczuję, że się o mnie troszczysz.

Serce mi zamiera. Och, Christianie… mój Szary. I nim zdaję sobie sprawę z tego, co czynię, oplatam go ramionami i całuję klatkę piersiową, po czym opieram policzek o łaskoczące włoski.

– Ana. Moja Ana – szepcze. Bierze mnie w ramiona i tak stoimy nieruchomo, tuląc się w łazience. Och, uwielbiam, jak mnie przytula. Nawet jeśli jest apodyktycznym, megalomańskim dupkiem, to mój apodyktyczny, megalomański dupek mocno potrzebujący potężnej dawki czułości. Odchylam się, nie przestając go obejmować.

– Naprawdę chcesz, abym to zrobiła?

Kiwa głową i uśmiecha się nieśmiało. Wyplątuję się z jego objęć.

– No to siadaj.

Posłusznie spełnia moje polecenie i siada plecami do umywalki. Zdejmuję buty i z kabiny prysznicowej biorę jego szampon Chanel. Kupiliśmy go we Francji.

– Może być taki szampon, proszę pana? – Podnoszę go do góry, jakbym była prezenterką w Telezakupach. – Osobiście dostarczony z południowej części Francji. Podoba mi się jego zapach... pachnie tobą – dodaję szeptem, porzucając telewizyjny styl bycia.

– Poproszę. – Uśmiecha się.

Z podgrzewacza zdejmuję niewielki ręcznik. Pani Jones wie, jak sprawiać, aby były supermiękkie.

– Pochyl się – nakazuję. Kładę mu ręcznik na ramionach, po czym odkręcam kurki i napełniam umywalkę ciepłą wodą. – Teraz odchyl głowę.

Och, podoba mi się sprawowanie kontroli. Christian spełnia moje polecenie, ale jest za wysoki, więc przesuwa taboret do przodu i dopiero wtedy odległość staje się idealna. Uśmiecham się. Z toaletki biorę szklankę, napełniam ją wodą i polewam głowę Christiana. Powtarzam proces, nachylając się nad nim.

– Ślicznie pani pachnie, pani Grey – mruczy i zamyka oczy.

Gdy metodycznie polewam mu włosy, mogę mu się bez przeszkód przyglądać. O rany, czy mnie to kiedykolwiek znudzi? Długie ciemne rzęsy, delikatnie rozchylone usta... Hmm... mam straszną ochotę wsunąć w nie język...

Nalewam mu wody do oczu. Cholera!

– Przepraszam!

Śmieje się i wyciera rogiem ręcznika.

– Hej, wiem, że jestem dupkiem, ale nie utop mnie.

Nachylam się i chichocząc, całuję go w czoło.

– Nie kuś mnie.

Przyciąga do siebie moją głowę i całuje mnie lekko, mrucząc z zadowoleniem. Ten dźwięk dociera bezpośrednio do mięśni w moim podbrzuszu. Jest niesamowicie uwodzicielski. Puszcza mnie i posłusznie opiera głowę o brzeg umywalki, patrząc na mnie wyczekująco. Przez chwilę wygląda bezbronnie jak dziecko.

Wyciskam na dłoń odrobinę szamponu i wmasowuję w skórę głowy, zaczynając od skroni. Zataczam palcami miarowe kółka. Christian zamyka oczy i z jego gardła ponownie wydobywa się to niskie mruczenie.

– Przyjemne to – mówi po chwili, delektując się dotykiem moich palców.

– Prawda? – Raz jeszcze całuję go w czoło.

– Lubię, jak drapiesz mi głowę paznokciami.

Oczy ma nadal zamknięte, a na jego twarzy maluje się błogość – ani śladu po bezradności. Jezu, ta jego zmienność nastrojów.

– Głowa do góry – nakazuję, a on posłusznie wypełnia polecenie. Hmm… mogłabym się do tego przyzwyczaić. Wmasowuję szampon w tył głowy, drapiąc przy tym paznokciami. – Do tyłu. – Opiera się, a ja szklanką spłukuję pianę. Tym razem udaje mi się go nie oblać. – Jeszcze raz? – pytam.

– Poproszę.

Otwiera oczy i spogląda na mnie. Uśmiecham się do niego szeroko.

– Już się robi, panie Grey.

Napełniam ciepłą wodą drugą umywalkę, tę, której zazwyczaj używa Christian.

– Do spłukania – wyjaśniam, widząc jego pytające spojrzenie.

Powtarzam mycie, słuchając, jak głęboko i miarowo oddycha. Kiedy już głowę ma całą w pianie, przez chwilę podziwiam piękne, regularne rysy twarzy mego męża. Nie potrafię się oprzeć – czułym gestem gładzę go po policzku. Otwiera oczy i patrzy na mnie niemal sennie. Pochylam się, by pocałować go w usta, słodko, delikatnie. Uśmiecha się, zamyka oczy i wzdycha z zadowoleniem.

Kto by pomyślał po naszej popołudniowej kłótni, że potrafi się tak zrelaksować? Bez seksu? Nachylam się nad nim.

– Hmm – mruczy z uznaniem, gdy ocieram się piersiami o jego twarz. Wyciągam z umywalki zatyczkę i wypuszczam wodę. Jego dłonie wędrują do mych bioder, a sekundę później do pośladków.

– Proszę nie obmacywać służby – burczę, udając dezaprobatę.

– Nie zapominaj, że jestem głuchy – mówi, nie otwierając oczu. Opuszcza dłonie nieco niżej i zaczyna mi podciągać spódnicę. Klepię go w ramię. Podoba mi się zabawa we fryzjerkę. Christian uśmiecha się szeroko, po chłopięcemu, jakbym go przyłapała na robieniu czegoś zakazanego, z czego po cichu jest dumny.

Ponownie biorę do ręki szklankę, ale tym razem używam wody z sąsiedniej umywalki. Starannie spłukuję mu z włosów szampon. Dalej się nad nim pochylam, a on trzyma dłonie na mojej pupie… hmm. Poruszam biodrami. Z jego gardła wydobywa się niski pomruk.

– Proszę. Spłukane.

– Cudownie. – Zaciska palce na moich pośladkach i nagle się prostuje. Woda skapuje mu z włosów na ramiona. Sadza mnie sobie na kolanach, jego dłonie przesuwają się z pośladków na kark, a potem do brody, przytrzymując mi głowę. Sekundę później jego usta odnajdują moje. Język także, gorący i twardy. Wsuwam palce w jego mokre włosy, a krople wody spływają mi po rękach. Jego palce przenoszą się na górny guzik mojej bluzki.

– Wystarczy tego fiokowania się. Chcę się z tobą pieprzyć na siedem sposobów i możemy to zrobić tutaj albo w sypialni. Wybieraj.

Oczy mu płoną, pełne obietnic, z włosów skapuje woda, mocząc nas oboje. W ustach czuję suchość.

– Więc jak, Anastasio? – pyta.

– Jesteś mokry.

Pochyla nagle głowę i przesuwa włosami po mojej bluzce. Piszczę i próbuję mu się wyrwać, ale on przytrzymuje mnie jeszcze mocniej.

– O nie, nie ma mowy, maleńka. – Kiedy podnosi głowę, uśmiecha się do mnie lubieżnie, a ja staję się Miss Mokrego Podkoszulka. Bluzkę mam przemoczoną i wszystko przez nią widać. Jestem mokra... wszędzie.

– Fantastyczny widok – mruczy i pochyla głowę, muskając nosem mokrą brodawkę. – Odpowiedz mi, Ano. Tutaj czy w sypialni?

– Tutaj – szepczę gorączkowo. Do diabła z włosami, później się nimi zajmę.

Uśmiecha się leniwie i zmysłowo.

– Doskonały wybór, pani Grey – dyszy mi do ust. Puszcza moją brodę i kładzie dłoń na kolanie, następnie przesuwa do góry, unosząc materiał spódnicy i łaskocząc mi skórę. Obsypuje delikatnymi pocałunkami moją szyję. – Och, co ja mam z tobą zrobić? – szepcze. Jego palce zatrzymują się na końcu pończochy. – Lubię je – mówi. Wsuwa palec pod gumkę i przesuwa w stronę wewnętrznej części uda. Łapię głośno powietrze, wiercę się na jego kolanach. Z gardła Christiana wydobywa się niski jęk. – Jeśli mam cię pieprzyć na siedem sposobów, chcę, żebyś się nie ruszała.

– Zmuś mnie – rzucam mu wyzwanie.

Christian mruży oczy i taksuje mnie gorącym spojrzeniem.

– Och, pani Grey. Wystarczy jedno twoje słowo. – Jego dłoń wędruje ku majteczkom. – Nie są nam potrzebne. – Pociąga delikatnie za materiał, a ja unoszę biodra, aby mu pomóc. Z sykiem wypuszcza powietrze przez zęby. – Nie ruszaj się – warczy.

– Ja tylko pomagam. – Wydymam usta, a on łapie delikatnie zębami dolną wargę.

– Nie ruszaj się – nakazuje.

Zsuwa mi majteczki, następnie zaś podciąga spódnicę do góry, chwyta mnie w talii i podnosi. W jednej ręce trzyma moje majtki.

– Siądź na mnie. Okrakiem. – Patrzy mi prosto w oczy. Robię tak i rzucam mu prowokujące spojrzenie. No jazda, Szary! – Pani Grey – rzuca ostrzegawczo. – Czy pani mnie prowokuje? – Widać, że jest rozbawiony, ale też podniecony. To kuszące połączenie.

– Tak. I co z tym zrobisz? – rzucam wyzywająco.

W jego oczach pojawia się lubieżny błysk.

– Spleć dłonie za plecami.

Och! Posłusznie spełniam polecenie, a on zręcznie pęta mi nadgarstki, używając do tego celu moich majteczek.

– Moja bielizna? Panie Grey, wstydu pan nie ma – besztam go.

– Gdy chodzi o panią, pani Grey, to nie, ale o tym to pani doskonale wie.

Obejmuje mnie w talii i przesuwa tak, że siedzę nieco dalej. Woda nadal skapuje mu z włosów. Mam ochotę pochylić się i zlizać mu krople z klatki piersiowej, ale ze związanymi rękami to nie takie proste.

Christian pieści przez chwilę moje uda, po czym przesuwa dłonie na kolana. Delikatnie je rozsuwa, i swoje nogi także, nie zmieniając pozycji. Jego palce wędrują do guzików przy mojej bluzce.

– Chyba nam nie jest potrzebna – mówi.

Zabiera się za metodyczne rozpinanie guzików, ani na chwilę nie odrywając wzroku od moich oczu. Nie spieszy się, jego spojrzenie staje się coraz bardziej gorące. Tętno mi przyspiesza, oddech staje się płytki. Nie mogę uwierzyć – ledwie mnie dotknął, a ja już tak się czuję…

podniecona, niecierpliwa… gotowa. Gdy mokra bluzka jest rozpięta, Christian obejmuje mi twarz, prześlizgując się kciukami po dolnej wardze. Nagle wsuwa mi jeden do ust.

– Ssij – nakazuje szeptem, podkreślając literę „s". I tak właśnie robię. Och… podoba mi się ta zabawa. Co jeszcze miałabym ochotę possać? Mięśnie podbrzusza zaciskają się na tę myśl. Christian rozchyla usta, kiedy przygryzam zębami delikatny opuszek kciuka.

Z jękiem powoli wyjmuje mokry kciuk z moich ust i przesuwa mi nim po brodzie, szyi, obojczyku. Wsuwa go pod miseczkę stanika i odsuwa ją, uwalniając pierś.

Nie odrywa wzroku od mojej twarzy. Obserwuje każdą reakcję, którą wyzwala jego dotyk, a ja obserwuję jego. To podniecające. Nieokiełznane. Zaborcze. Uwielbiam to. Druga dłoń Christiana robi to samo co pierwsza i teraz obie piersi są wolne. Niespiesznymi, kolistymi ruchami przesuwa kciukami po brodawkach, a one twardnieją pod jego dotykiem. Staram się, naprawdę się staram nie ruszać, ale sygnały z brodawek wędrują bezpośrednio do mego krocza, więc jęczę i odrzucam głowę, zamykając oczy i poddając się tej słodkiej, słodkiej torturze.

– Ćśś. – Zręczne palce Christiana nie zmieniają tempa. – Nie ruszaj się, skarbie.

Puszcza jedną pierś, by położyć mi dłoń na karku. Pochyla głowę, bierze brodawkę do ust i mocno ją ssie, łaskocząc mnie mokrymi włosami. W tym samym czasie jego kciuk prześlizguje się po drugiej brodawce. Pociąga za nią i lekko obraca.

– Ach! Christian! – jęczę, ale on nie przerywa powolnych, dręczących pieszczot. – Christianie, błagam – kwilę.

– Hmm – mruczy. – Chcę, żebyś tak doszła.

Moja brodawka ma krótką chwilę wytchnienia, gdy jego słowa pieszczą moją skórę. Mam wrażenie, że on przemawia do leżącej głęboko, mrocznej części mojej psychiki, znanej tylko jemu. Kiedy powraca do niej, tym razem z zębami, przyjemność jest niemal nie do zniesienia. Jęczę głośno i wiję się na jego kolanach, próbując choć trochę się poocierać o spodnie. Bezskutecznie pociągam za materiał majtek, tak bardzo pragnąc go dotknąć, ale jestem zgubiona – zatracam się w tym zdradzieckim doznaniu.

– Proszę – szepczę, gdy igiełki rozkoszy przebiegają po moim ciele od szyi do nóg, stóp, sprawiając, że napinają się wszystkie mięśnie.

– Masz takie śliczne piersi, Ano. – Jęczy. – Pewnego dnia je przelecę.

O co, u licha, mu chodzi? Otwieram oczy i patrzę, jak ssie pierś, a moja skóra śpiewa pod jego dotykiem. Już nie czuję przemoczonej bluzki, jego mokrych włosów... nie czuję nic z wyjątkiem ognia. Ognia, który płonie rozkosznie w moim ciele. Wszystkie myśli umykają mi z głowy, a ciało napina się i zaciska... gotowe... spragnione wybawienia. A Christian nie przestaje – pieszcząc, ciągnąc, doprowadzając mnie do szaleństwa. Pragnę... Pragnę...

– No już – dyszy. Jęczę głośno, przeciągle. Moim ciałem wstrząsa orgazm, a Christian przerywa swe słodkie tortury i oplata mnie ramionami, tuląc mocno do siebie, gdy tymczasem ja spadam... spadam... wiruję... Kiedy otwieram oczy, wpatruje się we mnie. – Uwielbiam patrzeć, jak dochodzisz. – W jego głosie słychać zachwyt.

– To było... – Brak mi słów.

– Wiem. – Nachyla się i całuje mnie w usta, głęboko, nabożnie, z miłością.

Zatracam się w tym pocałunku.

Odrywa usta od mych warg, aby zaczerpnąć tchu. Jego oczy mają barwę tropikalnej burzy.

– A teraz ostro cię zerżnę – mruczy.

O kurwa. Chwyta mnie w talii, przesuwa na sam skraj swoich kolan i prawą ręką sięga do guzika granatowych spodni. Palcami lewej prześlizguje się po mym udzie, za każdym razem zatrzymując się przy krawędzi pończoch. Przygląda mi się bacznie. A gdy tak siedzimy twarzą w twarz, czuję się wyuzdana i ani trochę skrępowana. To jest Christian, mój mąż, mój kochanek, mój apodyktyczny megaloman, mój Szary – miłość mojego życia. Rozpina rozporek, uwalniając sterczący członek. W ustach mi zasycha.

Uśmiecha się lekko drwiąco.

– Podoba ci się? – szepcze.

– Mhm – mruczę z uznaniem.

Zaciska wokół niego dłoń i porusza nią w górę i w dół… O rety. Przyglądam się temu spod przymrużonych powiek. Kurwa, to takie seksowne.

– Przygryza pani wargę, pani Grey.

– To dlatego, że jestem głodna.

– Głodna? – Chyba go tym zaskoczyłam.

– Mhm… – mruczę i oblizuję wargi.

Posyła mi enigmatyczny uśmiech i przygryza dolną wargę, kontynuując pieszczotę. Dlaczego widok zaspokajającego się męża tak mocno na mnie działa?

– Rozumiem. Powinnaś była zjeść kolację. – Jego ton jest jednocześnie kpiący i surowy. – Ale może wyświadczę ci przysługę. – Kładzie dłonie na mojej talii. – Wstań – mówi miękko i już wiem, co zamierza zrobić. Wstaję, a nogi już mi nie drżą. – Klęknij.

Robię, co mi każe i klękam na chłodnych kafelkach.

– Pocałuj mnie – rzuca, trzymając członek w dłoni.

Podnoszę wzrok i widzę, jak przesuwa językiem po górnych zębach. To podniecające, mocno podniecające widzieć, że tak łaknie mnie i moich ust. Pochylam się i całuję czubek naprężonej męskości. Słyszę, jak Chri-

stian głośno wciąga powietrze. Przesuwam językiem po
czubeczku, smakując kropelkę wilgoci. Hmm... pyszna.
On dyszy, a ja biorę go do ust i mocno ssę.

– Ach... – Wypycha biodra w moją stronę. Ale ja
nie przestaję. Osłaniając wargami zęby, nieustępliwie ssę.
Christian ujmuje moją głowę, wplata palce we włosy i powoli wsuwa się i wysuwa z mych ust, a jego oddech staje
się coraz głośniejszy i szybszy. Obracam językiem wokół
czubeczka, a potem znowu ssę.

– Och, Ana. – Wzdycha i zaciska powieki. Ta reakcja
jest niesamowicie podniecająca. Reakcja na mnie. Bardzo
powoli odsłaniam zęby.

– Ach! – Christian nieruchomieje. Nachyla się i podciąga mnie na swoje kolana. – Wystarczy! – warczy.

Sięga mi za plecy, by jednym pociągnięciem uwolnić
mi dłonie. Rozluźniam nadgarstki i wpatruję się w te płonące oczy, patrzące na mnie z miłością i pożądaniem. Dociera do mnie, że to ja mam ochotę pieprzyć go na siedem
sposobów. Tak bardzo go pragnę. Pragnę patrzeć, jak rozpada się pode mną. Chwytam jego wzwiedziony członek,
podnoszę się, drugą rękę kładę na jego ramieniu, po czym
bardzo delikatnie i powoli opadam na niego. Wydaje głośny, gardłowy dźwięk i ściąga ze mnie bluzkę. Rzuca ją na
podłogę. Jego dłonie biegną ku moim biodrom.

– Nie ruszaj się – dyszy. – Proszę, pozwól mi się tym
rozkoszować. Rozkoszować się tobą.

Nieruchomieję. O rety... jak cudownie czuć go w sobie. Czule dotyka mojej twarzy. Oczy ma szeroko otwarte
i dzikie, usta rozchylone. Wykonuje ruch biodrami, a ja
jęczę, zaciskając powieki.

– To moje ulubione miejsce – szepcze. – W tobie.
W mojej żonie.

O kurwa. Christianie. Nie potrafię się dłużej powstrzymywać. Moje palce wplatają się w jego mokre

włosy, usta szukają jego ust, i zaczynam się poruszać. W górę i w dół, na palcach, rozkoszując się nim. Jęczy głośno. Mocno mnie obejmuje, a jego język wdziera się łakomie do mych ust, zabierając wszystko, co mu ochoczo daję. Po wszystkich naszych dzisiejszych kłótniach, mojej frustracji, jego frustracji – nadal mamy to. I zawsze będziemy mieli. Tak bardzo go kocham. Kładzie dłonie na moich pośladkach i kontroluje mnie, każąc się poruszać w jego tempie – w jego podniecającym, gorącym tempie.

– Ach – jęczę bezradnie.

– Tak. Tak, Ana – syczy, a ja obsypuję pocałunkami jego twarz, brodę, szyję. – Maleńka – dyszy, raz jeszcze biorąc w posiadanie me usta.

– Och, Christianie, kocham cię. Zawsze będę cię kochać. – Brak mi tchu, ale pragnę, by to wiedział, pragnę, by miał pewność po tym niełatwym dla nas obojga dniu.

Jęczy głośno i tuli mocno, szczytując we mnie, i to wystarcza, abym raz jeszcze spadła z krawędzi. Zarzucam mu ręce na szyję i poddaję się zalewającej mnie fali rozkoszy, a w moich oczach pojawiają się łzy, ponieważ tak bardzo go kocham.

– HEJ – szepcze, patrząc na mnie z niepokojem. – Dlaczego płaczesz? Zrobiłem ci krzywdę?

– Nie – mamroczę uspokajająco.

Odsuwa mi włosy z twarzy i ociera kciukiem łzę, po czym czule całuje w usta. Porusza się na krześle, a ja się krzywię, gdy wysuwa się ze mnie.

– Co się stało, Ana? Powiedz mi.

Pociągam nosem.

– Po prostu… po prostu czasami czuję się przytłoczona tym, jak bardzo cię kocham – szepczę.

Na twarzy Christiana pojawia się ten jego wyjątkowy, nieśmiały uśmiech – wydaje mi się, że zarezerwowany tylko dla mnie.

– Ze mną jest tak samo – szepcze i ponownie całuje. Uśmiecham się i rodzi się we mnie radość.

– Naprawdę?

– Doskonale wiesz, że tak.

– Czasami wiem. Ale nie zawsze.

– I vice versa, pani Grey.

Uśmiecham się szeroko i obsypuję delikatnymi jak płatki kwiatów pocałunkami jego klatkę piersiową. Christian przesuwa dłonią po moich plecach. Rozpina stanik i zsuwa go ze mnie, po czym upuszcza na podłogę.

– Hmm. Skóra na skórze – mruczy z zadowoleniem i ponownie bierze w ramiona. Całuje mnie w ramię, muska nosem ucho. – Bosko pani pachnie, pani Grey.

– Pan także, panie Grey.

Wdycham ten jego christianowy zapach, wymieszany teraz z uderzającym do głowy zapachem seksu. Już na zawsze mogłabym zostać tak w jego ramionach, zaspokojona i szczęśliwa. Tego właśnie mi trzeba po dniu pełnym pracy, kłótni i ucierania nosa zołzom. To tu pragnę być i pomimo jego bzika na punkcie kontroli i megalomanii – to moje miejsce na ziemi. Christian chowa twarz w moich włosach i oddycha głęboko. Wzdycham z zadowoleniem i wyczuwam jego uśmiech. Siedzimy tak, obejmując się mocno, nie odzywając ani słowem.

W końcu dopada nas rzeczywistość.

– Już późno – mówi Christian, gładząc mnie po plecach.

– A ty masz nieobcięte włosy.

Chichocze.

– W rzeczy samej, pani Grey. Zostało pani tyle energii, by dokończyć to, co pani zaczęła?

– Dla pana wszystko, panie Grey. – Całuję go raz jeszcze w klatkę piersiową i niechętnie wstaję.

– Nie odchodź. – Chwyta mnie za biodra i obraca. Obciąga mi spódnicę, po czym rozpina ją i pozwala opaść na podłogę. Wyciąga do mnie rękę. Ujmuję ją i daję krok ponad spódnicą. Teraz mam na sobie wyłącznie pończochy i pas. – Piękna pani jest, pani Grey. – Rozsiada się wygodnie i krzyżuje ręce na piersi, lustrując mnie wzrokiem. – Cholerny ze mnie szczęściarz – mruczy z uznaniem.

– Owszem.

Uśmiecha się szeroko.

– Włóż moją koszulę i bierz się za obcinanie włosów. Bez niej znowu mnie rozproszysz i chyba nigdy nie pójdziemy spać.

Wiedząc, że obserwuje mój każdy ruch, podchodzę powoli, kołysząc biodrami, do miejsca, gdzie leżą moje buty i jego koszula. Schylam się, podnoszę koszulę, wącham ją – hmm… – po czym narzucam na siebie.

Oczy Christiana są okrągłe jak spodki. Zdążył już zapiąć rozporek i teraz przygląda mi się z uwagą.

– Niezłe przedstawienie, pani Grey.

– Mamy jakieś nożyczki? – pytam niewinnie, trzepocząc rzęsami.

– W gabinecie.

– Poszukam ich.

Wchodzę do sypialni, biorę z toaletki grzebień, po czym udaję się do gabinetu Christiana. Gdy idę korytarzem, dostrzegam, że drzwi do gabinetu Taylora są otwarte. Za drzwiami stoi pani Jones. Zatrzymuję się jak wrośnięta w ziemię.

Taylor gładzi ją po policzku i uśmiecha się czule. Następnie nachyla się i całuje w usta.

W mordę jeża! Taylor i pani Jones? Gapię się na nich z otwartą ze zdziwienia buzią – to znaczy myślałam… cóż, coś tam podejrzewałam. Ale to oczywiste, że są razem! Oblewam się rumieńcem, czując się jak podglądacz, i z trudem ruszam z miejsca. Przemykam przez salon i wpadam do gabinetu Christiana. Włączam światło i podchodzę do biurka. Taylor i pani Jones... Wow! Zawsze mi się wydawało, że ona jest od niego starsza. Otwieram górną szufladę i zamieram. Pistolet. Christian ma pistolet!

Konkretnie rewolwer. Kurwa mać! Nie miałam pojęcia, że mój mąż ma broń. Wyjmuję go z szuflady i sprawdzam bębenek. Jest naładowany, ale lekki... zbyt lekki. Musi być wykonany z włókna węglowego. Po co Christianowi broń? Jezu, mam nadzieję, że wie, jak jej użyć. Przypominają mi się nieustanne ostrzeżenia Raya dotyczące broni. Wojskowy zawsze pozostanie wojskowym. „Broń palną trzeba umieć obsługiwać, Ano". Odkładam rewolwer i znajduję nożyczki. Pędzę z powrotem do Christiana, a przez moją głowę przebiegają dziesiątki myśli. Taylor i pani Jones... rewolwer...

Na progu salonu wpadam na Taylora.

– Pani Grey, przepraszam. – Na widok mojego stroju jego policzki czerwienieją.

– Eee, Taylor, cześć... eee. Obcinam Christianowi włosy! – wyrzucam z siebie mocno zakłopotana.

Taylor jest równie zażenowany jak ja. Otwiera usta, aby coś powiedzieć, po czym zamyka je szybko i robi krok w bok.

– Pani przodem, pani Grey – mówi formalnie.

Twarz mi płonie.

– Dziękuję – mamroczę i oddalam się szybko korytarzem. Kurde! Czy ja się w końcu przyzwyczaję do tego, że nie jesteśmy sami? Bez tchu wpadam do łazienki.

– Co się stało? – Christian stoi przed lustrem, trzymając moje buty. Porozrzucane wcześniej ubrania leżą teraz złożone obok umywalki.

– Wpadłam na Taylora.

– Och. – Christian marszczy brwi. – W takim stroju. O cholera!

– To nie wina Taylora.

– Nie. Ale fakt pozostaje faktem.

– Jestem ubrana.

– Ledwie, ledwie.

– Nie wiem, kto był bardziej zażenowany, ja czy on.

– Próbuję techniki odwracającej uwagę. – Wiedziałeś, że on i Gail są... eee, razem?

Christian wybucha śmiechem.

– Tak, oczywiście, że wiedziałem.

– I nic mi nie powiedziałeś?

– Sądziłem, że wiesz.

– Nie wiedziałam.

– Ana, to dorośli ludzie. Mieszkają pod jednym dachem. Oboje wolni. Oboje atrakcyjni.

Rumienię się. Głupio mi, że niczego nie zauważyłam.

– Cóż, skoro tak to przedstawiasz... Po prostu myślałam, że Gail jest starsza od Taylora.

– Jest, ale niewiele. – Patrzy na mnie z konsternacją. – Niektórzy mężczyźni lubią starsze kobiety... – Urywa, otwierając szeroko oczy.

Krzywię się.

– Wiem – warczę.

Christian wygląda na skruszonego. Uśmiecha się do mnie czule. Tak! Technika odwracania uwagi i tym razem okazała się skuteczna! Moja podświadomość przewraca oczami – ale jakim kosztem? Teraz wisi nad nami cień pani Robinson.

– Coś mi się przypomniało – mówi pogodnie.

– Co takiego? – burczę z rozdrażnieniem. Przystawiam taboret do umywalki, nad którą wisi lustro. – Siadaj – nakazuję.

Christian patrzy na mnie z pobłażliwym rozbawieniem, ale robi, co mu każę. Przeczesuję grzebieniem wilgotne włosy.

– Tak sobie pomyślałem, że w nowym domu moglibyśmy dla nich przeznaczyć pomieszczenia nad garażami – kontynuuje Christian. – Mieliby miejsce dla siebie. Wtedy może więcej czasu Taylor mógłby spędzać z córeczką. – Przygląda mi się uważnie w lustrze.

– Czemu nie przyprowadza jej tutaj?

– Nigdy mnie o to nie zapytał.

– Więc może ty powinieneś wyjść z propozycją. Ale wtedy musielibyśmy się pilnować.

Christian marszczy brwi.

– O tym nie pomyślałem.

– Może dlatego Taylor cię o to nie prosił. Poznałeś ją?

– Tak. Słodka mała. Nieśmiała. Bardzo ładna. Opłacam jej szkołę.

Och! Przerywam czesanie i patrzę na niego.

– Nie miałam pojęcia.

Wzrusza ramionami.

– Uznałem, że chociaż tyle mogę robić. Poza tym dzięki temu mam pewność, że Taylor nie odejdzie.

– Jestem pewna, że lubi pracę u ciebie.

– Sam nie wiem.

– Myślę, że bardzo cię lubi, Christianie. – Wracam do czesania.

– Poważnie?

– Poważnie.

Prycha lekko, ale wygląda na zadowolonego, jakby w duchu się cieszył, że pracownicy go lubią.

– No dobrze. Porozmawiasz w takim razie z Gią o tych pomieszczeniach nad garażem?

– Oczywiście.

Na dźwięk jej imienia nie czuję już tej irytacji, co wcześniej. Moja podświadomość kiwa mądrze głową. „Tak... świetnie sobie dzisiaj poradziłyśmy". Moja wewnętrzna bogini triumfuje. Teraz ta kobieta zostawi mojego męża w spokoju.

Jestem gotowa na obcinanie włosów.

– Jesteś tego pewny? Masz ostatnią szansę na to, aby się wycofać.

– Czyń swoją powinność. To nie ja muszę na siebie patrzeć, lecz ty.

Uśmiecham się.

– Christianie, mogłabym patrzeć na ciebie przez cały dzień.

Kręci rozdrażniony głową.

– To tylko ładna powierzchowność, skarbie.

– A pod nią kryje się bardzo ładny mężczyzna. – Całuję go w skroń. – Mój mężczyzna.

Uśmiecha się nieśmiało.

Biorę między palce pierwsze pasmo, wsuwam grzebień do ust i wykonuję cięcie, skracając włosy o dwa centymetry. Christian zamyka oczy i siedzi nieruchomo, wzdychając z zadowoleniem. Kontynuuję swoje dzieło. Co jakiś czas otwiera oczy i przyłapuję go na tym, że bacznie mi się przygląda. Nie dotyka mnie, a ja cieszę się z tego. Jego dotyk jest... rozpraszający.

Piętnaście minut później już po krzyku.

– Gotowe. – Zadowolona jestem z rezultatu. Christian wygląda równie fantastycznie jak zawsze, włosy ma nadal gęste i seksowne... tylko nieco krótsze.

Przegląda się w lustrze. Na jego twarzy pojawia się przyjemne zaskoczenie. Uśmiecha się szeroko.

– Świetna robota, pani Grey. – Obraca głową na wszystkie strony. Obejmuje mnie ramieniem i przyciąga do siebie, po czym całuje w brzuch. – Dziękuję.

– Ależ nie ma za co. – Nachylam się i całuję go w usta.

– Już późno. Spać. – Klepie mnie żartobliwie w tyłek.

– Ach! Powinnam tu posprzątać. – Na podłodze leży mnóstwo obciętych kosmyków.

Christian marszczy brwi, jakby w ogóle nie przyszło mu to do głowy.

– Okej, pójdę po szczotkę – mówi cierpko. – Nie chcę, żebyś wprawiała personel w zakłopotanie brakiem odpowiedniego odzienia.

– Wiesz, gdzie jest szczotka? – pytam niewinnie.

Zatrzymuje się w progu łazienki.

– Eee… nie.

Śmieję się.

– Ja przyniosę.

LEŻĄC W ŁÓŻKU I CZEKAJĄC na Christiana, rozmyślam o tym, jak inaczej mógł się zakończyć dzisiejszy dzień. Po południu byłam na niego taka zła. A on na mnie. Jak ja sobie poradzę z tym jego bezsensownym pomysłem? Nie mam ochoty posiadać własnej firmy. Nie jestem nim. Może powinnam mieć hasło bezpieczeństwa i używać go wtedy, gdy zachowuje się apodyktycznie i dominująco, gdy się zachowuje jak dupek. Chichoczę. Może tym hasłem powinno być słowo „dupek". Ten pomysł całkiem mi się podoba.

– Co tam? – pyta, wchodząc do łóżka, ubrany jedynie w spodnie od piżamy.

– Nic. Przyszedł mi do głowy pewien pomysł.

– Jaki pomysł?

No i zaraz się zacznie.

– Christianie, ja chyba nie chcę zarządzać wydawnictwem.

Unosi się na łokciu i patrzy na mnie.

– Czemu tak mówisz?

– Ponieważ coś takiego nigdy nie było moim marzeniem.

– Dałabyś radę, Anastasio.

– Lubię czytać książki, Christianie. Zarządzanie wydawnictwem mocno mnie od tego odciągnie.

– Mogłabyś być dyrektorem kreatywnym.

Marszczę brwi.

– Bo widzisz – kontynuuje – zarządzanie odnoszącą sukcesy firmą polega na odpowiednim wykorzystaniu talentów osób, które się ma pod sobą. Skupiasz się na swoich talentach i zainteresowaniach, po czym organizujesz strukturę firmy tak, aby to wykorzystać. Nie odrzucaj tej możliwości, Anastasio. Jesteś bardzo bystrą kobietą. Uważam, że poradziłabyś sobie ze wszystkim, czego zdecydowałabyś się podjąć.

Hola! Skąd on może wiedzieć, czy byłabym w tym dobra?

– Martwię się także, że to pochłonie zbyt dużo mojego czasu.

Christian marszczy brwi.

– Czasu, który mogłabym poświęcić tobie. – Wyciągam swoją sekretną broń.

Jego spojrzenie ciemnieje.

– Wiem, co robisz – mruczy z rozbawieniem.

Do diaska!

– No co? – Robię minę niewiniątka.

– Próbujesz odwrócić moją uwagę od problematycznej kwestii. Zawsze tak robisz. Ale proszę, nie odrzucaj tego pomysłu, Ano. Przemyśl wszystko. O to cię tylko proszę. – Nachyla się i całuje w usta, po czym dotyka kciukiem policzka. Tak łatwo mi nie odpuści. Uśmiecham się do niego i wtedy coś mi się przypomina.

– Mogę cię o coś spytać? – Głos mam cichy, pełen wahania.

– Naturalnie.

– Powiedziałeś dzisiaj, że jeśli jestem na ciebie zła, to powinnam się wyżyć na tobie w łóżku. Co miałeś na myśli?

Nieruchomieje.

– A jak ci się zdaje?

Cholera!

– Że chciałeś, abym cię związała.

Unosi ze zdumieniem brwi.

– Eee… nie. Zupełnie nie to miałem na myśli.

– Och. – Dziwi mnie ukłucie rozczarowania.

– Chciałabyś mnie związać? – pyta, dobrze odczytując moją minę. Wydaje się zaszokowany.

Oblewam się rumieńcem.

– Cóż…

– Ana, ja… – urywa i przez jego twarz przebiega cień.

– Christianie – szepczę zaniepokojona. Przekręcam się na bok i opieram na łokciu. Dotykam czule jego twarzy. Oczy ma wielkie i pełne strachu. Kręci głową ze smutkiem.

Cholera!

– Christianie, przestań. To nie ma znaczenia. Sądziłam, że to masz właśnie na myśli.

Ujmuje moją dłoń i kładzie ją na swoim walącym sercu. Kurwa! Co się dzieje?

– Ana, nie wiem, jak reagowałbym na twój dotyk, gdybym był skrępowany.

Swędzi mnie skóra na głowie. Mam wrażenie, że on wyznaje mi jakiś mroczny sekret.

– To wszystko jest nadal takie nowe – dodaje cicho.

Kurwa. To było tylko pytanie i uświadamiam sobie, że choć przebył już długą drogę, ma jeszcze sporo do pokonania. Och, Szary, Szary, Szary. Niepokój ściska mi serce. Nachylam się, a Christian zamiera, ale ja składam delikatny pocałunek w kąciku jego ust.

– Christianie, źle cię zrozumiałam. Nie przejmuj się tym, proszę. Nie myśl o tym.

Całuję go. On zamyka oczy, jęczy i odwzajemnia pocałunek, wciskając mnie w materac. I nie mija dużo czasu, a znowu zapominamy o całym bożym świecie.

ROZDZIAŁ DZIEWIĄTY

Nazajutrz budzę się przed budzikiem. Christian oplata mnie niczym bluszcz, jego głowa spoczywa na mojej piersi, ramię wokół talii, a noga między moimi. I leży po mojej stronie łóżka. Zawsze tak jest, że jeśli wieczorem się kłócimy, w nocy on owija się wokół mnie, przez co mnie robi się gorąco.

Och, Szary. On bywa taki bezradny. Kto by pomyślał? Prześladuje mnie znajomy obraz Christiana jako brudnego, nieszczęśliwego chłopczyka. Delikatnie gładzę go po włosach. Porusza się, mruga parę razy powiekami i otwiera zaspane oczy.

– Hej – mruczy i uśmiecha się.

– Hej. – Uwielbiam oglądać ten uśmiech po przebudzeniu.

Trąca nosem moje piersi i coś tam mamrocze z zadowoleniem. Jego dłoń przesuwa się z talii niżej, prześlizgując się po chłodnej satynie koszulki nocnej.

– Smaczny z ciebie kąsek – mruczy. – Ale choć jesteś kusząca – zerka na budzik – muszę wstawać.

Przeciąga się, wyplątuje z moich ramion i wstaje.

Ja jeszcze leżę. Kładę ręce pod głowę i oglądam przedstawienie: Christian rozbiera się przed pójściem pod prysznic. Ma idealne ciało. Nie zmieniłabym w nim absolutnie niczego.

– Podziwia pani widok, pani Grey? – Christian unosi brew.

– Niezły ten widok, panie Grey.

Uśmiecha się szeroko i rzuca we mnie spodniami od piżamy, ale ja łapię je w locie, chichocząc jak uczennica. Z szelmowskim uśmiechem ściąga ze mnie kołdrę, opiera o łóżko jedno kolano, chwyta mnie za kostki i pociąga do siebie, tak że moja koszulka jedzie do góry. Piszczę, a on nachyla się i obsypuje pocałunkami moje kolano, moje udo... moje... och... Christianie!

– Dzień dobry, pani Grey – wita mnie pani Jones.

Oblewam się rumieńcem, przypominając sobie jej wczorajszą schadzkę z Taylorem.

– Dzień dobry – odpowiadam, biorąc od niej filiżankę herbaty.

Siadam na stołku barowym obok mego męża, który wygląda po prostu promiennie: świeżo wykąpany, włosy wilgotne, biała koszula i ten srebrnoszary krawat. Mój ulubiony. Łączy się z nim wiele przyjemnych wspomnień.

– Co słychać, pani Grey? – pyta. Spojrzenie ma ciepłe.

– Myślę, że pan wie, panie Grey. – Trzepoczę rzęsami. Uśmiecha się lekko kpiąco.

– Jedz – nakazuje. – Wczoraj nie jadłaś.

Och, apodyktyczny Szary!

– Dlatego, że zachowywałeś się jak dupek.

Pani Jones upuszcza coś do zlewu, a ja aż podskakuję. Christian sprawia wrażenie, jakby tego nie słyszał. Ignorując ją, patrzy na mnie beznamiętnie.

– Dupek czy nie, jedz. – Ton jego głosu jest poważny. A więc nie ma się co kłócić.

– Okej! Biorę łyżkę, jem płatki – burczę jak rozdrażniona nastolatka.

Sięgam po jogurt grecki i wykładam trochę na płatki, po czym posypuję wszystko garścią jagód. Zerkam na panią Jones i uśmiecham się, a ona odpowiada ciepłym uśmiechem. Zgodnie z moim życzeniem naszykowała mi śniadanie, w którym rozsmakowałam się podczas podróży poślubnej.

– Możliwe, że będę musiał w tym tygodniu polecieć do Nowego Jorku. – Słowa Christiana wyrywają mnie z zadumy.

– Och.

– Czyli będę musiał tam nocować. Chcę, żebyś poleciała ze mną.

– Christianie, nie wezmę w pracy wolnego.

Posyła mi spojrzenie w stylu „naprawdę?-ale-to-ja--jestem-szefem". Wzdycham.

– Wiem, że jesteś właścicielem tego wydawnictwa, ale nie było mnie trzy tygodnie. Proszę. Jak możesz oczekiwać ode mnie zarządzania firmą, jeśli ciągle będę nieobecna? Nic mi się tu nie stanie. Zakładam, że zabierzesz ze sobą Taylora, ale Sawyer i Ryan zostaną... – urywam, ponieważ Christian uśmiecha się szeroko. – No co? – warczę.

– Nic.

Marszczę brwi. Śmieje się ze mnie? Wtedy przychodzi mi do głowy coś okropnego.

– Jak się dostaniesz do Nowego Jorku?

– Polecę firmowym odrzutowcem, a czemu pytasz?

– Chciałam się upewnić, że nie zabierasz Charliego Tango.

Głos mam cichy. Po plecach przebiega mi dreszcz. Pamiętam, jak się skończył ostatni raz, gdy leciał śmigłowcem. Robi mi się niedobrze na wspomnienie tych niespokojnych godzin spędzonych na czekaniu na wiadomości. Tamten wieczór był chyba najgorszy w moim życiu. Dostrzegam, że pani Jones także znieruchomiała. Próbuję odsunąć od siebie koszmarne wspomnienia.

– Nie poleciałbym Charliem Tango do Nowego Jorku. Nie ten zasięg. Poza tym dopiero za dwa tygodnie wróci z naprawy.

– Cóż, cieszę się, że jest prawie naprawiony, ale… – urywam. Czy mogę mu powiedzieć, jak bardzo się będę denerwować podczas jego kolejnego lotu?

– No co? – pyta, kończąc omlet.

Wzruszam ramionami.

– Ana?

– Ja tylko… no wiesz. Kiedy ostatni raz nim leciałeś… myślałam, myśleliśmy, że ty… – Nie jestem w stanie dokończyć zdania, a wyraz twarzy Christiana łagodnieje.

– Hej. – Wierzchem dłoni gładzi mnie po policzku. – To był sabotaż. – Przez jego twarz przebiega cień i przez chwilę się zastanawiam, czy wie, kto jest za niego odpowiedzialny.

– Nie zniosłabym, gdyby coś ci się stało – mówię cicho.

– Pięć osób wyleciało za to z pracy, Ano. Coś takiego już się nie powtórzy.

– Pięć?

Kiwa głową. Minę ma poważną.

O cholera!

– A właśnie, coś mi się przypomniało. W twoim biurku jest broń.

Marszczy brwi. Zabrzmiało to oskarżycielsko, ale nie taki był mój zamiar.

– Należała do Leili – mówi w końcu.

– Jest naładowany.

– Skąd wiesz?

– Sprawdziłam wczoraj.

Rzuca mi gniewne spojrzenie.

– Nie chcę, żebyś bawiła się bronią. Mam nadzieję, że go ponownie zabezpieczyłaś.

Mrugam zaskoczona.

– Christianie, tego rewolweru się nie zabezpiecza. Nie wiesz nic na temat broni?

Jego oczy robią się wielkie.

– Eee… nie.

Stojący w progu Taylor kaszle dyskretnie. Christian kiwa do niego głową.

– Musimy jechać – mówi. Wstaje i wkłada szarą marynarkę. Odprowadzam go do korytarza.

On ma broń Leili. Zaskoczona tym przez chwilę się zastanawiam, co się z nią dzieje. Nadal jest w… gdzie? Gdzieś na wschodzie. New Hampshire? Nie pamiętam.

– Dzień dobry, Taylor – mówi Christian.

– Dzień dobry, panie Grey, pani Grey. – Kiwa nam głową, ale unika mojego spojrzenia. Cieszę się, pamiętając swój wczorajszy strój, gdy na siebie wpadliśmy.

– Jeszcze tylko umyję zęby – mamroczę.

Christian zawsze myje zęby przed śniadaniem. Nie rozumiem dlaczego.

– Powinieneś poprosić Taylora, aby nauczył cię strzelać – mówię, gdy zjeżdżamy windą.

Christian posyła mi rozbawione spojrzenie.

– Naprawdę? – pyta cierpko.

– Owszem.

– Anastasio, gardzę bronią. Moja mama miała do czynienia ze zbyt wieloma ofiarami przestępstw z użyciem broni, a mój tata jest zagorzałym jej przeciwnikiem. I tak mnie wychowano. Tutaj, w stanie Waszyngton, wspieram co najmniej dwie inicjatywy zajmujące się kontrolą dostępu do broni.

– Och. A Taylor nosi broń?

Christian zaciska usta.

– Czasami.

– Nie pochwalasz tego? – pytam, gdy wychodzimy z windy.

– Nie – odpowiada zwięźle. – Ujmijmy to tak, że Taylor i ja mamy odmienne poglądy związane z kontrolą dostępu do broni.

W tym akurat wypadku jestem po stronie Taylora.

Christian przytrzymuje mi drzwi, po czym udajemy się razem w stronę samochodu. Od czasu sabotażu Charliego Tango nie pozwala mi jeździć samej do SIP. Sawyer uśmiecha się grzecznie na powitanie. Wsiadamy do auta.

– Proszę. – Biorę Christiana za rękę.

– Prosisz o co?

– Naucz się strzelać.

Przewraca oczami.

– Nie. Koniec dyskusji, Anastasio.

I znowu beszta mnie, jakbym była dzieckiem. Otwieram usta, aby rzucić jakąś kąśliwą uwagę, ale uznaję, że nie chcę zaczynać dnia w kiepskim nastroju. Krzyżuję tylko ręce na piersi i w lusterku wstecznym napotykam spojrzenie Taylora. Odwraca wzrok, koncentrując się na drodze, ale kręci lekko głową, wyraźnie sfrustrowany.

Hmm… Christian jego także doprowadza czasami do szału. Na tę myśl się uśmiecham.

– Gdzie jest Leila? – pytam.

– Już ci mówiłem. W Connecticut u swojej rodziny.

– Sprawdziłeś to? Ma przecież długie włosy. To ona mogła prowadzić tego dodge'a.

– Tak, sprawdziłem. Zapisała się do szkoły plastycznej w Hamden. W tym tygodniu rozpoczęła naukę.

– Rozmawiałeś z nią? – szepczę, a z twarzy odpływa mi cała krew.

Christian odwraca głowę w moją stronę.

– Ja nie. Flynn.

– Rozumiem. – Ulżyło mi.

– No co?

– Nic.

Christian wzdycha.

– Ana. O co chodzi?

Wzruszam ramionami, nie chcąc się przyznać do irracjonalnej zazdrości.

– Mam ją na oku – kontynuuje Christian – aby mieć pewność, że pozostaje po swojej stronie kontynentu. Czuje się lepiej. Flynn skierował ją do psychiatry w New Haven i wszystkie raporty są bardzo optymistyczne. Zawsze interesowała się sztuką, więc... – Urywa, przyglądając mi się uważnie. Nabieram podejrzeń, że to on płaci za jej naukę. Chcę to wiedzieć? Powinnam go zapytać? No bo nie w tym rzecz, że nie stać go na to, ale dlaczego się czuje w obowiązku, aby to robić? Wzdycham. Przeszłość Christiana trudno porównać z moją, na którą się składa Bradley Kent z lekcji biologii i jego średnio udane próby pocałowania mnie. Christian bierze mnie za rękę.

– Nie przejmuj się tym, Anastasio – mówi cicho, ściskając mi dłoń.

On na pewno uważa, że robi to, co należy.

PRZED POŁUDNIEM MAM przerwę w zebraniach. Gdy biorę do ręki telefon, aby zadzwonić do Kate, zauważam mejl od Christiana.

Nadawca: Christian Grey
Temat: Pochlebstwa
Data: 23 sierpnia 2011, 09:54
Adresat: Anastasia Grey

Pani Grey,

Usłyszałem trzy komplementy dotyczące nowej fryzury.
Komplementy z ust moich pracowników to
nowość. To pewnie przez ten absurdalny
uśmiech, który pojawia się na mojej twarzy,
gdy tylko myślę o wczorajszym wieczorze. Jesteś naprawdę cudowną, utalentowaną, piękną kobietą.

I całą moją.

Christian Grey
Prezes, Grey Enterprises Holdings, Inc.

Cała się rozpływam.

Nadawca: Anastasia Grey
Temat: Ja się tu próbuję koncentrować
Data: 23 sierpnia 2011, 10:48
Adresat: Christian Grey

Panie Grey,

Próbuję pracować i proszę o nierozpraszanie
przywoływaniem rozkosznych wspomnień.

Powinnam się teraz przyznać, że regularnie
obcinałam włosy Rayowi? Nie miałam pojęcia,
że tak mi się przyda ta umiejętność.

I owszem, jestem Twoja, a Ty, mój drogi, apodyktyczny mężu, który odmawia sobie konsty-

tucyjnego prawa na mocy Drugiej Poprawki do noszenia broni, jesteś mój. Ale nie martw się, ja Cię obronię. Zawsze.

Anastasia Grey
Redaktor naczelna, SIP

Nadawca: Christian Grey
Temat: Annie Oakley
Data: 23 sierpnia 2011, 10:53
Adresat: Anastasia Grey

Pani Grey,

Ogromnie cieszy mnie fakt, że rozmawiałaś z działem IT i zmieniłaś nazwisko. :D

Będę spał spokojnie, wiedząc, że moja uzbrojona żona śpi przy moim boku.

Christian Grey
Prezes & Hoplofob, Grey Enterprises Holdings, Inc.

Hoplofob? A kto to taki?

Nadawca: Anastasia Grey
Temat: Długie wyrazy
Data: 23 sierpnia 2011, 10:58
Adresat: Christian Grey

Panie Grey,

Po raz kolejny pańska sprawność lingwistyczna mnie oszałamia.

I nie tylko lingwistyczna. Chyba Pan wie, do
czego nawiązuję.

Anastasia Grey
Redaktor naczelna, SIP

Nadawca: Christian Grey
Temat: Och!
Data: 23 sierpnia 2011, 11:01
Adresat: Anastasia Grey

Pani Grey,

Czy Pani ze mną flirtuje?

Christian Grey
Zaszokowany prezes, Grey Enterprises Holdings, Inc.

Nadawca: Anastasia Grey
Temat: A wolałbyś…
Data: 23 sierpnia 2011, 11:04
Adresat: Christian Grey

…abym flirtowała z kimś innym?

Anastasia Grey
Odważna redaktor naczelna, SIP

Nadawca: Christian Grey
Temat: Wrrrr
Data: 23 sierpnia 2011, 11:09
Adresat: Anastasia Grey

NIE!

Christian Grey
Zaborczy prezes, Grey Enterprises Holdings,
Inc.

Nadawca: Anastasia Grey
Temat: Wow…
Data: 23 sierpnia 2011, 11:14
Adresat: Christian Grey

Warczysz na mnie? Bo to całkiem podniecające.

Anastasia Grey
Wiercąca się na krześle redaktor naczelna, SIP

Nadawca: Christian Grey
Temat: Uważaj
Data: 23 sierpnia 2011, 11:16
Adresat: Anastasia Grey

Pani flirtuje i bawi się ze mną, pani Grey?

Możliwe, że Panią odwiedzę dzisiejszego popołudnia.

Christian Grey
Priapiczny prezes, Grey Enterprises Holdings,
Inc.

Nadawca: Anastasia Grey
Temat: O nie!
Data: 23 sierpnia 2011, 11:20
Adresat: Christian Grey

Będę grzeczna. Nie chciałabym, aby szef szefa
mojego szefa przypuścił na mnie atak w pracy.
;)

A teraz pozwól, że wrócę do pracy. Szef szefa mojego szefa może mnie kopnąć w tyłek
i zwolnić.

Anastasia Grey
Redaktor naczelna, SIP

Nadawca: Christian Grey
Temat: $%^&*&#%
Data: 23 sierpnia 2011, 11:23
Adresat: Anastasia Grey

Uwierz mi, istnieje całe mnóstwo rzeczy, które
miałbym w tej chwili ochotę zrobić Twojemu
tyłkowi. Kopnięcie do nich nie należy.

Christian Grey
Prezes & Dupek, Grey Enterprises Holdings, Inc.

Chichoczę, czytając jego odpowiedź.

Nadawca: Anastasia Grey
Temat: Idź sobie!
Data: 23 sierpnia 2011, 11:26
Adresat: Christian Grey

Nie musisz zarządzać imperium?

Przestań zawracać mi głowę.

Zaraz mam kolejne spotkanie.

Sądziłam, że jesteś miłośnikiem piersi…

Pomyśl o moim tyłku, a ja pomyślę o Twoim…

KC x

Anastasia Grey
Teraz wilgotna redaktor naczelna, SIP

Gdy w czwartek Sawyer wiezie mnie do pracy, humor mam kiepski. Christian poleciał służbowo do Nowego Jorku i choć nie ma go dopiero od kilku godzin, ja już za nim tęsknię. Włączam komputer – czeka na mnie mejl. Nastrój od razu mi się poprawia.

Nadawca: Christian Grey
Temat: Już za Tobą tęsknię
Data: 25 sierpnia 2011, 04:32
Adresat: Anastasia Grey

Pani Grey,

Dziś rano była Pani rozkoszna.

Masz być grzeczna, gdy mnie nie będzie.

Kocham Cię.

Christian Grey
Prezes, Grey Enterprises Holdings, Inc.

Dzisiejsza noc będzie pierwszą od dnia ślubu, którą spędzimy osobno. Zamierzam wybrać się na kilka drinków z Kate – dzięki temu może łatwiej zasnę. Impulsywnie wystukuję odpowiedź, choć wiem, że Christian jeszcze jest w samolocie.

Nadawca: Anastasia Grey
Temat: Sam bądź grzeczny!
Data: 25 sierpnia 2011, 09:03
Adresat: Christian Grey

Odezwij się do mnie, gdy wylądujesz – inaczej będę się martwić.

I ja będę grzeczna. No bo w końcu jakiej mogę
sobie napytać biedy w towarzystwie Kate?

Anastasia Grey
Redaktor naczelna, SIP

Klikam „wyślij" i popijam latte, która znalazła się na moim biurku dzięki Hannah. Kto by przypuszczał, że tak polubię kawę? Pomimo faktu, że wieczorem wychodzę w towarzystwie Kate, mam wrażenie, że brakuje jakiejś sporej części mnie. W tej chwili ta część znajduje się na wysokości dziesięciu kilometrów gdzieś nad Środkowym Zachodem w drodze do Nowego Jorku. Nie sądziłam, że po wyjeździe Christiana będę tak wytrącona z równowagi i niespokojna. Z czasem chyba minie to poczucie straty i niepewność, prawda? Wzdycham ciężko i wracam do pracy.

W porze lunchu zaczynam maniacko sprawdzać pocztę i BlackBerry. Gdzie on jest? Wylądował bezpiecznie? Hannah pyta, czy chcę zjeść lunch, ale ja jestem zbyt niespokojna i odprawiam ją machnięciem dłoni. Wiem, że to irracjonalne, ale muszę mieć pewność, że dotarł na miejsce cały i zdrowy.

Dzwoni mój telefon służbowy.

– Ana St-Grey.

– Cześć. – Głos Christiana jest ciepły i lekko rozbawiony. Zalewa mnie fala ulgi.

– Cześć. – Uśmiecham się od ucha do ucha. – Jak lot?

– Długi. Co zamierzasz robić z Kate?

O nie.

– Wybieramy się na drinka.

Christian milczy.

– Razem z nami idą Sawyer i ta nowa kobieta, Prescott – mówię, starając się go ułagodzić.

– Sądziłem, że Kate ma przyjść do naszego mieszkania.

– Ma ochotę na szybkiego drinka. – Proszę, daj mi wyjść!

Christian wzdycha ciężko.

– Dlaczego mi nie powiedziałaś? – pyta cicho. Zbyt cicho.

– Christianie, nic nam nie będzie. Mam tu Ryana, Sawyera i Prescott. To tylko szybki drink.

Nadal milczy i wiem, że nie jest zadowolony.

– Odkąd się poznaliśmy, spotkałam się z nią zaledwie kilka razy. Proszę. To moja najlepsza przyjaciółka.

– Ano, nie chcę cię izolować od twoich przyjaciół. Ale myślałem, że ma przyjść do nas.

– Okej – poddaję się. – Zostaniemy w domu.

– Tylko dopóki ten szaleniec jest na wolności. Proszę.

– Przecież powiedziałam, że okej – burczę rozdrażniona, przewracając oczami.

Christian śmieje się cicho.

– Zawsze wiem, kiedy przewracasz oczami.

Krzywię się do słuchawki.

– Przepraszam, nie chciałam cię martwić. Powiem Kate.

– To dobrze. – Ulga w jego głosie jest wyraźna. Mam wyrzuty sumienia, że się przeze mnie niepokoił.

– Gdzie jesteś?

– Na JFK.

– Och, więc dopiero wylądowałeś.

– Tak. Prosiłaś, żebym zadzwonił zaraz po wylądowaniu.

Uśmiecham się. Moja podświadomość piorunuje mnie wzrokiem. „Widzisz? Spełnia twoje prośby".

– Cóż, panie Grey, cieszę się, że jedno z nas jest skrupulatne.

Śmieje się.

– Pani Grey, pani dar stosowania hiperbol nie zna granic. I co ja mam z panią zrobić?

– Jestem przekonana, że coś ci przyjdzie do głowy.

– Flirtujesz ze mną?

– Tak.

Wyczuwam jego uśmiech.

– Muszę kończyć, Ano, wykonuj ich polecenia, proszę. Ochrona zna się na swojej robocie.

– Tak, Christianie, dobrze. – Znowu czuję irytację. Jezu, przecież rozumiem.

– Do zobaczenia jutro wieczorem. Później zadzwonię.

– Aby mnie sprawdzić?

– Tak.

– Och, Christianie! – besztam go.

– *Au revoir*, pani Grey.

– *Au revoir*, Christianie. Kocham cię.

– Ja ciebie też, Ano.

Żadne z nas nie odkłada słuchawki.

– Rozłącz się, Christianie – szepczę.

– Straszny z ciebie dyrygus, co?

– Twój dyrygus.

– Mój – mówi bez tchu. – Rób, co ci się każe. Rozłącz się.

– Tak jest. – Robię to i uśmiecham się głupio do telefonu.

Kilka chwil później w mojej skrzynce pojawia się mejl.

Nadawca: Christian Grey
Temat: Świerzbiące ręce
Data: 25 sierpnia 2011, 13:42 EDT
Adresat: Anastasia Grey

Pani Grey,

Przez telefon jest Pani jak zawsze sympa-
tyczna.

Mówię poważnie. Wykonuj ich polecenia.

Muszę wiedzieć, że jesteś bezpieczna.

Kocham Cię.

Christian Grey
Prezes, Grey Enterprises Holdings, Inc.

No wiecie co, to on lubi dyrygować, nie ja. Ale wystarcza jeden telefon, a po moim niepokoju nie ma śladu.
Christian doleciał bezpiecznie i jak zawsze cacka się ze
mną. Boże, kocham tego mężczyznę. Hannah puka do
drzwi i wracam do pracy.

Kate wygląda rewelacyjnie. W obcisłych białych
dżinsach i czerwonej bluzeczce na ramiączkach jest gotowa ruszyć w miasto. Kiedy się zjawiam, rozmawia akurat
z ożywieniem z Claire z recepcji.

– Ana! – woła i porywa mnie w objęcia. Następnie
odsuwa na wyciągnięcie ramienia. – Fiu, fiu, wyglądasz
na żonę potentata. Kto by pomyślał, mała Ana Steele?
Wyglądasz tak... wyrafinowanie!

Uśmiecha się szeroko, a ja przewracam oczami. Mam
na sobie jasnokremową sukienkę bez rękawów, granatowy
pasek i granatowe czółenka.

– Cieszę się, że przyszłaś. – Też ją ściskam.

– No więc dokąd się wybieramy?

– Christian chce, żebyśmy wróciły do Escali.

– Naprawdę? A nie możemy się wymknąć na szybkiego drinka do Zig Zag Café? Zarezerwowałam już stolik.

Otwieram usta, aby zaprotestować.

– Proszę? – jęczy i wydyma usta.

Musiała podłapać to od Mii. Normalnie nie robi takich min. Mam wielką ochotę na drinka w Zig Zag. Ostatnim razem super się tam bawiliśmy, no i to niedaleko od mieszkania Kate.

Unoszę palec.

– Jeden drink.

Uśmiecha się szeroko.

– Jeden.

Bierze mnie pod ramię i wychodzimy do zaparkowanego przed wydawnictwem samochodu. Za kierownicą siedzi Sawyer. Za nami podąża panna Belinda Prescott, nowa członkini ochrony – wysoka czarnoskóra Amerykanka. Bardzo zasadnicza. Jeszcze się do niej nie przekonałam, może dlatego, że jest taka chłodna i profesjonalna. Wybrał ją Taylor. Ubrana jest tak jak Sawyer, w ciemny, poważny garnitur.

– Sawyer, możesz nas zawieźć, proszę, do Zig Zag?

Odwraca się i wiem, że chce coś powiedzieć. Z pewnością wydano mu stosowne polecenia. Waha się.

– Zig Zag Café. Wypijemy tam tylko po jednym drinku.

Zerkam z ukosa na Kate i widzę, że piorunuje wzrokiem Sawyera. Biedny facet.

– Tak jest, proszę pani.

– Pan Grey prosił, aby wróciła pani do mieszkania – wtrąca Prescott.

– Pana Greya tu nie ma – warczę. – Do Zig Zag, proszę.

– Tak jest – odpowiada Sawyer i zerka na Prescott, która na szczęście gryzie się w język.

Kate wpatruje się we mnie, jakby nie mogła uwierzyć oczom i uszom. Zasznurowuję usta i wzruszam ramionami. Okej, no więc jestem nieco bardziej asertywna niż kiedyś. Kate kiwa głową, gdy Sawyer włącza się do wieczornego ruchu.

– Dodatkowa ochrona doprowadza Grace i Mię do szału – rzuca lekko.

Gapię się na nią zdumiona.

– Nie wiedziałaś? – W jej głosie słychać niedowierzanie.

– O czym?

– Że ochronę Greyów potrojono.

– Poważnie?

– Nie powiedział ci?

Policzki mi pąsowieją.

– Nie. – Cholera, Christianie! – Wiesz dlaczego?

– Jack Hyde.

– Jak to? Sądziłam, że chodzi mu o Christiana. – Jezu. Dlaczego mi nie powiedział?

– Od poniedziałku – dodaje Kate.

Od poniedziałku? Hmm… w niedzielę zidentyfikowaliśmy Jacka. Ale dlaczego wszyscy Greyowie?

– Skąd to wiesz?

– Od Elliota.

No tak.

– Christian nie powiedział ci o tym, prawda?

Rumienię się jeszcze bardziej.

– Nie.

– Och, Ana, strasznie to wnerwiające.

Wzdycham. Kate jak zawsze trafia w sedno.

– Wiesz dlaczego? – Skoro Christian nie zamierza mi tego zdradzić, może dowiem się wszystkiego od Kate.

– Elliot mówił, że ma to coś wspólnego z informacjami, które Jack Hyde gromadził na komputerze w trakcie pracy w SIP.

Jasna cholera.

– Żartujesz. – Przeszywa mnie strzała gniewu. Jak to możliwe, że Kate wie o tym wszystkim, a ja nie?

Podnoszę wzrok i widzę, że Sawyer przygląda mi się w lusterku wstecznym. Światła zmieniają się na zielone i rusza, skupiając się na drodze. Przykładam palec do ust, a Kate kiwa głową. Założę się, że Sawyer także wie. A ja nie.

– Co u Elliota? – pytam, aby zmienić temat.

Kate uśmiecha się niemądrze i opowiada mi wszystko, co chcę wiedzieć.

Sawyer zatrzymuje się na końcu przejścia, które prowadzi do Zig Zag Café i Prescott otwiera mi drzwi. Wyskakuję z auta, a w ślad za mną Kate. Bierzemy się pod ręce i idziemy przejściem, za nami zaś Prescott. Minę ma chmurną. Och, na litość boską, to tylko drink. Sawyer odjeżdża w stronę parkingu.

– No więc skąd Elliot zna Cię? – pytam, sącząc drugie truskawkowe mojito. W barze jest przytulnie i nie chce mi się stąd wychodzić. Kate i mnie nie zamykają się buzie. Już zapomniałam, jak lubię z nią wychodzić. Zastanawiam się, czy nie wysłać Christianowi esemesa, odrzucam jednak ten pomysł. Wkurzy się tylko i każe jechać do domu, jak nieposłusznemu dziecku.

– Nie wypowiadaj przy mnie imienia tej zdziry! – wypluwa z siebie Kate.

Wybucham śmiechem.

– Co w tym takiego zabawnego, Steele? – warczy.

– Mam o niej podobne zdanie.

– Serio?

– Tak. Próbowała się przystawiać do Christiana.

– Z Elliotem miała romans – wydyma wargi Kate.

– Nie!

Kiwa głową, zaciskając usta i robiąc opatentowaną minę Katherine Kavanagh.

– Przelotny. Chyba w zeszłym roku. To karierowiczka. Nic dziwnego, że zarzuciła sieci na Christiana.

– Christian jest zajęty. Powiedziałam jej, że jak nie zostawi go w spokoju, to ją zwolnię.

Kate raz jeszcze gapi się na mnie zdumiona. Kiwam z dumą głową, a ona unosi szklankę, aby wznieść toast.

– Za panią Anastasię Grey! Cóż za odmiana!

Stukamy się szklankami.

– Elliot ma broń?

– Nie. Jest bardzo anty. – Kate miesza słomką w trzecim drinku.

– Christian także. To chyba wpływ Grace i Carricka. – Czuję się lekko wstawiona.

– Carrick to dobry człowiek. – Kate kiwa głową.

– Chciał intercyzy – rzucam smutno.

– Och, Ana. – Wyciąga rękę i ściska mi ramię. – Chodziło mu tylko o dobro jego syna. Obie wiemy, że masz na czole wytatuowany napis „łowczyni fortun". – Uśmiecha się do mnie, a ja pokazuję jej język.

– Cóż za dojrzałe zachowanie, pani Grey – mówi, uśmiechając się szeroko. Jakbym słyszała Christiana. – Dla swojego syna pewnego dnia zrobisz to samo.

– Mojego syna? – Do tej pory nawet nie przemknęło mi przez myśl, że moje dzieci będą bogate. O cholera. Muszę się nad tym głębiej zastanowić, ale nie teraz. Zerkam na siedzących w pobliżu Sawyera i Prescott. Zajmują stolik na uboczu i obserwują nas oraz gości baru, mając przed sobą po szklance gazowanej wody mineralnej.

– Myślisz, że powinnyśmy coś zjeść? – pytam.

– Nie. Powinnyśmy się napić – odpowiada Kate.

– A co ty masz taki pijacki nastrój?

– Bo za mało cię widuję. Nie wiedziałam, że wyjdziesz za pierwszego faceta, który zawróci ci w głowie. – Ponownie wydyma usta. – Tak szybko wzięliście ślub, że aż myślałam, iż zaciążyłaś.

Chichoczę.

– Wszyscy tak myśleli. Nie przerabiajmy tego po raz kolejny. Błagam! I muszę iść do kibelka.

Towarzyszy mi Prescott. Nie odzywa się ani słowem. Nie musi. Dezaprobata wręcz z niej emanuje.

– Nie byłam nigdzie sama, odkąd wzięliśmy ślub – burczę bezgłośnie do zamkniętych drzwi kabiny. Krzywię się, wiedząc, że ona stoi po drugiej ich stronie i czeka, aż się wysikam. A tak w ogóle to co konkretnie Hyde miałby zrobić w tym barze? Christian jak zwykle przesadza.

– KATE, JUŻ PÓŹNO. POWINNYŚMY się zbierać.

Jest piętnaście po dziesiątej, a ja dopiłam właśnie czwarte mojito. Zdecydowanie odczuwam skutki działania alkoholu; jest mi ciepło i lekko kręci się w głowie.

– Jasne, Ana. Fajnie, że się spotkałyśmy. Wydajesz się dużo bardziej, nie wiem… pewna siebie. Małżeństwo wyraźnie ci służy.

Cała się rozpromieniam. Usłyszeć coś takiego z ust panny Katherine Kavanagh to prawdziwy komplement.

– To prawda – szepczę, a ponieważ prawdopodobnie zbyt dużo wypiłam, do oczu napływają mi łzy. Czy da się być jeszcze bardziej szczęśliwym? Pomimo całego jego bagażu, natury, Szarości, poznałam i poślubiłam mężczyznę swoich marzeń. Szybko zmieniam temat, aby odsunąć od siebie te sentymentalne myśli, w przeciwnym razie z pewnością się rozpłaczę.

– Naprawdę dobrze się dzisiaj bawiłam. – Ściskam dłoń Kate. – Dzięki, że mnie wyciągnęłaś!

Ściskamy się. Gdy mnie puszcza, kiwam głową Sawyerowi, a on wręcza Prescott kluczyki do auta.

– Jestem pewna, że Panna Wzór Wszelkich Cnót
doniosła Christianowi, że nie ma mnie w domu. Wkurzy
się – mruczę do Kate. I może wymyśli jakąś rozkoszną
karę... oby.

– Czemu szczerzysz się jak idiotka? Lubisz wkurzać
Christiana?

– Nie. Raczej nie. Ale niewiele do tego trzeba. Czasami lubi mieć nad wszystkim kontrolę. – Na ogół.

– Zauważyłam – kwituje cierpko Kate.

ZATRZYMUJEMY SIĘ POD MIESZKANIEM KATE. Mocno
mnie ściska.

– Odzywaj się do mnie – szepcze i całuje mnie w policzek, po czym wyskakuje z samochodu.

Macham jej, czując dziwną tęsknotę. Brakowało mi
babskich rozmów. Dzisiejszy wieczór był fajny i odpręża-
jący. Przypomniał mi, że nadal jestem młoda. Muszę częściej się spotykać z Kate, ale prawda jest taka, że uwielbiam przebywać w mojej bańce z Christianem. Wczoraj
wieczorem udaliśmy się razem na kolację dobroczynną.
Było tam tylu mężczyzn w garniturach i zadbanych, ele-
ganckich kobiet rozmawiających o cenach nieruchomości, kryzysie ekonomicznym i spadających cenach akcji.
Było nudno, naprawdę nudno. Więc spotkanie z osobą
w moim wieku okazało się naprawdę odświeżające.

Burczy mi w brzuchu. Nic nie jadłam. Cholera –
Christian! Przekopuję się przez torebkę i wyławiam
BlackBerry. O kurwa – pięć nieodebranych połączeń! Je-
den esemes...

GDZIE JESTEŚ DO CHOLERY?

I jeden mejl.

Nadawca: Christian Grey
Temat: Zły jak jeszcze nigdy
Data: 26 sierpnia 2011, 00:42 EST
Adresat: Anastasia Grey

Anastasio,

Sawyer mi mówi, że pijesz sobie drinki w barze,
gdy tymczasem mówiłaś, że tego nie zrobisz.

Masz pojęcie, jak wściekły jestem w tej chwili?

Do zobaczenia jutro.

Christian Grey
Prezes, Grey Enterprises Holdings, Inc.

Serce mi zamiera. Cholera! Naprawdę napytałam sobie biedy. Moja podświadomość gromi mnie wzrokiem,
po czym wzrusza ramionami z miną mówiącą „jak sobie
pościelesz, tak się wyśpisz". A czego się spodziewałam?
Zastanawiam się, czy do niego nie zadzwonić, ale jest
późno i on pewnie śpi... albo chodzi od ściany do ściany.
Uznaję, że esemes wystarczy.

JESTEM CAŁA I ZDROWA. FAJNIE BYŁO.
TĘSKNIĘ ZA TOBĄ – PROSZĘ, NIE ZŁOŚĆ SIĘ.

Wpatruję się w telefon, czekając na jakąś odpowiedź,
ale złowróżbnie milczy. Wzdycham.

Prescott zatrzymuje się pod Escalą, Sawyer wysiada i otwiera mi drzwi. Gdy czekamy razem na windę, wykorzystuję okazję, aby go przepytać.

– O której godzinie zadzwonił Christian?

Sawyer oblewa się rumieńcem.

– Około dziewiątej trzydzieści, proszę pani.

– Czemu nie przerwałeś mojej rozmowy z Kate, abym z nim mogła zamienić parę słów?

– Pan Grey mi nie kazał.

Zasznurowuję usta. Drzwi windy się rozsuwają. Wsiadamy i jedziemy w milczeniu. Nagle się cieszę, że Christian ma całą noc na ochłonięcie i że znajduje się na drugim końcu kraju. To mi daje trochę czasu. Z drugiej jednak strony… tęsknię za nim.

Drzwi windy się otwierają i przez ułamek sekundy wpatruję się w stolik w holu.

Co jest nie tak?

Na podłodze leżą okruchy potłuczonego wazonu, wszędzie widać wodę, kwiaty i odłamki porcelany, a stolik jest przewrócony. Sawyer chwyta mnie za ramię i wciąga z powrotem do windy.

– Proszę tu zostać – syczy, wyciągając broń. Wychodzi do holu i znika mi z oczu.

Kulę się w kącie windy.

– Luke! – Słyszę, jak Ryan woła z salonu. – Kod niebieski!

Kod niebieski?

– Masz sprawcę? – odkrzykuje Sawyer. – Jezu Chryste!

Rozpłaszczam się na ścianie windy. Co tu się, do cholery, wyrabia? W moim ciele buzuje adrenalina, a serce podchodzi mi do gardła. Słyszę ściszone głosy i chwilę później w holu pojawia się Sawyer. Staje w kałuży wody. Wkłada broń do kabury.

– Może pani wyjść, pani Grey – mówi łagodnie.

– Co się stało, Luke? – Mój głos nie jest głośniejszy od szeptu.

– Mieliśmy gościa.

Ujmuje mój łokieć i cieszę się, ponieważ nogi mam jak z waty. Przechodzę razem z nim przez podwójne drzwi.

Na progu salonu stoi Ryan. Nad okiem ma rozciętą skórę, z której sączy się krew. Wargę też ma rozciętą. Ubranie ma w nieładzie. Ale bardziej szokujące jest to, że u jego stóp leży skulony Jack Hyde.

ROZDZIAŁ DZIESIĄTY

S erce wali mi jak młotem, w uszach dudni krew. Krążący po moim ciele alkohol tylko potęguje ten dźwięk.

– Czy on… – Nie jestem w stanie dokończyć zdania. Patrzę przerażona na Ryana.

– Nie, proszę pani. Jest tylko nieprzytomny.

Zalewa mnie fala ulgi. Och, dzięki Bogu.

– A ty? – pytam Ryana. Uświadamiam sobie, że wiem, jak ma na imię. Ciężko oddycha, jakby właśnie przebiegł maraton. Ociera krew z wargi. Na policzku zaczyna mu wykwitać siniak.

– Nieźle się rzucał, ale nic mi nie jest, pani Grey. – Uśmiecha się uspokajająco. Gdybym znała go lepiej, uznałabym, że wygląda na zadowolonego z siebie.

– A Gail? Pani Jones? – O nie… czy coś jej się stało? Jest ranna?

– Tu jestem, Ano.

Odwracam się i widzę ją; stoi w koszuli nocnej i szlafroku, włosy ma rozpuszczone, twarz pobladłą, a oczy wielkie – pewnie tak samo, jak ja.

– Ryan mnie obudził. Upierał się, abym przyszła tutaj. – Pokazuje za siebie na gabinet Taylora. – Nic mi nie jest. A pani?

Kiwam szybko głową i uświadamiam sobie, że najpewniej wyszła właśnie z panic roomu przylegającego do gabinetu Taylora. Kto by pomyślał, że tak szybko nam się przyda? Christian uparł się, aby go zrobić, krótko po naszych zaręczynach – a ja wtedy przewracałam oczami. Teraz, widząc stojącą w drzwiach Gail, cieszę się, że się okazał tak przewidujący.

Moją uwagę odwraca trzeszczenie drzwi do holu. Zwisają z zawiasów. Co się z nimi działo?

– Był sam? – pytam Ryana.

– Tak, proszę pani. Nie stałaby tu pani, gdyby było inaczej, mogę panią zapewnić. – Ryan sprawia wrażenie lekko urażonego.

– Jak się tu dostał? – pytam, ignorując jego ton.

– Przez windę przemysłową, proszę pani.

Opuszczam spojrzenie na leżącego na ziemi Jacka. Ma na sobie jakiś kombinezon.

– Kiedy?

– Jakieś dziesięć minut temu. Wyłapałem go na monitorze. Miał rękawiczki... to raczej dziwne w sierpniu. Rozpoznałem go i postanowiłem go wpuścić. Wiedziałem, że wtedy go dorwiemy. Pani tu nie było, a Gail była bezpieczna, więc uznałem, że teraz albo nigdy. – Ryan znowu wygląda na bardzo z siebie zadowolonego, a Sawyer krzywi się z dezaprobatą.

Rękawiczki? Jeszcze raz zerkam na Jacka. Rzeczywiście, ma brązowe skórzane rękawiczki.

– Co teraz? – Próbuję wyprzeć z myśli konsekwencje.

– Musimy go unieszkodliwić – odpowiada Ryan.

– Unieszkodliwić?

– Na wypadek, gdyby się obudził. – Ryan zerka na Sawyera.

– Czego potrzebujecie? – pyta pani Jones, robiąc krok w naszą stronę. Odzyskała już opanowanie.

– Czegoś, czym moglibyśmy go związać, sznurka albo liny.

Spinki do kabli. Rumienię się na wspomnienie wczorajszego wieczoru. Odruchowo pocieram nadgarstki i zerkam na nie szybko. Nie, nie ma siniaków. To dobrze.

– Mam coś. Spinki do kabli. Mogą być?

Oczy wszystkich zwracają się na mnie.

– Tak, proszę pani, będą idealne – odpowiada Sawyer z powagą.

Mam ochotę zapaść się pod ziemię, ale odwracam się i idę do naszej sypialni. Czasami trzeba trochę wyluzować. Niewykluczone, że to połączenie strachu i alkoholu czyni mnie zuchwałą.

Kiedy wracam, pani Jones ogląda bałagan w holu, a do ekipy zdążyła dołączyć panna Prescott. Wręczam spinki Sawyerowi, który powoli i z niepotrzebną ostrożnością krępuje Hyde'owi ręce za plecami. Pani Jones znika w kuchni i chwilę później przynosi apteczkę. Bierze Ryana za ramię, prowadzi go na próg salonu, żeby opatrzyć ranę nad okiem. On się wzdryga pod dotykiem wacika nasączonego środkiem antyseptycznym. Wtedy dostrzegam leżącego na podłodze glocka z tłumikiem. Jasny gwint! Jack był uzbrojony? Do gardła podchodzi mi żółć.

– Proszę tego nie dotykać, pani Grey – ostrzega Prescott, kiedy się schylam, aby go podnieść.

Z gabinetu Taylora wychodzi Sawyer. Zdążył założyć lateksowe rękawiczki.

– Ja się tym zajmę, pani Grey – mówi.

– To jego? – pytam.

– Tak, proszę pani – odzywa się Ryan i znowu się krzywi.

O cholera. Ryan walczył w moim domu z człowiekiem uzbrojonym. Wzdrygam się na tę myśl. Sawyer kuca i ostrożnie podnosi z ziemi glocka.

– Powinieneś to robić? – pytam.

– Pan Grey by tego oczekiwał, proszę pani.

Sawyer wsuwa pistolet do foliowej torby, po czym przykuca, aby obszukać Jacka. Z kieszeni wysuwa srebrną taśmę. Blednie i wkłada ją z powrotem.

Taśma klejąca? Dopiero po chwili docierają do mnie implikacje. Ponownie czuję w gardle żółć. Szybko odsuwam od siebie te myśli. Nie myśl o tym, Ana!

– Powinniśmy zawiadomić policję? – bąkam, starając się ukryć strach. Chcę, aby Hyde zniknął z mojego domu, i to jak najszybciej.

Ryan i Sawyer wymieniają spojrzenia.

– Moim zdaniem powinniśmy – mówię z mocą, zastanawiając się, co oni sobie przekazują.

– Przed chwilą dzwoniłem do Taylora, ale nie odbiera komórki. Może śpi. – Sawyer zerka na zegarek. – Na Wschodnim Wybrzeżu jest pierwsza czterdzieści pięć w nocy.

O nie.

– Dzwoniłeś do Christiana? – pytam szeptem.

– Nie, proszę pani.

– Dzwoniłeś do Taylora po instrukcje?

Przez chwilę wygląda na zakłopotanego.

– Tak, proszę pani.

Coś się we mnie jeży. Ten człowiek – ponownie spoglądam na Hyde'a – wdarł się do mojego domu i musi go zabrać policja. Ale patrząc na tę czwórkę, na ich niespokojne twarze, uznaję, że czegoś nie ogarniam, postanawiam więc zadzwonić do Christiana. Wiem, że jest na mnie zły – naprawdę bardzo zły – i robi mi się słabo na myśl, co powie. I jak się będzie stresował tym, że nie ma go tutaj i nie będzie aż do jutrzejszego wieczora. Wiem, że dzisiaj dałam mu już wystarczająco dużo powodów do zmartwień. Może nie powinnam teraz dzwonić. I wtedy coś sobie uświadamiam. Cholera. A gdybym wróciła po pracy do domu? Blednę na tę myśl. Dzięki Bogu, że mnie

nie było. Może jednak nie będzie na mnie aż tak bardzo wkurzony.

– Nic mu nie jest? – pytam, pokazując na Jacka.

– Po oprzytomnieniu będzie go boleć głowa – odpowiada Ryan, patrząc z pogardą na mojego byłego szefa.

Sięgam do torebki i wyjmuję BlackBerry. Szybko, nim powstrzyma mnie myśl o gniewie Christiana, wystukuję jego numer. Od razu włącza się poczta głosowa. Jest taki wkurzony, że pewnie go wyłączył. Nie bardzo wiem, co powiedzieć. Odwracam się i oddalam o parę kroków, żeby reszta mnie nie słyszała.

– Cześć. To ja. Nie złość się, proszę. W mieszkaniu doszło do incydentu. Ale wszystko jest pod kontrolą, więc nie martw się. Nikt nie ucierpiał. Zadzwoń do mnie. – Rozłączam się.

– Zadzwoń na policję – mówię do Sawyera.

Kiwa głową, wyjmuje telefon i dzwoni.

Funkcjonariusz Skinner siedzi przy stole w części jadalnej i pogrążony jest w rozmowie z Ryanem. Funkcjonariusz Walker zamknął się z Sawyerem w gabinecie Taylora. Nie mam pojęcia, gdzie jest Prescott, niewykluczone, że również w gabinecie Taylora. Detektyw Clark siedzi razem ze mną na sofie w salonie i zasypuje mnie pytaniami, które wyrzuca z warknięciem. Jest wysoki, ciemnowłosy i można by go uznać za przystojnego, gdyby nie ta krzywa mina. Podejrzewam, że obudzono go i wyciągnięto z ciepłego łóżka, ponieważ włamano się do domu jednego z najzamożniejszych i najbardziej wpływowych biznesmenów w Seattle.

– Był kiedyś pani przełożonym? – pyta zwięźle.

– Tak.

Jestem zmęczona, koszmarnie zmęczona, i chcę iść w końcu spać. Christian nadal milczy. Plusem jest to, że

pogotowie zabrało Hyde'a. Pani Jones przynosi detektywowi Clarkowi i mnie herbatę.

– Dzięki. – Clark odwraca się do mnie. – A gdzie jest
pan Grey?

– W Nowym Jorku. Sprawy służbowe. Wróci jutro
wieczorem... to znaczy dziś wieczorem. – Jest już po północy.

– Hyde jest nam znany – burczy detektyw Clark. –
Będzie pani musiała przyjść na komendę i złożyć zezna-
nia. Ale to może zaczekać. Jest już późno, a na ulicy czeka
paru dziennikarzy. Mogę się tu rozejrzeć?

– Naturalnie. – Czuję ulgę, że koniec wypytywania.
Wzdrygam się na myśl, że na zewnątrz są dziennikarze.
Cóż, jutro się będę nimi przejmować. Muszę zadzwonić
do mamy i Raya, żeby się nie martwili, gdyby usłyszeli coś
na temat tego zajścia.

– Pani Grey, a może pójdzie już pani do łóżka? – pyta
pani Jones. Głos ma ciepły i pełen troski.

Patrzę w jej życzliwe oczy i nagle zbiera mi się na
płacz. Ona dotyka mojego ramienia.

– Jesteśmy już bezpieczni – mówi cicho. – Rano, jak
się pani trochę prześpi, wszystko będzie lepiej wyglądać.
A wieczorem wróci pan Grey.

Zerkam na nią nerwowo, powstrzymując łzy. Christian będzie taki wkurzony.

– Ma pani na coś ochotę przed snem? – pyta mnie.

Dociera do mnie, że jestem strasznie głodna.

– Chętnie bym coś przekąsiła.

Uśmiecha się szeroko.

– Kanapka i mleko?

Z wdzięcznością kiwam głową, a ona udaje się do
kuchni. Ryan nadal siedzi przy stole z funkcjonariuszem
Skinnerem. Detektyw Clark dokonuje oględzin bałaganu
przed windą. A mnie nagle ogarnia tęsknota – tęsknota

za Christianem. Chowam twarz w dłoniach, gorąco żałując, że go tu nie ma. On by wiedział, co robić. Co za wieczór! Mam ochotę siąść mu na kolanach, żeby mnie tulił i mówił, że mnie kocha, chociaż nie robię tego, co mi się każe – ale na razie mogę o tym zapomnieć. W duchu przewracam oczami... Dlaczego mi nie powiedział o wzmocnieniu ochrony dla wszystkich? Co konkretnie znajduje się w komputerze Jacka? Ten facet jest taki frustrujący, ale w tej akurat chwili mam to gdzieś. Chcę mojego męża. Tęsknię za nim.

– Proszę bardzo, Ano.

Kiedy podnoszę głowę, pani Jones wręcza mi kanapkę z masłem orzechowym i dżemem. Od wieków nie jadłam czegoś takiego. Uśmiecham się nieśmiało i biorę kęs.

Kiedy w końcu wchodzę pod kołdrę, zwijam się w kulkę na części Christiana, ubrana w jego T-shirt. Zarówno poduszka, jak i koszulka pachną nim i kiedy zasypiam, modlę się w myślach o jego bezpieczny powrót... i dobry humor.

Budzę się nagle. Jest jasno i pęka mi głowa. O nie. Mam nadzieję, że to nie kac. Ostrożnie otwieram oczy i stwierdzam, że na krześle siedzi Christian. Ma na sobie smoking, a z kieszonki na piersi wystaje mucha. Zastanawiam się, czy to mi się przypadkiem nie śni. W ręce trzyma szklaneczkę z ciętego szkła z jakimś bursztynowym płynem. Brandy? Whisky? Nie mam pojęcia. Jedną nogę ma założoną na drugą, więc widzę czarne skarpetki i wyjściowe pantofle. Prawy łokieć spoczywa na poręczy krzesła, a palcem wskazującym rytmicznie przesuwa po dolnej wardze. W bladym porannym świetle jego oczy płoną ponuro, ale generalnie nie da się niczego wyczytać z jego twarzy.

Serce mi zamiera. On tu jest. Ale jak...? Musiał wczoraj wieczorem wylecieć z Nowego Jorku. Od jak dawna przygląda mi się, jak śpię?

– Hej – odzywam się szeptem.

Przygląda mi się chłodno, a ja czuję ściskanie w brzuchu. O nie. Odrywa smukłe palce od ust, dopija drinka i odstawia szklankę na nocny stolik. Tli się we mnie nadzieja, że mnie pocałuje, ale okazuje się płonna. Z powrotem się opiera i patrzy na mnie spokojnie.

– Witaj – mówi w końcu cicho. I już wiem, że nadal jest zły. Bardzo zły.

– Wróciłeś.

– Na to wygląda.

Powoli siadam, nie odrywając wzroku od jego twarzy. W ustach czuję suchość.

– Długo już tak siedzisz?

– Dość długo.

– Nadal jesteś zły. – Ledwie jestem w stanie wypowiedzieć te słowa.

Przygląda mi się tak, jakby się mocno zastanawiał, co odpowiedzieć.

– Zły – mówi, jakby testował to słowo, sprawdzając znaczenie i niuanse. – Nie, Ano. Zły to stanowczo zbyt mało powiedziane.

O mamusiu. Próbuję przełknąć ślinę, ale to trudne, jak się ma sucho w ustach.

– Zbyt mało powiedziane... To nie brzmi dobrze.

Przygląda mi się zupełnie beznamiętnie i nie odpowiada. Zapada krępująca cisza. Sięgam po szklankę z wodą i biorę łyk, starając się jednocześnie uspokoić walące serce.

– Ryan złapał Jacka. – Próbuję innej taktyki i odstawiam szklankę na stolik.

– Wiem – odpowiada lodowatym tonem.

Oczywiście, że wie.

– Długo jeszcze będziesz taki monosylabiczny?

Jego brwi unoszą się minimalnie, jakby nie spodziewał się tego pytania.

– Tak – mówi wreszcie.

Och... w porządku. Co robić? Obrona – najlepsza forma ataku.

– Przepraszam, że wyszłam z Kate.

– Szczerze?

– Nie – mamroczę po chwili, ponieważ taka jest prawda.

– Więc po co to mówisz?

– Bo nie chcę, żebyś się na mnie złościł.

Wzdycha ciężko i przeczesuje dłonią włosy. Piękny jest. Wkurzony, ale piękny. Upajam się jego widokiem. Christian wrócił – rozgniewany, ale cały i zdrowy.

– Chyba detektyw Clark chce z tobą porozmawiać.

– Nie wątpię.

– Christianie, proszę...

– Prosisz o co?

– Nie bądź taki lodowaty.

Jeszcze raz unosi z zaskoczeniem brwi.

– Anastasio, nie czuję się lodowaty. Ja płonę. Płonę z wściekłości. Nie mam pojęcia, jak sobie poradzić z tymi... – szuka w głowie odpowiedniego słowa – ...uczuciami. – Mówi to z rozgoryczeniem.

Jego szczerość mnie rozbraja. Jedyne, czego pragnę, to wpakować mu się na kolana. O tym właśnie marzę od wczorajszego powrotu do domu. A co mi tam. Ku jego zaskoczeniu wstaję, siadam mu niezgrabnie na kolanach i zwijam się w kulkę. Nie odpycha mnie, a tego się właśnie bałam. Po krótkiej chwili obejmuje mnie i chowa twarz w moich włosach. Pachnie whisky. Ile on wypił? Pachnie także żelem pod prysznic. Pachnie Christianem. Zarzucam mu ręce na szyję, a on wzdycha raz jeszcze, tym razem głębiej.

– Och, pani Grey. Co ja mam z panią zrobić? – Całuje mnie w czubek głowy.

Zamykam oczy, rozkoszując się jego bliskością.

– Jak dużo wypiłeś?

Nieruchomieje.

– Czemu pytasz?

– Raczej nie pijasz mocnego alkoholu.

– To druga szklanka. Miałem męczącą noc, Anastasio. Nie czepiaj się.

Uśmiecham się.

– Skoro pan nalega, panie Grey. – Wącham jego szyję. – Bosko pachniesz. Spałam po twojej stronie łóżka, ponieważ poduszka pachnie tobą.

– Naprawdę? A nawet się zastanawiałem, dlaczego leżysz po tej stronie. Nadal jestem na ciebie zły.

– Wiem.

Jego dłoń rytmicznie gładzi moją szyję.

– A ja jestem zła na ciebie – szepczę.

Nieruchomieje.

– Bądź łaskawa wyjaśnić, co ja takiego zrobiłem, że zasłużyłem na twój gniew?

– Powiem ci później, kiedy już nie będziesz płonąć z wściekłości. – Całuję go w szyję.

Christian zamyka oczy, ale nie odwzajemnia się. Obejmuje mnie jeszcze mocniej.

– Kiedy myślę o tym, co mogło się stać… – Głos ma ledwie głośniejszy od szeptu.

– Nic mi nie jest.

– Och, Ano. – To niemal szloch.

– Nic mi nie jest. Nikomu nic się nie stało. Trochę to nami wstrząsnęło. Ale Gail nic nie jest. Ryanowi nic nie jest. A Jacka już nie ma.

Kręci głową.

– Nie dzięki tobie – mruczy.

Słucham? Odsuwam się i piorunuję go wzrokiem.

– Jak to?

– Nie chcę się teraz o to kłócić, Ana.

Mrugam. Cóż, może ja chcę, ale uznaję, że lepiej odpuścić. Przynajmniej się do mnie odzywa. Raz jeszcze wtulam się w jego ramiona. Wplata palce w moje włosy i zaczyna się nimi bawić.

– Mam ochotę cię ukarać – szepcze. – Stłuc cię na kwaśne jabłko – dodaje.

Serce podchodzi mi do gardła. Kurwa.

– Wiem – mówię cichutko.

– I może to zrobię.

– Mam nadzieję, że nie.

Przytula mnie mocniej.

– Ana, Ana, Ana. Wystawiłabyś na próbę cierpliwość świętego.

– Mogłabym zarzucić panu wiele, panie Grey, ale na pewno nie bycie świętym.

W końcu słyszę niechętny chichot.

– Celna uwaga, jak zawsze, pani Grey. – Całuje mnie w czoło. – Wracaj do łóżka. Ty też miałaś męczącą noc.

Wstaje szybko, nie wypuszczając mnie z ramion, i kładzie do łóżka.

– Położysz się ze mną?

– Nie. Mam parę spraw do załatwienia. – Zabiera ze stolika swoją szklankę. – Śpij. Za dwie godzinki cię obudzę.

– Nadal jesteś na mnie zły?

– Tak.

– Wobec tego spróbuję zasnąć.

– I dobrze. – Przykrywa mnie kołdrą i raz jeszcze całuje w czoło. – Śpij.

A ponieważ jestem przymulona po wczorajszym wieczorze, czuję ulgę, że wrócił. Ponieważ generalnie zmęczyło mnie nasze poranne spotkanie, robię dokładnie to, co mi każe.

– MASZ TU SOK POMARAŃCZOWY – mówi Christian, a ja otwieram oczy.

To były najlepsze dwie godziny snu, jakie pamiętam. Budzę się wypoczęta. W głowie nie czuję już pulsowania. Miło widzieć sok pomarańczowy, tak samo jak mego męża. Ubrany jest w dres. I od razu wracam myślami do hotelu Heathman i pierwszej mojej pobudki u boku Christiana. Szary podkoszulek jest wilgotny od potu. Albo ćwiczył w znajdującej się w piwnicy budynku siłowni, albo biegał.

– Idę pod prysznic – mówi i znika w łazience.

Marszczę brwi. Nadal zachowuje się chłodno. Może jego myśli zajmuje to, co się wydarzyło, może jest nadal zły, może... co? Siadam i sięgam po sok, po czym wypijam go szybko. Jest pyszny, lodowaty i zostawia w mych ustach przyjemny smak. Wyskakuję z łóżka, pragnąc zminimalizować dystans – rzeczywisty i metafizyczny – między moim mężem a mną. Zerkam na budzik. Ósma. Ściągam przez głowę T-shirt Christiana i wchodzę za nim do łazienki. Właśnie myje włosy pod prysznicem. Bez chwili wahania wślizguję się do kabiny. On sztywnieje w chwili, gdy go obejmuję – tuląc się do mokrych, umięśnionych pleców. Ignoruję jego reakcję, tuląc go mocno, i zamykam oczy. Po chwili przesuwa się tak, że oboje stoimy pod kaskadą gorącej wody, i wraca do mycia włosów. Stoję i obejmuję mężczyznę, którego kocham, a woda spływa po mnie strumieniami. Myślę o tych wszystkich razach, gdy mnie tu pieprzył i tych, gdy się tu ze mną kochał. Zaczynam obsypywać pocałunkami jego plecy. Christian ponownie sztywnieje.

– Ana – rzuca ostrzegawczo.

– Hmm.

Moje dłonie wędrują powoli w dół jego umięśnionego brzucha. Kładzie obie ręce na moich i zatrzymuje. Kręci głową.

– Nie rób tego.

Natychmiast go puszczam. Odmawia mi? Moje myśli zaczynają wirować – czy coś takiego miało już miejsce? Moja podświadomość kręci głową, usta ma zasznurowane. Patrzy na mnie gniewnie znad oprawek okularów, a jej mina mówi: „Tym razem naprawdę narozrabiałaś". Czuję się, jakby uderzył mnie w policzek. Mocno. Czuję się odrzucona. On już mnie nie chce. Ból przeszywa mnie swoją okrutną włócznią. Christian odwraca się i z ulgą stwierdzam, że nie jest tak do końca obojętny na moje zabiegi. Bierze mnie pod brodę i patrzy mi w oczy.

– Nadal jestem na ciebie cholernie zły – mówi cicho i poważnie. Cholera! Opiera czoło o moje i zamyka oczy. Unoszę rękę i dotykam czule jego twarzy.

– Nie złość się na mnie, proszę. Uważam, że przesadzasz – szepczę.

Prostuje się, blednąc. Moja ręka opada.

– Przesadzam? – warczy. – Jakiś pieprzony szaleniec wdziera się do mojego mieszkania, aby porwać mi żonę, a ty uważasz, że przesadzam! – Oczy mu płoną, gdy patrzy na mnie, jakbym to ja była szaleńcem.

– Nie… eee, nie o to mi chodziło. Myślałam, że masz na myśli moje wyjście z Kate.

Zamyka oczy, jakby czuł ból, i kręci głową.

– Christianie, mnie tu nie było. – Próbuję go jakoś uspokoić.

– Wiem – szepcze, otwierając oczy. – A to wszystko dlatego, że nie potrafisz wypełnić prostego, cholernego polecenia. – W jego głosie słychać gorycz i tym razem to ja blednę. – Nie chcę rozmawiać o tym teraz, pod prysznicem. Nadal jestem na ciebie cholernie wściekły, Anastasio. Sprawiasz, że mam wątpliwości co do swoich osądów.

Odwraca się i szybko wychodzi z kabiny. Owijając się ręcznikiem, opuszcza łazienkę, pozostawiając mnie samą pod strumieniem gorącej wody.

Cholera. Cholera. Cholera.

Wtedy dociera do mnie znaczenie jego słów. Porwać? O kurwa. Jack chciał mnie porwać? Przypomina mi się srebrna taśma i niechęć do zastanawiania się, po co mu ona. Czy Christian ma więcej informacji? Pospiesznie myję ciało, a potem włosy. Chcę to wiedzieć. Muszę. Nie pozwolę, by trzymał mnie w nieświadomości.

Kiedy wychodzę z łazienki, sypialnia jest pusta. O rany, ale się szybko ubrał. Biorę z niego przykład i w ekspresowym tempie wkładam ulubioną śliwkową sukienkę i czarne sandałki. Wybrałam taki akurat strój, ponieważ wiem, że Christian go lubi. Energicznie wycieram ręcznikiem włosy, po czym splatam je w warkocz i upinam w kok. Zakładając kolczyki ze sztyftem, pędzę do łazienki, gdzie tuszuję rzęsy i przeglądam się w lustrze. Blada jestem. Zawsze blada. Biorę głęboki, uspokajający oddech. Muszę stawić czoło konsekwencjom decyzji o spędzeniu sympatycznego wieczoru w towarzystwie przyjaciółki. Wzdycham, wiedząc, że Christian tak tego nie postrzega.

W salonie go nie ma. W kuchni krząta się pani Jones.

– Dzień dobry, Ano – mówi słodko.

– Dzień dobry. – Uśmiecham się do niej szeroko. Znowu jestem Aną!

– Herbaty?

– Chętnie.

– Zjesz coś?

– Poproszę. Dziś mam ochotę na omlet.

– Z grzybami i szpinakiem?

– I serem.

– Już się robi.

– Gdzie Christian?

– Pan Grey jest w swoim gabinecie.

– Jadł śniadanie? – Zerkam na dwa nakrycia.

– Nie.

– Dzięki.

Christian rozmawia akurat przez telefon. Ma na sobie białą koszulę i wygląda w każdym calu jak zrelaksowany prezes. Pozory mylą. Być może nie wybiera się dziś jednak do biura. Unosi głowę, kiedy zjawiam się w drzwiach, ale kręci głową, dając mi do zrozumienia, że moja obecność nie jest mile widziana. Cholera... Odwracam się i idę przygnębiona do kuchni. Pojawia się Taylor odstrojony w ciemny garnitur. Wygląda, jakby doświadczył ośmiu godzin niczym nieprzerwanego snu.

– Dzień dobry, Taylor – mamroczę, próbując wyczuć jego nastrój i sprawdzić, czy udałoby mi się wyciągnąć z niego jakieś szczegóły związane z tym, co się dzieje.

– Dzień dobry, pani Grey – odpowiada i w tych czterech słowach słyszę współczucie.

Uśmiecham się do niego, wiedząc, że musiał wytrzymać z rozgniewanym, sfrustrowanym Christianem wracającym do Seattle wcześniej, niż zaplanował.

– Jak lot? – ośmielam się spytać.

– Długi, pani Grey. – Ta lakoniczność wiele mówi. – Wolno mi spytać, jak się pani czuje? – dodaje łagodniejszym tonem.

– Dobrze.

Kiwa głową.

– A teraz muszę panią przeprosić. – Po tych słowach udaje się do gabinetu Christiana. Hmm. Taylor jest tam mile widziany, ale ja nie.

– Proszę bardzo. – Pani Jones stawia przede mną śniadanie.

Straciłam apetyt, ale jem, nie chcę jej robić przykrości.

Gdy kończę śniadanie, Christian nadal przebywa w gabinecie. Unika mnie?

– Dziękuję, pani Jones. – Zsuwam się ze stołka barowego i idę do łazienki, aby umyć zęby. Przypomina mi się, jak Christian dąsał się z powodu naszych przysiąg ślubnych. Wtedy też zaszył się w gabinecie. Czy to właśnie robi? Dąsa się? Wzdrygam się na myśl o jego późniejszym koszmarze sennym. Znowu tak będzie? Naprawdę musimy porozmawiać. Musi mi powiedzieć o Jacku i wzmocnionej ochronie Greyów – o tym wszystkim, co skrywane było przede mną, a przed Kate nie.

Zerkam na zegarek. Ósma pięćdziesiąt. Spóźnię się do pracy. Kończę myć zęby, nakładam na usta odrobinę błyszczyku, biorę z wieszaka cienki czarny żakiet i wracam do salonu. Z ulgą stwierdzam, że Christian je właśnie śniadanie.

– Jedziesz? – pyta ma mój widok.

– Do pracy? Tak, oczywiście. – Podchodzę do niego odważnie i opieram dłonie o krawędź blatu. – Christianie, wróciliśmy niecały tydzień temu. Muszę się zjawić w pracy.

– Ale… – Urywa i przeczesuje palcami włosy.

Pani Jones dyskretnie zostawia nas samych.

– Wiem, że mamy do omówienia wiele kwestii. Jeśli ochłoniesz, to być może zajmiemy się nimi dziś wieczorem.

Otwiera zdumiony usta.

– Ochłonę? – Głos ma niesamowicie łagodny.

Rumienię się.

– Wiesz, o co mi chodzi.

– Nie, Anastasio. Nie wiem, o co ci chodzi.

– Nie chcę się kłócić. Przyszłam, aby zapytać, czy mogę jechać swoim samochodem.

– Nie możesz – warczy.

– W porządku.

Mruga szybko. Widać, że spodziewał się kłótni.

– Prescott ci będzie towarzyszyć. – Mówi to ciut mniej agresywnie.

Do diaska, tylko nie ona. Mam ochotę wydąć wargi i zaprotestować, ale się powstrzymuję. Przecież teraz, kiedy Jack został schwytany, możemy zrezygnować z części ochrony.

Przypominają mi się „mądrości" mojej mamy, którymi mnie raczyła dzień przed ślubem. „Ana, skarbie, musisz wybierać, o co warto walczyć. Tak samo będzie w przypadku dzieci, kiedy już przyjdą na świat". Cóż, przynajmniej pozwala mi jechać do pracy.

– Dobrze – burczę.

A ponieważ nie chcę go tak zostawiać, nie, kiedy jest między nami tyle napięcia, robię niepewny krok w jego stronę. Christian sztywnieje i przez chwilę wygląda tak bezbronnie, że aż mi się ściska serce. Och, Christianie, tak bardzo mi przykro. Całuję go delikatnie w kącik ust. Zamyka oczy, jakby się delektował moim dotykiem.

– Nie czuj do mnie nienawiści – szepczę.

Chwyta moją dłoń.

– Nie czuję do ciebie nienawiści.

– Nie pocałowałeś mnie – szepczę.

Mierzy mnie podejrzliwym spojrzeniem.

– Wiem – burczy.

Strasznie mnie korci, aby spytać o powód, ale nie jestem pewna, czy chcę poznać odpowiedź. Nagle Christian wstaje, obejmuje dłońmi moją twarz i sekundę później jego usta opadają na moje. Zaskoczona robię głośny wdech, niechcący dając jego językowi zielone światło.

Wykorzystuje tę sposobność i wdziera się do mych ust, a kiedy zaczynam odwzajemniać ten pocałunek, puszcza mnie. Oddech ma przyspieszony.

– Taylor zawiezie ciebie i Prescott do SIP – mówi. Oczy mu płoną. – Taylor! – woła.

Rumienię się, próbując odzyskać choć odrobinę spokoju.

– Tak? – Taylor staje w drzwiach.

– Przekaż Prescott, że pani Grey jedzie do pracy. Możesz je zawieźć?

– Oczywiście. – Taylor odwraca się na pięcie i znika.

– Byłbym wdzięczny, gdybyś nie pakowała się dzisiaj w żadne tarapaty – burczy Christian.

– Zobaczę, co da się zrobić. – Uśmiecham się słodko.

Na jego twarzy pojawia się cień niechętnego uśmiechu, ale nie poddaje mu się.

– Wobec tego do zobaczenia – dorzuca chłodno.

– Na razie – szepczę.

Prescott i ja zjeżdżamy do garażu windą przemysłową, aby uniknąć dziennikarzy. Media zdążyły się już dowiedzieć o aresztowaniu Jacka i o tym, że został schwytany w naszym mieszkaniu. Gdy wsiadam do audi, zastanawiam się, czy przed SIP będą czekać paparazzi, tak jak w dniu ogłoszenia naszych zaręczyn.

Jedziemy w milczeniu, aż nagle przypominam sobie, że miałam zadzwonić do Raya i do mamy, żeby ich ewentualnie uspokoić. Na szczęście obie rozmowy są krótkie i udaje mi się je wykonać, nim docieramy do wydawnictwa. Tak jak się obawiałam, przed budynkiem czeka kilkoro dziennikarzy i fotografów. Jak na komendę odwracają się, patrząc wyczekująco na audi.

– Pani Grey, jest pani pewna, że chce to zrobić? – pyta Taylor.

Trochę wolałabym wrócić do domu, ale to oznacza cały dzień w towarzystwie Pana Wściekłego. Mam nadzieję, że do wieczora nabierze do tego wszystkiego choć odrobinę dystansu. Jack przebywa w areszcie, więc Szary powinien się cieszyć, tak jednak nie jest. Trochę rozumiem dlaczego; zbyt wiele rzeczy jest poza jego kontrolą, włącznie ze mną, ale w tej chwili nie mam czasu się nad tym zastanawiać.

– Podjedź od drugiej strony, pod wjazd dla dostawców, Taylor.

– Dobrze, proszę pani.

JEST PIERWSZA, A JA NIE odrywam się od pracy. Rozlega się pukanie do drzwi i głowę wsuwa Elizabeth.

– Masz chwilkę? – pyta pogodnie.

– Jasne – odpowiadam zaskoczona tą niezapowiedzianą wizytą.

Wchodzi i siada, odrzucając do tyłu długie, czarne włosy.

– Chciałam jedynie sprawdzić, czy wszystko w porządku. Roach mnie o to prosił – dodaje pospiesznie, a jej policzki się czerwienią. – No wiesz, po tym, co się stało wczoraj wieczorem.

Gazety piszą o aresztowaniu Jacka Hyde'a, ale na razie nikt nie powiązał go z pożarem w GEH.

– Nic mi nie jest – odpowiadam, starając się nie analizować zbyt głęboko tego, co czuję. Jack chciał zrobić mi krzywdę. Cóż, to żadna nowość. Już tego próbował. To Christianem bardziej się przejmuję.

Zerkam na skrzynkę odbiorczą. Nadal żadnego mejla. Nie wiem, czy mam do niego napisać, czy też jeszcze bardziej sprowokuję tym Pana Wściekłego.

– To świetnie. – Uśmiech Elizabeth dociera dla odmiany także do oczu. – Gdybym mogła coś zrobić… cokolwiek… daj znać.

– Jasne.

Wstaje.

– Wiem, jak bardzo jesteś zajęta, Ano. Pozwolę ci wrócić do pracy.

– Eee... dzięki.

To chyba najkrótsze, najbardziej bezproduktywne spotkanie, jakie odbyło się dzisiaj na półkuli zachodniej. Po co Roach ją tu przysłał? Może jego troska wypływa z faktu, że jestem żoną jego szefa. Odpycham od siebie nieprzyjemne myśli i biorę do ręki BlackBerry w nadziei, że czeka tam na mnie wiadomość od Christiana. Właśnie w tym momencie z komputera dobiega sygnał nadejścia mejla.

Nadawca: Christian Grey
Temat: Oświadczenie
Data: 26 sierpnia 2011, 13:04
Adresat: Anastasia Grey

Anastasio,

Dziś o 15.00 zjawi się u Ciebie detektyw Clark, aby spisać Twoje oświadczenie.

Nalegałem, aby to on przyjechał do Ciebie, ponieważ nie chcę, abyś jeździła na komendę.

Christian Grey
Prezes, Grey Enterprises Holdings, Inc.

Przez pięć pełnych minut wpatruję się w ten mejl, próbując wymyślić jakąś lekką i dowcipną odpowiedź. W głowie mam jednak pustkę, więc decyduję się na lakoniczność.

Nadawca: Anastasia Grey
Temat: Oświadczenie
Data: 26 sierpnia 2011, 13:12
Adresat: Christian Grey

Okej.

A x

Anastasia Grey
Redaktor naczelna, SIP

Przez następne pięć minut wbijam wzrok w monitor, czekając niespokojnie na odpowiedź, ale na próżno. Christian nie jest dziś w nastroju zabawowym.

Prostuję się. A czy wolno mi go winić? Mój biedny Szary najpewniej odchodził od zmysłów, wróciwszy rano do domu. Wtedy coś mi przychodzi do głowy. Kiedy się obudziłam, miał na sobie smoking. O której godzinie zdecydował się wrócić z Nowego Jorku? Z imprez wychodzi na ogół między dziesiątą a jedenastą. Wczoraj o tej porze ja przebywałam jeszcze na wolności razem z Kate.

Czy Christian wrócił do domu dlatego, że wyszłam do baru, czy z powodu incydentu z Jackiem? Jeśli to pierwsze, to aż do wylądowania w Seattle nie miał pojęcia o Jacku, policji, o niczym. Poznanie prawdy staje się dla mnie nagle bardzo ważne. Jeśli Christian przyleciał tylko dlatego, że zrobiłam sobie wychodne, jego reakcja była zdecydowanie przesadzona. Moja podświadomość robi minę harpii. Okej, cieszę się, że wrócił, więc może to nie ma znaczenia. Tak czy inaczej po wylądowaniu musiał doznać szoku jak cholera. Nic dziwnego, że ma dzisiaj w głowie taki mętlik. Przypominają mi się jego słowa: „Nadal jestem na ciebie cholernie wściekły, Anastasio. Sprawiasz, że mam wątpliwości co do swoich osądów".

Muszę się dowiedzieć – wrócił z powodu Drinkgate czy z powodu tego szaleńca?

Nadawca: Anastasia Grey
Temat: Twój przylot
Data: 26 sierpnia 2011, 13:24
Adresat: Christian Grey

O której godzinie postanowiłeś wczoraj wrócić do Seattle?

Anastasia Grey
Redaktor naczelna, SIP

Nadawca: Christian Grey
Temat: Twój przylot
Data: 26 sierpnia 2011, 13:26
Adresat: Anastasia Grey

A dlaczego pytasz?

Christian Grey
Prezes, Grey Enterprises Holdings, Inc.

Nadawca: Anastasia Grey
Temat: Twój przylot

Data: 26 sierpnia 2011, 13:29
Adresat: Christian Grey

Powiedzmy, że z ciekawości.

Anastasia Grey
Redaktor naczelna, SIP

Nadawca: Christian Grey
Temat: Twój przylot
Data: 26 sierpnia 2011, 13:32
Adresat: Anastasia Grey

Ciekawość to pierwszy stopień do piekła.

Christian Grey
Prezes, Grey Enterprises Holdings, Inc.

Nadawca: Anastasia Grey
Temat: Co?
Data: 26 sierpnia 2011, 13:35
Adresat: Christian Grey

Czym ma być ta zawoalowana aluzja? Kolejną groźbą?

Doskonale wiesz, o co mi chodzi, prawda?

Postanowiłeś wrócić, ponieważ wyszłam na drinka z przyjaciółką, gdy tymczasem prosiłeś, bym tego nie robiła, czy też wróciłeś, ponieważ w Twoim mieszkaniu był szaleniec?

Anastasia Grey
Redaktor naczelna, SIP

Wpatruję się w monitor. Żadnej odpowiedzi. Zerkam na zegarek. Pierwsza czterdzieści pięć i nadal żadnej odpowiedzi.

Nadawca: Anastasia Grey
Temat: Chodzi o to, że...
Data: 26 sierpnia 2011, 13:56
Adresat: Christian Grey

Twoje milczenie uznaję za przyznanie, że rzeczywiście przyleciałeś do Seattle, ponieważ ZMIENIŁAM ZDANIE. Jestem dorosłą kobietą, która wyszła na drinka z przyjaciółką. Nie zdawałam sobie sprawy z konsekwencji ZMIANY ZDANIA, ponieważ TY NIC MI NIE MÓWISZ. Od Kate się dowiedziałam, że wzmocniono ochronę wszystkich Greyów, nie tylko nas. Uważam, że w kwestii mojego bezpieczeństwa generalnie przesadzasz i rozumiem dlaczego, ale jesteś niczym chłopiec podnoszący fałszywy alarm.

Nigdy nie mam pojęcia, czy czymś się rzeczywiście niepokoisz, czy też to tylko coś, co postrzegasz jako potencjalny powód do niepokoju. Towarzyszyło mi dwoje członków ochrony. Uznałam, że i Kate, i ja będziemy bezpieczne. Prawda jest taka, że bezpieczniejsze byłyśmy w tamtym barze niż w domu. Gdyby

282 E L James

POINFORMOWANO MNIE o całej sytuacji, moje czyny wyglądałyby inaczej.

Rozumiem, że niepokoisz się czymś, co znajdowało się na komputerze Jacka – tak przynajmniej twierdzi Kate. Masz pojęcie, jakie to irytujące stwierdzić, że najlepsza przyjaciółka wie więcej o tym, co dzieje się z Tobą, niż ja? A ja jestem Twoją ŻONĄ. Powiesz mi więc? Czy dalej mnie będziesz traktować jak dziecko, doprowadzając do tego, że tak też będę się zachowywać?

Nie tylko Ty jesteś cholernie wkurzony. Jasne?

Ana

Anastasia Grey
Redaktor naczelna, SIP

Klikam „wyślij". Proszę bardzo – to ci da do myślenia, Grey. Biorę głęboki oddech. Ja też jestem wściekła. Wcześniej było mi przykro i dręczyły mnie wyrzuty sumienia. No, koniec tego.

Nadawca: Christian Grey
Temat: Chodzi o to, że...
Data: 26 sierpnia 2011, 13:59
Adresat: Anastasia Grey

Jak zawsze, Pani Grey, w mejlu jest Pani szczera i bezpośrednia.

Być może porozmawiamy o tym, kiedy wrócisz
do **NASZEGO** mieszkania.

Powinnaś zważać na język. Ja też nadal jestem
cholernie wkurwiony.

Christian Grey
Prezes, Grey Enterprises Holdings, Inc.

Zważać na język! Krzywię się do monitora, uświada-
miając sobie, że to mnie donikąd nie zaprowadzi. Nie odpowiadam, lecz biorę do ręki świeżo otrzymany rękopis
obiecującego nowego autora i biorę się za czytanie.

Moje spotkanie z detektywem Clarkiem ma spokojny
przebieg. Warczy mniej niż w nocy, może dlatego, że trochę
się przespał. A może po prostu woli pracować w ciągu dnia.
  – Dziękuję za złożenie oświadczenia, pani Grey.
  – Nie ma za co, detektywie. Hyde pozostaje w areszcie?
  – Tak, proszę pani. Dziś rano wypisano go ze szpita-
la. Przy takich zarzutach raczej nieprędko go wypuścimy.
  – Uśmiecha się, a w kącikach jego ciemnych oczu tworzą
się zmarszczki.
  – To dobrze. Ostatni tydzień był bardzo niespokojny
dla mnie i mojego męża.
  – Rano rozmawiałem z panem Greyem. Czuje ogro-
mną ulgę. Interesujący człowiek z tego pani męża.
  Nawet pan nie ma pojęcia, jak bardzo.
  – Też tak uważam. – Uśmiecham się grzecznie.
  – Gdyby coś jeszcze się pani przypomniało, proszę
o telefon. Oto moja wizytówka. – Wyjmuje ją z portfela
i wręcza mi.
  – Dziękuję, detektywie. Tak właśnie zrobię.

– Miłego dnia, pani Grey.

– Miłego dnia.

Po jego wyjściu przez chwilę się zastanawiam, jakie konkretnie zarzuty usłyszy Hyde. Christian na pewno mi nie powie. Zasznurowuję usta.

W MILCZENIU JEDZIEMY DO ESCALI. Tym razem za kierownicą siedzi Sawyer, a obok niego Prescott. Coraz ciężej mi na duszy. Wiem, że mnie i Christiana czeka potężna kłótnia, a nie wiem, czy wystarczy mi na nią energii.

Gdy wjeżdżam windą razem z Prescott, próbuję uporządkować myśli. Co ja chcę mu powiedzieć? Chyba wszystko zawarłam w swoim mejlu. Niewykluczone, że odpowie mi jednak na kilka pytań. Mam taką nadzieję. Strasznie się denerwuję. Serce wali mi jak młotem, w ustach mam sucho i pocą mi się dłonie. Nie chcę się kłócić. Ale czasami nie ma wyjścia.

Drzwi windy rozsuwają się i dostrzegam, że w holu znowu panuje porządek. Na stoliku znajduje się nowy wazon z jasnoróżowymi i białymi peoniami. Po drodze zerkam na obrazy – wszystkie Madonny wydają się nienaruszone. Uszkodzone drzwi zostały naprawione. Prescott otwiera je przede mną. Dzisiaj wydaje mi się dziwnie małomówna. Chyba taką ją wolę.

Stawiam teczkę na podłodze w korytarzu i udaję się do salonu. I zatrzymuję się. O kurwa.

– Dobry wieczór, pani Grey – mówi miękko Christian.

Stoi obok pianina, ubrany w obcisły czarny T-shirt i dżinsy… TE dżinsy, które wkładał w pokoju zabaw. O rety. Są sprane, podarte na kolanie i seksowne. Podchodzi do mnie niespiesznie. Na bosaka. Guzik dżinsów jest rozpięty. Christian nie odrywa płonącego spojrzenia od mojej twarzy.

– Dobrze, że już wróciłaś. Czekałem na ciebie.

ROZDZIAŁ JEDENASTY

– Naprawdę? – szepczę.

W ustach czuję jeszcze większą suchość, serce wali jak szalone. Czemu się tak ubrał? Co to znaczy? Nadal się dąsa?

– Naprawdę. – Głos ma miękki, ale zbliżając się do mnie, uśmiecha się lekko drwiąco.

Wygląda podniecająco – ach, te dżinsy... i jak zwisają mu z bioder. O nie, nie dam zamydlić sobie oczu Panem Chodzący Seks. Próbuję wybadać jego nastrój. Jest zły? Rozbawiony? Podniecony? Nic z tego – nie mam pojęcia.

– Lubię te dżinsy – mruczę.

Uśmiecha się drapieżnie, ale ten uśmiech nie obejmuje oczu. Cholera, nadal jest zły. Ubrał się tak, żeby odwrócić moją uwagę. Zatrzymuje się przede mną. Wwierca się we mnie wzrokiem. Przełykam ślinę.

– Rozumiem, że ma pani pewne zastrzeżenia, pani Grey – mówi przesłodzonym tonem i wyciąga coś z tylnej kieszeni dżinsów.

Nie potrafię oderwać wzroku od jego twarzy, ale słyszę, jak rozkłada arkusz papieru. Unosi go, a ja zerkam na niego i rozpoznaję wydruk swojego mejla. W oczach Christiana płonie gniew.

– Tak, mam zastrzeżenia – szepczę. Brak mi tchu. Muszę się od niego odsunąć, jeśli mamy o tym rozmawiać. Już mam zrobić krok w tył, gdy Christian się nachyla i dotyka nosem mego nosa. Zamykam oczy zaskoczona tym delikatnym dotykiem.

– Ja także – szepcze, a ja otwieram natychmiast oczy.

On się prostuje i po raz kolejny przygważdża mnie intensywnym spojrzeniem.

– Chyba wiem, jakie są twoje, Christianie – mówię cierpko. Mruży oczy, próbując ukryć błysk rozbawienia.

Będziemy się kłócić? Ostrożnie cofam się o krok. Muszę się fizycznie zdystansować – od jego zapachu, jego spojrzenia, rozpraszającego ciała w tych podniecających dżinsach. Marszczy brwi.

– Czemu przyleciałeś z Nowego Jorku? – pytam szeptem. Załatwmy tę sprawę raz na zawsze.

– Wiesz czemu. – W jego głosie pobrzmiewa ostrzegawcza nutka.

– Dlatego, że wyszłam z Kate?

– Dlatego, że nie dotrzymałaś danego słowa i przeciwstawiłaś mi się, narażając się na niepotrzebne ryzyko.

– Nie dotrzymałam słowa? Tak to postrzegasz? – pytam, ignorując dalszą część zdania.

– Tak.

Jasna cholera. To dopiero przesadzona reakcja! Zaczynam przewracać oczami, ale przerywam, kiedy dostrzegam minę Christiana.

– Zmieniłam po prostu zdanie – wyjaśniam powoli, cierpliwie, jakbym mówiła do dziecka. – Jestem kobietą. Słyniemy z tego. Tak się właśnie zachowujemy.

Mruga powiekami, jakby nie docierało do niego znaczenie moich słów.

– Gdybym choć przez chwilę pomyślała, że skrócisz wyjazd służbowy... – Brak mi słów. Uświadamiam sobie, że naprawdę nie wiem, co powiedzieć. Natychmiast przypomina mi się nasza kłótnia dotycząca ślubnych przysiąg. „Nie obiecywałam, że będę ci posłuszna, Christianie". Ale gryzę się w język, ponieważ w głębi duszy cieszę się, że przyleciał. Choć jest na mnie wściekły, cieszę się, że stoi przede mną cały i zdrowy.

– Zmieniłaś zdanie? – Nie potrafi ukryć lekceważącego niedowierzania.

– Tak.

– I nie pomyślałaś, aby do mnie zadzwonić? – Piorunuje mnie wzrokiem, po czym kontynuuje: – Co więcej, naraziłaś Ryana na niebezpieczeństwo tym, że część ochrony musiała jechać z tobą.

Och. O tym nie pomyślałam.

– Powinnam była zadzwonić, ale nie chciałam cię martwić. Gdybym to zrobiła, na pewno zabroniłbyś mi wyjść, a tak bardzo stęskniłam się za Kate. Chciałam się z nią spotkać. Poza tym dzięki temu nie było mnie w domu, kiedy zjawił się Jack. Ryan nie powinien był go wpuszczać. – To takie dezorientujące. Gdyby Ryan tego nie zrobił, Jack nadal przebywałby na wolności.

W oczach Christiana pojawia się szaleńczy błysk, po czym zaciska powieki, a twarz mu tężeje, jakby z bólu. O nie. Kręci głową i nagle stwierdzam, że jestem w jego ramionach.

– Och, Ano – szepcze, mocno mnie obejmując, tak mocno, że ledwo oddycham. – Gdyby coś ci się stało...

– Nic mi się nie stało – udaje mi się wydusić.

– Ale mogło. Umierałem dziś tysiąc razy na myśl o tym, co mogło się stać. Byłem taki wściekły, Ano. Wściekły na ciebie. Wściekły na siebie. Wściekły na wszystkich. Chyba nigdy nie byłem tak wściekły... może z wyjątkiem... – urywa.

– Z wyjątkiem?

– Tego razu w twoim dawnym mieszkaniu. Kiedy Leila tam była.

Och. Nawet nie chcę o tym myśleć.

– Rano byłeś taki zimny – mówię cicho. Przy ostatnim słowie głos mi się łamie, gdy przypomina mi się pa-

skudne uczucie odrzucenia, którego doznałam pod prysznicem. Jego dłonie wędrują do mojego karku, a ja biorę
głęboki oddech. Odchyla mi głowę.

– Nie wiem, jak sobie radzić z tym gniewem. Myślę,
że nie chcę robić ci krzywdy – mówi ostrożnie. – Dziś
rano miałem wielką ochotę cię ukarać i... – Urywa. Chyba brak mu słów albo zbyt się boi je wypowiedzieć.

– Martwiłeś się, że zrobisz mi krzywdę? – kończę za
niego, ani przez chwilę nie wierząc, że rzeczywiście by to
zrobił. Ale jednak czuję ulgę. Przecież bałam się wtedy, że
już mnie nie chce.

– Nie ufałem sobie – mówi cicho.

– Christianie, wiem, że nigdy mnie nie skrzywdzisz.
W każdym razie nie fizycznie. – Obejmuję dłońmi jego
twarz.

– Naprawdę? – pyta sceptycznie.

– Tak. Wiedziałam, że to czcza pogróżka. Wiem, że
nie spierzesz mnie na kwaśne jabłko.

– Chciałem.

– Wcale nie. Tak ci się tylko wydawało.

– Nie wiem, czy to prawda – mruczy.

– Zastanów się – mówię, raz jeszcze go obejmując
i nosem muskając klatkę piersiową. – Nad tym, co czułeś,
kiedy odeszłam. Często mi powtarzałeś, jak to na ciebie
podziałało. Jak zmieniło twoje postrzeganie świata, postrzeganie mnie. Wiem, czego się dla mnie wyrzekłeś.
Pomyśl o tym, jak podczas naszej podróży poślubnej po-
czułeś się na widok śladów po kajdankach.

Nieruchomieje i wiem, że przetwarza te informacje.
Jeszcze mocniej go obejmuję, trzymając dłonie na jego
plecach, czując pod T-shirtem twarde, wyćwiczone mięśnie. Stopniowo się odpręża.

To go właśnie gryzło? Że zrobi mi krzywdę? Dlaczego ja wierzę w niego bardziej niż on sam? Nie rozumiem

tego. Zazwyczaj jest taki silny, tak bardzo ma wszystko pod kontrolą... Och, Szary, Szary, Szary – przepraszam. Całuje moje włosy. Unoszę głowę i jego usta odnajdują moje, które szukają, biorą, dają, błagają – o co? Tego nie wiem. Pragnę jedynie czuć jego usta i z żarem odwzajemniam pocałunek.

– Tak bardzo we mnie wierzysz – szepcze, gdy odrywa usta od moich.

– Wierzę.

Wierzchem dłoni gładzi mnie po policzku, patrząc mi prosto w oczy. Po gniewie nie ma już śladu. Mój Szary wrócił. Dobrze go znowu widzieć. Unoszę głowę i uśmiecham się nieśmiało.

– Poza tym – szepczę – nie mamy już umowy.

Otwiera usta z pełnym rozbawienia zaskoczeniem, po czym przyciska mnie mocno do piersi.

– Masz rację, nie mamy. – Śmieje się.

Stoimy pośrodku salonu, zamknięci w swoich objęciach, tuląc się do siebie.

– Chodź do łóżka – szepcze po długiej chwili.

O rety...

– Christianie, musimy porozmawiać.

– Później.

– Proszę. Porozmawiajmy.

Wzdycha.

– O czym?

– Wiesz o czym. Trzymałeś mnie w nieświadomości.

– Chciałem cię chronić.

– Nie jestem dzieckiem.

– Mam tego świadomość, pani Grey. – Przesuwa dłońmi po moim ciele i łapie za pośladki. Wypycha biodra i dociska do mnie twardniejący członek.

– Christianie! – besztam go. – Rozmawiajmy.

Wzdycha z rozdrażnieniem.

– Co chcesz wiedzieć? – Słyszę w jego głosie rezygnację. Puszcza mnie, po czym bierze za rękę i schyla się, by podnieść z podłogi mój mejl.

– Mnóstwo rzeczy – burczę, dając mu się prowadzić do sofy.

– Siadaj – nakazuje.

Niektóre rzeczy nigdy się nie zmienią, myślę, robiąc, co mi każe. Christian siada obok mnie i chowa twarz w dłoniach.

O nie. To dla niego zbyt trudne? Ale wtedy prostuje się, dłońmi przeczesuje włosy, odwraca się do mnie, najwyraźniej pogodzony z rozwojem sytuacji.

– Pytaj – mówi z prostotą.

Och. Cóż, poszło łatwiej, niż się spodziewałam.

– Po co twojej rodzinie dodatkowa ochrona?

– Hyde stanowił dla nich zagrożenie.

– Skąd wiesz?

– Z jego komputera. Znajdowały się tam dane personalne moje i reszty rodziny. W szczególności Carricka.

– Carricka? Dlaczego jego?

– Jeszcze tego nie wiem. Chodźmy do łóżka.

– Christianie, powiedz!

– Powiedzieć co?

– Jesteś taki… irytujący.

– Ty też. – Rzuca mi gniewne spojrzenie.

– Nie wzmocniłeś ochrony od razu, kiedy się dowiedziałeś, że na komputerze są informacje dotyczące twojej rodziny. Co więc się stało? Dlaczego teraz?

Christian mruży oczy.

– Nie wiedziałem, że zamierzał spalić moje biuro lub… – urywa. – Sądziliśmy, że to dokuczliwa obsesja, no bo wiesz – wzrusza ramionami – kiedy się jest na świeczniku, ludzie się tobą interesują. To były różne rzeczy: raporty z czasów moich studiów na Harvardzie, sukcesy sportowe, kariera. Raporty na temat Carricka, opis jego kariery zawodowej, opis kariery mojej mamy, no i garść informacji na temat Elliota i Mii.

Dziwna sprawa.

– Powiedziałeś „zamierzał spalić moje biuro lub…". Jakbyś chciał dodać coś jeszcze.

– Jesteś głodna?

Co takiego? Ściągam brwi i jak na zawołanie burczy mi w brzuchu.

– Jadłaś dzisiaj? – pyta surowo.

Zdradza mnie krwisty rumieniec.

– Tak też myślałem. – Spojrzenie ma chłodne. – Wiesz przecież, jak tego nie lubię. Chodź – wstaje i wyciąga rękę. – Pozwól, że cię nakarmię. – Tym razem głos ma pełen zmysłowej obietnicy.

– Nakarmisz mnie? – szepczę, a wszystkie mięśnie poniżej pępka mocno się spinają. Do diaska. W typowy dla siebie sposób próbuje odwrócić moją uwagę od tego, o czym rozmawialiśmy. To by było na tyle? Nic więcej z niego na razie nie wyciągnę? Prowadzi mnie do kuchni, podnosi stołek barowy i stawia go po drugiej stronie wyspy.

– Siadaj – mówi.

– Gdzie pani Jones? – pytam, dopiero teraz dostrzegając jej nieobecność.

– Dałem jej i Taylorowi wolny wieczór.

Och.

– Dlaczego?

Przygląda mi się przez chwilę. Wróciło aroganckie rozbawienie.

– Ponieważ mogę.

– Więc będziesz gotował? – W moim głosie wyraźnie słychać niedowierzanie.

– Och, kobieto małej wiary. Zamknij oczy.

Wow. Sądziłam, że czeka nas wielka kłótnia, a proszę bardzo, bawimy się w kuchni.

– Zamknij – powtarza.

Najpierw nimi przewracam, a potem robię, co mi każe.

– Hmm. Nie wystarczy – mamrocze.

Otwieram jedno oko i widzę, jak z tylnej kieszeni dżinsów wyjmuje śliwkowy jedwabny szalik. Pasuje do mojej sukienki. Rzucam mu pytające spojrzenie. Skąd go wziął?

– Zamknij – nakazuje raz jeszcze. – Bez podglądania.

– Zamierzasz zasłonić mi oczy? – pytam z niedowierzaniem. I nagle brak mi tchu.

– Tak.

– Christianie… – Kładzie mi palec na ustach, uciszając mnie.

Chcę porozmawiać.

– Później porozmawiamy. Teraz masz coś zjeść. Powiedziałaś, że jesteś głodna. – Całuje mnie lekko w usta. Czuję na powiekach delikatny dotyk jedwabiu, gdy Christian zawiązuje mi szalik z tyłu głowy.

– Widzisz? – pyta.

– Nie – burczę, w duchu przewracając oczami.

Śmieje się cicho.

– Wiem, kiedy przewracasz oczami… a ty wiesz, co wtedy czuję.

Zasznurowuję usta.

– Możemy mieć to już za sobą? – rzucam z irytacją.

– Cóż za niecierpliwość, pani Grey. Taka chętna do rozmowy. – Ton ma żartobliwy.

– Tak!

– Najpierw muszę cię nakarmić – oświadcza i przesuwa ustami po mojej skroni, natychmiast mnie uspokajając.

Okej… niech będzie tak, jak ty chcesz. Godzę się z tym, co mnie czeka i słucham, jak Christian porusza się po kuchni. Otwiera lodówkę i na blacie za mną stawia różne naczynia. Podchodzi do mikrofalówki, wkłada coś i włącza ją. Rozbudza moją ciekawość. Słyszę uruchamiany toster. Hmm – tosty?

– Tak. Jestem chętna do rozmowy – mruczę. Kuchnię wypełnia mieszanka egzotycznych, pikantnych zapachów. Wiercę się na stołku.

– Nie ruszaj się, Anastasio. – Znowu znajduje się blisko mnie. – Masz być grzeczna... – szepcze.

O rety.

– I nie przygryzaj wargi. – Delikatnie uwalnia moją wargę, a ja się uśmiecham.

Następnie słyszę odgłos wyciąganego z butelki korka i chlupot wina nalewanego do kieliszka. Chwila ciszy, a potem cichy syk budzących się do życia głośników. Christian włącza muzykę. Jakiś mężczyzna zaczyna śpiewać, a głos ma głęboki, niski i seksowny.

– Najpierw chyba coś do picia – szepcze Christian. – Odchyl głowę. – Tak robię. – Dalej.

Spełniam jego polecenie i czuję jego wargi. Do moich ust wpływa chłodne, orzeźwiające wino. Przełykam. O rety. Wracają wspomnienia, wcale nie tak odległe – ja na swoim łóżku w Vancouver i podniecony, zagniewany Christian, któremu nie spodobał się mój mejl. Hmm... wszystko uległo zmianie? Nie bardzo. Tyle tylko, że teraz umiem rozpoznać ulubione wino Christiana, Sancerre.

– Mhm – mruczę z zadowoleniem.

– Smakuje ci? – pyta cicho, a jego ciepły oddech owiewa mi policzek.

– Tak.

– Jeszcze?

– Z tobą zawsze chcę jeszcze.

Niemal słyszę, jak się uśmiecha.

– Pani Grey, czy pani ze mną flirtuje?

– Tak.

Obrączka stuka o kieliszek, gdy Christian upija kolejny łyk wina. To dopiero seksowny dźwięk. Tym razem sam odchyla mi głowę. Całuje mnie ponownie, a ja łakomie przełykam wino, którym mnie poi.

– Głodna?

– Myślałam, że już to ustaliliśmy, panie Grey.

Śpiewak na iPodzie zawodzi o podłych gierkach. Hmm... Jakie to trafne.

Na piskanie mikrofalówki Christian mnie puszcza. Prostuję się. Pachnie czosnkiem, miętą, oregano, rozmarynem i chyba jagnięciną. Po otwarciu mikrofalówki apetyczny zapach przybiera na sile.

– Cholera! Kurwa! – klnie Christian i na blat spada z brzękiem jakieś naczynie.

Och, Szary!

– Wszystko w porządku?

– Tak! – warczy. Chwilę później staje obok mnie. – Właśnie się oparzyłem. Proszę. – Wsuwa mi palec wskazujący do ust. – Może ty possiesz lepiej.

– Och. – Chwytam jego dłoń i powoli wysuwam palec z ust. – No już, już – mówię uspokajająco, po czym nachylam się i najpierw dmucham na palec, a potem dwukrotnie go całuję. Christian wstrzymuje oddech. Wsuwam palec do ust i ssę delikatnie. Słyszę, jak mój mężczyzna głośno wciąga powietrze, i dźwięk ten wędruje bezpośrednio do mego krocza. Smakuje pysznie jak zawsze, a ja uświadamiam sobie, że taka jest właśnie jego gra – powolne uwiedzenie żony. Sądziłam, że jest wściekły, a teraz...? Ten mężczyzna, mój mąż, jest taki nieodgadniony. Ale takiego go właśnie kocham. Żartobliwego. Zabawnego. Seksownego jak diabli. Udzielił mi kilku odpowiedzi, ale chcę ich więcej. Tyle że pragnę się także pobawić. To przyjemna odskocznia po tym całym dzisiejszym napięciu i wczorajszym koszmarze z Jackiem.

– O czym myślisz? – pyta cicho Christian, wysuwając palec z mych ust.

– O tym, jak bardzo jesteś zmienny.

Nieruchomieje.

– Pięćdziesiąt odcieni, maleńka – mówi w końcu i czule całuje mnie w kącik ust.

– Mój Szary – szepczę. Łapię go za materiał koszulki i przyciągam do siebie.

– O nie, pani Grey. Bez dotykania... na razie. – Ujmuje moją dłoń, wyszarpuje z niej T-shirt i całuje wszystkie palce po kolei.

– Wyprostuj się – nakazuje.

Wydymam usta.

– Dostaniesz klapsa, jeśli będziesz to robić. A teraz otwórz je szeroko.

O cholera. Otwieram usta, a on wsuwa do nich widelec z gorącą, pikantną jagnięciną polaną chłodnym, miętowym sosem jogurtowym. Mmm. Żuję.

– Smakuje ci?

– Tak.

Mruczy z zadowoleniem – on także je.

– Jeszcze?

Kiwam głową. Daje mi kolejny kęs, a ja żuję z entuzjazmem. Christian odkłada widelec i coś odrywa... chyba chleb.

– Otwórz.

Tym razem to chlebek pita i humus. Czyli pani Jones – a może nawet Christian – była na zakupach w delikatesach, które pięć tygodni temu odkryłam zaledwie dwa kwartały od Escali.

– Jeszcze? – pyta.

Kiwam głową.

– Poproszę dokładkę wszystkiego. Umieram z głodu.

Domyślam się, że uśmiecha się zadowolony. Powoli i cierpliwie mnie karmi, co jakiś czas scałowując mi z kącika ust jakiś okruszek albo wycierając je palcami.

– Otwórz szeroko buzię, a potem gryź – mruczy.

Robię, co mi każe. Hmm – jedno z moich ulubionych dań, gołąbki z liści winorośli. Nawet zimne są pyszne, choć wolę je na ciepło. Ale nie chcę, by Christian znowu się oparzył. Karmi mnie powoli, a na końcu wylizuję mu palce.

– Jeszcze? – pyta. Głos ma niski i schrypnięty.

Kręcę głową. Jestem najedzona.

– To dobrze – szepcze mi do ucha. – Ponieważ teraz pora na moje ulubione danie. Na ciebie.

Bierze mnie na ręce, a ja piszczę zaskoczona.

– Mogę zdjąć szalik?

– Nie.

Już-już mam wydąć wargi, ale przypomina mi się jego groźba.

– Pokój zabaw – mruczy.

Och… nie wiem, czy to dobry pomysł.

– Podejmujesz wyzwanie? – pyta. A ponieważ jest przyzwyczajony do słowa „wyzwanie", nie mogę odmówić.

– Jasna sprawa – burczę. Przez moje ciało przepływa fala pożądania i coś, czego nie chcę nazwać.

Wnosi mnie po schodach na piętro.

– Chyba schudłaś – mówi z dezaprobatą.

Naprawdę? To dobrze. Pamiętam jego uwagę po powrocie z podróży poślubnej i jak mocno mnie ukłuła. Jezu, czy to było zaledwie tydzień temu?

Przed pokojem zabaw stawia mnie na ziemi, ale nadal obejmuje w talii. Szybko otwiera drzwi.

Tu zawsze pachnie tak samo: wypolerowanym drewnem i cytrusami. Prawdę mówiąc, zapach ten zaczęłam kojarzyć z ukojeniem. Christian puszcza mnie, odwraca tyłem do siebie i rozwiązuje szalik. Mrugam powiekami w przytłumionym świetle. Delikatnie wyjmuje z moich włosów spinki, warkocz opada mi na plecy. Chwyta go i pociąga lekko, tak że robię krok w jego stronę.

– Mam plan – szepcze mi do ucha, wyzwalając rozkoszny dreszcz biegnący wzdłuż kręgosłupa.

– Tak właśnie myślałam – odpowiadam.

Całuje mnie w szyję.

– Och, pani Grey. – Głos ma miękki, hipnotyzujący. Pociąga za warkocz, a kiedy przechylam głowę, obsypuje mi szyję delikatnymi pocałunkami. – Najpierw musimy cię rozebrać.

Pragnę tego – nieważne, co sobie zaplanował. Pragnę połączyć się z nim w sposób znany tylko nam. Odwraca mnie przodem do siebie. Opuszczam wzrok na jego dżinsy. Guzik dalej ma odpięty, co stanowi dla mnie pokusę wręcz nieodpartą. Przesuwam palcem wskazującym tuż nad paskiem, czując łaskoczące włoski. Christian robi głęboki wdech, a ja podnoszę wzrok, aby spojrzeć mu w oczy. Zatrzymuję się przy guziku. Jego oczy stają się ciemnoszare... o rety.

– Powinieneś w nich pozostać – szepczę.

– Taki mam zamiar, Anastasio.

I nagle przyciąga mnie do siebie i całuje tak, jakby zależało od tego jego życie.

– Pozbądźmy się tej sukienki – mówi, podciągając materiał w górę ud, bioder, brzucha... rozkosznie powoli. Sukienka prześlizguje się po mojej skórze, po piersiach. – Pochyl się.

Tak robię, a on ściąga mi suknię przez głowę i rzuca na podłogę. Zostaję w sandałkach i bieliźnie. Oczy mu płoną, gdy chwyta moje dłonie i unosi mi je nad głowę. Mruga i przechyla głowę, a ja wiem, że prosi mnie o pozwolenie. Co on zamierza mi zrobić? Przełykam ślinę, po czym kiwam głową. Na jego twarzy pojawia się cień pełnego podziwu, niemal dumnego uśmiechu. Przypina mi nadgarstki do skórzanych kajdanek, przytwierdzonych do wiszącej nad nami belki, i jeszcze raz wyjmuje szalik.

– Myślę, że się już dość naoglądałaś.

Ponownie zasłania mi oczy, a mnie natychmiast wyostrzają się pozostałe zmysły. Jego cichy oddech, moja podekscytowana reakcja, krew pulsująca w uszach, zapach Christiana zmieszany z zapachem pokoju – wszystko słyszę i czuję intensywniej, ponieważ nie widzę.

– Zamierzam doprowadzić cię do szaleństwa – szepcze, dotykając nosem mojego nosa. Kładzie dłonie na moich biodrach i zsuwa mi majtki. Doprowadzić do szaleństwa... wow. – Unieś nogi, najpierw jedną, potem drugą. – Robię, co mi każe, a on najpierw ściąga mi majtki, potem sandałki. Chwyta mnie delikatnie za kostkę i pociąga w prawo.

Przypina mi prawą kostkę do krzyża, po czym to samo robi z lewą. Jestem zupełnie bezradna, rozciągnięta na krzyżu. Christian wstaje, robi krok w moją stronę, a moje ciało znowu zalewa jego ciepło, choć on wcale mnie nie dotyka. Po chwili bierze mnie pod brodę, unosi głowę i całuje lekko w usta.

– Myślę, że muzyka i jakieś zabawki. Pięknie tak pani wygląda, pani Grey. Przez chwilę zajmę się podziwianiem widoku – mówi miękko.

Po chwili, może dwóch słyszę, jak podchodzi cicho do komody i otwiera jedną z szuflad. Szufladę tyłkową? Nie mam pojęcia. Wyjmuje z niej coś i kładzie na blacie, a potem coś jeszcze. Chwilę później z głośników zaczynają się sączyć delikatne, melodyjne dźwięki pianina. To chyba Bach, ale tytułu nie znam. Coś w tej muzyce wywołuje we mnie niepokój. Może dlatego, że jest zbyt chłodna, zbyt obojętna. Marszczę brwi, próbując dojść do tego, co mnie niepokoi, ale Christian ujmuje moją brodę i pociąga lekko, tak że puszczam dolną wargę. Uśmiecham się, próbując się uspokoić. Czemu tak się czuję? Przez muzykę?

Christian przesuwa dłoń w dół, po szyi, aż do piersi. Kciukiem odchyla miseczkę stanika, odsłaniając jedną pierś. Mruczy z uznaniem i całuje mnie w szyję. W ślad za palcami do piersi wędrują jego usta, całując i ssąc. Palce przenoszą się na lewą pierś, by i ją uwolnić. Jęczę, gdy kciukiem muska lewą brodawkę, a jego usta zamykają się wokół prawej.

– Ach.

Nie przestaje. Powoli zwiększa intensywność dotyku i ssania. Pociągam za kajdanki, gdy od piersi do krocza przeskakują iskry przyjemności. Praktycznie nie jestem w stanie się ruszyć, co intensyfikuje te całe tortury.

– Christianie – jęczę błagalnie.

– Wiem – mruczy. Głos ma ochrypły. – Tak właśnie ja czuję się przez ciebie.

Co takiego? Jęczę, a on zaczyna od początku, poddając moje brodawki słodkim męczarniom.

– Proszę – kwilę.

Z jego gardła wydobywa się niski pomruk. Christian wstaje, zostawiając mnie samą, pozbawioną tchu i wijącą się na krzyżu. Przesuwa dłońmi po moich bokach, jedną zatrzymując na biodrze, gdy tymczasem druga wędruje w dół brzucha.

– Zobaczmy, co tam słychać – mruczy. Delikatnie obejmuje dłonią moje łono, przesuwając kciukiem po łechtaczce. Krzyczę. Powoli wsuwa we mnie najpierw jeden palec, potem drugi. Jęczę i wypycham biodra na spotkanie jego palców i dłoni. – Och, Anastasio, ależ ty jesteś gotowa.

Jego palce zataczają we mnie kółka, a kciuk masuje łechtaczkę. To jedyne miejsce na moim ciele, którego Christian teraz dotyka, i tam właśnie koncentruje się całodniowe napięcie i niepokój.

O kurwa... to takie intensywne... i dziwne... muzyka... zaczynam wspinać się coraz wyżej...

Christian porusza się, nie odrywając dłoni od mego ciała, i słyszę cichy brzęk.

– Co to? – pytam bez tchu.

– Ćśś – mówi uspokajająco i całuje mnie w usta, skutecznie uciszając. Cieszy mnie ten cieplejszy, bardziej intymny kontakt, i żarliwie odwzajemniam pocałunek. Odrywa usta od moich warg i znowu rozlega się ten dźwięk.

– To wibrator, skarbie.

Przykłada mi go do klatki piersiowej. Czuję coś dużego, owalnego i wibrującego. Przebiega mnie dreszcz, gdy przedmiot przesuwa się po mej skórze, między piersi, a potem najpierw po jednej, a potem po drugiej brodawce. Niesamowite doznanie, pobudzające do życia wszystkie synapsy.

– Ach – jęczę, gdy palce Christiana nie przestają się we mnie poruszać. Jestem blisko... ta cała stymulacja... Odchylam głowę i wydaję głośny jęk, a Christian zatrzymuje palce. – Nie! Christianie – błagam, próbując wypchnąć biodra w jego stronę, aby doznać nieco tarcia.

– Nie ruszaj się, maleńka – mówi, a orgazm się oddala. Nachyla się i raz jeszcze mnie całuje. – Frustrujące, prawda? – mruczy mi do ust.

O nie! Nagle już wiem, w co on się bawi.

– Christianie, proszę cię.

– Ćśś – mówi i całuje mnie w usta.

I znowu zaczyna się poruszać – wibrator, palce, kciuk – zabójcze połączenie zmysłowych tortur. Przesuwa się tak, że jego ciało ociera się o moje. Jest nadal ubrany, a miękki materiał dżinsów dotyka mojej nogi. Na biodrze czuję jego wzwód. Tak drażniąco blisko. Ponownie doprowadza mnie nad samą krawędź i nieruchomieje.

– Nie – kwilę głośno.

Mokrymi pocałunkami obsypuje moje ramię, gdy wysuwa ze mnie palce. Przesuwa wibrator w dół, dotykając mojego brzucha, łona, łechtaczki. Kurwa, ależ to jest intensywne.

– Ach! – wołam, pociągając za kajdanki.

Ciało mam tak uwrażliwione, że wydaje mi się, iż zaraz eksploduję. I wtedy on znowu przerywa.

– Christian! – wołam.

– Frustrujące, prawda? – mruczy z ustami na mojej szyi. – Tak jak ty. Obiecujesz jedno, a potem… – urywa.

– Christianie, błagam cię!

Ponownie dotyka mnie wibratorem i za każdym razem w kluczowym momencie go odsuwa. Ach!

– Proszę – jęczę błagalnie. Moje zakończenia nerwowe krzykiem domagają się spełnienia.

Bzyczący odgłos cichnie i Christian mnie całuje.

– Jesteś najbardziej frustrującą kobietą, jaką znam.

Nie, nie, nie.

– Christianie, nie obiecywałam ci posłuszeństwa. Proszę, proszę…

Staje przede mną, chwyta moje pośladki i napiera na mnie biodrami. Wciągam głośno powietrze – jego krocze ociera się o moje, guziki dżinsów wbijają się w ciało. Jedną dłonią ściąga mi z oczu szalik i bierze pod brodę, a ja mrugam, patrząc w jego płonące oczy.

– Doprowadzasz mnie do szaleństwa – szepcze, wypychając biodra, raz, drugi, trzeci, doprowadzając moje ciało do stanu wrzenia. A chwilę potem znowu się odsuwa. Tak bardzo go pragnę. Tak bardzo go potrzebuję. Zamykam oczy i modlę się cicho. Czuję się, jakby to była kara. Ja jestem bezradna, a on bezlitosny. Do oczu napływają mi łzy. Nie mam pojęcia, jak daleko zamierza się tym razem posunąć.

– Proszę – szepczę raz jeszcze.

Ale on pozostaje nieprzejednany. Zamierza dalej to ciągnąć. Jak długo? Potrafię się w to bawić? Nie. Nie. Nie, nie mogę tego zrobić. Wiem, że on nie przestanie. Dalej będzie mnie torturował. Jego dłoń raz jeszcze ześlizguje się w dół mego ciała. Nie… I wtedy pęka tama – cały niepokój, lęk i strach z ostatnich dwóch dni kumuluje się we mnie, a do oczu napływają łzy. Odwracam się od niego. To nie jest miłość. To zemsta.

– Czerwony – kwilę. – Czerwony. Czerwony. – Po mojej twarzy spływają łzy.

Christian nieruchomieje.

– Nie! – Patrzy na mnie zdumiony. – Jezu Chryste, nie.

W ekspresowym tempie uwalnia mi dłonie, obejmuje mnie jedną ręką w talii i schyla się, aby zrobić to samo z kostkami. A ja chowam twarz w dłoniach i łkam.

– Nie, nie, nie. Ana, proszę. Nie.

Bierze mnie na ręce, podchodzi do łóżka i siada na nim, trzymając mnie na kolanach. Szlocham żałośnie. Czuję się przytłoczona… Moje ciało wymęczone, w głowie pustka, emocje rozrzucone na wietrze. Christian sięga za siebie, ściąga z łóżka satynowe prześcieradło i otula mnie nim. Dotyk chłodnej satyny na moim uwrażliwionym ciele wcale nie jest przyjemny. Obejmuje mnie mocno, tuląc do siebie, kołysząc lekko do tyłu i do przodu.

– Przepraszam. Przepraszam – mruczy Christian. Raz po raz całuje moje włosy. – Ana, wybacz mi, proszę.

Chowając twarz na jego szyi, płaczę. Łzy mają działanie oczyszczające. Tyle się wydarzyło przez kilka ostatnich dni – pożar w serwerowni, pościg samochodowy, plany związane z moją karierą, zdzirowata pani architekt, uzbrojony szaleniec w mieszkaniu, kłótnie, gniew Christiana, jego wyjazd. Nie znoszę, jak wyjeżdża... Rogiem prześcieradła wycieram nos i stopniowo uświadamiam sobie, że w pokoju nadal rozbrzmiewają kliniczne dźwięki utworu Bacha.

– Wyłącz, proszę, tę muzykę – pociągam nosem.

– Oczywiście. – Christian unosi się z łóżka, nie puszczając mnie, i z tylnej kieszeni spodni wyjmuje pilota. Wciska coś i zamiast pianina słychać mój urywany oddech. – Lepiej? – pyta.

Kiwam głową. Christian ociera mi kciukiem łzy.

– Nie jesteś fanką Wariacji Goldbergowskich?

– Niekoniecznie.

Patrzy na mnie, próbując ukryć widoczny w jego oczach wstyd, ale nie bardzo mu to wychodzi.

– Przepraszam – powtarza.

– Czemu to zrobiłeś? – Mój głos jest ledwie słyszalny, gdy próbuję poskładać w całość swoje myśli i uczucia.

Kręci ze smutkiem głową i zamyka oczy.

– Dałem się ponieść – mówi nieprzekonująco.

Marszczę brwi, a on wzdycha.

– Ana, uniemożliwianie przeżycia orgazmu to standardowe narzędzie w... Ty nigdy... – Urywa.

Poruszam się na jego kolanach, a on się krzywi.

Och. Oblewam się rumieńcem.

– Sorki – mamroczę.

Przewraca oczami, po czym odchyla się nagle, pociągając mnie za sobą, tak że oboje leżymy teraz na łóżku, ja w jego ramionach. Poprawiam stanik.

– Pomóc ci? – pyta cicho.

Kręcę głową. Nie chcę, aby dotykał moich piersi. Zmienia pozycję, tak że patrzy teraz na mnie z góry. Ostrożnie unosi rękę i dotyka palcami mej twarzy. W moich oczach ponownie wzbierają łzy. Jak to możliwe, że w jednej chwili jest tak bezlitosny, a w drugiej taki czuły?

– Nie płacz, proszę – szepcze.

Przez tego mężczyznę w głowie mam mętlik. Uleciał gdzieś tak bardzo mi teraz potrzebny gniew... Jestem odrętwiała. Mam ochotę zwinąć się w kulkę i zniknąć. Mrugam powiekami, próbując powstrzymać napływające do oczu łzy. Biorę drżący wdech, nie odrywając wzroku od twarzy Christiana. Co ja mam począć z tym kontrolującym mężczyzną? Nauczyć się bycia kontrolowaną? Słabe szanse...

– Ja nigdy co? – pytam.

– Nie robisz tego, co się każe. Zmieniłaś zdanie, nie powiedziałaś mi, gdzie jesteś. Ana, byłem w Nowym Jorku, bezsilny i wściekły. Gdybym był w Seattle, sprowadziłbym cię do domu.

– Więc teraz mnie karzesz?

Przełyka ślinę, po czym zamyka oczy. Nie musi odpowiadać. Wiem, że właśnie wymierzenie mi kary zaplanował.

– Musisz przestać to robić – mówię cicho.

Marszczy brwi.

– Po pierwsze, kończy się to tak, że czujesz się gówniano.

Prycha.

– To prawda – przyznaje. – Nie chcę cię oglądać w takim stanie.

– A ja nie chcę się tak czuć. Na *Fair Lady* powiedziałeś, że nie ożeniłeś się z uległą.

– Wiem. Wiem. – Głos ma teraz łagodny.

– No to przestań mnie traktować tak, jakbym nią była. Przepraszam, że do ciebie nie zadzwoniłam. Więcej nie zachowam się tak egoistycznie. Wiem, że się o mnie martwisz.

Przygląda mi się bacznie, a w jego oczach widać niepokój.

– Okej. Dobrze – mówi w końcu. Nachyla się, ale nieruchomieje tuż nad moimi ustami, milcząco prosząc mnie o pozwolenie. Unoszę ku niemu twarz, a on całuje mnie czule. – Twoje usta są takie miękkie, kiedy płaczesz – mruczy.

– Nigdy nie obiecywałam ci posłuszeństwa, Christianie – szepczę.

– Wiem.

– Pamiętaj o tym, proszę. Dla dobra nas obojga. A ja postaram się bardziej liczyć z twoimi… ciągotkami do sprawowania kontroli.

Sądząc z wyglądu, jest zagubiony i bezbronny.

– Postaram się – mówi cicho. Głos ma nabrzmiały szczerością.

Wydaję głośne, drżące westchnienie.

– Proszę cię o to. Poza tym, gdybym rzeczywiście była w domu…

– Wiem – mówi i momentalnie blednie.

Kładzie się na plecach i wolną ręką zakrywa twarz. Przytulam się do niego, kładąc głowę na jego piersi. Przez chwilę leżymy, nic nie mówiąc. Jego dłoń dotyka końca mego warkocza. Ściąga gumkę, rozplata warkocz i przeczesuje palcami moje włosy. O to właśnie w tym wszystkim chodzi – jego strach… irracjonalny strach o moje bezpieczeństwo. W mojej głowie pojawia się obraz Jacka Hyde'a, leżącego na podłodze w naszym mieszkaniu, a obok niego glock… cóż, może nie taki irracjonalny… zaraz, coś mi się przypomina.

– Co wcześniej miałeś na myśli, mówiąc „lub"? – pytam.

– Lub?

– Coś dotyczącego Jacka.

Zerka na mnie.

– Nie dajesz za wygraną, co?

Opieram brodę o obojczyk Christiana.

– Dać za wygraną? Nigdy. Mów. Nie lubię pozosta-
wać w nieświadomości. Nie wiadomo czemu wydaje ci
się, że trzeba mnie chronić. Ty nie umiesz nawet strzelać,
ja owszem. Myślisz, że nie poradzę sobie z tym, czego mi
nie chcesz powiedzieć? Na muszce trzymała mnie twoja dawna uległa, napastowała mnie twoja pedofilska kochanka, i nie patrz tak na mnie – warczę, kiedy się krzywi.

– Twoja matka ma o niej takie samo zdanie.

– Rozmawiałaś z moją matką o Elenie? – Głos Christiana robi się wyższy o oktawę.

– Tak, Grace i ja rozmawiałyśmy o niej.

Wpatruje się we mnie bez słowa.

– Bardzo się tym przejmuje. Obwinia siebie.

– Nie mogę uwierzyć, że rozmawiałyście o Elenie.
Cholera! – Kładzie się i ponownie zakrywa ręką twarz.

– Nie wdawałam się w szczegóły.

– Oby tak było. Grace nie musi znać wszystkich
drastycznych szczegółów. Chryste, Ana. Z moim tatą też
rozmawiałaś?

– Nie! – kręcę głową. Z Carrickiem nie łączą mnie tego
rodzaju relacje. Nie przebolałam jeszcze tych jego uwag dotyczących intercyzy. – A zresztą po raz kolejny próbujesz
teraz odwrócić moją uwagę. Jack. No więc o co chodzi?

Christian podnosi na chwilę rękę i posyła mi spojrzenie, z którego nic nie potrafię wyczytać. Wzdycha
i ponownie zakrywa twarz.

– Hyde jest zamieszany w sabotaż Charliego Tango.
Śledczy znaleźli fragment odcisku palca, ale tylko fragment, więc nie byli w stanie go dopasować. Ale wtedy
ty rozpoznałaś Hyde'a w serwerowni. Jako nieletni miał
kilka wyroków w Detroit, w kartotece znajdowały się od-
ciski palców i fragment pasował.

W głowie mi szumi, gdy próbuję przyswoić te informacje. Jack uszkodził Charliego Tango? Ale Christian zdążył się rozkręcić.

– Dziś rano w garażu Escali znaleziono samochód dostawczy. Kierowcą był Hyde. Wczoraj dostarczył jakieś gówno temu nowemu gościowi, który się właśnie wprowadził. Temu, którego poznaliśmy w windzie.

– Nie pamiętam, jak się nazywa.

– Ja też nie – mówi Christian. – Ale w taki właśnie sposób Hyde'owi udało się dostać do budynku. Pracował dla firmy dostawczej...

– I? Co jest takiego ważnego w tym samochodzie?

Christian milczy.

– Powiedz mi.

– Policja znalazła w nim... pewne rzeczy. – Ponownie milknie i tuli mnie do siebie jeszcze mocniej.

– Jakie rzeczy?

Przez dłuższą chwilę milczy i otwieram usta, aby go ponaglić, ale się w końcu odzywa.

– Materac, środek usypiający dla koni, wystarczający do uśpienia całego tuzina, i list. – Jego głos zamienia się w pełen przerażenia szept.

O kurwa.

– List?

– Zaadresowany do mnie.

– Co w nim było?

Christian kręci głową, dając do zrozumienia, że albo nie wie, albo nie zamierza tego ujawnić.

Och.

– Wczorajszego wieczoru Hyde przyszedł cię porwać. – Christian nieruchomieje, a na jego twarzy maluje się napięcie. Gdy wypowiada te słowa, przypomina mi się srebrna taśma. Przez moje ciało przebiega zimny dreszcz.

– Cholera – mówię cicho.

– Właśnie.

Próbuję przypomnieć sobie Jacka z czasów, gdy razem pracowaliśmy. Zawsze był taki niepoczytalny? Jak mógł pomyśleć, że ujdzie mu to na sucho? Owszem, był odrażający, ale żeby stuknięty?

– Nie rozumiem dlaczego – mówię. – Dla mnie to nie ma żadnego sensu.

– Wiem. Policja bada tę sprawę, Welch także. Ale sądzimy, że kluczowe jest tutaj Detroit.

– Detroit? – patrzę na niego skonsternowana.

– Tak.

– Nadal nie rozumiem.

Christian unosi głowę i patrzy na mnie. Z jego twarzy trudno cokolwiek wyczytać.

– Ana, ja się urodziłem w Detroit.

ROZDZIAŁ DWUNASTY

— Sądziłam, że urodziłeś się w Seattle.

W głowie mam zamęt. Co to ma wspólnego z Jackiem? Christian odrywa dłoń od twarzy, sięga za siebie i bierze jedną z poduszek. Wkłada ją sobie pod kark i patrzy na mnie nieufnie. Po chwili kręci głową.

— Nie. Elliota i mnie Greyowie zaadoptowali w Detroit. Do Seattle przeprowadziliśmy się krótko po mojej adopcji. Grace chciała zamieszkać na Zachodnim Wybrzeżu, z dala od wielkich aglomeracji miejskich, no i znalazła pracę w szpitalu Northwest Hospital. Niewiele mam wspomnień z tamtego czasu. Mię adoptowali już tutaj.

— Więc Jack pochodzi z Detroit?

— Tak.

Och…

— Skąd wiesz?

— Kiedy zaczęłaś dla niego pracować, kazałem go sprawdzić.

No a jakżeby inaczej.

— Dla niego masz także szarą teczkę? — pytam drwiąco.

Przez jego twarz przemyka rozbawienie.

— Chyba akurat jasnoniebieską. — Palcami nadal rozczesuje mi włosy. Bardzo to jest przyjemne.

— Co zawiera jego teczka?

Christian mruga powiekami.

— Naprawdę chcesz wiedzieć?

– Aż tak źle?

Wzrusza ramionami.

– Znam gorsze rzeczy – szepcze.

Nie! To aluzja do niego? I nagle mam przed oczami Christiana jako małego, brudnego, przestraszonego, zagubionego chłopca. Obejmuję go jeszcze mocniej, przykrywając prześcieradłem.

– No co? – pyta skonsternowany moją reakcją.

– Nic – burczę.

– Nie, nie. To działa w obie strony, Ano. O co chodzi?

Podnoszę wzrok i dostrzegam jego niepokój. Opieram policzek z powrotem o jego klatkę piersiową, postanawiając odpowiedzieć.

– Czasami wyobrażam sobie ciebie jako dziecko... zanim zamieszkałeś z Greyami.

Christian sztywnieje.

– Nie mówiłem o sobie. Nie chcę twojej litości, Anastasio. Tę część swego życia mam za sobą. Na zawsze.

– To nie litość – szepczę zbulwersowana. – To współczucie i smutek. Smutek, że ktoś mógł zrobić coś takiego małemu dziecku. – Biorę głęboki, uspokajający oddech. Czuję ściskanie w żołądku, a do oczu na nowo napływają mi łzy. – Ta część twego życia nie jest zamknięta, Christianie, jak możesz tak mówić? Każdego dnia mierzysz się ze swoją przeszłością. Sam mi to powiedziałeś, pięćdziesiąt odcieni, pamiętasz? – Mój głos jest ledwie słyszalny.

Christian parska i przeczesuje palcami wolnej ręki włosy, ale milczy.

– Wiem, że dlatego właśnie odczuwasz potrzebę sprawowania nade mną kontroli. Zapewniania mi bezpieczeństwa.

– Ty jednak mi się przeciwstawiasz – szepcze z konsternacją.

Ściągam brwi. Cholera jasna. Czy ja to robię z rozmysłem? Moja podświadomość zdejmuje okulary i zaczyna żuć koniec zausznika, kiwając głową. Ignoruję ją. Jestem jego żoną, a nie uległą, nie jakąś nabytą przez niego spółką. Nie jestem dziwką i narkomanką, którą była jego matka... Kurwa. Ta myśl jest obrzydliwa. Przypominają mi się słowa doktora Flynna: „Rób po prostu dalej to samo. Christian jest zadurzony w tobie po uszy... Aż miło na niego patrzeć".

Właśnie. Robię jedynie to, co zawsze. Czy nie to Christianowi się we mnie spodobało?

– Doktor Flynn powiedział, że powinnam wierzyć ci na słowo. I chyba tak robię, nie jestem pewna. Być może to mój sposób na zakotwiczanie cię w teraźniejszości, z dala od twojej przeszłości – mówię cicho. – Nie wiem. Nie umiem ocenić, jak mocno przesadzone mogą się okazać twoje reakcje.

Przez chwilę milczy.

– Cholerny Flynn – burczy do siebie.

– Powiedział, że nie powinnam zmieniać swojego zachowania.

– Tak powiedział? – pyta cierpko.

Okej. Teraz albo nigdy.

– Christianie, wiem, że kochałeś swoją mamę i że nie mogłeś jej uratować. Nie byłeś w stanie. Ale ja to nie ona.

Ponownie nieruchomieje.

– Przestań – szepcze.

– Nie, posłuchaj mnie. Proszę. – Unoszę głowę, aby zajrzeć w jego rozszerzone strachem oczy. Wstrzymuje oddech. Och, Christianie. Serce mi się ściska. – Nie jestem nią. Jestem znacznie silniejsza od niej. Mam ciebie, a ty jesteś teraz znacznie silniejszy i wiem, że mnie kochasz. Ja ciebie także kocham – szepczę.

Marszczy brwi, jakby nie takich słów się spodziewał.

– Nadal mnie kochasz? – pyta.

– Oczywiście, że tak. Christianie, zawsze będę cię kochać. Bez względu na to, co mi zrobisz. – Czy tego właśnie zapewnienia potrzebuje?

Wypuszcza z płuc powietrze i zamyka oczy, znowu zakrywając ręką twarz, ale i mocniej mnie przytulając.

– Nie chowaj się przede mną. – Podnoszę głowę i odciągam mu rękę z twarzy. – Przez całe życie się chowasz. Proszę, nie przede mną.

Patrzy na mnie z niedowierzaniem.

– Chowam się?

– Tak.

Nagle przekręca się na bok i teraz leżymy twarzami do siebie. Unosi rękę, odgarnia mi włosy z twarzy i zakłada je za ucho.

– Zapytałaś mnie dzisiaj, czy cię nienawidzę. Nie rozumiałem dlaczego, a teraz... – Urywa i wpatruje się we mnie, jakbym stanowiła dla niego zagadkę.

– Nadal sądzisz, że cię nienawidzę? – Teraz to w moim głosie słychać niedowierzanie.

– Nie. – Kręci głową. – Teraz nie. – Wygląda, jakby czuł ulgę. – Ale muszę wiedzieć... dlaczego użyłaś hasła bezpieczeństwa, Ano?

Blednę. Co mogę mu powiedzieć? Że byłam przerażona. Że nie wiedziałam, czy przestanie. Że go błagałam – a on nie przestawał. Że nie chciałam eskalacji... jak... jak wtedy tutaj. Wzdrygam się na wspomnienie uderzeń pasem.

Przełykam ślinę.

– Ponieważ... ponieważ byłeś taki rozgniewany i odległy, i... zimny. Nie wiedziałam, jak daleko się posuniesz.

Z jego twarzy trudno cokolwiek wyczytać.

– Zamierzałeś pozwolić mi dojść? – szepczę i czuję, jak na moje policzki wypełza rumieniec, ale nie spuszczam wzroku.

– Nie – mówi w końcu.

O kurwa.

– To… surowe.

Delikatnie gładzi mnie po policzku.

– Ale skuteczne – mruczy. Patrzy na mnie, jakby próbował dostrzec, co się dzieje w mojej duszy. Oczy mu ciemnieją. Po długiej, trwającej całą wieczność chwili mówi cicho: – Cieszę się, że to zrobiłaś.

– Naprawdę? – Nie rozumiem.

Jego usta wyginają się w smutnym uśmiechu.

– Tak. Nie chcę robić ci krzywdy. Poniosło mnie. – Całuje mnie w usta. – Dałem się ponieść chwili. – Całuje raz jeszcze. – Przy tobie często mi się to zdarza.

Och? I z jakiegoś dziwacznego powodu ta myśl sprawia mi przyjemność… Uśmiecham się szeroko. Dlaczego mnie to cieszy? Christian także się uśmiecha.

– Nie mam pojęcia, dlaczego się pani szczerzy, pani Grey.

– Ja też nie.

Obejmuje mnie mocno i kładzie mi głowę na piersi. Stanowimy plątaninę nagich i odzianych w dżinsy nóg oraz satynowej pościeli. Jedną ręką głaszczę go po plecach, drugą wsuwam w jego włosy. Wzdycha i odpręża się w moich ramionach.

– To oznacza, że mogę mieć pewność… iż mnie powstrzymasz. Nigdy nie chciałem zrobić ci krzywdy – mruczy. – Potrzebuję… – urywa.

– Potrzebujesz czego?

– Kontroli, Ano. Tak jak potrzebuję ciebie. Tylko tak potrafię funkcjonować. Nie umiem odpuścić. Nie umiem. Próbowałem… A mimo to z tobą… – Kręci z rozdrażnieniem głową.

Przełykam ślinę. To właśnie sedno naszego dylematu – jego potrzeba sprawowania kontroli i jego potrzeba posiadania mnie. Nie wierzę, że to się wzajemnie wyklucza.

– Ja ciebie także potrzebuję – szepczę, tuląc go mocno. – Postaram się, Christianie. Postaram się być bardziej wyrozumiała.

– Chcę, żebyś mnie potrzebowała – mówi cicho.

– Potrzebuję! – oświadczam żarliwie. Tak bardzo go potrzebuję. Tak bardzo go kocham.

– Chcę się tobą opiekować.

– Opiekujesz się. Przez cały czas. Tak bardzo za tobą tęskniłam, gdy wyjechałeś.

– Naprawdę? – Wydaje się zaskoczony.

– Oczywiście. Nie znoszę, jak wyjeżdżasz.

Wyczuwam jego uśmiech.

– Mogłaś jechać ze mną.

– Christianie, proszę cię. Nie wracajmy do tego. Chcę pracować.

Wzdycha.

– Kocham cię, Ano.

– Ja ciebie też kocham. Zawsze będę kochać.

Oboje leżymy w bezruchu, ciesząc się tą ciszą po burzy. Słuchając miarowego bicia jego serca, wyczerpana zapadam w sen.

Budzę się zdezorientowana. Gdzie ja jestem? Pokój zabaw. Światło jest włączone, delikatnie rozjaśniając krwiście czerwone ściany. Christian jęczy ponownie i dociera do mnie, że właśnie to mnie obudziło.

– Nie – jęczy. Leży obok mnie, powieki ma zaciśnięte, twarz wykrzywioną z bólu.

Jasna cholera! Śni mu się jakiś koszmar.

– Nie! – woła.

– Christianie, obudź się. – Siadam, zrzucając z siebie prześcieradło. Klękam przy nim, chwytam za ramiona i potrząsam. Do oczu napływają mi łzy. – Christianie, proszę. Obudź się!

Otwiera oczy, szare i dzikie, a źrenice rozszerza mu strach. Patrzy na mnie nierozumiejącym wzrokiem.

– Christianie, miałeś zły sen. Jesteś w domu. Jesteś bezpieczny.

Mruga, rozgląda się gorączkowo i marszczy brwi, gdy rozpoznaje miejsce, w którym się znajdujemy.

– Ana – dyszy i bez żadnego wstępu obejmuje moją twarz, przyciąga do siebie i całuje. Mocno. Jego język wdziera się desperacko do mych ust. Ledwie dając mi szansę na złapanie oddechu, Christian obraca się, tak że leżę teraz pod nim. Jedną dłonią trzyma moją brodę, a drugą unieruchamia głowę, gdy tymczasem kolanem rozsuwa mi nogi. Mości się, nadal w dżinsach, między mymi udami.

– Ana – dyszy, jakby nie mógł uwierzyć, że tu jestem. Przygląda mi się przez ułamek sekundy, pozwalając mi zaczerpnąć tchu. A potem jego usta znowu przypuszczają atak na moje, zabierając wszystko, co mam do zaofiarowania. Jęczy głośno, napierając na mnie biodrami. Uwięziony w spodniach członek naciska na moje miękkie ciało. Och… Jęczę i całe nagromadzone wcześniej napięcie seksualne wybucha z pełną mocą, zalewając me ciało ognistym pożądaniem. Christian gorączkowo całuje mi twarz, oczy, policzki, brodę.

– Jestem tu – szepczę, próbując go uspokoić. Nasze gorące, dyszące oddechy mieszają się ze sobą. Łapię go za ramiona i wysuwam biodra w jego stronę.

– Och, Ana. – Głos ma niski i schrypnięty. – Potrzebuję cię.

– Ja ciebie także – szepczę bez tchu, desperacko pragnąc jego dotyku. Pragnę go. Pragnę go teraz. Pragnę go uzdrowić. Pragnę uzdrowić siebie… Potrzebuję tego. Opuszcza rękę i rozpina rozporek, po czym uwalnia nabrzmiały członek.

A niech to. A jeszcze niecałą minutę temu spałam.

Przez chwilę patrzy mi w oczy, wisząc nade mną.

– Tak. Proszę. – Głos mam schrypnięty i przepełniony pragnieniem.

Jednym płynnym ruchem zatapia się we mnie.

– Ach! – krzyczę, nie z bólu, ale zaskoczona jego skwapliwością.

Christian jęczy i ponownie całuje, wchodząc we mnie raz za razem. Porusza się gorączkowo, napędzany strachem, pożądaniem – miłością? Nie wiem, ale odpowiadam na każde jego pchnięcie.

– Ana – jęczy niemal niezrozumiale i doznaje spełnienia, wlewając się we mnie. Twarz ma wykrzywioną, ciało sztywne, a chwilę później opada na mnie całym ciężarem, ciężko dysząc, pozostawiając mnie na krawędzi... znowu.

Jasny gwint. To zdecydowanie nie mój wieczór. Tulę go do siebie, oddycham głęboko i aż się wiję z pragnienia. Christian wysuwa się we mnie i przytula przez jakiś czas... długi czas. W końcu kręci głową i opiera się na łokciach, odciążając mnie nieco. Patrzy na mnie takim wzrokiem, jakby dopiero teraz mnie zauważył.

– Och, Ana. Słodki Jezu. – Nachyla się i całuje mnie czule.

– Dobrze się czujesz? – pytam, pieszcząc jego kochaną twarz. Kiwa głową, ale nadal wydaje się poruszony. Mój mały, zagubiony chłopiec. Marszczy brwi i patrzy mi w oczy, jakby w końcu dotarło do niego, gdzie się znajduje.

– A ty? – pyta z troską w głosie.

– Eee... – Wiję się pod nim i po chwili Christian uśmiecha się zmysłowo.

– Pani Grey, ma pani swoje potrzeby – mruczy. Całuje mnie szybko, po czym zeskakuje z łóżka.

Klęka na podłodze, chwyta mnie za nogi tuż nad kolanami i pociąga do siebie, tak że moja pupa znajduje się na brzegu materaca.

– Siadaj – nakazuje.

Tak robię, a włosy niczym welon spływają mi na ramiona i piersi. Jego szare spojrzenie nie opuszcza mojej twarzy, gdy delikatnie rozsuwa mi uda. Opieram się na dłoniach – doskonale wiedząc, jakie są jego zamiary.

– Jesteś tak cholernie piękna – mruczy, a ja patrzę, jak nachyla się i obsypuje pocałunkami moje prawe udo, kierując się ku górze. Cała zamieram z wyczekiwania. Podnosi na mnie wzrok. – Patrz – szepcze, po czym wraca do całowania.

O rety. Świat koncentruje się w złączeniu mych ud, a patrzenie na Christiana jest tak bardzo erotyczne. Obserwowanie, jak jego język prześlizguje się po najwrażliwszej części mnie. Moje ciało tężeje, a ramiona zaczynają drżeć, gdy walczę o pozostanie w pozycji siedzącej.

– Nie… ach – jęczę.

Delikatnie wsuwa we mnie palec, a ja już nie mogę wytrzymać i padam na łóżko, rozkoszując się dotykiem jego ust. Powoli i delikatnie masuje to słodkie miejsce w moim wnętrzu. I to wystarcza – odlatuję. Eksploduję wokół niego, wykrzykując głośno jego imię, wyginając plecy w łuk. Mam wrażenie, że widzę gwiazdy… Christian muska nosem mój brzuch, po czym obsypuje go czułymi, słodkimi pocałunkami. Wyciągam rękę i dotykam jego włosów.

– Jeszcze z tobą nie skończyłem – mruczy.

I nie dając mi czasu na powrót do Seattle, na planetę Ziemię, chwyta mnie za biodra i ściąga z łóżka na jego czekające kolana i… wzwód.

Wciągam głośno powietrze, gdy wypełnia mnie sobą. O kurwa…

318   E L James

– Och, maleńka – dyszy, obejmując mnie mocno. Nieruchomieje, ujmuje moją twarz i całuje ją. Wypycha biodra w moją stronę, a ja czuję rozchodzące się od podbrzusza iskierki rozkoszy. Obejmuje dłońmi moje pośladki i unosi mnie, wysuwając biodra w górę.

– Aaach – jęczę.

Jego usta odnajdują moje. Powoli, och, tak bardzo powoli, unosi mnie i opuszcza… unosi i opuszcza. Zarzucam mu ręce na szyję, poddając się temu łagodnemu rytmowi, pozwalając mu zabrać mnie, gdzie tylko ma ochotę. Napinam mięśnie ud… tak dobrze go w sobie czuć. Odchylam się i otwieram szeroko usta, delektując się tym słodkim seksem.

– Ana… – Nachyla się i całuje mnie w szyję. Trzyma mnie mocno, powoli podnosząc mnie i opuszczając… wyżej i wyżej… w idealnie dopasowanym rytmie. – Kocham cię, Ano – szepcze mi do ucha, nie przerywając płynnego ruchu naszych ciał. Góra, dół, góra, dół. Wplatam palce w jego włosy.

– Ja też cię kocham, Christianie.

Otwieram oczy i stwierdzam, że wpatruje się we mnie, a w jego błyszczących źrenicach widzę miłość. A kiedy czuję, jak moje ciało zbliża się ku granicy, ku spełnieniu, uświadamiam sobie, że tego właśnie pragnęłam – tego połączenia, tej manifestacji naszej miłości.

– Dojdź dla mnie, maleńka – szepcze.

Zaciskam powieki, całe moje ciało się napina i dochodzę głośno, opadając w przepaść. Christian nieruchomieje, czoło opierając o moje, i cicho szepcze moje imię. Tuli mnie mocno i sam także doznaje spełnienia.

Podnosi mnie delikatnie i kładzie na łóżku. Leżę w jego ramionach, wyczerpana i nareszcie zaspokojona. Muska nosem moją szyję.

– Teraz lepiej? – pyta cicho.

– Mhm.

– Przeniesiemy się do łóżka czy chcesz spać tutaj?

– Mhm.

– Pani Grey, proszę ze mną rozmawiać. – Wydaje się rozbawiony.

– Mhm.

– Na to jedynie panią stać?

– Mhm.

– Chodź. Pójdziemy do sypialni. Nie lubię spać tutaj.

Niechętnie odwracam się w jego stronę.

– Jeszcze chwileczkę – szepczę.

Mruga powiekami, sprawiając wrażenie niewinnego, a jednocześnie bardzo z siebie zadowolonego.

– Wszystko dobrze? – pytam.

Kiwa głową, uśmiechając się radośnie.

– Teraz tak.

– Ej – besztam go i delikatnie dotykam policzka. – Chodziło mi o twój sen.

Wyraz jego twarzy ulega natychmiastowej zmianie. Christian zamyka oczy i obejmuje mnie mocno, chowając twarz na mej szyi.

– Nie mówmy o tym – szepcze. Głos ma zachrypnięty.

Czuję, jakby coś mi się zaciskało wokół serca.

– Przepraszam – mówię cicho, zaniepokojona jego reakcją. Kurwa mać, jak ja mam nadążyć za tymi zmianami nastroju? Co takiego mu się śniło? Nie chcę zadawać mu dodatkowego bólu, domagając się szczegółów. – W porządku – mruczę, za wszelką cenę pragnąc powrotu żartobliwego chłopca, którym był zaledwie chwilę temu. – W porządku – powtarzam uspokajająco.

– Chodźmy spać – mówi cicho, a po chwili odsuwa się ode mnie i wstaje z łóżka. Też się podnoszę, owijając się satynowym prześcieradłem. Schylam się, aby podnieść ubrania. – Zostaw je. – I nim zdążę się zorientować, co się dzieje, bierze mnie na ręce. – Nie chcę, abyś się potknęła i skręciła kark.

Zarzucam mu ręce na szyję zaskoczona tym, jak szybko się uspokoił. Znosi mnie na dół do naszej sypialni.

OTWIERAM OCZY. COŚ JEST nie tak. Christiana nie ma w łóżku, mimo że jest jeszcze ciemno. Zerkam na budzik i widzę, że jest trzecia dwadzieścia. Gdzie Christian? Wtedy słyszę dźwięki pianina.

Szybko wstaję z łóżka, chwytam podomkę i biegnę korytarzem do salonu. Utwór, który gra, jest strasznie smutny – to żałobny lament, który już kiedyś słyszałam. Zatrzymuję się w progu i patrzę, jak siedzi skąpany w świetle lampy, gdy tymczasem pokój wypełnia boleśnie smutna muzyka. Kończy, po czym zaczyna grać to samo. Słucham jak urzeczona. Ale serce mi pęka. Christianie, skąd ten smutek? Przeze mnie? Ja do tego doprowadziłam? Kiedy kończy i od razu zaczyna grać po raz trzeci, nie wytrzymuję. Podchodzę do pianina, on zaś nie przerywa gry, tylko przesuwa się, bym mogła siąść obok niego. Nie przerywa gry, a ja kładę mu głowę na ramieniu. Całuje moje włosy, ale nie przestaje grać, dopóki utwór nie dobiega końca. Podnoszę wzrok i widzę, że przygląda mi się nieufnie.

– Obudziłem cię? – pyta.

– Tym, że nie było cię przy mnie. Co to za utwór?

– Chopin. Jedno z preludiów, e-moll. – Waha się. – Nosi tytuł *Duszenie się*…

Biorę go za rękę.

– Naprawdę wstrząsnęło tobą to wszystko, no nie? Parska.

– Obłąkany dupek wdziera się do mojego mieszkania, aby mi porwać żonę. Ona nie robi tego, co się jej każe.

Doprowadza mnie do szaleństwa. Używa haseł bezpieczeństwa. – Zamyka na chwilę oczy, a kiedy je otwiera, widać w nich ból. – Owszem, wstrząsnęło to mną.

Ściskam jego dłoń.

– Przepraszam.

Przyciska czoło do mojego.

– Śniło mi się, że nie żyjesz – szepcze.

Co takiego?

– Leżałaś na podłodze, taka zimna, i nie chciałaś się obudzić.

Och, Szary.

– Hej, to był tylko zły sen. – Obejmuję dłońmi jego twarz. W jego oczach widać udrękę. – Jestem tutaj i zimno mi bez ciebie w łóżku. Wracaj, proszę. – Biorę go za rękę i wstaję, czekając, aby sprawdzić, czy pójdzie za mną. W końcu także wstaje. Ma na sobie spodnie od piżamy i kusi mnie, by przesunąć palcem wzdłuż gumki, zwalczam jednak tę pokusę i prowadzę go z powrotem do sypialni.

KIEDY SIĘ BUDZĘ, ON TULI mnie do siebie, spokojnie śpiąc. Rozkoszuję się jego ciepłem, dotykiem skóry na skórze. Leżę bez ruchu, by go nie obudzić.

Rany, co za wieczór. Czuję się, jakby przejechał po mnie czołg – czołg, którym jest mój mąż. Trudno uwierzyć, że ten mężczyzna obok mnie, we śnie wyglądający tak spokojnie i młodo, przeżywał takie udręki... jak również tak bardzo dręczył mnie. Wpatruję się w sufit i do głowy przychodzi mi myśl, że uważam Christiana za silnego i dominującego – podczas gdy tak naprawdę jest taki kruchy i delikatny, mój zagubiony chłopczyk. Ironię losu stanowi fakt, że to on mnie uważa za kruchą – a wcale taka nie jestem. W porównaniu z nim jestem silna.

Ale czy mam w sobie dość siły dla nas dwojga? Dość siły, aby robić to, co mi każe, zapewniając mu nieco spokoju? Wzdycham. Nie prosi mnie o to. Analizuję naszą wczorajszą rozmowę. Postanowiliśmy jedynie, że oboje bardziej będziemy się starać, prawda? Kwestia zasadnicza jest taka, że kocham tego mężczyznę i muszę znaleźć dla nas kompromis. Taki, który pozwoli mi zachować integralność i niezależność, ale jednocześnie dać więcej z siebie Christianowi. Ja jestem jego „więcej", a on moim. Postanawiam, że w ten weekend wyjątkowo się postaram, aby mu nie przysparzać dalszych zmartwień.

Christian porusza się i unosi głowę z mojej piersi. Patrzy na mnie zaspanym wzrokiem.

– Dzień dobry, panie Grey – uśmiecham się.

– Dzień dobry, pani Grey. Dobrze pani spała? – Przeciąga się.

– Kiedy mój mąż w końcu przestał katować pianino, to owszem, dobrze.

Uśmiecha się nieśmiało, a ja się rozpływam.

– Katować pianino? Napiszę mejl do panny Kathie i przekażę jej to.

– Panny Kathie?

– Mojej nauczycielki gry na pianinie.

Chichoczę.

– Uwielbiam ten dźwięk – mówi. – Dzisiejszy dzień będzie lepszy?

– Dobrze – zgadzam się. – Co chcesz robić?

– Jak już pokocham się z żoną, zjem naszykowane przez nią śniadanie, to chciałbym ją zabrać do Aspen.

Gapię się na niego.

– Aspen?

– Tak.

– Aspen w Kolorado?

– Właśnie to. Chyba że je przeniesiono. Bądź co bądź, zapłaciłaś dwadzieścia cztery tysiące dolarów za ten weekend.

Uśmiecham się szeroko.

– To były twoje pieniądze.

– Nasze.

– W dniu licytacji należały do ciebie. – Przewracam oczami.

– Och, ty i to twoje przewracanie oczami – szepcze, przesuwając dłoń w górę mego uda.

– Na podróż do Kolorado nie potrzeba przypadkiem kilku godzin? – pytam, aby odwrócić jego uwagę.

– Odrzutowcem nie – odpowiada głosem ociekającym miodem i łapie mnie za tyłek.

Mój mąż ma oczywiście odrzutowiec. Jak mogłam zapomnieć? Jego dłoń kontynuuje podróż po moim ciele i wkrótce wszystko wylatuje mi z głowy.

Taylor zawozi nas na lotnisko Sea-Tac, aż pod samolot odrzutowy GEH gotowy do lotu. Jest pochmurny i szary dzień, ale nie pozwalam, by pogoda zepsuła mi humor. Christian ma dzisiaj znacznie lepszy nastrój. Czymś jest podekscytowany – promienieje jak bożonarodzeniowe lampki i wierci się jak mały chłopiec z wielką tajemnicą. Ciekawe, co on takiego wymyślił. Z potarganymi włosami, w białym T-shircie i czarnych dżinsach w ogóle nie wygląda dzisiaj jak prezes. Ujmuje moją dłoń, gdy Taylor zatrzymuje się przed schodkami.

– Mam dla ciebie niespodziankę – mruczy i całuje moje kłykcie.

Uśmiecham się szeroko.

– Miłą?

– Mam taką nadzieję. – Uśmiecha się ciepło.

Hmm… co to może być?

Sawyer wyskakuje z auta i otwiera mi drzwi. Taylor otwiera drzwi Christianowi, po czym wyjmuje z bagażnika nasze rzeczy. Kiedy wchodzimy do samolotu, czeka na nas

Stephan. Zaglądam do kokpitu i patrzę, jak Pierwszy Pilot Beighley włącza różne guziki na panelu sterowniczym.

Christian i Stephan wymieniają uścisk dłoni.

– Dzień dobry panu – uśmiecha się pilot.

– Dzięki za tak szybką gotowość. – Christian odpowiada uśmiechem. – Nasi goście są?

– Tak, proszę pana.

Goście? Odwracam się i łapię głośno powietrze. Kate, Elliot, Mia i Ethan – siedzą na kremowych skórzanych fotelach i śmieją się do mnie. Wow! Odwracam się do Christiana.

– Niespodzianka! – mówi.

– Jak? Kiedy? Kto? – mamroczę niewyraźnie. Ależ jestem uradowana!

– Mówiłaś, że za rzadko spotykasz się z przyjaciółmi. – Wzrusza ramionami i posyła mi przepraszający uśmiech.

– Och, Christianie, dziękuję. – Zarzucam mu ręce na szyję i na oczach wszystkich mocno całuję. Kładzie mi dłonie na biodrach, wsuwając kciuki w szlufki dżinsów.

O rety.

– Rób tak dalej, a zaciągnę cię do sypialni – mruczy.

– Nie ośmieliłbyś się – szepczę mu do ust.

– Och, Anastasio. – Uśmiecha się szeroko, kręcąc głową. Puszcza mnie i bez ceregieli schyla się, łapie za uda i przerzuca sobie przez ramię.

– Christian, postaw mnie! – Uderzam go w tyłek.

Kątem oka dostrzegam, jak Stephan z uśmiechem wchodzi do kokpitu. W drzwiach stoi Taylor i stara się powstrzymać wesołość. Ignorując moje błagania i bezskuteczny opór, Christian mija w wąskiej kabinie siedzących naprzeciwko siebie Mię i Ethana, a potem Kate i Elliota, który wydaje okrzyki godne obłąkanego gibona.

– Proszę państwa o wybaczenie – zwraca się do naszych gości – ale muszę zamienić z żoną słówko na osobności.

– Christian! – wołam. – Postaw mnie!

– Wszystko w swoim czasie, mała.

Mia, Kate i Elliot śmieją się w głos. Do diaska! To nie jest zabawne, tylko krępujące. Wyraźnie zaszokowany Ethan gapi się na nas z otwartymi ustami, kiedy znikamy we wnętrzu kabiny.

Christian zamyka za nami drzwi i puszcza mnie. Obdarza mnie chłopięcym uśmiechem, bardzo z siebie zadowolony.

– Niezłe przedstawienie, panie Grey. – Krzyżuję ręce na piersi i patrzę na niego z udawanym oburzeniem.

– Zabawne, pani Grey. – A jego uśmiech staje się jeszcze szerszy. O rany. Wygląda tak młodo.

– Zamierzasz kontynuować? – Unoszę brew, nie mając pewności, jak się z tym czuję. No bo przecież pozostali nas usłyszą, na litość boską. Nagle górę bierze nieśmiałość. Zerkam nerwowo na łóżko i na wspomnienie nocy poślubnej na moją twarz wypełza rumieniec. Wczoraj tyle rozmawialiśmy, tyle robiliśmy. Mam wrażenie, że przeskoczyliśmy przez jakąś nieznaną przeszkodę – ale w tym właśnie problem. Jest nieznana. Napotykam gorące, lecz rozbawione spojrzenie Christiana i po prostu nie mogę zachować powagi. Jego uśmiech jest taki zaraźliwy.

– Chyba niegrzecznie będzie kazać naszym gościom czekać – mówi słodko, robiąc krok w moją stronę.

A od kiedy przejmuje się tym, co myślą inni? Cofam się i wpadam na ścianę kabiny, a Christian przyciska mnie do niej, unieruchamiając gorącem swego ciała. Pochyla głowę, by musnąć nosem mój nos.

– Miła niespodzianka? – szepcze i wyczuwam w jego głosie nutkę niepokoju.

– Och, Christianie, fantastyczna! – Zarzucam mu ręce na szyję i całuję w usta. – Kiedy to wszystko zorganizowałeś? – pytam, kiedy już się od niego odklejam.

– Wczoraj wieczorem, kiedy nie mogłem zasnąć. Napisałem do Elliota i Mii, no i oto oni.

– Dziękuję ci. Na pewno będziemy się świetnie bawić.

– Taką mam nadzieję. Pomyślałem, że łatwiej będzie unikać prasy w Aspen niż w domu.

Paparazzi! Ma rację. Gdybyśmy zostali w Escali, czulibyśmy się jak więźniowie. Dreszcz przebiega mi po plecach na wspomnienie trzasku migawek i błysku fleszy aparatów tych kilku fotografów, przed którymi Taylor uciekł dzisiejszego ranka.

– Chodź. Musimy zająć miejsca, Stephan niedługo będzie startował. – Podaje mi rękę i razem wracamy do kabiny.

Wita nas wesołe pokrzykiwanie Elliota.

– Cóż za ekspresowa samolotowa obsługa! – woła drwiąco.

Christian go ignoruje.

– Panie i panowie, proszę o zajęcie miejsc, ponieważ za chwilę rozpoczniemy kołowanie przed startem – rozlega się spokojny i pewny głos Stephana.

Z części kuchennej wyłania się brunetka – eee… Natalie? – która nas obsługiwała podczas lotu do Europy. Zbiera kubki po kawie. Natalia… Ma na imię Natalia.

– Dzień dobry, panie Grey, pani Grey – mówi, mrucząc przy tym jak kotka.

Czemu w jej obecności czuję skrępowanie? Może dlatego, że ma ciemne włosy. Christian sam się przyznał, że generalnie nie zatrudnia brunetek, ponieważ mu się podobają. Uśmiecha się grzecznie do Natalii i zajmuje fotel naprzeciwko Elliota i Kate. Witam dziewczyny szybkim uściskiem, macham ręką do Ethana i Elliota, po czym siadam obok Christiana i zapinam pasy. On kładzie dłoń na moim kolanie. Sprawia wrażenie zrelaksowanego i zadowolonego, chociaż nie jesteśmy sami. Zastanawiam się, dlaczego zawsze nie może taki być.

– Mam nadzieję, że spakowałaś traperki – mówi do mnie ciepło.

– A nie będziemy jeździć na nartach?

– W sierpniu to byłoby sporym wyzwaniem – odpowiada z rozbawieniem.

Och, no tak.

– Jeździsz na nartach, Ano? – wtrąca Elliot.

– Nie.

– Jestem pewny, że mój braciszek cię nauczy. – Elliot mruga do mnie. – Na stoku także jest szybki.

Oblewam się rumieńcem. Kiedy podnoszę wzrok na Christiana, widzę, że patrzy beznamiętnie na brata, wydaje mi się jednak, że próbuje powstrzymać śmiech. Samolot rusza z miejsca i zaczyna kołować w stronę pasa startowego.

Czystym, dźwięcznym głosem Natalia zapoznaje nas z samolotowymi procedurami bezpieczeństwa. Ma na sobie granatową koszulę z krótkim rękawem i ołówkową spódnicę do kompletu. Do tego nienaganny makijaż – naprawdę jest bardzo ładna. Moja podświadomość unosi wyskubaną brew.

– Nic ci nie jest? – pyta mnie Kate. – To znaczy po tej całej aferze z Hyde'em?

Kiwam głową. Nie chcę myśleć ani rozmawiać o tym człowieku, ale Kate ma chyba inne plany.

– No więc dlaczego mu odbiło? – pyta, w ekspresowym tempie dochodząc do samego sedna sprawy. Widać, że szykuje się do dalszego przesłuchania.

Christian mierzy ją chłodnym wzrokiem i wzrusza ramionami.

– Zwolniłem go z pracy – mówi otwarcie.

– Och? Dlaczego? – Kate przechyla głowę, a ja mam wrażenie, że siedzi przede mną Nancy Drew.

– Przystawiał się do mnie – mamroczę. Próbuję kopnąć pod stołem Kate w kostkę, ale nie trafiam. Cholera!

– Kiedy? – Kate gromi mnie wzrokiem.

– Wieki temu.

– Nic mi o tym nie mówiłaś!

Wzruszam ramionami przepraszająco.

– Niemożliwe, żeby chodziło o zwykłą urazę. Jego reakcja jest zdecydowanie zbyt ekstremalna – kontynuuje Kate i tym razem kieruje pytanie do Christiana: – Jest niezrównoważony psychicznie? No a co z tymi informacjami, jakie posiada na temat rodziny Greyów?

– Uważamy, że ma to jakiś związek z Detroit – odpowiada spokojnie Christian. Zbyt spokojnie. O nie, Kate, błagam, odpuść.

– Hyde też pochodzi z Detroit?

Christian kiwa głową.

Samolot nabiera prędkości, a ja biorę Christiana za rękę. Zerka na mnie pokrzepiająco. Wie, że nie znoszę startu i lądowania. Ściska mi dłoń, a kciukiem gładzi po knykciach.

– Co rzeczywiście o nim wiesz? – pyta Elliot, nie zwracając uwagi na fakt, że siedzimy w małym odrzutowcu, który pędzi po pasie startowym i zaraz wzbije się w powietrze. Tak samo nie zwraca uwagi na rosnącą irytację Christiana.

Kate pochyla się w naszą stronę, słuchając uważnie.

– Mówię to prywatnie – rzuca do niej Christian. Kate zaciska usta. Przełykam ślinę. Cholera. – Mało wiemy na jego temat. Jego ojca zabito podczas burdy w barze, matka piła na umór. Jako dziecko przebywał w różnych rodzinach zastępczych. I pakował się w tarapaty. Głównie kradzież samochodów. Trafił do poprawczaka. Jego mama w końcu wróciła na ścieżkę trzeźwości, a Hyde zupełnie się zmienił. Miał stypendium w Princeton.

– Princeton? – pyta zaciekawiona Kate.

– Aha. To bystry chłopak. – Christian wzrusza ramionami.

– Nie tak bardzo. Dał się złapać – burczy Elliot.

– Ale przecież nie udałoby mu się odstawić takiego numeru w pojedynkę? – pyta Kate.

Christian sztywnieje.

– Tego jeszcze nie wiemy – mówi cicho.

O cholera. Ktoś mógł działać do spółki z Hyde'em? Odwracam się i z przerażeniem patrzę na Christiana. Po raz kolejny ściska mi dłoń, ale odwraca wzrok. Samolot gładko wzbija się w powietrze, a w moim brzuchu pojawia się to paskudne uczucie.

– Ile on ma lat? – pytam, nachylając się ku swojemu ukochanemu tak blisko, by tylko on słyszał. Choć chciałabym wiedzieć, co się dzieje, wolę nie prowokować pytań Kate. Wiem, że to irytuje Christiana, a od czasu Drinkgate moja przyjaciółka na pewno znajduje się na jego krótkiej liście.

– Trzydzieści dwa. Czemu pytasz?

– Z ciekawości.

– Nie interesuj się Hyde'em. Cieszę się, że ten pojeb tkwi w areszcie. – To niemal reprymenda, ale postanawiam zignorować jego ton.

– A ty uważasz, że nie działał sam?

Na myśl, że ktoś inny mógł być w to zaangażowany, robi mi się niedobrze. To by znaczyło, że jeszcze nie koniec.

– Nie wiem – odpowiada Christian i zaciska usta w cienką linię.

– Może ktoś, kto żywi wobec ciebie urazę? – sugeruję. O kurwa. Mam nadzieję, że to nie ten zdzirowaty troll. – Na przykład Elena? – szepczę.

Zerkam niespokojnie na Kate, ale widzę, że jest pogrążona w rozmowie z Elliotem. Wydaje się na nią wkurzony. Hmm.

– Lubisz ją demonizować, prawda? – Christian przewraca oczami i krzywi się. – Może i żywi urazę, ale nigdy
by czegoś takiego nie zrobiła. Ale nie rozmawiajmy o niej.
Wiem, że to nie jest twój ulubiony temat.

– Doszło do waszej konfrontacji? – szepczę, nie mając pewności, czy rzeczywiście chcę to wiedzieć.

– Ana, nie rozmawiałem z nią od tamtego przyjęcia.
Proszę, daj już spokój. Nie chcę o niej rozmawiać. – Unosi
moją dłoń do ust i całuje.

– Znajdźcie sobie ustronne miejsce – rzuca żartobliwie Elliot. – Ach, no tak, już to zrobiliście, ale nie trwało
to zbyt długo.

Christian podnosi głowę i posyła bratu chłodne
spojrzenie.

– Odpieprz się, Elliot – mówi bez złości.

– Chłopie, ja tylko mówię, jak jest. – W oczach Elliota błyszczy wesołość.

– Co ty tam wiesz.

Elliot uśmiecha się szeroko.

– Ożeniłeś się ze swoją pierwszą dziewczyną. – Pokazuje na mnie.

O cholera. Dokąd to zmierza? Rumienię się.

– Dziwisz mi się? – Christian ponownie całuje moją
dłoń.

– Nie. – Elliot ze śmiechem kręci głową.

Kate klepie go w udo.

– Nie bądź takim dupkiem – beszta go.

– Słuchaj się swojej dziewczyny – teraz Christian
uśmiecha się szeroko.

Zatykają mi się uszy, gdy nabieramy wysokości. Kate
patrzy gniewnie na Elliota. Hmm… coś między nimi nie
tak? Nie jestem pewna.

Elliot ma rację. Jestem – byłam – pierwszą dziewczyną Christiana, a teraz jestem jego żoną. Ta piętnastka

i podła pani Robinson się nie liczą. No ale przecież Elliot o nich nie wie. Kate mu nie powiedziała. Uśmiecham się do przyjaciółki, a ona mruga do mnie konspiracyjnie. U Kate moje tajemnice są bezpieczne.

– Panie i panowie, będziemy lecieć na wysokości dziewięciu i pół kilometra i powinno nam to zająć godzinę i pięćdziesiąt sześć minut – oznajmia Stephan. – Mogą już państwo przemieszczać się po kabinie.

Z aneksu kuchennego wyłania się Natalia.

– Mogę zaproponować państwu kawę? – pyta.

ROZDZIAŁ TRZYNASTY

N a Sardy Field lądujemy bezproblemowo o 12:55. Stephan zatrzymuje samolot w dość sporej odległości od głównego terminalu i przez okienko dostrzegam, że czeka na nas duży minivan VW.

– Ładne lądowanie. – Christian uśmiecha się i ściska dłoń Stephanowi, gdy szykujemy się do wyjścia.

– To wszystko kwestia wysokości gęstościowej, proszę pana – uśmiecha się Stephan. – Nasza Beighley jest dobra z matmy.

Christian kiwa głową do pierwszego pilota.

– Trafiłaś idealnie. Gładkie lądowanie.

– Dziękuję panu. – Uśmiecha się z zadowoleniem.

– Miłego weekendu państwu życzę. Zobaczymy się jutro.

Stephan odsuwa się, abyśmy mogli wyjść. Christian bierze mnie za rękę i sprowadza po schodkach. Obok samochodu czeka Taylor.

– Minivan? – pyta zaskoczony Christian.

Taylor posyła mu skruszony uśmiech i wzrusza lekko ramionami.

– Na ostatnią chwilę, wiem – mówi udobruchany Christian.

Taylor wraca do samolotu po nasze bagaże.

– Masz ochotę na obściskiwanie się na tylnej kanapie vana? – mruczy do mnie Christian z szelmowskim błyskiem w oku.

Chichoczę. Kim jest ten człowiek i co zrobił z panem Niewiarygodnie Wkurzonym, którego musiałam oglądać przez kilka ostatnich dni?

– No już, gołąbeczki. Wsiadajcie – ponagla nas zniecierpliwiona Mia.

Wchodzimy do auta, anektujemy podwójną kanapę na samym końcu i siadamy. Przytulam się do Christiana, a on kładzie rękę na moim oparciu.

– Wygodnie? – pyta cicho, gdy Mia i Ethan zajmują miejsca przed nami.

– Tak. – Uśmiecham się, a on całuje mnie w czoło.

Jako ostatni wsiadają Elliot i Kate. Taylor wkłada do samochodu bagaże i pięć minut później mkniemy przed siebie.

Wyglądam z ciekawością przez szybę, gdy jedziemy w stronę Aspen. Drzewa są zielone, ale żółciejące końcówki liści przypominają o zbliżającej się jesieni. Na zachodzie błękitnego nieba widać ciemne chmury. W oddali rysują się Góry Skaliste, ich najwyższy szczyt znajduje się dokładnie na wprost nas. Są porośnięte bujną zieloną roślinnością, a w ich najwyższych rejonach leży śnieg. Wyglądają jak namalowane ręką dziecka.

Znajdujemy się w zimowej stolicy sławnych i bogatych. A ja mam tutaj dom! Trudno mi w to uwierzyć. I jak zawsze, kiedy próbuję ogarnąć myślami bogactwo Christiana, dopada mnie poczucie winy. Czym sobie zasłużyłam na takie życie? Nie zrobiłam nic, nic z wyjątkiem zakochania się.

– Byłaś już kiedyś w Aspen, Ano? – pyta Ethan, odwracając się i wyrywając mnie z zadumy.

– Nie, a ty?

– Kate i ja często tu przyjeżdżaliśmy, gdy byliśmy nastolatkami. Nasz tato to zapalony narciarz. Mama niekoniecznie.

– Mam nadzieję, że mąż nauczy mnie jeździć na nartach. – Zerkam na mego mężczyznę.

– Nie byłbym tego taki pewny – mruczy Christian.

– Nie będzie aż tak źle!

– Mogłabyś skręcić sobie kark. – Już nie żartuje.

Och. Nie chcę się kłócić i psuć mu dobrego humoru, więc zmieniam temat.

– Od jak dawna masz tutaj dom?

– Prawie dwa lata. Teraz to także twój dom – mówi miękko.

– Wiem – szepczę.

Nachylam się, całuję go w brodę, po czym znowu się moszczę przy jego boku, słuchając, jak przekomarza się z Ethanem i Elliotem. Co rusz swoje pięć groszy wtrąca Mia, ale Kate milczy. Ciekawe, czy dąsa się z powodu Jacka Hyde'a, czy chodzi o coś innego. Wtedy sobie przypominam. Aspen… Dom Christiana został przeprojektowany przez Gię Matteo, a przebudowany przez Elliota. Ciekawe, czy właśnie to okupuje myśli Kate. Nie mogę zapytać jej o to przy Elliocie. A czy Kate w ogóle wie o jej wkładzie w ten dom? Marszczę brwi, zastanawiając się, co takiego może ją gryźć. Postanawiam, że zapytam ją o to na osobności.

Przejeżdżamy przez centrum Aspen i humor mi się poprawia. Patrzę na niewysokie domy w stylu alpejskim, wykonane w większości z czerwonej cegły, i niezliczoną ilość małych domków z końca ubiegłego wieku, pomalowanych na różne kolory. Dostrzegam także mnóstwo banków i sklepów designerskich, co zdradza stopień zamożności lokalnej populacji. Oczywiście, że Christian pasuje do tego miejsca.

– Czemu wybrałeś Aspen? – pytam go.

– Słucham? – patrzy na mnie pytająco.

– Żeby kupić dom.

– Mama i tata przyjeżdżali tu z nami, kiedy byliśmy mali. Tutaj nauczyłem się jeździć na nartach i podoba mi się to miasteczko. Mam nadzieję, że tobie też się spodoba, a jeśli nie, to sprzedamy dom i poszukamy innego miejsca.

Jakie to proste!

Zakłada mi za ucho pasmo włosów.

– Ślicznie dzisiaj wyglądasz – mruczy.

Policzki mi płoną. Mam na sobie dżinsy, T-shirt i cienką granatową marynarkę. Do diaska. Czemu jestem przy nim taka nieśmiała?

Całuje mnie czule, słodko, z miłością.

Taylor wyjeżdża z miasta i dalej podążamy drugą stroną doliny, wspinając się krętą górską drogą. Wraz z wysokością rośnie moja ekscytacja. Wyczuwam, że Christian jest cały spięty.

– Co się stało? – pytam, gdy mijamy kolejny zakręt.

– Mam nadzieję, że ci się spodoba – mówi cicho. – Jesteśmy na miejscu.

Taylor zwalnia i skręca w bramę wykonaną z szarych, beżowych i czerwonych kamieni. Na końcu podjazdu zatrzymuje się przed imponującym domem. Ma okna z dwóch stron wejścia, spadzisty dach, a do jego budowy użyto drewna i takich samych kamieni, jak do bramy. Jest zachwycający – nowoczesny i surowy, bardzo w stylu Christiana.

– Dom – mówi do mnie bezgłośnie, gdy nasi goście wysypują się z samochodu.

– Ładny.

– Chodź. Zobacz – mówi. W jego oczach widać podekscytowanie, ale i niepokój, jakby miał mi właśnie pokazać swój szkolny projekt albo coś w tym rodzaju.

Mia wbiega po schodkach i mocno ściska czekającą tam drobną kobietę. Kruczoczarne włosy ma przyprószone siwizną.

– Kto to? – pytam, gdy Christian pomaga mi wysiąść.
– Pani Bentley. Mieszka tu razem z mężem. Opiekują się domem.

Jasny gwint... kolejni pracownicy?

Elliot także ściska na powitanie panią Bentley. Gdy Taylor wyjmuje z auta bagaże, Christian bierze mnie za rękę i prowadzi do drzwi.

– Witam, panie Grey – uśmiecha się pani Bentley.

– Carmello, to moja żona, Anastasia – przedstawia mnie Christian z dumą. Jego język pieści moje imię.

– Pani Grey. – Pani Bentley wita mnie pełnym szacunku skinieniem głowy. Wyciągam do niej dłoń. Nie dziwię się, że w stosunku do Christiana zachowuje się bardziej formalnie niż w przypadku reszty rodziny. – Mam nadzieję, że mieli państwo spokojny lot. Zapowiadają dobrą pogodę na cały weekend, ale ja mam wątpliwości. – Zerka na gromadzące się za nami szare chmury. – Lunch jest gotowy, kiedy tylko mają państwo ochotę. – Uśmiecha się. Ma ciemne, błyszczące oczy i natychmiast czuję do niej sympatię.

– No dobrze. – Christian nagle bierze mnie na ręce.

– Co robisz? – piszczę.

– Przenoszę panią przez jeszcze jeden próg, pani Grey.

Uśmiecham się szeroko, gdy wnosi mnie do dużego holu, a po szybkim całusie stawia delikatnie na drewnianej podłodze. Wystrój wnętrz jest surowy i przypomina mi salon w Escali – wszędzie białe ściany, ciemne drewno i sztuka współczesna. Hol otwiera się na wielki salon, gdzie trzy białe skórzane kanapy ustawiono wokół kamiennego kominka stanowiącego centralny punkt pomieszczenia. Mia bierze Ethana za rękę i ciągnie w głąb domu. Christian mruży oczy, patrząc, jak się oddalają. Zaciska usta i kręci głową, po czym odwraca się do mnie.

Kate gwiżdże głośno.

– Niezła chata.

Oglądam się i widzę, że Elliot pomaga Taylorowi wnieść bagaże. Ciekawe, czy Kate wie o wkładzie Gii w wystrój tego domu.

– Mała wycieczka? – pyta mnie Christian, a ja od razu zapominam o Mii i Ethanie. Emanuje z niego ekscytacja – a może niepokój? Trudno powiedzieć.

– Pewnie.

Po raz kolejny czuję się przytłoczona jego zamożnością. Ile ten dom musiał kosztować? A ja nie dołożyłam do tego ani centa. Na chwilę wracam myślami do tamtego dnia, gdy Christian zabrał mnie po raz pierwszy do Escali. Wtedy też byłam przytłoczona. „Przyzwyczaisz się" – syczy moja podświadomość.

Christian ściąga brwi, ale bierze mnie za rękę i prowadzi od jednego pomieszczenia do drugiego. W supernowoczesnej kuchni znajdują się czarne szafki i blaty z jasnego marmuru. Jest tutaj także imponująca piwniczka z winami, a obok niej wielkie pomieszczenie z dużym telewizorem plazmowym, miękkimi sofami… i stołem bilardowym. Na jego widok oblewam się rumieńcem.

– Masz ochotę na partyjkę? – pyta Christian z szelmowskim błyskiem w oku.

Kręcę głową, a on znowu marszczy brwi. Prowadzi mnie na piętro. Znajdują się tam cztery sypialnie, każda z własną łazienką.

Sypialnia małżeńska wygląda zupełnie inaczej. Stoi w niej olbrzymie łóżko, jeszcze większe od tego, które mamy w domu, a naprzeciwko niego znajduje się wielkie okno panoramiczne z widokiem na Aspen i zielone góry.

– To Ajax lub jeśli wolisz, Aspen Mountain – wyjaśnia Christian, bacznie mi się przyglądając. Stoi w drzwiach, a kciuki ma wsunięte w szlufki czarnych dżinsów.

Kiwam głową.

– Jesteś bardzo milcząca.

– Ślicznie tu, Christianie. – I nagle tak bardzo bym chciała znaleźć się z powrotem w Escali.

Przecina szybko pokój i staje przede mną.

– O co chodzi? – pyta, patrząc mi w oczy.

– Jesteś bardzo bogaty.

– Tak.

– Czasami zaskakuje mnie, jak bardzo.

– Nie ja, my jesteśmy bogaci.

– My – powtarzam automatycznie.

– Nie przejmuj się tym tak, Ano, proszę. To tylko dom.

– A co konkretnie zrobiła tu Gia?

– Gia? – unosi zaskoczony brwi.

– Tak. Przerobiła to miejsce?

– Owszem. Zaprojektowała ten pokój w części piwnicznej. Elliot i jego ekipa zrealizowali jej projekt. – Przeczesuje palcami włosy. – Dlaczego rozmawiamy o Gii?

– Wiedziałeś, że miała romans z Elliotem?

Christian przygląda mi się przez chwilę z nieodgadnionym wyrazem twarzy.

– Elliot pieprzył się z większością mieszkańców Seattle.

Wciągam głośno powietrze.

– To znaczy głównie z kobietami – żartuje Christian. Chyba bawi go moja mina.

– Nie!

Kiwa głową.

– To nie moja sprawa.

– Kate chyba tego nie wie.

– Wątpię, aby trąbił o tym na prawo i lewo.

Jestem zaszokowana. Słodki, bezpretensjonalny, jasnowłosy, niebieskooki Elliot?

Christian przechyla głowę, bacznie mi się przyglądając.

– Na pewno nie chodzi ci jedynie o rozwiązłość Gii czy Elliota.

– Wiem. Przepraszam. Po wszystkim, co wydarzyło się przez miniony tydzień… – Wzruszam ramionami. Nagle zbiera mi się na płacz.

Christianowi chyba ulżyło. Bierze mnie w ramiona i tuli mocno, zanurzając nos w moich włosach.

– Wiem. Ja też przepraszam. Odprężmy się i dobrze się bawmy, dobra? Możesz tu zostać i czytać, oglądać tę paskudną telewizję, iść na zakupy, na wycieczkę górską, nawet na ryby. Na co tylko masz ochotę. I zapomnij o tym, co ci powiedziałem na temat Elliota. To było bardzo niedyskretne z mojej strony.

– To trochę tłumaczy, czemu ciągle tak się z tobą droczy – mruczę.

– On naprawdę nie ma pojęcia o mojej przeszłości. Mówiłem ci, moja rodzina zakładała, że jestem gejem. Żyjącym w celibacie, ale jednak gejem.

Chichoczę i zaczynam się odprężać.

– Ja też sądziłam, że żyjesz w celibacie. Jak bardzo się myliłam. – Obejmuję go mocno. Christian gejem? Dobre sobie.

– Pani Grey, czy pani się ze mnie śmieje?

– Może troszkę – przyznaję. – Wiesz, nie rozumiem, dlaczego masz ten dom.

– Co masz przez to na myśli? – Całuje mnie w głowę.

– Masz jacht, co rozumiem, masz mieszkanie w Nowym Jorku, gdzie latasz służbowo, ale dlaczego tutaj? Przecież z nikim nie dzieliłeś tego domu.

Christian nieruchomieje i długą chwilę milczy.

– Czekałem na ciebie – mówi miękko.

– To… to takie słodkie.

– I prawdziwe. Wtedy tego nie wiedziałem. – Obdarza mnie tym swoim nieśmiałym uśmiechem.

– Cieszę się, że zaczekałeś.

– Na panią warto czekać, pani Grey. – Palcem unosi mi brodę, pochyla głowę i czule całuje w usta.

– Na ciebie także. – Uśmiecham się. – Choć czuję się, jakbym oszukiwała. Ja w ogóle nie musiałam na ciebie czekać.

Uśmiecha się szeroko.

– Aż taka ze mnie nagroda?

– Christianie, jesteś wygraną w totka, lekarstwem na raka i trzema życzeniami złotej rybki w jednym.

Unosi brew.

– Kiedy to do ciebie dotrze? – besztam go. – Byłeś doskonałą partią. I wcale nie mam na myśli tego wszystkiego. – Lekceważącym spojrzeniem obrzucam sypialnię. – Mam na myśli to. – Kładę dłoń na jego sercu, a jego oczy robią się wielkie jak spodki. Zniknął mój pewny siebie, seksowny mąż, a przede mną stoi zagubiony chłopczyk. – Uwierz mi, Christianie, proszę – szepczę i obejmuję jego twarz, przyciągając usta do swoich.

Po długim pocałunku do utraty tchu Christian odsuwa się i mierzy mnie wzrokiem pełnym zwątpienia.

– Kiedy dotrze do tej twojej wyjątkowo tępej łepetyny, że cię kocham? – pytam rozdrażniona.

Przełyka ślinę.

– Pewnego dnia – odpowiada.

To jakiś postęp. Uśmiecham się, on też.

– Chodź. Zejdźmy na lunch. Reszta się będzie zastanawiać, gdzie zniknęliśmy. Pogadamy o tym, co mamy ochotę robić.

– O NIE! – mówi nagle KATE.

Oczy wszystkich zwracają się na nią.

– Patrzcie – mówi, pokazując na panoramiczne okno.

Rozpadało się. Siedzimy w kuchni wokół drewnianego stołu, skończywszy się delektować włoską ucztą złożoną z najprzeróżniejszych antipasto naszykowanych przez panią Bentley i dwiema butelkami Frascati. Jestem objedzona i odrobinę podchmielona.

– No i po wycieczce w góry – mruczy Elliot. Chyba mu ulżyło. Kate posyła mu gniewne spojrzenie. Zdecydowanie coś jest nie tak między nimi.

– Moglibyśmy wybrać się do miasta – proponuje Mia.

Ethan uśmiecha się drwiąco.

– Pogoda idealna na ryby – sugeruje Christian.

– Ja pójdę na ryby – oświadcza Ethan.

– Rozdzielmy się. – Mia klaszcze w dłonie. – Dziewczęta zakupy, chłopcy jakaś outdoorowa nuda.

Rzucam spojrzenie Kate, która patrzy z pobłażaniem na Mię. Ryby albo zakupy? Jezu, co za wybór.

– Ana, ty na co masz ochotę? – pyta Christian.

– Wszystko mi jedno – kłamię.

Kate napotyka moje spojrzenie i mówi bezgłośnie: „zakupy". Może chce pogadać.

– Ale chętnie wybiorę się na zakupy. – Uśmiecham się cierpko do Kate i Mii.

Christian unosi brew. Wie, że nie znoszę zakupów.

– Mogę tu z tobą zostać, jeśli chcesz – mówi cicho.

– Nie, idź na ryby. – Przyda mu się taka męska rozrywka.

– No to ustalone – rzuca Kate, wstając od stołu.

– Taylor będzie wam towarzyszył – mówi Christian i wiem, że nie jest to kwestia podlegająca dyskusji.

– Niepotrzebna nam niańka – ripostuje Kate, bezpośrednia jak zawsze.

Kładę dłoń na ramieniu przyjaciółki.

– Kate, Taylor powinien jechać z nami.

Marszczy brwi, po czym wzrusza ramionami i choć raz gryzie się w język.

Uśmiecham się nieśmiało do męża. Och, mam nadzieję, że nie jest zły na Kate.

Elliot marszczy brwi.

– Muszę wyskoczyć do miasta po baterie do zegarka. – Rzuca szybkie spojrzenie Kate i dostrzegam, że leciutko się rumieni. Ona tego nie widzi, ponieważ ostentacyjnie go ignoruje.

– Weź audi. Jak wrócisz, pojedziemy na ryby – mówi Christian.

– Dobra – burczy Elliot, ale sprawia wrażenie, jakby myślami był gdzie indziej. – Dobry plan.

– TUTAJ.

Mia bierze mnie za rękę i zaciąga do markowego butiku pełnego różowego jedwabiu i rustykalnych, nibyfrancuskich mebli. Za nami wchodzi Kate, natomiast Taylor czeka na zewnątrz, chowając się przed deszczem pod szeroką markizą. Z głośników słychać *Say a Little Prayer* Arethy Franklin. Uwielbiam tę piosenkę. Powinnam ją wgrać do iPoda Christiana.

– Będziesz w tym wyglądać świetnie, Ana. – Mia trzyma w rękach skrawek srebrnego materiału. – Proszę, przymierz.

– Eee… trochę to krótkie.

– Super w tym będziesz wyglądać. Christian będzie zachwycony.

– Myślisz?

Mia uśmiecha się do mnie promiennie.

– Ana, masz zabójcze nogi, a jeśli wybierzemy się wieczorem do klubu, twój mąż padnie z zachwytu.

Mrugam, lekko zaszokowana. Wybieramy się do klubu? Ale ja nie chodzę do klubów.

Kate śmieje się z mojej miny. Teraz, kiedy jesteśmy same, sprawia wrażenie bardziej zrelaksowanej.

– No idź i przymierz – nakazuje Mia, a ja niechętnie udaję się do przymierzalni.

GDY CZEKAM, AŻ PRZYMIERZALNIĘ opuszczą Kate i Mia, podchodzę do okna i niewidzącym wzrokiem wyglądam na ulicę. W tle słychać ciąg dalszy soulowej składanki: Dionne Warwick śpiewa *Walk on By*. Kolejny świetny utwór – jedna z ulubionych piosenek mojej mamy. Zerkam na trzymaną w ręce sukienkę. „Sukienka" to chyba za dużo powiedziane. Jest bardzo krótka i ma odkryte plecy, ale Mia zapewniła, że na wieczorne wyjście nadaje się idealnie. Wygląda na to, że potrzebne mi są także buty i duży, ciężki naszyjnik, którym zajmiemy się w następnej kolejności. Przewracam oczami i po raz kolejny myślę, jakie mam szczęście, że moimi zakupami zajmuje się Caroline Acton, osobista stylistka.

Nagle moją uwagę przyciąga Elliot. Po drugiej stronie ulicy wysiada właśnie z dużego audi. Biegnie szybko do sklepu, jakby chciał się schować przed deszczem. Wygląda mi to na jubilera... może szuka tych baterii do zegarka. Kilka minut później wychodzi, ale nie sam – z kobietą.

O kurwa! Rozmawia z Gią! Co ona, do diaska, tu robi?

Ściskają się na powitanie, ona odchyla głowę, śmiejąc się z czegoś, co mówi Elliot. Całuje ją w policzek i już biegiem wraca do samochodu. Ona odwraca się i oddala, a ja gapię się za nią. Co to miało być? Oglądam się niespokojnie w stronę przymierzalni, ale nadal ani śladu Kate i Mii.

Zerkam na czekającego przed butikiem Taylora. Patrzy na mnie, po czym wzrusza ramionami. On też był świadkiem tego spotkania. Rumienię się zażenowana tym, że przyłapano mnie na węszeniu. Z przymierzalni wychodzą roześmiane dziewczyny. Kate rzuca mi pytające spojrzenie.

– Co się stało, Ana? – pyta. – Masz stracha z powodu tej sukienki? Wyglądasz w niej zjawiskowo.

– Eee, nie.

– Wszystko dobrze?

– Tak. Idziemy do kasy? – Dołączam do Mii, która zdecydowała się na dwie spódnice.

– Dzień dobry pani. – Młoda sprzedawczyni z grubą warstwą błyszczyku na ustach uśmiecha się do mnie. – Poproszę osiemset pięćdziesiąt dolarów.

Że co? Za taki skrawek materiału? Mrugam i potulnie wręczam jej moją kartę Amex.

– Pani Grey – mruczy Błyszczykówna.

Przez dwie kolejne godziny chodzę oszołomiona za Kate i Mią, walcząc ze sobą. Powinnam powiedzieć Kate? Moja podświadomość zdecydowanie kręci głową. Tak, powinnam. Nie, nie powinnam. To przecież mogło być zupełnie niewinne spotkanie. Cholera. Co ja mam zrobić?

– No i co, PODOBAJĄ CI SIĘ te buty, Ana? – Mia stoi z rękami na biodrach.

– Eee… tak, jasne.

W końcu kupuję nieprawdopodobnie wysokie szpilki Manolo Blahnika z paseczkami, które wyglądają, jakby je wykonano z fragmentów lustra. Idealnie pasują do sukienki i Christian biednieje o tysiąc dolarów z ogonkiem. Więcej szczęścia mam ze srebrnym naszyjnikiem, na którego kupno nalega Kate; okazyjna cena: osiemdziesiąt cztery dolary.

– Przyzwyczajasz się do posiadania pieniędzy? – pyta bez złośliwości moja przyjaciółka, gdy wracamy do samochodu. Mia zostawiła nas z tyłu.

– Wiesz, że to nie w moim stylu, Kate. Dość mocno mnie to wszystko krępuje. Ale mam informacje z wiarygodnego źródła, że to część pakietu. – Zasznurowuję usta, a ona bierze mnie pod rękę.

– Przyzwyczaisz się – mówi życzliwie. – Świetnie będziesz wyglądać.

– Kate, jak ci się układa z Elliotem? – pytam.

Kręci głową. O nie.

– Nie chcę teraz o tym rozmawiać. – Kiwa głową w stronę Mii. – Ale nie jest… – Nie kończy zdania.

To zupełnie nie w stylu mojej nieustępliwej Kate. Cholera. Wiedziałam, że coś nie gra. Mam jej powiedzieć, co widziałam? A co widziałam? Elliota i Seksualną Drapieżniczkę – rozmowę, śmiech, no i jeszcze ten całus w policzek. To przecież dawni znajomi, no nie? Nie, nie powiem jej. Nie teraz. Kiwam głową, oznajmiając: „Doskonale rozumiem i uszanuję twoją prywatność". Ściska mi z wdzięcznością dłoń, a w jej oczach przez ułamek sekundy widać ból. W co ten Elliot Męska Dziwka Grey sobie pogrywa?

Po POWROCIE DO DOMU KATE uznaje, że po zakupach zasługujemy na koktajle. Przygotowuje nam po truskawkowym daiquiri. Rozkładamy się w salonie na sofach, naprzeciwko płonącego w kominku ognia.

– Elliot ostatnio zachowuje się nieco chłodno – mówi cicho Kate zapatrzona w ogień.

W końcu mamy chwilę dla siebie, gdyż Mia poszła z zakupami na górę.

– Och?

– I chyba mam przechlapane za to, że wpędziłam cię w tarapaty.

– Słyszałaś o tym?

– Tak. Christian zadzwonił do Elliota, on zadzwonił do mnie.

Przewracam oczami. Och, Szary, Szary, Szary.

– Przepraszam. Christian jest… nadopiekuńczy. Nie widziałaś się z Elliotem od czasu Drinkgate?

– Nie.

– Och.

– Naprawdę mi na nim zależy – szepcze. I przez jedną okropną chwilę myślę, że się rozpłacze. To zupełnie nie w stylu Kate. Czy to oznacza powrót różowej piżamy? Odwraca się w moją stronę. – Zakochałam się w nim. Na początku myślałam, że to jedynie świetny seks. Ale Elliot jest czarujący, sympatyczny, ciepły i zabawny. Mogłabym się z nim zestarzeć... no wiesz... mieć dzieci, wnuki i w ogóle.

– Twoje „i żyli długo i szczęśliwie" – mówię cicho.

Kiwa ze smutkiem głową.

– Może powinnaś z nim porozmawiać. Spróbować znaleźć tu trochę czasu na osobności. Dowiedzieć się, co go gryzie.

„Kto go gryzie" – warczy moja podświadomość. Uciszam ją zaszokowana krnąbrnością własnych myśli.

– A może rano wybralibyście się na spacer?

– Zobaczymy.

– Kate, nie znoszę oglądać cię w takim stanie.

Uśmiecha się blado, a ja mocno ją przytulam. Postanawiam nic nie wspominać o Gii, choć możliwe, że Elliotowi o tym powiem. Jak on się może tak bawić uczuciami mojej przyjaciółki?

Wraca Mia i zmieniamy temat.

GDY WRZUCAM OSTATNIE polano, ogień syczy i strzela iskrami. Chociaż mamy lato, w taki deszczowy dzień kominek to świetna sprawa.

– Mia, gdzie znajdę drewno? – pytam.

– Chyba w garażu.

– Pójdę sprawdzić. Przy okazji się rozejrzę.

Na dworze już tylko kropi. Udaję się do przylegającego do domu garażu z miejscem na trzy samochody.

Boczne drzwi są otwarte, wchodzę więc i włączam światło. Świetlówki budzą się głośno do życia.

W garażu stoi samochód: audi, w którym po południu widziałam Elliota. Stoją tu także dwa skutery śnież-
ne. Ale moją uwagę tak naprawdę przyciągają dwa mo-
tocykle terenowe, oba z silnikami o pojemności 125 cm^3.
Przypomina mi się, jak Ethan przed rokiem próbował
nauczyć mnie jeździć na motocyklu. Odruchowo pocieram ramię w miejscu, gdzie miałam wielkiego sińca po
upadku.

– Umiesz jeździć? – pyta Elliot.

Odwracam się.

– Wróciłeś.

– Na to wygląda. – Uśmiecha się szeroko. – To
umiesz?

Męska dziwka!

– Trochę.

– Masz ochotę na przejażdżkę?

Parskam.

– Nie… Nie sądzę, aby Christian się z tego ucieszył.

– Christiana tu nie ma. – Elliot uśmiecha się lekko
drwiąco i zatacza ręką łuk, aby pokazać, że jesteśmy sami.
Podchodzi niespiesznie do jednego z motocykli, przerzuca
długą nogę przez siodełko, siada i chwyta za kierownicę.

– Christian… eee… przejmuje się moim bezpieczeństwem. Nie powinnam.

– Zawsze robisz, co ci każe? – Elliot ma w oku ło-
buzerski błysk niegrzecznego chłopca… niegrzecznego
chłopca, w którym zakochała się Kate. Niegrzecznego
chłopca z Detroit.

– Nie. – Unoszę ganiąco brew. – Ale się staram, bo
i beze mnie ma wystarczająco wiele zmartwień. Wrócił już?

– Nie wiem.

– Nie pojechałeś na ryby?

Elliot kręci głową.

– Musiałem coś załatwić w mieście.

Coś! Wypielęgnowane, jasnowłose coś! Biorę głęboki oddech.

– Skoro nie chcesz się wybrać na przejażdżkę, to co robisz w garażu?

– Szukam drewna do kominka.

– Tu jesteś. Och, Elliot, wróciłeś. – Przerywa nam Kate.

– Hej, mała. – Uśmiecha się do niej szeroko.

– Złowiłeś coś?

Bacznie się przyglądam reakcji Elliota.

– Nie. Miałem parę spraw do załatwienia w mieście. – I przez jedną krótką chwilę widzę, jak przez jego twarz przemyka cień niepewności.

O cholera.

– Przyszłam sprawdzić, czy nie pomóc Anie. – Kate patrzy na nas z konsternacją.

– Trochę sobie gadaliśmy – wyjaśnia Elliot.

Milkniemy, słysząc zatrzymujący się przed domem samochód. Och! Christian wrócił. Dzięki Bogu. Uruchamia się mechanizm podnoszący bramę garażu i chwilę później widzimy, jak Christian i Ethan rozładowują czarną furgonetkę. Na nasz widok Christian nieruchomieje.

– Kapela garażowa? – pyta ironicznie i rusza w moją stronę.

Uśmiecham się szeroko. Tak się cieszę, że go widzę. Pod nieprzemakalną kurtką ma na sobie kombinezon, który sprzedałam mu u Claytona.

– Hej – mówi, patrząc na mnie pytająco. Ignoruje zarówno Kate, jak i Elliota.

– Hej. Fajny kombinezon.

– Mnóstwo kieszonek. Bardzo przydatny na rybach. – Głos ma miękki i uwodzicielski, przeznaczony tylko dla mnie, a kiedy zagląda mi w oczy, widzę w nich żar.

Czerwienię się, on zaś uśmiecha się triumfalnie.

– Mokry jesteś – mruczę.

– Padał deszcz. Co robicie w garażu?

– Ana przyszła po drewno do kominka. – Elliot unosi brew. Nie wiem, jak to się dzieje, ale w jego ustach brzmi to jak coś nieprzyzwoitego. – Próbowałem namówić ją na przejażdżkę. – To mistrz dwuznaczności.

Uśmiech Christiana gaśnie, a mnie zamiera serce.

– Nie zgodziła się. Powiedziała, że tobie by się to nie spodobało – dodaje Elliot życzliwie i bez podtekstów.

Szare spojrzenie Christiana przenosi się z powrotem na mnie.

– Naprawdę tak powiedziała? – pyta cicho.

– Słuchajcie, nie mam nic przeciwko szczegółowej analizie tego, co robiła Ana – warczy Kate – ale czy możemy wrócić do domu?

Schyla się, podnosi dwa polana, odwraca na pięcie i wychodzi. O cholera. Kate jest zła – ale wiem, że nie na mnie. Elliot wzdycha i bez słowa udaje się za nią.

– Umiesz jeździć motocyklem? – pyta mnie Christian. W jego głosie słychać niedowierzanie.

– Niezbyt dobrze. Ethan mnie uczył.

Jego spojrzenie natychmiast staje się lodowate.

– Podjęłaś właściwą decyzję. W tej chwili ziemia jest bardzo twarda, a przez deszcz staje się śliska i zdradziecka.

– Gdzie mam zanieść cały sprzęt? – woła z dworu Ethan.

– Zostaw go, Taylor się nim zajmie.

– A co z rybami? – kontynuuje Ethan z nutką szyderstwa w głosie.

– Złowiłeś coś? – pytam zaskoczona.

– Ja nie. Ale Kavanagh owszem. – I Christian wydyma usta… bardzo ładnie wydyma.

Wybucham śmiechem.

– Pani Bentley się tym zajmie! – odkrzykuje.
Ethan uśmiecha się szeroko i wchodzi do domu.
– Bawię panią, pani Grey?
– Bardzo. Jesteś mokry… Naszykuję ci kąpiel.
– Jeśli tylko weźmiemy ją razem. – Pochyla się i całuje mnie w usta.

ODKRĘCAM WODĘ W DUŻEJ owalnej wannie w przylegającej do naszej sypialni łazience i nalewam odrobinę drogiego płynu do kąpieli. Natychmiast zaczyna się pienić. Zapach jest boski… chyba jaśminowy. Wracam do sypialni i rozpakowuję zakupy.

– Mile spędziłaś czas? – pyta Christian, wchodząc do pokoju. Ma na sobie T-shirt i spodnie od dresu. Jest boso. Zamyka drzwi.

– Tak – mruczę, upajając się jego widokiem. Stęskniłam się. To niedorzeczne; nie widzieliśmy się tylko kilka godzin.

Przechyla głowę na bok i patrzy na mnie.

– O co chodzi?

– Myślałam o tym, jak bardzo za tobą tęskniłam.

– Wygląda na to, że bardzo, pani Grey.

– Owszem, panie Grey.

Podchodzi do mnie nieśpiesznie.

– Co kupiłaś? – szepcze i wiem, że chce zmienić temat rozmowy.

– Sukienkę, buty i naszyjnik. Wydałam sporo twoich pieniędzy. – Skruszona podnoszę wzrok.

Wydaje się ubawiony.

– To dobrze – mruczy i zakłada mi luźne pasmo włosów za ucho. – I powtarzam ci to po raz miliardowy, to nasze pieniądze. – Pociąga mnie za brodę, żebym puściła dolną wargę, po czym przesuwa palcem wskazującym po moim T-shircie, od obojczyka przez piersi, brzuch i dalej.

– W wannie ci to nie będzie potrzebne – szepcze i powoli podciąga mi koszulkę. – Unieś ręce.

Tak robię, nie odrywając wzroku od jego twarzy. Upuszcza koszulkę na podłogę.

– Sądziłam, że weźmiemy jedynie kąpiel. – Puls mi przyspiesza.

– Najpierw chcę cię porządnie ubrudzić. Ja też się za tobą stęskniłem. – Nachyla się i całuje mnie w usta.

– CHOLERA, WODA! – PRÓBUJĘ usiąść, osłabiona i oszołomiona niedawnym orgazmem.

Christian mnie nie puszcza.

– Christianie, wanna!

Śmieje się.

– Spokojnie, to przecież łazienka. – Przekręca się na bok i całuje mnie. – Zakręcę kran.

Wstaje z gracją z łóżka i udaje się powolnym krokiem do łazienki. Odprowadzam go wzrokiem. Hmm… mój mąż, nagi i już niedługo mokry. Wyskakuję z łóżka.

SIEDZIMY NAPRZECIWKO SIEBIE w wannie, która jest pełna wody – tak pełna, że kiedy tylko wykonamy jakiś ruch, woda przelewa się przez krawędź i chlapie na podłogę. To bardzo dekadenckie. Jeszcze bardziej dekadenckie jest to, że Christian myje mi stopy, masuje podeszwy, pociąga delikatnie za palce. Całuje każdy po kolei i lekko przygryza mały palec.

– Aaach! – Czuję to, TAM, w podbrzuszu.

– Podoba ci się?

– Mhm – mruczę niezrozumiale.

Wraca do masowania. Och, ale mi dobrze. Zamykam oczy.

– Widziałam w mieście Gię – mówię.

– Naprawdę? Chyba ma tu dom – odpowiada z lekceważeniem. Nie wydaje się ani trochę zainteresowany.

– Była z Elliotem.

Christian przerywa masaż. To akurat go zainteresowało. Kiedy otwieram oczy, widzę, że ma głowę przechyloną na bok, jakby czegoś nie rozumiał.

– Jak to: z Elliotem? – pyta raczej zaskoczony niż zaniepokojony.

Wyjaśniam, co widziałam.

– Ana, oni są tylko przyjaciółmi. Uważam, że Elliot jest nieźle zadurzony w Kate. – Urywa, po czym dodaje ciszej: – Właściwie wiem, że jest w niej nieźle zadurzony. – I posyła mi spojrzenie mówiące „nie mam pojęcia dlaczego".

– Kate jest oszałamiająca. – Jeżę się, stając po stronie przyjaciółki.

Prycha.

– Ale i tak się cieszę, że to ty wpadłaś wtedy do mojego gabinetu. – Całuje duży palec, puszcza lewą stopę i zabiera się za masowanie prawej. Palce ma tak zręczne i silne, że znowu udaje mi się odprężyć. Nie chcę się kłócić z powodu Kate. Zamykam oczy i pozwalam, aby jego palce dawały rozkosz moim stopom.

PRZEGLĄDAM SIĘ W DUŻYM lustrze, nie poznając laleczki, która wpatruje się we mnie. Kate zaszalała tego wieczoru, czesząc mnie i malując. Włosy mam wyprostowane, oczy obrysowane czarną kredką, usta szkarłatnie czerwone. Wyglądam… super. Na pierwszy plan wysuwają się nogi, zwłaszcza w tych niebotycznych szpilkach i nieprzyzwoicie kusej sukience. Mam nadzieję, że Christian wyrazi aprobatę, choć dręczy mnie nieprzyjemne przeczucie, że nie spodoba mu się fakt, iż odsłaniam tak dużo ciała. Z uwagi na nasze *entente cordiale* uznaję, że powinnam zapytać go o zdanie. Biorę do ręki BlackBerry.

Nadawca: Anastasia Grey
Temat: Mój tyłek nie wydaje się w tym duży?
Data: 27 sierpnia 2011, 18:53 MST
Adresat: Christian Grey

Panie Grey,

Potrzebuję Twojej rady dotyczącej stroju.

Z poważaniem

Pani G x

Nadawca: Christian Grey
Temat: Apetyczny
Data: 27 sierpnia 2011, 18:55 MST
Adresat: Anastasia Grey

Pani Grey,

Szczerze wątpię.

Aby jednak mieć pewność, przyjdę i poddam Pani tyłek szczegółowym oględzinom.

Z poważaniem i wyczekiwaniem

Pan G x

Christian Grey
Prezes, Grey Enterprises Holdings i Inspektorat
ds. Tyłków, Inc.

Gdy czytam jego mejl, drzwi do sypialni otwierają się i stojący w progu Christian zamiera. Otwiera usta, a jego oczy robią się wielkie jak spodki.

O kurwa... może się nie udać.

– No i? – pytam cicho.

– Ana, wyglądasz... Wow.

– Podoba ci się?

– Tak, chyba tak.

Głos ma lekko schrypnięty. Powoli wchodzi do pokoju i zamyka drzwi. Ma na sobie czarne dżinsy i białą koszulę, a do tego czarną marynarkę. Wygląda bosko. Podchodzi powoli do mnie, po czym kładzie mi dłonie na ramionach i odwraca w stronę lustra, a sam staje za mną. Napotykam jego spojrzenie w lustrze, po czym Christian opuszcza wzrok, zafascynowany moimi odkrytymi plecami. Przesuwa palcem wzdłuż kręgosłupa, aż dociera do srebrnego materiału sukienki.

– Sporo odsłania – mruczy.

Jego dłoń ześlizguje się niżej, po mojej pupie i zatrzymuje się na nagim udzie. Christian nieruchomieje, po czym powoli wraca palcami do brzegu sukienki.

Patrzę, jak jego długie palce poruszają się lekko, drażniąco po mojej skórze, pozostawiając po sobie delikatne mrowienie.

– Jest niedaleko od tego miejsca... – Dotyka brzegu sukienki, po czym przesuwa palce wyżej. – Do tego – szepcze. Wciągam gwałtownie powietrze, gdy muska palcami moje łono zakryte jedynie cienkim materiałem majteczek.

– No i? – pytam szeptem.

– No i... niedaleko od tego miejsca... – jego palce prześlizgują się po majteczkach, a po chwili jeden wsuwa się pod materiał, dotykając mego wilgotnego ciała – do tego. A potem... do tego. – Wsuwa we mnie palec.

Jęczę cichutko.

– To jest moje – mruczy mi do ucha. Zamykając oczy, wsuwa powoli palec i wysuwa. – Nie chcę, by ktokolwiek to widział.

Oddech mam przyspieszony, dopasowany do rytmu jego palca. Przyglądanie mu się w lustrze, jak to robi... jest niesamowicie erotyczne.

– Więc bądź grzeczną dziewczyną i się nie schylaj, a nic nie powinno się stać.

– Akceptujesz to? – szepczę.

– Nie, ale nie zamierzam zabraniać ci w tym chodzić. Wyglądasz oszałamiająco, Anastasio. – Nagle wyciąga palec i odwraca mnie twarzą do siebie. Kładzie wilgotny palec na mojej dolnej wardze. Całuję go, a nagrodą jest szelmowski uśmiech. Christian wkłada palec do swoich ust, a po jego minie wnioskuję, że mu smakuje... bardzo smakuje. Oblewam się rumieńcem. Czy już zawsze będę się płonić na ten widok?

Bierze mnie za rękę.

– Chodź – mówi cicho.

Mam ochotę zripostować, że już-już miałam dojść, ale w świetle wczorajszych wydarzeń w pokoju zabaw uznaję, że lepiej ugryźć się w język.

SIEDZIMY W EKSKLUZYWNEJ RESTAURACJI w mieście, czekając na deser. Wieczór upływa wesoło, a Mia niestrudzenie wszystkich namawia na rundkę po klubach. W tej akurat chwili wyjątkowo nic nie mówi, wsłuchując się w każde słowo wypowiadane przez Ethana prowadzącego rozmowę z Christianem. Widać, że Mia jest zadurzona w Ethanie, a Ethan jest... cóż, trudno powiedzieć. Nie wiem, czy są jedynie przyjaciółmi, czy też łączy ich coś więcej.

Christian sprawia wrażenie wyluzowanego. Rozmawia z ożywieniem z Ethanem. Widać, że podczas wycieczki na ryby zadzierzgnęła się między nimi nić sympatii. Rozmawiają głównie o psychologii i jak na ironię to Christian wydaje się większym znawcą tematu. Parskam cicho, słuchając jednym uchem ich rozmowy. Szkoda, że jego szeroka wiedza to skutek doświadczeń z tak dużą liczbą psychiatrów.

„Ty jesteś najlepszą terapią". W głowie rozbrzmiewają mi słowa, które wyszeptał kiedyś, gdy się kochaliśmy. Naprawdę jestem? Och, Christianie, mam taką nadzieję.

Zerkam na Kate. Ślicznie wygląda, ale to w sumie żadna nowość. Oboje z Elliotem sprawiają wrażenie nieco przygaszonych. On zachowuje się nerwowo, jego żarty są ciut za głośnie, a śmiech nieszczery. Pokłócili się? Co go gryzie? Chodzi o tamtą kobietę? Serce zamiera mi na myśl, że mógłby skrzywdzić moją najlepszą przyjaciółkę. Rzucam spojrzenie w stronę drzwi, częściowo się spodziewając, że ujrzę, jak Gia i jej wypielęgnowany tyłek podchodzą do naszego stolika. Zaczyna mnie boleć głowa.

Elliot nagle zrywa się od stołu, odsuwając z hałasem krzesło. Oczy wszystkich zwracają się na niego. A on przez chwilę wpatruje się w Kate, po czym pada przed nią na jedno kolano.

O. Mój. Boże.

Sięga po jej dłoń, a w całej restauracji robi się cicho: wszyscy przestają jeść, milkną, stają i patrzą.

– Moja piękna Kate, kocham cię. Twój wdzięk, twoja uroda i żywiołowość nie mają sobie równych i skradłaś mi serce. Spędź ze mną resztę życia. Zostań moją żoną.

A niech mnie!

ROZDZIAŁ CZTERNASTY

Uwaga całej restauracji skupia się na Kate i Elliocie. Wszyscy wstrzymujemy oddech. To czekanie
jest nie do zniesienia. Atmosfera zrobiła się na-
pięta, niespokojna, lecz jednak pełna nadziei.

Kate patrzy na Elliota wzrokiem pozbawionym wyrazu, natomiast w jego oczach widać pragnienie, a nawet
strach. Do diaska, Kate! Połóż kres jego męczarniom.
Błagam. A mógł ją prosić o rękę na osobności.

Po jej policzku spływa łza. Cholera! Kate płacze?
A potem na jej twarzy pojawia się pełen niedowierzania
uśmiech towarzyszący pełni szczęścia.

– Dobrze – szepcze bez tchu, tak słodko, że w ogóle
nie przypomina przy tym mojej Kate.

Przez ułamek sekundy słychać jedynie zgodne westchnienie ulgi, po czym rozlega się ogłuszający hałas.
Spontaniczne brawa, okrzyki, gwizdy, a ja nagle czuję,
że z moich oczu płyną łzy, rozmazując widowiskowy
makijaż.

Oni zaś, nieświadomi otaczającej ich wrzawy, tkwią
w swoim małym, prywatnym świecie. Elliot wyjmuje z kieszeni małe pudełeczko, otwiera je i wręcza Kate.
Pierścionek. Wyjątkowo piękny. Czy to właśnie robił
z Gią? Wybierał pierścionek? Cholera! Och, jakże się
cieszę, że nie powiedziałam nic Kate.

Kate patrzy to na pierścionek, to na Elliota, po czym
zarzuca mu ręce na szyję. Całują się jak na nich wyjątko-

wo niewinnie, a tłum szaleje. Elliot podnosi się z kolan, kłania się z wdziękiem, a potem siada, uśmiechając się z zadowoleniem. Nie mogę oderwać od nich wzroku. Elliot wyjmuje pierścionek z pudełeczka i delikatnie wsuwa go na palec Kate. I jeszcze raz się całują.

Christian ściska mi dłoń. Nie miałam pojęcia, że tak kurczowo się go trzymam. Puszczam jego rękę, lekko zażenowana, a on nią potrząsa.

– Przepraszam. Wiedziałeś o tym? – szepczę.

Uśmiecha się i już wiem, że tak. Przywołuje kelnera.

– Prosimy o dwie butelki Cristala. Rocznik dwa tysiące dwa, jeśli jest.

Uśmiecham się drwiąco.

– No co? – pyta.

– Ponieważ dwa tysiące dwa jest o niebo lepszy od dwa tysiące trzy – przekomarzam się.

Śmieje się.

– Dla wymagającego podniebienia, Anastasio.

– Pan, panie Grey, ma bardzo wymagające podniebienie i dość szczególne upodobania. – Uśmiecham się.

– Zgadza się, pani Grey. – Nachyla się ku mnie. – Ty smakujesz najlepiej – szepcze i całuje mnie za uchem. Oblewam się szkarłatnym rumieńcem i przypomina mi się jego wcześniejsza wyrazista prezentacja zagrożeń związanych z długością mojej sukienki.

Mia pierwsza zrywa się od stołu, aby uściskać Kate i Elliota. Po kolei gratulujemy szczęśliwej parze. Tulę mocno przyjaciółkę.

– Widzisz? Przejmował się oświadczynami – szepczę.

– Och, Ana. – Ni to śmieje się, ni płacze.

– Kate, tak bardzo się cieszę. Moje gratulacje.

Za mną stoi Christian. Ściska dłoń Elliota, a potem – zaskakując zarówno Elliota, jak i mnie – zamyka go w niedźwiedzim uścisku.

– Dobra robota, Lelliot – mówi półgłosem.

Elliot milczy zaskoczony, po czym ciepło ściska swego brata.

Lelliot?

– Dzięki.

Christian i Kate wymieniają krótki i nieco niezręczny uścisk. Wiem, że jego nastawienie do Kate to w najlepszym razie tolerancja, a najczęściej ambiwalencja, więc to jakiś postęp. Puszczając ją, mówi tak cicho, że słyszymy go tylko ona i ja:

– Mam nadzieję, że zaznasz w małżeństwie tyle szczęścia, co ja.

– Dziękuję, Christianie. Też mam taką nadzieję – odpowiada uprzejmie.

Wrócił kelner z szampanem. Z teatralną emfazą otwiera butelkę.

Christian unosi kieliszek.

– Za Kate i mojego drogiego brata, Elliota. Gratulacje!

Wszyscy sączymy szampana, cóż, to znaczy ja żłopię. Hmm, Cristal jest taki pyszny i przypomina mi się, jak piłam go po raz pierwszy w klubie Christiana. A potem nastąpiła ta interesująca podróż windą.

Christian marszczy brwi.

– Co tak zajmuje twoje myśli? – pyta szeptem.

– Pierwszy raz, gdy piłam szampana.

Unosi pytająco brwi.

– W twoim klubie – wyjaśniam.

Uśmiecha się szeroko.

– O tak, pamiętam. – Mruga do mnie.

– Elliot, ustaliliście już datę? – szczebiocze Mia.

Elliot posyła siostrze spojrzenie pełne irytacji.

– Dopiero co oświadczyłem się Kate, więc jak coś ustalimy, pierwsza się o tym dowiesz, okej?

– Och, pobierzcie się w Boże Narodzenie. To byłby taki romantyczny ślub, no i nie miałbyś problemu z pamiętaniem o rocznicy. – Mia klaszcze w dłonie.

– Wezmę to pod uwagę. – Elliot uśmiecha się drwiąco.

– Jak już wypijemy tego szampana, to moglibyśmy iść potańczyć? – Mia odwraca się i patrzy prosząco na Christiana.

– Myślę, że powinniśmy zapytać Elliota i Kate, na co oni mają ochotę.

Elliot wzrusza ramionami, a Kate robi się czerwona jak burak. Jej zamiary względem narzeczonego są tak czytelne, że niemal rozlewam szampana za czterysta dolarów.

ZAX TO NAJBARDZIEJ EKSKLUZYWNY klub nocny w Aspen – tak przynajmniej twierdzi Mia. Christian, obejmując mnie w talii, przechodzi na sam początek krótkiej kolejki przed klubem i natychmiast nas wpuszczają. Przez chwilę się zastanawiam, czy to miejsce nie należy przypadkiem do niego. Zerkam na zegarek – jedenasta trzydzieści, a mnie już szumi w głowie. Dwa kieliszki szampana i kilka kieliszków Pouilly-Fumé wypitych do kolacji robią swoje. Cieszę się, że Christian mnie obejmuje.

– Panie Grey, witamy – mówi bardzo atrakcyjna długonoga blondynka w krótkich spodenkach z czarnej satyny, koszuli bez rękawów i małej czerwonej muszce. Uśmiecha się szeroko, odsłaniając idealne, amerykańskie uzębienie. Usta ma w identycznym kolorze jak muszkę. – Max weźmie państwa okrycia.

Młody mężczyzna odziany na czarno, na szczęście nie w satynę, uśmiecha się i bierze ode mnie płaszcz. Tylko ja mam płaszcz – Christian nalegał, abym pożyczyła trencz Mii, który zakryje mi plecy.

– Ładny płaszcz – komentuje Max, przyglądając mi się uważnie.

Christian natychmiast się jeży i posyła chłopakowi spojrzenie każące mu się odczepić. Ten czerwienieje i szybko podaje Christianowi numerek do szatni.

– Zaprowadzę państwa do stolika. – Panna Satynowe Spodenki trzepocze rzęsami do mojego męża, odrzuca do tyłu długie włosy i kołysząc biodrami, rusza w głąb baru. Obejmuję Christiana jeszcze mocniej, a on rzuca mi pytające spojrzenie, po czym uśmiecha się lekko drwiąco.

Światła są przytłumione, ściany czarne, a wystrój ciemnoczerwony. Pod dwiema ścianami znajdują się rzędy boksów, a pośrodku bar w kształcie litery U. Ludzi jest sporo, zważywszy na fakt, że to nie pełnia sezonu, ale tłoku nie ma. Nadziani mieszkańcy Aspen chcący się pobawić w sobotni wieczór ubrani są raczej swobodnie i po raz pierwszy czuję się nieco zbyt wystrojona. Podłoga i ściany wibrują od muzyki pulsującej ze znajdującego się za barem parkietu, światła wirują i mrugają. W obecnym stanie uważam, że to koszmar senny epileptyka.

Panna Satynowe Spodenki prowadzi nas do zarezerwowanego narożnego boksu niedaleko baru z bezpośrednim dostępem do parkietu. Najlepsza miejscówka w tym lokalu.

– Za chwilę ktoś przyjdzie odebrać państwa zamówienie. – Posyła nam ten swój megawatowy uśmiech, po raz ostatni trzepocze do mojego męża rzęsami, po czym wraca tam, skąd przyszła.

Mia przestępuje już z nogi na nogę, aż się pałąc do tańca, więc Ethan lituje się nad nią.

– Szampana? – pyta Christian, gdy trzymając się za ręce, ruszają w stronę parkietu. Ethan podnosi kciuk, a Mia kiwa entuzjastycznie głową.

Kate i Elliot siedzą obok siebie na miękkiej, pluszowej sofie. Wyglądają na takich szczęśliwych. W świetle migoczących na niskim stole świec ich twarze są łagodne i promienne. Christian gestem mi pokazuje, abym usiadła, więc wślizguję się na miejsce obok Kate. On siada przy mnie i niespokojnie przeczesuje wzrokiem klub.

– Pokaż mi pierścionek. – Muszę przekrzykiwać muzykę. Ochrypnę, zanim wrócimy do domu. Kate uśmiecha się promiennie i wyciąga dłoń. Pierścionek jest śliczny: jeden większy kamień otoczony maleńkimi diamencikami. Ma w sobie coś wiktoriańskiego.

– Piękny.

Kiwa z zachwytem głową, a potem kładzie dłoń na udzie Elliota i ściska je. On się nachyla i całuje ją w usta.

– Nie jesteście tutaj sami! – wołam.

Elliot się śmieje.

Do stolika podchodzi młoda kobieta z krótkimi ciemnymi włosami i psotnym uśmiechem, ubrana w obowiązkowe spodenki z czarnej satyny.

– Czego się napijecie? – pyta Christian.

– Nie będziesz płacił także tutaj – warczy Elliot.

– Nie zaczynaj, Elliot – mówi grzecznie Christian.

Pomimo sprzeciwów Kate, Elliota i Ethana uregulował rachunek w restauracji. Po prostu machnął ręką i nawet nie chciał słyszeć o innym rozwiązaniu. Patrzę na niego z miłością. Mój Szary... zawsze mający wszystko pod kontrolą.

Elliot otwiera usta, aby coś powiedzieć, ale – chyba mądrze – zmienia zdanie.

– Poproszę piwo – mówi.

– Kate? – pyta Christian.

– Poproszę szampana. Ten Cristal jest pyszny. Ale Ethan na pewno woli piwo. – Uśmiecha się słodko – tak, słodko – do Christiana. Wprost emanuje z niej szczęście. Przyjemnie pławić się w jej radości.

– Ana?

– Też szampan.

– Prosimy butelkę Cristala, trzy piwa Peroni, butelkę zimnej wody mineralnej i sześć kieliszków – mówi w ten swój autorytatywny, rzeczowy sposób.

To jest nawet podniecające.

– Dziękuję, proszę pana. Już przynoszę. – Panna Spodenki Numer Dwa uśmiecha się do niego grzecznie, ale oszczędza nam trzepotania rzęsami. Choć trzeba przyznać, że policzki ma nieco zarumienione.

Kręcę zrezygnowana głową. On jest mój, koleżanko.

– No co? – pyta mnie Christian.

– Nie trzepotała do ciebie rzęsami. – Uśmiecham się drwiąco.

– Och. A powinna? – pyta, nie kryjąc rozbawienia.

– Kobiety najczęściej tak robią. – W moim głosie słychać ironię.

Uśmiecha się.

– Pani Grey, jest pani zazdrosna?

– Ani trochę. – Wydymam usta. I w tej chwili uświadamiam sobie, że zaczynam tolerować kobiety wgapiające się w mojego męża. Prawie.

Christian ujmuje moją dłoń i całuje knykcie.

– Nie ma pani powodu do zazdrości, pani Grey – mruczy mi do ucha. Jego oddech mnie łaskocze.

– Wiem.

– To dobrze.

Wraca kelnerka. Chwilę później znowu sączę szampana.

– Proszę. – Christian podaje mi kieliszek z wodą. – Wypij to.

Marszczę brwi i bardziej widzę, niż słyszę, jak wzdycha.

– Trzy kieliszki białego wina do kolacji i dwa kieliszki szampana, a wcześniej truskawkowe daiquiri i dwa kieliszki frascati w porze lunchu. Wypij.

Skąd wie o popołudniowych koktajlach? Krzywię się. Ale w sumie ma rację. Biorę od niego kieliszek i wypijam wodę w najmniej kobiecy sposób, jak tylko potrafię, aby zademonstrować tym swój sprzeciw wobec jego rozkazów. Ocieram usta wierzchem dłoni.

– Grzeczna dziewczynka – mówi, uśmiechając się drwiąco. – Już raz na mnie zwymiotowałaś. Nie mam ochoty na powtórkę.

– Nie rozumiem, dlaczego narzekasz. Za to miałeś okazję ze mną spać.

Uśmiecha się i oczy mu łagodnieją.

– To prawda.

Wracają Ethan i Mia.

– Ethan ma na razie dość. Chodźcie, dziewczyny. Pokażemy, na co nas stać. Trochę poskaczemy i zgubimy te kalorie z musu czekoladowego.

Kate od razu wstaje.

– Idziesz? – pyta Elliota.

– Popatrzę sobie na ciebie – mówi.

A ja szybko muszę odwrócić wzrok, rumieniąc się na widok spojrzenia, jakim obdarza moją przyjaciółkę. Wstaję.

– Idę spalić trochę kalorii – oświadczam, po czym nachylam się i szepczę Christianowi do ucha: – Możesz na mnie patrzeć.

– Nie schylaj się – warczy.

– Okej. – Prostuję się szybko. Oj! Zakręciło mi się w głowie i muszę wesprzeć się na ramieniu Christiana.

– Może powinnaś wypić więcej wody – mówi ostrzegawczo.

– Nic mi nie jest. Te sofy są niskie, a moje obcasy wysokie.

Kate chwyta mnie za rękę, a ja biorę głęboki oddech i ruszam na parkiet za nią i Mią.

Muzyka pulsuje, techno z dudniącymi basami. Na parkiecie nie tańczy zbyt wiele osób, więc mamy dla siebie sporo miejsca. Towarzystwo oceniam jako eklektycz-ne – młodzi i starzy razem się bawią w sobotnią noc. Nigdy nie byłam dobrą tancerką. Właściwie to zdarza mi się tańczyć dopiero teraz, kiedy znam Christiana. Kate ściska mnie mocno.

– Jestem taka szczęśliwa! – przekrzykuje muzykę, a potem zaczyna tańczyć.

Mia uśmiecha się do nas szeroko i skacze z entuzjazmem po parkiecie. Jezu, sporo miejsca wymaga ten jej taniec. Oglądam się na nasz stolik. Mężczyźni patrzą. Zaczynam się poruszać. To pulsujący rytm. Zamykam oczy i poddaję mu się.

Otwieram oczy i widzę, że parkiet powoli się zapełnia. Kate, Mia i ja musimy tańczyć bliżej siebie. I o dziwo stwierdzam, że nawet mi się to podoba. Zaczynam się ruszać nieco… odważniej. Kate unosi w górę kciuki, a ja uśmiecham się do niej promiennie.

Zamykam oczy. Jak mogłam nie robić tego przez pierwszych dwadzieścia lat mego życia? Wolałam czytać niż tańczyć. Jane Austen nie miała fajnej muzyki do tańca, a Thomas Hardy… Jezu, on to dopiero miał wyrzuty sumienia, że nie tańczył z pierwszą żoną. Chichoczę na tę myśl.

To Christian. To on nauczył mego ciała pewności siebie.

Nagle na moich biodrach pojawiają się dwie dłonie. Uśmiecham się. Christian się przyłączył. Poruszam biodrami, a jego dłonie wędrują do moich pośladków, ściskają je, a potem wracają do bioder.

Otwieram oczy. Mia wpatruje się we mnie z przerażeniem. Cholera… Aż tak jestem kiepska? Kładę ręce na dłoniach Christiana. Są owłosione. Kurwa! To nie on. Obracam się na pięcie, a nade mną góruje jasnowłosy olbrzym z nienaturalnie dużą liczbą zębów i lubieżnym uśmiechem.

– Zabieraj łapska! – przekrzykuję dudniącą muzykę, gotując się z wściekłości.

– Daj spokój, złotko, to tylko zabawa. – Uśmiecha się, unosząc wielkie ręce. Niebieskie oczy błyszczą w pulsującym ultrafioletowym świetle.

Nim zdaję sobie sprawę z tego, co robię, uderzam go w twarz.

Au! Cholera… moja ręka. Piecze.

– Wynoś się! – krzyczę.

Patrzy na mnie, trzymając się za czerwony policzek. Podsuwam mu rękę pod nos, pokazując obrączkę.

– Mam męża, ty dupku!

Wzrusza raczej arogancko ramionami i posyła mi fałszywie skruszony uśmiech.

Rozglądam się gorączkowo. Przy moim boku stoi Mia wpatrująca się gniewnie w Jasnowłosego Olbrzyma. Kate zatraciła się w tańcu. Christiana nie ma przy stoliku. Och, mam nadzieję, że poszedł do toalety. Robię krok w tył i natrafiam na klatkę piersiową, którą tak dobrze znam. Jasny gwint. Christian obejmuje mnie w talii i przesuwa na bok.

– Trzymaj te swoje cholerne łapska z dala od mojej żony – mówi. Nie krzyczy, a mimo to słychać go ponad muzyką.

Kurwa mać!

– Sama potrafi się o siebie zatroszczyć – odkrzykuje Jasnowłosy Olbrzym.

Opuszcza dłoń, którą trzymał przy policzku, i Christian go uderza. To jak oglądanie filmu w zwolnionym tempie. Idealny cios w szczękę Jasnowłosego Olbrzyma, który w ogóle się tego nie spodziewał. Przewraca się na parkiet jak worek kartofli.

Cholera.

– Christian, nie! – wołam spanikowana, stając przed nim, aby go powstrzymać. Cholera, on go zabije. – Ja już go uderzyłam! – przekrzykuję muzykę.

Christian nie patrzy na mnie. Przygląda się natrętowi z wrogością, jakiej jeszcze u niego nie widziałam. Cóż, może raz, po tym jak przystawiał się do mnie Jack Hyde.

Pozostali tancerze odsuwają się niczym fala na jeziorze, robiąc nam miejsce i zachowując bezpieczną odległość. Jasnowłosy Olbrzym zrywa się z parkietu i w tej samej chwili dołącza do nas Elliot.

O nie! Kate stoi obok mnie i zdumiona wpatruje się w nas wszystkich. Elliot chwyta Christiana za ramię. Pojawia się także Ethan.

– Wyluzuj, okej? Nie miałem złych zamiarów. – Jasnowłosy Olbrzym unosi ręce w geście poddania i zmywa się z parkietu.

Spojrzenie Christiana wędruje za jego oddalającymi się plecami. Nie patrzy na mnie.

Zmienia się muzyka i zamiast wymyślnego tekstu piosenki zatytułowanej *Sexy Bitch* słyszymy pulsujący kawałek techno dance i piosenkarkę śpiewającą głosem pozbawionym emocji. Elliot patrzy najpierw na mnie, potem na Christiana, po czym puszcza jego ramię i idzie tańczyć z Kate. Zarzucam ręce na szyję Christiana, aż w końcu patrzy mi w oczy. Dostrzegam w nim coś z awanturującego się nastolatka.

Przygląda mi się uważnie.

– Wszystko w porządku? – pyta w końcu.

– Tak.

Pocieram dłoń, która nadal mnie piecze, a potem kładę obie na jego piersi. Jeszcze nigdy nie uderzyłam nikogo w twarz. Co mnie opętało? Dotykanie mnie nie stanowiło przecież zbrodni przeciwko ludzkości. A może?

W głębi duszy wiem jednak, dlaczego go uderzyłam. Zrobiłam to dlatego, że wiedziałam, jak zareaguje Christian, widząc, że obłapuje mnie jakiś nieznajomy.

Wiedziałam, że straci swoją cenną samokontrolę. I myśl, że jakiś głupi pacan mógłby to zrobić mojemu mężowi, mojej miłości, cóż... na tę myśl się wkurzyłam. Mocno wkurzyłam.

– Chcesz usiąść? – pyta mnie Christian.

Och, wróć do mnie, błagam.

– Nie. Zatańcz ze mną.

Patrzy na mnie beznamiętnie, nic nie mówiąc.

„Dotknij mnie"... – śpiewa wokalistka.

– Zatańcz ze mną. – Nadal jest wściekły. – Zatańcz. Christianie, proszę cię.

Biorę go za ręce. Christian patrzy jeszcze za tamtym facetem, ale ja zaczynam się poruszać, ocierać się o niego.

Po raz kolejny otacza nas tłum tancerzy, ale wszyscy zachowują co najmniej półmetrową odległość.

– Uderzyłaś go? – pyta Christian. Stoi nieruchomy jak słup. Ponownie ujmuję jego zaciśnięte dłonie.

– Oczywiście, że tak. Myślałam, że to ty, ale ręce miał owłosione. Proszę, zatańcz ze mną.

Gdy tak Christian patrzy na mnie, ogień w jego oczach powoli się zmienia, ewoluuje w coś innego, coś bardziej mrocznego, coś bardziej podniecającego. Nagle chwyta mnie za nadgarstki, przyciąga do siebie i przesuwa mi ręce za plecy.

– Chcesz tańczyć? To tańczmy – warczy mi do ucha, a kiedy zaczyna poruszać biodrami, instynktownie podążam jego śladem.

Och... ależ Christian umie się ruszać. Trzyma mnie blisko siebie, nie puszczając, ale jego dłonie coraz słabiej ściskają mi nadgarstki. Aż w końcu je puszcza. Moje dłonie wędrują w górę jego ramion, czując przez marynarkę wyćwiczone mięśnie. Christian przyciska mnie do siebie, a ja dopasowuję się do jego powolnego, zmysłowego tańca.

W chwili gdy bierze mnie za rękę i obraca najpierw w jedną stronę, potem w drugą, wiem, że do mnie wrócił. Uśmiecham się. On też się uśmiecha.

Tańczymy razem i daje mi to niesamowite poczucie swobody. Zapomniawszy o gniewie, Christian obraca mną na tym małym kawałku parkietu, jaki mamy dla siebie, ani na chwilę nie puszczając. Dzięki niemu czuję się pełna wdzięku. Dzięki niemu czuję się seksowna. Dzięki niemu czuję się kochana, ponieważ pomimo swych pięćdziesięciu odcieni ma całe morze miłości do oddania. Patrząc na niego teraz, można by pomyśleć, że to człowiek bez trosk. Ja wiem, że jego miłości towarzyszy nadopiekuńczość i potrzeba sprawowania kontroli, ale wcale nie kocham go przez to mniej.

Brak mi tchu, gdy jeden utwór płynnie przechodzi w drugi.

– Usiądziemy? – dyszę.

– Pewnie. – Prowadzi mnie do stolika.

– Przez ciebie cała jestem rozgrzana i spocona – szepczę.

Bierze mnie w ramiona.

– Lubię cię rozgrzaną i spoconą. Choć wolę ten efekt osiągać w jakimś ustronnym miejscu – mruczy, uśmiechając się lubieżnie.

Gdy siedzimy przy stoliku, można by odnieść wrażenie, że incydent na parkiecie w ogóle nie miał miejsca. Trochę się dziwię, że nie wyrzucono nas z klubu. Rozglądam się. Nikt na nas nie patrzy; nigdzie nie widzę także Jasnowłosego Olbrzyma. Może sam wyszedł, a może to jego wyrzucono. Kate i Elliot zachowują się nieprzyzwoicie na parkiecie, Ethan i Mia mniej nieprzyzwoicie. Biorę kolejny łyk szampana.

– Proszę. – Christian stawia przede mną kieliszek z wodą i przygląda mi się uważnie i wyczekująco.

No to piję. A zresztą i tak chce mi się pić.

Wyjmuje z kubełka z lodem butelkę peroni i pociąga spory łyk.

– A gdyby tu byli dziennikarze? – pytam.

Christian od razu się orientuje, że chodzi mi o jego znokautowanie Jasnowłosego Olbrzyma.

– Mam dobrych prawników – odpowiada spokojnie. Uosobienie arogancji.

Marszczę brwi.

– Ale ty nie stoisz ponad prawem, Christianie. Sytuacja była już pod kontrolą.

Spojrzenie ma lodowate.

– Nikt nie będzie dotykał tego, co należy do mnie – mówi chłodno, jakbym nie rozumiała tego, co oczywiste.

Och... Biorę jeszcze jeden łyk szampana. Nagle czuję się tym wszystkim przytłoczona. Muzyka jest głośna, dudniąca, bolą mnie stopy i kręci mi się w głowie.

Bierze mnie za rękę.

– Zbierajmy się. Chcę cię zabrać do domu – mówi.

Do stolika podchodzą Kate i Elliot.

– Jedziecie? – pyta Kate. W jej głosie słychać nadzieję.

– Tak – odpowiada Christian.

– Super, pojedziemy z wami.

GDY CZEKAMY, AŻ CHRISTIAN odbierze z szatni mój płaszcz, Kate patrzy na mnie pytająco.

– O co chodziło z tamtym gościem na parkiecie?

– Obmacywał mnie.

– Otworzyłam oczy, a ty mu wtedy dawałaś w twarz.

Wzruszam ramionami.

– Cóż, wiedziałam, że Christian wkurzy się na maksa, a coś takiego mogłoby zepsuć wasz wieczór. – Nadal się zastanawiam, co czuję w związku z zachowaniem Christiana. Wtedy martwiłam się, że może być jeszcze gorzej.

– Nasz wieczór – poprawia mnie. – Jest porywczy, prawda? – dodaje cierpko, przyglądając się Christianowi odbierającemu mój płaszcz.

Prycham i uśmiecham się.

– Można tak to ująć.

– Myślę, że dobrze sobie z nim radzisz.

– Radzę? – Marszczę brwi. Czy ja radzę sobie z Christianem?

– Proszę. – Przytrzymuje mi płaszcz, a ja wsuwam ręce w rękawy.

– ANA, OBUDŹ SIĘ. – Christian potrząsa mną lekko.

Dojechaliśmy do domu. Niechętnie otwieram oczy i chwiejnie wysiadam z minivana. Kate i Elliot zdążyli już zniknąć, a Taylor stoi cierpliwie przy samochodzie.

– Mam cię zanieść? – pyta Christian.

Kręcę głową.

– Pojadę po pannę Grey i pana Kavanagh – mówi Taylor.

Christian kiwa głową, po czym prowadzi mnie do drzwi. W stopach czuję bolesne pulsowanie. Gdy wchodzimy do domu, schyla się, łapie za kostkę i delikatnie zsuwa mi jeden but, potem drugi. Och, cóż za ulga. Prostuje się, trzymając moje szpilki.

– Lepiej? – pyta rozbawiony.

Kiwam głową.

– A ja już widziałem te buty gdzieś przy moich uszach – mruczy, patrząc na nie marzycielsko. Kręci głową, bierze mnie za rękę i prowadzi na piętro do naszej sypialni.

– Jesteś wykończona, co? – pyta miękko.

Kiwam głową. Zaczyna odpinać pasek mojego płaszcza.

– Ja to zrobię – mruczę, próbując odepchnąć jego dłonie.

– Pozwól, że jednak ja.

Wzdycham. Nie miałam pojęcia, że jestem aż tak zmęczona.

– To ta wysokość. Nie jesteś do niej przyzwyczajona. No i alkohol.

Uśmiecha się lekko kpiąco, zdejmuje ze mnie płaszcz i rzuca go na jedno ze znajdujących się w sypialni krzeseł. Ujmuje moją dłoń i prowadzi do łazienki. Czemu my tu wchodzimy?

– Siadaj – mówi.

Siadam na krześle i zamykam oczy. Słyszę, jak postukuje stojącymi na toaletce buteleczkami. Zbyt jestem zmęczona, aby otworzyć oczy i sprawdzić, co robi. Chwilę później odchyla mi głowę, a ja otwieram zaskoczona oczy.

– Oczy zamknięte – mówi. A niech mnie, trzyma w ręce wacik. Delikatnie przeciera mi prawe oko. Siedzę znieruchomiała, gdy metodycznie zmywa mi makijaż.

– Ach. Oto kobieta, z którą się ożeniłem – mówi po chwili.

– Nie lubisz makijażu?

– Lubię, ale wolę to, co kryje się pod nim. – Całuje mnie w czoło. – Proszę. Połknij to. – Wkłada mi w dłoń dwa paracetamole i podaje szklankę z wodą.

Robię nadąsaną minę.

– Łykaj.

Przewracam oczami i wykonuję polecenie.

– Świetnie. Potrzebujesz chwili prywatności? – pyta ironicznie.

Prycham.

– Cóż za wstydliwość, panie Grey. Owszem, muszę zrobić siusiu.

Śmieje się.

– I mam wyjść?

Chichoczę.

– Chcesz zostać?

Przechyla głowę na bok, a w jego oczach czai się rozbawienie.

– Ale z ciebie zbok. Wynocha. Nie chcę, żebyś patrzył, jak siusiam. To już by była przesada.

Wstaję i wyganiam go z łazienki.

Kiedy wychodzę, on ma już na sobie spodnie od piżamy. Hmm… Christian w piżamie. Jak urzeczona wpatruję się w kaloryfer na jego brzuchu, ścieżynkę. Rozpraszający widok. Christian zbliża się do mnie.

– Fajny widok? – pyta cierpko.

– Jak zawsze.

– Myślę, że jest pani trochę pijana, pani Grey.

– Myślę, że choć raz muszę się z panem zgodzić, panie Grey.

– Pomogę ci się rozebrać z tego kusego czegoś, co się nazywa sukienką. Powinno się ją sprzedawać z informacją o zagrożeniu zdrowia. – Odwraca mnie i odpina jedyny guzik na karku.

– Byłeś taki wściekły – mówię cicho.

– Owszem. Byłem.

– Na mnie?

– Nie. Nie na ciebie. – Całuje mnie w ramię. – Dla odmiany.

Uśmiecham się. Nie był zły na mnie. Postęp.

– To przyjemna odmiana.

– Owszem. Przyjemna. – Całuje mnie w drugie ramię, po czym zsuwa sukienkę i pozwala jej opaść na podłogę. Zdejmuje mi majtki i jestem naga. Bierze mnie za rękę. – Zrób krok – mówi, a ja wychodzę z sukienki, przytrzymując się go dla zachowania równowagi.

Christian wstaje, rzuca moją sukienkę i majtki na krzesło, na którym wisi już płaszcz Mii.

– Ręce do góry – mówi miękko. Wkłada mi przez głowę swój T-shirt. Jestem gotowa do snu. Christian bierze mnie w ramiona i całuje. Nasze miętowe oddechy mieszają się ze sobą. – Choć miałbym wielką ochotę się w tobie zanurzyć, za dużo wypiłaś, znajdujesz się na wysokości dwóch i pół tysiąca metrów, a zeszłej nocy niezbyt dobrze spałaś. Chodź. Kładziemy się spać.

Odsuwa kołdrę, a ja gramolę się do łóżka. Przykrywa mnie i całuje w czoło.

– Zamknij oczy. Kiedy tu wrócę, oczekuję, że będziesz już spać. – To groźba, to polecenie… to Christian.

– Nie odchodź – mówię błagalnie.

– Muszę wykonać kilka telefonów, Ano.

– Jest sobota. Późno już. Proszę.

Przeczesuje palcami włosy.

– Ana, jeśli położę się teraz przy tobie, nie dane ci będzie odpocząć. Śpij. – Jest taki stanowczy. Zamykam oczy, a jego usta raz jeszcze muskają moje czoło.

– Dobrej nocy, maleńka – szepcze.

Przez moją głowę przemykają scenki z minionego dnia. Christian przerzucający mnie w samolocie przez ramię. Jego niepokój związany z tym, czy spodoba mi się dom. Popołudniowy seks. Kąpiel. Jego reakcja na moją sukienkę. Znokautowanie Jasnowłosego Olbrzyma – na to wspomnienie piecze mnie dłoń. A potem Christian kładący mnie do łóżka.

Kto by pomyślał. Uśmiecham się szeroko, a gdy zasypiam, w mojej głowie rozbrzmiewa słowo „postęp".

ROZDZIAŁ PIĘTNASTY

Jest mi za ciepło. To przez Christiana. Jego głowa spoczywa na moim ramieniu, nogi splecione są z moimi, ramieniem obejmuje mnie w talii. Trwam na granicy świadomości, wiedząc, że jeśli do końca się obudzę, on także się obudzi, a przydałoby mu się jeszcze trochę snu. Mgliście wspominam wydarzenia minionego wieczora. Za dużo wypiłam. Dziwne, że Christian mi na to pozwolił. Uśmiecham się, gdy przypominam sobie, jak kładł mnie spać. To było słodkie, naprawdę słodkie, no i niespodziewane. Dokonuję szybkiej analizy tego, jak się w tej chwili czuję. Brzuch? W porządku. Głowa? Zaskakująco w porządku, ale mam jednak lekkie zawroty. Dłoń mam nadal czerwoną. Ciekawe, jak wyglądają dłonie Christiana po tym, jak daje mi klapsy. Poruszam się, a on się budzi.

– Co się stało? – pyta zaspanym głosem.

– Nic. Dzień dobry. – Przeczesuję palcami jego włosy.

– Pani Grey, ślicznie dziś pani wygląda. – Całuje mnie w policzek, a ja cała się rozpromieniam.

– Dziękuję za opiekę wczoraj wieczorem.

– Lubię się tobą opiekować. To właśnie chcę robić – mówi cicho, ale zdradzają go oczy, które błyszczą triumfalnie, jakby wygrał World Series albo Super Bowl.

Och, mój Szary.

– Dzięki tobie czuję się kochana.

– No bo jesteś – mruczy.

Ściska mi dłoń, a ja się krzywię. Puszcza ją natychmiast.

– Od uderzenia? – pyta. W jego głosie pojawia się gniew.

– Dostał ode mnie w twarz.

– Co za kutas!

Myślałam, że wczoraj zostawiliśmy to już za sobą.

– Nie mogę znieść myśli, że cię dotykał.

– Nie zrobił mi krzywdy, zachował się jedynie nie-stosownie. Christianie, nic mi nie jest. Trochę boli mnie ręka i tyle. Ty przecież wiesz, jak to jest, prawda? – Uśmie-cham się drwiąco, a on patrzy na mnie ze zdziwieniem połączonym z rozbawieniem.

– Ależ pani Grey, oczywiście, że wiem. A gdyby sobie tego pani życzyła, w tej chwili mogę pani przypomnieć.

– Och, panie Grey, proszę powstrzymać swoją świerzbiącą rękę. – Delikatnie przesuwam opuszkami palców po jego twarzy.

Ujmuje moją dłoń i całuje ją czule. Nie wiem, jak to się dzieje, ale ból znika.

– Czemu mi wczoraj nie powiedziałaś, że cię boli?

– Eee… wtedy właściwie tego nie czułam. Jest już dobrze.

Spojrzenie mu łagodnieje.

– Jak się czujesz?

– Lepiej, niż na to zasługuję.

– Niezły ma pani prawy sierpowy, pani Grey.

– Proszę o tym pamiętać, panie Grey.

– Ach tak? – Nagle przekręca się tak, że leży na mnie, wciskając mnie w materac. Przytrzymuje mi ręce nad gło-wą. – Będę walczył, wiesz? Podporządkowanie sobie cie-bie w łóżku to moja fantazja. – Całuje mnie w szyję.

Co takiego?

– Myślałam, że cały czas mnie sobie podporządko-wujesz.

Przygryza mi ucho.

– Hmm... ale miałbym ochotę na odrobinę oporu – mruczy, przesuwając nosem po mojej żuchwie.

Oporu? Nieruchomieję. Christian puszcza mi ręce i opiera się na łokciach.

– Chcesz, żebym stawiała ci opór? Tutaj? – szepczę, próbując ukryć zaskoczenie.

Kiwa głową, badając moją reakcję.

– Teraz?

Wzrusza ramionami i widzę, że rodzi mu się jakiś pomysł. Uśmiecha się do mnie nieśmiało i jeszcze raz kiwa powoli głową.

O rety... Leży na mnie, a jego twardniejący członek wbija się kusząco w moje miękkie, ochocze ciało, rozpraszając mnie. Co to ma być? Przepychanki? Fantazja? Czy zrobi mi krzywdę? Moja wewnętrzna bogini kręci głową: „Nigdy".

– To miałeś na myśli, mówiąc o kładzeniu się spać w gniewie?

Kiwa głową raz jeszcze. Spojrzenie ma nadal czujne.

Hmm... mój Szary ma ochotę na małą awanturę.

– Nie przygryzaj wargi – ostrzega.

Posłusznie przestaję.

– Myślę, że znajduję się w niekorzystnej sytuacji, panie Grey. – Trzepoczę rzęsami i poruszam się pod nim prowokacyjnie. Może być fajnie.

– Niekorzystnej?

– No bo przecież obecna pozycja to taka, na którą pan ma ochotę, prawda?

Uśmiecha się kpiąco i raz jeszcze przyciska do mnie krocze.

– Celna uwaga, pani Grey – szepcze i szybko całuje mnie w usta.

Nagle obraca się na plecy, zabierając mnie ze sobą, tak że siedzę teraz na nim. Chwytam jego ręce, kładę je po obu stronach jego głowy i przytrzymuję, ignorując ból własnej dłoni. Moje włosy otulają nas kasztanowym welonem i poruszam głową tak, że łaskoczą go w twarz. Uchyla się, ale nie próbuje mnie powstrzymywać.

– Więc chcesz się ostro pobawić, tak? – pytam, ocierając się kroczem o jego krocze.

Otwiera usta i głośno wciąga powietrze.

– Tak – syczy, a ja go puszczam.

– Zaczekaj.

Sięgam po stojącą obok łóżka szklankę z wodą. Christian musiał ją tu postawić. Woda jest zimna i gazowana – zbyt zimna, żeby tu stała zbyt długo – i zastanawiam się, kiedy położył się spać.

Biorę spory łyk, a Christian zatacza palcami małe kółka na moich udach, przesuwając rękę coraz wyżej, aż ściska me nagie pośladki. Hmm.

Podążając za jego przykładem, nachylam się i całuję, wlewając do jego ust chłodną wodę.

Przełyka.

– Bardzo smaczna, pani Grey – mruczy, uśmiechając się wesoło.

Odstawiam szklankę na stolik, odsuwam jego dłonie z pośladków i ponownie unieruchamiam mu je przy głowie.

– Więc mam być niechętna do współpracy? – uśmiecham się drwiąco.

– Tak.

– Kiepska ze mnie aktorka.

Uśmiecha się szeroko.

– Spróbuj.

Nachylam się i całuję go lekko w usta.

– Okej, spróbuję – szepczę, przesuwając zębami po jego żuchwie, czując pod językiem kłujący zarost.

Z gardła Christiana wydobywa się niski, seksowny dźwięk. A potem nagle rzuca mnie na łóżko obok siebie. Zaskoczona krzyczę i chwilę później on znów jest na mnie. Zaczynam z nim walczyć, gdy próbuje mnie chwycić za dłonie. Kładę je na jego piersi i z całych sił odpycham od siebie, tymczasem on stara się rozsunąć kolanem moje uda.

Kontynuuję odpychanie – rany, ale jest ciężki – ale on nie zamiera, jak by to zrobił kiedyś. Podoba mu się mój dotyk! Próbuje chwycić moje nadgarstki i w końcu z jednym mu się udaje, mimo zaciętego oporu z mojej strony. To ta ręka, która mnie boli, więc poddaję się, ale drugą łapię za włosy i ciągnę mocno.

– Ach! – Uwalnia głowę i patrzy na mnie. Oczy płoną mu dziko i zmysłowo.

– Dzikuska – szepcze głosem pełnym lubieżnego zachwytu.

W odpowiedzi na to jedno słowo moje libido eksploduje, a ja przestaję grać. Na próżno próbuję uwolnić dłoń z jego żelaznego uścisku. Jednocześnie staram się złączyć kostki i zrzucić go ze mnie. Jest za ciężki. To takie frustrujące i podniecające.

Christian z jękiem unieruchamia mi drugą dłoń. Obie przytrzymuje lewą ręką, podczas gdy prawa wędruje niespiesznie – wręcz bezczelnie – w dół mego ciała. Szarpie mnie za brodawkę.

Wydaję cichy okrzyk i czuję, jak od piersi rozchodzą się ostre iskierki rozkoszy obierające za cel moje podbrzusze. Raz jeszcze usiłuję go z siebie zrzucić, ale na próżno.

Kiedy próbuje mnie pocałować, odwracam głowę na bok, uniemożliwiając mu to. Jego wolna ręka natychmiast pojawia się na mojej brodzie, a on przesuwa po niej zębami.

– Och, maleńka, walcz ze mną – mruczy.

Wiję się pod nim, próbując się uwolnić z jego bezlitosnego uścisku, ale to przegrana sprawa. Jest ode mnie znacznie silniejszy. Delikatnie przygryza mi dolną wargę, językiem próbuje się wedrzeć do moich ust. I dociera do mnie, że wcale nie chcę stawiać mu oporu. Pragnę go – teraz, tak jak zawsze. Przestaję walczyć i żarliwie odwzajemniam pocałunek. Mam gdzieś to, że nie umyłam zębów. Mam gdzieś to, że mieliśmy odgrywać jakąś scenkę. Przez moje ciało przetacza się fala gorącego pożądania, w której się zatracam. Oplatam go nogami w pasie i piętami zsuwam mu z tyłka spodnie od piżamy.

– Ana – dyszy.

I całuje mnie wszędzie. I już nie ma walki, lecz współpraca dłoni i języków, szybka i niecierpliwa.

– Skóra – mruczy ochryple, a oddech ma urywany. Podnosi mnie i jednym ruchem pozbawia T-shirtu.

– Ty – szepczę. Chwytam za przód jego spodni i pociągam w dół, uwalniając członek. Biorę go do ręki. Twardy.

Christian wypuszcza z sykiem powietrze, a ja rozkoszuję się jego reakcją.

– Kurwa – mruczy.

Odchyla się, gdy przesuwam dłonią w górę i w dół, mocno ją zaciskając. Wyczuwając na czubku kropelkę wilgoci, rozsmarowuję ją kciukiem. Gdy Christian popycha mnie na materac, wsuwam kciuk do ust, aby go posmakować. Jego dłonie wędrują w górę mego ciała, pieszcząc biodra, brzuch, piersi.

– Smakuje ci? – pyta, nachylając się nade mną. Oczy mu płoną.

– Tak. Proszę.

Wpycham mu kciuk do ust, a on ssie i przygryza opuszkę. Jęczę, chwytam jego głowę i przyciągam do siebie, abym go mogła pocałować. Skopuję stopami spodnie od piżamy, po czym oplatam go nogami w pasie. Jego usta wędrują wzdłuż mojej żuchwy aż do brody, przygryzając lekko.

– Jesteś taka piękna. – Przesuwa usta na szyję. – Taka piękna skóra. – Jego oddech jest delikatny, gdy usta wędrują do moich piersi.

Jak to? Ciężko dyszę, a w głowie mam mętlik. Sądziłam, że to będzie szybki numerek.

– Christian. – Słyszę w swoim głosie ciche błaganie. Wczepiam palce w jego włosy.

– Ćśś – szepcze i muska brodawkę językiem, po czym bierze ją do ust i ciągnie mocno.

– Ach! – Jęczę i wiję się, wypychając biodra w jego stronę, mając nadzieję, że go tym skuszę.

Uśmiecha się i zabiera za drugą pierś.

– Niecierpliwi się pani, pani Grey? – Mocno ssie. Ciągnę go za włosy. Jęczy i podnosi wzrok. – Zwiążę cię – rzuca ostrzegawczo.

– Weź mnie – błagam.

– Wszystko w swoim czasie – mruczy z ustami przy mojej skórze. Znowu bierze brodawkę do ust, a jego dłoń w irytująco powolnym tempie zsuwa się na biodro.

Jęczę głośno. Oddech mam płytki i urywany. Ponownie próbuję skusić go do wejścia we mnie, ocierając się o niego. Ale on się nie spieszy.

Pieprzyć to. Wiję się i odpycham go, znowu próbując zrzucić z siebie.

– Co to...

Christian chwyta moje dłonie, unieruchamia je i opiera się na mnie całym ciężarem. Brak mi tchu.

– Chciałeś oporu – mówię, dysząc ciężko. Unosi głowę i patrzy na mnie, nie odrywając rąk od moich dłoni. Kładę pięty tuż pod jego pośladkami i pcham. Nic z tego.

– Nie chcesz się grzecznie bawić? – pyta zaskoczony, a w jego oczach rozbłyska podniecenie.

– Chcę po prostu, żebyś się ze mną kochał, Christianie. – Czy naprawdę jest aż tak tępy? Najpierw się siłujemy, chwilę później jest czuły i słodki. Jestem w łóżku z Panem Zmiennym. – Proszę. – Raz jeszcze naciskam piętami.

Płonące szare oczy wwiercają się w moje. Och, co on teraz myśli? Przez chwilę sprawia wrażenie skonsternowanego. Puszcza moje dłonie i siada na piętach, podciągając mnie na kolana.

– Dobrze, pani Grey, zrobimy, jak pani chce. – Unosi mnie i powoli opuszcza na siebie.

– Ach!

To jest to. Tego właśnie pragnę. Tego potrzebuję. Obejmując go za szyję, wplatam palce w jego włosy, upajając się jego obecnością w sobie. Zaczynam się poruszać. Przejmując kontrolę, dyktując tempo. Christian jęczy, jego usta odnajdują moje i oboje zatracamy się w sobie.

Muskam palcami włoski na klatce piersiowej Christiana. Leży nieruchomo na plecach, a nasze oddechy powoli się uspokajają. Jego dłoń gładzi moje plecy.

– Coś jesteś milczący – szepczę i całuję go w ramię. Odwraca się i patrzy na mnie. Jego oczy niczego nie zdradzają. – Fajnie było. – Cholera, czy coś się stało?

– Skonfundowałaś mnie, Ano.

– Skonfundowałam?

Przesuwa się tak, że teraz leżymy twarzami do siebie.

– Tak. Ty. Dyktująca warunki… To… coś odmiennego.

– Odmiennego w dobrym znaczeniu czy złym?

Przesuwam palcem po jego ustach. Christian marszczy brwi, jakby nie do końca rozumiał moje pytanie. Z roztargnieniem całuje mi palec.

– W dobrym – mówi w końcu, ale w jego głosie nie słychać przekonania.

– Nigdy dotąd nie zrealizowałeś tej swojej fantazji?

Rumienię się. Czy ja naprawdę chcę wiedzieć więcej na temat kolorowego… eee, kalejdoskopowego życia seksualnego mego męża przede mną? Moja podświadomość mierzy mnie podejrzliwym wzrokiem. „Naprawdę chcesz się zapuszczać w tamte rejony?"

– Nie, Anastasio. Ty możesz mnie dotykać. – To proste wyjaśnienie, które wiele mówi. Tamta piętnastka oczywiście nie mogła.

– Pani Robinson mogła cię dotykać. – Wypowiadam te słowa, zanim mój mózg zdąży je zarejestrować. Cholera. Czemu o niej wspomniałam?

Christian nieruchomieje. W jego oczach czai się nieufność.

– To było coś innego – mówi cicho.

Nagle stwierdzam, że chcę wiedzieć.

– W dobrym znaczeniu czy złym?

Wpatruje się we mnie. Na jego twarzy widnieje powątpiewanie i chyba ból. Przez chwilę wygląda jak człowiek, który tonie.

– Chyba złym. – Jego słowa są niewiele głośniejsze od szeptu.

Jasna cholera!

– Sądziłam, że ci się podobało.

– Chyba mi się podobało. Wtedy.

– Teraz nie?

Przez chwilę mi się przygląda, po czym kręci głową. O rety…

– Och, Christianie.

Zalewa mnie fala uczuć. Mój zagubiony chłopczyk. Całuję jego twarz, szyję, klatkę piersiową, małe okrągłe blizny. On jęczy, wciąga mnie na siebie i całuje namiętnie. I bardzo powoli i czule, w swoim tempie, raz jeszcze kocha się ze mną.

– Ana Tyson. Nokautuje osobników wagi ciężkiej! – woła wesoło Ethan, gdy schodzę do kuchni na śniadanie.

Siedzi przy barze śniadaniowym razem z Mią i Kate, a pani Bentley przyrządza gofry. Christiana z nimi nie ma.

– Dzień dobry, pani Grey. – Pani Bentley się uśmiecha. – Na co ma pani ochotę?

– Dzień dobry. Co tylko pani poda. Gdzie Christian?

– Na dworze. – Kate ruchem głowy wskazuje ogród za domem.

Podchodzę do okna, z którego rozciąga się widok na ogród i góry. Jest piękny, bezchmurny letni dzień, a mój piękny mąż rozmawia z jakimś mężczyzną.

– Rozmawia z panem Bentleyem! – woła z kuchni Mia.

Po głosie można poznać, że się dąsa. Odwracam się i widzę, jak posyła Ethanowi jadowite spojrzenie. O rety. Po raz kolejny się zastanawiam, co się między nimi dzieje. Marszczę brwi i uwagę przenoszę z powrotem na mojego męża i pana Bentleya.

Mąż pani Bentley ma jasne włosy, ciemne oczy, jest chudy i ma na sobie robocze spodnie oraz T-shirt z logo straży pożarnej w Aspen. Christian ubrany jest w czarne dżinsy i T-shirt. Gdy idą trawnikiem w stronę domu, zatopieni w rozmowie, Christian schyla się i podnosi z ziemi coś, co wygląda jak bambusowy kijek. W roztargnieniu wyciąga przed siebie rękę z kijkiem, jakby go ważył, po czym przecina nim powietrze.

Och…

Pan Bentley nie widzi w jego zachowaniu niczego dziwacznego. Dalej rozmawiają, tym razem bliżej domu, po czym znowu się zatrzymują i Christian powtarza gest z kijkiem. Podnosi głowę i dostrzega mnie w oknie. Nagle czuję się tak, jakbym go szpiegowała. Macham do niego z zażenowaniem, po czym odwracam się i wracam do kuchni.

– Co robiłaś? – pyta Kate.

– Po prostu przyglądałam się Christianowi.

– Nieźle cię wzięło. – Prycha.

– A ciebie nie, ty moja przyszła szwagierko? – odpowiadam, uśmiechając się i próbując wyrzucić z myśli niepokojący obraz Christiana z kijkiem.

Kate zrywa się ze stołka i podbiega, aby mnie uściskać.

– Siostro! – wykrzykuje i trudno nie dać się ponieść jej radości.

<hr>

– Hej, śpiochu – budzi mnie Christian. – Zaraz lądujemy. Zapnij pasy.

Sennie szukam pasów, ale mąż mnie wyręcza. Całuje mnie w czoło, po czym wraca na swoje miejsce. Ponownie opieram głowę o jego ramię i zamykam oczy.

Wykończyła mnie niemożliwie długa wycieczka i piknik na szczycie spektakularnej góry. Reszta towarzystwa także jest spokojna – nawet Mia. Od rana wydaje się przybita. Ciekawe, jak jej kampania z Ethanem. Nie wiem nawet, gdzie wczoraj spali. Nasze spojrzenia się krzyżują. Ja się uśmiecham, ona w zasadzie też, ale smutno, po czym wraca do książki. Zerkam spod rzęs na Christiana. Czyta właśnie jakąś umowę, nanosząc na marginesach poprawki. Ale wygląda na zrelaksowanego. Elliot chrapie cicho obok Kate.

Muszę dorwać Elliota i wypytać go o Gię, ale dzisiaj nie dało się go oderwać od Kate. Christiana nie interesuje to na tyle, aby pytać, co jest irytujące. Nie naciskam jednak. Dłoń Elliota spoczywa na kolanie Kate. Moja przyjaciółka cała promienieje i pomyśleć, że zaledwie wczoraj po południu była tak bardzo go niepewna. Jak nazwał go Christian? Lelliot. Może to rodzinna ksywka? Słodka, lepsza niż męska dziwka. Elliot nagle otwiera oczy i patrzy prosto na mnie. Robię się czerwona jak burak.

Uśmiecha się szeroko.

– Uwielbiam, jak się rumienisz – rzuca żartobliwie i się przeciąga.

Kate posyła mi uśmiech pełen zadowolenia.

Pierwszy pilot Beighley oznajmia, że zbliżamy się do Sea-Tac, a Christian bierze mnie za rękę.

....

– Jak minął pani weekend, pani Grey? – pyta mnie Christian, gdy jedziemy już audi do Escali. Z przodu siedzą Taylor i Ryan.

– Dobrze, dziękuję panu. – Uśmiecham się ogarnięta nagłą nieśmiałością.

– Możemy tam lecieć, gdy tylko nam przyjdzie ochota. Zabrać kogoś, kogo byś chciała.

– Powinniśmy zabrać Raya. Chętnie by się wybrał na ryby.

– Dobry pomysł.

– A tobie jak się podobało? – pytam.

– Bardzo – odpowiada po chwili, jakby zaskoczony moim pytaniem. – Naprawdę.

– Chyba udało ci się zrelaksować.

Wzrusza ramionami.

– Wiedziałem, że jesteś bezpieczna.

Marszczę brwi.

– Christianie, na ogół jestem bezpieczna. Już ci mówiłam, że przy tym poziomie stresu nie dożyjesz czterdziestki. A ja chcę się z tobą zestarzeć.

Ujmuję jego dłoń. On patrzy na mnie, jakby nie był w stanie zrozumieć moich słów. Całuje mnie lekko w knykcie i zmienia temat.

– Jak twoja ręka?

– Lepiej, dziękuję.

Uśmiecha się.

– Bardzo dobrze, pani Grey. Gotowa na ponowne starcie z Gią?

Cholera. Zapomniałam, że mamy się z nią spotkać dziś wieczorem, aby obejrzeć poprawione plany. Przewracam oczami.

– Możliwe, że będę cię chciała trzymać od niej z daleka. – Uśmiecham się drwiąco.

– Chronić mnie? – Christian śmieje się ze mnie.

– Jak zawsze, panie Grey. Przed seksualnymi drapieżniczkami – szepczę.

━━━━━━

Christian myje zęby, kiedy ja kładę się do łóżka. Jutro czeka nas powrót do rzeczywistości – powrót do pracy, do paparazzich i do Jacka, który co prawda siedzi w areszcie, ale istnieje możliwość, że miał wspólnika. Hmm... Christian nie ciągnął tego tematu. Wie coś? A gdyby rzeczywiście wiedział, powiedziałby mi? Wzdycham. Wyciąganie informacji z mojego męża przypomina rwanie zębów, a mieliśmy taki cudowny weekend. Chcę rujnować nastrój daremnymi próbami?

Dziwnie było go widzieć poza jego normalnym środowiskiem, poza ścianami mieszkania, zrelaksowanego i zadowolonego w towarzystwie rodziny. A może źle działa na niego mieszkanie tutaj, razem ze wszystkimi wspomnieniami i skojarzeniami? Może powinniśmy się przeprowadzić?

Prycham. Przecież się przeprowadzamy – do wielkiego domu na wybrzeżu. Plany Gii zostały zaakceptowane, a w przyszłym tygodniu do domu wkracza ekipa Elliota. Chichoczę, gdy przypomina mi się mina wstrząśniętej Gii, gdy się dowiedziała, że widziałam ją w Aspen. Okazuje się, że to był najzwyklejszy w świecie zbieg okoliczności. Wybrała się do swego letniego domku, aby popracować w spokoju nad naszymi planami. Przez jedną okropną chwilę sądziłam, że miała swój udział w wyborze pierścionka, ale wygląda na to, że nie. Ale i tak jej nie ufam. Chcę usłyszeć taką samą wersję od Elliota. Dobre chociaż to, że tym razem trzymała się z daleka od Christiana.

Spoglądam na nocne niebo. Będzie mi brakować tego widoku. Tej panoramy... Seattle u naszych stóp, zapewniające tak wiele możliwości, a jednak tak odległe. Może na tym właśnie polega problem Christiana: zbyt długo tkwił w izolacji od prawdziwego życia. A jednak w otoczeniu rodziny zachowuje się mniej kontrolująco, mniej niespokojnie – jest szczęśliwszy, wyluzowany. Ciekawe, co by powiedział na to Flynn. O cholera! A może to jest właśnie odpowiedź. Może potrzebuje własnej rodziny. Kręcę głową – jesteśmy za młodzi, to wszystko jest dla nas zbyt nowe.

Christian wchodzi do sypialni, jak zawsze przystojny, ale i zadumany.

– Wszystko w porządku? – pytam.

Kiwa z roztargnieniem głową i wchodzi do łóżka.

– Wcale nie czekam na powrót do rzeczywistości – burczę.

– Nie?

Kręcę głową i czule dotykam jego kochanej twarzy.

– Weekend był cudowny. Dziękuję ci.

Uśmiecha się łagodnie.

– Ty jesteś moją rzeczywistością, Ano – mruczy i całuje mnie w usta.

– Brakuje ci tego?

– Czego? – pyta zaskoczony.

– No wiesz. Chłostania... i innych rzeczy – szepczę zażenowana.

Wpatruje się we mnie, ale spojrzenie ma niewzruszone.

– Nie, Anastasio, nie brakuje. – Głos ma cichy i spokojny. Dotyka mego policzka. – Po twoim odejściu doktor Flynn powiedział mi coś, co utkwiło mi w pamięci. Powiedział, że nie mógłbym się tak zachowywać, gdybyś ty nie wyrażała zgody. Dla mnie to było objawienie. – Urywa i marszczy brwi. – Nie wiedziałem, jak to robić inaczej, Ano. Teraz wiem. Nauczyłem się.

– Ode mnie?

Jego spojrzenie łagodnieje.

– A ty tęsknisz za tym? – pyta.

Och!

– Nie chcę, żebyś robił mi krzywdę, ale lubię się bawić, Christianie. Wiesz o tym. Gdybyś chciał zrobić coś... – Wzruszam ramionami.

– Coś?

– No wiesz, z pejczem albo tą twoją szpicrutą... – urywam i oblewam się rumieńcem.

Unosi zaskoczony brew.

– Cóż... zobaczymy. W tej akurat chwili mam ochotę na trochę starej, dobrej wanilii. – Przesuwa kciukiem po mojej wardze i raz jeszcze mnie całuje.

⁙⁙⁙⁙⁙⁙⁙⁙⁙⁙⁙⁙

Nadawca: Anastasia Grey
Temat: Dzień dobry
Data: 29 sierpnia 2011, 09:14
Adresat: Christian Grey

Panie Grey,

Chciałam jedynie powiedzieć, że Pana kocham.

To tyle.

Twoja na zawsze

A x

Anastasia Grey
Redaktor naczelna, SIP

Nadawca: Christian Grey
Temat: Zapominając o poniedziałkowej chan-
drze
Data: 29 sierpnia 2011, 09:18
Adresat: Anastasia Grey

Pani Grey,

Cóż za przyjemne słowa z ust żony (posłusznej
czy nie) w poniedziałkowy ranek.

Zapewniam Cię, że ja czuję dokładnie to samo.

Sorki za wieczorną kolację. Mam nadzieję, że
się nie zanudzisz.

x

Christian Grey
Prezes, Grey Enterprises Holdings, Inc.

No tak. Kolacja Amerykańskiego Stowarzyszenia
Stoczni. Przewracam oczami... Christian rzeczywiście
zabiera mnie na niezwykle fascynujące przyjęcia.

Nadawca: Anastasia Grey
Temat: Mijające się nocą statki
Data: 29 sierpnia 2011, 09:26
Adresat: Christian Grey

Drogi Panie Grey,

Jestem przekonana, że już coś Pan wymyśli,
aby dodać nieco pikanterii tej kolacji...

Z pozdrowieniami
Pani G. x

Anastasia (posłuszna) Grey
Redaktor naczelna, SIP

Nadawca: Christian Grey
Temat: Różnorodność nadaje życiu smak
Data: 29 sierpnia 2011, 09:35
Adresat: Anastasia Grey

Pani Grey

Mam kilka pomysłów...

x

Christian Grey
Prezes, Grey Enterprises Holdings, Inc. Czeka-
jący Niecierpliwie Na Kolację ASS, Inc.

Mięśnie w moim brzuchu rozkosznie się zaciskają.
Hmm... Ciekawe, co wymyśli. Do drzwi puka Hannah,
wyrywając mnie z rozmyślań.
– Gotowa na przejrzenie grafiku na ten tydzień?
– Jasne. Siadaj. – Uśmiecham się, odzyskując spokój,
i minimalizuję program pocztowy. – Musiałam przesunąć
dwa spotkania. Pan Fox w przyszłym tygodniu i doktor...
Dzwoni mój telefon. To Roach. Prosi, abym przyszła
do jego gabinetu.
– Możemy do tego wrócić za dwadzieścia minut?
– Oczywiście.

Nadawca: Christian Grey
Temat: Wczorajszy wieczór
Data: 30 sierpnia 2011, 09:24
Adresat: Anastasia Grey

Był... niezły.

Kto by pomyślał, że doroczna kolacja ASS potrafi być tak stymulująca?

Pani nigdy mnie nie rozczarowuje, pani Grey.

Kocham Cię

x

Christian Grey
Pełen podziwu Prezes, Grey Enterprises Holdings, Inc.

Nadawca: Anastasia Grey
Temat: Uwielbiam zabawkę kulkami
Data: 30 sierpnia 2011, 09:33
Adresat: Christian Grey

Drogi Panie Grey,

Brakowało mi srebrnych kulek.

To Pan nigdy nie rozczarowuje.

To wszystko.

Pani G. x

Anastasia Grey
Redaktor naczelna, SIP

Hannah puka do drzwi gabinetu, przerywając mi
erotyczne myśli związane z wczorajszym wieczorem.
Dłonie Christiana... jego usta...
— Wejdź.
— Ano, dzwoniła właśnie asystentka pana Roacha.
Chciałby, abyś wzięła dziś udział w zebraniu. To ozna-
cza, że ponownie muszę przesunąć część twoich spotkań.
Może tak być?

Jego język.

– Jasne. Tak – mamroczę, próbując powstrzymać nieokiełznane myśli. Hannah uśmiecha się i wychodzi... pozostawiając mnie w towarzystwie rozkosznych wspomnień.

‖‖‖‖‖‖‖‖‖‖‖‖‖‖‖‖‖‖‖

Nadawca: Christian Grey
Temat: Hyde
Data: 1 września 2011, 15:24
Adresat: Anastasia Grey

Anastasio,

Do Twojej wiadomości: Hyde'owi odmówiono wyjścia za kaucją i pozostał w areszcie. Jest oskarżony o próbę porwania i podpalenie. Jeszcze nie wyznaczono daty rozprawy.

Christian Grey
Prezes, Grey Enterprises Holdings, Inc.

Nadawca: Anastasia Grey
Temat: Hyde
Data: 1 września 2011, 15:53
Adresat: Christian Grey

To dobra wiadomość.

Czy to oznacza, że zmniejszysz nieco ochronę?

Naprawdę nie przepadam za Prescott.

Ana x

Anastasia Grey
Redaktor naczelna, SIP

Nadawca: Christian Grey
Temat: Hyde
Data: 1 września 2011, 15:59
Adresat: Anastasia Grey

Nie. Ochrona pozostanie bez zmian. Koniec dyskusji.

Co jest nie tak z Prescott? Jeśli jej nie lubisz, to ją zastąpię kimś innym.

Christian Grey
Prezes, Grey Enterprises Holdings, Inc.

Krzywię się, czytając ten arogancki mejl. Prescott nie jest aż taka zła.

Nadawca: Anastasia Grey
Temat: Nie gorączkuj się!
Data: 1 września 2011, 16:03
Adresat: Christian Grey

Ja jedynie pytałam (przewracam oczami). A nad Prescott się zastanowię.

Schowaj tę świerzbiącą rękę!

Ana x

Anastasia Grey
Redaktor naczelna, SIP

Nadawca: Christian Grey
Temat: Nie kuś mnie
Data: 1 września 2011, 16:11
Adresat: Anastasia Grey

Mogę Panią zapewnić, że wcale się nie gorącz-
kuję.

Jednakże ręka rzeczywiście mnie świerzbi.

Możliwe, że dziś wieczorem coś z tym zrobię.

x

Christian Grey
Prezes, Grey Enterprises Holdings, Inc.

Nadawca: Anastasia Grey
Temat: Wiercenie się na krześle
Data: 1 września 2011, 16:20
Adresat: Christian Grey

Obiecanki cacanki…

A teraz przestań mnie zadręczać. Ja tu próbuję pracować; za chwilę mam nieplanowane spotkanie z autorem. Będę się starać, aby nie rozpraszały mnie myśli o Tobie.

A x

Anastasia Grey
Redaktor naczelna, SIP

‖‖‖‖‖‖‖‖‖‖‖‖‖‖‖‖‖‖

Nadawca: Anastasia Grey
Temat: Jacht & szybowiec & klapsy
Data: 5 września 2011, 09:18
Adresat: Christian Grey

Mężu,

Doskonale wiesz, jak zapewnić dziewczynie niezapomniany weekend.

Naturalnie będę się spodziewać co tydzień takiego traktowania.

Psujesz mnie. Uwielbiam to.

Twoja żona

xox

Anastasia Grey
Redaktor naczelna, SIP

Nadawca: Christian Grey
Temat: Moją życiową misją…
Data: 5 września 2011, 9:25
Adresat: Anastasia Grey

…jest psucie Pani, Pani Grey.

I zapewnianie Pani bezpieczeństwa, ponieważ kocham Panią.

Christian Grey
Zadurzony Prezes, Grey Enterprises Holdings, Inc.

O rety. Ależ z niego romantyk…

Nadawca: Anastasia Grey
Temat: Moją życiową misją…
Data: 5 września 2011, 09:33
Adresat: Christian Grey

… jest pozwalanie Ci na to – ponieważ ja także Cię kocham.

A teraz przestań być taki ckliwy.

Bo jeszcze się rozpłaczę.

Anastasia Grey
Równie zadurzona redaktor naczelna, SIP

Następnego dnia wpatruję się w stojący na moim biurku kalendarz. Tylko pięć dni do dziesiątego września – moich urodzin. Wiem, że pojedziemy wtedy do domu, aby zobaczyć postępy Elliota i jego ekipy. Hmm… Ciekawe, czy Christian ma jakieś inne plany. Uśmiecham się na tę myśl.

Do drzwi puka Hannah.

– Proszę.

Za drzwiami kręci się Prescott. Dziwne…

– Cześć, Ano – mówi Hannah. – Przyszła Leila Williams i chce się z tobą spotkać. Mówi, że to sprawa osobista.

– Leila Williams? Nie znam żadnej… – W ustach robi mi się sucho, a Hannah otwiera szeroko oczy na widok mojej miny.

Leila? Kurwa. Czego ona chce?

ROZDZIAŁ SZESNASTY

— Mam ją odesłać? — pyta Hannah zaalarmowana wyrazem mojej twarzy.

— Nie. Gdzie ona jest?

— W recepcji. Nie przyszła sama. Towarzyszy jej jakaś młoda kobieta.

Och!

— I panna Prescott chce z tobą porozmawiać — dodaje.

No nic dziwnego.

— Wpuść ją.

Hannah odsuwa się na bok i do gabinetu wchodzi Prescott. Wprost emanuje z niej wydajność i skuteczność.

— Daj nam chwilkę, Hannah. Panno Prescott, proszę usiąść.

Hannah zamyka drzwi, zostawiając nas same.

— Pani Grey, Leila Williams znajduje się na pani liście zabronionych gości.

— Słucham?

Mam taką listę?

— Na naszej liście, proszę pani. Taylor i Welch jasno się wyrazili, aby nie dopuścić do prób kontaktowania się z panią.

Marszczę brwi.

— Jest niebezpieczna?

— Tego nie wiem, proszę pani.

— No to czemu w ogóle wiem, że tu przyszła?

Prescott przełyka ślinę i przez chwilę wygląda na zakłopotaną.

– Byłam w toalecie. Ona weszła, zwróciła się bezpośrednio do Claire, a Claire zadzwoniła do Hannah.

– Och. Rozumiem. – Uświadamiam sobie, że nawet Prescott musi robić siusiu. Śmieję się. – O rany.

– Właśnie, proszę pani. – Prescott uśmiecha się do mnie z zażenowaniem. Po raz pierwszy widzę pęknięcie w jej zbroi. Ma śliczny uśmiech.

– Jeszcze raz muszę porozmawiać z Claire o protokole – mówi ostrożnie.

– Jasne. Taylor wie o niej? – Krzyżuję nieświadomie palce, mając nadzieję, że nie powiedziała Christianowi.

– Nagrałam mu się na pocztę głosową.

Och.

– W takim razie mam mało czasu. Chciałabym się dowiedzieć, czego ode mnie chce.

Prescott przygląda mi się przez chwilę.

– Muszę to pani odradzić, pani Grey.

– Zjawiła się tutaj z jakiegoś powodu.

– A moim zadaniem jest do czegoś takiego nie dopuścić, proszę pani. – W jej głosie słyszę rezygnację.

– Naprawdę chcę usłyszeć, co ma do powiedzenia. – Mówię to głośniej, niż zamierzałam.

Prescott tłumi westchnienie.

– Chciałabym wcześniej przeszukać obie panie.

– Dobrze. Wolno ci to zrobić?

– Jestem tu po to, aby panią chronić, pani Grey, więc tak, wolno. Chciałabym także być obecna przy rozmowie.

– Dobrze. – W tym akurat przypadku mogę pójść na ustępstwo. Poza tym kiedy ostatni raz widziałam Leilę, była uzbrojona.

Prescott wstaje.

– Hannah! – wołam.

Otwiera drzwi zbyt szybko. Musiała czekać tuż za nimi.

– Możesz sprawdzić, czy sala konferencyjna jest wolna?

– Już sprawdziłam, wolna.

– Prescott, możesz je tam obszukać? Będziecie tam miały dość prywatności?

– Tak, proszę pani.

– Wobec tego przyjdę tam za pięć minut. Hannah, zaprowadź Leilę Williams i jej towarzyszkę do sali konferencyjnej.

– Naturalnie. – Hannah zerka niespokojnie to na Prescott, to na mnie. – Mam odwołać następne spotkanie? Jest o czwartej, ale na drugim końcu miasta.

– Tak – mówię, myślami gdzie indziej.

Hannah kiwa głową i wychodzi.

Czego, u licha, chce Leila? Nie sądzę, aby przyszła tu po to, by zrobić mi krzywdę. Nie zrobiła tego wtedy, gdy miała doskonałą okazję. Christian wpadnie w szał. Moja podświadomość sznuruje usta, zakłada nogę na nogę i kiwa głową. Muszę mu powiedzieć, że to robię. Piszę krótki mejl, po czym waham się, sprawdzając godzinę. Przez chwilę czuję ukłucie żalu. Tak dobrze się dogadujemy od czasu Aspen. Klikam „wyślij".

Nadawca: Anastasia Grey
Temat: Goście
Data: 6 września 2011, 15:27
Adresat: Christian Grey

Christianie,

Jest tu Leila i chce się ze mną zobaczyć. Spotkam się z nią w obecności Prescott.

W razie potrzeby wykorzystam niedawno nabytą umiejętność uderzania w twarz.

Postaraj się, ale tak naprawdę, nie martwić się.

Jestem dużą dziewczynką.

Zadzwonię zaraz po.

A x

Anastasia Grey
Redaktor naczelna, SIP

Szybko chowam BlackBerry do szuflady w biurku.
Wstaję, wygładzam szarą ołówkową spódnicę, szczypię
się w policzki, aby dodać im nieco kolorków i rozpinam
górny guzik szarej jedwabnej bluzki. Okej, jestem gotowa.
Biorę głęboki oddech i wychodzę z gabinetu na spotkanie
z osławioną Leilą, ignorując dochodzące z biurka dźwięki
Your Love Is King.

Leila wygląda znacznie lepiej. Jest bardzo atrakcyjna. Policzki ma zaróżowione, brązowe oczy błyszczące,
a włosy czyste i lśniące. Ma na sobie jasnoróżową bluzkę
i białe spodnie. Wstaje, gdy tylko wchodzę. Jej koleżanka
także – kolejna ciemnowłosa młoda kobieta z brązowymi
oczami. Prescott stoi w rogu pomieszczenia, nie odrywając wzroku od Leili.

– Pani Grey, tak bardzo dziękuję, że zgodziła się pani
ze mną spotkać. – Głos Leili jest cichy, lecz wyraźny.

– Eee… Przykro mi z powodu ochrony. – Nic innego
nie przychodzi mi do głowy.

– To moja przyjaciółka, Susi.

– Witam. – Kiwam głową. Wygląda jak Leila. Wygląda jak ja. O nie. Jeszcze jedna.

– Tak – mówi Leila, jakby czytała mi w myślach. – Susi także zna pana Greya.

I co ja mam, u licha, teraz powiedzieć? Uśmiecham się grzecznie.

– Siądźcie, proszę – mówię cicho.

Rozlega się pukanie do drzwi. To Hannah. Gestem pokazuję, by weszła, doskonale wiedząc, dlaczego nam przerywa.

– Przepraszam, że przeszkadzam, Ano. Mam na linii pana Greya.

– Powiedz mu, że jestem zajęta.

– Bardzo nalegał – mówi bojaźliwie.

– Nie wątpię. Przeproś go i powiedz, że niedługo oddzwonię.

Waha się.

– Hannah, proszę.

Kiwa głową i wychodzi. Odwracam się do dwóch siedzących naprzeciwko mnie kobiet. Obie patrzą na mnie ze zdumieniem. To mnie krępuje.

– Co mogę dla pań zrobić? – pytam.

Głos zabiera Susi.

– Wiem, że to mocno dziwaczna sytuacja, ale ja także pragnęłam panią poznać. Kobietę, która usidliła Chris...

Unoszę rękę, uciszając ją w pół zdania. Nie chcę tego słyszeć.

– Eee... rozumiem, o co pani chodzi – mamroczę.

– Nazywamy siebie klubem uległych. – Uśmiecha się do mnie, a jej oczy błyszczą wesoło.

O mój Boże.

Leila gapi się na Susi jednocześnie rozbawiona i przerażona. Susi się krzywi. Podejrzewam, że Leila kopnęła ją pod stołem.

Co ja mam, do cholery, teraz powiedzieć? Zerkam nerwowo na Prescott, ale ona pozostaje obojętna, ani na chwilę nie odrywając wzroku od Leili.

Susi się opamiętuje. Zarumieniona kiwa głową i wstaje.

– Zaczekam w recepcji. To sprawa Lulu. – Widać, że jest zażenowana.

Lulu?

– Dasz sobie radę? – pyta Leilę, a ona się uśmiecha.

Susi posyła mi szeroki, szczery uśmiech i wychodzi.

Susi i Christian... Nie jest to coś, o czym chciałabym teraz myśleć. Prescott wyjmuje z kieszeni telefon i odbiera. Nie słyszałam, jak dzwoni.

– Panie Grey – mówi. Leila i ja odwracamy zgodnie głowy w jej stronę. Prescott zamyka oczy, jakby czuła ból. – Tak, proszę pana. – Robi krok w moją stronę i podaje telefon.

Przewracam oczami.

– Christianie – mówię cicho, starając się ukryć rozdrażnienie. Wstaję i szybko wychodzę z sali.

– W co ty, kurwa, sobie pogrywasz? – krzyczy. Gotuje się z wściekłości.

– Nie krzycz na mnie.

– Jak to mam na ciebie nie krzyczeć?! – Pyta jeszcze głośniej. – Wydałem ci wyraźne instrukcje, które kompletnie zlekceważyłaś, po raz kolejny zresztą. Kurwa, Ana, jestem wkurzony na maksa.

– Kiedy się uspokoisz, porozmawiamy o tym.

– Nie rozłączaj się – syczy.

– Do widzenia, Christianie.

Jasny gwint. Nie mam dużo czasu. Biorę głęboki oddech i wracam do sali konferencyjnej. Leila i Prescott patrzą na mnie wyczekująco. Oddaję telefon.

– Na czym stanęłyśmy? – pytam Leilę i siadam naprzeciwko niej. Jej oczy lekko się rozszerzają.

406   E L James

Tak. Podobno sobie z nim radzę, mam ochotę po-
wiedzieć. Ale nie sądzę, by chciała to usłyszeć.
Leila bawi się nerwowo końcami włosów.
– Po pierwsze, chciałam przeprosić – mówi cicho.
Och...
Podnosi głowę i dostrzega moje zdziwienie.
– Tak – mówi szybko. – I podziękować za to, że nie
wniosła pani oskarżenia. Za samochód i mieszkanie.
– Wiedziałam, że nie czujesz się... eee, dobrze. –
Kręci mi się w głowie. Nie spodziewałam się przeprosin.
– To prawda.
– Teraz lepiej się już czujesz? – pytam delikatnie.
– Znacznie lepiej. Dziękuję.
– Twój lekarz wie, że tu jesteś?
Kręci głową.
Och.
Wygląda na skruszoną.
– Wiem, że później będę musiała ponieść konse-
kwencje. Ale musiałam załatwić parę spraw, no i chciałam
zobaczyć się z Susi, panią i... panem Greyem.
– Chciałaś zobaczyć się z Christianem? – A więc
dlatego się tutaj zjawiła.
– Tak. Chciałam zapytać, czy nie ma pani nic prze-
ciwko temu.
O kurwa. Gapię się na nią i mam ochotę oświad-
czyć, że mam. Nie chcę, aby się zbliżała do mojego
męża. Po co tu w ogóle przyszła? Dokonać oceny prze-
ciwnika? Wytrącić mnie z równowagi? A może potrzebne jej to jako swego rodzaju zamknięcie pewnego
etapu w życiu?
– Leilo – mówię z rozdrażnieniem. – To nie zależy
ode mnie, lecz od Christiana. Jego będziesz musiała spytać. Nie potrzebuje mojego pozwolenia. To dorosły mężczyzna... na ogół.

Przez chwilę patrzy na mnie, jakby moja reakcja ją zaskoczyła, a potem śmieje się cicho, bawiąc się nerwowo włosami.

– Wielokrotnie odmawiał mi spotkania – mówi cicho. O cholera. Napytałam sobie większej biedy, niż sądziłam.

– Dlaczego spotkanie z nim jest dla ciebie takie ważne? – pytam łagodnie.

– Chcę mu podziękować. Gdyby nie on, gniłabym w jakimś zatęchłym psychiatryku. Wiem to. – Opuszcza wzrok i przesuwa palcem po krawędzi blatu. – Miałam poważne problemy psychiczne i gdyby nie pan Grey i John, to znaczy doktor Flynn… – Wzrusza ramionami i ponownie patrzy na mnie, a na jej twarzy maluje się wdzięczność.

Po raz kolejny brak mi słów. Czego ona ode mnie oczekuje? Takie rzeczy powinna przecież mówić Christianowi, nie mnie.

– I za szkołę plastyczną. Nie wiem, jak mam mu za to dziękować.

Wiedziałam! Christian opłaca jej szkołę. Zachowuję kamienny wyraz twarzy, niepewnie badając własne uczucia względem tej kobiety po potwierdzeniu się moich podejrzeń co do hojności Christiana. Ku swemu zaskoczeniu nie żywię do niej urazy. Cieszę się, że lepiej się czuje. Może teraz zajmie się w końcu swoim życiem, a nas zostawi w spokoju.

– Przepadają ci teraz jakieś zajęcia? – pytam, bo mnie to ciekawi.

– Tylko dwa. Jutro wracam do domu.

Och, to dobrze.

– A jakie masz plany na pobyt tutaj?

– Zabrać od Susi swoje rzeczy, wrócić do Hamden. Dalej malować i uczyć się. Pan Grey ma już dwa moje obrazy.

O w mordę! Mam dziwne uczucie w żołądku, jakbym szybko spadała. Czy one wiszą w moim salonie? Ta
myśl nie jest przyjemna.

– Jakiego rodzaju malarstwo uprawiasz?

– Głównie abstrakcje.

– Rozumiem. – W myślach przebiegam wzrokiem
po wiszących w salonie obrazach. Dwa pędzla jego byłej
uległej... niewykluczone.

– Pani Grey, mogę być z panią szczera? – pyta kompletnie nieświadoma moich sprzecznych uczuć.

– Naturalnie – mamroczę, zerkając na Prescott, która
wygląda na nieco bardziej zrelaksowaną.

Leila nachyla się ku mnie, jakby zamierzała wyjawić
długo skrywany sekret.

– Kochałam Geoffa, mojego chłopaka, który zginął
w tym roku. – Jej głos zmienia się w smutny szept.

Jasna cholera, zaczynają się wyznania intymne.

– Przykro mi bardzo – mówię automatycznie, ale ona
kontynuuje, jakby mnie nie słyszała.

– Kochałam mojego męża... i jeszcze jednego mężczyznę...

– Mojego męża. – Słowa te wydostają się z moich
ust, nim jestem je w stanie powstrzymać.

– Tak. – Wypowiada to niemal bezgłośnie.

To dla mnie żadna nowość. Kiedy Leila podnosi
na mnie wzrok, jej brązowe oczy pełne są sprzecznych
emocji, ale dominuje chyba niepokój... związany z moją
reakcją? Ale ja wobec tej biednej młodej kobiety żywię
przede wszystkim współczucie. Przełykam ślinę i uderzam w moralizatorski ton.

– Wiem. On jest bardzo łatwy do kochania – szepczę.

Jej oczy stają się ze zdziwienia jeszcze większe.
Uśmiecha się.

– Tak, jest, to znaczy był. – Poprawia się szybko, a jej policzki stają się czerwone. Następnie chichocze tak słodko, że nie mogę się powstrzymać i także chichoczę.

Tak, Christian Grey robi z nas śmieszki. Moja podświadomość przewraca z rozpaczą oczami i wraca do czytania podniszczonego egzemplarza *Dziwnych losów Jane Eyre*. Zerkam na zegarek. Wiem, że niedługo zjawi się tu Christian.

– Będziesz miała szansę zobaczyć się z Christianem.

– Tak też myślałam. Wiem, jaki potrafi być opiekuńczy. – Uśmiecha się.

A więc taki jest plan Leili. Spryciula. „Albo manipulatorka" – szepcze moja podświadomość.

– Dlatego właśnie tu przyszłaś?

– Tak.

– Rozumiem.

A Christian zachowuje się zgodnie z jej przewidywaniami. Niechętnie muszę przyznać, że dobrze go zna.

– Wydawał się bardzo szczęśliwy. Z panią – mówi.

Słucham?

– A skąd to wiesz?

– Widziałam to, jak byłam w apartamencie – dodaje ostrożnie.

Och… jak mogłam o tym zapomnieć.

– Często tam przychodziłaś?

– Nie. Ale z panią zachowywał się inaczej.

Chcę tego słuchać? Wzdrygam się na wspomnienie strachu, który czułam, kiedy Leila była niewidzialnym cieniem w naszym mieszkaniu.

– Wiesz, że to wbrew prawu. Wkraczanie na teren prywatny.

Kiwa głową, wbijając wzrok w stół. Przesuwa paznokciem po krawędzi.

– Zrobiłam to tylko kilka razy i miałam szczęście, że mnie nie złapano. Za to także muszę podziękować panu Greyowi. Mógł mnie wsadzić do więzienia.

– Nie sądzę, aby to zrobił – mówię cicho.

Nagle za drzwiami robi się jakieś zamieszanie i już wiem, że w wydawnictwie zjawił się Christian. Chwilę później drzwi się otwierają i wpada do środa, a nim zdąży je zamknąć, napotykam spojrzenie Taylora. Usta ma zaciśnięte i nie reaguje na mój nerwowy uśmiech. Jasny gwint, nawet on jest na mnie wkurzony.

Płonący wzrok Christiana przeszywa najpierw mnie, potem Leilę. Zachowuje pełen determinacji spokój, a już go znam, i podejrzewam, że Leila także. Prawdę zdradza groźny błysk w oku – wprost kipi z wściekłości, choć dobrze to skrywa. W szarym garniturze, z poluzowanym krawatem i odpiętym górnym guzikiem białej koszuli wygląda poważnie, a jednocześnie swobodnie… i podniecająco. Włosy ma w nieładzie – z pewnością od przeczesywania palcami.

Leila nerwowo wbija wzrok w stół i ponownie przesuwa palcem po krawędzi. Christian patrzy najpierw na mnie, potem na nią, a na końcu na Prescott.

– Ty – mówi cicho do Prescott – jesteś zwolniona. Wyjdź stąd.

Blednę. O nie, to nie jest fair.

– Christianie… – Chcę wstać.

Unosi ostrzegawczo palec.

– Przestań – mówi, a głos ma tak niepokojąco cichy, że natychmiast milknę i siedzę jak wrośnięta w krzesło.

Prescott szybko, ze spuszczoną głową wychodzi z pomieszczenia. Christian zamyka za nią drzwi i podchodzi do stołu. Cholera! Cholera! To moja wina. Christian staje naprzeciwko Leili, kładzie obie dłonie na drewnianym blacie i nachyla się w jej stronę.

– Co ty tu, kurwa, robisz? – warczy.

– Christian!

Ignoruje mnie.

– No więc? – pyta ostro.

Leila podnosi bojaźliwie wzrok. Oczy ma wielkie, twarz pobladłą.

– Chciałam się z tobą zobaczyć, ale ty mi nie pozwalałeś – szepcze.

– Więc przyszłaś dręczyć moją żonę? – Głos ma cichy. Zbyt cichy.

Leila ponownie wbija wzrok w stół.

Prostuje się i patrzy na nią gniewnie.

– Leilo, jeśli jeszcze raz zbliżysz się do mojej żony, koniec z pomocą. Lekarze, szkoła plastyczna, ubezpieczenie zdrowotne, z tym wszystkim będziesz się mogła pożegnać. Zrozumiałaś?

– Christianie... – próbuję ponownie. Ale on ucisza mnie zimnym spojrzeniem. Dlaczego zachowuje się tak niemądrze? Moje współczucie względem tej smutnej kobiety przybiera na sile.

– Tak – szepcze.

– Co w recepcji robi Susannah?

– Przyszła ze mną.

Przeczesuje palcami włosy, piorunując ją wzrokiem.

– Christian, proszę – mówię błagalnie. – Leila chce ci jedynie podziękować. Nic więcej.

Ignoruje mnie, koncentrując się na Leili.

– Podczas choroby mieszkałaś u Susannah?

– Tak.

– Wiedziała, co robisz?

– Nie. Była na wakacjach.

Christian przesuwa palcem wskazującym po dolnej wardze.

– Dlaczego musiałaś się ze mną spotkać? Wiesz przecież, że powinnaś się ze mną kontaktować wyłącznie przez Flynna. Potrzebujesz czegoś? – Ton głosu ma minimalnie łagodniejszy.

Leila ponownie przesuwa palcem po krawędzi blatu.

Przestań ją dręczyć, Christianie!

– Musiałam się dowiedzieć. – I po raz pierwszy patrzy mu prosto w oczy.

– Musiałaś się dowiedzieć czego? – warczy.

– Czy u ciebie wszystko dobrze.

Gapi się na nią.

– Czy u mnie wszystko dobrze? – pyta drwiąco i z niedowierzaniem w głosie.

– Tak.

– Dobrze. Proszę bardzo, masz odpowiedź. Teraz zaś Taylor zawiezie cię na lotnisko, żebyś mogła wrócić na Wschodnie Wybrzeże. A jeśli raz jeszcze przekroczysz granicę Missisipi, koniec ze wszystkim. Rozumiesz?

Jasna cholera… Christianie! Wpatruję się w niego. O co mu, kurwa, chodzi? Nie może jej uwięzić w jednej części kraju.

– Tak. Rozumiem – mówi Leila cicho.

– To dobrze. – Ton Christiana jest nieco bardziej pojednawczy.

– Leili może nie pasować powrót jeszcze dziś. Ma swoje plany – oświadczam oburzona w jej imieniu.

Christian rzuca mi gniewne spojrzenie.

– Anastasio – ostrzega mnie. Głos ma lodowaty. – To nie dotyczy ciebie.

Krzywię się. Oczywiście, że dotyczy. Ta kobieta znajduje się w moim miejscu pracy. Musi w tym wszystkim chodzić o coś więcej. Christian nie zachowuje się racjonalnie.

„Pięćdziesiąt odcieni" – syczy moja podświadomość.

– Leila przyszła tu spotkać się ze mną, nie z tobą – mówię z rozdrażnieniem.

Leila odwraca się do mnie. Oczy ma wielkie jak spodki.

– Miałam jasno określone instrukcje, pani Grey. Postąpiłam niezgodnie z nimi. – Zerka nerwowo na mego męża, a potem z powrotem na mnie. – To Christian Grey, którego znam – mówi, a w jej głosie słychać smutek i tęsknotę.

Christian marszczy brwi, a z moich płuc ucieka całe powietrze. Nie mogę oddychać. Czy Christian z nią był taki przez cały czas? Ze mną na początku też taki był? Trudno mi to sobie przypomnieć. Leila uśmiecha się do mnie żałośnie i wstaje.

– Chciałabym zostać do jutra. W południe mam lot – mówi cicho do Christiana.

– O dziesiątej ktoś po ciebie przyjedzie i zawiezie cię na lotnisko.

– Dziękuję.

– Zatrzymałaś się u Susannah?

– Tak.

– Okej.

Gromię wzrokiem Christiana. Nie może jej tak wszystkiego dyktować... No i skąd wie, gdzie mieszka Susannah?

– Do widzenia, pani Grey. Dziękuję, że spotkała się pani ze mną.

Wstaję i wyciągam rękę. Ujmuje ją z wdzięcznością.

– Eee... do widzenia. Powodzenia – bąkam, ponieważ nie mam pewności, co się powinno mówić na pożegnanie byłej uległej swego męża.

Kiwa głową i odwraca się ku niemu.

– Do widzenia, Christianie.

Jego oczy nieco łagodnieją.

– Do widzenia, Leilo. – Głos ma niski. – Doktor Flynn, pamiętaj.

– Tak, proszę pana.

Otwiera drzwi, aby ją wypuścić, ale ona zatrzymuje się przed nim i podnosi wzrok. Christian nieruchomieje, przyglądając się jej nieufnie.

– Cieszę się, że jesteś szczęśliwy. Zasługujesz na to – mówi i wychodzi, nim on zdąży cokolwiek powiedzieć.

Marszczy brwi, po czym kiwa głową do Taylora, który wychodzi za Leilą do recepcji. Christian zamyka drzwi i patrzy na mnie niepewnie.

– Nawet nie myśl, żeby się na mnie gniewać – syczę.

– Zadzwoń do Claude'a Bastille'a i daj mu wycisk albo spotkaj się z Flynnem.

Otwiera buzię zaskoczony moim wybuchem. Ponownie marszczy brwi.

– Obiecałaś, że nie będziesz tego robić. – Ton ma oskarżycielski.

– Czego?

– Przeciwstawiać mi się.

– Nieprawda. Obiecałam, że będę się bardziej starać. Powiedziałam ci, że jest tu Leila. Prescott obszukała ją, a także twoją drugą przyjaciółeczkę. Była tu ze mną przez cały czas. I zwolniłeś tę biedną kobietę, gdy tymczasem wykonywała tylko moje polecenia. Kazałam ci się nie martwić, a jednak tu przypędziłeś. Nie przypominam sobie otrzymania od ciebie bulli papieskiej zakazującej mi spotykania się z Leilą. Nie wiedziałam, że istnieje lista zakazanych gości. – Głos mam pełen oburzenia.

Christian przygląda mi się beznamiętnie. Po chwili jego usta się wykrzywiają.

– Bulla papieska? – pyta z rozbawieniem i wyraźnie się odpręża.

Wcale nie zamierzałam rozładowywać atmosfery, a jednak on uśmiecha się do mnie z lekką drwiną. Jeszcze bardziej mnie to wkurza. Bycie świadkiem jego rozmowy

z Leilą okazało się wręcz bolesne. Jak mógł ją potrakto-
wać w tak zimny sposób?

– O co chodzi? – pyta z rozdrażnieniem, gdy widzi,
że w ogóle mi nie do śmiechu.

– O ciebie. Czemu byłeś wobec niej taki bezwzględny?

Wzdycha, podchodzi do mnie i przysiada na krawędzi blatu.

– Anastasio – mówi takim tonem, jakby rozmawiał
z dzieckiem. – Ty nie rozumiesz. Leila, Susannah i cała
reszta… one stanowiły przyjemną rozrywkę. I tylko tyle.
Ty z kolei jesteś centrum mego wszechświata. A kiedy po
raz ostatni wy dwie przebywałyście w jednym pomieszczeniu, ona cię miała na muszce. Nie chcę, aby się do ciebie zbliżała.

– Ale, Christianie, ona była chora.

– Wiem, i wiem, że teraz czuje się już lepiej, ale więcej nie zamierzam jej wierzyć na słowo. To, co zrobiła,
było niewybaczalne.

– Ale ty zrobiłeś dokładnie to, czego chciała. Chciała
się z tobą zobaczyć i wiedziała, że przylecisz jak na skrzy-
dłach, jeśli ona się zjawi u mnie.

Christian wzrusza ramionami, jakby miał to gdzieś.

– Nie chcę, żeby prześladowało cię moje dawne życie.
Co takiego?

– Christianie… jesteś tym, kim jesteś, właśnie dzięki
dawnemu życiu, obecnemu i w ogóle. To, co dotyka ciebie, dotyka także mnie. Zaakceptowałam ten fakt, kiedy
zgodziłam się wyjść za ciebie, ponieważ cię kocham.

Nieruchomieje. Wiem, że nie jest mu łatwo tego słuchać.

– Nie zrobiła mi krzywdy. Ona też cię kocha.

– Mam to w dupie.

Gapię się na niego wstrząśnięta. I szokuje mnie fakt,
że ten mężczyzna nadal potrafi mnie zaszokować. „To

Christian Grey, którego znam". W mojej głowie rozbrzmiewają słowa Leili. Jego reakcja na nią byłą taka zimna, tak bardzo niepasująca do mężczyzny, którego poznałam i pokochałam. Marszczę brwi, przypominając sobie
wyrzuty sumienia dręczące go w chwili, gdy się dowiedział
o jej załamaniu nerwowym. Przełykam ślinę, przypominając sobie też, że ją wykąpał. Mój żołądek zaciska się boleśnie na tę myśl, a do gardła podchodzi żółć. Jak może
mówić, że ma ją gdzieś? Kiedyś mu na niej zależało. Co się
zmieniło? Czasami, w chwilach takich jak ta, zupełnie go
nie rozumiem. Nadajemy na kompletnie różnych falach.
    – Czemu tak nagle jej bronisz? – pyta zaskoczony
i zirytowany.
    – Posłuchaj, Christianie, nie wydaje mi się, abyśmy
zaczęły się z Leilą wymieniać przepisami i wzorami haf-
tów. Ale nie sądziłam, że zachowasz się wobec niej tak
bezwzględnie.
    W jego oczach widać lód.
    – Już ci kiedyś mówiłem, że nie mam serca – burczy.
    Przewracam oczami. Mój mąż zachowuje się jak na-
stolatek.
    – To nie jest prawda, Christianie. Zależy ci na niej.
Nie płaciłbyś za szkołę plastyczną i tę całą resztę, gdyby
było inaczej.
    Nagle niczego tak bardzo nie pragnę, jak spra-
wić, aby to do niego dotarło. To oczywiste, że troszczy
się o nią. Dlaczego się tego wypiera? To tak samo, jak
z uczuciami względem biologicznej matki. Cholera, no
tak. Jego uczucia względem Leili i pozostałych uległych
splatają się z uczuciami względem matki. „Lubię chłostać
szczupłe, ciemnowłose dziewczyny takie jak ty, ponieważ
wszystkie wyglądacie jak tamta dziwka". Nic dziwnego,
że tak się wkurza. Wzdycham i kręcę głową. Jak on może
tego nie dostrzegać?

Moje serce rwie się ku niemu. Mój zagubiony chłopczyk… Czemu tak trudno okazać mu trochę uczuć, tak
jak wtedy, gdy Leila przeżywała załamanie?

Patrzy na mnie gniewnie.

– Koniec tej dyskusji. Jedziemy do domu.

Zerkam na zegarek. Czwarta dwadzieścia trzy. Mam
jeszcze sporo pracy.

– Za wcześnie – burczę.

– Do domu – upiera się.

– Christianie – mówię ostrożnie. – Mam dość wy-
kłócania się z tobą ciągle o to samo.

Marszczy brwi, jakby nie rozumiał.

– Chodzi mi o to, że kiedy robię coś, co ci się nie
podoba, ty obmyślasz sposób, w jaki się na mnie odegrasz.
Najczęściej wykorzystujesz w tym celu perwersyjne bzykanko, które jest albo fantastyczne, albo okrutne. – Wzruszam zrezygnowana ramionami. Strasznie mnie to męczy.

– Fantastyczne? – pyta.

Słucham?

– Na ogół tak.

– Co było fantastyczne? – pyta, a oczy mu błyszczą
zmysłową ciekawością. A ja wiem, że próbuje w ten sposób odwrócić moją uwagę.

Cholera! Nie chcę tego omawiać w sali konferencyjnej SIP. Moja podświadomość przygląda się pogardliwie
swoim wypielęgnowanym paznokciom. „W takim razie
po co poruszałaś ten temat?”

– Ty wiesz co. – Rumienię się zirytowana zarówno
na niego, jak i na siebie.

– Chyba tak – szepcze.

Kurde. Ja go próbuję ganić, a on mi psuje szyki.

– Christianie, ja…

– Lubię ci sprawiać przyjemność. – Delikatnie przesuwa kciukiem po mojej wardze.

– I sprawiasz – przyznaję cicho.

– Wiem – mówi miękko. Nachyla się i szepcze mi do ucha: – Tego akurat jestem pewny.

Och, tak pięknie pachnie. Odsuwa się, a na jego twarzy widnieje arogancki uśmiech.

Zasznurowuję usta i staram się nie dać po sobie poznać, że jego dotyk mnie rusza. Christian jest mistrzem w odwracaniu mojej uwagi od tego, co bolesne, od tego, z czym on nie ma ochoty się mierzyć. „A ty mu na to pozwalasz" – wcina się moja podświadomość, zerkając na mnie znad *Jane Eyre*.

– Co było fantastyczne, Anastasio? – powtarza. W oku ma szelmowski błysk.

– Chcesz całą listę? – pytam.

– A masz takową? – Widać, że jest zadowolony.

Och, on jest nie do wytrzymania.

– Kajdanki – burczę, wracając myślami do miesiąca miodowego.

Marszczy brwi i chwyta mnie za rękę. Kciukiem wyczuwa tętno.

– Nie chcę zostawiać śladów na twoim ciele.

Och…

Wygina usta w zmysłowym uśmiechu.

– Jedźmy do domu. – Głos ma uwodzicielski.

– Muszę jeszcze popracować.

– Do domu – powtarza bardziej stanowczym tonem.

Wpatrujemy się w siebie, szare oczy w niebieskie, sprawdzając się nawzajem, sprawdzając nasze granice i silną wolę. W jego spojrzeniu próbuję odnaleźć coś, co mi pozwoli zrozumieć, jak to możliwe, że w ułamku sekundy ten mężczyzna z ziejącego wściekłością kontrolera zmienia się w uwodzicielskiego kochanka. Jego oczy stają się większe, zamiary jasne. Delikatnie dotyka mego policzka.

– Moglibyśmy zostać tutaj. – Głos ma niski i schrypnięty.

O nie. Nie. Nie. Nie. Nie w pracy.

– Christianie, nie chcę uprawiać tutaj seksu. Dopiero co siedziała tu twoja kochanka.

– Ona nigdy nie była moją kochanką – warczy i zaciska usta.

– To tylko semantyka, Christianie.

Marszczy brwi. Uwodzicielski kochanek zniknął.

– Nie myśl o tym zbyt dużo, Ana. Leila to przeszłość – mówi lekceważąco.

Wzdycham… Może ma rację. Chcę jedynie, żeby przyznał przed samym sobą, że mu na niej zależy. Przebiega mnie zimny dreszcz. O nie. Dlatego właśnie jest to tak bardzo dla mnie ważne. Załóżmy, że to ja bym zrobiła coś niewybaczalnego. Wtedy także należałabym do przeszłości? Skoro Christian potrafi się tak zmienić, chociaż podczas choroby Leili bardzo się o nią martwił… to może się zmienić w stosunku do mnie? Przypomina mi się fragment mego snu: pozłacane lustra i odgłos jego kroków na marmurowej podłodze, kiedy zostawia mnie samą pośród tamtego przepychu.

– Nie… – szepczę z przerażeniem, nim jestem w stanie się powstrzymać.

– Tak – mówi i ujmuje mnie pod brodę. Nachyla się i składa na ustach czuły pocałunek.

– Och, Christianie, czasami mnie przerażasz. – Obejmuję dłońmi jego twarz, wplatam palce we włosy i przyciągam usta do swoich.

Obejmuje mnie mocno.

– Dlaczego?

– Tak łatwo potrafisz się od niej odwrócić…

Ściąga brwi.

– I sądzisz, że mógłbym odwrócić się od ciebie, Ano? Skąd ci to w ogóle przyszło do głowy?

– Nieważne. Pocałuj mnie. Zabierz mnie do domu –
mówię błagalnie.
A kiedy jego usta dotykają moich, zatracam się.

||||||||||||||||||||||||

– Och, proszę – jęczę, gdy Christian dmucha lekko na
łechtaczkę.
– Wszystko w swoim czasie – mruczy.
Jęczę głośno w proteście. Jestem skuta miękkimi
skórzanymi kajdankami, łokcie mam przytwierdzone
do kolan, a głowa Christiana znajduje się między moimi
udami. Jego mistrzowski język nieustępliwie mnie pieści. Otwieram oczy i niewidzącym wzrokiem wpatruję się
w sufit naszej sypialni skąpany w łagodnym, popołudniowym świetle. Język Christiana obraca się i muska centrum mojego wszechświata. Mam ochotę wyprostować
nogi. Daremnie próbuję sprawować kontrolę nad rozko-
szą. Palce wplecione mam w jego włosy i pociągam mocno, przeciwstawiając się tym wysublimowanym torturom.
– Nie dochodź – mruczy ostrzegawczo, owiewając
mnie ciepłym oddechem. – Dam ci klapsa, jeśli to zrobisz.
Jęczę.
– Kontrola, Ano. To wszystko jest kwestią kontroli. –
Jego język podejmuje erotyczne podboje.
Och, zna się na tym, co robi… Nie jestem w stanie
powstrzymać swej niewolniczej reakcji, choć staram się…
naprawdę się staram. Moje ciało eksploduje pod jego bez-
litosnymi działaniami, a język nie przerywa, wyciskając ze
mnie każdą kroplę obezwładniającej rozkoszy.
– Och, Ana – gani mnie. – Doszłaś. – To triumfująca
reprymenda. Przewraca mnie na brzuch, a ja drżę i opieram się na przedramionach. Daje mi mocnego klapsa.
– Ach! – wołam.

– Kontrola – rzuca, po czym chwyta mnie za biodra i wchodzi we mnie.

Ponownie wydaję okrzyk, drżąc jeszcze po przeżytym przed chwilą orgazmie. Gdy Christian jest już głęboko we mnie, nieruchomieje, po czym przechyla się i odpina najpierw jedne kajdanki, potem drugie. Obejmuje mnie ramieniem i pociąga na swoje kolana, tyłem do siebie. Rozkoszuję się poczuciem wypełnienia.

– Ruszaj się – nakazuje.

Jęcząc, unoszę się i opadam na jego kolanach.

– Szybciej – szepcze.

I poruszam się coraz szybciej. Christian jęczy, odchyla mi głowę i skubie zębami szyję. Jego dłoń przesuwa się niespiesznie po moim ciele, od biodra do łona i łechtaczki... nadal wrażliwej po wcześniejszych pieszczotach. Kwilę cicho, gdy muska mnie palcami.

– Tak, Ana – dyszy mi cicho do ucha. – Jesteś moja. Tylko ty.

– Tak. – Moje ciało ponownie się napina, obejmując go w najbardziej intymny sposób.

– Dojdź dla mnie – nakazuje.

I tak się dzieje – moje ciało posłusznie spełnia jego polecenie. Christian trzyma mnie mocno, gdy moim ciałem wstrząsa rozkosz. Wołam głośno jego imię.

– Och, Ana, kocham cię – jęczy i wbija się we mnie, zatracając się we własnej rozkoszy.

CAŁUJE MNIE W RAMIĘ i odsuwa włosy z twarzy.

– Czy to pokrywa się z listą, pani Grey? – mruczy.

Leżę na brzuchu ledwie przytomna. Christian delikatnie gładzi mi pupę. Opiera się na łokciu.

– Mhm.

– To znaczy tak?

– Mhm. – Uśmiecham się.

On też się uśmiecha i całuje raz jeszcze, a ja niechętnie obracam się na bok twarzą do niego.

– No i? – pyta.

– Tak. Pokrywa się. Ale to długa lista.

Nachyla się i delikatnie całuje w usta.

– I dobrze. Idziemy na kolację? – W jego oczach błyszczy miłość i radość.

Kiwam głową. Umieram z głodu. Wyciągam rękę i lekko pociągam za włoski na jego piersi.

– Chcę, żebyś mi coś powiedział – szepczę.

– Co takiego?

– Nie złość się.

– O co chodzi, Ana?

– Zależy ci na niej.

Z jego oczu znikają wszelkie ślady dobrego humoru.

– Chcę, żebyś to przyznał. Ponieważ Christianowi, którego znam i kocham, zależałoby.

Nieruchomieje, nie odrywając wzroku od mojej twarzy, i jestem świadkiem walki, którą toczy z samym sobą. Otwiera usta, aby coś powiedzieć, po czym je zamyka, gdy przez jego twarz przemyka cień jakiegoś uczucia… może bólu.

Powiedz – zachęcam go w myślach.

– Tak. Tak, zależy mi. Zadowolona? – Jego słowa są ledwie głośniejsze od szeptu.

Och, dzięki Bogu. Co za ulga.

– Tak. Bardzo.

– Nie mogę uwierzyć, że rozmawiam z tobą teraz, tutaj, w naszym łóżku o…

Kładę mu palec na ustach.

– Nie rozmawiasz. Chodźmy jeść. Głodna jestem.

Wzdycha i kręci głową.

– Mami mnie pani i oszałamia, pani Grey.

– To dobrze. – Unoszę głowę i całuję go.

‖‖‖‖‖‖‖‖‖‖‖‖‖‖‖‖‖‖

Nadawca: Anastasia Grey
Temat: Lista
Data: 9 września 2011, 09:33
Adresat: Christian Grey

To było zdecydowanie pierwsze miejsce.

:D

A x

Anastasia Grey
Redaktor naczelna, SIP

Nadawca: Christian Grey
Temat: Powiedz coś nowego
Data: 9 września 2011, 09:42
Adresat: Anastasia Grey

Powtarzasz to od trzech dni.

Zdecyduj się.

Albo… moglibyśmy spróbować czegoś jeszcze.

;)

Christian Grey
Świetnie bawiący się prezes, Grey Enterprises
Holdings, Inc.

Uśmiecham się do monitora. Ostatnie wieczory były… interesujące. Znowu potrafimy się zrelaksować, a krótka wizyta Leili poszła w zapomnienie. Nie miałam jeszcze odwagi zapytać, czy któreś z jej obrazów wiszą w mieszkaniu – i szczerze mówiąc, nie dbam o to. Odzywa się BlackBerry i przystawiam go do ucha, spodziewając się, że to Christian.

– Ana?

– Tak.

– Ana, skarbie. Tu José senior.

– Pan Rodriguez! Dzień dobry! – Swędzi mnie skóra głowy. Po co do mnie dzwoni tata José?

– Skarbie, przepraszam, że przeszkadzam ci w pracy. Chodzi o Raya. – Głos mu się łamie.

– Co się stało? – Serce podchodzi mi do gardła.

– Ray miał wypadek.

O nie. Tatusiu. Przestaję oddychać.

– Jest w szpitalu. Lepiej tu szybko przyjedź.

ROZDZIAŁ SIEDEMNASTY

– Panie Rodriguez, co się stało? – Głos mam schrypnięty i nabrzmiały łzami. Ray. Słodki Ray. Mój tato.

– Miał wypadek samochodowy.

– Okej, jadę… już jadę. – Panikę zastępuje przypływ adrenaliny. Mam problem z oddychaniem.

– Przeniesiono go do Portland.

Portland? A co on, u licha, robił w Portland?

– Przewieziono go helikopterem, Ana. Jadę tam teraz. Szpital uniwersytecki OHSU. Och, Ano, nie widziałem tamtego samochodu. Po prostu go nie widziałem… – Głos mu się łamie.

Panie Rodriguez – nie!

– Spotkamy się na miejscu – mówi zdławionym głosem i rozłącza się.

Za gardło łapie mnie przerażenie. Ray. Nie. Nie. Biorę głęboki, uspokajający oddech i dzwonię do Roacha. Odbiera po drugim sygnale.

– Ana?

– Jerry. Chodzi o mojego ojca.

– Co się stało?

Wyjaśniam szybko.

– Jedź. Oczywiście, że musisz jechać. Mam nadzieję, że twojemu ojcu nic nie będzie.

– Dziękuję. Będę cię informować na bieżąco. – Rzucam słuchawkę na biurko. – Hannah! – wołam, zdając sobie sprawę z niepokoju w swoim głosie.

Chwilę później wsuwa głowę do gabinetu i widzi, że pospiesznie pakuję teczkę.

– Tak, Ano? – Marszczy brwi.

– Mój ojciec miał wypadek. Muszę jechać.

– O rety...

– Odwołaj moje wszystkie dzisiejsze spotkania. I poniedziałkowe. Będziesz musiała dokończyć przygotowanie tej prezentacji e-bookowej; notatki znajdziesz w pliku ogólnodostępnym. Jeśli będzie trzeba, niech Courtney ci pomoże.

– Tak – szepcze Hannah. – Mam nadzieję, że nic mu nie jest. Nie przejmuj się pracą. Jakoś sobie poradzimy.

– Zabieram BlackBerry.

Troska widoczna na jej ściągniętej, bladej twarzy niemal mnie gubi.

Tatuś.

Chwytam żakiet, torebkę i teczkę.

– Zadzwonię, gdybym czegoś potrzebowała.

– Koniecznie. Powodzenia, Ana.

Posyłam jej wymuszony uśmiech, ze wszystkich sił starając się zachować spokój, i wychodzę z gabinetu. Na mój widok w recepcji Sawyer zrywa się na równe nogi.

– Pani Grey? – pyta skonsternowany moim nagłym pojawieniem się.

– Jedziemy do Portland. Natychmiast.

– Dobrze, proszę pani. – Marszczy brwi, ale otwiera przede mną drzwi. A kiedy idziemy szybko w stronę parkingu, pyta: – Pani Grey, mogę spytać, skąd ta nieplanowana podróż?

– Chodzi o mojego tatę. Miał wypadek.

– Rozumiem. Pan Grey wie?

– Zadzwonię do niego z samochodu.

Sawyer kiwa głową i otwiera tylne drzwi audi SUV, a ja wsiadam. Trzęsącymi się palcami sięgam po BlackBerry i dzwonię na komórkę Christiana.

– Pani Grey. – Głos Andrei jest pogodny i rzeczowy.

– Jest tam Christian? – pytam bez tchu.

– Eee… jest gdzieś w budynku. Zostawił u mnie telefon, żeby podładować baterię.

Jęczę cicho z frustracji.

– Możesz mu przekazać, że dzwoniłam i że muszę z nim porozmawiać? To pilne.

– Spróbuję go poszukać. Czasem lubi się gdzieś oddalić.

– Przekaż mu po prostu, żeby zadzwonił, dobrze? – Walczę ze łzami.

– Naturalnie, pani Grey. – Waha się. – Wszystko w porządku?

– Nie – szepczę. – Proszę, każ mu do mnie zadzwonić.

– Tak, proszę pani.

Rozłączam się. Nie jestem już w stanie dusić w sobie bólu. Podciągam kolana do brody, a po moich policzkach zaczynają płynąć gorące łzy.

– Gdzie konkretnie w Portland, pani Grey? – pyta delikatnie Sawyer.

– OHSU – wyduszam z siebie. – Ten duży szpital.

Sawyer wyjeżdża z parkingu i rusza w stronę I-5, gdy tymczasem ja płaczę cicho na tylnym siedzeniu, w duchu żarliwie się modląc. „Proszę, niech Ray wyzdrowieje. Proszę, niech Ray wyzdrowieje".

Dzwoni mój telefon. *Your Love Is King.*

– Christian – rzucam do aparatu.

– Chryste, Ana. Co się stało?

– Ray miał wypadek.

– Cholera!

– Tak. Jadę właśnie do Portland.

– Portland? Proszę, powiedz mi, że jest z tobą Sawyer.

– Tak, on prowadzi.

– Gdzie jest Ray?

– Szpital OHSU.

W tle słyszę jakiś stłumiony głos.

– Tak, Ros – warczy gniewnie Christian. – Wiem! Przepraszam, skarbie, mogę się tam zjawić dopiero za jakieś trzy godziny. Najpierw muszę załatwić coś tutaj. Przylecę.

O cholera. Charlie Tango wrócił z naprawy, a kiedy Christian leciał nim po raz ostatni…

– Mam spotkanie z delegacją z Tajwanu. Nie mogę tego odwołać. To deal, nad którym pracujemy od miesięcy.

Czemu ja nic o tym nie wiem?

– Zjawię się jak najszybciej.

– Dobrze – szepczę. I chcę powiedzieć, że nic nie szkodzi, że ma zostać w Seattle i załatwić swoje sprawy, ale prawda jest taka, że pragnę, aby był przy mnie.

– Och, maleńka – mówi cicho.

– Dam sobie radę, Christianie. Nie spiesz się. Nie chcę się martwić jeszcze o ciebie. Leć ostrożnie.

– Oczywiście.

– Kocham cię.

– Ja ciebie też, maleńka. Przylecę jak najszybciej. Trzymaj się Luke'a.

– Dobrze.

– Do zobaczenia.

– Pa.

Znowu podkulam nogi. Nic nie wiem na temat interesów Christiana. Co on kombinuje z Tajwańczykami? Wyglądam przez szybę, gdy mijamy Międzynarodowe Lotnisko King County. Musi dolecieć cały i zdrowy. Czuję ściskanie w żołądku i robi mi się niedobrze. Ray i Christian. Nie sądzę, aby moje serce to wytrzymało. Opieram się i od nowa zaczynam swoją mantrę: „Proszę, niech Ray wyzdrowieje. Proszę, niech Ray wyzdrowieje".

***

– Pani Grey. – Budzi mnie głos Sawyera. – Jesteśmy na terenie szpitala. Muszę teraz znaleźć ostry dyżur.

– Wiem, gdzie jest.

Wracam myślami do mojej ostatniej bytności w OHSU, kiedy drugiego dnia w pracy u Claytona spadłam z drabiny i skręciłam nogę w kostce. Wzdrygam się na to wspomnienie.

Sawyer zatrzymuje się przed wejściem i wyskakuje z auta, aby otworzyć mi drzwi.

– Zaparkuję samochód, proszę pani, i do pani dołączę. Proszę zostawić teczkę. Ja ją wezmę.

– Dziękuję, Luke.

Kiwa głową, a ja wchodzę szybko do tętniącej życiem recepcji. Recepcjonistka uśmiecha się do mnie grzecznie. Lokalizuje Raya i wysyła mnie na drugie piętro na blok operacyjny.

Blok operacyjny? Kurwa!

– Dziękuję – mamroczę, starając się skupić na tłumaczeniu, jak trafić do wind.

Puszczam się niemal biegiem.

„Niech Ray wyzdrowieje. Proszę, niech Ray wyzdrowieje".

Winda jedzie koszmarnie powoli, zatrzymując się na każdym piętrze. No już… szybciej! Krzywię się, patrząc na wsiadających i wysiadających ludzi opóźniających mi dotarcie do taty.

W końcu drzwi otwierają się na drugim piętrze, a ja podbiegam do kolejnej recepcji. Tutaj pielęgniarki mają granatowe uniformy.

– W czym mogę pomóc? – pyta jedna z nich, obrzucając mnie spojrzeniem krótkowidza.

– Mój ojciec, Raymond Steele. Niedawno go przyjęto. Jest chyba na bloku operacyjnym numer cztery. – Nawet wypowiadając te słowa, zaklinam je, aby nie była to prawda.

– Już sprawdzam, panno Steele.

Kiwam głową, nie próbując jej nawet poprawiać. Sprawdza coś w komputerze.

– Tak. Jest tutaj od dwóch godzin. Gdyby zechciała pani zaczekać, przekażę, że pani jest. Poczekalnia znajduje się tam. – Pokazuje na duże białe drzwi z niebieskimi literami układającymi się w napis POCZEKALNIA.

– Co mu jest? – pytam, starając się zachować spokój.

– O to będzie musiała pani zapytać któregoś z opiekujących się nim lekarzy.

– Dziękuję – mamroczę, ale w myślach krzyczę: Chcę wiedzieć teraz!

Otwieram drzwi i wchodzę do funkcjonalnej, surowej poczekalni, gdzie siedzą pan Rodriguez i José.

– Ana!

Pan Rodriguez ma rękę w gipsie i posiniaczony policzek. Siedzi na wózku i na jednej nodze także ma gips. Ostrożnie go obejmuję.

– Och, panie Rodriguez – szlocham.

– Ana, skarbie. – Klepie mnie zdrową ręką po plecach. – Tak bardzo mi przykro. – Łamie mu się głos.

O nie.

– Nie, Papo – upomina go cicho José, stając za mną.

Kiedy się prostuję, bierze mnie w ramiona i tuli mocno.

A ja szlocham głośno, w końcu dając upust bólowi i napięciu, towarzyszącym mi od trzech godzin.

– Hej, Ana, nie płacz. – José delikatnie gładzi moje włosy.

Zarzucam mu ręce na szyję i cicho łkam. Stoimy tak całe wieki. Cudownie mieć obok siebie przyjaciela. Odsuwamy się od siebie, gdy do poczekalni wchodzi Sawyer. Pan Rodriguez podaje mi chusteczkę, a ja wycieram oczy.

– To pan Sawyer. Ochrona – mamroczę.

Sawyer kiwa grzecznie głową, po czym zajmuje miejsce w kącie poczekalni.

– Usiądź, Ano. – José prowadzi mnie do jednego z winylowych foteli.

– Co się stało? Wiemy, co mu jest? Co oni robią?

José unosi ręce, aby powstrzymać ten grad pytań i siada obok mnie.

– Niewiele wiemy. Ray, tato i ja wybraliśmy się do Astorii na ryby. Uderzył w nas jakiś głupi, pieprzony, pijany...

Pan Rodriguez próbuje się wtrącić, dukając słowa przeprosin.

– *Cálmate, Papa!* – ucisza go José. – Mnie się nic nie stało, mam tylko sińce na żebrach i guza. Tato... cóż, tato złamał rękę i nogę. Ale samochód uderzył od strony pasażera, w Raya.

O nie, nie... Znowu ogarnia mnie uczucie paniki. Nie, nie, nie. Wzdrygam się na myśl o tym, co się teraz może dziać z Rayem.

– Operują go. Nas zabrano do szpitala w Astorii, ale jego przetransportowano śmigłowcem tutaj. Nie wiem, co się dzieje. Czekamy na wieści.

Zaczynam się trząść.

– Hej, Ana, zimno ci?

Kiwam głową. Mam na sobie białą koszulę z krótkim rękawem i czarny letni żakiet, a one akurat nie zapewniają ciepła. José zdejmuje skórzaną kurtkę i otula mi nią ramiona.

– Przynieść pani herbatę, pani Grey? – pyta Sawyer, zjawiając się przy moim fotelu.

Kiwam z wdzięcznością głową, a on wychodzi z poczekalni.

– Dlaczego akurat Astoria? – pytam.

José wzrusza ramionami.

– Podobno ryby dobrze tu biorą. Zrobiliśmy sobie męską wycieczkę. Trochę rozrywki ze staruszkiem, nim rozpocznie się rok akademicki. – Jego ciemne oczy pełne są strachu i żalu.

– Ty także mogłeś odnieść obrażenia. A pan Rodriguez… jeszcze gorsze. – Przełykam ślinę na tę myśl. Temperatura mego ciała jeszcze bardziej się obniża i znowu wstrząsa mną dreszcz. José ujmuje moją dłoń.

– Kurde, Ana, strasznie zmarzłaś.

Pan Rodriguez bierze mnie za drugą rękę.

– Ana, tak bardzo przepraszam.

– Panie Rodriguez, proszę. To był wypadek… – Mój głos przechodzi w szept.

– Mów mi José – poprawia mnie. Posyłam mu blady uśmiech, ponieważ na tyle tylko mnie stać.

– Policja zabrała tego pacana do aresztu. Siódma rano, a ten koleś był pijany w trzy dupy – syczy z odrazą José.

Wraca Sawyer, niosąc papierowy kubek z gorącą wodą i torebeczkę herbaty. Wie, jaką lubię! Cieszę się z tego odwrócenia mojej uwagi. Pan Rodriguez i José puszczają moje dłonie, a ja z wdzięcznością biorę od Sawyera kubek.

– Panowie też coś chcą? – pyta ich Sawyer.

Obaj kręcą głowami i Sawyer wraca na swoje miejsce. Zanurzam saszetkę w wodzie, a po chwili wstaję i wyrzucam ją do małego kosza na śmieci.

– Czemu to tak długo trwa? – rzucam w przestrzeń i biorę łyk herbaty.

„Tatusiu… Proszę, niech Ray wyzdrowieje. Proszę, niech Ray wyzdrowieje".

– Niedługo wszystkiego się dowiemy, Ana – mówi delikatnie José.

Kiwam głową i biorę kolejny łyk. Siadam z powrotem obok niego. Czekamy… i czekamy. Pan Rodriguez z zamkniętymi oczami, chyba się modląc, a José trzymając mnie za rękę i co jakiś czas ją ściskając. Powoli piję herba-tę. To nie Twinings, lecz jakiś tani gatunek, i jest paskudna.

Przypomina mi się ostatni raz, kiedy też tak cze-kałam na wiadomości. Ostatni raz, kiedy sądziłam, że wszystko stracone, kiedy Charlie Tango zaginął. Zamy-kam oczy i zmawiam w myślach modlitwę o bezpieczny przylot mojego męża. Zerkam na zegarek. Piętnaście po drugiej. Niedługo powinien się zjawić. Herbata już zupeł-nie wystygła... Fuj!

Wstaję i przemierzam poczekalnię, po czym znowu siadam. Gdzie ci lekarze? Ujmuję dłoń José, a on ściska moją. „Proszę, niech Ray wyzdrowieje. Proszę, niech Ray wyzdrowieje".

Czas tak strasznie się wlecze.

Nagle drzwi się otwierają i wszyscy podnosimy wy-czekująco głowy.

Do poczekalni wchodzi Christian. Jego twarz mo-mentalnie robi się nachmurzona, gdy tylko dostrzega, że José trzyma mnie za rękę.

– Christian!

Zrywam się z fotela, dziękując Bogu, że dotarł cały i zdrowy. A sekundę później jestem już w jego ramionach, wdychając jego zapach, jego ciepło, jego miłość. I jakaś część mnie od razu czuje się spokojniejsza i silniejsza, od samej jego obecności.

– Coś wiadomo?

Kręcę głową.

– José. – Wita się kiwnięciem głowy.

– Christianie, to mój ojciec, José senior.

– Panie Rodriguez, poznaliśmy się podczas ślubu. Rozumiem, że pan także brał udział w wypadku?

José opowiada mu pokrótce, jak to było.

– I obaj czujecie się na tyle dobrze, aby tu być? – pyta Christian.

– Nie chcemy być nigdzie indziej – odpowiada pan Rodriguez. Głos ma cichy i nabrzmiały bólem.

Christian kiwa głową. Bierze mnie za rękę, sadza, po czym zajmuje miejsce obok mnie.

– Jadłaś coś? – pyta.

Kręcę głową.

– Jesteś głodna?

Kręcę głową.

– Ale jest ci zimno? – pyta, mierząc wzrokiem kurtkę José.

Kiwam głową. Poprawia się na krześle, ale rozsądnie nic nie mówi.

Drzwi ponownie się otwierają i do poczekalni wchodzi młody lekarz w niebieskim fartuchu medycznym. Wygląda na wykończonego.

Gdy zrywam się z fotela, z mojej głowy odpływa cała krew.

– Ray Steele – szepczę. Christian staje przy mnie i obejmuje w talii.

– Pani jest krewną? – pyta lekarz. Oczy ma prawie tak niebieskie jak fartuch i w innych okolicznościach uznałabym go za przystojnego.

– Jestem Ana, jego córka.

– Panno Steele...

– Pani Grey – wtrąca Christian.

– Przepraszam – jąka się lekarz i przez chwilę mam ochotę kopnąć swego męża. – Jestem doktor Crowe. Stan pani ojca jest stabilny, ale krytyczny.

Co to znaczy? Uginają się pode mną kolana i od upadku ratuje mnie tylko silne ramię Christiana.

– Doznał poważnych obrażeń wewnętrznych – mówi doktor Crowe. – Najbardziej ucierpiała przepona. Ale jakoś sobie poradziliśmy i udało się uratować śledzionę. Niestety, podczas operacji z powodu utraty dużej ilości krwi doszło do zatrzymania akcji serca. Udało nam się ją wznowić, ale martwi nas to. Najbardziej nas jednak martwi fakt, że pani ojciec doznał wielu poważnych urazów głowy i z rezonansu wiadomo, że w mózgu pojawił się obrzęk. Wprowadziliśmy pani ojca w stan śpiączki, aby unieruchomić go na czas, gdy będziemy śledzić ten obrzęk.

Uszkodzenie mózgu? Nie.

– To w takich przypadkach procedura standardowa. Teraz musimy po prostu czekać.

– A jakie są prognozy? – pyta spokojnie Christian.

– Panie Grey, trudno w tej chwili powiedzieć. Możliwe, że w pełni odzyska zdrowie, ale na razie wszystko jest w rękach Boga.

– Jak długo będzie w stanie śpiączki?

– To zależy od tego, jak będzie reagował jego mózg. Najczęściej trwa to od siedemdziesięciu dwóch do dziewięćdziesięciu sześciu godzin.

Och, tak długo!

– Mogę go zobaczyć? – pytam szeptem.

– Tak, będzie mogła to pani zrobić za jakieś pół godziny. Przeniesiono go na oddział intensywnej terapii na piątym piętrze.

– Dziękuję, panie doktorze.

Doktor Crowe kiwa głową, odwraca się i wychodzi.

– Cóż, przynajmniej żyje – szepczę do Christiana. A potem z moich oczu znowu zaczynają płynąć łzy.

– Usiądź – mówi łagodnie Christian.

– Papo, myślę, że powinniśmy jechać. Ty musisz odpocząć. Przez jakiś czas nic nie będzie wiadomo – mówi José do pana Rodrigueza, który patrzy niewidzącym wzrokiem na syna. – Możemy tu wrócić wieczorem, jak już odpoczniesz. Może tak być, Ana? – Odwraca się w moją stronę i patrzy na mnie pytająco.

– Oczywiście.

– Zostajecie w Portland? – pyta go Christian.

José kiwa głową.

– Trzeba was gdzieś podrzucić?

José marszczy brwi.

– Zamierzałem zamówić taksówkę.

– Luke może was zawieźć.

Sawyer wstaje, a José wygląda na skonsternowanego.

– Luke Sawyer – wyjaśniam.

– Och… Jasne. Byłoby super. Dzięki, Christianie.

Wstaję i żegnam się z panem Rodriguezem i José, ściskając ich po kolei.

– Bądź silna, Ana – szepcze mi José do ucha. – To sprawny i zdrowy człowiek. To działa na jego korzyść.

– Na to liczę. – Ściskam go mocno. A potem oddaję mu kurtkę.

– Zostaw ją, nadal jest ci zimno.

– Nie, już jest dobrze. Dzięki.

Zerkam nerwowo na Christiana i widzę, że przygląda nam się uważanie. Bierze mnie za rękę.

– Gdyby coś się zmieniło, od razu damy wam znać – mówię, gdy José pcha wózek z ojcem w stronę przytrzymywanych przez Sawyera drzwi.

Pan Rodriguez unosi rękę i zatrzymują się w drzwiach.

– Będę się za niego modlił, Ano. – Głos mu drży. – Tak dobrze było odnowić po tylu latach kontakty. Stał się moim przyjacielem.

– Wiem.

I wychodzą. Christian i ja zostajemy sami. Dotyka mojego policzka.

– Jesteś blada. Chodź tutaj.

Siada na fotelu i pociąga mnie na kolana, ponownie biorąc w ramiona. Wtulam się w niego przytłoczona nieszczęściem mego ojczyma, ale ciesząc się, że jest tu ze mną mój mąż. Delikatnie gładzi mnie po głowie i trzyma za rękę.

– Jak Charlie Tango? – pytam.

– Och, chwacki – odpowiada z cichą dumą w głosie.

Po raz pierwszy od kilku godzin uśmiecham się szczerze.

– Chwacki?

– Tak mówią o łódce w *Filadelfijskiej opowieści*, ulubionym filmie Grace.

– Nie znam.

– Chyba mam go w domu. Możemy go obejrzeć i się poobściskiwać. – Całuje moje włosy, a ja uśmiecham się raz jeszcze.

– Uda mi się namówić cię na coś do jedzenia? – pyta.

Mój uśmiech gaśnie.

– Nie teraz. Najpierw chcę zobaczyć Raya. – Na szczęście nie nalega. – Jak Tajwańczycy?

– Ulegli – mówi.

– Ulegli w jakim sensie?

– Pozwolili mi kupić swoją stocznię za kwotę mniejszą, niż byłem skłonny zaoferować.

Kupił stocznię?

– To dobrze?

– Tak. To dobrze.

– Ale myślałam, że ty już masz stocznię, tutaj.

– Mam. Będziemy się w niej zajmować wyposażaniem łodzi. A budować je na Dalekim Wschodzie. Tak wychodzi taniej.

Och.

– A co z siłą roboczą w tutejszej stoczni?

– Zostanie przeniesiona do innych zajęć. Powinno nam się udać ograniczyć zwolnienia do minimum. – Całuje moje włosy. – Zajrzymy do Raya? – pyta miękko.

Mieszczący się na piątym piętrze oddział intensywnej terapii jest surowy i sterylny, wypełniony ściszonymi głosami i pikającymi urządzeniami. Każdy z czterech pacjentów ma swoją salę pełną nowoczesnej aparatury. Ray leży na samym końcu.

Tatuś.

Wydaje się taki mały na tym dużym łóżku, otoczony tą całą technologią. To dla mnie szok. Do ust ma włożoną rurkę, a na obu rękach wenflony z kroplówkami. Do palca ma przytwierdzone coś w rodzaju klamerki. Ciekawe po co. Jedna noga leży na kołdrze, umieszczona w niebieskim gipsie. Na monitorze wyświetla się bicie serca: bip, bip, bip. Jest silne i miarowe. To akurat wiem. Zbliżam się do niego powoli. Klatkę piersiową ma owiniętą śnieżnobiałym bandażem.

Dociera do mnie, że rurka w jego ustach podłączona jest do respiratora. Szum tego urządzenia przeplata się z *bip, bip, bip* monitora nadzorującego pracę serca. Zasysanie, wypuszczanie, zasysanie, wypuszczanie, zasysanie, wypuszczanie. Na monitorze widać cztery linie, a każda porusza się, pokazując wyraźnie, że Ray jest tu z nami.

Och, tatusiu.

Choć w ustach ma rurkę, wygląda spokojnie, jakby spał.

Po jednej stronie łóżka stoi filigranowa pielęgniarka. Sprawdza wykresy.

– Mogę go dotknąć? – pytam, z wahaniem sięgając do jego dłoni.

– Tak. – Uśmiecha się życzliwie.

Na jej plakietce widnieje napis: „Kellie, pielęgniarka dyplomowana". Wygląda na dwadzieścia kilka lat. Ma jasne włosy i bardzo ciemne oczy.

Christian staje w nogach łóżka i patrzy, jak biorę Raya za rękę. Jest zaskakująco ciepła i to właśnie sprawia, że się rozklejam. Opadam na stojące przy łóżku krzesło, kładę głowę na ramieniu Raya i zaczynam szlochać.

– Och, tatusiu. Proszę, wyzdrowiej – szepczę. – Proszę.

Christian kładzie mi dłoń na ramieniu i ściska je pokrzepiająco.

– Narządy wewnętrzne pan Steele ma w dobrym stanie – mówi cicho siostra Kellie.

– Dziękuję – mówi Christian.

Podnoszę wzrok i widzę, że gapi się na mojego męża.
W końcu miała okazję dobrze mu się przyjrzeć. Mam to
gdzieś. Niech się gapi na Christiana, ile jej się podoba,
byle tylko przywróciła mojego ojca do zdrowia.

– Słyszy mnie? – pytam.

– Bardzo mocno śpi. Ale kto wie?

– Mogę tu chwilę posiedzieć?

– Naturalnie. – Uśmiecha się do mnie, a na jej policzkach widać charakterystyczny rumieniec.

Christian patrzy na mnie, ignorując ją.

– Muszę zadzwonić. Poczekam na zewnątrz. Będziesz mogła spokojnie posiedzieć przy tacie.

Kiwam głową. Całuje mnie w głowę i wychodzi.
Trzymam dłoń Raya, myśląc z ironią, że dopiero teraz,
kiedy jest nieprzytomny i mnie nie słyszy, ja naprawdę
chcę mu powiedzieć, jak bardzo go kocham. Ten człowiek jest moją opoką. Nigdy tak tego nie postrzegałam,
dopiero teraz. Nie jestem ciałem z jego ciała, ale to mój
tato i tak bardzo go kocham. Po policzkach płyną mi łzy.
Proszę, proszę, wyzdrowiej.

Bardzo cicho, aby nikomu nie przeszkadzać, opowiadam mu o naszym weekendzie w Aspen i tym zeszłym,
kiedy lataliśmy szybowcem i żeglowaliśmy. Opowiadam
o naszym nowym domu, naszych planach, o tym, jak
mamy nadzieję przekształcić go w dom ekologicznie
zrównoważony. Obiecuję, że zabiorę go z nami do Aspen,
aby mógł wybrać się z Christianem na ryby, i zapewniam,
że pan Rodriguez i José także są mile widziani. Proszę,
tatusiu, wyzdrowiej. Proszę.

Ray leży nieruchomo, a respirator zasysa i wypuszcza powietrze i jedyną jego odpowiedzią jest monotonne, ale uspokajające *bip, bip, bip* monitora.

Kiedy podnoszę głowę, widzę, że w nogach łóżka cicho stoi Christian. Nie wiem, od jak dawna tu jest.

– Cześć – mówi. W jego oczach widać współczucie i troskę.

– Cześć.

– No więc wybieram się na ryby z twoim tatą, panem Rodriguezem i José, tak? – pyta.

Kiwam głową.

– Okej. Chodźmy coś zjeść. Niech sobie spokojnie pośpi.

Ściągam brwi. Nie chcę go zostawiać.

– Ana, on jest w śpiączce. Dałem pielęgniarkom numery naszych komórek. Zadzwonią, gdyby coś się zmieniło. Zjemy coś, zameldujemy się w hotelu, odpoczniemy, a wieczorem wrócimy do szpitala.

APARTAMENT W HEATHMANIE WYGLĄDA dokładnie tak, jak go zapamiętałam. Ileż razy wracałam myślami do tamtej pierwszej nocy z Christianem Greyem? Stoję sparaliżowana w progu. Jezu, to wszystko zaczęło się właśnie tutaj.

– Dom z dala od domu – mówi miękko Christian, stawiając moją teczkę obok jednej z kanap. – Chcesz wziąć prysznic? Kąpiel? Na co masz ochotę, Ano? – Patrzy na mnie i wiem, że nie jest mu lekko: mój zagubiony chłopczyk zmuszony do radzenia sobie z czymś, nad czym nie ma kontroli. Przez całe popołudnie był wycofany i zamyślony. Takiej sytuacji nie był w stanie przewidzieć. To prawdziwe życie, a on od tak dawna przed nim uciekał, że teraz czuje się zupełnie bezradny. Mój słodki, żyjący pod kloszem Szary.

– Kąpiel. Chciałabym wziąć kąpiel – mówię cicho, wiedząc, że lepiej się poczuje, jeśli będzie się mógł czymś zająć.

Och, Christianie – jestem odrętwiała, przerażona i zmarznięta, ale tak bardzo się cieszę, że mam cię przy sobie.

– Kąpiel. Dobrze. Tak.

Wchodzi do sypialni, do której przylega królewskich rozmiarów łazienka. Chwilę później dobiega stamtąd dźwięk napuszczanej do wanny wody.

W końcu jakoś zbieram się w sobie i wchodzę za nim do sypialni. Zaskoczona dostrzegam, że na łóżku leży kilka toreb z Nordstrom. Z łazienki wychodzi Christian. Rękawy koszuli ma podwinięte.

– Posłałem Taylora po parę rzeczy. Coś do spania. No wiesz – mówi, przyglądając mi się czujnie.

No a jakżeby inaczej. Kiwam z aprobatą głową, aby poczuł się lepiej. A gdzie jest Taylor?

– Och, Ano – mówi cicho Christian. – Nie widziałem cię jeszcze w takim stanie. Zazwyczaj jesteś taka odważna i silna.

Nie wiem, co powiedzieć. Więc tylko patrzę na niego wielkimi oczami. W tej chwili nie mam nic do ofiarowania. Chyba jestem w stanie szoku. Christian bierze mnie w ramiona.

– Skarbie, on żyje. Narządy wewnętrzne ma w dobrym stanie. Musimy być teraz cierpliwi – mruczy. – Chodź. – Bierze mnie za rękę i prowadzi do łazienki. Delikatnie zsuwa mi z ramion żakiet i kładzie na krześle, po czym rozpina bluzkę.

Woda jest cudownie ciepła i pachnąca, a w łazience roznosi się zapach kwiatów lotosu. Leżę pomiędzy nogami Christiana, plecami dotykając jego klatki piersiowej, a stopy mam oparte o jego stopy. Oboje milczymy. I w końcu jest mi ciepło. Christian co jakiś czas całuje mnie w głowę. Obejmuje moje ramiona.

– Nie wszedłeś do wanny z Leilą, prawda? Wtedy, kiedy ją kąpałeś? – pytam.

Sztywnieje i prycha, zaciskając dłoń na moim ramieniu.

– Eee... nie. – W jego głosie słychać zaskoczenie.

– Tak też myślałam. To dobrze.

Pociąga lekko za upięte w kok włosy, odchylając głowę, tak by widzieć moją twarz.

– Czemu pytasz?

Wzruszam ramionami.

– Niezdrowa ciekawość. Nie wiem... tak mi się przypomniało.

Twarz mu tężeje.

– Rozumiem.

– Jak długo masz zamiar jej pomagać?

– Dopóki nie stanie na nogi. Nie wiem. – Wzrusza ramionami. – Czemu pytasz?

– Są także inne?

– Inne?

– Twoje byłe, którym pomagasz.

– Owszem, była jedna. Ale była.

– Och?

– Studiowała medycynę. Teraz pracuje już jako lekarz, no i jest z kimś związana.

– Z kolejnym Panem?

– Tak.

– Leila mówi, że masz jej dwa obrazy – szepczę.

– Miałem. Tak naprawdę nieszczególnie mi się podobały. Były zbyt kolorowe jak dla mnie. Chyba ma je teraz Elliot. Jak wiemy, jest zupełnie pozbawiony dobrego smaku.

Chichoczę, a on otacza mnie jednym ramieniem, rozlewając wodę na płytki.

– Tak lepiej – szepcze i całuje mnie w skroń.

– Żeni się z moją najlepszą przyjaciółką.

– W takim razie lepiej już się przymknę.

Po KĄPIELI CZUJĘ SIĘ TROCHĘ lepiej. Otulona miękkim hotelowym szlafrokiem wpatruję się w porozkładane na łóżku torby. Jezu, tam na pewno jest nie tylko „coś do spania". Ostrożnie zaglądam do jednej. Para dżinsów i jasnoniebieska bluza z kapturem, mój rozmiar. A niech mnie… Taylor kupił ubrania na cały weekend i wie, co lubię. Uśmiecham się, przypominając sobie, że to nie pierwszy raz, gdy kupował mi ubrania podczas pobytu w Heathmanie.

– Nie licząc napastowania mnie u Claytona, czy choć raz poszedłeś do sklepu i coś sobie kupiłeś?

– Napastowania?

– Owszem, napastowania.

– Byłaś podenerwowana, o ile dobrze pamiętam. A tamten młody chłopak pożerał cię wzrokiem. Jak on miał na imię?

– Paul.

– Jeden z wielu twoich wielbicieli.

Przewracam oczami, a on uśmiecha się z ulgą i całuje mnie w usta.

– Tak lepiej – szepcze. – Ubierz się. Nie chcę, żebyś mi znowu zmarzła.

– GOTOWA – MÓWIĘ CICHO.

Christian pracuje przy laptopie w części apartamentu pełniącej funkcję gabinetu. Ma na sobie czarne dżinsy i szary sweter z dzianiny, a ja dżinsy i bluzę, pod nią zaś biały T-shirt.

– Wyglądasz tak młodo – mówi miękko Christian. – I pomyśleć, że jutro będziesz o cały rok starsza.

Uśmiecham się smutno.

– Nie jestem w nastroju na świętowanie. Możemy jechać teraz do Raya?

– Pewnie. Chciałbym, żebyś coś zjadła. Ledwie tknęłaś kolację.

– Christianie, proszę, nie jestem głodna. Może po wizycie u Raya. Chcę mu życzyć dobrej nocy.

GDY WCHODZIMY NA ODDZIAŁ intensywnej terapii, José właśnie wychodzi.

– Ana, Christian, cześć.

– Gdzie twój tato?

– Był zbyt zmęczony. Rano miał przecież wypadek samochodowy. – José uśmiecha się smutno. – No i zaczęły działać środki przeciwbólowe. Musiałem się wykłócić o to, aby wolno mi było zobaczyć Raya, ponieważ nie jestem z nim spokrewniony.

– I? – pytam niespokojnie.

– Stan bez zmian, ale jest dobrze.

Zalewa mnie fala ulgi. Brak wiadomości to dobra wiadomość.

– Widzimy się jutro, jubilatko?

– Pewnie. Przyjedziemy tutaj.

José zerka szybko na Christiana, po czym przytula mnie lekko.

– *Mañana*.

– Dobranoc, José.

– Dobranoc – mówi Christian. José kiwa głową i odchodzi. – Nadal za tobą szaleje – mówi cicho Christian.

– Wcale nie. A nawet jeśli… – Wzruszam ramionami, ponieważ w tej akurat chwili zupełnie mnie to nie obchodzi.

Christian uśmiecha się lekko.

– Dobra robota – mruczę.

Marszczy brwi.

– Że się nie wpieniłeś.

Patrzy na mnie urażony – ale i rozbawiony.

– Ja się nigdy nie wpieniam. Chodźmy do twojego taty. Mam dla ciebie niespodziankę.

– Niespodziankę? – Otwieram szeroko oczy.

– Chodź. – Bierze mnie za rękę i otwieramy podwójne drzwi prowadzące na oddział.

W nogach łóżka Raya stoi Grace pogrążona w rozmowie z Crowe'em i innym lekarzem, kobietą, której jeszcze tu nie widziałam. Na nasz widok Grace się uśmiecha.

Och, dzięki Bogu.

– Christianie. – Całuje go w policzek, po czym odwraca się do mnie i bierze w ramiona. – Ana. Jak się trzymasz?

– Dobrze. To o tatę się martwię.

– Jest w dobrych rękach. Doktor Sluder to ekspert w swojej dziedzinie. Studiowałyśmy razem w Yale.

Och…

– Pani Grey – wita mnie formalnie doktor Sluder. Ma krótkie włosy, nieśmiały uśmiech i lekko południowy akcent. – Jako lekarz prowadzący pani ojca cieszę się, mogąc panią poinformować, że wszystko zmierza w dobrym kierunku. Jego parametry życiowe są stabilne i silne. Wierzymy, że wróci do zdrowia. Obrzęk przestał się powiększać, a nawet ciut zmalał.

– To dobra wiadomość – mówię cicho.

Uśmiecha się do mnie ciepło.

– Zdecydowanie, pani Grey. Naprawdę dobrze się tu nim zajmujemy. Miło cię było znowu widzieć, Grace.

Grace uśmiecha się.

– Nawzajem, Lorraina.

– Doktorze Crowe, pozwólmy tym dobrym ludziom pobyć trochę z panem Steele.

Oboje wychodzą.

Zerkam na Raya i po raz pierwszy od wypadku moja nadzieja rośnie. Pomogły jej życzliwie słowa doktor Sluder i Grace.

Teściowa ujmuje moją dłoń i ściska lekko.

– Ana, kochanie, posiedź z nim. Porozmawiaj. To dobrze robi. A ja i Christian pójdziemy do poczekalni.

Kiwam głową. Christian uśmiecha się do mnie pokrzepiająco, a potem zostawia mnie z moim ukochanym ojcem, kołysanym do snu przez cichy szum respiratora.

WKŁADAM BIAŁY T-SHIRT mojego męża i wchodzę do łóżka.

– Chyba lepiej się już czujesz – mówi ostrożnie Christian, wdziewając piżamę.

– Tak. Myślę, że dużo mi dała rozmowa z doktor Sluder i twoją mamą. Poprosiłeś Grace, aby tu przyjechała?

Christian wślizguje się pod kołdrę i bierze mnie w ramiona. Leżymy w pozycji na łyżeczki.

– Nie. Ona sama chciała przyjechać i sprawdzić, co z twoim ojcem.

– Skąd wiedziała?

– Rano do niej zadzwoniłem.

Och.

– Skarbie, jesteś wykończona. Powinnaś już spać.

– Mhm – mruczę zgodnie.

On ma rację. Jestem taka zmęczona. Odwracam głowę i przez chwilę mu się przyglądam. Nie będziemy się kochać? Czuję ulgę. Prawdę mówiąc, przez cały dzień trzymał ręce z daleka ode mnie. Ciekawe, czy powinnam się niepokoić takim obrotem sprawy, ale ponieważ moja wewnętrzna bogini zniknęła gdzieś, zabierając ze sobą moje libido, pomyślę o tym rano. Odwracam się i wtulam w Christiana.

– Obiecaj mi coś – mówi miękko.

– Mhm?

– Obiecaj, że jutro coś zjesz. Mogę się nie wpieniać, gdy widzę cię w kurtce innego faceta, ale, Ana... musisz jeść. Proszę.

– Mhm – zgadzam się. Całuje mnie w głowę. – Dziękuję, że tu jesteś – mamroczę i sennie całuję go w tors.

– A gdzie miałbym być? Chcę być tam, gdzie ty, Ano. Będąc tutaj, myślę o tym, jak daleko udało nam się zajść. I o naszej pierwszej wspólnej nocy. Co to była za noc. Godzinami ci się przyglądałem. Byłaś po prostu... chwacka – mówi. Uśmiecham się. – Śpij – mruczy i to jest polecenie.

Zamykam oczy i odpływam.

ROZDZIAŁ OSIEMNASTY

O twieram oczy. Jest pogodny wrześniowy ranek. Otulona czystą, świeżo wyprasowaną pościelą próbuję się zorientować, gdzie jestem, i wtedy do mnie dociera. No tak, w hotelu Heathman.

– Cholera! Tatuś! – wołam głośno, przypominając sobie, dlaczego jestem w Portland. Czuję potworne ściskanie w żołądku.

– Hej. – Christian siedzi na brzegu łóżka. Dotyka dłonią mojego policzka, od razu mnie uspokajając. – Rano dzwoniłem do szpitala. Ray miał dobrą noc. Wszystko dobrze – mówi miękko.

– Och, super. Dziękuję ci – mówię cicho i siadam.

Nachyla się i całuje mnie w czoło.

– Dzień dobry, Ano – szepcze i całuje moją skroń.

– Hej – mruczę. Jest już ubrany w czarny T-shirt i niebieskie dżinsy.

– Hej – patrzy na mnie ciepło. – Chciałbym ci złożyć życzenia urodzinowe. Mogę?

Uśmiecham się niepewnie i dotykam jego policzka.

– Tak, oczywiście. Dziękuję ci. Za wszystko.

Marszczy brwi.

– Wszystko?

– Wszystko.

Przez chwilę sprawia wrażenie skonsternowanego.

– Proszę. – Wręcza mi niewielkie, ślicznie zapakowane pudełko z dołączonym bilecikiem.

Choć martwię się bardzo o ojca, wyczuwam podekscytowanie Christiana. Udziela się ono i mnie. Odczytuję bilecik.

Za nasze wszystkie pierwsze razy w pierwsze urodziny,
które obchodzisz jako moja ukochana żona.
Kocham Cię.
C x

O rety, ależ to słodkie.
– Ja też cię kocham – mruczę, uśmiechając się do niego.
– Otwórz.
Odwijam ostrożnie papier. Wyłania się spod niego śliczne pudełko z czerwonej skóry. Cartier. Znam tę firmę dzięki moim kolczykom drugiej szansy i zegarkowi. Ostrożnie otwieram pudełeczko i odkrywam delikatną bransoletkę z zawieszkami, wykonaną ze srebra albo platyny, albo białego złota – nie wiem, ale jest totalnie urzekająca. Przyczepiono do niej kilka zawieszek: wieża Eiffla, londyńska taksówka, śmigłowiec – Charlie Tango, szybowiec, katamaran… Grace, łóżko i rożek lodowy? Zaskoczona podnoszę głowę.

– Wanilia? – Wzrusza przepraszająco ramionami, a ja wybucham śmiechem. Naturalnie.
– Christianie, jest śliczna. Dziękuję. Jest super.
Uśmiecha się szeroko.
Najbardziej podoba mi się serce. To medalion.
– Możesz tam włożyć zdjęcie albo co tylko chcesz.
– Twoje zdjęcie. – Rzucam mu spojrzenie spod rzęs.
– Zawsze w moim sercu.
Posyła mi ten swój uroczy, rozbrajająco nieśmiały uśmiech.
Obracam w palcach dwie ostatnie zawieszki: literka C – no tak, byłam pierwszą dziewczyną, która mówiła mu

po imieniu. Uśmiecham się na tę myśl. I na koniec jest jeszcze kluczyk.

– Do mego serca i duszy – szepcze.

Pod powiekami czuję łzy. Zarzucam mu ręce na szyję i moszczę się na jego kolanach.

– To taki cudowny prezent. Dziękuję ci – mruczę mu do ucha. Och, tak pięknie pachnie: świeżą pościelą, żelem pod prysznic i Christianem. Jak dom, mój dom. Po policzkach płyną mi łzy.

Jęczy cicho i zatapia mnie w objęciach.

– Nie wiem, co bym zrobiła bez ciebie. – Głos mi się łamie, gdy próbuję nie dać się przytłaczającym mnie emocjom.

Przełyka głośno ślinę i tuli mnie jeszcze mocniej.

– Nie płacz, proszę.

Pociągam nosem w raczej mało kobiecy sposób.

– Przepraszam. Jestem po prostu taka szczęśliwa i smutna, i niespokojna jednocześnie. To słodko-gorzkie.

– Hej. – Głos ma miękki jak puch. Przechyla mi głowę i składa na ustach delikatny pocałunek. – Rozumiem.

– Wiem – szepczę.

– Szkoda, że nie jesteśmy w domu i że okoliczności nie są bardziej sprzyjające. Ale jesteśmy tutaj. – Jeszcze raz wzrusza przepraszająco ramionami. – Wstawaj. Po śniadaniu zajrzymy do Raya.

KIEDY JUŻ SIEDZĘ przy stole w nowych dżinsach i T-shircie, wraca mi apetyt. Wiem, że Christian się cieszy z tego, że zjadam płatki z jogurtem greckim.

– Dziękuję, że zamówiłeś moje ulubione śniadanie.

– Masz dziś urodziny – mówi miękko. – I musisz przestać mi dziękować. – Przewraca oczami.

– Chcę jedynie, abyś wiedział, że to doceniam.

– Anastasio, taki już jestem.

Minę ma poważną – oczywiście, Christian opanowany i mający wszystko pod kontrolą. Jak mogłabym zapomnieć… A chciałabym w ogóle, aby był inny?

Uśmiecham się.

– To prawda.

Kręci głową.

– To co, jedziemy?

– Tylko umyję zęby.

Uśmiecha się lekko drwiąco.

– Okej.

Dlaczego się uśmiecha? Ta myśl nie daje mi spokoju, gdy wchodzę do łazienki. Coś mi się przypomina. Po pierwszej spędzonej z nim nocy użyłam jego szczoteczki. Ze śmiechem biorę teraz jego szczoteczkę w hołdzie tamtej pierwszej. Myjąc zęby, przyglądam się sobie w lustrze. Strasznie jestem blada. No ale taką już mam cerę. Podczas ostatniego pobytu w tym hotelu byłam panną, a teraz mam dwadzieścia dwa lata i jestem mężatką! Starzeję się. Płuczę usta.

Potrząsam nadgarstkiem i zawieszki przy mojej bransoletce delikatnie brzęczą. Skąd mój słodki Szary zawsze wie, co mi podarować? Biorę głęboki oddech i raz jeszcze przyglądam się bransoletce. Założę się, że kosztowała majątek. Ach… cóż. Stać go na to.

Gdy idziemy do windy, Christian ujmuje moją dłoń i całuje knykcie, kciukiem ocierając się o Charliego Tango.

– Podoba ci się?

– Podoba? To za mało powiedziane. Uwielbiam to cacko. Bardzo mocno. Tak jak ciebie.

Uśmiecha się i raz jeszcze całuje moją dłoń. Jest mi o wiele lżej na duszy niż wczoraj. Może dlatego, że jest ranek – wtedy świat zawsze wydaje się lepszy niż w ciemnych odmętach nocy. A może dzięki słodkiej pobudce mego męża. A może dzięki wiadomości, że Rayowi się nie pogorszyło.

Gdy wsiadamy do pustej windy, podnoszę wzrok na Christiana. On także patrzy mi w oczy.

– Nie rób tego – szepcze, gdy drzwi się zasuwają.

– Nie rób czego?

– Nie patrz tak na mnie.

– Pieprzyć umowę – mruczę, uśmiechając się szeroko.

Śmieje się, i to taki beztroski, chłopięcy odgłos. Bierze mnie w ramiona.

– Pewnego dnia wynajmę tę windę na całe popołudnie.

– Tylko popołudnie? – unoszę brew.

– Pani Grey, strasznie pani zachłanna.

– Jeśli chodzi o ciebie, to owszem.

– Bardzo miło mi to słyszeć.

I nie wiem, czy to dlatego, że jesteśmy w TEJ windzie, czy dlatego, że od ponad doby mnie nie dotknął, czy może dlatego, że jest po prostu moim odurzającym mężem, w moim podbrzuszu powoli, leniwie rodzi się pożądanie. Odwzajemniam pocałunek, popychając go na ścianę. Przyklejam się do jego ciała.

Jęczy i trzyma moją głowę, gdy się całujemy – naprawdę całujemy. Nasze języki wdzierają się na tak dobrze znane, ale ciągle tak nowe i ekscytujące terytorium. Moja wewnętrzna bogini popada w omdlenie, zwracając mi moje libido.

– Ana – mówi bez tchu.

– Kocham cię, Christianie Greyu. Nie zapominaj o tym – szepczę, wpatrując się w jego pociemniałe oczy.

Winda zatrzymuje się na parterze i rozsuwają się drzwi.

– Jedźmy odwiedzić twego ojca, nim zdecyduję się wynająć ją dzisiaj. – Całuje mnie szybko, bierze za rękę i prowadzi przez lobby.

Gdy mijamy konsjerża, Christian daje dyskretny sygnał sympatycznemu panu w średnim wieku. On kiwa głową i podnosi słuchawkę. Zerkam pytająco na Christiana, a on uśmiecha się tajemniczo. Marszczę brwi i przez chwilę wygląda na zdenerwowanego.

– Gdzie Taylor? – pytam.

– Zaraz się z nim zobaczymy.

No tak, pewnie poszedł po samochód.

– Sawyer?

– Załatwia różne sprawy.

Jakie różne sprawy?

Christian ignoruje drzwi obrotowe, rusza przez zwykłe. Wiem, że po prostu nie chce puszczać mojej ręki. Na tę myśl robi mi się ciepło na sercu. Poranek jest ciepły, ale w powietrzu czuć już zbliżającą się jesień. Rozglądam się, szukając wzrokiem audi SUV i Taylora. Christian ściska mi mocniej dłoń, a ja podnoszę na niego wzrok. Chyba się denerwuje.

– O co chodzi?

Wzrusza ramionami.

Moją uwagę przyciąga szum podjeżdżającego samochodu. Jest chrapliwy... znajomy. Gdy odwracam się, aby zlokalizować źródło tego dźwięku, samochód nagle się zatrzymuje. Z eleganckiego, białego sportowego auta wysiada Taylor.

O cholera! To R8. Patrzę znowu na Christiana, który przygląda mi się ostrożnie. „Możesz mi taki kupić na urodziny... najlepiej biały".

– Wszystkiego najlepszego – mówi. Widzę, że próbuje wybadać moją reakcję.

Gapię się na niego, bo to jedyne, do czego jestem w tej chwili zdolna. Podaje mi kluczyk.

– Teraz to dopiero przesadziłeś – szepczę.

Kupił mi pieprzone audi R8! Jasny gwint. Tak jak prosiłam. Na mojej twarzy pojawia się uśmiech od ucha

do ucha i zaczynam podskakiwać w miejscu cała podekscytowana. Christian ma minę taką samą jak ja. Rzucam
się w jego czekające ramiona. Wiruje ze mną na chodniku.

– Masz więcej pieniędzy niż rozumu! – wołam. – Jest
piękny! Dziękuję.

Zatrzymuje się nagle i stawia mnie na ziemi, tak nagle, że muszę przytrzymać się jego ramion.

– Dla pani wszystko, pani Grey. – Uśmiecha się do
mnie. O rety. Cóż za publiczne okazywanie uczuć. Całuje
mnie w usta. – Chodź. Odwiedźmy twojego tatę.

– Tak. I to ja prowadzę?

Uśmiecha się szeroko.

– Naturalnie. To twój samochód.

Puszcza mnie, a ja pędzę w stronę drzwi od strony
kierowcy.

Taylor otwiera je dla mnie z uśmiechem.

– Wszystkiego najlepszego, pani Grey.

– Dziękuję, Taylor. – I obdarzam go szybkim uściskiem, czym go wyraźnie zaskakuję.

Rumieni się, gdy wsiadam do auta. Szybko zamyka
za mną drzwi.

– Proszę jechać ostrożnie, pani Grey – mówi szorstko.

Uśmiecham się do niego promiennie, nie potrafiąc
ukryć podekscytowania.

– Dobrze – obiecuję, wkładając kluczyk do stacyjki.
Obok mnie siedzi Christian.

– Spokojnie. Nikt nas tym razem nie goni – rzuca
ostrzegawczo.

Kiedy przekręcam kluczyk, silnik z rykiem budzi się
do życia. Zerkam w lusterko wsteczne, lusterka boczne,
po czym zawracam i ruszam w stronę szpitala.

– Hola! – wykrzykuje zaalarmowany Christian.

– No co?

– Nie chcę, żebyś znalazła się w szpitalu obok ojca.
Zwolnij – warczy.

Puszczam pedał gazu i uśmiecham się.

– Lepiej?

– O wiele – burczy. Minę stara się mieć surową, ale
kiepsko mu wychodzi.

STAN RAYA NIE ULEGŁ zmianie. Jego widok sprowadza
mnie na ziemię. Naprawdę powinnam ostrożniej jeździć. Nie da się przewidzieć każdego pijanego kierowcy
na świecie. Muszę zapytać Christiana, co stało się z tym
dupkiem, który uderzył w Raya – on na pewno wie. Pomimo rurek mój ojciec wygląda tak, jakby mu było całkiem wygodnie, i chyba zaróżowiły mu się nieco policzki.
A kiedy opowiadam mu o swoim poranku, Christian wychodzi do poczekalni, aby wykonać kilka telefonów.

Przy łóżku kręci się siostra Kellie, sprawdzając sprzęt
i zapisując coś w karcie.

– Wszystkie parametry życiowe są dobre, pani Grey.
– Uśmiecha się do mnie miło.

– To bardzo obiecujące.

Nieco później zjawia się doktor Crowe z dwoma asy-
stentami i mówi ciepło:

– Pani Grey, pora zabrać pani ojca na radiologię.
Zrobimy mu tomografię komputerową. Aby sprawdzić,
jak sobie radzi jego mózg.

– Długo to potrwa?

– Do godziny.

– Zaczekam. Chciałabym wiedzieć.

– Naturalnie, pani Grey.

Udaję się do pustej na szczęście poczekalni, gdzie
Christian rozmawia przez telefon. Patrzy przy tym przez
okno na panoramę Portland. Kiedy zamykam drzwi, odwraca się do mnie. Wygląda na zagniewanego.

– Ile powyżej dopuszczalnego limitu?... Rozumiem... Wszystkie zarzuty, tak. Ojciec Any jest na oddziale intensywnej terapii. Chcę, żebyś pociągnął za wszystkie sznurki, tato... Dobrze. Informuj mnie na bieżąco. – Rozłącza się.

– Ten drugi kierowca?

Kiwa głową.

– Jakiś pijany matoł z osiedla przyczep kempingowych z południowo-wschodniej części Portland.

Jestem wstrząśnięta jego językiem i szyderczym tonem. Podchodzi do mnie i spojrzenie mu łagodnieje.

– Chcesz już jechać?

– Eee... nie. – Podnoszę na niego wzrok, nadal zdumiona jego pogardą.

– Co się stało?

– Nic. Raya zabrano na tomografię komputerową, aby sprawdzić, co z obrzękiem mózgu. Chciałabym poczekać na wyniki.

– Dobrze. Zaczekamy. – Siada i wyciąga ręce. A ponieważ jesteśmy sami, ochoczo siadam mu na kolanach. – Nie tak wyobrażałem sobie dzisiejszy dzień – mruczy Christian.

– Ja też nie, ale dzisiaj mam już o wiele lepszy nastrój. Twoja mama bardzo mnie uspokoiła. To bardzo miłe z jej strony, że wczoraj przyjechała.

Christian gładzi mnie po plecach i opiera brodę o moją głowę.

– Moja mama to niezwykła kobieta.

– To prawda. Szczęściarz z ciebie, że ją masz.

Kiwa głową.

– Powinnam zadzwonić do swojej. Powiedzieć jej o Rayu – mówię cicho, a Christian sztywnieje. – Dziwię się, że do mnie nie zadzwoniła. – Prawdę mówiąc, jest mi nieco przykro. To w końcu moje urodziny. Dlaczego nie zadzwoniła?

– Może dzwoniła – mówi Christian. Wyjmuję z kieszeni BlackBerry. Brak nieodebranych połączeń, jest za to kilka esemesów: życzenia urodzinowe od Kate, José, Mii i Ethana. Ale nie od mamy. Kręcę głową zasmucona. – Zadzwoń do niej teraz – mówi łagodnie.

Tak robię, ale mama nie odbiera. Włącza się automatyczna sekretarka. Nie nagrywam żadnej wiadomości. Jak mama mogła zapomnieć o moich urodzinach?

– Nie ma jej w domu. Później zadzwonię, kiedy już poznam wyniki tomografii.

Christian obejmuje mnie mocniej i rozsądnie nie czyni żadnej uwagi na temat braku matczynej troski. Bardziej wyczuwam, niż słyszę sygnał jego BlackBerry. Nie wypuszczając mnie z objęć, wyjmuje telefon z kieszeni.

– Andrea – rzuca do mikrofonu, ponownie zamieniając się w prezesa.

Próbuję wstać z jego kolan, ale on mnie powstrzymuje. Przytulam się do jego piersi i słucham rozmowy.

– Dobrze… ETA to jaki czas?… A pozostałe, eee… paczki? – Christian zerka na zegarek. – W Heathmanie znają wszystkie szczegóły?… Dobrze… Tak. To może poczekać do poniedziałku rano, ale na wszelki wypadek wyślij mi mejlem. Wydrukuję, podpiszę, zeskanuję i ci odeślę… Mogą zaczekać. Idź do domu, Andrea… Nie, nic nam nie trzeba, dziękuję. – Rozłącza się.

– Wszystko w porządku?

– Tak.

– Chodzi o ten deal z Tajwanem?

– Tak. – Porusza się pode mną.

– Jestem za ciężka?

Parska.

– Nie, maleńka.

– Martwisz się tym Tajwanem?

– Nie.

– Myślałam, że to ważny deal.

– Jest ważny. Miejscowa stocznia jest od niego uzależniona. Ważą się losy wielu miejsc pracy.

Och!

– Musimy to teraz przekazać związkom. To robota dla Sama i Ros. Ale w obecnej sytuacji ekonomicznej nie mamy wielkiego wyboru.

Ziewam.

– Nudzę panią, pani Grey? – Zanurza nos w moich włosach.

– Nie! Nigdy... Po prostu wygodnie mi na twoich kolanach. Lubię słuchać o tym, co robisz w pracy.

– Naprawdę? – Wydaje się zaskoczony.

– Oczywiście. – Prostuję się i patrzę mu w oczy. – Lubię słuchać wszystkich strzępków informacji, którymi raczysz się ze mną podzielić. – Uśmiecham się drwiąco, a on przygląda mi się z rozbawieniem, po czym kręci głową.

– Zawsze spragniona informacji.

– Powiedz mi. – Znowu się tulę do jego piersi.

– Co mam ci powiedzieć?

– Dlaczego to robisz?

– Ale co?

– Pracujesz akurat w taki sposób.

– Jakoś trzeba zarabiać na życie. – Jest rozbawiony.

– Christianie, ty zarabiasz krocie. – W moim głosie słychać ironię.

Marszczy brwi i przez chwilę nic nie mówi. Jestem zaskoczona, kiedy się w końcu odzywa.

– Nie chcę być biedny – mówi cicho. – Już to przerabiałem. I nie zamierzam przerabiać raz jeszcze. Poza tym... to gra – mruczy. – I chodzi o to, żeby wygrywać. Gra, która zawsze była dla mnie bardzo prosta.

– W przeciwieństwie do życia. – Dopiero gdy wypowiadam te słowa, dociera do mnie, że powiedziałam je na głos.

– Chyba tak. Choć z tobą jest łatwiej.

Ze mną łatwiej? Ściskam go mocno.

– To nie jest gra przez cały czas. Jesteś przecież także filantropem.

Wzrusza ramionami i wiem, że czuje się coraz bardziej niezręcznie.

– Czasami – mówi cicho.

– Kocham filantropijnego Christiana – mruczę.

– Tylko takiego?

– Och, kocham także Christiana megalomana i kontrolującego Christiana, Christiana seksperta, perwersyjnego Christiana, romantycznego Christiana, nieśmiałego Christiana... lista nie ma końca.

– To całe mnóstwo Christianów.

– Pewnie co najmniej pięćdziesięciu.

Śmieje się.

– Pięćdziesiąt odcieni – mruczy mi we włosy.

– Właśnie tak.

Unosi mi głowę i całuje.

– Cóż, pani Szara, zobaczmy, co słychać u pani taty.

– Okej.

– MOŻEMY SIĘ PRZEJECHAĆ?

Christian i ja znajdujemy się ponownie w R8, a mnie przepełnia optymizm. Mózg Raya wrócił do normy – cały obrzęk się cofnął. Doktor Sluder zdecydowała, że jutro wybudzą go ze śpiączki.

– Jasne. – Christian uśmiecha się do mnie. – To twoje urodziny, możemy robić wszystko, na co tylko masz ochotę.

Och! Ton jego głosu sprawia, że odwracam się i patrzę mu w oczy. Są niemal grafitowe.

– Wszystko?

– Wszystko.

Ile obietnic można wlać do jednego słowa?

– Cóż, mam ochotę się przejechać.

– No to jedźmy, maleńka.

Moje auto śmiga jak marzenie, a kiedy wjeżdżamy na I-5, delikatnie dociskam pedał gazu, ale i tak wciska nas w fotele.

– Spokojnie, mała – rzuca ostrzegawczo Christian.

GDY WRACAMY DO PORTLAND, do głowy przychodzi mi pewien pomysł.

– Zaplanowałeś już lunch? – pytam niepewnie.

– Nie. Zgłodniałaś? – W jego głosie słychać nadzieję.

– Tak.

– Gdzie chcesz zjeść? To twój dzień, Ano.

– Znam takie jedno miejsce.

Mijam galerię, w której José wystawiał swoje prace, i zatrzymuję się przed restauracją Le Picotin, do której się udaliśmy po wernisażu.

Christian się śmieje.

– Przez chwilę myślałem, że zamierzasz zabrać mnie do tamtego koszmarnego baru, z którego zadzwoniłaś do mnie po pijaku.

– A czemu miałabym to zrobić?

– Żeby sprawdzić, czy azalie jeszcze żyją. – Unosi ironicznie brew.

Pąsowieję.

– Nie przypominaj mi! Poza tym... i tak mnie zabrałeś do hotelu. – Uśmiecham się drwiąco.

– Najlepsza decyzja w moim życiu. – Spojrzenie ma łagodne i ciepłe.

– To prawda. – Przechylam się i całuję go w usta.

– Myślisz, że ten wyniosły palant nadal tam kelneruje? – pyta Christian.

– Wyniosły? Dla mnie był w porządku.

– Próbował wywrzeć na tobie wrażenie.

– No to mu się udało.

Christian krzywi się z rozbawieniem.

– To co, wchodzimy?

– Pani przodem, pani Grey.

Po lunchu zahaczamy o Heathmana, żeby zabrać laptop Christiana, po czym wracamy do szpitala. Popołudnie spędzam z Rayem, czytając mu na głos jeden z przysłanych mi rękopisów. Za jedyny akompaniament służy mi odgłos aparatury podtrzymującej go przy życiu. Teraz, kiedy wiem, że jego stan się poprawia, jestem w stanie się nieco odprężyć. Przepełnia mnie nadzieja. Ray potrzebuje czasu. Ja mam czas – mogę mu go dać. Zastanawiam się, czy nie zadzwonić raz jeszcze do mamy, ale uznaję, że później to zrobię. Gdy czytam, trzymam Raya za rękę. Jego palce są miękkie i ciepłe. Nadal ma na palcu ślad po obrączce – nawet po tylu latach.

Godzinę czy dwie później, sama nie wiem, podnoszę głowę i widzę, że w nogach łóżka stoi siostra Kellie i Christian z laptopem.

– Pora jechać, Ana.

Och. Ściskam mocno dłoń Raya. Nie chcę go zostawiać.

– Chcę cię nakarmić. Chodź. Już późno. – W jego głosie słychać zdecydowanie.

– Chcę umyć teraz pana Steele – mówi siostra Kellie.

– Dobrze – poddaję się. – Rano wrócimy.

Całuję Raya w policzek, czując pod ustami nieznajomy zarost. Nie podoba mi się. Zdrowiej, tatusiu. Kocham cię.

– Pomyślałem, że kolację zjemy na dole. W prywatnej sali – mówi Christian, z błyskiem w oku otwierając drzwi do naszego apartamentu.

– Naprawdę? Dokończymy to, co zacząłeś kilka miesięcy temu?

– Jeśli dopisze pani szczęście, pani Grey.

Śmieję się.

– Christianie, nie mam ze sobą nic eleganckiego.

Uśmiecha się, wyciąga rękę i prowadzi mnie do sypialni. Otwiera szafę, demonstrując wiszący na wieszaku duży biały pokrowiec na odzież.

– Taylor? – pytam.

– Christian – odpowiada, nieco urażony.

Znowu się śmieję. Rozpinam zamek i wyjmuję z pokrowca sukienkę z granatowej satyny. Jest prześliczna – dopasowana, z cienkimi ramiączkami. Wydaje się mała.

– Piękna. Dziękuję ci. Mam nadzieję, że się w nią zmieszczę.

– Zmieścisz – mówi pewnie. – I proszę – podaje mi pudełko. – Buty do kompletu. – Uśmiecha się chytrze.

– Myślisz o wszystkim. Dziękuję. – Całuję go.

– Owszem, myślę. – Wręcza mi jeszcze jedną torbę.

Patrzę na niego pytająco. W środku znajduje się czarne body bez ramiączek z biegnącym przez środek pasem koronki. Christian unosi mi brodę i całuje mnie w usta.

– Nie mogę się doczekać, aż zdejmę to później z ciebie.

ŚWIEŻO WYKĄPANA, UMYTA, ogolona i generalnie dopieszczona siadam na brzegu łóżka i zabieram się za suszenie włosów. Do sypialni wchodzi Christian.

– Pozwól – mówi, pokazując na stojące przed toaletką krzesło.

– Wysuszysz mi włosy?

Kiwa głową.

– Chodź – ponagla, bacznie mi się przyglądając. Znam tę minę i wiem, że lepiej się teraz nie sprzeciwiać. Powoli i metodycznie suszy mi włosy, pasmo po paśmie.

– Nie jest ci to obce – mruczę.

W lustrze widzę, że się uśmiecha, ale nic nie mówi, tylko dalej suszy mi włosy. Hmm… bardzo to przyjemne.

WSIADAMY DO WINDY, ALE okazuje się, że mamy towarzystwo. Christian wygląda obłędnie w białej lnianej koszuli, czarnych dżinsach i marynarce. Bez krawata. Dwie kobiety posyłają mu spojrzenia pełne podziwu. Skrywam uśmiech. Tak, drogie panie, ten mężczyzna jest mój. Christian bierze mnie za rękę i przyciąga do siebie, gdy zjeżdżamy w milczeniu na mezanin.

Sporo tam ludzi w wieczorowych strojach. Siedzą, rozmawiają, piją, rozpoczynając sobotni wieczór. Cieszę się, że nie odstaję strojem od reszty towarzystwa. Sukienka podkreśla moje krągłości, przylegając do nich niczym druga skóra. Muszę przyznać, że czuję się… atrakcyjna.

Na początku myślę, że idziemy do prywatnej sali, gdzie kiedyś omawialiśmy naszą umowę, ale mijamy tamte drzwi i Christian prowadzi mnie na sam koniec, po czym wchodzimy do innego, wyłożonego drewnem pomieszczenia.

– Niespodzianka!

O rety. Kate i Elliot, Mia i Ethan, Carrick i Grace, pan Rodriguez i José, moja matka i Bob stoją tam z uniesionymi kieliszkami. Zatrzymuję się i gapię na nich. Brak mi słów. Jak? Kiedy? Odwracam się z konsternacją do Christiana, a on ściska mi dłoń. Moja mama wychodzi przed szereg i zarzuca mi ręce na szyję. Och, mamo!

– Skarbie, ślicznie wyglądasz. Wszystkiego najlepszego z okazji urodzin.

– Mama! – szlocham, tuląc się do niej. Och, mamusiu. Po moich policzkach płyną łzy i skrywam twarz na jej szyi.

– Skarbie, kochanie. Nie płacz. Ray wydobrzeje. To taki silny mężczyzna. Nie płacz. Nie w swoje urodziny. –

Łamie jej się głos, ale jakoś zachowuje spokój. Obejmuje moją twarz i kciukami ociera łzy.

– Myślałam, że zapomniałaś.

– Och, Ana! Jak mogłabym zapomnieć? Nie tak łatwo zapomnieć siedemnastogodzinny poród.

Chichoczę przez łzy, a ona się uśmiecha.

– Wytrzyj oczy, kochanie. Mnóstwo ludzi przyjechało, aby spędzić z tobą twój wyjątkowy dzień.

Pociągam nosem zażenowana i uradowana tym, że wszyscy zadali sobie tyle trudu, aby się tu zjawić.

– Jak się tu dostaliście? Kiedy przylecieliście?

– Twój mąż przysłał po nas samolot, skarbie. – Uśmiecha się szeroko.

– Dziękuję, że tu jesteś, mamo. – Wyciera mi chusteczką nos tak, jak tylko mamy potrafią. – Mamo! – ganię ją, biorąc się w garść.

– Już lepiej. Wszystkiego najlepszego, skarbie.

Odsuwa się na bok, robiąc miejsce kolejce chętnych do złożenia mi życzeń.

– Ray dobrze trafił, Ano. Doktor Sluder to jeden z najlepszych specjalistów w kraju. Wszystkiego najlepszego, aniołku. – Grace ściska mnie mocno.

– Płacz, ile tylko masz ochotę. To twoja impreza. – José zatapia mnie w uścisku.

– Wszystkiego najlepszego, kochana dziewczyno. – Carrick uśmiecha się, dłonią głaszcząc mnie po twarzy.

– No jak tam, mała? Twój staruszek się wyliże. – Elliot bierze mnie w ramiona. – Wszystkiego najlepszego.

– Okej. – Biorąc mnie za rękę, Christian wyplątuje mnie z objęć Elliota. – Wystarczy tego obmacywania mojej żony. Idź obmacywać swoją narzeczoną.

Elliot uśmiecha się do niego szelmowsko i mruga do Kate.

Kelner, którego wcześniej nie zauważyłam, wręcza mnie i Christianowi kieliszki z różowym szampanem.

Christian odkasłuje.

– To byłby idealny dzień, gdyby Ray był tu z nami, ale niestety. Jego stan się stale poprawia i wiem, że chciałby, abyś się dobrze bawiła, Ano. Za was wszystkich, dziękuję, że przybyliście, aby świętować urodziny mojej pięknej żony, pierwsze z wielu, jakie nadejdą. Wszystkiego najlepszego, moja kochana. – Christian unosi kieliszek, a ja znowu muszę walczyć ze łzami.

PRZYGLĄDAM SIĘ TOCZONYM PRZY stole ożywionym rozmowom. Dziwnie tak cieszyć się wieczorem na łonie rodziny, wiedząc, że człowiek, którego uważam za ojca, podłączony do podtrzymującej życie aparatury leży na zimnym, sterylnym oddziale intensywnej terapii. Jestem trochę nieobecna duchem, ale cieszę się, że wszyscy się tutaj zjawili. Słucham słownych potyczek Elliota i Christiana, ciętego dowcipu José, patrzę na podekscytowanie Mii i podziwiam jej wielki apetyt, widzę spojrzenia, jakie rzuca jej Ethan. Myślę, że ją lubi… choć trudno tak do końca powiedzieć. Pan Rodriguez trzyma się na uboczu, tak jak i ja, przysłuchując się rozmowom. Lepiej wygląda. Widać, że odpoczął. José bardzo się o niego troszczy, krojąc mu jedzenie, dbając, aby kieliszek nie był pusty.

Zerkam na mamę. Jest w swoim żywiole, czarująca, dowcipna i ciepła. Tak bardzo ją kocham. Muszę pamiętać, aby jej o tym powiedzieć. Życie jest takie cenne, teraz to do mnie dotarło.

– Wszystko dobrze? – pyta Kate, wyjątkowo jak na nią delikatnie.

Kiwam głową i ujmuję jej dłoń.

– Tak. Dzięki, że przyjechaliście.

– Myślisz, że Pan Bogacz mógłby mnie przed tym powstrzymać? Przylecieliśmy śmigłowcem! – Uśmiecha się szeroko.

– Naprawdę?

– Tak. Wszyscy. I pomyśleć, że Christian umie go pilotować.

Kiwam głową.

– To podniecające.

– Też tak myślę.

Uśmiechamy się.

– Zostajesz tu na noc? – pytam.

– Tak. Chyba wszyscy zostajemy. Nic o tym nie wiedziałaś?

Kręcę głową.

– Niezły koleś, nie?

Przytakuję.

– Co ci dał na urodziny?

– To. – Pokazuję jej bransoletkę.

– Och, urocza!

– Tak.

– Londyn, Paryż... lód?

– Nie chcesz wiedzieć.

– Chyba się domyślam.

Śmiejemy się, a ja się rumienię na wspomnienie lodów Ben & Jerry's & Ana.

– Och... i jeszcze audi R8.

Kate zachłystuje się winem, które w mało atrakcyjny sposób spływa jej po brodzie, przez co śmiejemy się jeszcze głośniej.

– Ma gest, no nie? – chichocze.

Po KOLACJI NA STOLE POJAWIA się wspaniały czekoladowy tort, na którym płoną dwadzieścia dwie srebrne świeczki. Wszyscy śpiewają mi *Happy Birthday*. Grace patrzy, jak

Christian śpiewa razem z moimi przyjaciółmi i rodziną, a w jej oczach błyszczy miłość. Napotykając moje spojrzenie, posyła mi całusa.

– Pomyśl jakieś życzenie – szepcze do mnie Christian.

Jednym dmuchnięciem gaszę wszystkie świeczki, gorąco życząc sobie, aby mój ojciec wyzdrowiał. Tatusiu, wyzdrowiej. Proszę. Tak bardzo cię kocham.

O PÓŁNOCY PAN RODRIGUEZ i José zbierają się do wyjścia.

– Bardzo wam dziękuję za przybycie. – Ściskam mocno José.

– Za nic w świecie nie przepuściłbym takiej okazji. Cieszę się, że z Rayem coraz lepiej.

– Tak. Ty, twój tata i Ray musicie przyjechać do Aspen i wybrać się z Christianem na ryby.

– Tak? Brzmi nieźle. – José uśmiecha się szeroko, po czym wychodzi, aby przynieść ojcu płaszcz.

Przykucam, aby pożegnać się z jego tatą.

– Wiesz, Ano, był taki czas... cóż, myślałem, że ty i José... – urywa i patrzy na mnie z czułością.

O nie.

– Bardzo lubię pańskiego syna, ale jest dla mnie jak brat.

– Byłabyś fantastyczną synową. I jesteś. Dla Greyów. – Uśmiecha się smutno, a ja oblewam się rumieńcem.

– Mam nadzieję, że zadowoli się pan przyjaźnią.

– Oczywiście. Twój mąż to dobry człowiek. Dobrze wybrałaś, Ano.

– Też tak uważam – szepczę. – Bardzo go kocham. – Ściskam pana Rodrigueza.

– Traktuj go dobrze.

– Oczywiście – obiecuję.

* * *

CHRISTIAN ZAMYKA DRZWI do naszego apartamentu.

– Nareszcie sami – mówi cicho, opierając się o drzwi.

Podchodzę do niego i przesuwam palcami po klapach marynarki.

– Dziękuję ci za cudowne urodziny. Naprawdę jesteś niezwykle troskliwym, kochającym i hojnym mężem.

– Cała przyjemność po mojej stronie.

– Tak… twoja przyjemność. Zróbmy coś w związku z nią – szepczę.

Zaciskam dłonie na klapach marynarki i przyciągam jego usta do moich.

Po wspólnie zjedzonym śniadaniu otwieram prezenty, po czym żegnam się ze wszystkimi Greyami i Kavanaghami, których do Seattle zabierze Charlie Tango. Moja mama, Christian i ja jedziemy do szpitala. To znaczy Taylor nas tam wiezie, jako że we troje nie zmieścilibyśmy się do mojego R8. Bob postanowił zostać w hotelu, z czego w duchu się cieszę. Jego obecność byłaby nieco dziwna i Ray na pewno wcale by nie chciał, aby Bob oglądał go w takim stanie.

Nasz pacjent wygląda mniej więcej tak samo. Ma większy zarost. Mama na jego widok doznaje szoku i razem trochę płaczemy.

– Och, Ray. – Ściska mu dłoń i delikatnie gładzi po policzku.

Wzrusza mnie jej uczucie do byłego męża. Cieszę się, że mam w torebce chusteczki. Siedzimy obok niego i ja trzymam za rękę ją, a ona Raya.

– Ana, był czas, kiedy ten mężczyzna stanowił centrum mojego wszechświata. Zawsze będę go kochać. Tak dobrze się tobą opiekował.

– Mamo… – Łamie mi się głos, a ona czule zakłada mi za ucho pasmo włosów.

– Wiesz, że zawsze będę kochać Raya. Po prostu się od siebie oddaliliśmy. – Wzdycha. – I już nie mogłam z nim żyć. – Opuszcza wzrok na swoje dłonie i zastanawiam się, czy myśli teraz o Stevie, Mężu Numer Trzy, o którym nigdy nie mówimy.

– Wiem, że kochasz Raya – szepczę, wycierając oczy. – Dzisiaj mają go wybudzić ze śpiączki.

– To dobrze. Wiem, że się z tego wykaraska. Jest taki uparty. Myślę, że nauczyłaś się tego od niego.

Uśmiecham się.

– Rozmawiałaś z Christianem?

– Uważa cię za upartą?

– Na to wygląda.

– Powiem mu, że to cecha rodzinna. Tak dobrze razem wyglądacie. Tak szczęśliwie.

– Chyba jesteśmy szczęśliwi. Kocham go. Jest centrum mojego świata.

– Widać, że cię uwielbia, skarbie.

– A ja jego.

– Pamiętaj, żeby mu o tym mówić. Mężczyźni też potrzebują takich słów, nie tylko kobiety.

Upieram się, by jechać na lotnisko razem z mamą i Bobem. Taylor jedzie za nami R8, a Christian siedzi za kierownicą SUV-a. Szkoda, że nie mogą zostać dłużej, tylko muszą wracać do Savannah. To smutne pożegnanie.

– Opiekuj się nią, Bob – szepczę, gdy przytula mnie na do widzenia.

– Jasna sprawa, Ana. A ty dbaj o siebie.

– Dobrze. – Odwracam się do mamy. – Do zobaczenia, mamo. Dziękuję, że przylecieliście – mówię cicho głosem nabrzmiałym łzami. – Tak bardzo cię kocham.

E L James

– Och, moja kochana dziewczynko, ja ciebie też kocham. A o Raya się nie martw. Jeszcze nie jest gotowy na to, aby opuścić ziemski padół. Pewnie jest jakiś mecz Marinersów, którego nie może przegapić.

Chichoczę. Ma rację. Postanawiam przeczytać Rayowi wieczorem dodatek sportowy z niedzielnej gazety. Patrzę, jak mama z Bobem wchodzą po schodkach do odrzutowca GEH. Macha do mnie, a potem znika. Christian obejmuje mnie za ramiona.

– Wracajmy, maleńka – mówi cicho.

– Będziesz prowadził?

– Jasne.

KIEDY WRACAMY WIECZOREM do szpitala, Ray wygląda inaczej. Dopiero po chwili uzmysławiam sobie, że nie słychać już szumu respiratora. Ray oddycha samodzielnie. Zalewa mnie fala ulgi. Gładzę go po zarośniętym policzku i wyjmuję chusteczkę, by wytrzeć z kącika jego ust ślinę.

Christian wychodzi, aby poszukać doktor Sluder i doktora Crowe'a i dowiedzieć się od nich czegoś nowego, a ja zajmuję swoje miejsce przy łóżku.

Rozkładam dodatek sportowy niedzielnego „Oregoniana" i zaczynam czytać raport o meczu Soundersów z Real Salt Lake. Wygląda na to, że mecz był zacięty, ale Soundersów pogrążył samobój Kaseya Kellera. Czytając, ściskam dłoń Raya.

– Wynik końcowy: dwa do jednego dla Real Salt Lake.

– Hej, Annie, przegraliśmy? Nie! – chrypi Ray i ściska mi dłoń.

Tatusiu!

ROZDZIAŁ DZIEWIĘTNASTY

Łzy płyną mi po twarzy. Wrócił. Mój tatuś wrócił.
– Nie płacz, Annie. – Głos Raya jest schrypnięty. – Co się dzieje?

Biorę jego dłoń w obie ręce i tulę ją do policzka.
– Miałeś wypadek. Jesteś w szpitalu w Portland.

Ray marszczy brwi i nie wiem, czy to dlatego, że krępuje go to wyjątkowe jak na mnie okazywanie uczuć, czy też dlatego, że nie pamięta wypadku.

– Chcesz trochę wody? – pytam, choć nie jestem pewna, czy powinnam mu dać. Kiwa głową oszołomiony. Wstaję i pochylam się nad nim, całując w czoło. – Kocham cię, tatusiu. Dobrze, że wróciłeś.

Zażenowany macha ręką.

– Ja ciebie też, Annie. Wody. – Biegiem pokonuję tę niewielką odległość, jaka nas dzieli od dyżurki pielęgniarek.

– Mój tato się obudził! – Uśmiecham się promiennie do siostry Kellie, która odwzajemnia mój uśmiech.

– Wezwij doktor Sluder – mówi do swojej koleżanki i szybko wychodzi zza biurka.

– Chce wody.

– Przyniosę.

Wracam do łóżka ojca. Tak mi lekko na sercu. Oczy ma zamknięte i od razu się martwię, że znowu zapadł w śpiączkę.

– Tatusiu?

– Jestem, jestem – mruczy i otwiera oczy.

Pojawia się siostra Kellie z dzbankiem małych kostek lodu i szklanką.

– Dzień dobry, panie Steele. Jestem Kellie, pańska pielęgniarka. Pańska córka twierdzi, że chce się panu pić.

W POCZEKALNI CHRISTIAN WPATRUJE się w ekran laptopa, wyraźnie się koncentrując. Kiedy wchodzę, unosi głowę.

– Obudził się – oznajmiam.

Uśmiecha się i znika napięcie z jego twarzy. Och... wcześniej nie zwracałam na to uwagi. Był taki spięty przez cały czas? Odkłada laptop na bok, wstaje i bierze mnie w ramiona.

– Jak się czuje? – pyta.

– Mówi, pije, jest generalnie oszołomiony. W ogóle nie pamięta wypadku.

– To zrozumiałe. Teraz, kiedy go wybudzono, chcę go przetransportować do Seattle. My wrócimy do domu, a nim zajmie się moja mama.

Już?

– Nie jestem pewna, czy czuje się na tyle dobrze.

– Porozmawiam z doktor Sluder. Zasięgnę jej opinii.

– Tęsknisz za domem?

– Tak.

– W porządku.

– UŚMIECH NIE SCHODZI ci z twarzy – mówi Christian, gdy zatrzymuję auto przed Heathmanem.

– Czuję niesamowitą ulgę. I jestem szczęśliwa.

Christian uśmiecha się.

– To dobrze.

Zapada zmierzch i robi mi się zimno, kiedy wysiadam i wręczam boyowi kluczyk. Mierzy mój samochód spojrzeniem pełnym pożądania i wcale mu się nie dziwię. Christian obejmuje mnie ramieniem.

– Będziemy świętować? – pyta, gdy wchodzimy do holu.

– Świętować?

– No, że tata się obudził.

Chichoczę.

– Och, to.

– Brakowało mi tego dźwięku. – Christian całuje mnie w głowę.

– Możemy zjeść w pokoju? No wiesz, spędzić miły, spokojny wieczór?

– Jasne. Chodź. – Bierze mnie za rękę i razem idziemy do windy.

– BYŁO PYSZNE – MRUCZĘ z zadowoleniem, odsuwając od siebie talerz, po raz pierwszy od wieków najedzona. – Tartę tatin mają tu naprawdę rewelacyjną.

Jestem świeżo wykąpana i mam na sobie jedynie T-shirt Christiana oraz majtki. iPod jest włączony, Dido zawodzi coś o białych flagach.

Christian przygląda mi się uważnie. Włosy ma jeszcze wilgotne po kąpieli. Ubrany jest w czarny T-shirt i dżinsy.

– Jeszcze nigdy przy mnie tyle nie zjadłaś – stwierdza.

– Byłam głodna.

Rozsiada się wygodnie na krześle i pociąga łyk białego wina.

– Na co masz teraz ochotę? – Głos ma miękki.

– A ty?

Unosi z rozbawieniem brew.

– Na to, co zawsze.

– To znaczy?

– Proszę nie udawać wstydliwej, pani Grey.

Wyciągam rękę, ujmuję jego dłoń, odwracam i muskam jej wnętrze.

– Chciałabym, abyś dotykał mnie tym. – Przesuwam po jego palcu wskazującym.

Poprawia się na krześle.

– Tylko tak? – Jego oczy ciemnieją.

– Może tym? – Przesuwam palcem po środkowym palcu i wracam do wnętrza dłoni. – I tym. – Drapię paznokciem po palcu serdecznym. – Zdecydowanie tym. – Zatrzymuję się na obrączce. – To bardzo seksowne.

– Seksowne, powiadasz?

– Oj tak. To mówi: ten mężczyzna jest mój. – Muskam palcem niewielki odcisk, który zdążył się uformować pod obrączką.

Christian nachyla się i drugą ręką bierze mnie pod brodę.

– Pani Grey, czy pani mnie uwodzi?

– Mam taką nadzieję.

– Anastasio, z góry wiadomo, że to ci się uda. – Głos ma niski. – Chodź tutaj. – Pociąga mnie za rękę i sadza sobie na kolanach. – Lubię mieć do ciebie niczym nieograniczony dostęp. – Przesuwa dłonią w górę uda, aż do pośladków. Drugą rękę kładzie mi na karku i całuje mnie mocno.

Smakuje białym winem, plackiem z jabłkami i Christianem. Wplatam palce w jego włosy, a nasze języki wirują wokół siebie. Krew w moich żyłach staje się coraz bardziej gorąca. Brak nam tchu, gdy nagle Christian się odsuwa.

– Chodźmy do łóżka – mruczy.

– Łóżka?

Pociąga mnie za włosy tak, że patrzę mu w oczy.

– A gdzie by pani wolała, pani Grey?

Wzruszam ramionami, udając obojętność.

– Zaskocz mnie.

– Zadziorna dziś jesteś.

– Może trzeba mnie przytemperować.

– Może to dobry pomysł. Na starość robisz się apodyktyczna. – Mruży oczy, ale widać, że jest rozbawiony.

– No i co z tym zrobisz? – pytam wyzywająco.

Oczy mu błyszczą.

– Wiem, co chciałbym zrobić. To zależy, czy ty też na to pójdziesz.

– Och, panie Grey, przez ostatnie dwa dni obchodził się pan ze mną bardzo delikatnie. Nie jestem ze szkła.

– Nie lubisz delikatności?

– Oczywiście, że lubię. Ale... no wiesz... różnorodność nadaje życiu smak. – Trzepoczę rzęsami.

– Masz ochotę na coś mniej delikatnego?

– Na coś stanowiącego afirmację życia.

Unosi zaskoczony brwi.

– Afirmację życia – powtarza.

Kiwam głową. Przygląda mi się przez chwilę.

– Nie przygryzaj wargi – szepcze, po czym wstaje nagle z krzesła, nie wypuszczając mnie z ramion. Chwytam go za bicepsy, bojąc się, że mnie upuści. Podchodzi do najmniejszej z trzech kanap i sadza mnie na niej. – Zaczekaj tutaj. Nie ruszaj się. – Posyła mi gorące spojrzenie, po czym odwraca się na pięcie i wychodzi do sypialni. Och... Christian jest bosy. Czemu tak na mnie działają jego stopy? Chwilę później wraca i zaskakuje mnie, pochylając się nade mną od tyłu. – Chyba się tego pozbędziemy. – Zdejmuje mi T-shirt przez głowę, więc zostaję w samych majtkach. Pociąga za mój kucyk i całuje mnie. – Wstań – mówi mi do ust i puszcza mnie.

Natychmiast robię, co mi każe. Rozkłada na sofie ręcznik.

Ręcznik?

– Zdejmij majtki.

Przełykam ślinę, ale wypełniam jego polecenie.

– Usiądź. – Chwyta mój kucyk i odchyla mi głowę.

– Powiesz mi, żebym przestał, kiedy będziesz mieć dość?

Kiwam głową.

– Powiedz to. – Głos ma surowy.

– Tak – wyduszam z siebie piśnięcie.

Uśmiecha się drwiąco.

– Dobrze. No więc tak, pani Grey... zgodnie z zapotrzebowaniem mam zamiar panią skrępować. – Jego głos to pozbawiony tchu szept. Moje ciało przecinają błyskawice pożądania wywołanego samymi tymi słowami. Och, mój słodki Szary, na kanapie?

– Podciągnij kolana – nakazuje cicho. – I oprzyj się.

Opieram stopy o krawędź kanapy, kolana mam przed nosem. Christian sięga po moją lewą nogę i tuż nad kolanem przywiązuje koniec paska od hotelowego szlafroka.

– Szlafroki?

– Improwizuję. – Uśmiecha się i drugi koniec paska przywiązuje do kwiatonu na tylnym rogu kanapy, rozchylając mi uda. – Nie ruszaj się – rzuca ostrzegawczo i to samo robi z drugą nogą, przywiązując drugi pasek do drugiego kwiatonu.

O rety... Siedzę wyprostowana, z szeroko rozsuniętymi nogami.

– Okej – mówi łagodnie Christian, patrząc na mnie zza kanapy.

Kiwam głową, spodziewając się, że ręce także mi przywiąże. Ale nie. Nachyla się i całuje mnie.

– Nie masz pojęcia, jak podniecająco w tej chwili wyglądasz – mruczy i pociera nosem o mój nos. – Chyba zmienię muzykę. – Wstaje i podchodzi niespiesznie do stacji dokującej iPoda.

Jak on to robi? Oto ja, związana i podniecona jak diabli, a tymczasem on zachowuje się tak spokojnie. Gdy

zmienia piosenkę, obserwuję ruch mięśni pleców pod
materiałem T-shirtu. W pokoju natychmiast rozbrzmiewa słodki, niemal dziecinny kobiecy głos, który zaczyna
śpiewać o tym, że mnie obserwuje.

Och, lubię tę piosenkę.

Christian odwraca się i nasze spojrzenia się krzyżują,
gdy przechodzi na drugą stronę kanapy i opada przede
mną na kolana.

Nagle czuję się mocno obnażona.

– Obnażona? Bezbronna? – pyta z tą swoją niesamowitą umiejętnością wyrażania na głos moich myśli. Dłonie kładzie na kolanach. Kiwam głową.

Dlaczego mnie nie dotyka?

– To dobrze – mruczy. – Wyciągnij ręce.

Nie potrafię oderwać wzroku od jego hipnotyzują-
cego spojrzenia. Robię, co mi każe. A on wylewa mi na
każdą dłoń po odrobinie olejku. Jest zapachowy – bogaty,
piżmowy, zmysłowy, woń, której nie potrafię rozpoznać.

– Potrzyj dłonie. – Wiercę się pod jego gorącym
spojrzeniem. – Nie ruszaj się – rzuca ostrzegawczo. – No
dobrze, Anastasio, chcę, żebyś się dotykała.

O kurwa.

– Zacznij od szyi i zjeżdżaj w dół.

Waham się.

– Nie bądź nieśmiała, Ana. No już. Zrób to. – Oprócz
pożądania, na jego twarzy widać wyraźnie wesołość i wyzwanie.

Słodki głos śpiewa, że nie ma w niej nic słodkiego.
Kładę sobie ciepłe dłonie na szyi i zsuwam je do górnej
części piersi.

– Niżej – mruczy Christian, a jego spojrzenie ciemnieje. Nie dotyka mnie.

Dłońmi obejmuję piersi.

– Pieść się.

O rety. Pociągam delikatnie za brodawki.

– Mocniej – nakazuje Christian. Siedzi nieruchomo między moimi udami i tylko mi się przygląda. – Tak jak bym ja to robił – dodaje.

Czuję, jak zaciskają mi się mięśnie w podbrzuszu. Jęczę, pociągam mocniej i czuję, jak pod moim dotykiem brodawki twardnieją i wydłużają się.

– Tak. Właśnie tak. Jeszcze raz.

Zamykam oczy i ciągnę mocno, rolując je i obracając między palcami. Z mojego gardła wydobywa się głośny jęk.

– Otwórz oczy.

Mrugam powiekami.

– Jeszcze raz. Chcę cię widzieć. Widzieć, jak podoba ci się twój dotyk.

O kurwa. Powtarzam proces. To jest takie... erotyczne.

– Ręce. Niżej.

Wiję się.

– Nie ruszaj się, Ano. Chłoń przyjemność. Niżej. – Głos ma niski i schrypnięty.

– Ty to zrób – szepczę.

– Och, zrobię. Niedługo. Ty. Niżej. Teraz. – Christian przesuwa językiem po zębach. O cholera... Wiercę się, pociągając za paski.

Kręci powoli głową.

– Nie ruszaj się. – Opiera dłonie o moje kolana, unieruchamiając mnie.

– No już, Ana, niżej.

Moje dłonie prześlizgują się po brzuchu.

– Niżej – mówi bezgłośnie. Stanowi uosobienie zmysłowości.

– Christianie, proszę.

Jego dłonie zsuwają się z moich kolan, muskają uda, zbliżają się do łona.

– Dalej, Ano. Dotknij się.

Lewą dłonią muskam swoją kobiecość i pocieram ją powoli, dysząc.

– Jeszcze – szepcze.

Jęczę głośniej i powtarzam ruchy dłoni, odchylając głowę na oparcie.

– Jeszcze.

Jęczę, a Christian głośno wciąga powietrze. Chwyta moje dłonie, pochyla się i przesuwa nosem, a potem językiem po złączeniu mych ud.

– Ach!

Pragnę go dotknąć, kiedy jednak próbuję mu zabrać dłonie, jego palce zaciskają się na nadgarstkach.

– Je też zwiążę. Nie ruszaj się.

Znowu jęczę. Puszcza mnie, po czym wsuwa we mnie dwa środkowe palce, dłoń opierając o łechtaczkę.

– Szybko cię doprowadzę do orgazmu. Gotowa?

– Tak – dyszę.

Zaczyna poruszać palcami, dłonią, w górę i w dół, szybko, atakując zarówno słodki guziczek w moim wnętrzu, jak i łechtaczkę. Ach! Doznanie jest intensywne – naprawdę intensywne. Rozkosz wzbiera w dolnej części mego ciała. Mam ochotę wyciągnąć nogi, ale nie mogę. Moje dłonie zaciskają się na ręczniku.

– Poddaj się – szepcze Christian.

Eksploduję wokół jego palców, krzycząc coś niezrozumiałego. Przyciska dłoń do łechtaczki, gdy moim ciałem wstrząsają dreszcze, i przedłuża te cudowne męczarnie. Ledwie jestem w stanie zarejestrować, że odwiązuje mi nogi.

– Moja kolej – mruczy i obraca mnie tak, że klęczę przed kanapą. Rozsuwa mi nogi i daje mi mocnego klapsa.

– Ach! – krzyczę, a on wbija się we mnie.

– Och, Ana – syczy przez zaciśnięte zęby, gdy się zaczyna poruszać. Jego palce zaciskają się na moich biodrach, gdy tak napiera na mnie raz za razem. A ja znowu zaczynam się wspinać. Nie... Ach...

– Dalej, Ana! – woła Christian, a ja raz jeszcze rozpadam się na kawałki, pulsując wokół niego, wykrzykując jego imię.

– WYSTARCZAJĄCA AFIRMACJA ŻYCIA? – Christian całuje moje włosy.

– O tak – mruczę, wpatrując się w sufit. Leżę na moim mężu, plecami na jego klatce piersiowej, na podłodze obok kanapy. On nawet się nie rozebrał. – Chyba powinniśmy zrobić to jeszcze raz. Tym razem ty też bez ubrania.

– Chryste, Ana. Daj człowiekowi złapać oddech.

Chichoczemy oboje.

– Cieszę się, że Ray jest przytomny. Dzięki temu wrócił ci apetyt. Nie tylko na jedzenie – dodaje z uśmiechem.

Odwracam się i gromię go wzrokiem.

– Zapominasz o zeszłej nocy i dzisiejszym poranku?

– Tego się nie da zapomnieć. – Uśmiecha się do mnie, a kiedy to robi, wydaje się taki młody, beztroski i szczęśliwy. Ściska mnie za pośladek. – Ma pani fantastyczny tyłek, pani Grey.

– Pan także. – Unoszę brew. – Choć pański nadal jest zakryty.

– I co pani z tym zrobi, pani Grey?

– Zamierzam pana rozebrać, panie Grey. Do naga.

Uśmiecha się szeroko.

– No i uważam, że wiele jest w tobie słodyczy – mruczę, nawiązując do tej piosenki, którą włączył. Jego uśmiech blednie.

O nie.

– Ależ tak – szepczę. Nachylam się i całuję kącik jego ust. Christian zamyka oczy i mocno mnie obejmuje.

– Christianie, tak właśnie jest. Dzięki tobie ten weekend był taki wyjątkowy, pomimo tego, co się stało z Rayem. Dziękuję ci.

Otwiera duże, poważne, szare oczy i minę ma taką, że coś chwyta mnie za serce.

– Ponieważ cię kocham – mówi cicho.

– Wiem. Ja ciebie także kocham. – Pieszczę jego twarz.

– I także jesteś dla mnie cenny. Wiesz o tym, prawda?

Nieruchomieje, wyglądając na zagubionego.

Och, Christianie… mój słodki Szary.

– Uwierz mi – szepczę.

– To nie takie proste. – Głos ma ledwie słyszalny.

– Staraj się. Bardzo się staraj, ponieważ to prawda. – Muskam palcami jego twarz. Jego oczy to szare oceany zagubienia, strachu i bólu. Mam ochotę wślizgnąć się do jego ciała i go przytulić. Zrobić wszystko, byle to spojrzenie zniknęło. Kiedy do niego dotrze, że jest dla mnie całym światem? Że jest wart miłości mojej, miłości swoich rodziców, swego rodzeństwa? Mówiłam mu to wiele razy, a mimo to Christian znowu ma to spojrzenie. Czas. Trzeba nam czasu.

– Zmarzniesz. Chodź. – Wstaje i pociąga mnie za ręce. Obejmuję go ramieniem w pasie i udajemy się do sypialni. Nie będę na niego naciskać, ale od czasu wypadku Raya jeszcze ważniejsze jest dla mnie to, aby wiedział, jak bardzo go kocham.

Gdy wchodzimy do sypialni, marszczę brwi, rozpaczliwie próbując odtworzyć ten lekki nastrój sprzed zaledwie kilku chwil.

– Pooglądamy telewizję? – pytam.

Christian prycha.

– Liczyłem na rundę numer dwa.

Wrócił mój zmienny Szary. Unoszę brew i zatrzymuję się obok łóżka.

 – Cóż, w takim razie to ja przejmę dowodzenie.

Wpatruje się we mnie zdumiony, a ja popycham go na łóżko i szybko na nim siadam, przytrzymując mu dłonie koło głowy.

 – Cóż, pani Grey, skoro mnie pani ma, to co zamierza pani ze mną zrobić?

Nachylam się i szepczę mu do ucha:

 – Zamierzam zrobić ci loda.

Zamyka oczy, biorąc głośny oddech, a ja przesuwam delikatnie zębami wzdłuż jego żuchwy.

Christian pracuje przy komputerze. Jest wczesny ranek, a on chyba pisze mejl.

 – Dzień dobry – mówię nieśmiało od progu.

Odwraca się i uśmiecha do mnie.

 – Pani Grey. Wcześnie pani dziś wstała.

Przebiegam przez pokój i siadam mu na kolanach.

 – Tak jak i pan.

 – Pracowałem. – Całuje mnie w ucho.

 – Co się stało? – pytam, wyczuwając, że coś jest nie tak.

Wzdycha.

 – Dostałem mejl od detektywa Clarka. Chce z tobą porozmawiać o tym kutasie Hydzie.

 – Naprawdę?

 – Tak. Powiedziałem mu, że na razie przebywasz w Portland i że będzie musiał zaczekać. Ale on twierdzi, że chciałby porozmawiać z tobą tutaj.

 – Przyjedzie do Portland?

 – Na to wygląda. – Christian wygląda na skonsternowanego.

Marszczę brwi.

 – Co jest takiego ważnego, co nie może zaczekać?

– No właśnie.
– Kiedy przyjeżdża?
– Dzisiaj. Odpiszę na jego mejl.
– Nie mam nic do ukrycia. Ciekawe, o co chodzi.
– Dowiemy się, kiedy tu przyjedzie. Ja też jestem zaintrygowany. – Christian poprawia się na krześle. – Zaraz będzie śniadanie. Zjedzmy, a potem pojedziemy do twojego taty.

Kiwam głową.

– Możesz tu zostać, jeśli chcesz. Widzę, że jesteś zajęty.
– Nie. Chcę jechać z tobą.
– Okej. – Uśmiecham się, zarzucam mu ręce na szyję i całuję.

RAY JEST POIRYTOWANY. Super. Wszystko go swędzi, jest mu niewygodnie i nudzi mu się.

– Tato, miałeś wypadek samochodowy. Trochę potrwa, nim w pełni wyzdrowiejesz. Christian i ja chcemy cię przenieść do Seattle.
– Nie rozumiem, czemu zawracacie sobie mną głowę. Mogę tu zostać sam.
– Nie bądź niemądry. – Ściskam czule jego dłoń, a on ma na tyle przyzwoitości, żeby się do mnie uśmiechnąć. – Potrzebujesz czegoś?
– Oddałbym królestwo za pączka, Annie.

Uśmiecham się z pobłażaniem.

– Przywiozę ci pączka. Albo i dwa. Zaszalejemy.
– Ekstra!
– Przyzwoitą kawę też chcesz?
– O tak!
– Da się załatwić.

CHRISTIAN ZNOWU JEST w poczekalni, rozmawia przez telefon. Naprawdę powinien tu sobie zrobić biuro. To dziwne, że jest sam, choć pozostałe łóżka na oddziale są zajęte. Ciekawe, czy odstraszył wszystkich innych gości. Kończy rozmowę.

– Clark zjawi się tutaj o czwartej.

Marszczę brwi. Co może być takie pilne?

– Dobrze. Ray chce kawę i pączki.

Christian śmieje się.

– Myślę, że ja też bym chciał, gdybym miał wypadek. Poproś Taylora, żeby pojechał po nie.

– Nie, ja pojadę.

– Zabierz ze sobą Taylora. – Głos ma surowy.

– Okej. – Przewracam oczami, a on patrzy na mnie gniewnie. Po chwili uśmiecha się kpiąco i przechyla głowę.

– Nikogo tu nie ma. – Głos ma uwodzicielsko niski i wiem, że ma na myśli danie mi klapsa. Już-już mam mu rzucić wyzwanie, kiedy do poczekalni wchodzi młoda para. Kobieta cicho płacze.

Wzruszam przepraszająco ramionami, a Christian kiwa głową. Bierze swojego laptopa i wychodzi razem ze mną na korytarz.

– Im prywatność potrzebna bardziej niż nam – mówi cicho. – Później się zabawimy.

Na zewnątrz cierpliwie czeka Taylor.

– Jedźmy wszyscy po kawę i pączki.

....

Dokładnie o czwartej rozlega się pukanie do drzwi apartamentu. Taylor wprowadza detektywa Clarka, który wygląda na bardziej rozdrażnionego niż zazwyczaj. Rozdrażniony wydaje się zawsze. Być może takie już ma rysy twarzy.

– Panie Grey, pani Grey, dziękuję, że zgodzili się państwo ze mną spotkać.

– Detektywie Clark. – Christian ściska mu dłoń i zaprasza, by usiadł.

Ja siedzę na kanapie, na której wczoraj tak dobrze się bawiłam. Na tę myśl moje policzki robią się czerwone.

– To z panią Grey chciałbym porozmawiać – mówi znacząco Clark, patrząc na Christiana i stojącego przy drzwiach Taylora.

Christian niemal niedostrzegalnie kiwa głową Taylorowi, który odwraca się i wychodzi, zamykając za sobą drzwi.

– Wszystko, co chce pan powiedzieć mojej żonie, może pan powiedzieć w mojej obecności. – Głos Christiana jest chłodny i rzeczowy.

Detektyw Clark odwraca się w moją stronę.

– Na pewno chce pani, aby pani mąż był obecny?

Marszczę brwi.

– Oczywiście. Nie mam nic do ukrycia. Pan jedynie chce mi zadać kilka pytań?

– Tak, proszę pani.

– Chciałabym, aby mój mąż tu został.

Christian siada obok mnie cały spięty.

– Dobrze – mamrocze z rezygnacją Clark. Odkasłuje. – Pani Grey, pan Hyde utrzymuje, że napastowała go pani seksualnie i wielokrotnie składała wulgarne propozycje.

Och! Niemal wybucham śmiechem. Ale tylko kładę dłoń na kolanie Christiana, aby go powstrzymać przed zerwaniem się z kanapy.

– To niedorzeczne! – wyrzuca z siebie. Ściskam mu nogę, żeby go uciszyć.

– To nieprawda – oświadczam spokojnie. – Prawdę mówiąc, było dokładnie na odwrót. To on w bardzo agresywny sposób składał mi propozycje, no i został zwolniony.

Detektyw Clark zaciska na chwilę usta w cienką linię, po czym kontynuuje:

– Hyde twierdzi, że wymyśliła pani historyjkę o seksualnym napastowaniu po to, aby go zwolniono. Twierdzi, że stało się tak dlatego, że odrzucił pani awanse, no i dlatego, że chciała pani jego posady.

Ściągam brwi. Jasna cholera. Jack jest jeszcze bardziej szalony, niż sądziłam.

– To nie jest prawda. – Kręcę głową.

– Detektywie, tylko mi proszę nie mówić, że przejechał pan taki kawał drogi po to tylko, aby zadręczać moją żonę tymi absurdalnymi oskarżeniami.

Detektyw Clark spojrzenie stalowoniebieskich oczu kieruje na Christiana.

– Muszę to usłyszeć z ust pani Grey – mówi spokojnie.

Raz jeszcze ściskam nogę Christiana.

– Nie musisz słuchać tych bredni, Ano.

– Chyba powinnam opowiedzieć detektywowi Clarkowi, jak to było naprawdę.

Christian przez chwilę patrzy na mnie beznamiętnie, po czym macha z rezygnacją ręką.

– To, co mówi Hyde, jest zwykłym kłamstwem. – Głos mam spokojny, choć wcale się tak nie czuję. Jestem oszołomiona tymi oskarżeniami i denerwuję się, że Christian może wybuchnąć. – Pan Hyde pewnego wieczoru zaczepił mnie w redakcyjnej kuchni. Powiedział mi, że to dzięki niemu mnie zatrudniono i że oczekuje w zamian usług seksualnych. Próbował mnie szantażować, wykorzystując mejle, które wysłałam do Christiana, wówczas mojego narzeczonego. Nie wiedziałam, że Hyde monitoruje moją pocztę. On cierpi na urojenia; oskarżył mnie nawet o to, że jestem przysłanym przez Christiana szpiegiem, najpewniej po to, aby pomóc mu w przejęciu wydawnictwa. Nie wiedział, że Christian zdążył już kupić SIP. – Kręcę głową, wspominając tamten incydent. – Ostatecznie ja… powaliłam go na ziemię.

Zaskoczony Clark unosi brwi.

– Powaliła go pani?

– Mój ojciec to były wojskowy. Hyde… eee, dotknął mnie, a ja wiem, jak się bronić.

Christian rzuca mi spojrzenie pełne dumy.

– Rozumiem. – Clark opiera się o kanapę, ciężko wzdychając.

– Rozmawialiście z którąś z byłych osobistych asystentek Hyde'a? – Christian zadaje to pytaniem tonem niemal sympatycznym.

– Tak. Ale prawda jest taka, że żadna nie chce z nami rozmawiać. Wszystkie twierdzą, że był wzorowym przełożonym, choć żadna nie pracowała dłużej niż trzy miesiące.

– My też napotkaliśmy ten problem – burczy Christian.

Och? Patrzę na niego zdziwiona, tak samo jak detektyw Clark.

– Mój szef ochrony. Próbował rozmawiać z pięcioma byłymi asystentkami Hyde'a.

– A czemuż to?

Christian posyła mu stalowe spojrzenie.

– Ponieważ moja żona pracowała dla niego, a ja sprawdzam wszystkich jej współpracowników.

Detektyw Clark się czerwieni. Wzruszam przepraszająco ramionami i robię minę mówiącą „witam w moim świecie".

– Rozumiem – mruczy Clark. – Myślę, że kryje się za tym coś więcej, panie Grey. Jutro jeszcze bardziej drobiazgowo przeszukamy jego mieszkanie i może wtedy coś się wyjaśni. Choć wszystko wskazuje na to, że od jakiegoś czasu Hyde tam nie mieszka.

– Już raz robiliście przeszukanie?

– Tak. Zrobimy to ponownie. Jeszcze dokładniej.

– Nadal nie postawiono mu zarzutów? Mam na myśli próbę zabójstwa Ros Bailey i mnie – mówi cicho Christian.

Co takiego?

– Liczymy na znalezienie większej ilości dowodów, jeśli chodzi o sabotaż pańskiego śmigłowca, panie Grey. Potrzebujemy czegoś więcej niż fragmentu odcisku palca, a skoro i tak jest w areszcie, możemy spokojnie działać.

– To wszystko, po co pan tu przyjechał?

Clark najeża się.

– Tak, panie Grey, chyba że chce pan dodać coś jeszcze w odniesieniu do tamtej notatki?

Notatki? Jakiej notatki?

– Nie. Już panu mówiłem. Nie ma ona dla mnie żadnego znaczenia. – Christian nie potrafi ukryć rozdrażnienia. – I nie rozumiem, dlaczego nie mogliśmy załatwić tego przez telefon.

– Chyba już panu mówiłem, że preferuję kontakt bezpośredni. Przy okazji odwiedzę cioteczną babkę, która mieszka w Portland. Jak to się mówi, dwie pieczenie… – Clark zachowuje kamienną twarz.

– Cóż, jeśli to wszystko, to chciałbym się teraz zająć pracą. – Christian wstaje.

– Dziękuję za poświęcenie mi czasu, pani Grey – mówi grzecznie detektyw Clark, także wstając.

Kiwam głową.

– Panie Grey.

Christian otwiera drzwi i Clark wychodzi.

Opadam na kanapę.

– Co za dupek, możesz uwierzyć? – wybucha Christian.

– Clark?

– Nie. Ten pojeb Hyde.

– Nie mogę.

– W co on, kurwa, pogrywa? – syczy przez zaciśnięte zęby.

– Nie mam pojęcia. Myślisz, że Clark mi uwierzył?

– Jasne, że tak. On wie, że Hyde to porąbany dupek.

– Niezły z ciebie przeklinacz.

– Przeklinacz? – Uśmiecha się drwiąco. – A takie słowo w ogóle istnieje?

– Teraz już tak.

Niespodziewanie uśmiecha się, siada obok mnie i bierze w ramiona.

– Nie myśl o tym pojebie. Jedźmy odwiedzić twojego tatę i spróbować go namówić na jutrzejsze przenosiny.

– Jasno dał nam do zrozumienia, że chce zostać w Portland i nie robić nam kłopotu.

– Porozmawiam z nim.

– Chcę z nim jechać.

Christian przygląda mi się i przez chwilę mam wrażenie, że się nie zgodzi.

– Okej. Ja też pojadę. Sawyer i Taylor mogą wziąć samochody. Dziś wieczorem pozwolę Sawyerowi poprowadzić twoje R8.

⠀⠀⠀⠀⠀⠀⠀⠀⠀⠀⠀⠀⠀⠀⠀⠀⠀⠀⠀⠀

Nazajutrz Ray lustruje swoje nowe otoczenie – jasny, przestronny pokój w centrum rehabilitacyjnym w szpitalu Northwest w Seattle. Jest południe, on wygląda na śpiącego. Podróż, naturalnie śmigłowcem, mocno go wymęczyła.

– Powiedz Christianowi, że jestem mu wdzięczny – mówi cicho.

– Sam mu to możesz powiedzieć. Zajrzy ze mną wieczorem.

– Nie wybierasz się do pracy?

– Pewnie tak. Chcę się tylko upewnić, że masz tu wszystko, czego ci trzeba.

– Jedź już. Nie musisz się tak mną przejmować.

– Lubię się tobą przejmować.

Odzywa się BlackBerry. Zerkam na wyświetlacz – nie znam tego numeru.

– Nie odbierzesz? – pyta Ray.

– Nie. Nie wiem, kto to. Może się nagrać na pocztę głosową. Przyniosłam ci coś do czytania. – Pokazuję na leżący na stoliku przy łóżku stosik magazynów sportowych.

– Dzięki, Annie.

– Zmęczony jesteś, co?

Kiwa głową.

– Prześpij się trochę. – Całuję go w czoło. – Na razie, tatusiu.

– Do zobaczenia później, skarbie. I dziękuję ci. – Ray chwyta moją dłoń i ściska mocno. – Lubię, jak nazywasz mnie tatusiem. Przypomina mi się przeszłość.

Och, tatusiu.

Gdy wychodzę ze szpitala i ruszam w stronę SUV-a, w którym czeka na mnie Sawyer, słyszę, jak ktoś mnie woła.

– Pani Grey! Pani Grey!

Odwracam się i widzę, że w moją stronę idzie szybkim krokiem doktor Greene. Jak zawsze wygląda nienagannie.

– Pani Grey, jak się pani ma? Odsłuchała pani moją wiadomość? Dzwoniłam dzisiaj.

– Nie. – Swędzi mnie skóra głowy.

– Cóż, zastanawiałam się, dlaczego odwołała pani cztery wizyty.

Cztery wizyty? Wpatruję się w nią zdumiona. Cztery wizyty! Jak to?

– Być może powinnyśmy porozmawiać o tym w moim gabinecie. Wychodziłam akurat na lunch. Ma pani teraz trochę czasu?

Kiwam potulnie głową.

– Oczywiście. Ja… – Nie wiem, co powiedzieć. Ominęły mnie cztery wizyty? Spóźnię się z zastrzykiem. Cholera.

Oszołomiona wracam za nią do szpitala i razem udajemy się do jej gabinetu. Jak mogłam przegapić cztery wizyty? Coś tam pamiętam, że jedna została przesunięta – Hannah mi o tym wspominała – ale cztery? Jak to możliwe?

Gabinet doktor Greene jest przestronny, minimalistyczny i doskonale wyposażony.

– Tak się cieszę, że złapała mnie pani, nim odjechałam – mamroczę, nadal w stanie szoku. – Mój ojciec miał wypadek samochodowy i właśnie go przetransportowaliśmy z Portland.

– Och, przykro mi. Jak on się czuje?

– Całkiem dobrze, dziękuję.

– To świetnie. To tłumaczy, dlaczego odwołano pani piątkową wizytę.

Doktor Greene porusza myszką i włącza się monitor.

– Tak… to już ponad trzynaście tygodni. Ciut dużo. Przed kolejnym zastrzykiem lepiej zróbmy test.

– Test? – szepczę, a z mojej twarzy odpływa cała krew.

– Test ciążowy.

O nie.

Sięga do szuflady biurka.

– Wie pani, co z tym zrobić. – Podaje mi mały zbiorniczek. – Toaleta jest tuż obok gabinetu.

Wstaję jak w transie i potykając się, idę do toalety.

Cholera, cholera, cholera, cholera, cholera. Jak mogłam do tego dopuścić… znowu? Nagle robi mi się niedobrze i zaczynam się w myślach modlić. „Proszę, nie. Proszę, nie. To za szybko. To za szybko. To za szybko".

Kiedy wracam do gabinetu doktor Greene, gestem pokazuje, abym usiadła na krześle naprzeciwko biurka.

Siadam i bez słowa podaję jej próbkę moczu. Zanurza w niej mały biały patyczek i patrzy. Unosi brew, kiedy przybiera on jasnoniebieski kolor.

– Co to znaczy? – Napięcie niemal mnie dusi.

Podnosi na mnie wzrok. Spojrzenie ma poważne.

– Cóż, pani Grey, to znaczy, że jest pani w ciąży.

Że co? Nie. Nie. Nie. Kurwa.

ROZDZIAŁ DWUDZIESTY

Gapię się na doktor Greene, a mój świat się rozpada. Dziecko. Dziecko. Nie chcę dziecka… jeszcze nie teraz. Kurwa. I w głębi duszy wiem, że Christian się wkurzy.

– Pani Grey, jest pani bardzo blada. Napije się pani wody?

– Chętnie. – Mój głos ledwie słychać. W głowie trwa szaleńcza gonitwa myśli. W ciąży? Od kiedy?

– Rozumiem, że jest pani zaskoczona.

Kiwam bez słowa głową i biorę od niej szklankę. Upijam trochę wody.

– Zaszokowana – szepczę.

– Mogłybyśmy zrobić badanie usg, żeby sprawdzić zaawansowanie ciąży. Sądząc po pani reakcji, podejrzewam, że do poczęcia doszło zaledwie kilka tygodni temu, to pewnie czwarty albo piąty tydzień. Rozumiem, że nie pojawiły się u pani żadne objawy?

Kręcę głową. Objawy? Nie sądzę.

– Myślałam… myślałam, że to niezawodna metoda antykoncepcji.

Doktor Greene unosi brew.

– Generalnie tak, kiedy się pamięta o zastrzyku – mówi spokojnie.

– Musiałam stracić poczucie czasu. – Christian się wkurzy. Na pewno.

– Miała pani w ogóle krwawienie?

Marszczę brwi.

– Nie.

– To normalne dla depo. Zrobimy to usg, dobrze? Mam czas.

Kiwam z oszołomieniem głową, a doktor Greene prowadzi mnie w stronę czarnej skórzanej kozetki.

– Proszę ściągnąć spódnicę i bieliznę i przykryć się leżącym na kozetce kocem – mówi dziarsko.

Bieliznę? Spodziewałam się, że będzie przesuwać głowicą aparatu po moim brzuchu. Po co mam zdejmować majtki? Wzruszam z konsternacją ramionami, po czym szybko robię, co mi każe, i kładę się pod miękkim białym kocem.

– Świetnie. – Doktor Greene przysuwa ultrasonograf, wyglądający niesamowicie nowocześnie. Siada, ustawia monitor tak, że obie go widzimy, i stuka w klawiaturę. Monitor się uruchamia. – A teraz proszę zgiąć nogi w kolanach i rozchylić uda – mówi rzeczowo.

Patrzę na nią z rezerwą.

– To ultrasonografia przezpochwowa. W przypadku tak wczesnej ciąży tylko taka umożliwia zobaczenie czegokolwiek. – Bierze do ręki długą białą sondę.

Och, ona chyba żartuje!

– Okej – burczę zażenowana i wykonuję jej polecenia. Greene nakłada na sondę prezerwatywę i nawilża ją bezbarwnym żelem.

– Pani Grey, proszę się rozluźnić.

Rozluźnić? Jestem w ciąży, jasny gwint! Jak mam się rozluźnić? Rumienię się i próbuję odnaleźć w myślach miejsce, w którym jestem szczęśliwa... które przeniosło się gdzieś w pobliże zaginionej wyspy Atlantydy.

Powoli i delikatnie wsuwa sondę.

Kurwa mać!

Na monitorze widzę jedynie odpowiednik białego szumu – tyle że w odcieniu sepii. Powoli doktor Green przesuwa sondą i nie jest to zbyt przyjemne.

– Proszę – mówi. Wciska jakiś guzik, zatrzymując obraz na monitorze, i pokazuje na maleńką fasolkę w tej burzy sepii.

To mała fasolka. W moim brzuchu skrywa się mała fasolka. Maleńka. Wow. Zapominam o skrępowaniu i wpatruję się oniemiała w monitor.

– Jest jeszcze za wcześnie, aby zobaczyć bicie serduszka, ale tak, jest pani z całą pewnością w ciąży. To czwarty lub piąty tydzień. – Marszczy brwi. – Wygląda na to, że zastrzyk szybko przestał działać. Cóż, czasem tak się zdarza.

Jestem zbyt ogłuszona, żeby coś powiedzieć. Ta mała fasolka to dziecko. Prawdziwe, najprawdziwsze dziecko. Dziecko Christiana. Moje. Jasny gwint. Dziecko!

– Mam to pani wydrukować?

Kiwam głową, nadal nie będąc w stanie wydobyć z siebie głosu, a doktor Greene wciska jakiś guzik. Następnie delikatnie wysuwa sondę i podaje mi papierowy ręcznik, żebym się mogła wytrzeć.

– Moje gratulacje, pani Grey – mówi, gdy siadam. – Musimy ustalić termin kolejnej wizyty. Proponuję za cztery tygodnie. Wtedy będzie można określić dokładny wiek dziecka i ustalić datę porodu. Może się pani ubrać.

– Dobrze.

Ubieram się szybko. Mam fasolkę, małą fasolkę. Kiedy wychodzę zza parawanu, doktor już z powrotem siedzi za biurkiem.

– A tymczasem chciałabym, aby zaczęła pani przyjmować kwas foliowy i witaminy dla kobiet w ciąży. Tu jest broszurka o tym, co wolno, a czego nie.

Gdy wręcza mi pudełeczka z tabletkami i broszurkę, dalej coś mówi, ale ja nie słucham. Jestem w stanie szoku. Powinnam być przecież szczęśliwa. Powinnam mieć lat trzydzieści... co najmniej. To się stało zbyt wcześnie – zdecydowanie zbyt wcześnie. Próbuję stłumić rosnące uczucie paniki.

Grzecznie żegnam się z doktor Greene i wychodzę. Jest chłodne jesienne popołudnie. Nagle robi mi się nieprzyjemnie zimno i ogarniają mnie złe przeczucia. Christian się wkurzy – to wiem, ale nie mam pojęcia, jak bardzo. Prześladują mnie jego słowa: „Nie jestem jeszcze gotowy, aby się tobą dzielić". Otulam się ciaśniej marynarką.

Sawyer wyskakuje z auta i otwiera mi drzwi. Marszczy brwi, gdy dostrzega moją minę, ale ja ignoruję jego niepokój.

– Dokąd, pani Grey? – pyta łagodnie.

– SIP.

Moszczę się na tylnej kanapie, zamykam oczy i opieram głowę o zagłówek. Powinnam być szczęśliwa. Wiem, że powinnam być szczęśliwa. Ale nie jestem. To za wcześnie. Stanowczo za wcześnie. A co z moją pracą? Co z SIP? Co ze mną i Christianem? Nie. Nie. Nie. Wszystko będzie dobrze. Kochał maleńką Mię – Carrick mi o tym mówił – i teraz też ją uwielbia. Może powinnam ostrzec Flynna... Może nie powinnam mówić Christianowi. Może... może powinnam to zakończyć. Niepokoi mnie kierunek, w jakim podążają moje myśli. Kładę odruchowo dłoń na brzuchu. Nie. Moja mała Fasolka. Do oczu napływają mi łzy. I co ja mam zrobić?

Do moich myśli wdziera się obraz małego chłopca z miedzianymi włosami i szarymi oczami, biegającego po łące koło nowego domu. Chichocze i piszczy z radości, gdy ja i Christian go gonimy. Christian podrzuca go wysoko, a potem sadza sobie na biodrze i razem wracamy do domu.

A potem widzę, jak Christian odwraca się ode mnie
ze wstrętem. Jestem gruba i nieporadna, dźwigam pod
sercem nasze dziecko. Oddala się ode mnie w sali pełnej
luster, a odgłos jego kroków odbija się echem od szkla-
nych tafli ścian i podłogi. Christian...

Wracam do rzeczywistości. Nie. Ależ on się wkurzy.

Kiedy Sawyer zatrzymuje się pod SIP, wysiadam
z auta i wchodzę do budynku.

– Ana, tak miło cię widzieć. Jak twój tata? – pyta
Hannah, gdy tylko się zjawiam w redakcji.

Patrzę na nią chłodno.

– Już lepiej, dziękuję. Mogę cię prosić do gabinetu?

– Jasne. – Zaskoczona wchodzi za mną. – Wszystko
w porządku?

– Muszę wiedzieć, czy przesunęłaś albo odwołałaś
wizyty u doktor Greene.

– Doktor Greene? Tak. Dwie albo trzy. Na ogół dlatego, że byłaś na innych spotkaniach albo nie miałaś czasu. Czemu pytasz?

Ponieważ teraz jestem, kurwa, w ciąży! – krzyczę na
nią w myślach. Biorę głęboki, uspokajający oddech.

– Jeśli będziesz przenosić jakieś spotkania, możesz
dopilnować, abym o tym wiedziała? Nie zawsze zaglądam
do kalendarza.

– Oczywiście – mówi Hannah cicho. – Przepraszam.
Zrobiłam coś złego?

Kręcę głową i wzdycham głośno.

– Możesz mi zrobić herbatę? Potem zdasz mi relację
z tego, co tu się działo podczas mojej nieobecności.

– Już pędzę. – Rozpogodzona wychodzi z gabinetu.

Patrzę za nią.

– Widzisz tę kobietę? – mówię cicho do fasol-
ki. – Możliwe, że jesteś tu dzięki niej. – Klepię delikatnie brzuch, po czym czuję się jak kompletna idiotka, bo

przecież mówię do fasolki. Mojej maleńkiej Fasolki. Kręcę głową zirytowana na siebie i Hannah... choć w głębi duszy wiem, że nie mogę winą obarczać jej. Z przygnębieniem uruchamiam komputer. Czeka na mnie mejl od Christiana.

Nadawca: Christian Grey
Temat: Tęsknię
Data: 13 września 2011, 13:58
Adresat: Anastasia Grey

Pani Grey,

Dopiero od trzech godzin jestem w pracy, a już za Panią tęsknię.

Mam nadzieję, że Ray już się zaaklimatyzował w nowym miejscu. Po południu odwiedzi go moja mama i sprawdzi, co i jak.

Przyjadę po Ciebie około szóstej i możemy do niego zajrzeć w drodze do domu.

Może tak być?

Twój kochający mąż

Christian Grey
Prezes, Grey Enterprises Holdings, Inc.

Wystukuję szybką odpowiedź.

Nadawca: Anastasia Grey
Temat: Tęsknię
Data: 13 września 2011, 14:10
Adresat: Christian Grey

Pewnie.

x

Anastasia Grey
Redaktor naczelna, SIP

Nadawca: Christian Grey
Temat: Tęsknię
Data: 13 września 2011, 14:14
Adresat: Anastasia Grey

Wszystko w porządku?

Christian Grey
Prezes, Grey Enterprises Holdings, Inc.

Nie, Christianie. Strasznie się boję, że się wkurzysz. Nie wiem, co zrobić. Ale nie zamierzam pisać ci o tym w mejlu.

Nadawca: Anastasia Grey
Temat: Tęsknię
Data: 13 września 2011, 14:17
Adresat: Christian Grey

Tak. Mam jedynie dużo pracy.

Do zobaczenia o szóstej.

x

Anastasia Grey
Redaktor naczelna, SIP

Kiedy mu powiem? Dziś wieczorem? Może po seksie? Może podczas seksu. Nie, to mogłoby być niebezpieczne dla nas obojga. Kiedy zaśnie? Chowam twarz w dłoniach. I co ja mam, u licha, zrobić?

–––––––––––––

– Cześć – mówi ostrożnie Christian, gdy wsiadam do SUV-a.
  – Cześć – mówię cicho.
  – Co się stało?
  Kręcę głową. Taylor rusza, kierując się w stronę szpitala.
  – Nic. – Może teraz? Mogłabym mu powiedzieć teraz, kiedy znajdujemy się w zamkniętej przestrzeni i jest z nami Taylor.
  – W pracy wszystko dobrze? – Christian nie daje za wygraną.
  – Tak. Dzięki.
  – Ana, co się dzieje? – W jego głosie słychać większą stanowczość, a ja tchórzę.
  – Po prostu tęskniłam za tobą. I martwię się Rayem.
  Christian wyraźnie się rozluźnia.

– Stan Raya jest dobry. Rozmawiałem z mamą. Jest pod wrażeniem tempa, w jakim wraca do zdrowia. – Bierze mnie za rękę. – Rany, ale masz zimną dłoń. Jadłaś coś dzisiaj?

Czerwienię się.

– Ana – gani mnie z irytacją.

Cóż, nie jadłam, ponieważ wiem, że wkurzysz się na maksa, kiedy ci powiem, że jestem w ciąży.

– Zjem wieczorem. Naprawdę nie miałam czasu.

Kręci głową z frustracją.

– Chcesz, żebym do listy obowiązków ochrony dołożył karmienie mojej żony?

– Przepraszam. Zjem coś. To był naprawdę dziwaczny dzień. No wiesz, przewiezienie taty i w ogóle.

Zaciska usta, ale nic nie mówi. Wyglądam przez szybę. „Powiedz mu!" – syczy moja podświadomość. Nie. Jestem tchórzem.

– Możliwe, że będę musiał lecieć na Tajwan – odzywa się Christian.

– Och. Kiedy?

– Pod koniec tygodnia. Może w przyszłym.

– Okej.

– Chcę, żebyś poleciała tam ze mną.

Przełykam ślinę.

– Christianie, proszę. Mam swoją pracę. Tyle razy już to przerabialiśmy.

Wzdycha i robi nadąsaną minę.

– Tak sobie pomyślałem, że spytam – burczy z rozdrażnieniem.

– Długo cię nie będzie?

– Najwyżej kilka dni. Chciałbym, abyś mi w końcu powiedziała, co cię dręczy.

Skąd wie?

– Cóż, teraz, kiedy mój ukochany mąż wyjeżdża…

Christian całuje moją dłoń.
– Szybko wrócę.
– To dobrze. – Uśmiecham się do niego blado.

RAY MA DZIŚ ZNACZNIE lepszy humor. Wzrusza mnie jego milcząca wdzięczność wobec Christiana i na chwilę zapominam o tym, co mnie gryzie, gdy tak siedzę i słucham, jak rozmawiają o rybach i Marinersach. Ale szybko się męczy.
– Tatusiu, pozwolimy ci się przespać.
– Dzięki, Ana. Fajnie, że wpadliście. Była tu dzisiaj także twoja mama, Christianie. Dodała mi otuchy. I też kibicuje Marinersom.
– Ale za łowieniem ryb nie przepada – mówi cierpko Christian, wstając z krzesła.
– Niewiele znam kobiet, które przepadają – uśmiecha się Ray.
– Do zobaczenia jutro, dobrze? – Całuję go. Moja podświadomość zasznurowuje usta. „Zakładając, że mąż cię nie zamknie… albo nie zrobi czegoś jeszcze gorszego".
– Chodź. – Christian wyciąga rękę i razem opuszczamy szpital.

DŁUBIĘ W SWOIM TALERZU. To kurczak w sosie pani Jones, ale nie jestem głodna. Mój żołądek ściska się ze zdenerwowania.
– Do diaska! Ana, powiesz mi w końcu, co się stało? – Christian odsuwa z irytacją swój talerz. – Proszę. Doprowadzasz mnie do szału.
Przełykam ślinę i próbuję opanować uczucie paniki. Biorę głęboki, uspokajający oddech. Teraz albo nigdy.
– Jestem w ciąży.
Nieruchomieje, a z jego twarzy bardzo powoli odpływa cała krew.

– Co takiego? – szepcze pobladły.

– Jestem w ciąży.

Patrzy na mnie nierozumiejącym wzrokiem.

– Ale jak?

Jak... jak? Cóż za niedorzeczne pytanie. Oblewam się rumieńcem i posyłam mu spojrzenie o treści „A jak ci się wydaje?".

Jego spojrzenie staje się lodowate.

– Zastrzyk? – warczy.

Cholera.

– Zapomniałaś o zastrzyku?

Patrzę na niego, nie potrafiąc wydobyć z siebie głosu. Kurwa, jest naprawdę wściekły.

– Chryste, Ana! – Uderza pięścią w stół, a ja aż podskakuję, po czym wstaje nagle, prawie przewracając krzesło. – Masz jedną rzecz do zapamiętania, jedną rzecz! Cholera! Nie wierzę. Jak mogłaś być taka głupia?

Głupia! Głośno wciągam powietrze. Cholera. Chcę mu powiedzieć, że zastrzyk okazał się nieskuteczny, ale brak mi słów. Wbijam wzrok w dłonie.

– Przepraszam – szepczę.

– Przepraszasz?! Kurwa!

– Wiem, że to nie jest odpowiedni moment.

– Nie jest odpowiedni! – krzyczy. – Znamy się od pięciu, kurwa, minut. Chciałem ci pokazać świat, a teraz... Kurwa mać. Pieluchy, kupy i wymioty. – Zamyka oczy. Chyba próbuje się opanować, ale kiepsko mu to wychodzi. – Zapomniałaś? Powiedz mi. A może zrobiłaś to celowo? – Oczy mu płoną.

– Nie – szepczę. Nie mogę mu powiedzieć o Hannah, zwolniłby ją.

– Sądziłem, że to uzgodniliśmy! – woła.

– Wiem. Tak było. Przepraszam.

Ignoruje mnie.

– Dlatego właśnie tak bardzo lubię kontrolę. Żeby nie wyskoczyło nagle takie gówno i wszystkiego nie spierdoliło.

Nie… Mała Fasolka.

– Christianie, nie krzycz, proszę, na mnie. – Po moich policzkach zaczynają płynąć łzy.

– Tylko mi tu nie zaczynaj płakać – warczy. – Kurwa. – Przeczesuje palcami włosy. – Myślisz, że jestem gotowy na to, by zostać ojcem? – W jego głosie wściekłość miesza się z paniką.

I wszystko staje się jasne. Na jego twarzy maluje się strach i odraza – wściekłość bezradnego nastolatka. Och, Szary, tak bardzo mi przykro. Dla mnie to też jest szok.

– Wiem, że żadne z nas nie jest na to gotowe, ale uważam, że będziesz cudownym ojcem. – Łamie mi się głos. – Jakoś damy radę.

– A skąd to, kurwa, wiesz? – krzyczy, tym razem głośniej. – Powiedz mi skąd! – Oczy mu płoną, gdy przez twarz przemyka tak wiele emocji. Najbardziej oczywisty jest strach. – Och, pieprzyć to! – ryczy Christian i unosi ręce w geście porażki.

Odwraca się na pięcie i rusza w stronę holu, zabierając po drodze marynarkę. Jego kroki odbijają się echem od drewnianej podłogi. Znika za podwójnymi drzwiami i zatrzaskuje je za sobą. Po raz kolejny podskakuję.

Zostaję sam na sam z ciszą – nieruchomą, milczącą pustką salonu. Wzdrygam się mimowolnie, gdy z odrętwieniem patrzę na zamknięte drzwi. Zostawił mnie. Cholera! Jego reakcja okazała się znacznie gorsza, niż sobie wyobrażałam. Odsuwam od siebie talerz, kładę ręce na stole, opieram o nie głowę i szlocham.

– Ana, skarbie. – Obok mnie stoi niepewnie pani Jones.

Prostuję się szybko, ocierając z twarzy łzy.

– Słyszałam. Przykro mi – mówi łagodnie. – Chcesz może ziołową herbatę albo coś innego?

– Poproszę kieliszek białego wina.

Pani Jones waha się przez chwilę i przypominam sobie o Fasolce. Teraz nie mogę pić alkoholu. Mogę? Muszę przestudiować broszurkę, którą dostałam od doktor Greene.

– Zaraz przyniosę.

– Właściwie to poproszę o herbatę. – Wycieram nos. Uśmiecha się życzliwie.

– Już się robi.

Zabiera nasze talerze i udaje się do kuchni. Idę za nią i przysiadam na stołku, patrząc, jak parzy mi herbatę.

Stawia przede mną parujący kubek.

– Mogę ci podać coś jeszcze?

– Nie, herbata wystarczy, dziękuję.

– Jesteś pewna? Niewiele zjadłaś.

Podnoszę na nią wzrok.

– Nie jestem głodna.

– Ano, powinnaś jeść. Nie chodzi już tylko o ciebie. Pozwól, że coś ci naszykuję. Na co masz ochotę? – Patrzy na mnie z nadzieją, ale ja naprawdę nie jestem w stanie niczego przełknąć.

Mój mąż właśnie mnie zostawił, ponieważ jestem w ciąży, mój ojciec miał groźny wypadek samochodowy, a stuknięty Jack Hyde rozpowiada, że napastowałam go seksualnie. Nagle zbiera mi się na śmiech. Widzisz, co ze mną zrobiłaś, mała Fasolko? Dotykam delikatnie brzucha.

Pani Jones uśmiecha się do mnie.

– Wiesz, który to tydzień? – pyta miękko.

– To początek. Czwarty albo piąty tydzień.

– Skoro nie chcesz jeść, to przynajmniej powinnaś odpocząć.

Kiwam głową i z kubkiem herbaty udaję się do biblioteki. To moje schronienie. Wyjmuję z torebki Black-

Berry i zastanawiam się, czy nie zadzwonić do Christiana. Wiem, że to dla niego szok – ale jego reakcja była naprawdę przesadzona. A czy kiedykolwiek jest inna? Moja podświadomość unosi brew. Wzdycham. Popieprzony na pięćdziesiąt sposobów.

– Tak, to właśnie twój tatuś, Fasolko. Miejmy nadzieję, że ochłonie i wróci… szybko.

Wyjmuję broszurkę i zabieram się za czytanie.

Nie potrafię się skoncentrować. Christian nigdy tak mnie nie zostawił. Przez kilka ostatnich dni był dla mnie taki miły, troskliwy i kochający, a teraz… A jeśli już nie wróci? Cholera! Może powinnam zadzwonić do Flynna. Nie wiem, co zrobić. Pod wieloma względami Christian jest taki delikatny i wiedziałam, że kiepsko zareaguje na wieść o ciąży. Przez weekend był taki słodki. Niczego nie kontrolował, a jednak świetnie sobie poradził. Ale dzisiejsza nowina… cóż, to już zbyt wiele.

Moje życie jest skomplikowane, odkąd go poznałam. To przez niego? Przez nasz związek? A jeśli się z tym nie pogodzi? Jeśli będzie chciał się rozwieść? Do gardła podchodzi mi żółć. Nie. Nie wolno mi tak myśleć. On wróci. Wróci. Wiem to. Wiem, że pomimo krzyków i ostrych słów kocha mnie… tak. I ciebie także pokocha, Fasolko.

Rozsiadam się wygodnie na fotelu i zapadam w drzemkę.

BUDZĘ SIĘ ZMARZNIĘTA I ZDEZORIENTOWANA. Drżąc, zerkam na zegarek: jedenasta. Ach tak… ty. Dotykam brzucha. Gdzie Christian? Wrócił? Cała zesztywniała wstaję z fotela i ruszam na poszukiwanie męża.

Pięć minut później wiem już, że nie ma go w domu. Mam nadzieję, że nic mu się nie stało. Powracają wspomnienia tamtego czekania, kiedy zaginął Charlie Tango.

Nie, nie, nie. Przestań tak myśleć. On pewnie pojechał do... gdzie? Do kogo mógłby się wybrać? Elliota?
A może jest u Flynna. Mam taką nadzieję. Wracam do
biblioteki po BlackBerry i wysyłam mu esemesa.

"Gdzie jesteś?"

Udaję się do łazienki i biorę kąpiel. Strasznie mi
zimno.

KIEDY WYCHODZĘ Z WANNY, jego nadal nie ma. Wkładam
jedną z satynowych koszul nocnych w stylu lat trzydzie-
stych oraz podomkę i idę do salonu. Po drodze zaglądam
do sypialni dla gości. Może to byłby pokój Fasolki. Zaskoczona tą myślą stoję w progu i zastanawiam się. Po-
malujemy go na różowo czy niebiesko? Tę słodką myśl
zakłóca fakt, że mój nieposłuszny mąż jest taki wkurzony.
Biorę z łóżka kołdrę i idę do salonu, aby czuwać.

COŚ MNIE BUDZI. JAKIŚ dźwięk.
– Cholera!
To Christian w holu. Słyszę, jak po podłodze prze-
suwa się stolik.
– Cholera! – powtarza zduszonym głosem.
Zrywam się z kanapy i sekundę później widzę, jak
zataczając się, wchodzi przez podwójne drzwi. Jest pija-
ny. Swędzi mnie skóra głowy. Cholera, Christian pijany?
Wiem, jak nie znosi pijaków. Biegnę w jego stronę.
– Christianie, wszystko w porządku?
Opiera się o gałkę drzwi do holu.
– Pani Grey – mówi niewyraźnie.
Jasny gwint. Jest bardzo pijany. Nie wiem, co zrobić.
– Och... świetnie wyglądasz, Anastasio.
– Gdzie byłeś?

Przykłada palec do swoich ust i uśmiecha się do mnie krzywo.

– Ćśś!

– Myślę, że powinieneś pójść do łóżka.

– Z tobą… – rży.

Marszczę brwi i obejmuję go w pasie, bo ledwie stoi, nie mówiąc o chodzeniu. Gdzie był? Jak się dostał do domu?

– Zaprowadzę cię do łóżka. Wesprzyj się na mnie.

– Jesteś bardzo piękna, Ana. – Opiera się o mnie i wącha moje włosy, prawie nas oboje przewracając.

– Christianie, idziemy. Położę cię do łóżka.

– Okej – mówi, jakby próbował się skoncentrować.

Jakoś w końcu docieramy do sypialni.

– Łóżko – mówi, uśmiechając się szeroko.

– Tak, łóżko. – Popycham go w jego stronę, ale on mnie nie puszcza.

– Chodź do mnie – mówi.

– Christianie, uważam, że powinieneś iść spać.

– No i się zaczyna. Słyszałem o tym.

Marszczę brwi.

– Słyszałeś o czym?

– Małe dzieci, zero seksu.

– Jestem pewna, że to nieprawda. W przeciwnym razie wszyscy bylibyśmy jedynakami.

Patrzy na mnie.

– Zabawna jesteś.

– A ty pijany.

– Tak. – Uśmiecha się, ale po chwili na jego twarzy pojawia się udręka, na której widok robi mi się przeraźliwie zimno.

– No już, Christianie – mówię łagodnie. – Położymy cię spać. – Popycham go lekko, a on opada na materac. Uśmiecha się szeroko; po wcześniejszej udręce nie ma śladu.

– Chodź do mnie – mówi niewyraźnie.

– Najpierw cię rozbierzemy.

– Nareszcie mówisz z sensem.

Jasny gwint. Pijany Christian jest uroczy i swawolny. Wolę jego niż Christiana wkurzonego jak diabli.

– Usiądź. Zdejmę ci marynarkę.

– Pokój wiruje.

Cholera… zaraz puści pawia?

– Christianie, siadaj!

Uśmiecha się kpiąco.

– Pani Grey, ależ z pani generał…

– Tak. Rób, co ci każę, i usiądź. – Kładę dłonie na biodrach.

Znowu się uśmiecha, nie bez wysiłku opiera na łokciach, po czym niezdarnie siada. Nim zdąży z powrotem paść na materac, chwytam za jego krawat i szybko pozbawiam marynarki.

– Ładnie pachniesz.

– A od ciebie czuć alkohol.

– Tak… bour-bon. – Wymawia to słowo tak starannie, że aż muszę zdusić chichot. Rzucam marynarkę na podłogę i zaczynam rozwiązywać krawat. On kładzie ręce na moich biodrach.

– Lubię czuć na tobie ten materiał, Anastejszia – mówi niewyraźnie. – Zawsze powinnaś ubierać się w satynę albo jedwab. – Przesuwa dłońmi po moich biodrach, po czym przyciąga mnie do siebie i usta przyciska do mego brzucha. – A tutaj mamy intruza.

Wstrzymuję oddech. Jasny gwint. Mówi do Fasolki.

– Nie będziesz mi dawał spać, no nie? – mówi do mojego brzucha.

O rety. Christian podnosi na mnie wzrok. Szare oczy ma zachmurzone. Ściska mi się serce.

– Będziesz wolała jego niż mnie – mówi ze smutkiem.

– Christianie, nie wiesz, co mówisz. Nie bądź niemądry. A zresztą to może być ona.

Marszczy brwi.

– Ona… o Boże.

Opada na łóżko i zakrywa ręką oczy. Udało mi się poluźnić mu krawat. Ściągam jeden but i skarpetkę, potem drugi. Kiedy wstaję, już rozumiem, skąd ten brak oporu – Christian śpi jak zabity. I nawet cicho pochrapuje.

Wpatruję się w niego. Jest tak cholernie piękny, nawet pijany i chrapiący. Pięknie wykrojone usta ma rozchylone, jedną rękę nad głową, twarz rozluźnioną. Wygląda młodo – no ale przecież jest młody; mój młody, zestresowany, pijany, nieszczęśliwy mąż. Na tę myśl ciężko mi się robi na sercu.

Cóż, przynajmniej wrócił do domu. Ciekawe, gdzie był. Chyba nie mam energii ani siły, aby go dalej rozbierać. Leży na kołdrze. Wracam do salonu, zabieram kołdrę, którą się przykrywałam, i idę z nią do sypialni.

Twardo śpi. Siadam na łóżku obok niego, zdejmuję krawat i delikatnie odpinam górny guzik koszuli. Mamrocze coś niezrozumiałego, ale się nie budzi. Ostrożnie odpinam mu pasek i przeciągam przez szlufki. Nie bez problemu, ale się udaje. Koszula wysunęła mu się ze spodni, widać ścieżynkę. Nie mogę się oprzeć. Nachylam się i całuję je. On wypycha biodra w moją stronę, ale się nie budzi.

Siadam i ponownie mu się przyglądam. Och, Szary, Szary, Szary… i co ja mam z tobą zrobić? Dotykam jego włosów – są takie miękkie – i całuję skroń.

– Kocham cię, Christianie. Nawet kiedy jesteś pijany i szlajałeś się nie wiadomo gdzie, kocham cię. Zawsze będę cię kochać.

– Hmm – mruczy. Raz jeszcze całuję jego skroń, po czym wstaję z łóżka i przykrywam go drugą kołdrą. Mogę spać obok niego, w poprzek łóżka… Tak, tak właśnie zrobię.

Jednak najpierw sprzątnę jego ubranie. Kręcę głową i podnoszę z podłogi skarpetki i krawat. Przerzucam przez ramię marynarkę. Gdy to robię, na podłogę spada BlackBerry. Podnoszę go i niechcący odblokowuję. Otwiera się skrzynka odbiorcza. Widzę mojego esemesa, a nad nim jakiś inny.

Kurwa.

Cieszę się z naszego spotkania. Teraz rozumiem.
Nie martw się. Będziesz cudownym ojcem.

To od niej. Pani Eleny Zdzirowatego Trolla Robinson. Cholera. A więc to do niej pojechał.

ROZDZIAŁ DWUDZIESTY PIERWSZY

W patruję się w esemes, po czym podnoszę wzrok na śpiącego męża. Do wpół do drugiej w nocy pił – z nią! Chrapie cicho, śpiąc snem pozornie niewinnego, niczego nieświadomego pijaka. Wygląda tak pogodnie.

O nie, nie, nie. Nogi mam jak z waty i powoli osuwam się na stojący przy łóżku fotel. Czuję się taka oszukana, rozgoryczona, upokorzona. Jak on mógł? Jak mógł pojechać do niej? Po mojej twarzy płyną gorące, gniewne łzy. Potrafię zrozumieć i wybaczyć jego wściekłość i gniew, potrzebę wyżycia się na mnie. Ale to… ta zdrada to zbyt wiele. Podciągam kolana pod brodę i oplatam je ramionami, chroniąc siebie i chroniąc moją Fasolkę. Kołyszę się w przód i w tył, łkając cicho.

Czego się spodziewałam? Zbyt szybko wzięliśmy ślub. Wiedziałam – wiedziałam, że do tego dojdzie. Dlaczego. Dlaczego. Dlaczego? Jak mógł mi to zrobić? Wie, co czuję do tej kobiety. Jak mógł jechać właśnie do niej? Jak? Nóż obraca się w moim sercu, powoli i boleśnie. Czy już zawsze tak będzie?

Przez łzy przyglądam się leżącej na łóżku sylwetce Christiana. Wyszłam za niego z miłości i w głębi duszy wiem, że on także mnie kocha. Wiem to. Przypomina mi się jego boleśnie słodki prezent urodzinowy.

Za nasze wszystkie pierwsze razy w pierwsze urodziny, które obchodzisz jako moja ukochana żona. Kocham Cię. C x

Nie, nie, nie – nie mogę uwierzyć, że zawsze tak będzie, dwa kroki do przodu i trzy do tyłu. Ale z nim tak właśnie jest. Po każdej komplikacji przesuwamy się w przód, centymetr po centymetrze. On się z tym w końcu pogodzi... A ja? Dojdę do siebie po tej... po jego zdradzie? Myślę o tym, jaki był w ten ostatni straszny, cudowny weekend. Jego spokojna siła, gdy mój ojczym leżał pogrążony w śpiączce... Przyjęcie urodzinowe, sprowadzenie mojej rodziny i przyjaciół... Całowanie mnie w miejscu publicznym. Och, Christianie, nadwerężasz moje zaufanie, moją wiarę... i kocham cię.

Ale teraz nie chodzi już tylko o mnie. Kładę dłoń na brzuchu. Nie, nie pozwolę, by robił to mnie i naszej Fasolce. Doktor Flynn powiedział, że powinnam mu wierzyć na słowo – cóż, nie tym razem. Wierzchem dłoni ocieram łzy.

Christian przekręca się na bok i zwija w kłębek pod kołdrą. Wyciąga rękę, jakby czegoś szukał, po czym coś mruczy, ale się nie budzi.

Och, Szary. Co ja mam z tobą zrobić? I co, do diaska, robiłeś z tym Zdzirowatym Trollem? Muszę wiedzieć.

Raz jeszcze zerkam na esemesa i szybko układam plan. Biorę głęboki oddech i przesyłam esemes na mój telefon. Etap pierwszy zakończony. Szybko sprawdzam pozostałe esemesy, ale nadawcami są jedynie Elliot, Andrea, Taylor, Ros i ja. Nic od Eleny. To chyba dobrze. Wychodzę ze skrzynki odbiorczej, ciesząc się, że z nią nie esemesował, i serce podchodzi mi do gardła. O rety. Tapeta w jego telefonie to patchwork maleńkich zdjęć przedstawiających mnie w różnych pozach – nasza podróż poślubna, weekendowe żeglowanie i szybowanie, a także kilka zdjęć José. Musiał to zrobić niedawno.

Dostrzegam ikonkę mejla i w mojej głowie pojawia się kusząca myśl... mogłabym przeczytać mejle Christiana. Sprawdzić, czy z nią nie koresponduje. Powinnam? Odziana w zielonkawy jedwab moja wewnętrzna bogini kiwa zdecydowanie głową. Minę ma gniewną. I nim jestem w stanie się powstrzymać, naruszam jego prywatność.

Mejli są całe setki. Przewijam je i wszystkie wydają się nudne jak flaki z olejem... głównie od Ros, Andrei i ode mnie, no i od różnych pracowników jego firmy. Ani jednego mejla od Zdzirowatego Trolla. Czuję ulgę, widząc, że od Leili także nie.

Moją uwagę zwraca jeden mejl. Nadawcą jest Barney Sullivan, informatyk Christiana, a temat to: Jack Hyde. Zerkam na Christiana, ale dalej mocno śpi. Nigdy dotąd nie słyszałam, jak chrapie. Otwieram mejl.

Nadawca: Barney Sullivan
Temat: Jack Hyde
Data: 13 września 2011, 14:09
Adresat: Christian Grey

Kamery przemysłowe w Seattle pokazują białego vana dopiero od South Irving Street, więc Hyde mieszka pewnie w tamtej okolicy.

Jak już Welch panu mówił, samochód PN został wypożyczony przez nieznaną kobietę posługującą się sfałszowanym prawem jazdy i nie ma żadnych poszlak, aby ją łączyć z okolicą South Irving Street.

Dane pracowników GEH i SIP, którzy mieszkają w tamtej okolicy, umieszczone są w załączniku, który przesyłam także Welchowi.

Na służbowym komputerze Hyde'a nie ma nic o jego wcześniejszych asystentkach.

W ramach przypomnienia oto lista tego, co znaleziono na komputerze Hyde'a.

Adresy domów Greyów:
Pięć nieruchomości w Seattle
Dwie nieruchomości w Detroit

Szczegółowe życiorysy następujących osób:
Carrick Grey
Elliot Grey
Christian Grey
Dr Grace Trevelyan
Anastasia Steele
Mia Grey

Artykuły z gazet papierowych i elektronicznych, dotyczące następujących osób:
Dr Grace Trevelyan
Carrick Grey
Christian Grey
Elliot Grey

Fotografie:
Carrick Grey
Dr Grace Trevelyan
Christian Grey
Elliot Grey
Mia Grey

Będę kontynuował swoje śledztwo i zobaczymy, co jeszcze uda mi się znaleźć.

B. Sullivan
Kierownik działu IT, GEH

Ten dziwny mejl natychmiast odwraca moją uwagę
od mojej nocnej niedoli. Klikam w załącznik, ale jest zbyt
duży, aby go otworzyć na BlackBerry.
Co ja robię? Jest środek nocy. Miałam ciężki dzień.
Nie ma żadnych mejli od Zdzirowatego Trolla ani Leili
Williams i trochę mnie to pociesza. Zerkam na budzik:
już po drugiej. To był dopiero dzień. Dowiedziałam się,
że zostanę matką i że mój mąż brata się z wrogiem. Cóż,
niech tu sobie chrapie. Nie zamierzam dzisiaj z nim spać.
Jutro obudzi się sam. Kładę BlackBerry na stoliku nocnym, biorę torebkę, rzucam ostatnie spojrzenie memu
anielskiemu śpiącemu Judaszowi i wychodzę z sypialni.
Zapasowy klucz do pokoju zabaw znajduje się tam
gdzie zawsze, czyli w szafce w pomieszczeniu gospodar-
czym. Wyjmuję go i biegnę na górę. Z szafy z pościelą
wyjmuję poduszkę, kołdrę i prześcieradło, po czym otwieram drzwi i wchodzę do pokoju zabaw. Zapalam światło. Dziwne, że zapach i atmosfera tego pokoju działają
na mnie uspokajająco, zwłaszcza że podczas ostatniej tu
bytności musiałam użyć hasła bezpieczeństwa. Zamykam
za sobą drzwi na klucz. Wiem, że rano Christian będzie
mnie gorączkowo szukał i nie wydaje mi się, aby tu zajrzał,
jeśli drzwi będą zamknięte. Cóż, będzie miał za swoje.
Kładę się na kanapie, otulam kołdrą i wyjmuję z torby BlackBerry. W skrzynce odbiorczej odnajduję esemes,
jaki Christian otrzymał od tego podłego Zdzirowatego
Trolla. Wciskam „przekaż" i piszę:

CHCIAŁBYŚ, ABY PANI LINCOLN DOŁĄCZYŁA DO NAS,
GDY W KOŃCU POROZMAWIAMY O ESEMESIE, KTÓRY CI
WYSŁAŁA? DZIĘKI TEMU PO WSZYSTKIM NIE BĘDZIESZ
MUSIAŁ DO NIEJ BIEC. TWOJA ŻONA.

Wciskam „wyślij" i wyłączam dźwięk. Kulę się pod
kołdrą. Pomimo tej całej brawury przytłacza mnie ogrom
oszustwa Christiana. To powinien być szczęśliwy czas.
Jezu, będziemy rodzicami. Przypomina mi się, jak mu
powiedziałam, że jestem w ciąży. Fantazjuję, że z radości pada przede mną na kolana, bierze mnie w ramiona
i mówi, jak bardzo kocha mnie i naszą Fasolkę.

A jednak jestem tutaj, sama i zmarznięta w pokoju zabaw BDSM. Nagle czuję się staro, zupełnie nie jak
dwudziestodwulatka. Zmierzenie się z Christianem zawsze stanowiło wyzwanie, ale tym razem naprawdę prze-
szedł samego siebie. Co on sobie myślał? No, jeśli chce
wojny, to ją będzie miał. Nie ma mowy, abym mu pozwalała biec do tamtej paskudnej kobiety za każdym razem,
gdy pojawia się jakiś problem. Będzie musiał wybrać –
ona albo ja i nasza Fasolka. Pociągam cicho nosem, ale tak
jestem wykończona, że chwilę później zasypiam.

Budzę się przestraszona i zdezorientowana... No
tak – jestem w pokoju zabaw. Nie ma tu okien, więc nie
wiem, która godzina. Ktoś szarpie za gałkę przy drzwiach.

– Ana! – woła Christian.

Zamieram, ale on nie wchodzi. Słyszę stłumione
głosy, które po chwili się oddalają. Przestaję wstrzymywać oddech i sprawdzam na BlackBerry godzinę. Siódma
trzydzieści. Mam cztery nieodebrane połączenia i dwie
wiadomości na poczcie głosowej. Trzy razy dzwonił
Christian i raz Kate. O nie. Musiał do niej zadzwonić.

Nie mam czasu, by odsłuchiwać wiadomości. Nie chcę się spóźnić do pracy.

Owijam się kołdrą, biorę do ręki torebkę i podchodzę do drzwi. Otwieram je powoli i wyglądam na korytarz. Pusty. O cholera… Może to nieco melodramatyczne. Przewracam oczami, biorę głęboki oddech i schodzę na dół.

Na progu salonu stoją Taylor, Sawyer, Ryan, pani Jones i Christian. Mój mąż z prędkością karabinu maszynowego wyrzuca z siebie instrukcje. Jak jeden mąż odwracają się i wpatrują we mnie. Christian nadal ma na sobie ubranie, w którym spał. Jest blady, ale cudownie piękny. Szare oczy są szeroko otwarte i nie wiem, czy to, co maluje się na jego twarzy, to strach czy gniew.

– Sawyer, będę gotowa za jakieś dwadzieścia minut – mówię cicho, otulając się ciaśniej kołdrą.

Kiwa głową i spojrzenia wszystkich przenoszą się na Christiana, który nadal wpatruje się we mnie.

– Zje pani śniadanie, pani Grey? – pyta pani Jones.

Kręcę głową.

– Nie jestem głodna, dziękuję.

Zasznurowuje usta, ale nic nie mówi.

– Gdzie byłaś? – pyta Christian. Głos ma niski i schrypnięty.

Nagle Sawyer, Taylor, Ryan i pani Jones rozbiegają się szybko do gabinetu Taylora, do holu i do kuchni. Niczym szczury uciekające z tonącego okrętu.

Ignoruję Christiana i udaję się do naszej sypialni.

– Ana! – woła za mną. – Odpowiedz mi.

Słyszę za sobą jego kroki. Wchodzę do sypialni, a z niej do łazienki i zamykam drzwi na klucz.

– Ana! – Christian wali w drzwi. Odkręcam wodę pod prysznicem. – Ana, otwórz te cholerne drzwi.

– Odejdź!

– Nigdzie nie odejdę.

– Jak sobie chcesz.

– Ana, proszę.

Wchodzę pod prysznic. Och, ale przyjemnie. Woda obmywa mnie gorącym strumieniem, zmywając z mej skóry nocne wyczerpanie. Przez chwilę, przez jedną krótką chwilę mogę udawać, że wszystko jest dobrze. Myję włosy, a kiedy kończę, czuję się silniejsza, gotowa stawić czoło czołgowi, czyli Christianowi Greyowi. Owijam głowę ręcznikiem, drugim szybko się wycieram i otulam.

Otwieram drzwi. Christian opiera się o przeciwległą ścianę. W jego oczach widać ostrożność, jak u tropionego drapieżnika. Mijam go i wchodzę do garderoby.

– Ignorujesz mnie? – pyta z niedowierzaniem, stając w progu.

– Cóż za przenikliwość – burczę, szukając czegoś do ubrania.

Ach tak, śliwkowa sukienka. Zdejmuję ją z wieszaka, do tego czarne kozaczki na wysokim obcasie. Staję przed Christianem, czekając, aż zrobi mi przejście. W końcu się odsuwa – dobre maniery biorą górę. Wyczuwam na sobie jego spojrzenie, gdy podchodzę do komody. W lustrze widzę, jak stoi nieruchomo w drzwiach, przyglądając mi się. Gestem godnym zdobywczyni Oscara pozwalam, by ręcznik upadł na podłogę i udaję, że nie zauważam, iż jestem naga.

– Co ty robisz? – pyta cicho.

– A jak myślisz? – Głos mam słodki jak miód, gdy wyjmuję z szuflady majteczki La Perla z czarnej koronki.

– Ana… – Urywa, gdy je wkładam.

– Idź i zapytaj swoją panią Robinson. Jestem przekonana, że ona ci wszystko wyjaśni – burczę, szukając stanika do kompletu.

– Ana, już ci mówiłem, to nie jest moja…

– Nie chcę tego słuchać, Christianie. – Macham lekceważąco ręką. – Wczoraj był czas na rozmowę, ale ty postanowiłeś najpierw mi nawymyślać, a potem upić się z kobietą, która przez lata cię wykorzystywała. Zadzwoń do niej. Jestem pewna, że ochoczo cię teraz wysłucha. – Znajduję stanik i powoli go wkładam.

Christian staje pośrodku sypialni i kładzie ręce na biodrach.

– Dlaczego mnie szpiegowałaś? – pyta.

Mimo wszystko oblewam się rumieńcem.

– To nie jest w tej chwili ważne, Christianie – warczę. – Fakt jest taki, że robi się nieprzyjemnie i ty biegniesz do niej.

Zaciska usta.

– To nie było tak.

– Nie interesuje mnie to.

Wyjmuję z szuflady czarne pończochy samonośne i siadam na łóżku. Delikatnie naciągam jedną pończochę.

– Gdzie byłaś? – pyta, śledząc wzrokiem moją przesuwającą się po udzie dłoń, ale ja nadal go ignoruję i powoli wkładam drugą pończochę.

Wstaję i schylam się, aby wysuszyć ręcznikiem włosy. Przez rozstawione nogi widzę jego stopy i wyczuwam na sobie intensywne spojrzenie. Kiedy kończę, prostuję się i wracam do komody, skąd biorę suszarkę.

– Odpowiedz mi. – Głos Christiana jest niski i chrapliwy.

Włączam suszarkę, więc już go nie słyszę i susząc włosy, przyglądam mu się w lustrze. Patrzy na mnie gniewnie. Odwracam wzrok, skupiając się na tym, co robię. Próbuję powstrzymać przebiegający mnie dreszcz. Przełykam ślinę i koncentruję się na suszeniu. A więc nadal jest zły. Spotyka się z tamtą przeklętą kobietą i jest zły na mnie?! Jak śmie! Kiedy moje włosy są już suche i puszyste, wyłączam suszarkę. Tak… podobają mi się.

– Gdzie byłaś? – pyta cicho lodowatym tonem.

– Czyżby cię to obchodziło?

– Ana, przestań. Natychmiast.

Wzruszam ramionami, a Christian podchodzi szybko do mnie. Usuwam mu się z drogi.

– Nie dotykaj mnie – warczę, a on zamiera.

– Gdzie byłaś? – pyta ostro. Dłonie ma zaciśnięte w pięści.

– Nie poszłam się upić ze swoim byłym. – Wszystko się we mnie gotuje. – Przespałeś się z nią?

– Co takiego?! Nie! – Patrzy na mnie i ma czelność wyglądać jednocześnie na urażonego i rozgniewanego.

Moja podświadomość wydaje westchnienie ulgi.

– Uważasz, że cię zdradziłem? – W jego głosie słychać moralne oburzenie?

– Zdradziłeś – syczę. – Zabierając swoje prywatne życie do tej kobiety i tchórzliwie jej się żaląc.

Otwiera usta.

– Tchórzliwie. A więc myślisz, że tak właśnie było? – Oczy mu płoną.

– Christianie, widziałam esemes.

– Który nie był zaadresowany do ciebie – warczy.

– Cóż, prawda jest taka, że zobaczyłam go, kiedy BlackBerry wypadł ci z marynarki, kiedy cię rozbierałam, ponieważ ty byłeś zbyt pijany, aby samemu się tym zająć. Masz pojęcie, jak bardzo mnie zraniłeś, spotykając się z tamtą kobietą?

Blednie, ale ja zdążyłam się już rozkręcić.

– Pamiętasz wczorajszy powrót do domu? Pamiętasz, co powiedziałeś?

Patrzy na mnie nierozumiejącym wzrokiem.

– Cóż, miałeś rację. Rzeczywiście wolę to bezbronne dziecko od ciebie. Tak robi każdy kochający rodzic. Tak właśnie powinna była zrobić twoja matka. I przykro mi, że tego nie zrobiła, bo wtedy może nie prowadzilibyśmy tej rozmowy. Ale ty jesteś już dorosły i musisz się zmierzyć z tym, co przynosi życie, a nie zachowywać się jak rozkapryszony nastolatek. Może i nie cieszysz się z tego dziecka. Ja też nie skaczę z radości, zważywszy na kiepskie zgranie w czasie i twoje chłodne powitanie tego nowego życia, ciała z twojego ciała. Ale albo zrobisz to ze mną, albo sama się tym zajmę. Decyzja należy do ciebie. I możesz użalać się teraz nad sobą i nienawidzić samego siebie, ale ja jadę do pracy. A kiedy wrócę, przeniosę swoje rzeczy do pokoju na górze.

Wstrząśnięty mruga powiekami.

– A teraz przepraszam, chciałabym skończyć się ubierać. – Oddycham ciężko.

Bardzo powoli Christian cofa się o krok. Twarz mu tężeje.

– Tego właśnie chcesz? – pyta cicho.

– Już sama nie wiem, czego chcę.

Mój ton jest równie lodowaty jak jego i nie jest mi łatwo udawać brak zainteresowania, kiedy zanurzam palce w słoiczku z kremem, po czym rozprowadzam go po twarzy. Przeglądam się w lustrze. Wielkie niebieskie oczy, twarz blada, ale policzki zarumienione. Świetnie ci idzie. Nie wycofaj się teraz. Nie wycofaj.

– Nie chcesz mnie? – szepcze.

O nie... o nie, nie rób tego, Grey.

– Nadal tu jestem, prawda? – warczę. Biorę do ręki tusz i maluję rzęsy.

– Myślałaś, aby odejść? – Głos ma jeszcze cichszy od szeptu.

– Kiedy twój mąż woli towarzystwo byłej kochanki, to raczej nie jest dobry znak. – Udaje mi się uchylić od odpowiedzi.

Teraz błyszczyk. Wydymam usta do kobiety w lustrze. Bądź silna, Steele... eee – Grey. Jasny gwint, nie

potrafię nawet zapamiętać swojego nazwiska. Podnoszę
z podłogi buty, siadam raz jeszcze na łóżku i wkładam,
pociągając za cholewki. Aha. Nieźle wyglądam w samej
bieliźnie i kozaczkach. Wiem. Wstaję i rzucam mu obojętne spojrzenie. Mruga, a jego oczy przesuwają się szybko i łakomie po moim ciele.

— Wiem, co robisz — mruczy, a w jego głosie pojawia
się coś ciepłego, uwodzicielskiego.

— Czyżby? — I łamie mi się głos. Nie, Ana… wytrzymaj.
Przełyka ślinę i robi krok w moją stronę. Ja się odsuwam i unoszę ręce.

— Nawet o tym nie myśl, Grey — szepczę groźnie.

— Jesteś moją żoną — mówi niebezpiecznie cicho.

— Jestem ciężarną kobietą, którą wczoraj porzuciłeś,
a jeśli mnie dotkniesz, zacznę krzyczeć na całe gardło.

Unosi z niedowierzaniem brwi.

— Ty byś krzyczała?

— Ile sił w płucach. — Mrużę oczy.

— Nikt by cię nie usłyszał — mruczy.
Spojrzenie ma intensywne i przypomina mi się nasz
poranek w Aspen. Nie. Nie. Nie.

— Próbujesz mnie nastraszyć? — pytam bez tchu, starając się zbić go z tropu.

Udaje się. Christian nieruchomieje i przełyka ślinę.

— Nie taki był mój zamiar. — Marszczy brwi.
Ledwie jestem w stanie oddychać. Jeśli mnie dotknie,
ulegnę. Wiem, jaką ma władzę nade mną i moim zdradzieckim ciałem. Wiem. Postanawiam trzymać się gniewu.

— Wypiłem drinka z kimś, z kimś kiedyś byłem blisko. Oczyściliśmy atmosferę. Nie zamierzam więcej się
z nią spotykać.

— To ty jej szukałeś?

— Na początku nie. Próbowałem zobaczyć się z Flynnem. Ale w końcu znalazłem się w jej salonie.

– I spodziewasz się, że uwierzę, iż nigdy więcej się z nią nie spotkasz? – syczę z wściekłością. – A co będzie następnym razem, kiedy przekroczę jakąś wyimaginowaną linię? Który już raz kłócimy się o to? Jakbyśmy się znajdowali na kole Iksjoma. Czy jeśli znowu nawalę, też do niej pobiegniesz?

– Nie mam zamiaru więcej się z nią spotykać – powtarza chłodno i zdecydowanie. – Elena nareszcie rozumie, co czuję.

Mrugam.

– To znaczy?

Prostuje się i przeczesuje palcami włosy, rozdrażniony i zagniewany. Milczy. Próbuję innej taktyki.

– Dlaczego z nią mogłeś rozmawiać, a ze mną nie?

– Byłem na ciebie zły. Tak jak i teraz.

– No co ty! – warczę. – Cóż, ja to dopiero jestem na ciebie zła. Zła za to, że wczoraj, kiedy tak bardzo cię potrzebowałam, ty okazałeś się taki zimny i bezduszny. Zła za to, że oskarżyłeś mnie o celowe zajście w ciążę. Zła za twoją zdradę. – Jakoś udaje mi się powstrzymać szloch.

Zaszokowany zamyka na chwilę oczy, jakbym go uderzyła w twarz. Przełykam ślinę. Uspokój się, Anastasio.

– Powinnam była więcej myśli poświęcić zastrzykom. Ale nie zrobiłam tego celowo. Ta ciąża dla mnie jest także szokiem – mówię cicho, siląc się na odrobinę grzeczności.

– Mogło być też tak, że zastrzyk nie zadziałał.

Patrzy na mnie, nic nie mówiąc.

– Wczoraj naprawdę dałeś dupy – szepczę i znowu gotuję się z gniewu. – Przez kilka ostatnich tygodni miałam naprawdę dużo na głowie.

– To ty dałaś dupy trzy albo cztery tygodnie temu. Wtedy, kiedy zapomniałaś o zastrzyku.

– Cóż, Boże broń, abym była taka idealna jak ty!

Och, przestań, przestań, przestań. Stoimy, wymieniając się gniewnymi spojrzeniami.

– Niezłe przedstawienie, pani Grey – mówi cicho.

– Cieszę się, że nawet w ciąży jestem zabawna.

Patrzy na mnie beznamiętnie.

– Muszę wziąć prysznic – burczy.

– A ja zapewniłam ci już wystarczająco dużo rozrywki.

– Doskonałej rozrywki – szepcze. Robi krok w moją stronę, ale ja znowu się cofam.

– Nie rób tego.

– Nie znoszę, kiedy nie pozwalasz mi się dotykać.

– Co za ironia, prawda?

Raz jeszcze mruży oczy.

– Nie doszliśmy za bardzo do porozumienia, no nie?

– Owszem. Z wyjątkiem tego, że wyprowadzam się z tej sypialni.

W oczach ma niebezpieczny błysk.

– Ona nic dla mnie nie znaczy.

– Nie licząc tych okazji, kiedy jej potrzebujesz.

– Nie potrzebuję jej. Potrzebuję ciebie.

– Wczoraj nie potrzebowałeś. Ta kobieta to moja granica bezwzględna, Christianie.

– Zniknęła z mojego życia.

– Chciałabym ci wierzyć.

– Na litość boską, Ana.

– Proszę, pozwól mi się ubrać.

Wzdycha i znowu przeczesuje palcami włosy.

– Do zobaczenia wieczorem – mówi głosem bez wyrazu.

I przez krótką chwilę mam ochotę wziąć go w ramiona i ukoić… Opieram się jednak pokusie, ponieważ zbyt jestem wściekła. On się odwraca i wchodzi do łazienki. Stoję jak wrośnięta w ziemię, dopóki nie zamyka za sobą drzwi.

Chwiejnym krokiem podchodzę do łóżka i osuwam się na nie. Nie musiałam się uciekać do łez, krzyków czy morderstwa, nie uległam także jego czarowi. Zasługuję na Kongresowy Medal Honoru, ale czuję się podle. Cholera. Nie doszliśmy do żadnego porozumienia. Stoimy na skraju przepaści. Czy nasze małżeństwo jest zagrożone? Dlaczego on nie rozumie, jaką głupotą i idiotyzmem było pobiegnięcie do tamtej kobiety? I co ma na myśli, mówiąc, że nigdy więcej się z nią nie spotka? Jak, u licha, mam w to uwierzyć? Zerkam na budzik – ósma trzydzieści. Cholera! Nie chcę się spóźnić. Biorę głęboki oddech.

– Runda druga zakończyła się patem, Fasolko – szepczę, klepiąc brzuch. – Możliwe, że tatuś to przegrana sprawa, ale mam nadzieję, że nie. Czemu, och, czemu zjawiłaś się tak szybko, Fasolko? A tak było dobrze. – Warga mi drży, ale biorę głęboki oddech i jakoś udaje mi się zapanować nad emocjami. – No dobra. Jedziemy do roboty.

Nie żegnam się z Christianem. Nadal jest pod prysznicem, kiedy ja i Sawyer wychodzimy. Gdy wyglądam przez przyciemnione szyby SUV-a, tracę opanowanie i z oczu zaczynają mi płynąć łzy. Mój nastrój komponuje się z szarym, ponurym niebem i ogarniają mnie złe przeczucia. W sumie nie omówiliśmy kwestii dziecka. O Fasolce wiem od niecałej doby. Christian jeszcze krócej. „Nie zna nawet twojego imienia". Głaszczę brzuch i ocieram łzy.

– Pani Grey. – Sawyer przerywa moją zadumę. – Jesteśmy na miejscu.

– Och. Dzięki, Sawyer.

– Zamierzam wyskoczyć do delikatesów. Kupić coś pani?

– Nie. Dziękuję, nie. Nie jestem głodna.

Na biurku czeka na mnie latte. Gdy do mojego nosa dociera jej zapach, żołądek wywraca mi się na drugą stronę.

– Eee... mogłabym prosić o herbatę? – Czuję zakłopotanie. Wiedziałam, że nie bez powodu nie lubiłam nigdy kawy. Jezu, śmierdzi jak diabli.

– Dobrze się czujesz, Ano?

Kiwam głową i zamykam się w gabinecie. Dzwoni BlackBerry. To Kate.

– Dlaczego Christian cię szukał? – pyta bez żadnego wstępu.

– Dzień dobry, Kate. Co słychać?

– Spadaj, Steele. Co się dzieje? – Zaczyna się Inkwizycja Katherine Kavanagh.

– Christian i ja pokłóciliśmy się, to wszystko.

– Zrobił ci krzywdę?

Przewracam oczami.

– Tak, ale nie taką, jak myślisz. – Nie mogę w tej chwili rozmawiać z Kate. Wiem, że się rozpłaczę, a taka jestem z siebie dumna, że rano się nie załamałam. – Kate, mam spotkanie. Później oddzwonię.

– Dobrze. Wszystko w porządku?

– Tak. – Nie. – Później zadzwonię, okej?

– Okej, Ana, jak chcesz. Ale pamiętaj, że możesz na mnie liczyć.

– Pamiętam – szepczę wzruszona jej słowami. Nie rozpłaczę się. Nie rozpłaczę się.

– Ray dobrze?

– Tak – mówię cicho.

– Och, Ana – szepcze.

– Przestań, proszę.

– Okej. Później pogadamy.

– Tak.

PRZEZ CAŁE PRZEDPOŁUDNIE raz na jakiś czas sprawdzam mejle, licząc na wiadomość od Christiana. Ale on milczy. Wraz z upływem kolejnych godzin uzmysławiam sobie, że w ogóle nie zamierza się ze mną kontaktować i że nadal jest wściekły. Cóż, ja też. Rzucam się w wir pracy, robiąc sobie przerwę tylko na lunch, na który zjadam kremowy serek i bajgla z łososiem. I od razu czuję się o niebo lepiej.

O piątej Sawyer i ja jedziemy do szpitala, aby odwiedzić Raya. Sawyer jest wyjątkowo czujny i troskliwy. Irytuje mnie to. Gdy zbliżamy się do pokoju Raya, pyta:

– Przynieść pani może herbatę?

– Nie, dzięki, Sawyer.

– Zaczekam na korytarzu.

Otwiera przede mną drzwi i cieszę się, że choć na chwilę mogę od niego uciec. Ray siedzi podparty poduszkami i czyta gazetę. Ogolił się, ma na sobie piżamę – wygląda jak dawny Ray.

– Hej, Annie. – Uśmiecha się. A potem rzednie mu mina.

– Och, tatusiu…

Biegnę do niego, a on, co jest zupełnie nie w jego stylu, otwiera szeroko ramiona i mocno mnie tuli.

– Annie? – szepcze. – Co się stało?

Przytula mnie mocno i całuje w głowę. A ja uzmysławiam sobie, jak rzadko w przeszłości miały miejsce takie sytuacje. Dlaczego? Dlatego właśnie tak bardzo lubię siadać Christianowi na kolanach? Po chwili wyplątuję się z objęć Raya i siadam na krześle obok łóżka. Ray marszczy z niepokojem brwi.

– Powiedz staruszkowi.

Kręcę głową. W tej chwili niepotrzebne mu moje problemy.

– Nic takiego, tato. Dobrze wyglądasz. – Ujmuję jego dłoń.

– Czuję się też dobrze, ale ta noga w gipsie cholernie mnie swędzi.

– Och, tato, tak się cieszę, że zdrowiejesz.

– Ja też, Annie. Chciałbym jeszcze pobujać wnuki na tej swędzącej nodze. Za nic nie chciałbym tego stracić.

Mrugam powiekami. Cholera. On wie? I walczę ze łzami, które pojawiają się w kącikach mych oczu.

– U ciebie i Christiana wszystko dobrze?

– Pokłóciliśmy się – szepczę. – Poradzimy sobie z tym.

Kiwa głową.

– To dobry człowiek, ten twój mąż – mówi pokrzepiająco Ray.

– Zdarza mu się. A co powiedzieli lekarze? – Nie chcę rozmawiać teraz o moim mężu, to bolesny temat.

Kiedy wracam do Escali, mojego męża nie ma.

– Christian dzwonił i mówił, że pracuje dziś do późna – informuje mnie przepraszająco pani Jones.

– Och. Dzięki za wiadomość.

Czemu sam nie mógł mi tego powiedzieć? Jezu, jego dąsanie osiągnęło zupełnie nowy poziom. Przypomina mi się kłótnia z powodu przysiąg ślubnych. Ale teraz to ja jestem stroną pokrzywdzoną.

– Co byś miała ochotę zjeść? – W oku pani Jones widać stalowy, pełen determinacji błysk.

– Makaron.

Uśmiecha się.

– Spaghetti, penne, fusilli?

– Spaghetti z pani sosem bolońskim.

– Już się robi. I Ana… powinnaś wiedzieć, że pan Grey szalał, kiedy rano myślał, że odeszłaś. Nie posiadał się z rozpaczy. – Uśmiecha się życzliwie.

Och…

Jest dziewiąta, a jego nadal nie ma. Siedzę przy biurku w bibliotece, zastanawiając się, co się z nim dzieje. Dzwonię do niego.

– Ana. – Głos ma chłodny.

– Cześć.

– Cześć – mówi.

– Wracasz do domu?

– Później.

– Jesteś w biurze?

– Tak. A gdzie miałbym być?

Z nią.

– No to ci nie przeszkadzam.

Żadne z nas się nie rozłącza, choć cisza staje się coraz bardziej krępująca.

– Dobranoc, Ano – mówi w końcu.

– Dobranoc, Christianie.

I rozłącza się.

Cholera. Wpatruję się w telefon. Nie wiem, czego mój mąż ode mnie oczekuje. Nie zamierzam dać się zastraszyć. Tak, jest wkurzony, zgoda. Ja też jestem. Ale sytuacja jest taka, a nie inna. Ja nie pobiegłam w te pędy do pedofilskiego kochanka. Chcę, żeby przyznał, iż takie zachowanie jest niedopuszczalne.

Przenoszę spojrzenie na stojący w bibliotece stół bilardowy i przypominają mi się nasze partyjki. Kładę dłoń na brzuchu. Może jest po prostu za wcześnie. Może nie ma tak być… I nawet gdy wypowiadam w myślach te słowa, moja podświadomość krzyczy: nie! Jeśli usunę tę ciążę, nigdy sobie nie wybaczę – ani Christianowi.

– Och, Fasolko, co ty narobiłaś?

Nie jestem w stanie rozmawiać z Kate. Nie jestem w stanie z nikim rozmawiać. Wysyłam jej esemesa, obiecując, że niedługo zadzwonię.

O jedenastej oczy same mi się zamykają. Zrezygnowana idę na górę do mojego dawnego pokoju. Zwijam się w kłębek pod kołdrą i w końcu tama puszcza, a ja szlocham głośno w poduszkę…

* * *

KIEDY SIĘ BUDZĘ, GŁOWĘ mam ciężką. Do środka sączy się światło jesiennego poranka. Zerkam na budzik i widzę, że jest siódma trzydzieści. Moja pierwsza myśl to „gdzie jest Christian?" Siadam i spuszczam nogi z łóżka. Na podłodze obok łóżka leży srebrnoszary krawat Christiana, mój ulubiony. Wieczorem go tu nie było. Podnoszę go i wpatruję się w niego, gładząc jedwabisty materiał. Przytulam do niego policzek. On tu był, patrząc, jak śpię. I rozbłyska we mnie iskierka nadziei.

KIEDY SCHODZĘ NA DÓŁ, PANI Jones krząta się w kuchni.
– Dzień dobry – mówi pogodnie.
– Dzień dobry. Christian? – pytam.
Mina jej rzednie.
– Już wyszedł.
– A więc wrócił na noc do domu? – Muszę się upewnić, chociaż na dowód mam jego krawat.
– Tak. – Waha się. – Ano, wybacz mi, proszę, że się wtrącam, ale nie stawiaj na nim kreski. To uparty człowiek.
Kiwam głową, a ona milknie. Jestem pewna, że moja mina dobitnie jej mówi, iż nie mam ochoty rozmawiać teraz o moim krnąbrnym mężu.

KIEDY DOCIERAM DO PRACY, sprawdzam mejle. Serce zaczyna mi walić jak młotem, kiedy widzę, że jeden jest od Christiana.

Nadawca: Christian Grey
Temat: Portland
Data: 15 września 2011, 06:45
Adresat: Christian Grey

Ano,

Lecę dzisiaj do Portland.

Muszę sfinalizować parę spraw na WSU.

Uznałem, że chciałabyś to wiedzieć.

Christian Grey
Prezes, Grey Enterprises Holdings, Inc.

Och. Łzy napływają mi do oczu. Tylko tyle? Mój żołądek wykonuje fikołka. Cholera! Będę wymiotować. Pędzę do ubikacji i zwracam śniadanie. Osuwam się na podłogę i chowam twarz w dłoniach. Po jakimś czasie rozlega się delikatne pukanie do drzwi.
— Ana? — To Hannah.
Kurwa.
— Tak?
— Wszystko w porządku?
— Zaraz stąd wyjdę.
— Przyszedł do ciebie Boyce Fox.
Cholera.
— Zaprowadź go do sali konferencyjnej. Zaraz tam przyjdę.
— Zaparzyć ci herbaty?
— Tak, poproszę.

Po lunchu — znowu kremowy serek i bajgiel z łososiem, które jakoś udaje mi się zatrzymać w żołądku — siedzę i wpatruję się apatycznie w monitor, szukając natchnienia i zastanawiając się, jak ja i Christian zamierzamy rozwiązać ten wielki problem.

Odzywa się BlackBerry, a ja aż podskakuję. Zerkam na wyświetlacz – to Mia. Jezu, tego mi tylko trzeba. Waham się, zastanawiając się, czy jej nie zignorować, ale wygrywają dobre maniery.

– Mia – witam ją pogodnie.

– Cóż, witaj, Ano, dawno się nie słyszeliśmy. – Męski głos. Znam go. Kurwa!

Całe moje ciało pokrywa gęsia skórka i czuję przypływ adrenaliny, a mój świat przestaje się obracać.

To Jack Hyde.

ROZDZIAŁ DWUDZIESTY DRUGI

– Jack. – Głos mi zanika, zdławiony strachem. Jak się wydostał z więzienia? Dlaczego ma telefon Mii? Krew odpływa mi z twarzy, w głowie mi się kręci.

– A jednak mnie pamiętasz – mówi łagodnie. Wyczuwam rozgoryczony uśmiech.

– Tak. Oczywiście. – Moja odpowiedź jest automatyczna. W głowie mam gonitwę myśli.

– Pewnie się zastanawiasz, dlaczego do ciebie dzwonię.

– Tak.

Rozłącz się.

– Nie rozłączaj się. Właśnie uciąłem sobie pogawędkę z twoją szwagiereczką.

Co takiego? Mia! Nie!

– Co jej zrobiłeś? – szepczę, próbując odsunąć od siebie strach.

– Posłuchaj, ty podpuszczalska dziwko i łowczyni posagów. Spierdoliłaś mi życie. Grey spierdolił mi życie. Jesteście mi coś winni. Jest teraz ze mną ta mała zdzira. A ty, ten kutas, za którego wyszłaś, i jego cała pierdolona rodzina zapłacicie mi.

Pogarda Hyde'a mnie szokuje. Jego rodzina? Jak to?

– Czego chcesz?

– Chcę jego pieniędzy. Naprawdę chcę tych cholernych pieniędzy. Gdyby sprawy poukładały się inaczej, to mógłbym być ja. A więc teraz ty mi je dostarczysz. Chcę pięć milionów dolarów, dzisiaj.

– Jack, nie mam dostępu do takich pieniędzy.

Prycha drwiąco.

– Daję ci dwie godziny. Tylko tyle, dwie godziny. Nie mów nikomu, inaczej ta mała dziwka popamięta. Ani glinom. Ani temu twojemu skurwysyńskiemu mężowi. Ani jego ochronie. Dowiem się, jeśli to zrobisz. Zrozumiałaś?

Próbuję odpowiedzieć, ale gardło ściska mi panika.

– Zrozumiałaś? – krzyczy.

– Tak – szepczę.

– Inaczej ją zabiję.

Chwytam głośno powietrze.

– Miej ze sobą telefon. Nikomu nie mów, inaczej najpierw ją zerżnę, a potem zabiję. Masz dwie godziny.

– Jack, potrzebuję więcej czasu. Trzy godziny. Skąd mam wiedzieć, że ją masz?

Połączenie zostaje przerwane. Wpatruję się z przerażeniem w telefon, a w ustach czuję metaliczny posmak strachu. Mia, on ma Mię. Żołądek znowu podchodzi mi do gardła. Chyba znowu będę wymiotować. Oddycham głęboko, próbując opanować panikę, i mdłości przechodzą. Przez moją głowę przelatują różne opcje. Powiedzieć Christianowi? Powiedzieć Taylorowi? Zadzwonić na policję? Skąd Jack się dowie? Czy rzeczywiście ma Mię? Potrzebuję czasu, czasu na zastanowienie się – ale w tym celu muszę postępować zgodnie z jego instrukcjami. Chwytam torebkę i ruszam do drzwi.

– Hannah, muszę wyjść. Nie jestem pewna, jak długo mnie nie będzie. Odwołaj moje popołudniowe spotkania. Powiedz Elizabeth, że wyskoczyło mi coś nagłego.

– Jasne. Wszystko w porządku? – Hannah marszczy brwi, a na jej twarzy maluje się niepokój.

– Tak! – wołam przez ramię, pędząc w stronę recepcji, gdzie czeka Sawyer.

– Sawyer. – Zrywa się z fotela na dźwięk mego głosu i marszczy brwi, gdy widzi moją minę.

– Nie czuję się dobrze. Zawieź mnie, proszę, do domu.

– Oczywiście, proszę pani. Chce pani zaczekać tutaj, nim przyprowadzę samochód?

– Nie, pójdę z tobą. Chcę jak najszybciej znaleźć się w domu.

Z PRZERAŻENIEM WYGLĄDAM PRZEZ szybę, układając w głowie plan. Jechać do domu. Przebrać się. Znaleźć książeczkę czekową. Jakimś cudem uciec Ryanowi i Sawyerowi. Jechać do banku. Cholera, ile miejsca zajmie pięć milionów dolarów? Ile będzie ważyć? Będę potrzebować walizki? Powinnam uprzedzić bank? Mia. Mia. A jeśli on nie ma Mii? Jak mogę to sprawdzić? Jeśli zadzwonię do Grace, wzbudzi to jej podejrzenie i niewykluczone, że narazi Mię na niebezpieczeństwo. Mówił, że się dowie. Zerkam przez tylną szybę SUV-a. Ktoś nas śledzi? Serce wali mi jak młotem, gdy uważnie się przyglądam jadącym za nami samochodom. Wszystkie wydają się niegroźne. Och, Sawyer, jedź szybciej. Proszę. Nasze spojrzenia krzyżują się w lusterku wstecznym i widzę, że marszczy brwi.

Sawyer wciska guzik w bezprzewodowej słuchawce, aby odebrać telefon.

– T... Chciałem dać ci znać, że pani Grey jest ze mną. – Nasze spojrzenia jeszcze raz się krzyżują. – Nie czuje się najlepiej. Wiozę ją z powrotem do Escali... Rozumiem... Dobrze. – Jeszcze raz zerka na mnie. – Tak – mówi i się rozłącza.

– Taylor? – szepczę.

Kiwa głową.

– Jest z panem Greyem?

– Tak, proszę pani. – W jego głosie słychać współczucie.
– Nadal są w Portland?
– Tak, proszę pani.
To dobrze. Muszę zapewnić bezpieczeństwo Christianowi. Moja dłoń wędruje do brzucha. I tobie, Fasolko.
– Możemy się pospieszyć? Nie czuję się dobrze.
– Tak, proszę pani. – Sawyer dociska pedał gazu i nasz samochód mknie ulicą.

KIEDY DOCIERAMY DO MIESZKANIA, pani Jones w nim nie ma. Zniknął jej samochód, więc zakładam, że pojechała z Ryanem po sprawunki. Sawyer idzie do gabinetu Taylora, a tymczasem ja pędzę do gabinetu Christiana. Dobiegam w panice do biurka, pociągam za szufladę i znajduję książeczki czekowe. Moje spojrzenie zatrzymuje się na broni Leili. I natychmiast ogarnia mnie irytacja na Christiana, że jej nie zabezpieczył. W ogóle się nie zna na broni. Jezu, mógł sobie zrobić krzywdę.
Po chwili wahania wyjmuję pistolet, sprawdzam, czy jest naładowany, i wsuwam go za pasek czarnych spodni. Może mi się przyda. Przełykam ślinę. Trenowałam tylko na strzelnicy. Nigdy nie strzelałam do człowieka. Mam nadzieję, że Ray mi wybaczy.
Skupiam się na znalezieniu właściwej książeczki czekowej. Jest ich pięć, a tylko jedna na nazwiska C. Grey i A. Grey. Na swoim rachunku mam mniej więcej pięćdziesiąt cztery tysiące. Nie mam pojęcia, ile jest na tym. Ale Christian na pewno ma pięć milionów. A może są w sejfie? Cholera. Nie znam szyfru. Nie wspominał kiedyś, że znajduje się on w jego szafce z dokumentami? Sprawdzam, ale jest zamknięta. Jasny gwint. Będę musiała trzymać się planu A.
Biorę głęboki oddech i nieco spokojniej udaję się do naszej sypialni. Łóżko zostało pościelone i przez chwilę

czuję ból. Może powinnam tu spać zeszłej nocy. Jaki jest sens kłócić się z kimś, kto sam przyznaje, że ma pięćdziesiąt odcieni? A teraz się do mnie nie odzywa. Nie – nie mam czasu, aby o tym myśleć.

Szybko się przebieram w dżinsy i bluzę z kapturem, a stopy wsuwam w adidasy. Za pasek dżinsów wkładam broń. Z szafy wyjmuję duży worek marynarski. Zmieści się do niego pięć milionów dolarów? Na podłodze stoi torba sportowa Christiana. Otwieram ją, spodziewając się znaleźć w niej brudne ciuchy, ale nie – jego strój sportowy jest czysty i świeży. Pani Jones rzeczywiście myśli o wszystkim. Wyrzucam zawartość na podłogę i upycham torbę do worka. To powinno wystarczyć. Sprawdzam, czy mam przy sobie prawo jazdy i zerkam na zegarek. Od telefonu Jacka minęło trzydzieści jeden minut. Teraz muszę jedynie wymknąć się niepostrzeżenie z Escali.

Powoli i cicho udaję się do holu. Wiem, że w windzie zamontowana jest kamera. Myślę, że Sawyer nadal jest w gabinecie Taylora. Ostrożnie otwieram drzwi, starając się to robić jak najciszej. Zamykam je za sobą i staję na progu, opierając się o drzwi, poza zasięgiem kamery. Wyjmuję z torebki telefon i dzwonię do Sawyera.

– Pani Grey.

– Sawyer, jestem w pokoju na górze, mógłbyś mi w czymś pomóc? – mówię cicho, wiedząc, że dzieli nas zaledwie korytarz.

– Już idę, proszę pani – odpowiada i w jego głosie słyszę konsternację. Nigdy dotąd nie dzwoniłam do niego po pomoc.

Serce mam w gardle, bije w szaleńczym rytmie. Czy to się uda? Rozłączam się i słyszę jego kroki, najpierw na korytarzu i dalej na schodach. Biorę kolejny głęboki, uspokajający oddech. Cóż za ironia, że z własnego domu muszę się wymykać jak przestępca.

Kiedy Sawyer jest już na górze, biegnę do windy i wciskam guzik przywołujący. Drzwi rozsuwają się ze zbyt głośnym brzdękiem sygnalizującym gotowość kabiny. Wbiegam do niej i gorączkowo wciskam guzik oznaczający garaż podziemny. Po koszmarnie długiej chwili drzwi powoli zaczynają się zasuwać. Słyszę krzyk Sawyera.

– Pani Grey! – W chwili, gdy się zamykają, on wbiega do holu. – Ana! – woła z niedowierzaniem. Ale jest już za późno.

Winda zjeżdża bezszelestnie do garażu. Mam nad Sawyerem ze dwie minuty przewagi i wiem, że będzie próbował mnie powstrzymać. Zerkając tęsknie na swoje R8, pędzę do saaba, otwieram drzwi, rzucam worek na fotel pasażera i siadam za kierownicą.

Przekręcam kluczyk w stacyjce i z piskiem opon pędzę do bramki. I czekam jedenaście koszmarnie długich sekund, aż się podniesie szlaban. Gdy wyjeżdżam, we wstecznym lusterku dostrzegam wybiegającego z windy przemysłowej Sawyera. Prześladuje mnie jego mina pełna zdumienia i urazy. Wyjeżdżam na Fourth Avenue.

Wypuszczam długo wstrzymywane powietrze. Wiem, że Sawyer zadzwoni do Christiana albo Taylora, ale zajmę się tym później, kiedy będę musiała – teraz nie mam na to czasu. W głębi duszy wiem, że Sawyer najpewniej stracił posadę, i źle się czuję z tą świadomością. Nie myśl teraz o tym. Muszę uratować Mię. Muszę dostać się do banku i zabrać stamtąd pięć milionów dolarów. Zerkam w lusterko wsteczne, nerwowo wyczekując widoku wyjeżdżającego z garażu SUV-a, ale na razie ani śladu Sawyera.

BUDYNEK BANKU JEST elegancki, nowoczesny i powściągliwy w formie. Przyciszone głosy, podłogi, od których odbija się echo, i jasnozielone szkło. Podchodzę do informacji.

– W czym mogę pani pomóc? – Młoda kobieta posyła mi pogodny, nieszczery uśmiech i przez chwilę żałuję, że się przebrałam w dżinsy.

– Chciałabym wypłacić dużą kwotę.

Pani Nieszczery Uśmiech unosi jeszcze bardziej nieszczerą brew.

– Ma pani u nas rachunek? – W jej głosie słychać nutkę sarkazmu.

– Tak – warczę. – Mamy tu z mężem kilka rachunków. Na nazwisko Christian Grey.

Jej oczy rozszerzają się lekko i nieszczerość ustępuje miejsca szokowi. Raz jeszcze lustruje mnie wzrokiem, tym razem z niedowierzaniem i respektem.

– Tędy, proszę pani – mówi cicho i prowadzi mnie do niewielkiego, skromnie umeblowanego gabinetu ze ścianami z zielonego szkła. – Proszę spocząć. – Pokazuje na czarne skórzane krzesło stojące obok szklanego biurka z supernowoczesnym komputerem i telefonem. – Jaką kwotę chce pani dzisiaj wypłacić, pani Grey? – pyta grzecznie.

– Pięć milionów dolarów. – Patrzę jej przy tym prosto w oczy, jakbym codziennie prosiła o taką ilość gotówki.

Blednie.

– Rozumiem. Poproszę kierownika. Och, proszę mi wybaczyć to pytanie, ale czy ma pani jakiś dowód tożsamości?

– Tak. Ale chciałabym rozmawiać z kierownikiem.

– Oczywiście, pani Grey. – Wychodzi szybko.

Siadam na krześle i nie dość, że zbiera mi się na mdłości, to jeszcze broń wbija mi się boleśnie w plecy. Nie teraz. Nie mogę wymiotować w tej chwili. Biorę głęboki oddech i mdłości mijają. Nerwowo zerkam na zegarek. Dwadzieścia pięć po drugiej.

Do gabinetu wchodzi pan w średnim wieku. Łysieje, ale ma elegancki, drogi grafitowy garnitur i pasujący do niego krawat. Wyciąga dłoń.

– Pani Grey. Jestem Troy Whelan. – Uśmiecha się, wymieniamy uścisk dłoni, a potem on siada za biurkiem naprzeciwko mnie. – Wiem od pracownicy, że chce pani wypłacić dużą kwotę.

– Zgadza się. Pięć milionów dolarów.

Wystukuje na klawiaturze komputera kilka liczb.

– Zazwyczaj prosimy o uprzedzanie nas o takich wypłatach. – Urywa i posyła mi uspokajający, ale wyniosły uśmiech. – Na szczęście przechowujemy u siebie rezerwę gotówki dla całego Wybrzeża Północno-Zachodniego – chełpi się.

Jezu, czy on mi próbuje zaimponować?

– Panie Whelan, spieszę się. Co muszę zrobić? Mam przy sobie prawo jazdy i naszą wspólną książeczkę czekową. Mam po prostu wypisać czek?

– Wszystko po kolei, pani Grey. Mogę zobaczyć prawo jazdy? – Z jowialnego pozera zmienia się w poważnego bankowca.

– Proszę.

– Pani Grey... tu jest napisane Anastasia Steele.

Cholera.

– Och... tak.

– Zadzwonię do pana Greya.

– O nie, to nie będzie konieczne. – Cholera! – Na pewno mam coś z właściwym nazwiskiem. – Przekopuję się przez torebkę. Co mogę mieć, na czym by widniało moje nazwisko? Wyjmuję portfel, otwieram go i znajduję nasze zdjęcie, na łóżku w kajucie *Fair Lady*. Nie mogę mu tego pokazać! Wyciągam kartę kredytową Amex. – Proszę.

– Pani Anastasia Grey – czyta Whelan. – Tak, to wystarczy. – Marszczy brwi. – To jest mocno nieregulaminowa sytuacja, pani Grey.

– Czy mam przekazać mężowi, że pański bank nie chciał się wykazać wolą współpracy? – Prostuję się i obdarzam go swoim najbardziej nieprzystępnym spojrzeniem.

Przez chwilę milczy, chyba na nowo mnie oceniając.

– Będzie pani musiała wypisać czek, pani Grey.

– Oczywiście. Ten rachunek? – Pokazuję mu książeczkę czekową, starając się poskromić szaleńcze bicie serca.

– Zgadza się. Będzie także pani musiała wypełnić kilka dodatkowych dokumentów. A teraz przepraszam na chwilę.

Wychodzi z gabinetu. Znowu wypuszczam wstrzymywane powietrze. Nie sądziłam, że to się okaże takie trudne. Niezdarnie otwieram książeczkę i wyjmuję z torby pióro. Czy mam po prostu wpisać kwotę? Nie mam pojęcia. Trzęsącymi się palcami piszę: „Pięć milionów dolarów. 5.000.000 $".

O Boże, mam nadzieję, że dobrze robię. Mia, myśl o Mii. Nie mogę nikomu nic powiedzieć.

Prześladują mnie odrażające słowa Jacka: „Nie mów nikomu, inaczej najpierw ją zerżnę, a później zabiję".

Wraca pan Whelan, pobladły i zmieszany.

– Pani Grey? Pani mąż chce z panią rozmawiać – mówi i pokazuje na stojący na szklanym biurku telefon.

Co takiego? Nie.

– Jest na linii numer jeden. Proszę jedynie wcisnąć odpowiedni guzik. Zaczekam na zewnątrz.

Ma na tyle przyzwoitości, że wygląda na zażenowanego. Benedict Arnold to w porównaniu z Whelanem niewiniątko. Krew odpływa mi z twarzy.

Cholera! Cholera! Cholera! Co mam powiedzieć Christianowi? Domyśli się. Będzie interweniował. Narazi siostrę na niebezpieczeństwo. Drży mi dłoń, gdy sięgam po słuchawkę. Przykładam ją do ucha, starając się uspokoić szaleńczy oddech, i wciskam jedynkę.

– Cześć – mówię cicho, usiłując opanować nerwy.

– Odchodzisz ode mnie? – Słowa Christiana to pełen udręki szept.

Słucham?

– Nie! – Mój głos idealnie pasuje do jego głosu. O nie. O nie. O nie, jak może tak myśleć? Pieniądze? Dlatego myśli, że odchodzę? I wtedy uzmysławiam sobie, że jedyny sposób na utrzymanie Christiana na dystans i uratowanie jego siostry… to kłamstwo. – Tak – szepczę. I przeszywa mnie włócznia bólu, a do oczu napływają łzy.

– Ana, ja… – łamie mu się głos.

Nie! Dłonią zakrywam usta, próbując zdusić sprzeczne emocje.

– Christianie, proszę. – Walczę ze łzami.

– Odchodzisz? – pyta.

– Tak.

– Ale dlaczego pieniądze? Zawsze ci o nie chodziło? – Jego pełen udręki głos jest ledwie słyszalny.

Nie! Łzy spływają mi po policzkach.

– Nie – szepczę.

– Pięć milionów wystarczy?

Och, błagam przestań!

– Tak.

– A dziecko? – pyta bez tchu.

Co? Moja dłoń wędruje z ust na brzuch.

– Zaopiekuję się dzieckiem – mówię cicho. Moja Fasolka… nasza Fasolka.

– Tego właśnie pragniesz?

Nie!

– Tak.

Bierze głośny oddech.

– Weź wszystko – syczy.

– Christianie – szlocham. – To dla ciebie. Dla twojej rodziny. Proszę.

– Weź wszystko, Anastasio.

– Christianie… – I niemal się uginam. Niemal mu mówię: o Jacku, o Mii, o okupie. Zaufaj mi, proszę! Błagam go w duchu.

– Zawsze będę cię kochać. – Głos ma schrypnięty. Rozłącza się.

– Christianie! Nie… ja też cię kocham.

I cała ta głupia kłótnia, ciągnąca się za nami od kilku dni, traci znaczenie. Obiecałam, że nigdy go nie opuszczę. I nie opuszczam. Ratuję twoją siostrę. Chowam twarz w dłoniach i zalewam się łzami.

Przerywa mi nieśmiałe pukanie do drzwi. Wchodzi Whelan, choć nie odezwałam się ani słowem. Patrzy wszędzie, tylko nie na mnie. Jest mocno zażenowany.

Zadzwoniłeś do niego, ty draniu! Piorunuję go wzrokiem.

– Pani mąż zgodził się zlikwidować lokaty warte pięć milionów dolarów, pani Grey. To mocno niezgodne z regulaminem, ale jako nasz główny klient… nalegał… mocno nalegał. – Milknie i jego policzki czerwienieją. Następnie marszczy brwi i nie wiem, czy to z powodu niezgodności z przepisami, czy też Whelan nie wie, jak sobie radzić z kobietą, która szlocha w jego gabinecie.

– Dobrze się pani czuje? – pyta.

– A dobrze wyglądam? – warczę.

– Przepraszam, proszę pani. Może wody?

Kiwam ponuro głową. Właśnie odeszłam od męża. Cóż, przynajmniej Christian tak myśli. Moja podświadomość zasznuruje usta. „Ponieważ to właśnie mu powiedziałaś".

– Moja pracownica przyniesie wodę, a tymczasem ja przygotuję pieniądze. Gdyby mogła złożyć tu pani podpis… i na czeku także.

Kładzie na stole jakiś dokument. Składam podpis najpierw na wykropkowanej linii na dole czeku, a potem na dokumencie. Anastasia Grey. Łzy kapią na biurko.

– Wezmę to, proszę pani. Przygotowanie pieniędzy zajmie nam mniej więcej pół godziny.

Szybko zerkam na zegarek. Jack dał mi dwie godziny – powinnam zdążyć. Kiwam głową do Whelana, a on na paluszkach wychodzi z gabinetu, zostawiając mnie sam na sam z moim smutkiem.

Kilka chwil, minut, godzin później – nie wiem – wchodzi Panna Nieszczery Uśmiech z karafką z wodą i szklanką.

– Pani Grey – mówi cicho, po czym stawia je na biurku i nalewa mi wody.

– Dziękuję.

Biorę szklankę i piję z wdzięcznością. Kobieta wychodzi, zostawiając mnie z mymi poplątanymi, przerażonymi myślami. Jakoś naprawię wszystko między mną a Christianem... jeśli nie jest na to za późno. Przynajmniej na razie da mi spokój. W tej chwili muszę się skoncentrować na Mii. A jeśli Jack kłamie? A jeśli wcale jej nie ma? Z pewnością mogłabym zadzwonić na policję.

„Nikomu nie mów, inaczej najpierw ją zerżnę, a potem zabiję". Nie mogę. Opadam na oparcie, czując pokrzepiającą obecność pistoletu Leili. Kto by pomyślał, że kiedyś pobłogosławię chwilę, gdy Leila trzymała mnie na muszce? Och, Ray, tak bardzo się cieszę, że nauczyłeś mnie strzelać.

Ray! Wieczorem będzie na mnie czekał. Może zdołam po prostu zostawić te pieniądze Jackowi. Może sobie uciec, a ja zabiorę Mię do domu. Och, to brzmi niedorzecznie!

Dzwoni mój telefon. *Your Love Is King*. O nie! Czego Christian chce? Sypać sól na moje rany?

„Zawsze chodziło ci o pieniądze?"

Och, Christianie – jak mogłeś tak pomyśleć? Rodzi się we mnie gniew. Tak, gniew. To pomaga. Włącza się poczta głosowa. Później zajmę się mężem.

Rozlega się pukanie do drzwi.

– Pani Grey. – To Whelan. – Pieniądze czekają.

– Dziękuję. – Wstaję i czuję, że kręci mi się w głowie. Chwytam za oparcie krzesła.

– Pani Grey, dobrze się pani czuje?

Kiwam głową i groźnym wzrokiem każę mu się odczepić. Biorę jeszcze jeden głęboki, uspokajający oddech. Muszę to zrobić. Muszę to zrobić. Muszę uratować Mię. Obciągam bluzę, zakrywając pistolet.

Pan Whelan marszczy brwi, ale przytrzymuje mi drzwi, a ja wychodzę. Trzęsą mi się nogi.

Przy wejściu czeka Sawyer, przeczesując spojrzeniem hol. Cholera! Nasze spojrzenia się krzyżują i próbuje wybadać moją reakcję. Och, jest wkurzony. Unoszę palec wskazujący w geście mówiącym, że zaraz przyjdę. Kiwa głową i odbiera telefon. Cholera! Założę się, że to Christian. Odwracam się na pięcie, niemal zderzając się z panem Whelanem, i wpadam z powrotem do niewielkiego gabinetu.

– Pani Grey? – W głosie Whelana słychać konsternację.

Sawyer może mi zepsuć cały plan.

– Jest tam ktoś, z kim nie chcę się spotkać – mówię do Whelana. – Ktoś mnie śledzi.

Jego oczy robią się wielkie jak spodki.

– Mam zadzwonić na policję?

– Nie! – Kurwa mać, nie. I co ja mam teraz zrobić? Zerkam na zegarek. Już prawie kwadrans po trzeciej. Jack może zadzwonić w każdej chwili. Myśl, Ana, myśl! Whelan przygląda mi się z rosnącą desperacją i oszołomie-

niem. Pewnie myśli, że jestem stuknięta. „Jesteś stuknięta"
– warczy moja podświadomość.

– Muszę zadzwonić. Mógłby mnie pan na chwilę
zostawić?

– Naturalnie – odpowiada Whelan i chyba się cieszy,
że może stąd wyjść. Kiedy zamyka za sobą drzwi, drżącymi palcami wystukuję numer Mii.

– O, dzwoni moja wypłata – mówi pogardliwie Jack.
Nie mam czasu na te bzdury.

– Mam problem.

– Wiem. Ochroniarz przyszedł za tobą do banku.

Co?! Skąd on to, u licha, wie?

– Będziesz musiała go zgubić. Na tyłach banku czeka
samochód. Czarny SUV, dodge. Masz trzy minuty, żeby
do niego dotrzeć.

Dodge!

– To może mi zająć więcej niż trzy minuty. – Serce
raz jeszcze podchodzi mi do gardła.

– Jesteś bystra, jak na łowiącą posagi dziwkę, Grey.
Coś wymyślisz. I kiedy dotrzesz do samochodu, wyrzuć
swój telefon. Rozumiesz, suko?

– Tak.

– Powiedz to! – warczy.

– Rozumiem.

Rozłącza się.

Cholera! Otwieram drzwi i widzę, że Whelan cierpliwie czeka.

– Panie Whelan, będzie mi potrzebna pomoc w za-
niesieniu toreb do auta. Jest zaparkowane na tyłach banku. Macie tu tylne wyjście?

Marszczy brwi.

– Mamy, tak. Dla pracowników.

– Możemy z niego skorzystać? Uniknęłabym wtedy
niepotrzebnego zamieszania przy głównym wejściu.

– Jak sobie pani życzy, pani Grey. Każę dwóm pracownikom zanieść torby. I dam wam dwóch ochroniarzy. Proszę za mną.

– Mam jeszcze jedną prośbę.

– Zamieniam się w słuch, pani Grey.

DWIE MINUTY PÓŹNIEJ moja świta i ja znajdujemy się na ulicy, kierując się w stronę dodge'a. Szyby są przyciemniane i nie widzę, kto siedzi za kółkiem. Ale gdy się zbliżamy, drzwi od strony kierowcy otwierają się i z samochodu wysiada ubrana na czarno kobieta. Na głowie ma czarną bejsbolówkę. Elizabeth z redakcji! Otwiera bagażnik. Dwóch młodych pracowników banku wkłada tam ciężkie torby.

– Pani Grey. – Ma czelność uśmiechnąć się, jakbyśmy się wybierały na miłą przejażdżkę.

– Elizabeth. – Moje powitanie jest lodowate. – Miło cię widzieć poza redakcją.

Pan Whelan odkasłuje.

– Cóż, to było interesujące popołudnie, pani Grey – mówi.

Muszę uścisnąć mu dłoń i podziękować, gdy tymczasem w mojej głowie panuje gonitwa myśli. Elizabeth? A co ona ma wspólnego z Jackiem? Whelan i jego ekipa wracają do banku, zostawiając mnie samą z kierowniczką działu kadr SIP, która jest zamieszana w porwanie, wymuszenie i możliwe, że jeszcze kilka innych przestępstw. Dlaczego?

Elizabeth otwiera tylne drzwi i wpuszcza mnie do auta.

– Telefon, pani Grey? – mówi, obserwując mnie czujnie. Podaję go jej, a ona wrzuca go do pobliskiego kosza na śmieci.

– To zmyli pościg – mówi z zadowoleniem.

Kim jest ta kobieta? Elizabeth zatrzaskuje moje drzwi i siada za kierownicą. Oglądam się nerwowo za siebie, kiedy włącza się do ruchu, kierując się na wschód. Nigdzie nie widać Sawyera.

– Elizabeth, masz pieniądze. Zadzwoń do Jacka. Każ mu wypuścić Mię.

– Chyba chce pani podziękować osobiście.

Cholera! Nasze spojrzenia krzyżują się w lusterku wstecznym i patrzę na nią gniewnie.

Blednie i marszczy z niepokojem czoło.

– Dlaczego to robisz, Elizabeth? Sądziłam, że nie lubisz Jacka.

Zerka na mnie raz jeszcze i przez chwilę w jej oczach widać ból.

– Ana, wszystko będzie dobrze, ale trzymaj buzię na kłódkę.

– Ale ty nie możesz tego robić. To jest złe.

– Cicho – mówi, ale wyczuwam w niej niepewność.

– Ma na ciebie jakiś haczyk? – pytam.

Wciska hamulec, a ja lecę do przodu, uderzając twarzą o zagłówek przy przednim siedzeniu.

– Kazałam ci być cicho – warczy. – I sugeruję, abyś zapięła pasy.

I w tej chwili wiem już, że rzeczywiście tak jest. Coś tak paskudnego, że jest gotowa łamać dla niego prawo. Ciekawe, co to takiego? Kradzież w pracy? Coś z jej życia prywatnego? Coś natury seksualnej? Wzdrygam się na tę myśl. Christian mówił, że żadna z asystentek Jacka nie chce puścić pary z ust. Być może z nimi jest tak samo, jak z Elizabeth. Dlatego właśnie ze mną też chciał się pieprzyć. Żółć podchodzi mi do gardła.

Elizabeth opuszcza centrum Seattle i kieruje się ku wzgórzom we wschodniej części miasta. Chwilę później jedziemy przez dzielnicę mieszkalną. Dostrzegam nazwę jednej z ulic: SOUTH IRVING STREET. Skręca w lewo w boczną, wyludnioną uliczkę, gdzie po jednej stronie znajduje się zniszczony plac zabaw, a po drugiej wielki betonowy parking. Po jego obu stronach widać rzędy niskich, opuszczonych budynków z cegły. Elizabeth wjeżdża na parking i zatrzymuje się przed jednym z budynków.

Odwraca się do mnie.

– Czas na przedstawienie – mówi cicho.

Ze strachu swędzi mnie skóra na głowie, a w moim ciele buzuje adrenalina.

– Nie musisz tego robić – szepczę w odpowiedzi.

Usta zaciska w cienką ponurą linię i wysiada z samochodu.

To dla Mii. To dla Mii. Szybko się modlę: proszę, niech nic jej nie będzie, proszę, niech nic jej nie będzie.

– Wysiadaj – warczy Elizabeth, otwierając drzwi.

Cholera. Gdy wychodzę z auta, nogi tak mi się trzęsą, że zastanawiam się, czy dam radę stać. Chłodny popołudniowy wietrzyk niesie ze sobą zapach nadchodzącej jesieni.

– Kogoż my tu mamy… – W drzwiach budynku pojawia się Jack. Ma krótkie włosy. Zdjął kolczyki i ma na sobie garnitur. Garnitur? Idzie w moją stronę, emanując arogancją i nienawiścią. Serce mi przyspiesza.

– Gdzie Mia? – jąkam się. W ustach mam tak sucho, że ledwie jestem w stanie mówić.

– Najpierw sprawy najważniejsze, suko – prycha, zatrzymując się przede mną. Praktycznie czuję jego pogardę. – Kasa?

Elizabeth otwiera bagażnik i zagląda do toreb.

– Jest tu naprawdę wielka kupa forsy – mówi z podziwem, otwierając i zamykając je po kolei.

– A jej telefon?

– W koszu.

– Dobrze – warczy Jack i nagle uderza mnie mocno w twarz. Ten mocny, niespodziewany cios mnie przewraca. Z głuchym odgłosem moja głowa uderza w beton. Eksploduje w niej ból, oczy napełniają się łzami i prawie nic nie widzę. W czaszce czuję koszmarne pulsowanie.

W duchu krzyczę z bólu i przerażenia. O nie – Fasolka. Jack na tym nie poprzestaje. Kopie mnie mocno w żebra, a siła uderzenia pozbawia me płuca całego powietrza. Zaciskając mocno powieki, walczę z mdłościami i bólem, walczę o cenny oddech. Fasolka, Fasolka, och, moja mała Fasolka…

– To za SIP, ty popierdolona suko! – krzyczy Jack.

Podciągam kolana, zwijając się w kłębek i oczekując kolejnego ciosu. Nie! Nie! Nie!

– Jack! – piszczy Elizabeth. – Nie tutaj. Nie na środku ulicy, na litość boską!

– Ta suka na to zasługuje! – odpowiada wzgardliwie.

A ja mam jedną cenną sekundę, aby sięgnąć do tyłu i wyjąć zza paska broń. Drżącymi rękami celuję w Jacka, pociągam za spust i strzelam. Kula trafia go tuż nad kolanem. Przewraca się, krzycząc z bólu. Trzyma się za udo, a jego palce czerwienieją od krwi.

– Kurwa! – ryczy.

Odwracam się do Elizabeth. Patrzy na mnie z przerażeniem i unosi ręce. Obraz się zamazuje… zbliża się ciemność. Cholera… Ona stoi na końcu tunelu. Ogarnia ją ciemność. Ogarnia mnie. I nagle gdzieś daleko robi się zamieszanie. Pisk opon… hamulce… drzwi… krzyki… bieganie… kroki. Broń wypada mi z dłoni.

– Ana! – Głos Christiana… Głos Christiana… Przerażony głos Christiana. Mia… ratujcie Mię.

– ANA!

Ciemność… spokój.

ROZDZIAŁ DWUDZIESTY TRZECI

Wszystko boli. Głowa, klatka piersiowa... nie czuję nic prócz palącego bólu. Bok, ręka. Ból. Ból, mrok i ściszone głosy. Gdzie ja jestem? Choć naprawdę się staram, nie jestem w stanie otworzyć oczu. Szeptane słowa stają się wyraźniejsze... to latarnia morska w moich ciemnościach.

– Ma potłuczone żebra, panie Grey, i włoskowate pęknięcie czaszki, ale parametry życiowe ma stabilne i dobre.

– Dlaczego nadal jest nieprzytomna?

– Pani Grey doznała ciężkiego urazu głowy. Ale mózg funkcjonuje normalnie i nie ma żadnego obrzęku. Obudzi się, kiedy będzie gotowa. Proszę jej dać trochę czasu.

– A dziecko? – Te słowa są pełne udręki.

– Dziecku nic się nie stało, panie Grey.

– Och, dzięki Bogu. – Te słowa są litanią... modlitwą. – Och, dzięki Bogu.

O rety. Martwi się o dziecko... dziecko?... Fasolka. No tak. Moja Fasolka. Bezskutecznie próbuję przyłożyć dłoń do brzucha. Żadnego ruchu, żadnej reakcji.

„A dziecko?... Och, dzięki Bogu".

Mała Fasolka jest bezpieczna.

„A dziecko?... Och, dzięki Bogu".

Zależy mu na dziecku.

„A dziecko?... Och, dzięki Bogu".

Chce tego dziecka. Och, dzięki Bogu. Rozluźniam się i raz jeszcze tracę przytomność, dzięki czemu nie czuję bólu.

Wszystko jest ciężkie i obolałe: ręce, nogi, głowa, powieki, nic się nie rusza. Oczy i usta mam zamknięte, nie chcą się otworzyć. Gdy wynurzam się z mgły, dźwięki stają się głosami.

– Nie zostawię jej.

Christian! Jest tutaj... Bardzo pragnę się obudzić – jego głos jest pełen bólu, to udręczony szept.

– Christianie, powinieneś się przespać.

– Nie, tato. Chcę tu być, kiedy się obudzi.

– Ja z nią posiedzę. Przynajmniej tyle mogę zrobić po tym, jak uratowała moją córkę.

Mia!

– A co z Mią?

– Jest zamroczona... przerażona i wściekła. Dopiero za kilka godzin Rohypnol przestanie działać.

– Chryste.

– Wiem. Czuję się jak kompletny idiota, że ustąpiłem jej w kwestii ochrony. Ostrzegałeś mnie, ale Mia potrafi być uparta. Gdyby nie Ana...

– Wszyscy myśleliśmy, że Hyde'em nie ma się już co przejmować. A moja szalona, głupia żona... Czemu mi nie powiedziała? – Głos Christiana pełen jest cierpienia.

– Christianie, uspokój się. Ana to niezwykła młoda kobieta. Zachowała się niewiarygodnie odważnie.

– Odważna, uparta i głupia. – Głos mu się łamie.

– Hej – mówi cicho Carrick – nie bądź dla niej surowy, ani dla siebie, synu... Lepiej wrócę już do twojej mamy. Jest trzecia w nocy, Christianie. Naprawdę powinieneś się przespać.

Wokół mnie zamyka się mgła.

* * *

MGŁA SIĘ PODNOSI, ALE JA NIE mam poczucia czasu.

– Jeśli nie przełożysz jej przez kolano, ja to zrobię.
Co ona, u licha, sobie myślała?

– Uwierz mi, Ray, możliwe, że to zrobię.

Tato! Jest tutaj. Walczę z mgłą… walczę… Ale raz
jeszcze spadam w nicość. Nie…

– DETEKTYWIE, JAK PAN WIDZI, MOJA ŻONA nie jest
w stanie odpowiedzieć na pańskie pytania. – Christian
jest zły.

– To uparta młoda kobieta, panie Grey.

– Szkoda, że nie zabiła tego skurwiela.

– Dla mnie to by oznaczało więcej papierkowej
roboty, panie Grey… Panna Morgan śpiewa jak przy-
słowiowy kanarek. Hyde to naprawdę porąbany sukinsyn. Żywi ogromną urazę do pana ojca i pana, panie
Grey…

Mgła otacza mnie raz jeszcze i coś ciągnie mnie
w dół… w dół. Nie!

– JAK TO NIE ROZMAWIALIŚCIE ze sobą? – To Grace.

W jej głosie słychać gniew. Próbuję ruszyć głową, ale
napotykam opór.

– Co zrobiłeś?

– Mamo…

– Christianie! Co zrobiłeś?

– Byłem taki rozgniewany. – To niemal szloch… Nie.

– Hej…

Słowo to wynurza się i staje się niewyraźne, a ja znowu odpływam.

* * *

Słyszę ciche głosy.

– Mówiłeś mi, że zerwałeś wszelkie kontakty. – To mówi Grace.

– Wiem. – Christian wydaje się zrezygnowany. – Ale kiedy w końcu się z nią spotkałem, zobaczyłem wszystko z właściwej perspektywy. No wiesz... z dzieckiem. Po raz pierwszy poczułem... To, co robiliśmy... było złe.

– To, co ona robiła, skarbie... Z dziećmi tak już jest. Dzięki nim postrzegasz świat w innym świetle.

– W końcu do niej dotarło... i do mnie też... zraniłem Anę – szepcze.

– Zawsze ranimy tych, których kochamy. Będziesz ją musiał przeprosić. I dać jej czas.

– Powiedziała, że ode mnie odchodzi.

Nie. Nie. Nie!

– Uwierzyłeś jej?

– Na początku tak.

– Kochanie, zawsze widzisz w każdym to, co najgorsze, w sobie również. Masz tak od zawsze. Ana bardzo cię kocha i to oczywiste, że ty kochasz ją.

– Była na mnie wściekła.

– A dziwisz się jej? W tej chwili ja też jestem na ciebie zła. Myślę, że można się wściekać tak naprawdę tylko na tych, których się kocha.

– Też o tym myślałem, a ona tak często mi okazuje, jak bardzo mnie kocha... tak bardzo, że naraziła własne życie.

– To prawda, skarbie.

– Och, mamo, dlaczego Ana się nie budzi? – Głos mu się łamie. – Prawie ją straciłem.

Christianie! Słyszę tłumiony szloch. Nie...

Och... zapada ciemność. Nie...

* * *

– Dwadzieścia cztery lata czekałam, aż dasz mi się tak tulić…

– Wiem, mamo… Cieszę się, że porozmawialiśmy.

– Ja też, kochanie. Zawsze możesz na mnie liczyć. Nie do wiary, że zostanę babcią.

Babcia!

Wabi mnie słodka nicość.

Hmm. Jego zarost delikatnie drapie mi wierzch dłoni.

– Och, maleńka, proszę, wróć do mnie. Przepraszam. Przepraszam za wszystko. Tylko się obudź. Tęsknię za tobą. Kocham cię…

Próbuję. Próbuję. Chcę go zobaczyć. Ale ciało nie chce mnie słuchać i raz jeszcze zapadam w sen.

Strasznie chce mi się siusiu. Otwieram oczy. Znajduję się w czystej, sterylnej sali szpitalnej. Pali się tylko lampka, wszędzie panuje cisza. Boli mnie głowa i klatka piersiowa, ale najbardziej czuję nacisk na pęcherz. Muszę iść siusiu. Boli mnie prawa ręka i dostrzegam wkłuty w nią wenflon. Zamykam szybko oczy. Odwracam głowę – cieszę się, że wykonuje moje polecenie – i znowu je otwieram. Christian śpi. Siedzi obok mnie i opiera się o łóżko głową i splecionymi rękami. Wyciągam dłoń, po raz kolejny wdzięczna za to, że moje ciało reaguje, i przesuwam palcami po jego miękkich włosach.

Budzi się nagle i unosi głowę, a moja dłoń opada na łóżko.

– Hej – chrypię.

– Och, Ano. – Głos ma zduszony i pełen ulgi. Chwyta moją dłoń, ściska ją mocno i przykłada do kłującego policzka.

– Muszę iść do ubikacji – szepczę.

Patrzy na mnie, po czym ściąga brwi.

– Dobrze.

Próbuję wstać.

– Ana, nie ruszaj się. Zawołam pielęgniarkę. – Szybko wstaje i naciska stojący na stoliku dzwonek.

– Proszę – szepczę. Czemu wszystko mnie boli? – Muszę wstać. – Jezu, czuję się taka słaba.

– Czy choć raz zrobisz to, co ci się każe? – warczy rozdrażniony.

– Naprawdę chce mi się siusiu – skrzeczę. W gardle i ustach mam strasznie sucho.

Do sali wchodzi pielęgniarka. Ma pięćdziesiąt kilka lat, ale jej włosy są kruczoczarne. W uszach ma duże perłowe kolczyki.

– Pani Grey, witamy. Powiadomię doktor Bartley, że się pani obudziła. – Podchodzi do łóżka. – Mam na imię Nora. Wie pani, gdzie jest?

– Tak. Szpital. Muszę siusiu.

– Ma pani cewnik.

Co? Och, to obrzydliwe. Zerkam niespokojnie na Christiana, po czym przenoszę spojrzenie na pielęgniarkę.

– Proszę. Chcę wstać.

– Pani Grey.

– Proszę.

– Ana – ostrzega Christian.

Jeszcze raz próbuję się podnieść.

– Wyjmę pani cewnik. Panie Grey, jestem pewna, że pani Grey chciałaby odrobiny prywatności. – Patrzy znacząco na mojego męża, odprawiając go.

– Nigdzie nie idę. – Piorunuje ją wzrokiem.

– Christianie, proszę – szepczę. Biorę go za rękę. On patrzy na mnie z irytacją. – Proszę – powtarzam.

– W porządku! – warczy i przeczesuje palcami włosy. – Ma pani dwie minuty – syczy do pielęgniarki, a potem pochyla się i całuje mnie w czoło.

Odwraca się na pięcie i wychodzi.

* * *

Dwie minuty później Christian wraca. Siostra Nora pomaga mi wstać. Mam na sobie cienką szpitalną koszulę.

– Ja ją wezmę – mówi i rusza w naszą stronę.

– Panie Grey, dam sobie radę.

Posyła jej spojrzenie pełne wrogości.

– Do diaska, to moja żona. Wezmę ją – mówi przez zaciśnięte zęby i odsuwa na bok stojak z kroplówką.

– Panie Grey! – protestuje siostra Nora.

Ignoruje ją. Pochyla się i delikatnie bierze mnie na ręce. Zarzucam mu ręce na szyję, a moje ciało protestuje. Jezu, boli mnie dosłownie wszystko. Niesie mnie do przylegającej do sali łazienki, a siostra Nora idzie za nami, popychając stojak z kroplówką.

– Pani Grey, jest pani zbyt lekka – mruczy z dezaprobatą, stawiając mnie delikatnie na ziemi. Chwieję się. Nogi mam jak z waty. Christian zapala światło, oślepia mnie migotanie żarówki fluorescencyjnej. – Usiądź, zanim się przewrócisz – warczy, nadal mnie podtrzymując.

Ostrożnie siadam na sedesie.

– Idź. – Próbuję go odprawić.

– Nie. Sikaj, Ana.

To niewiarygodnie krępujące.

– Nie dam rady przy tobie.

– Możesz upaść.

– Panie Grey!

Oboje ją ignorujemy.

– Proszę.

Unosi ręce w geście poddania.

– Zaczekam na zewnątrz, drzwi otwarte.

Cofa się kilka kroków, aż stoi tuż za progiem, obok zirytowanej pielęgniarki.

– Odwróć się, proszę – mówię. Skąd ta niedorzeczna nieśmiałość?

Przewraca oczami, ale się odwraca, a wtedy... rozluźniam się i rozkoszuję uczuciem ulgi.

Robię bilans moich obrażeń. Boli mnie głowa, bolą mnie żebra od kopniaka Jacka i czuję pulsowanie w boku od upadku na ziemię. Poza tym chce mi się pić i jeść. Kończę, ciesząc się, że nie muszę wstawać, aby umyć ręce, ponieważ umywalka wisi bardzo blisko.

– Już – mówię, wycierając ręce w ręcznik.

Christian odwraca się i wchodzi z powrotem, a chwilę później znowu znajduję się w jego ramionach. Ależ mi ich brakowało. Zanurza nos w moich włosach.

– Och, tęskniłem za panią, pani Grey – szepcze i zanosi mnie do łóżka.

– Jeśli skończył pan już, panie Grey, chciałabym obejrzeć panią Grey. – Siostra Nora jest wściekła.

Odsuwa się.

– Proszę bardzo – odpowiada bardziej wyważonym tonem.

Patrzy na niego z niechęcią, po czym przenosi uwagę na mnie.

Irytujący facet, no nie?

– Jak się pani czuje? – pyta życzliwie, ale i z lekką nutką rozdrażnienia powiązaną, jak sądzę, z Christianem.

– Wszystko mnie boli i chce mi się pić. Bardzo – szepczę.

– Przyniosę pani wodę, ale najpierw sprawdzę pani parametry życiowe, a potem zbada panią doktor Bartley.

Owija mi ramię rękawem ciśnieniomierza. Zerkam niespokojnie na Christiana. Wygląda okropnie, jakby nie spał od wielu dni. Włosy ma w nieładzie, dawno się nie golił, a koszulę ma pogniecioną. Marszczę brwi.

– Jak się czujesz? – Ignorując pielęgniarkę, siada w nogach łóżka.

– Jestem zdezorientowana. Obolała. Głodna.

– Głodna? – Zaskoczony mruga powiekami.

Kiwam głową.

– Co byś chciała zjeść?

– Cokolwiek. Zupę.

– Panie Grey, zgodę na jedzenie musi wydać lekarz.

Przez chwilę patrzy na nią beznamiętnie, po czym z kieszeni spodni wyjmuje BlackBerry i wciska jakiś klawisz.

– Ana chce rosół... Dobrze... Dziękuję. – Rozłącza się.

Zerkam na Norę, która patrzy na Christiana, mrużąc oczy.

– Taylor? – pytam szybko.

Kiwa głową.

– Ciśnienie w normie, pani Grey. Pójdę po lekarza.

Zdejmuje rękaw i bez słowa wychodzi, emanując dezaprobatą.

– Myślę, że wkurzyłeś siostrę Norę.

– Tak już działam na kobiety. – Uśmiecha się drwiąco.

Zaczynam się śmiać, ale klatkę piersiową przeszywa mi ból.

– O tak.

– Och, Ano, tak cudownie słyszeć twój śmiech.

Wraca Nora z dzbankiem wody. Milczymy, patrząc na siebie, a ona napełnia szklankę i podaje mi.

– Małymi łyczkami – rzuca ostrzegawczo.

– Tak, psze pani – mruczę i biorę wytęskniony łyk chłodnej wody. O rety. Co za cudowny smak. Biorę kolejny łyk, a Christian bacznie mnie obserwuje.

– Mia? – pytam.

– Jest bezpieczna. Dzięki tobie.

– Rzeczywiście ją mieli?

– Tak.

A więc to całe szaleństwo nie okazało się bezcelowe. Zalewa mnie fala ulgi. Dzięki Bogu, dzięki Bogu, dzięki Bogu, że nic jej nie jest. Marszczę brwi.

– Jak ją schwytali?

– Elizabeth Morgan – odpowiada krótko.

– Nie!

Kiwa głową.

– Porwała ją z siłowni.

Nadal nie rozumiem.

– Ana, później ci wszystko wyjaśnię. Mii nic nie jest. Nafaszerowano ją prochami. Jest teraz otumaniona i wstrząśnięta, ale jakimś cudem nie ma żadnych obrażeń. – Christian zaciska usta. – To, co zrobiłaś… – przeczesuje palcami włosy – było niewiarygodnie odważne i niewiarygodnie głupie. Mogłaś zginąć. – Wiem, że walczy z gniewem.

– Nie przyszedł mi do głowy żaden inny pomysł – szepczę.

– Powinnaś mi powiedzieć! – Zaciska dłonie w pięści.

– Mówił, że ją zabije, jeśli komukolwiek powiem. Nie mogłam ryzykować.

Christian zamyka oczy.

– Od czwartku umarłem tysiąc razy.

Czwartku?

– Jaki mamy dzień?

– Prawie sobota – odpowiada, zerkając na zegarek. – Byłaś nieprzytomna przez ponad dwadzieścia cztery godziny.

Och.

– A Jack i Elizabeth?

– W areszcie. To znaczy Hyde tutaj, ale pod strażą. Musieli usunąć mu kulkę, którą wpakowałaś mu w nogę – mówi Christian z goryczą. – Na szczęście nie wiem, w której części szpitala leży, inaczej sam bym go zabił.

O cholera. Jack tu jest?

„To za SIP, ty pierdolona suko!"

Blednę. Mój pusty żołądek ściska się boleśnie, do oczu napływają łzy, a moje ciało przebiega dreszcz.

– Hej. – Christian nachyla się nade mną, a głos ma pełen troski. Wyjmuje mi z dłoni szklankę i czule przytula. – Już jesteś bezpieczna – mruczy.

– Christianie, tak bardzo przepraszam. – Po twarzy płyną mi łzy.

– Ćśś. – Gładzi moje włosy, a ja łkam mu w szyję.

– Za to, co powiedziałam. Wcale nie zamierzałam od ciebie odejść.

– Ćśś, maleńka, wiem.

– Wiesz?

– Domyśliłem się. W końcu. No naprawdę, Ana, co ty sobie myślałaś? – W jego głosie słychać udrękę.

– Zaskoczyłeś mnie – mruczę do kołnierzyka koszuli. – Kiedy rozmawialiśmy w banku. Jak wymyśliłeś, że od ciebie odchodzę. Myślałam, że lepiej mnie znasz. Tyle razy ci powtarzałam, że nigdy cię nie zostawię.

– Ale przecież tak okropnie się zachowałem... – Jego głos jest ledwie słyszalny. Tuli mnie jeszcze mocniej. – Przez krótki czas sądziłem, że cię straciłem.

– Nie, Christianie. Nigdy. Nie chciałam, żebyś się w to mieszał i narażał życie Mii na niebezpieczeństwo.

Wzdycha i nie wiem, czy to westchnienie gniewu, irytacji czy urazy.

– Jak się domyśliłeś? – pytam szybko, aby skierować jego myśli na inny tor.

Zakłada mi włosy za ucho.

– Ledwie zdążyłem wylądować w Seattle, kiedy zadzwoniono do mnie z banku. Ostatnie, co o tobie słyszałem, to że źle się czujesz i jedziesz do domu.

– Byłeś więc jeszcze w Portland, kiedy Sawyer zadzwonił z samochodu?

– Właśnie mieliśmy startować. Martwiłem się o ciebie – mówi miękko.

– Naprawdę?

Ściąga brwi.

– Naturalnie. – Przesuwa kciukiem po mojej wardze.

– Całe życie martwię się o ciebie. Wiesz o tym.

Och, Christianie!

– Jack zadzwonił do mnie do pracy – mówię cicho. – Dał mi dwie godziny na zdobycie pieniędzy. – Wzruszam ramionami. – Musiałam jakoś wydostać się z domu.

Christian zaciska usta.

– Zwiałaś więc Sawyerowi. On także jest na ciebie zły.

– Także?

– Tak samo jak ja.

Niepewnie dotykam jego twarzy, przesuwając palcami po zaroście. Zamyka oczy, wtulając twarz w moje palce.

– Nie bądź na mnie zły. Proszę – szepczę.

– Jestem wściekły. To, co zrobiłaś, było niesamowicie głupie. Graniczyło z szaleństwem.

– Już ci mówiłam, że nie miałam innego pomysłu.

– W ogóle się nie przejmujesz własnym bezpieczeństwem. A teraz nie chodzi już tylko o ciebie – dodaje gniewnie.

Drży mi warga. Ma na myśli naszą Fasolkę.

Drzwi otwierają się, zaskakując nas oboje, i do środka wchodzi młoda czarnoskóra kobieta w białym fartuchu narzuconym na szary strój operacyjny.

– Dobry wieczór, pani Grey. Jestem doktor Bartley.

Zabiera się za gruntowne badanie. Świeci mi lampką do oczu, każe dotykać jej palców, następnie własnego nosa, zamykając najpierw jedno oko, potem drugie, i sprawdza moje wszystkie odruchy. Ale głos ma miły, a dotyk delikatny. Dołącza do niej siostra Nora i Christian wycofuje się na koniec sali, gdzie wykonuje kilka telefonów. Trudno mi się koncentrować jednocześnie na doktor Bartley, siostrze Norze i Christianie, ale słyszę, że dzwoni do swego ojca, mojej matki i Kate, aby im przekazać, że się obudziłam. Przekazuje także wiadomość dla Raya.

Ray. O cholera… W mojej głowie pojawia się wspomnienie jego głosu. On tu był – tak, gdy ja leżałam nieprzytomna.

Doktor Bartley bada mi żebra, dotykając ich delikatnie, ale stanowczo.

Krzywię się.

– Są potłuczone, nie pęknięte ani złamane. Miała pani dużo szczęścia, pani Grey.

Szczęścia? Nie takiego słowa bym użyła.

– Przepiszę pani środki przeciwbólowe. Uśmierzą także ból głowy, który z pewnością pani czuje. Ale wszystko wygląda dobrze, pani Grey. Sugeruję, aby trochę się pani przespała. Zobaczymy, jak będzie się pani czuła rano, i wtedy podejmiemy decyzję o wypisaniu ze szpitala. Jutro dyżur ma doktor Singh.

– Dziękuję.

Rozlega się pukanie do drzwi i wchodzi Taylor. Piastuje czarne pudełko z kremowym napisem „Fairmont Olympic".

A niech mnie!

– Jedzenie? – pyta zaskoczona doktor Bartley.

– Pani Grey jest głodna – wyjaśnia Christian. – To rosół.

Lekarka się uśmiecha.

– Zupa może być, ale tylko część płynna. Na razie nic stałego. – Patrzy na nas znacząco, po czym wychodzi razem z siostrą Norą.

Christian przysuwa do łóżka stolik na kółkach, a Taylor stawia na nim pudełko.

– Witam, pani Grey.

– Witaj, Taylor. Dziękuję.

– Nie ma za co, proszę pani. – Wydaje mi się, że chce dodać coś jeszcze, ale się powstrzymuje.

Christian wyjmuje zawartość pudełka: termos, miska, talerzyk, lniana serwetka, łyżka, koszyczek z bułkami, srebrna solniczka i pieprzniczka... W Olympic zaszaleli.

– Super, Taylor. – W brzuchu mi burczy. Umieram z głodu.

– To wszystko? – pyta.

– Tak, dzięki – mówi Christian, odprawiając go.

Taylor kiwa głową.

– Taylor, dziękuję ci.

– Coś jeszcze mogę pani przynieść, pani Grey?

Zerkam na Christiana.

– Jedynie jakieś czyste ubranie dla mojego męża.

Uśmiecha się.

– Tak jest, proszę pani.

Christian przygląda się z konsternacją swojej koszuli.

– Od jak dawna masz ją na sobie? – pytam.

– Od czwartku rano. – Uśmiecha się krzywo.

Taylor wychodzi.

– On też jest na ciebie wkurzony – dodaje mrukliwie Christian, odkręcając termos i nalewając do miski rosołu.

Taylor także! Ale nie zastanawiam się nad tym, ponieważ rozprasza mnie zupa. Pachnie pysznie i unoszą się nad nią pasma pary. Biorę łyk i stwierdzam, że rosół smakuje równie wspaniale, jak pachnie.

– Dobry? – pyta Christian, ponownie przysiadając na łóżku.

Kiwam entuzjastycznie głową i nie przerywam jedzenia. Jestem głodna jak wilk. Robię przerwy tylko po to, aby wytrzeć usta lnianą serwetką.

– Opowiedz mi o tym, co się wydarzyło, po tym jak się zorientowałeś, co się dzieje.

Christian przeczesuje palcami włosy i kręci głową.

– Och, Ano, tak się cieszę, że jesz.

– Jestem głodna. Opowiadaj.

Marszczy brwi.

– Cóż, po telefonie z banku sądziłem, że zawalił mi się cały świat... – Nie potrafi wyrzucić z głosu bólu.

Przestaję jeść. O cholera.

– Jak nie będziesz jeść, to ja nie będę mówił.

Wracam do jedzenia. Dobrze, już dobrze, pyszny ten rosół. Spojrzenie Christiana łagodnieje i po chwili wraca do opowiadania.

– W każdym razie krótko po twoim telefonie Taylor poinformował mnie, że Hyde został zwolniony za kaucją. Jak to się stało, nie mam pojęcia, sądziłem, że zablokowaliśmy taką możliwość. Ale wtedy zacząłem się zastanawiać nad tym, co powiedziałaś... i uznałem, że coś jest mocno nie w porządku.

– Nigdy mi nie chodziło o pieniądze – warczę nagle. Niespodziewanie ogarnia mnie gniew. – Jak mogłeś w ogóle to pomyśleć? Nigdy nie chodziło o twoje pieprzone pieniądze! – Głowa zaczyna mi pękać i krzywię się.

Christian patrzy na mnie zaskoczony żarliwością moich słów. Mruży oczy.

– Uważaj, co mówisz – warczy. – Uspokój się i jedz.

Gromię go wzrokiem.

– Ana – ostrzega.

– To zraniło mnie bardziej niż cokolwiek innego, Christianie – szepczę. – Prawie tak bardzo, jak twoje spotkanie z tamtą kobietą.

Bierze głośny wdech, jakbym go uderzyła w twarz, i nagle wygląda na wykończonego. Zamyka na chwilę oczy i kręci głową z rezygnacją.

– Wiem. – Wzdycha. – I jest mi przykro. Bardziej, niż sobie wyobrażasz. – Spojrzenie ma pełne skruchy. –

Proszę, jedz. Dopóki zupa jest gorąca. – Głos ma łagodny, a ja robię, co mi każe. Oddycha z ulgą.

– Kontynuuj – mówię cicho pomiędzy kęsami przepysznej świeżej bułki.

– Nie wiedzieliśmy, że Mia zaginęła. Uznałem, że Hyde może cię szantażuje czy coś w tym rodzaju. – Krzywi się. – Nagrałem ci wiadomość, a potem zadzwonił Sawyer. Taylor zaczął namierzać twoją komórkę. Wiedziałem, że jesteś w banku, więc pojechaliśmy prosto tam.

– Nie wiem, jak Sawyer mnie znalazł. On także namierzył moją komórkę?

– Saab jest wyposażony w urządzenie do namierzania. Wszystkie nasze samochody je mają. Kiedy dotarliśmy do banku, ciebie już tam nie było, więc ruszyliśmy kierowani tym namierzaniem. Czemu się uśmiechasz?

– Coś mi cicho mówiło, że będziesz mnie śledził.

– I co w tym takiego zabawnego? – pyta.

– Jack kazał mi pozbyć się komórki. Pożyczyłam więc telefon Whelana i to jego aparat wyrzuciłam. Mój włożyłam do worka, żebyś mógł namierzyć swoje pieniądze.

Christian wzdycha.

– Nasze pieniądze, Ano – mówi cicho. – Jedz.

Wycieram miskę ostatnim kawałkiem bułki i wkładam go do ust. Po raz pierwszy od dawna czuję się nasycona. Pomimo naszej rozmowy.

– Skończyłam.

– Grzeczna dziewczynka.

Rozlega się pukanie do drzwi i raz jeszcze wchodzi siostra Nora, tym razem z małym papierowym kubkiem. Christian zabiera się za chowanie wszystkich naczyń do pudełka.

– Coś przeciwbólowego. – Nora uśmiecha się, pokazując białą pigułkę w kubeczku.

– Mogę to wziąć? No wie pani, będąc w ciąży?

– Tak, pani Grey. To lortab, nie ma wpływu na dziecko.

Kiwam z wdzięcznością głową. W głowie czuję bolesne pulsowanie. Przełykam tabletkę, popijając wodą.

– Powinna pani odpocząć, pani Grey. – Siostra Nora patrzy znacząco na Christiana.

On kiwa głową.

Nie!

– Wychodzisz?! – wykrzykuję i wzbiera we mnie panika. Nie odchodź! Dopiero zaczęliśmy rozmawiać!

Christian prycha.

– Jeśli choć przez chwilę myślałaś, że spuszczę cię z oczu, to jesteś w dużym błędzie.

Nora robi gniewną minę, ale pochyla się nade mną i poprawia poduszki, abym mogła się położyć.

– Dobranoc, pani Grey – mówi i posławszy Christianowi ostatnie surowe spojrzenie, wychodzi.

On unosi brew.

– Siostra Nora chyba za mną nie przepada.

Widzę, że jest strasznie zmęczony, i choć tak bardzo chcę, żeby został, wiem, że powinnam go nakłonić do pojechania do domu.

– Ty także musisz odpocząć, Christianie. Jedź do domu. Wyglądasz na wykończonego.

– Nie zostawię cię. Przekimam się w fotelu.

Patrzę na niego gniewnie, a potem przekręcam się na bok.

– Śpij ze mną.

Marszczy brwi.

– Nie mogę.

– A to czemu?

– Nie chcę ci zrobić krzywdy.

– Nie zrobisz. Proszę, Christianie.

– Masz kroplówkę.

– Christianie. Proszę.

Widzę, że ta propozycja jest dla niego kusząca.

– Proszę. – Unoszę kołdrę, zapraszając go do łóżka.

– Pieprzyć to. – Zdejmuje buty oraz skarpetki i ostrożnie kładzie się obok mnie. Delikatnie mnie obejmuje, a ja kładę głowę na jego piersi. Całuje mnie w głowę. – Myślę, że siostrze Norze nie spodoba się taki układ – szepcze konspiracyjnie.

Chichoczę, po czym milknę, gdy w klatce piersiowej czuję przeszywający ból.

– Ależ ja kocham ten dźwięk – mówi z lekkim smutkiem. – Przepraszam, maleńka, tak bardzo cię przepraszam.

Jeszcze raz całuje mnie w głowę i wciąga głęboko powietrze, a ja nie wiem, za co mnie przeprasza... za to, że mnie rozśmieszył? Czy za ten cały pasztet, w który się wpakowaliśmy? Kładę dłoń na jego sercu, a on delikatnie zakrywa ją swoją. Przez chwilę oboje milczymy.

– Czemu pojechałeś do tamtej kobiety?

– Och, Ana – jęczy. – Teraz chcesz o tym rozmawiać? Nie możemy zostawić tego tematu? Żałuję tego, okej?

– Muszę wiedzieć.

– Jutro ci powiem – burczy z irytacją. – A, i detektyw Clark chce z tobą porozmawiać. Rutynowe przesłuchanie. Śpij już.

Całuje moje włosy. Wzdycham ciężko. Muszę wiedzieć dlaczego. Przynajmniej twierdzi, że żałuje. To już coś, nawet moja podświadomość to przyznaje. Chyba ma dzisiaj dobry nastrój. Uch, detektyw Clark. Wzdrygam się na myśl o zdawaniu relacji z czwartkowych wydarzeń.

– Wiemy, dlaczego Jack zrobił to wszystko?

– Hmm – mruczy Christian.

Kojąco działa na mnie powolne unoszenie się i opadanie jego klatki piersiowej, gdy powoli zasypia. A kiedy ja także odpływam, próbuję poskładać w całość fragmenty rozmów, które słyszałam, będąc na granicy świadomości, ale prześlizgują mi się przez głowę i pozostają gdzieś na skraju pamięci. Och, to frustrujące i takie męczące... i...

SIOSTRA NORA MA ZACIŚNIĘTE wargi, a ręce skrzyżowane na piersi. Przykładam palec do ust.

– Proszę pozwolić mu spać – szepczę, mrużąc oczy we wczesno porannym świetle.

– To pani łóżko. Nie jego – syczy surowo.

– Dzięki jego obecności lepiej mi się spało – upieram się, biorąc mego męża w obronę. Poza tym to prawda. Christian porusza się, a siostra Nora i ja zamieramy.

– Nie dotykaj mnie. Nigdy więcej. Tylko Ana – mamrocze niewyraźnie przez sen.

Ściągam brwi. Christian rzadko mówi przez sen. Właściwie tylko wtedy, gdy śnią mu się koszmary. Obejmuje mnie mocniej, a ja się krzywię.

– Pani Grey... – zaczyna siostra Nora.

– Proszę.

Kręci głową, odwraca się na pięcie i wychodzi, a ja znowu wtulam się w Christiana.

KIEDY SIĘ BUDZĘ, JESTEM sama. Słońce wpada do pokoju i w końcu mogę się dokładnie przyjrzeć sali, w której leżę. Mam kwiaty! Nie zauważyłam ich w nocy. Kilka bukietów. Ciekawe od kogo.

Rozlega się delikatne pukanie do drzwi i pojawia się w nich głowa Carricka. Uśmiecha się promiennie, kiedy widzi, że nie śpię.

– Mogę wejść? – pyta.

– Naturalnie.

Zbliża się do łóżka i przygląda mi się uważnie. Ma na sobie ciemny garnitur – pewnie jest dzisiaj w pracy. Ku mojemu zaskoczeniu pochyla się i całuje mnie w czoło.

– Mogę usiąść?

Kiwam głową, a on przysiada na skraju łóżka i ujmuje moją dłoń.

– Nie wiem, jak ci podziękować za moją córkę, ty szalona, odważna, kochana dziewczyno. To, co zrobiłaś, prawdopodobnie uratowało jej życie. Będę twoim dozgonnym dłużnikiem. – Głos mu się łamie, przepełniony wdzięcznością i współczuciem.

Och… Nie wiem, co powiedzieć. Ściskam jego dłoń, ale milczę.

– Jak się czujesz?

– Lepiej. Jestem obolała – mówię szczerze.

– Podano ci jakieś środki przeciwbólowe?

– Lor… jakoś tak się to nazywa.

– To dobrze. Gdzie Christian?

– Nie wiem. Kiedy się obudziłam, jego nie było.

– Na pewno nie odszedł daleko. Kiedy leżałaś nieprzytomna, cały czas czuwał przy twoim łóżku.

– Wiem.

– Jest trochę na ciebie zły, zresztą słusznie. – Carrick uśmiecha się lekko drwiąco. Ach, a więc to po nim Christian ma ten uśmiech.

– Christian jest zawsze na mnie zły.

– Naprawdę? – Carrick uśmiecha się z zadowoleniem, jakby to było coś dobrego. Jego uśmiech jest zaraźliwy.

– Jak się czuje Mia?

Oczy zachodzą mu mgłą, a uśmiech gaśnie.

– Lepiej. Jest wściekła jak diabli. Myślę, że gniew to zdrowa reakcja na to, co jej się przytrafiło.

– Jest tutaj?

– Nie, wróciła do domu. Nie sądzę, by Grace spuściła ją teraz z oka.

– Wiem, jak to jest.

– Ciebie też trzeba pilnować – beszta mnie. – Nie chcę, abyś niemądrze ryzykowała własne życie czy życie mojego wnuka.

Rumienię się. On wie!

– Grace przeczytała twoją kartę. Powiedziała mi. Moje gratulacje.

– Eee... dziękuję.

Patrzy na mnie, a jego spojrzenie łagodnieje.

– Christian przekona się do tego – mówi miękko. – To najlepsze, co mu się mogło przytrafić. Tylko... daj mu trochę czasu.

Kiwam głową. Och... Rozmawiali o tym.

– Będę się zbierał. Muszę się stawić w sądzie. – Uśmiecha się i wstaje. – Później do ciebie zajrzę. Grace bardzo ceni doktor Singh i doktor Bartley. Znają się na swojej robocie. – Nachyla się i raz jeszcze mnie całuje. – Mówię poważnie, Ano. Nigdy nie odpłacę ci się za to, co dla nas zrobiłaś. Dziękuję.

Podnoszę na niego wzrok, walcząc ze łzami, a on gładzi mnie z uczuciem po policzku. Następnie odwraca się i wychodzi.

O rety. Zdumiewa mnie jego wdzięczność. Może teraz jakoś zdołam zapomnieć o tej całej intercyzie. Moja podświadomość kiwa mądrze głową, po raz kolejny się ze mną zgadzając.

Ostrożnie wstaję z łóżka. Z ulgą stwierdzam, że mam znacznie więcej siły niż wczoraj. Pomimo dzielenia łóżka z Christianem dobrze mi się spało i czuję się wypoczęta. Głowa nadal mnie boli, ale to tępy, nieprzyjemny ból, niemający porównania z wczorajszym. Jestem sztywna i obolała, ale muszę się wykąpać. Czuję się brudna. Udaję się do łazienki.

***

– ANA! – woła Christian.

– Jestem w łazience! – odkrzykuję, kończąc szorowanie zębów. Tak już lepiej. Ignoruję swoje odbicie w lustrze. Koszmarnie wyglądam. Kiedy otwieram drzwi, obok łóżka stoi Christian, trzymając tacę z jedzeniem. Jest ogolony, wykąpany i ubrany cały na czarno. Wygląda na wypoczętego.

– Dzień dobry, pani Grey – mówi pogodnie. – Oto pani śniadanie.

Wow. Uśmiecham się szeroko, wchodząc do łóżka. Przysuwa stolik na kółkach i unosi pokrywkę, demonstrując mój posiłek: płatki owsiane z suszonymi owocami, naleśniki z syropem klonowym, bekon, sok pomarańczowy i herbata Twinings English Breakfast. Taka jestem głodna, że aż mi ślinka cieknie. Wypijam cały sok pomarańczowy i zabieram się za owsiankę. Christian przysiada na skraju łóżka i przygląda mi się z uśmiechem.

– No co? – pytam z pełnymi ustami.

– Lubię patrzeć, jak jesz – mówi. Ale chyba nie dlatego się uśmiecha. – Jak się czujesz?

– Lepiej – mamroczę między kolejnymi łyżkami.

– Nigdy nie miałaś takiego apetytu.

Podnoszę na niego wzrok i serce mi zamiera. Musimy poruszyć temat maleńkiego, obecnego w tym pokoju słoniątka.

– To dlatego, że jestem w ciąży, Christianie.

Prycha i wykrzywia usta w ironicznym uśmiechu.

– Gdybym wiedział, że dzięki temu zaczniesz jeść, już dawno bym cię zapłodnił.

– Christianie Grey! – Odstawiam miskę z owsianką.

– Nie przerywaj jedzenia – rzuca ostrzegawczo.

– Christianie, musimy o tym porozmawiać.

Nieruchomieje.

– A o czym tu rozmawiać? Będziemy rodzicami. – Wzrusza ramionami, desperacko siląc się nonszalancję, ja jednak widzę jego strach. Odpycham tacę, przysuwam się do niego i ujmuję jego dłonie.

– Jesteś przerażony – szepczę. – Ja to rozumiem.

Patrzy na mnie wzrokiem pozbawionym wyrazu, z którego zniknęła cała wcześniejsza chłopięca radość.

– Ja też jestem. To normalne – dodaję.

– Jaki może być ze mnie ojciec? – Głos ma ochrypły, ledwie słyszalny.

– Och, Christianie – zduszam szloch. – Taki, który się bardzo stara. To jedyne, co możemy zrobić.

– Ana... nie wiem, czy potrafię...

– Oczywiście, że potrafisz. Jesteś kochający, jesteś zabawny, jesteś silny, postawisz granice. Naszemu dziecku nic więcej nie potrzeba.

Siedzi nieruchomo, a na jego pięknej twarzy widać powątpiewanie.

– Tak, idealnie by było zaczekać. Mieć więcej czasu tylko dla nas. Ale będzie nas troje i razem będziemy dorastać. Będziemy rodziną. A nasze dziecko obdarzy cię bezwarunkową miłością, tak jak ja. – Do oczu napływają mi łzy.

– Och, Ano – szepcze Christian. Głos ma pełen bólu. – Myślałem, że cię straciłem. Potem myślałem, że znowu cię straciłem. Kiedy cię zobaczyłem na tamtym parkingu, bladą, zimną i nieprzytomną... To było tak, jakby spełniły się moje najgorsze obawy. A teraz proszę bardzo... odważna i silna... dająca mi nadzieję. Kochająca mnie po tym wszystkim, co zrobiłem.

– Tak, kocham cię, Christianie, najbardziej na świecie. Zawsze będę cię kochała.

Delikatnie ujmuje moją dłoń i kciukami ociera mi łzy. W jego szarych oczach widzę strach, zachwyt i miłość.

– Ja też cię kocham – mówi bez tchu. I całuje mnie słodko, czule, jak mężczyzna, który uwielbia swoją żonę.

– Postaram się być dobrym ojcem – szepcze mi do ust.

– Postarasz się i ci się uda. I spójrzmy prawdzie w oczy: nie masz wielkiego wyboru, ponieważ Fasolka i ja nigdzie się nie wybieramy.

– Fasolka?

– Fasolka.

Unosi brwi.

– Ja myślałem o imieniu Junior.

– No to niech będzie Junior.

– Ale Fasolka mi się podoba. – Uśmiecha się do mnie nieśmiało i całuje raz jeszcze.

ROZDZIAŁ DWUDZIESTY CZWARTY

— Mógłbym cię tak całować cały dzień, ale śniadanie ci stygnie — mruczy Christian, odrywając się od moich ust. Patrzy na mnie z rozbawieniem, tyle że oczy ma ciemniejsze, bardziej zmysłowe. Znowu się przełączył. Mój Pan Zmienny.

— Jedz. — Głos ma miękki.

Przełykam ślinę i wracam pod kołdrę, uważając na wenflon i kroplówkę. Podsuwa mi tacę. Owsianka jest zimna, ale naleśniki pod przykryciem jeszcze ciepłe — prawdę mówiąc, rozpływają się w ustach.

— Wiesz — mruczę między kęsami — Fasolka może być dziewczynką.

Christian przeczesuje palcami włosy.

— Dwie kobiety, co? — Wydaje się zaniepokojony.

O cholera.

— Masz preferencje?

— Preferencje?

— Chłopiec czy dziewczynka.

Marszczy brwi.

— Wystarczy, że będzie zdrowe — mówi cicho, wyraźnie zakłopotany tym pytaniem. — Jedz — warczy i wiem, że próbuje uciec od tematu.

— Jem, jem… Jezu, nie panikuj, Grey. — Przyglądam mu się uważnie. W kącikach oczu ma wywołane niepokojem zmarszczki. Powiedział, że będzie się starał, ale ja wiem, że nadal się boi. Och, Christianie, ja też. Siada w fotelu obok łóżka i bierze do ręki „Seattle Times".

– Znowu pojawiła się pani w gazetach, pani Grey. – W jego głosie słychać rozgoryczenie.

– Znowu?

– Pismacy od kilku dni przerabiają ten sam temat. Chcesz przeczytać?

Kręcę głową.

– Ty mi przeczytaj. Ja jem.

Zaczyna czytać artykuł na głos. To raport dotyczący Jacka i Elizabeth, przedstawiający ich jako współczesnych Bonnie i Clyde'a. Pokrótce opisuje porwanie Mii, mój udział w jej uratowaniu i fakt, że Jack i ja leżymy w tym samym szpitalu. Skąd dziennikarze zdobywają te wszystkie informacje? Muszę zapytać Kate.

Kiedy Christian kończy, mówię:

– Przeczytaj coś jeszcze, proszę. Lubię cię słuchać.

Posłusznie czyta raport na temat świetnie się rozwijającego rynku bajgli i o tym, że Boeing musiał odwołać premierę któregoś modelu. Czytając, Christian marszczy brwi. Ale słuchając jego kojącego głosu, gdy jem, wiedząc, że nic mi nie jest, że Mia jest bezpieczna i że moja Fasolka jest bezpieczna, przeżywam moment cennego spokoju. Pomimo tego wszystkiego, co się wydarzyło w ostatnim tygodniu.

Rozumiem, że myśl o dziecku przeraża Christiana, ale nie pojmuję, dlaczego aż tak bardzo. Postanawiam, że porozmawiam z nim jeszcze na ten temat. Zobaczę, czy uda mi się go jakoś uspokoić. Dziwna się wydaje ta jego reakcja, bo ma przecież doskonały wzór do naśladowania. Zarówno Grace, jak i Carrick to wzorowi rodzice, a przynajmniej takie sprawiają wrażenie. Może to ten Zdzirowaty Troll tak bardzo go poranił. Chciałabym tak myśleć. Ale prawda jest taka, że wszystko się sprowadza do jego biologicznej matki, choć jestem pewna, że pani Robinson wcale mu się nie przysłużyła. Nierucho-

578   E L James

mieję, prawie przypominając sobie prowadzoną szeptem rozmowę. Do diaska! Czai się na granicy mojej pamięci z tego czasu, gdy leżałam nieprzytomna. Christian rozmawiający z Grace. Zlewa się z innymi wspomnieniami. Och, to takie frustrujące.

Ciekawe, czy Christian sam mi kiedyś zdradzi powód, dla którego poszedł się z nią zobaczyć, czy też będę go musiała przycisnąć. Właśnie mam go zamiar o to zapytać, kiedy rozlega się pukanie do drzwi. Do pokoju wchodzi Clark. Wygląda na skruszonego.

– Panie Grey, pani Grey. Przeszkadzam?

– Tak – warczy Christian.

Clark go ignoruje.

– Cieszę się, że się pani obudziła, pani Grey. Muszę pani zadać kilka pytań związanych z czwartkowym popołudniem. To rutynowa procedura. Mogę zrobić to teraz?

– Proszę – odpowiadam, ale wcale nie mam ochoty przeżywać na nowo czwartkowych wydarzeń.

– Moja żona powinna odpoczywać – zjeża się Christian.

– Będę się streszczał, panie Grey.

Christian wstaje i podsuwa Clarkowi swoje krzesło, po czym siada na łóżku, bierze mnie za rękę i ściska pokrzepiająco.

Pół godziny później Clark kończy. Nie dowiedziałam się niczego nowego. Cichym głosem zdałam relację z wydarzeń tamtego dnia. Widziałam, jak Christian krzywi się przy niektórych fragmentach.

– Szkoda, że nie celowałaś wyżej – mruczy.

– Mogłaby tym pani oddać przysługę rodowi niewieściemu – zgadza się Clark.

Słucham?

– Dziękuję, pani Grey. Na razie to wszystko.

– Nie wypuścicie go znowu, prawda?

– Nie sądzę, by tym razem zdołał wyjść za kaucją, proszę pani.

– Wiemy, kto ją wpłacił? – pyta Christian.

– Nie, proszę pana. To informacje poufne.

Christian marszczy brwi, ale wydaje mi się, że ma pewne podejrzenia. Clark wstaje i żegna się z nami, a w tym samym czasie do pokoju wchodzi doktor Singh i dwoje stażystów.

Zbadawszy mnie dokładnie, doktor Singh oświadcza, że mogę jechać do domu. Christian oddycha z ulgą.

– Pani Grey, gdyby ból głowy się nasilił albo zaczęłaby pani niewyraźnie widzieć, proszę o natychmiastowy powrót do szpitala.

Kiwam głową. Mam ochotę skakać z radości, że jadę do domu.

Po wyjściu doktor Singh Christian prosi o krótką rozmowę na korytarzu. Zostawia drzwi uchylone. Zadaje jej jakieś pytanie. Ona się śmieje.

– Tak, panie Grey, nie ma przeciwwskazań.

Uśmiecha się szeroko i wraca do mnie wyraźnie poweselały.

– O co chodziło?

– O seks – mówi, uśmiechając się szelmowsko.

Och. Rumienię się.

– I?

– Nic nie stoi na przeszkodzie.

Och, Christianie!

– Boli mnie głowa. – Uśmiecham się drwiąco.

– Wiem. Przez jakiś czas dam ci spokój. Chciałem się tylko upewnić.

Da spokój? Czuję ukłucie rozczarowania. Wcale nie wiem, czy chcę, aby mi dał spokój.

Wchodzi siostra Nora, aby usunąć mi wenflon. Patrzy gniewnie na Christiana. To chyba jedna z niewielu kobiet, które pozostają obojętne na jego czar. Na koniec jej dziękuję.

– To co, do domu? – pyta Christian.

– Najpierw chciałabym się zobaczyć z Rayem.

– Jasne.

– Wie o dziecku?

– Uznałem, że sama chciałabyś mu o tym powiedzieć. Twojej mamie też nic nie mówiłem.

– Dziękuję – uśmiecham się, ciesząc się, że mnie nie ubiegł.

– Moja mama wie – dodaje Christian. – Widziała twoją kartę. Ja powiedziałem swojemu tacie, ale nikomu poza tym. Mama mówiła, że na ogół się czeka do dwunastego tygodnia… aby mieć pewność. – Wzrusza ramionami.

– Chyba nie jestem jeszcze gotowa, aby powiedzieć Rayowi.

– Muszę cię ostrzec. Jest wkurzony na maksa. Oświadczył, że powinienem cię przełożyć przez kolano.

Co takiego? Christian śmieje się z mojej miny.

– Powiedziałem mu, że ochoczo się tym zajmę.

– No co ty! – W mojej pamięci czai się echo szeptanej rozmowy. Tak, Ray tu był, kiedy leżałam nieprzytomna.

Mruga do mnie.

– Taylor przywiózł ci czyste rzeczy. Pomogę ci się ubrać.

RAY RZECZYWIŚCIE JEST WŚCIEKŁY. Nie przypominam sobie, abym go kiedykolwiek widziała w takim stanie. Christian rozsądnie postanowił zostawić nas samych. Na co dzień małomówny, teraz wygłasza całą tyradę, ganiąc mnie za nieodpowiedzialne zachowanie. Znowu jestem dwunastoletnią dziewczynką.

Och, tato, uspokój się, proszę. Masz za wysokie ciśnienie.

– I musiałem się jeszcze użerać z twoją matką – warczy, wymachując obiema rękami.

– Tato, przepraszam.

– A biedny Christian! Jeszcze nigdy go takiego nie widziałem. Postarzał się. Obaj się postarzeliśmy przez kilka ostatnich dni.

– Ray, przepraszam.

– Twoja matka czeka na telefon – dodaje nieco spokojniej.

Całuję go w policzek, a on w końcu mi odpuszcza.

– Zadzwonię do niej. I naprawdę przepraszam. Ale dziękuję, że nauczyłeś mnie strzelać.

Przez chwilę mierzy mnie wzrokiem pełnym kiepsko skrywanej ojcowskiej dumy.

– A ja się cieszę, że dobrze strzelasz – mówi szorstko. – Teraz natomiast jedź do domu i odpocznij.

– Dobrze wyglądasz, tato. – Próbuję zmienić temat.

– A ty jesteś blada. – W jego oczach pojawia się nagle strach. Wygląda tak, jak Christian wczoraj wieczorem. Chwytam jego dłoń.

– Nic mi nie jest. Obiecuję, że coś takiego już się nie powtórzy.

Ściska mi dłoń i bierze mnie w ramiona.

– Gdyby coś ci się stało... – szepcze.

Pod powiekami czuję łzy. Nie jestem przyzwyczajona do takiego okazywania uczuć przez Raya.

– Tato, nie jest źle. Wezmę gorący prysznic i będzie zupełnie dobrze.

* * *

OPUSZCZAMY SZPITAL TYLNYM wyjściem, aby uniknąć paparazzich. Taylor prowadzi nas do czekającego SUV-a.

Christian milczy, gdy Sawyer wiezie nas do domu. Ja unikam spojrzenia Sawyera zażenowana, że tak mu uciekłam. Dzwonię do mamy, która szlocha i szlocha. Większą część drogi zajmuje mi uspokajanie jej, ale w końcu udaje mi się, kiedy obiecuję, że niedługo ją odwiedzimy. Przez całą naszą rozmowę Christian trzyma mnie za rękę, przesuwając kciukiem po knykciach. Denerwuje się… coś się stało.

– Co się dzieje? – pytam, kiedy w końcu uwalniam się od matki.

– Welch chce się ze mną spotkać.

– Welch. Dlaczego?

– Dowiedział się czegoś na temat tego skurwiela Hyde'a. Nie chciał nic mówić przez telefon.

– Och.

– Po południu przyjedzie tu z Detroit.

– Myślisz, że znalazł powiązanie?

Kiwa głową.

– A jak sądzisz, co to może być?

– Nie mam pojęcia. – Christian marszczy czoło.

Taylor wjeżdża do garażu w Escali i zatrzymuje się obok windy, aby nas wypuścić i dopiero potem zaparkować. Tu fotografowie nas nie znajdą. Christian pomaga mi wysiąść, następnie prowadzi do czekającej windy.

– Cieszysz się z powrotu do domu? – pyta.

– Tak – szepczę. Ale gdy wsiadam do tak dobrze mi znanej windy, dopada mnie potworność tego, przez co musiałam przejść, i całe moje ciało obejmuje dygot.

– Hej. – Christian otacza mnie ramionami i przyciąga do siebie. – Jesteś w domu. Nic ci nie grozi – mówi, całując moje włosy.

– Och, Christianie. – Puszcza zapora, o której istnieniu nawet nie wiedziałam, i zaczynam łkać.

– Cichutko – szepcze, tuląc mi głowę do piersi.

Ale już za późno. Szlocham w jego T-shirt, przypominając sobie podły atak Jacka – „To za SIP, ty pierdolona suko!" – i że powiedziałam Christianowi, że odchodzę – „Odchodzisz ode mnie?" – i mój strach, mój paraliżujący strach o Mię, o mnie i o Fasolkę.

Kiedy drzwi windy się rozsuwają, Christian bierze mnie na ręce i zanosi do holu. Zarzucam mu ramiona na szyję i tulę się, łkając cicho.

Zanosi mnie do naszej łazienki i delikatnie sadza na krześle.

– Kąpiel? – pyta.

Kręcę głową. Nie… nie… nie jak z Leilą.

– Prysznic? – W jego głosie słychać troskę.

Kiwam głową. Pragnę zmyć z siebie brud ostatnich dni, zmyć wspomnienie ataku Jacka. „Ty dziwko i łowczyni posagów". Chowam twarz w dłoniach i szlocham, a od ścian odbija się echem odgłos wody.

– Hej – mówi cicho Christian. Klęka przede mną, odsuwa mi dłonie od zalanych łzami policzków i obejmuje moją twarz. Patrzę na niego, mrugając powiekami. – Jesteś bezpieczna. Oboje jesteście – szepcze.

Fasolka i ja. Moje oczy na nowo wypełniają się łzami.

– Przestań, no już. Nie mogę znieść, gdy płaczesz. – Głos ma schrypnięty. Kciukami ociera łzy, ale one płyną uparcie.

– Przepraszam, Christianie. Przepraszam za wszystko. Za to, że się przeze mnie martwiłeś, za to, że tak ryzykowałam, za to, co powiedziałam.

– Ćśś, maleńka, proszę. – Całuje mnie w czoło. – Ja też przepraszam. Do tanga trzeba dwojga, Ano. – Uśmiecha się krzywo. – No, w każdym razie tak twierdzi moja mama. Mówiłem i robiłem rzeczy, z których nie jestem dumny. – W jego szarych oczach widać skruchę. – Pomogę ci się rozebrać – mówi cicho.

Wycieram nos wierzchem dłoni, a on raz jeszcze całuje mnie w czoło.

Szybko mnie rozbiera, uważając szczególnie podczas zdejmowania mi przez głowę T-shirta. Ale głowa nie boli aż tak bardzo. Christian pomaga mi wejść do kabiny, sam w ekspresowym tempie pozbywa się ubrań, po czym wchodzi do mnie pod zapraszający strumień gorącej wody. Bierze mnie w ramiona i długo, długo mnie tuli, gdy tymczasem wokół nas tryska woda, oboje nas uspokajając.

Pozwala mi płakać w jego pierś. Co jakiś czas całuje moje włosy, ale nie puszcza, kołysząc lekko w strumieniach ciepłej wody. Czuć dotyk jego skóry na mojej, jego włoski na moim policzku... To mężczyzna, którego kocham, wątpiący w siebie, piękny mężczyzna, którego przez własną lekkomyślność mogłam stracić. I tak się cieszę, że tu jest, nadal jest – pomimo wszystkiego, co się wydarzyło.

Sporo mi musi wyjaśnić, ale w tej akurat chwili jedyne, czego pragnę, to rozkoszować się przebywaniem w jego silnych, opiekuńczych ramionach. I wtedy coś do mnie dociera: wszelkie wyjaśnienia z jego strony muszą wyjść właśnie od niego. Nie mogę go zmusić, sam musi chcieć mi powiedzieć. Nie chcę być suszącą głowę żoną, nieustannie próbującą wyciągać z męża informacje. To wyczerpujące. Wiem, że mnie kocha. Wiem, że kocha mnie bardziej niż kogokolwiek innego na świecie, i na razie to musi wystarczyć. Przestaję płakać i odsuwam się trochę.

– Lepiej? – pyta.

Kiwam głową.

– To dobrze. Niech ci się przyjrzę – mówi i przez chwilę nie rozumiem, co ma na myśli. Ale on ujmuje moją dłoń i ogląda uważnie ramię, na które upadłam, gdy Jack mnie uderzył. Na ramieniu mam sińce, a na łokciu i nadgarstku zadrapania. Całuje je po kolei. Bierze z półki myjkę i żel. Po chwili kabinę wypełnia znajomy zapach jaśminu.

– Odwróć się. – Delikatnie myje moją potłuczoną rękę, następnie szyję, ramiona, plecy i drugą rękę. Odwraca mnie bokiem do siebie i przesuwa palcami po moim ciele. Krzywię się, gdy ślizgają się po dużym sińcu na biodrze. Christian zaciska usta. Jego gniew jest wręcz namacalny.

– To nie boli – mruczę, żeby go uspokoić.

Szare oczy płoną.

– Mam ochotę go zabić. Prawie to zrobiłem – szepcze. Marszczę brwi, bo nie rozumiem. Wyciska na myjkę więcej żelu i z czułą, bolesną delikatnością myje mi bok i pupę, po czym klęka. Ogląda uważnie moje kolano. Przesuwa ustami po sińcu, następnie myje mi nogi i stopy. Pieszczę jego głowę, przeczesując palcami mokre włosy. Wstaje i dotyka opuszkami palców posiniaczonych żeber, tam gdzie Jack mnie kopnął.

– Och, maleńka – jęczy z udręką w głosie, a oczy ma pociemniałe z wściekłości.

– Nic mi nie jest. – Przyciągam jego głowę i całuję w usta. Wyczuwam, że się waha, czy odwzajemnić pocałunek.

– Nie – szepcze mi do ust i odsuwa się. – Umyjmy cię. Twarz ma kamienną. Cholera... mówi poważnie. Wydymam wargi i atmosfera między nami natychmiast staje się lżejsza. Uśmiecha się szeroko i całuje lekko w usta.

– Mamy cię umyć, nic poza tym.

– Lubię poza tym.

– Ja też, pani Grey. Ale nie teraz, nie tutaj. – Bierze szampon i zabiera się za mycie włosów.

ALEŻ PRZYJEMNIE BYĆ CZYSTYM. Czuję się odświeżona i pełna energii i nie wiem, czy to dzięki prysznicowi, łzom czy decyzji o niezadręczaniu Christiana pytaniami. Otula mnie dużym ręcznikiem. Mniejszy owija sobie wokół bioder. Ostrożnie wycieram włosy. Boli mnie głowa, ale da się znieść. Doktor Singh dała mi środki przeciwbólowe, ale prosiła, abym je zażyła dopiero, gdy ból stanie się naprawdę duży.

Myślę o Elizabeth.

– Nadal nie rozumiem, dlaczego Elizabeth była w to wplątana.

– Ja rozumiem – mówi ponuro Christian.

To coś nowego. Marszczę brwi, ale wtedy coś mnie rozprasza. Mój mąż wyciera ręcznikiem włosy, a klatkę piersiową i ramiona ma nadal pokryte kropelkami wody połyskującymi w świetle halogenów. Uśmiecha się drwiąco.

– Fajny widok?

– Skąd wiesz? – pytam.

– Że mi się przyglądasz?

– Nie, głuptasie – besztam go. – O Elizabeth.

– Od detektywa Clarka.

Posyłam mu pytające spojrzenie, a w mojej głowie pojawia się kolejne dręczące wspomnienie. Clark był u mnie, kiedy leżałam nieprzytomna. Szkoda, że nie pamiętam, co mówił.

– Hyde miał filmy. Filmy z nimi wszystkimi. Na wielu pendrive'ach.

Co takiego? Marszczę brwi, napinając skórę na czole.

– Filmy, na których pieprzy się z nią i ze wszystkimi asystentkami.

Och!

– No właśnie. Materiał do szantażu. Lubił ostry seks. – Christian ściąga brwi, a ja obserwuję, jak przez jego twarz przemyka najpierw konsternacja, a po niej odraza. Blednie. No tak, Christian także lubi ostry seks.

– Przestań. – To słowo wydostaje się z moich ust, nim jestem w stanie się powstrzymać.

– Co mam przestać? – Nieruchomieje i przygląda mi się niespokojnie.

– Ty nie jesteś taki jak on.

Jego spojrzenie twardnieje, ale nic nie mówi, potwierdzając, że trafnie odczytałam jego myśli.

– Nie jesteś – powtarzam zdecydowanie.

– Jesteśmy ulepieni z tej samej gliny.

– Wcale nie – warczę, choć rozumiem, dlaczego może tak myśleć. „Jego ojca zabito podczas burdy w barze, matka piła na umór. Jako dziecko przebywał w różnych rodzinach zastępczych. I pakował się w tarapaty. Głównie kradzieże samochodów. Trafił do poprawczaka". Przypominają mi się informacje, jakie Christian wyjawił podczas lotu do Aspen. – Obaj macie burzliwą przeszłość i obaj urodziliście się w Detroit. I na tym koniec, Christianie. – Opieram dłonie na biodrach.

– Ana, twoja wiara we mnie jest wzruszająca, zwłaszcza w świetle ostatnich dni. Więcej się dowiemy, kiedy przyjedzie Welch.

– Christianie…

Ucisza mnie pocałunkiem.

– Wystarczy – mówi, a mnie przypomina się postanowienie o niewyciąganiu z niego na siłę informacji. – I nie dąsaj się – dodaje. – Chodź. Wysuszę ci włosy.

I wiem, że temat zamknięty.

UBRANA W SPODNIE OD DRESU i T-shirt siedzę pomiędzy nogami Christiana, a on suszy mi włosy.

– Więc Clark powiedział ci coś jeszcze, kiedy leżałam nieprzytomna?

– Nie przypominam sobie.

– Słyszałam kilka waszych rozmów.

Szczotka zawisa w powietrzu.

– Naprawdę? – pyta nonszalancko.

– Tak. Mój tato, twój tato, detektyw Clark... twoja mama.

– I Kate?

– Kate tam była?

– Krótko, tak. Ona też jest na ciebie wściekła.

Odwracam się.

– Skończ z tym całym „wszyscy są wściekli na Anę", dobrze?

– Mówię samą prawdę. – Christian jest zaskoczony moim wybuchem.

– Tak, zachowałam się lekkomyślnie, ale twojej siostrze groziło niebezpieczeństwo.

Mina mu rzednie.

– To prawda. – Wyłącza suszarkę i odkłada na łóżko. Ujmuje moją brodę. – Dziękuję ci – mówi, zaskakując mnie tym. – Ale koniec z lekkomyślnością. Ponieważ następnym razem spiorę cię na kwaśne jabłko.

– Nie zrobiłbyś tego!

– Ależ tak. – Jest poważny. Jasna cholera. Śmiertelnie poważny. – Mam zgodę twego ojczyma. – Uśmiecha się drwiąco.

Droczy się ze mną! A może nie? Rzucam się na niego, a on uchyla się tak, że padam na łóżko. Obolałe żebra dają o sobie znać i krzywię się.

Christian blednie.

– Zachowuj się! – nakazuje i przez chwilę jest zagniewany.

– Przepraszam – mruczę, głaszcząc jego twarz.

Delikatnie całuje moją dłoń.

– Ty naprawdę w ogóle nie zważasz na własne bezpieczeństwo. – Podciąga mi T-shirt i kładzie dłoń na brzuchu. Wstrzymuję oddech. – Teraz nie chodzi już tylko o ciebie – szepcze, przesuwając opuszkami palców wzdłuż gumki spodni.

Nieoczekiwanie w mojej krwi eksploduje gorące pożądanie. Głośno wciągam powietrze, a Christian się spina. Unosi rękę i zakłada mi za ucho zabłąkany lok.

– Nie – szepcze.

Co takiego?

– Nie patrz tak na mnie. Widziałem siniaki. I odpowiedź brzmi „nie". – Głos ma stanowczy. Całuje mnie w czoło.

– Christianie – jęczę.

– Nie. Wskakuj do łóżka. – Prostuje się.

– Do łóżka?

– Potrzebujesz odpoczynku.

– Potrzebuję ciebie.

Zamyka oczy i kręci głową, jakby dużo go to kosztowało. Kiedy je otwiera, widać w nich postanowienie.

– Rób, co ci każę, Ano.

Kusi mnie, żeby się rozebrać, ale wtedy przypominam sobie o sińcach i wiem, że w ten sposób nie wygram.

Niechętnie kiwam głową.

– Okej. – Wydymam wargi.

Śmieje się.

– Przyniosę ci lunch.

– Coś ugotujesz? – pytam niewinnie.

Ma tyle przyzwoitości, żeby się roześmiać.

– Coś odgrzeję. Pani Jones jest zajęta.

– Christianie, ja to zrobię. Dobrze się czuję. Jezu, skoro mam ochotę na seks, to z całą pewnością mogę się zająć gotowaniem. – Siadam, udając, że wcale nie krzywię się z bólu.

– Do łóżka! – Oczy mu płoną. Pokazuje palcem poduszkę.

– Chodź do mnie – mruczę, żałując, że nie mam na sobie czegoś bardziej kuszącego niż spodnie od dresu i T-shirt.

E L James

- Ana, kładź się. Natychmiast.

Rzucam mu gniewne spojrzenie, wstaję i bezceremonialnie zdejmuję spodnie. Usta mu drżą, kiedy odsuwa dla mnie kołdrę.

- Słyszałaś doktor Singh. Powiedziała, że masz odpoczywać. – Głos ma łagodniejszy. Wślizguję się do łóżka i z frustracją krzyżuję ręce na piersi. – I tak masz leżeć – mówi wyraźnie ubawiony.

Przyrządzana przez panią Jones potrawka z kurczaka to jedno z moich ulubionych dań. Christian je ze mną, siedząc po turecku na środku łóżka.

- Doskonale podgrzane – rzucam kpiąco, a on się uśmiecha. Jestem najedzona i śpiąca. Taki miał plan?

- Wyglądasz na zmęczoną. – Zabiera moją tacę.

- Bo jestem zmęczona.

- To dobrze. Śpij. – Całuje mnie. – Muszę trochę popracować. Mogę tutaj?

Kiwam głową… tocząc z powiekami z góry przegraną walkę. Nie miałam pojęcia, że jedzenie potrawki z kurczaka może być takie wyczerpujące.

Kiedy się budzę, za oknem zmierzcha. Pokój wypełnia jasnoróżowe światło. Christian siedzi w fotelu, przyglądając mi się, a jego szare oczy błyszczą w tym nastrojowym świetle. W ręce trzyma jakieś papiery. Twarz ma bladą jak ściana.

- Co się stało? – pytam natychmiast. Siadam, ignorując protesty żeber.

- Welch właśnie wyszedł.

O cholera.

- I?

- Mieszkałem z tym skurwielem – szepcze.

- Mieszkałeś? Z Jackiem?

Kiwa głową. Oczy ma wielkie jak spodki.

– Jesteście spokrewnieni?

– Nie. Dobry Boże, nie.

Odrzucam kołdrę, zapraszając go do łóżka. Ku memu zaskoczeniu nie odmawia. Zrzuca buty i wślizguje się obok mnie. Obejmuje mnie ramieniem, zwija się w kłębek i kładzie mi głowę na kolanach.

– Nie rozumiem – mówię cicho, gładząc go po włosach.

Christian zamyka oczy i marszczy czoło, jakby wytężał pamięć.

– Kiedy mnie znaleziono w mieszkaniu dziwki, zanim zamieszkałem z Carrickiem i Grace, znajdowałem się pod opieką stanu Michigan. Mieszkałem w rodzinie zastępczej. Ale nie mam z tamtego okresu żadnych wspomnień.

Rodzina zastępcza? To nowość również dla mnie.

– Jak długo? – szepczę.

– Mniej więcej dwa miesiące. W ogóle tego nie pamiętam.

– Rozmawiałeś o tym z rodzicami?

– Nie.

– Może powinieneś. Może oni ci pomogą.

Tuli mnie mocno.

– Proszę. – Podaje mi dwa zdjęcia.

Włączam lampkę przy łóżku, żeby dobrze im się przyjrzeć. Na pierwszym zdjęciu widać nędzny dom z żółtymi drzwiami i dużym oknem w dachu. Ma ganek i mały ogród. Niczym się nie wyróżnia.

Drugie zdjęcie przedstawia rodzinę – na pierwszy rzut oka zwykłą rodzinę z klasy robotniczej – męża, żonę i ich dzieci. Dorośli mają na sobie rozciągnięte, sprane niebieskie T-shirty. Mają po czterdzieści kilka lat. Kobieta ma spięte jasne włosy, a mężczyzna jest obcięty na jeża, ale oboje uśmiechają się ciepło do aparatu. Mężczyzna obejmuje ramieniem nadąsaną nastolatkę. Przyglądam się uważnie dzieciom: dwóm chłopcom, mniej więcej dwunastoletnim bliźniakom – obaj mają jasne włosy i uśmiechają się szeroko do aparatu; jest jeszcze jeden chłopiec, młodszy, z jasnorudymi włosami i nachmurzoną miną; a za nim chowa się szarooki chłopczyk z miedzianymi włosami. Wielkooki i przerażony, ściskający w rączce brudny kocyk.

Kurwa.

– To ty – szepczę, a serce podchodzi mi do gardła. Wiem, że w chwili śmierci matki Christian miał cztery lata. Ale ten chłopczyk wygląda na dużo młodszego. Musiał być bardzo niedożywiony. Zduszam szloch, gdy do oczu napływają mi łzy. Och, mój słodki Szary.

Christian kiwa głową.

– To ja.

– Welch przywiózł ci te zdjęcia?

– Tak. Zupełnie tego nie pamiętam. – Głos ma zupełnie bezbarwny.

– Nie pamiętasz pobytu u rodziny zastępczej? A czemu miałbyś pamiętać? Christianie, to było tak dawno temu. To cię właśnie gryzie?

– Pamiętam inne rzeczy, sprzed tego okresu i po nim. Kiedy poznałem mamę i tatę. Ale to... Zupełnie jakby moje życie dzieliła wielka przepaść.

Już rozumiem. Mój kochany kontroler lubi mieć wszystko na swoim miejscu, a teraz się dowiedział, że brak mu jakiejś części układanki.

– Jack jest na tym zdjęciu?

– Tak, to ten starszy chłopiec. – Oczy Christiana pozostają zamknięte i tuli się do mnie tak, jakbym była tratwą ratunkową.

Głaszczę jego włosy, przyglądając się temu chłopcu, który patrzy wyzywająco w aparat. Rozpoznaję w nim

Jacka. Ale to tylko dziecko, smutny ośmio- czy dziewię-
ciolatek ukrywający strach za maską wrogości. Coś mi się
przypomina.

– Kiedy Jack zadzwonił do mnie, żeby powiedzieć, że
ma Mię, powiedział, że wszystko mogło się ułożyć inaczej, że to mógł być on.

Christian zamyka oczy i wzdryga się.

– Skurwiel!

– Myślisz, że zrobił to wszystko dlatego, że Greyowie adoptowali ciebie, a nie jego?

– Kto wie? – W głosie Christiana słychać gorycz. –
Gówno mnie to obchodzi.

– Może wiedział, że się spotykamy, kiedy miałam
tamtą rozmowę w sprawie pracy. Może od początku
planował uwiedzenie mnie. – Do gardła podchodzi mi
żółć.

– Nie sądzę – mruczy Christian. Oczy ma otwarte. –
Informacje na temat mojej rodziny zaczął gromadzić dopiero jakiś tydzień po tym, jak zaczęłaś pracować w SIP.
Barney zna dokładne daty. I Ana, on pieprzył wszystkie
swoje asystentki i je filmował. – Christian zamyka oczy
i obejmuje mnie jeszcze mocniej.

Opanowując drżenie całego ciała, próbuję sobie
przypomnieć różne rozmowy z Jackiem z mojego początku pracy w SIP. Ignorowałam wtedy wszystkie złe
przeczucia. Christian ma rację – w ogóle nie zważam na
swoje bezpieczeństwo. Pamiętam naszą kłótnię o tamten
wyjazd do Nowego Jorku z Jackiem. Jezu, ja też mogłam
skończyć jako bohaterka obrzydliwego filmu. Na tę myśl
zbiera mi się na mdłości. I wtedy przypominają mi się
zdjęcia, które Christian robił swoim uległym.

O cholera. „Jesteśmy ulepieni z tej samej gliny". Nie,
Christianie, ty w ogóle nie jesteś taki jak on. Tuli się do
mnie jak mały chłopiec.

– Christianie, uważam, że powinieneś porozmawiać z mamą i tatą. – Opuszczam się niżej, aż nasze twarze znajdują się na tym samym poziomie.

Wpatrują się we mnie szare oczy, przypominając o tamtym chłopczyku ze zdjęcia.

– Zadzwonię do nich, dobrze? – pytam szeptem. Kręci głową. – Proszę.

Patrzy na mnie, a w jego oczach widać ból i zwątpienie w siebie. Och, Christianie, błagam!

– Ja zadzwonię – szepcze.

– Dobrze. Razem możemy do nich jechać, albo możesz to zrobić sam. Jak wolisz.

– Nie. Oni mogą przyjechać tutaj.

– Dlaczego?

– Nie chcę, żebyś gdzieś jeździła.

– Christianie, spokojnie mogę jechać.

– Nie – mówi stanowczym tonem. Uśmiecha się ironicznie. – Zresztą jest sobota wieczór i pewnie nie ma ich w domu.

– Zadzwoń. Widzę, że to cię dręczy. Może oni rzucą na całą sprawę nieco światła. – Zerkam na budzik. Dochodzi siódma.

Christian przez chwilę przygląda mi się wzrokiem pozbawionym wyrazu.

– Okej – mówi, jakbym rzuciła mu wyzwanie. Siada i bierze do ręki leżący na stoliku telefon.

Obejmuję go i opieram głowę na jego piersi.

– Tato? – Jest zaskoczony, że Carrick podniósł słuchawkę. – Ana ma się dobrze. Jesteśmy w domu. Welch właśnie wyszedł. Znalazł powiązanie… rodzina zastępcza w Detroit… w ogóle tego nie pamiętam. – Ostatnie zdanie wypowiada niemal szeptem. Serce mi się ściska. – Tak?... Przyjedziecie?... Świetnie. – Rozłącza się. – Już jadą. – W jego głosie słychać zdziwienie i uzmysławiam sobie, że pewnie nigdy dotąd nie prosił ich o pomoc.

– To dobrze. Powinnam się ubrać.

Christian obejmuje mnie jeszcze mocniej.

– Nie idź.

– Okej. – Wtulam się znowu w niego zdumiona, że tyle mi o sobie powiedział. Całkowicie dobrowolnie.

GDY STOIMY W PROGU SALONU, Grace bierze mnie w ramiona.

– Ana, Ana, kochana Ana – szepcze. – Uratowałaś dwoje moich dzieci. Jak ja ci się odwdzięczę?

Rumienię się, na równi wzruszona i zakłopotana jej słowami. Carrick także mnie ściska i całuje w czoło.

A potem dopada mnie Mia, miażdżąc mi żebra. Krzywię się i głośno wciągam powietrze, ale ona nie zwraca na to uwagi.

– Dziękuję, że mnie wyrwałaś z łap tamtym dupkom.

Christian rzuca jej gniewne spojrzenie.

– Mia! Ostrożnie! Ją wszystko boli.

– Och! Przepraszam.

– Nie jest tak źle – mruczę z ulgą, kiedy mnie puszcza. Dobrze wygląda. Nienagannie ubrana w obcisłe czarne dżinsy i jasnoróżową bluzkę z falbankami. Cieszę się, że włożyłam wygodną sukienkę bez rękawów i balerinki. Przynajmniej jakoś się prezentuję.

Christian bez słowa wręcza Grace zdjęcie. A ona zakrywa dłonią usta, gdyż od razu rozpoznaje Christiana. Carrick obejmuje ją za ramiona i także przygląda się fotografii.

– Och, kochanie. – Grace dotyka policzka syna.

Zjawia się Taylor.

– Panie Grey? Na górę jadą właśnie panna Kavanagh, jej brat i pański brat.

Christian ściąga brwi.

– Dziękuję, Taylor – mówi zaskoczony.

– Zadzwoniłam do Elliota i powiedziałam mu, że tu jedziemy. – Mia uśmiecha się radośnie. – Będzie powitalna imprezka.

Posyłam mojemu biednemu mężowi spojrzenie pełne współczucia, natomiast Grace i Carrick gromią wzrokiem Mię.

– No to naszykujmy coś do jedzenia – oświadczam. – Mia, pomożesz mi?

– Naturalnie.

Przechodzimy razem do kuchni, Christian zaś prowadzi rodziców do swego gabinetu.

KATE PAŁA SŁUSZNYM oburzeniem na mnie i Christiana, ale przede wszystkim na Jacka i Elizabeth.

– Co ty sobie myślałaś, Ana? – krzyczy na mnie w kuchni, a oczy wszystkich kierują się na nas.

– Kate, proszę. Wszyscy mnie tym zadręczają! – warczę.

Patrzy na mnie gniewnie i przez chwilę sądzę, że moja przyjaciółka zaraz wygłosi wykład na temat nieulegania żądaniom porywaczy, jednak ona bierze mnie w ramiona.

– Jezu, czasami zupełnie nie używasz mózgu, Steele – szepcze. A gdy całuje mnie w policzek, widzę, że w jej oczach błyszczą łzy. Kate! – Tak się o ciebie martwiłam.

– Nie płacz. Bo ja też zacznę.

Odsuwa się i zakłopotana wyciera oczy, po czym bierze głęboki oddech.

– Z bardziej przyjemnych tematów, to ustaliliśmy datę ślubu. Maj. No i oczywiście chcę, żebyś była pierwszą druhną.

– Och… Kate… Wow. Gratulacje! – Cholera… Fasolka… Junior!

– Co się stało? – pyta, błędnie odczytując mój niepokój.

– Eee... po prostu strasznie się cieszę. Dla odmiany
jakaś dobra wiadomość. – Przytulam ją mocno. Cholera, cholera, cholera. Kiedy Fasolka ma przyjść na świat?
W myślach dokonuję obliczeń. Doktor Greene mówiła, że
to czwarty lub piąty tydzień. Więc jakoś w maju? Cholera.

Elliot podaje mi kieliszek z szampanem.

Och. Jasny gwint.

Z gabinetu wychodzi pobladły Christian, a za nim
rodzice. Wchodzą razem do salonu. Jego oczy robią się
wielkie, kiedy dostrzega w mojej dłoni kieliszek.

– Kate – wita ją chłodno.

– Christianie. – Jest równie chłodna. Wzdycham.

– A lekarstwa, pani Grey? – Mierzy wzrokiem kieliszek.

Mrużę oczy. Do diaska. Chcę się napić. Grace uśmiecha się, podchodząc do mnie. Po drodze bierze od Elliota
kieliszek.

– Jeden łyk nie zaszkodzi – szepcze i mruga do mnie
konspiracyjnie.

Christian patrzy na nas niechętnie, dopóki jego uwagi nie odwróci Elliot. I zagłębiają się w rozmowie o ostatnim meczu Marinersów z Rangerami.

Carrick dołącza do rodziny i obejmuje całą grupę.
Grace całuje go w policzek, po czym oddala się do siedzącej na kanapie Mii.

– Jak tam Christian? – szepczę do Carricka, gdy stoimy razem w kuchni, obserwując resztę rodziny. Dostrzegam zaskoczona, że Mia i Ethan trzymają się za ręce.

– Wstrząśnięty – mówi cicho. Twarz ma poważną.
– Tak dużo pamięta z życia ze swoją biologiczną matką;
tyle rzeczy, których wolałbym, aby nie pamiętał. Ale to...
– urywa. – Mam nadzieję, że pomogliśmy. Cieszę się, że

do nas zadzwonił. Powiedział, że ty mu kazałaś. – Jego spojrzenie łagodnieje. Wzruszam ramionami i biorę mały łyk szampana. – Jesteś dla niego bardzo dobra. Nikogo innego się nie słucha.

Marszczę brwi. Nie sądzę, aby to była prawda. W moich myślach czai się nieproszone widmo Zdzirowatego Trolla. Wiem, że Christian rozmawiał także z Grace. Słyszałam. I znowu przeżywam chwilę frustracji, kiedy próbuję sobie przypomnieć ich rozmowę w szpitalu.

– Usiądź, Ano. Wyglądasz na zmęczoną. Na pewno nie spodziewałaś się dzisiaj nas wszystkich.

– Cudownie was widzieć. – Uśmiecham się. Ponieważ to prawda. Jestem jedynaczką, która dzięki małżeństwu weszła do dużej, towarzyskiej rodziny, i niesamowicie mnie to cieszy. Moszczę się na kanapie obok Christiana.

– Jeden łyk – syczy i odbiera mi kieliszek.

– Tak jest, proszę pana. – Trzepoczę rzęsami, kompletnie go rozbrajając. Obejmuje mnie ramieniem i wraca do rozmowy z Elliotem i Ethanem.

– Moi rodzice uważają cię za ósmy cud świata – mruczy Christian, zdejmując T-shirt.

Leżę w łóżku i go obserwuję.

– Całe szczęście, że ty nie – prycham.

– Och, sam nie wiem. – Zsuwa z bioder dżinsy.

– Sporo się dziś od nich dowiedziałeś?

– Trochę. Mieszkałem z Collierami dwa miesiące, podczas gdy mama i tata czekali na załatwienie formalności. Zdążyli już uzyskać zgodę na adopcję, ale zgodnie z prawem musieli odczekać, by się przekonać, czy nie upomni się o mnie jakiś żyjący krewny.

– I jak się z tym czujesz? – pytam cicho.

Marszczy brwi.

– Z tym, że nie mam krewnych? Pieprzyć to. Gdyby byli choć trochę tacy jak dziwka… – Kręci ze wstrętem głową.

Och, Christianie! Byłeś dzieckiem i kochałeś swoją mamę.

Wkłada piżamę, wchodzi do łóżka i delikatnie mnie do siebie przytula.

– Trochę wspomnień wróciło. Pamiętam jedzenie. Pani Collier dobrze gotowała. I przynajmniej wiemy, czemu ten sukinsyn tak bardzo się uwziął na naszą rodzinę. – Przeczesuje dłonią włosy. – Kurwa! – mówi nagle.

– Co się stało?

– Teraz to ma sens!

– Ale co?

– Ptaszyna. Pani Collier nazywała mnie Ptaszyną.

Ściągam brwi.

– To ma sens?

– Kartka – mówi, patrząc mi w oczy. – Tamta kartka, którą zostawił ten sukinsyn. Napisane tam było coś w rodzaju: znasz mnie? Bo ja ciebie tak, Ptaszyno.

Dla mnie to w ogóle nie ma sensu.

– To z książeczki dla dzieci. Chryste. Była u Collierów. Nosiła tytuł… *Jesteś moją matką?* Cholera. – Jego oczy stają się wielkie. – Uwielbiałem tę książeczkę.

Och. Znam ją. Serce mi się ściska – Szary!

– Pani Collier mi ją czytała.

Nie wiem, co powiedzieć.

– Chryste. On wiedział… ten sukinsyn wiedział.

– Powiesz policji?

– Tak. Powiem. Bóg jeden wie, co Clark zrobi z tą informacją. – Christian kręci głową, jakby próbował wyrzucić z niej przykre myśli. – A tak w ogóle to dziękuję ci za dzisiejszy wieczór.

– Ale za co?

– Nakarmienie mojej rodziny.

– Nie dziękuj mnie, lecz Mii. I pani Jones, bo spiżarnia jest świetnie zaopatrzona.

Kręci z rozdrażnieniem głową. Czemu?

– Jak się pani czuje, pani Grey?

– Dobrze. A pan?

– Dobrze.

Och… no to świetnie. Przesuwam palcami po jego brzuchu, w dół ścieżynki.

Śmieje się i chwyta moją dłoń.

– O nie. Wybij to sobie z głowy.

Wydymam usta, a on wzdycha.

– Ana, Ana, Ana, i co ja mam z tobą zrobić? – Całuje moje włosy.

– A ja wiem co. – Poprawiam się na łóżku i krzywię, gdy żebra znowu dają o sobie znać.

– Maleńka, miałaś męczący dzień. Poza tym mam dla ciebie bajkę na dobranoc.

Och?

– Chciałaś wiedzieć… – Urywa, zamyka oczy i przełyka ślinę.

Wszystkie włoski na ciele stają mi dęba. Cholera.

Zaczyna cicho:

– Wyobraź sobie coś takiego: nastoletni chłopiec dorabiający do kieszonkowego, żeby mieć za co w sekrecie popijać. – Przekręca się, tak że leżymy teraz twarzami do siebie. Patrzy mi w oczy. – Więc pracowałem u Lincolnów, sprzątając jakieś śmieci z niedawno zrobionej dobudówki…

O kurwa… on mówi.

ROZDZIAŁ DWUDZIESTY PIĄTY

L edwie mogę oddychać. Naprawdę chcę to usłyszeć? Christian zamyka oczy i przełyka ślinę. Kiedy je otwiera, są pełne niepokojących wspomnień.
– To był gorący wakacyjny dzień. Ciężko pracowałem.
– Prycha i kręci głową, nagle rozbawiony. – Wynoszenie gruzu to naprawdę katorżnicza praca. Byłem sam i nagle pojawiła się Ele... pani Lincoln. Przyniosła mi lemoniadę. Trochę pogadaliśmy, a ja uczyniłem kilka przemądrzałych uwag... i wtedy mnie uderzyła. Mocno. – Nieświadomie jego dłoń dotyka policzka, a oczy zachodzą mgłą. – Ale potem mnie pocałowała. A kiedy skończyła, uderzyła raz jeszcze. – Mruga powiekami, skonfundowany nawet po tylu latach. – Nikt mnie nigdy tak nie pocałował ani nie uderzył.

Och. Wykorzystała dziecko.

– Chcesz tego słuchać? – pyta Christian.

Tak... Nie...

– Tylko jeśli ty chcesz opowiadać – mówię cicho. W mojej głowie myśli pędzą szaleńczo.

– Próbuję zaprezentować ci jakiś kontekst.

Kiwam głową, mam nadzieję, że w sposób zachęcający. Ale podejrzewam, że wyglądam jak posąg, zastygły w bezruchu i zaszokowany.

Marszczy brwi, próbując wybadać moją reakcję. Następnie przekręca się na plecy i wbija wzrok w sufit.

– Cóż, naturalnie byłem zaskoczony i wkurzony, i cholernie podniecony. No pomyśl tylko, starsza kobieta, niezła laska, tak się na ciebie rzuca... – Kręci głową, jakby nadal nie mógł w to uwierzyć.

Laska? Robi mi się niedobrze.

– Wróciła do domu, zostawiając mnie tam samego. Zachowywała się tak, jakby nic się nie stało. Zupełnie nie wiedziałem, co o tym myśleć. Zająłem się więc pracą, czyli wyrzucaniem gruzu do kontenera. Kiedy wieczorem odchodziłem, poprosiła, abym stawił się nazajutrz. Nie wspomniała o tym, co się stało. Więc następnego dnia wróciłem. Nie mogłem się tego doczekać – szepcze, jakby wyznawał jakiś mroczny sekret... i zresztą wyznaje. – Podczas pocałunku nie dotykała mnie – mówi cicho i odwraca głowę w moją stronę. – Musisz zrozumieć... moje życie było piekłem na ziemi. Miałem piętnaście lat, byłem wysoki jak na swój wiek i buzowały we mnie hormony. Dziewczyny w szkole... – Urywa, ale ja już to widzę: przerażony, samotny, ale przystojny nastolatek. Serce mi się ściska.

– Byłem wkurzony, tak cholernie wkurzony na wszystkich, na siebie, rodziców. Nie miałem przyjaciół. Mój ówczesny terapeuta był kompletnym dupkiem. Rodzice krótko mnie trzymali; nie rozumieli. – Wpatruje się w sufit i przeczesuje palcami włosy. Aż świerzbią mnie palce, żeby także ich dotknąć, nie ruszam się jednak. – Nie byłem w stanie znieść niczyjego dotyku. Nie byłem. Nie znosiłem, kiedy ktoś za bardzo się do mnie zbliżał. Biłem się... kurde, ależ ja się biłem. Wdawałem się w naprawdę paskudne burdy. Z dwóch szkół mnie wyrzucono. Ale to był sposób na wyładowanie się. Na tolerowanie jakiejś formy fizycznego kontaktu. – Urywa. – No, to już wiesz, jak to było. A kiedy ona mnie całowała, trzymała tylko moją twarz. Nie dotykała mnie. – Jego głos ledwie słychać.

Musiała wiedzieć. Być może od Grace. Och, mój biedny Szary. Muszę wsadzić dłonie pod poduszkę i oprzeć na niej głowę, aby zwalczyć pokusę objęcia go.

- Cóż, następnego dnia wróciłem tam, nie wiedząc, czego się spodziewać. I oszczędzę ci drastycznych szczegółów, ale było to samo, tylko więcej. I tak się zaczął nasz związek.

O kurwa, to tak boli.

Znowu przekręca się na bok.

- I wiesz co, Ano? Mój świat stał się nagle wyraźny. Dokładnie tego mi było trzeba. Była powiewem świeżego powietrza. Podejmując decyzje, pozwalając mi oddychać. I nawet kiedy nasz związek dobiegł końca, mój świat pozostał dzięki niej wyraźny. I tak było, dopóki nie poznałem ciebie.

I co ja, u licha, mam na to powiedzieć? Christian niepewnie zakłada mi pasmo włosów za ucho.

- Postawiłaś mój świat na głowie. - Zamyka na chwilę oczy. - Mój świat był poukładany, spokojny i pod kontrolą, a potem pojawiłaś się ty i twój cięty język, niewinność, uroda i spokojna odwaga... i wszystko przed tobą okazało się nudne, puste, mierne...

O rety.

- Zakochałem się - szepcze.

Przestaję oddychać. Dotyka mego policzka.

- Ja też - mówię cichutko.

Jego spojrzenie łagodnieje.

- Wiem.

- Wiesz?

- Tak.

Alleluja! Uśmiecham się nieśmiało.

- Nareszcie - szepczę.

Kiwa głową.

- I wszystkiemu nadałaś właściwe proporcje. Kiedy byłem młodszy, Elena stanowiła centrum mojego wszechświata. Zrobiłbym dla niej wszystko. A ona zrobiła wiele dla mnie. Dzięki niej przestałem pić. Zacząłem się przykładać do nauki... No wiesz, dzięki niej nauczyłem się radzić sobie ze światem, pozwalała mi doświadczać tego, do czego nie sądziłem, że jestem zdolny.

– Dotyk – szepczę.

Kiwa głową.

– Jako tako.

Marszczę brwi, zastanawiając się, co ma na myśli.

Waha się, gdy widzi moją reakcję.

Powiedz mi!

– Jeśli dorastasz, mając całkowicie negatywny obraz swojej osoby, uważając się za jakiegoś wyrzutka, niekochanego dzikusa, uważasz, że zasługujesz na to, aby cię bito.

Christianie... ty taki nie jesteś.

– Ana, znacznie łatwiej uzewnętrzniać w ten sposób ból...

Och.

– Ona przekierowała mój gniew. – Zaciska usta. – Głównie do wewnątrz, teraz to sobie uzmysławiam. Doktor Flynn już od jakiegoś czasu mi o tym mówi. Dopiero niedawno zacząłem postrzegać nasz związek tak, jak powinienem. No wiesz... w dniu moich urodzin.

Wzdrygam się na wspomnienie Eleny i Christiana kłócących się podczas jego przyjęcia urodzinowego.

– Dla niej ta strona naszego związku polegała na seksie i kontroli, na tym, że samotna kobieta znajduje nieco szczęścia w ramionach młodego kochanka.

– Ale ty lubisz kontrolę – szepczę.

– Lubię. I zawsze tak będzie, Ano. Taki już jestem. Na krótki czas się tego wyrzekłem. Pozwoliłem, aby ktoś inny podejmował za mnie decyzje. Poprzez poddanie się jej odnalazłem siebie i siłę potrzebną do objęcia kontroli nad swoim życiem... objęcia kontroli i podejmowania własnych decyzji.

– Stania się Panem?

– Tak.

– Twoja decyzja?

– Tak.

– Rzucenie studiów?

– Moja decyzja, najlepsza w życiu. Dopóki nie poznałem ciebie.

– Mnie?

– Tak. – Uśmiecha się łagodnie. – Najlepszą decyzją okazało się poślubienie ciebie.

O rety.

– Nie założenie swojej firmy?

Kręci głową.

– Nie nauka pilotażu?

Kręci głową.

– Ty – mówi cicho. Dotyka mego policzka. – Ona wiedziała – szepcze.

Marszczę brwi.

– Wiedziała co?

– Że zakochałem się w tobie bez pamięci. Namawiała mnie, żebym poleciał wtedy do Georgii i cieszę się, że jej się udało. Sądziła, że się przestraszysz i odejdziesz. Co zresztą zrobiłaś.

Bledmę. Wolałabym o tym nie myśleć.

– Uważała, że potrzebuję wszystkiego tego, co łączy się z moim stylem życia.

– Pana? – szepczę.

Kiwa głową.

– Dzięki temu mogłem wszystkich trzymać na dystans i mieć wszystko pod kontrolą. Tak mi się przynajmniej wydawało. Jestem pewny, że domyśliłaś się dlaczego – dodaje cicho.

– Twoja biologiczna matka?

– Nie chciałem znowu cierpień. A potem ty ode mnie odeszłaś. – Jego słowa są ledwie słyszalne. – I wszystko się rozsypało.

E L James

- Brakuje ci tego? – szepczę.
- Czego?
- Tamtego życia.
- Brakuje.
Och!
- Ale tylko kontroli, którą mi ono zapewniało. I szczerze mówiąc, ta twoja idiotyczna akcja... – urywa. – Ta, która uratowała moją siostrę... – W jego głosie słychać ulgę, podziw i niedowierzanie. – Stąd wiem.
- Wiesz co?
- Że mnie naprawdę kochasz.
Ściągam brwi.
- Naprawdę wiesz?
- Tak. Ponieważ tyle ryzykowałaś... dla mnie, dla mojej rodziny.
Wyciąga rękę i przesuwa palcem po zmarszczce na moim czole, tuż nad nosem.
- Kiedy marszczysz brwi, robi ci się takie V – mruczy. – Przyjemnie się je całuje. Czasami zachowuję się tak paskudnie... a jednak nadal tu jesteś.
- Dlaczego cię to dziwi? Mówiłam ci, że nie zamierzam od ciebie odejść.
- Z powodu tego, jak się zachowałem, kiedy mi powiedziałaś o ciąży. – Przesuwa palcem po moim policzku. – Miałaś rację. Jestem nastolatkiem.
O cholera... rzeczywiście tak powiedziałam. Moja podświadomość gromi mnie wzrokiem. Ale tak powiedział jego lekarz!
- Christianie, wypowiedziałam wiele okropnych słów.
Kładzie mi palec na ustach.
- Ćśś. Zasłużyłem na to, aby je usłyszeć. Poza tym to moja bajka, nie twoja. – Przewraca się ponownie na plecy.
- Kiedy mi powiedziałaś, że jesteś w ciąży... – Urywa. – Wcześniej sądziłem, że przez jakiś czas będziemy

tylko we dwoje. Myślałem o dziecku, ale była to dla mnie abstrakcja.

Tylko jednym? Nie... Tylko nie jedynak. Ja byłam jedynaczką. Ale teraz to chyba nie jest najbardziej odpowiedni moment, aby o tym wspominać.

– Jesteś jeszcze taka młoda i wiem, że bardzo ambitna.

Ambitna? Ja?

– Cóż, pokrzyżowałaś moje plany. Chryste, tego się kompletnie nie spodziewałem. Nawet kiedy cię zapytałem, co się stało, w życiu nie przyszło mi do głowy, że jesteś w ciąży. – Wzdycha. – Byłem taki wściekły. Na ciebie. Na siebie. Na wszystkich. I cofnęło mnie to do czasu, kiedy nie miałem kontroli nad swoim życiem. Musiałem wyjść. Poszedłem zobaczyć się z Flynnem, ale on był akurat na wywiadówce. – Christian unosi brew.

– Cóż za ironia – szepczę.

– No więc chodziłem i chodziłem, i chodziłem, i nagle... znalazłem się w salonie. Elena właśnie wychodziła. Zdumiał ją mój widok. I jeśli mam być szczery, mnie też zdziwił fakt, że tam jestem. Wyczuła, że jestem wściekły, i zapytała, czy mam ochotę na drinka.

O cholera. Dochodzimy do sedna sprawy. Serce wali mi jak młotem. Naprawdę chcę tego słuchać? Moja podświadomość unosi ostrzegawczo brew.

– Udaliśmy się do spokojnego baru i wypiliśmy butelkę wina. Przeprosiła mnie za to, jak się zachowała podczas tamtego przyjęcia. Boli ją, że moja mama nie chce jej już znać – jej kręgi towarzyskie uległy zmniejszeniu – ale rozumie. Rozmawialiśmy o jej firmie, która dobrze sobie radzi mimo recesji... Wspomniałem, że ty chcesz mieć dzieci.

Marszczę brwi.

– Sądziłam, że powiedziałeś jej o ciąży.

– Nie.

– Czemu to przede mną przemilczałeś?

Wzrusza ramionami.

– Nie miałem szansy.

– Miałeś.

– Rano nie mogłem cię znaleźć, Ana, a kiedy znalazłem, byłaś na mnie taka wkurzona…

O tak.

– Byłam.

– W każdym razie tamtego wieczoru, mniej więcej w połowie drugiej butelki, ona się nachyliła, aby mnie dotknąć. A ja zamarłem – szepcze, zasłaniając ręką oczy.

Swędzi mnie skóra na głowie. Do czego on zmierza?

– Zobaczyła, że się wzdrygam. Oboje nas to zaszokowało. – Jego głos jest niski, zbyt niski.

Christianie, popatrz na mnie! Pociągam go za ramię, a on je opuszcza i patrzy mi w oczy. Cholera. Twarz ma bladą, oczy szeroko otwarte.

– Co? – wyrzucam z siebie.

Przełyka ślinę.

Och… czego on mi nie mówi? Chcę to wiedzieć?

– Przystawiała się do mnie. – Jest tym zaszokowany.

Z mojego ciała ucieka całe powietrze. Mam wrażenie, że serce przestaje mi bić. Pierdolony Zdzirowaty Troll!

– To była chwila zawieszona w czasie. Zobaczyła moją minę i uzmysłowiła sobie, że posunęła się za daleko. Powiedziałem… nie. Już od lat nie myślę o niej w ten sposób, a poza tym – przełyka ślinę – kocham ciebie. Powiedziałem jej, że kocham swoją żonę.

Wpatruję się w niego. Nie wiem, co powiedzieć.

– Natychmiast się wycofała. Jeszcze przeprosiła, obróciła wszystko w żart. Stwierdziła, że jest szczęśliwa z Isaakiem i że nie miała nic złego na myśli. Powiedziała, że brakuje jej naszej przyjaźni, ale że widzi, iż moje życie należy teraz do ciebie. I że ta cała sytuacja jest bardzo niezręczna, zważywszy na to, co się wydarzyło, kiedy po raz ostatni znajdowaliśmy się w tym samym pomieszczeniu. Nie mogłem nie przyznać jej racji. Pożegnaliśmy się. Powiedziałem jej, że więcej się nie spotkamy, no i poszła w swoją stronę.

Przełykam ślinę. Strach chwyta wielką łapą moje serce.

– Całowaliście się?

– Nie! – prycha. – Nie zniósłbym tak bliskiej jej obecności.

Och. To dobrze.

– Byłem przygnębiony. Pragnąłem wrócić do domu, do ciebie. Ale… wiedziałem, że brzydko się zachowałem. Zostałem więc i wykończyłem butelkę, potem przerzuciłem się na bourbon. Kiedy piłem, przypomniały mi się twoje słowa: „Gdyby to był mój syn…". I zacząłem myśleć o Juniorze i o tym, jak zaczął się związek mój i Eleny. I poczułem się… źle. Nigdy dotąd tak tego nie postrzegałem.

W mojej głowie pojawia się wspomnienie – prowadzona szeptem rozmowa – głos Christiana: „Ale spotkanie z nią w końcu pozwoliło mi spojrzeć na wszystko z odpowiedniej perspektywy. No wiesz… z dzieckiem. Po raz pierwszy poczułem… To, co robiliśmy… było złe". Mówił to do Grace.

– I tyle?

– Mniej więcej.

– Och.

– Och?

– To koniec?

– Tak. Koniec nastąpił w chwili, gdy cię ujrzałem po raz pierwszy. Tamtego wieczoru wreszcie to do mnie dotarło, i do niej też.

– Przepraszam – mówię cicho.

– Za co?

– Że następnego dnia byłam taka wściekła.

Prycha.

– Maleńka, doskonale to rozumiem. – Wzdycha. – Widzisz, Ana, chcę cię mieć dla siebie. Nie chcę się tobą dzielić. Chcę być centrum twojego wszechświata, a przynajmniej przez jakiś czas.

Och, Christianie.

– Jesteś nim. To się nie zmieni.

Posyła mi smutny, zrezygnowany uśmiech.

– Ana – szepcze. – To nie jest prawda.

Do oczu napływają mi łzy.

– No bo jak to możliwe? – mówi cicho.

O nie.

– Cholera, nie płacz, Ano. Proszę, nie płacz. – Dotyka mego policzka.

– Przepraszam. – Dolna warga mi drży, a on przesuwa po niej kciukiem.

– Nie, Ana, nie. Nie przepraszaj. Będziesz miała kogoś jeszcze do kochania. I masz rację. Tak właśnie powinno być.

– Fasolka także będzie cię kochać. Będziesz centrum świata Fasolki... Juniora – szepczę. – Dzieci bezwarunkowo kochają swoich rodziców, Christianie. Takie już się rodzą. Zaprogramowane na miłość. Wszystkie dzieci... nawet ty. Pomyśl o tej książeczce, którą lubiłeś, gdy byłeś mały. Nadal pragnąłeś mieć mamę. Kochałeś ją.

Marszczy brwi i cofa rękę. Zaciska ją w pięść.

– Nie – szepcze.

– Ależ tak. – Łzy płyną coraz szybciej. – Oczywiście, że kochałeś. Dlatego właśnie tak bardzo cierpisz.

Patrzy na mnie szeroko otwartymi oczami.

– Dlatego właśnie potrafisz kochać mnie – mówię cicho. – Wybacz jej. Dość się w życiu wycierpiała. Była gównianą matką, a ty ją kochałeś.

Nic nie mówi. Wygląda na udręczonego wspomnieniami, których okropieństwa nawet nie jestem w stanie sobie wyobrazić.

Och, proszę, nie milknij.

W końcu odzywa się:

– Szczotkowałem jej włosy. Była ładna.

– Wystarczy spojrzeć na ciebie.

– Była gównianą matką. – Głos ma niewiele głośniejszy od szeptu.

Kiwam głową, a on zamyka oczy.

– Strasznie się boję, że będę gównianym ojcem.

Dotykam jego kochanej twarzy. Och, mój Szary, Szary, Szary.

– Christianie, czy sądzisz, że pozwoliłabym ci na to?

Otwiera oczy i patrzy na mnie przez całą wieczność chyba. Uśmiecha się, a na jego twarzy pojawia się uczucie ulgi.

– Nie sądzę. – Dotyka mego policzka. – Ależ ty jesteś silna. Tak bardzo cię kocham. – Całuje mnie w czoło.

– Nie wiedziałem, że jestem do tego zdolny.

– Och, Christianie – szepczę, starając się poskromić targające mną emocje.

– No dobrze, to już koniec bajki na dobranoc.

– To dopiero była bajka...

Uśmiecha się ze smutkiem, ale myślę, że czuje ulgę.

– Jak twoja głowa?

– Moja głowa? – Prawdę mówiąc, chyba zaraz eksploduje od tego wszystkiego, co mi powiedziałeś!

– Boli?

– Nie.

– To dobrze. Myślę, że powinnaś pójść teraz spać.

Spać! Jak mogę zasnąć po czymś takim?

– Spać – powtarza surowo. – Potrzebujesz tego.

Wydymam usta.

– Mam jedno pytanie.

– Och? Jakie? – Patrzy na mnie nieufnie.

– Dlaczego nagle stałeś się taki... otwarty, z braku lepszego słowa?

Ściąga brwi.

– Mówisz mi to wszystko, gdy tymczasem wyciąganie z ciebie informacji to prawdziwy koszmar.

– Naprawdę?

– Sam wiesz, że tak.

– Dlaczego jestem otwarty? Nie wiem. Może to przez ten widok na tamtym parkingu... ty prawie nieżywa? Przez fakt, że zostanę ojcem. Nie wiem. Mówiłaś, że chcesz wiedzieć, a ja nie chcę, aby Elena stawała między nami. Nie może. Ona należy do przeszłości, tyle razy ci to mówiłem.

– Gdyby nie przystawiała się do ciebie... nadal byście się przyjaźnili?

– To więcej niż jedno pytanie.

– Przepraszam. Nie musisz odpowiadać. – Rumienię się. – I tak dowiedziałam się od ciebie więcej, niż mogłabym się spodziewać.

Jego spojrzenie łagodnieje.

– Nie, nie sądzę, ale od czasu urodzin była dla mnie czymś w rodzaju niedokończonej sprawy. Przekroczyła granicę, i to mi wystarczyło. Proszę, uwierz mi. Nie zamierzam się z nią więcej spotykać. Powiedziałaś, że to twoja granica bezwzględna. To określenie rozumiem – mówi z cichą szczerością.

Okej. Odpuszczę teraz ten temat. Moja podświadomość oddycha z ulgą. „Nareszcie!"

– Dobranoc, Christianie. Dziękuję za tę wiele wyjaśniającą bajkę na dobranoc. – Nachylam się, aby go pocałować i nasze usta stykają się na chwilę, kiedy jednak próbuję pogłębić pocałunek, on się odsuwa.

– Nie – szepcze. – Rozpaczliwie pragnę się z tobą kochać.

– W takim razie śmiało.

– Nie, musisz odpoczywać, a jest już późno. Śpij. – Gasi lampkę, pogrążając pokój w ciemnościach.

– Kocham cię bezwarunkowo, Christianie – mruczę, gdy wtulam się w niego.

– Wiem – szepcze i wyczuwam ten jego nieśmiały uśmiech.

Budzę się. W pokoju jest jasno, a Christiana nie ma w łóżku. Zerkam na zegarek i widzę, że jest siódma pięćdziesiąt trzy. Biorę głęboki oddech, więc od razu też się krzywię, gdy czuję ból w żebrach. Ale już nie taki jak wczoraj. Chyba mogłabym jechać do pracy. Praca – tak. Chcę jechać do pracy.

Jest poniedziałek i cały wczorajszy dzień spędziłam w łóżku. Christian pozwolił mi jedynie na krótkie odwiedziny u Raya. No naprawdę, nadal paskudny kontroler z niego. Uśmiecham się czule. Mój kontroler. Odkąd wróciłam do domu, troszczy się o mnie, jest kochający i rozmowny... i ręce trzyma ode mnie z daleka. Będę musiała coś z tym zrobić. Głowa mnie nie boli, ból żeber zmalał – choć owszem, przyznaję, że śmiać się muszę ostrożnie – ale jestem sfrustrowana. To chyba najdłuższy okres bez seksu od... cóż, od pierwszego razu.

Wygląda na to, że oboje odzyskaliśmy równowagę. Christian jest znacznie bardziej zrelaksowany; ta jego długa bajka na dobranoc najwyraźniej pomogła mu się pozbyć części demonów. I mnie też.

Biorę szybki prysznic, a potem dokonuję szybkiego przeglądu garderoby. Chcę coś seksownego. Coś, co mogłoby pobudzić Christiana do działania. Kto by pomyślał, że taki nienasycony mężczyzna może mieć w sobie tyle samokontroli? Naprawdę nie chcę rozmyślać o tym, w jaki sposób Christian nauczył się takiej dyscypliny. Od tamtego wieczoru nie rozmawialiśmy o Zdzirowatym Trollu. Mam nadzieję, że to temat zamknięty raz na zawsze.

Decyduję się na niemal nieprzyzwoicie krótką czarną spódnicę i białą jedwabną bluzkę z falbanką. Do tego pończochy i czarne czółenka od Louboutina. Odrobina tuszu do rzęs i błyszczyku, a włosy pozostawiam rozpuszczone. Tak. To powinno załatwić sprawę.

Christian je śniadanie. Na mój widok widelec z omletem zatrzymuje w połowie drogi do ust. Marszczy brwi.

– Dzień dobry, pani Grey. Wybiera się pani gdzieś?

– Do pracy. – Uśmiecham się słodko.

– Nie wydaje mi się. – Christian prycha. – Doktor Singh zaleciła ci tygodniowe zwolnienie.

– Christianie, nie mam zamiaru spędzić całego dnia sama w łóżku. Więc równie dobrze mogę jechać do pracy. Dzień dobry, Gail.

– Pani Grey. – Pani Jones próbuje ukryć uśmiech. – Zje pani śniadanie?

– Chętnie.

– Płatki?

– Wolałabym jajecznicę i razowe tosty.

Pani Jones uśmiecha się szeroko, a Christian patrzy na mnie zdziwiony.

– Już się robi, pani Grey.

– Ana, nie jedziesz do pracy.

– Ale…

– Nie. To proste. Nie kłóć się. – Christian jest stanowczy.

Patrzę na niego gniewnie i dopiero teraz zauważam, że ma na sobie te same spodnie od piżamy i T-shirt, w których spał.

– A ty jedziesz do pracy? – pytam.

– Nie.

Zaczynam wariować?

– Mamy poniedziałek, tak?

Uśmiecha się.

– Na to wygląda.

Mrużę oczy.

– Zamierzasz wagarować?

– Nie zostawię cię tu samej. A doktor Singh powiedziała, że dopiero za tydzień możesz wrócić do pracy, nie pamiętasz?

Siadam na stołku obok niego i podciągam nieco spódnicę. Pani Jones stawia przede mną herbatę.

– Dobrze wyglądasz – mówi Christian. Zakładam nogę na nogę. – Bardzo dobrze. Zwłaszcza tutaj. – Przesuwa palcem po nagim ciele tuż nad pończochą. Puls mi przyspiesza. – Ta spódnica jest bardzo krótka – mruczy z lekką dezaprobatą.

– Naprawdę? Nie zauważyłam.

– Czyżby, pani Grey? – Uśmiecha się z rozbawieniem, ale i odrobiną irytacji.

Oblewam się rumieńcem.

– Nie jestem pewny, czy to strój odpowiedni do pracy.

– Cóż, ale skoro nie wybieram się do pracy, to kwestia dyskusyjna.

– Dyskusyjna?

– Dyskusyjna.

Uśmiecha się lekko drwiąco i wraca do jedzenia omletu.

– Mam lepszy pomysł.

– Naprawdę?

Posyła mi spojrzenie spod długich rzęs. Szare oczy mu ciemnieją. O rety. Czas najwyższy.

– Możemy sprawdzić, jak Elliotowi idzie praca w naszym domu.

Co takiego? Och! Przypomina mi się, że mieliśmy to zrobić przed wypadkiem Raya.

– Chętnie.

– Świetnie. – Uśmiecha się.

– Nie musisz pracować?

– Nie. Ros wróciła z Tajwanu. Wszystko poszło zgodnie z planem.

– Sądziłam, że to ty masz lecieć do Tajwanu.

Prycha.

– Ana, byłaś z szpitalu.

– Och.

– No właśnie, „och". A więc dzisiaj zamierzam spędzić mile czas z moją żoną. – Upija łyk kawy.

– Mile? – Wiem, że w moim głosie słychać nadzieję.

Pani Jones stawia przede mną jajecznicę, uśmiechając się pod nosem.

– Mile. – Christian kiwa głową.

Jestem zbyt głodna, by dalej flirtować z moim mężem.

– Fajnie widzieć, jak jesz – mówi cicho. Wstaje, nachyla się i całuje mnie w głowę. – Idę pod prysznic.

– Eee… mogę ci umyć plecy? – pytam z ustami pełnymi jajecznicy.

– Nie. Jedz.

Wychodząc z kuchni, ściąga przez głowę T-shirt, pozwalając mi cieszyć się widokiem umięśnionych ramion i nagich pleców. Zastygam w połowie kęsa. Robi to celowo. Dlaczego?

Jedziemy w kierunku północnym. Christian prowadzi rozluźniony. Właśnie zostawiliśmy Raya i pana Rodrigueza oglądających mecz piłki nożnej na nowym telewizorze z płaskim ekranem. Podejrzewam, że to Christian go kupił.

Od czasu „rozmowy" jest bardzo zrelaksowany. Zupełnie jakby zdjęto mu z ramion wielki ciężar. Cień pani Robinson nie wisi już groźnie nad nami, może dlatego, że postanowiłam odpuścić. Ale czuję, że jest mi bliższy niż kiedykolwiek. Może powodem jest to, że nareszcie mi się zwierzył. Mam nadzieję, że to nie ulegnie zmianie. I trochę się już pogodził z tym, że będziemy mieć dziecko. Nie kupił jeszcze kołyski, ale jestem dobrej myśli.

Przyglądam mu się, gdy prowadzi. Wygląda swobodnie, młodo... seksownie z potarganymi włosami, w ray-banach, marynarce w prążki, białej lnianej koszuli i dżinsach.

Zerka na mnie i kładzie mi dłoń na udzie.

– Cieszę się, że się nie przebrałaś.

Włożyłam co prawda dżinsową kurtkę i buty na płaskim obcasie, ale krótka spódnica została. Kładę dłoń na jego dłoni.

– Zamierzasz dalej mnie tak drażnić?

– Może. – Uśmiecha się.

– Dlaczego?

– Dlatego, że mogę. – Uśmiech ma chłopięcy.

– Każdy kij ma dwa końce – szepczę.

Jego palce przesuwają się kusząco w górę uda.

– Śmiało, pani Grey. – Uśmiecha się jeszcze szerzej.

Podnoszę jego dłoń i odkładam na jego kolano.

– Cóż, lepiej trzymaj ręce przy sobie.

– Jak sobie pani życzy, pani Grey.

Do diaska. To się obróci przeciwko mnie.

CHRISTIAN SKRĘCA W PODJAZD prowadzący do naszego nowego domu. Na klawiaturze wystukuje kombinację cyfr i biała metalowa brama się rozsuwa. Jedziemy wysadzaną drzewami alejką pod dachem liści, których zieleń miesza się z żółcią i miedzią. Porastająca łąkę wysoka trawa robi się złota, a pośród niej widać jeszcze kilka żółtych słoneczników. Dzień jest piękny. Słońce świeci, a słony powiew znad Zatoki miesza się z zapachem nadchodzącej jesieni. To takie spokojne i śliczne miejsce. I pomyśleć, że tutaj będzie nasz dom.

Alejka skręca i w polu widzenia pojawia się cel naszej podróży. Przed nim stoi kilka dużych furgonetek z wymalowanym na boku logo i napisem GREY CONSTRUCTION. Pod ścianami rozstawiono rusztowania, a na dachu widać mężczyzn w kaskach.

Christian zatrzymuje samochód przed portykiem i gasi silnik. Wyczuwam jego ekscytację.

– Chodźmy poszukać Elliota.

– Jest tutaj?

– Mam nadzieję. Za to mu przecież niemało płacę. Parskam śmiechem i wysiadamy z auta.

– Hejka, bracie! – Rozglądamy się, skąd dobiega nas głos Elliota, bo jego samego nie widać. – Na górze! – Macha do nas z dachu, uśmiechając się od ucha do ucha. – Czas najwyższy. Czekajcie, zaraz do was zejdę.

Zerkam na Christiana, a ten wzrusza ramionami. Kilka minut później w drzwiach pojawia się Elliot.

– Hej, bracie. – Ściska dłoń Christiana. – A jak się czuje młoda dama? – Podnosi mnie i obraca.

– Lepiej, dzięki. – Chichoczę, a moje żebra protestują.

Christian rzuca mu ostrzegawcze spojrzenie, które Elliot ignoruje.

– Zapraszam na mały rekonesans. Przyda wam się to – mówi, poklepując się po kasku.

DOM TO W ZASADZIE SZKIELET. Podłogi przykryte są twardą tkaniną, która wygląda jak grube płótno. Część pierwotnych ścian zniknęła, a ich miejsce zajęły nowe. Elliot nas oprowadza, informując o postępach prac. Z ulgą stwierdzam, że kamienne schody z misterną żeliwną balustradą są na swoim miejscu, zakryte białymi płachtami.

W części dziennej zburzono jedną ścianę, aby zrobić miejsce na szklaną ścianę Gii, i rozpoczęto prace nad tarasem. Pomimo tego całego bałaganu widok pozostaje zachwycający. Elliot cierpliwie nam wszystko wyjaśnia i podaje przybliżoną datę zakończenia remontu. Liczy na to, że będziemy się mogli wprowadzić jeszcze przed Bożym Narodzeniem, choć Christian twierdzi, że to wersja mocno optymistyczna.

A niech mnie – święta z widokiem na Zatokę. Nie mogę się doczekać. Już widzę, jak ubieramy olbrzymią choinkę, a przygląda się temu zachwycony chłopczyk z miedzianymi włosami.

Elliot oprowadzanie kończy w kuchni.

– Zostawię was, żebyście mogli się tu powałęsać. Ale uważajcie. To plac budowy.

– Jasne. Dzięki, Elliot. – Christian bierze mnie za rękę. – Zadowolona? – pyta, gdy tylko zostajemy sami. Zastanawiam się właśnie, gdzie powieszę te zdjęcia z papryką, które kupiliśmy we Francji.

– Bardzo. A ty?

– Tak samo. – Uśmiecha się.

– Właśnie myślałam o zdjęciach papryk.

Christian kiwa głową.

– Chcę powiesić w tym domu twoje portrety autorstwa José. Musisz zdecydować gdzie.

Rumienię się.

– Gdzieś, gdzie nieczęsto będę je oglądać.

– Nie bądź taka – beszta mnie, przesuwając kciukiem po mojej wardze. – To moje ulubione zdjęcia. Uwielbiam to, które wisi w moim gabinecie.

– Nie mam pojęcia dlaczego – mruczę i całuję opuszkę kciuka.

– Głodna jesteś? – pyta.

– Zależy, jaki głód masz na myśli.

Oczy mu ciemnieją. W moich żyłach nadzieja miesza się z pożądaniem.

– Miałem na myśli spożycie posiłku, pani Grey. – I składa na mych ustach słodki pocałunek.

Wzdycham.

– Tak. Ostatnio ciągle jestem głodna.

– Możemy we trójkę urządzić sobie piknik.

– We trójkę? Ktoś do nas dołącza?

Christian przechyla głowę na bok.

– Za jakieś siedem czy osiem miesięcy.

Och… Fasolka. Uśmiecham się szeroko.

– Pomyślałem, że miałabyś ochotę na posiłek na świeżym powietrzu.

– Na łące? – pytam.

Kiwa głową.

– Jasne.

– To będzie świetne miejsce dla dzieci – wzdycha, patrząc na mnie.

Dzieci! Więcej niż jedno? Ośmielę się wspomnieć o tym teraz?

Kładzie rękę na mym brzuchu. Wstrzymuję oddech i zakrywam ją swoją dłonią.

– Trudno uwierzyć – szepcze i po raz pierwszy słyszę w jego głosie zachwyt.

– Wiem. Chwileczkę, mam dowód. Zdjęcie.

– Naprawdę? Pierwszy uśmiech dziecka?

Wyjmuję z portfela zdjęcie z usg.

– Widzisz?

Christian uważnie się przygląda. Mija kilka sekund.

– Och… Fasolka. Tak, widzę. – Wydaje się oszołomiony.

– Twoje dziecko – szepczę.

– Nasze dziecko – poprawia.

– Pierwsze z wielu.

– Wielu? – W jego oczach pojawia się niepokój.

– Co najmniej dwojga.

– Dwojga? – Testuje to słowo. – Możemy na razie skupić się na tym jednym?

Uśmiecham się.

– Pewnie.

Wychodzimy przed dom, na ciepłe jesienne popołudnie.

– Kiedy zamierzasz powiedzieć rodzicom? – pyta Christian.

– Niedługo. Myślałam, żeby powiedzieć Rayowi dziś rano, ale był tam pan Rodriguez. – Wzruszam ramionami.

Christian kiwa głową i otwiera bagażnik R8. A z niego wyjmuje wiklinowy kosz piknikowy i koc w kratkę, który przywieźliśmy z Londynu.

– Chodź – mówi, wyciągając do mnie rękę. Razem idziemy na łąkę.

– Jasne, Ros, śmiało. – Christian się rozłącza.

To trzeci telefon, jaki odebrał podczas naszego pikniku. Zdjął buty i skarpetki i przygląda mi się, opierając ręce o zgięte w kolanach nogi. Tak nam ciepło, że zrzuciliśmy ja kurtkę, on marynarkę. Leżę obok niego, a otacza nas wysoka złoto-zielona trawa, chroniąc przed ciekawskimi spojrzeniami pracowników Elliota. Prawdziwa idylla. Christian wsuwa mi do ust kolejną truskawkę, a ja gryzę ją powoli, patrząc w jego pociemniałe oczy.

– Smaczna? – szepcze.

– Bardzo.

– Wystarczy?

– Truskawek owszem.

W jego oczach pojawia się niebezpieczny błysk.

– Pani Jones naszykowała nam pyszne jedzonko – mówi.

– To prawda – szepczę.

Christian przesuwa się na kocu i kładzie głowę na moim brzuchu. Zamyka oczy i wygląda na mocno zadowolonego. Wplatam palce w jego włosy.

Wzdycha ciężko, po czym krzywi się i sprawdza numer na wyświetlaczu wibrującego BlackBerry. Przewraca oczami i odbiera.

– Welch – warczy. Słucha przez chwilę, po czym zrywa się na równe nogi. – Całodobowo... Dzięki – mówi przez zaciśnięte zęby i się rozłącza. Jego nastrój zmienia się diametralnie. Zniknął mój droczący się, flirtujący mąż, a zastąpił go zimny i wyrachowany pan wszechświata. Mruży przez chwilę oczy, po czym uśmiecha się do mnie chłodno. Czuję przebiegający po plecach dreszcz. Christian wciska w telefonie jakiś klawisz. – Ros, ile mamy kapitału akcyjnego Lincoln Timber? – Klęka.

Swędzi mnie skóra głowy. O nie, o co chodzi?

– No więc tak, skonsoliduj udziały z GEH, następnie zwolnij zarząd... z wyjątkiem prezesa... Mam to gdzieś... Słyszę cię, po prostu to zrób... dziękuję... Informuj mnie na bieżąco. – Rozłącza się i przez chwilę patrzy na mnie beznamiętnie.

Kurwa mać! Christian jest wściekły.

– Co się stało?

– Linc – mówi zwięźle.

– Linc? Były mąż Eleny?

– Ten sam. To on wpłacił kaucję za Hyde'a.

Wpatruję się w niego zaszokowana. Christian zaciska usta w cienką linię.

– Cóż, wyjdzie teraz na idiotę – mówię oszołomiona.

– Bo wiesz, Hyde wyszedł za kaucją i popełnił kolejne przestępstwo.

Christian mruży oczy i uśmiecha się drwiąco.

– Celna uwaga, pani Grey.

– Co ty przed chwilą zrobiłeś? – Klękam obok niego.

– Rozpierdoliłem mu firmę.

Och!

– Eee… to trochę impulsywne – mówię cicho.

– Zdarza mi się.

– Jestem tego świadoma.

Zaciska usta.

– Plan miałem gotowy już dawno temu – dorzuca cierpko.

Marszczę brwi.

– Och?

Milczy przez chwilę, jakby ważył coś w myślach, po czym bierze głęboki oddech.

– Kiedy miałem dwadzieścia jeden lat, Linc stłukł żonę na kwaśne jabłko. Złamał jej szczękę, lewą rękę i cztery żebra za to, że pieprzyła się ze mną. – Jego wzrok twardnieje. – A teraz się dowiaduję, że wpłacił kaucję za człowieka, który próbował mnie zabić, porwał moją siostrę i skopał żonę. Mam dość. Uważam, że nadszedł czas zapłaty.

Blednę. O kurwa.

– Celna uwaga, panie Grey – szepczę.

– Ana, na ogół nie kieruję się chęcią zemsty, ale tego nie mogę mu podarować. To, co zrobił Elenie… Cóż, powinna była wnieść oskarżenie, nie zrobiła tego jednak. Jej sprawa. Ale z Hyde'em to już mocno przegiął. Zamierzam go zmiażdżyć, rozwalić mu firmę na kawałki i sprzedać temu, kto oferuje najwyższą cenę. Puszczę go z torbami.

Och…

– Poza tym – Christian uśmiecha się drwiąco – sami nieźle na tym zarobimy.

Patrzę w płonące szare oczy, które nagle łagodnieją.

– Nie chciałem cię przestraszyć – szepcze.

E L James

– Nie przestraszyłeś – kłamię.

Unosi brew.

– Po prostu mnie zaskoczyłeś – szepczę, po czym przełykam ślinę. Christian potrafi być naprawdę groźny.

Całuje mnie lekko w usta.

– Zrobię wszystko, aby zapewnić ci bezpieczeństwo. Zapewnić je mojej rodzinie. Zapewnić je maleństwu – mruczy i delikatnie kładzie mi dłoń na brzuchu.

Och... Wstrzymuję oddech. Christian patrzy na mnie, a jego oczy ciemnieją. Rozchyla usta i z rozmysłem muska opuszkami palców moje łono.

A niech mnie. Pożądanie eksploduje w moim ciele niczym ładunek wybuchowy. Chwytam jego głowę, wczepiam palce we włosy i przyciągam do siebie tak mocno, że nasze usta się łączą. Christian łapie głośno oddech, zaskoczony moją gwałtownością, dzięki czemu mój język ma wolny wstęp do jego ust. On jęczy i odwzajemnia pocałunek, żądny moich ust, i przez chwilę pochłaniamy się nawzajem, zatraceni w odkrywaniu się na nowo.

Och, tak bardzo go pragnę. Minęło zbyt dużo czasu. Pragnę go tutaj, teraz, na świeżym powietrzu, na naszej łące.

– Ana – dyszy, a jego dłoń ześlizguje się po moich pośladkach do skraju spódnicy. Niezdarnie zabieram się za rozpinanie mu koszuli.

– Hola, Ana, przestań. – Odsuwa się i chwyta moje dłonie.

– Nie. – Zębami pociągam lekko za jego wargę. – Nie – mruczę raz jeszcze, patrząc na niego. Puszczam go. – Pragnę cię.

Jest rozdarty i w jego błyszczących szarych oczach widać niezdecydowanie.

– Proszę, potrzebuję cię. – Błaga każda komórka w moim ciele.

Kapituluje z jękiem, a jego usta odnajdują moje. Jedną dłonią przytrzymuje mi głowę, drugą natomiast obejmuje mnie w talii i kładzie na plecach. Sam opada obok mnie, ani na chwilę nie przerywając pocałunku.

Odsuwa się i patrzy na mnie z góry.

– Jest pani taka piękna, pani Grey.

Dotykam czule jego twarzy.

– Pan także, panie Grey.

Słyszę kolejny jęk, a jego usta lądują na moich, wciskając mnie w miękką trawę pod kocem.

– Tęskniłem za tym – szepcze i przesuwa zębami po mojej brodzie.

– Ja także. Och, Christianie. – Jedną dłonią trzymam go za ramię, a palce drugiej wplatam w jego włosy.

Usta przesuwa na moją szyję, naznaczając drogę czułymi pocałunkami, jego palce zaś sprawnie rozpinają mi bluzkę. Rozchyla ją i całuje wzgórki piersi. Mruczy z uznaniem, a dźwięk ten odbija się echem w moim ciele, docierając do najbardziej mrocznych zakątków.

– Twoje ciało się zmienia – szepcze. Jego kciuk ociera się o brodawkę, która napiera na materiał stanika. – Podoba mi się – dodaje. Patrzę, jak jego język przesuwa się po krawędzi stanika, drażniąc mnie i kusząc. Chwyta miseczkę delikatnie w zęby i pociąga, uwalniając pierś i ocierając nosem o brodawkę. Ta natychmiast twardnieje. Zamyka na niej usta i mocno ssie.

– Ach! – jęczę, łapczywie wciągając powietrze. A zaraz potem krzywię się, gdy z posiniaczonych żeber zaczyna promieniować ból.

– Ana! – wykrzykuje Christian i gromi mnie wzrokiem. – O tym właśnie mówię. O twoim braku instynktu samozachowawczego. Nie chcę ci zrobić krzywdy.

– Nie… nie przestawaj – jęczę. Widzę, że toczy ze sobą walkę. – Proszę.

Nagle zmienia pozycję i teraz siedzę na nim okrakiem, a spódnicę mam podciągniętą do pasa. Jego dłonie prześlizgują się po koronkowym wykończeniu pończoch.
– Tak lepiej, no i mogę podziwiać widok. – Unosi rękę i wsuwa palec wskazujący do drugiej miseczki, odsłaniając także tę pierś. Chwyta obie piersi w dłonie, a ja odrzucam głowę, wypychając je w jego stronę. Po chwili siada, tak że patrzymy sobie w oczy. Całuje mnie, a jego palce nadal drażnią moje brodawki. Rozpinam dwa górne guziki jego koszuli i nagle tracę nad sobą kontrolę: mam ochotę całować go wszędzie, rozebrać go, kochać się z nim – wszystko naraz.
– Hej… – Delikatnie odsuwa moją głowę. Jego oczy są pełne zmysłowej obietnicy. – Bez pośpiechu. Powoli. Chcę się tobą delektować.
– Christianie, minęło tyle czasu. – Ciężko dyszę.
– Powoli – szepcze i to polecenie, nie prośba. Całuje prawy kącik mych ust. – Powoli. – Całuje lewy. – Powoli, maleńka. – Pociąga zębami za dolną wargę. – Nie spieszmy się. – Wplata mi palce we włosy i przytrzymuje głowę, a jego język wsuwa się do mych ust, szukając, smakując, uspokajając… rozpalając. Och, ależ ten facet całuje.
Pieszczę jego twarz, po czym przesuwam palcami po brodzie, docieram do szyi i od nowa zabieram się za rozpinanie guzików, nie spiesząc się. Powoli rozchylam koszulę i dotykam ciepłej, jedwabistej skóry. Popycham go delikatnie, aż kładzie się na kocu. Prostuję się i czuję jego twardniejący członek. Hmm. Mój piękny mężczyzna. Nachylam się i całuję jego szyję, powoli przesuwając usta niżej. Christian zamyka oczy.
– Ach – jęczy. Jego podniecenie jest takie rozkoszne… i także pobudzające.
Mój język przesuwa się po mostku, wirując wokół włosków na klatce piersiowej. Hmm. Pyszny jest. Tak

pięknie pachnie. Odurzająco. Całuję najpierw jedną, potem drugą okrągłą bliznę. On chwyta moje biodra, a ja opieram dłonie o jego tors i patrzę na niego. Ma przyspieszony oddech.

– Chcesz tego? Tutaj? – pyta, a w jego oczach maluje się podniecające połączenie miłości i pragnienia.

– Tak – mruczę, a moje usta i język przesuwają się do jego brodawki. Pociągam ją lekko zębami.

– Och, Ana – szepcze. Łapie mnie w talii i unosi, po czym rozpina rozporek, uwalniając naprężoną męskość. Ponownie mnie sadza, a ja napieram na niego, rozkoszując się tym uczuciem. Przesuwa dłońmi po moich udach, zatrzymując się w miejscu, gdzie kończą pończochy, a zaczyna nagie ciało. Jego dłonie zataczają małe kółka, tak że czubkami kciuka mnie dotyka... dotyka tam, gdzie pragnę być dotykana. Łapię głośno powietrze.

– Mam nadzieję, że nie jesteś przywiązana do tej akurat bielizny – mruczy, a w oczach ma szaleńczy błysk. Przesuwa palcami po gumce majteczek, po czym wsuwa je pod nią i pociąga, rozrywając delikatny materiał. Znowu kładzie mi dłonie na udach, a jego kciuki muskają moją kobiecość. Unosi biodra, tak że ociera się o mnie członkiem.

– Czuję, jaka jesteś mokra. – W jego głosie słychać zmysłowy podziw. I nagle siada. Oplata ramieniem moją talię, patrzymy sobie prosto w oczy – Zrobimy to powoli, pani Grey. Chcę poczuć cię całą. – Unosi mnie i frustrująco powoli opuszcza. Czuję każdy wsuwający się we mnie centymetr.

– Ach... – jęczę i chwytam się jego ramion. Próbuję się unieść, ale on mnie przytrzymuje.

– Tylko ja – szepcze i wypycha biodra, wsuwając się we mnie jeszcze głębiej. Odrzucam głowę i wydaję zduszony krzyk rozkoszy. – Nie, nie ruszaj się, tylko czuj.

Otwieram oczy i widzę, że Christian wpatruje się we mnie lubieżnie. Zatacza biodrami kółko, ale trzyma mnie za biodra tak, żebym się nie ruszała.

Jęczę. Jego usta całują moją szyję.

– To mój ulubiony stan. Zanurzony w tobie – mruczy.

– Proszę, szybciej…

– Powoli, pani Grey. – Ponownie wysuwa biodra i przez moje ciało przetacza się dreszcz rozkoszy. Obejmuję jego twarz i całuję namiętnie.

– Kochaj mnie. Proszę, Christianie.

Jego zęby przesuwają się z mojej brody na ucho.

– Jazda – szepcze, podnosząc mnie i opuszczając.

Popycham go na koc i zaczynam się poruszać, rozkoszując się tym, że jest we mnie… ujeżdżam go… ostro ujeżdżam. Poruszamy się w zgodnym rytmie. Tak bardzo się za tym stęskniłam… za tym podniecającym uczuciem, że Christian jest pode mną… we mnie… Na plecach czuję słońce, w powietrzu unosi się słodki zapach jesieni, trawą kołysze lekki jesienny wietrzyk. To podniecająca fuzja zmysłów: dotyk, smak, zapach i widok mojego ukochanego męża.

– Och, Ana – jęczy. Oczy ma zamknięte, głowę odrzuconą, usta otwarte.

Ach… Uwielbiam to. I wspinam się coraz wyżej… wyżej… wspinam… Dłonie Christiana przesuwają się na moje uda i kciukami delikatnie dotyka łechtaczki, a ja eksploduję wokół niego, potem padam na jego klatkę piersiową, dokładnie w chwili, gdy on szczytuje, wołając moje imię.

Tuli mnie do piersi. Mhm. Zamykam oczy i rozkoszuję się jego dotykiem. Moja dłoń spoczywa na jego klatce piersiowej, czuję, jak serce stopniowo się uspokaja. Całuję go i muskam nosem, myśląc o tym, że jeszcze nie tak dawno by mi na to nie pozwolił.

– Lepiej? – szepcze. Unoszę głowę. Christian uśmiecha się szeroko.

– Znacznie. A tobie? – Uśmiech mam równie szeroki.

– Tęskniłem za panią, pani Grey. – Na chwilę poważnieje.

– A ja za panem.

– Koniec brawurowych popisów, okej?

– Koniec – obiecuję.

– Zawsze powinnaś ze mną rozmawiać – szepcze.

– I wzajemnie, Grey.

Uśmiecha się lekko drwiąco.

– Celna uwaga. Postaram się. – Całuje moje włosy.

– Myślę, że będziemy tu szczęśliwi – szepczę, zamykając oczy.

– Aha. Ty, ja i… Fasolka. Tak przy okazji, to jak się czujesz?

– Dobrze. Jestem rozluźniona. Szczęśliwa. A ty?

– Tak samo – mruczy.

Przyglądam mu się, próbując rozszyfrować jego minę.

– No co? – pyta.

– Wiesz, bardzo jesteś apodyktyczny, kiedy uprawiamy seks.

– Składasz zażalenie?

– Nie. Tak się jedynie zastanawiam… Mówiłeś, że ci tego brakuje.

Patrzy na mnie uważnie.

– Czasami – mówi cicho.

Och.

– Cóż, zobaczymy, co da się z tym zrobić – mruczę i całuję go lekko w usta, oplatając się wokół niego jak wino.

My w pokoju zabaw, Tallis, stół, na krzyżu, przykuta do łóżka… Uwielbiam jego perwersyjne bzykanko – nasze perwersyjne bzykanko. Tak. To mogę robić. Mogę to robić dla niego, z nim. Mogę to robić dla siebie. Mam gęsią skórkę, gdy przypomina mi się szpicruta.

– Ja też się lubię bawić – mruczę i podnoszę wzrok. Napotykam jego nieśmiały uśmiech.

– Wiesz, naprawdę lubię testować twoje granice – szepcze.

– Granice czego?

– Rozkoszy.

– Och, chyba mi się to podoba.

– Cóż, może kiedy wrócimy do domu – szepcze, a w powietrzu czai się obietnica.

Jeszcze raz muskam go nosem. Tak bardzo go kocham.

⁙⁙⁙⁙⁙⁙⁙⁙⁙⁙⁙⁙⁙⁙⁙⁙⁙⁙⁙

Od naszego pikniku minęły dwa dni. Dwa dni od obietnicy „cóż, może kiedy wrócimy do domu". Christian nadal traktuje mnie tak, jakbym była ze szkła. Nadal nie pozwala mi jeździć do pracy, więc pracuję w domu. Odkładam na bok stosik listów z zapytaniami i wzdycham. Nie byliśmy w pokoju zabaw od tamtego razu, gdy użyłam hasła bezpieczeństwa. A powiedział, że mu tego brakuje. Cóż, mnie też... zwłaszcza teraz, kiedy chce badać moje granice. Oblewam się rumieńcem na myśl o tym, z czym to się może wiązać. Zerkam na stół do bilarda... Tak, już się nie mogę doczekać.

Moje myśli przerywa łagodna, liryczna muzyka. Christian gra na fortepianie; nie jedną z tych swoich pieśni żałobnych, ale melodię słodką i pełną nadziei.

Idę na paluszkach do salonu, zatrzymuję się w progu i patrzę na Christiana. Na dworze zmierzcha. Niebo jest cudnie różowe, a światło odbija się w jego miedzianych włosach. Wygląda jak zawsze niezwykle pięknie, gdy koncentruje się na tym, co gra, nieświadomy mojej obecności.

Wiem, że niedługo zajrzy, aby sprawdzić, co u mnie, i wpadam na pewien pomysł. Podekscytowana oddalam się cicho, licząc na to, że mnie nie zauważył. Biegnę do naszego pokoju, po czym rozbieram się, zostawiając jedynie jasnoniebieskie koronkowe majteczki. Znajduję bluzeczkę na ramiączkach w takim samym kolorze i wkładam ją szybko. Ukryje moje sińce. Z szuflady wyjmuję wypłowiałe dżinsy Christiana, moje ulubione. Ze stolika nocnego zabieram BlackBerry, składam dżinsy i klękam przy drzwiach sypialni. Drzwi są uchylone i słyszę, że gra teraz inny utwór, równie pogodny. Szybko wystukuję mejl.

Nadawca: Anastasia Grey
Temat: Rozkosz mego męża
Data: 21 września 2011, 20:45
Adresat: Christian Grey

Proszę Pana,

Czekam na pańskie instrukcje.

Zawsze Pańska

Pani G x

Wciskam „wyślij".

Parę chwil później muzyka nagle się urywa. Serce zaczyna mi coraz szybciej bić. Czekam i czekam i w końcu BlackBerry się odzywa.

Nadawca: Christian Grey
Temat: Rozkosz mego męża <-- uwielbiam
ten temat, maleńka
Data: 21 września 2011, 20:48
Adresat: Anastasia Grey

Pani G,

Zaintrygowała mnie Pani. Zaraz przyjdę.

Proszę być gotową.

Christian Grey
Niecierpliwy prezes, Grey Enterprises Holdings, Inc.

„Proszę być gotową!" Z mocno bijącym sercem zaczynam liczyć. Trzydzieści siedem sekund później drzwi
się otwierają. Mam spuszczony wzrok i widzę w progu
jego bose stopy. Hmm. Nic nie mówi. Całą wieczność nic
nie mówi. O cholera. Zwalczam w sobie pokusę podnie-
sienia głowy i dalej patrzę w dół.

W końcu schyla się i podnosi z podłogi dżinsy. Nadal się nie odzywa, ale idzie do garderoby. Ja pozostaję
nieruchoma. O rety... a więc nareszcie. Serce wali mi jak
młotem, a ciało zalewa fala adrenaliny. Co on mi zrobi?
Chwilę później wraca przebrany w dżinsy.

– A więc chcesz się pobawić? – mruczy.

– Tak.

Nic nie mówi, ja zaś zerkam szybciutko do góry...
Dżinsy opinające się na udach, lekkie wybrzuszenie pod
rozporkiem, rozpięty guzik, ścieżynka, pępek, umięśniony

brzuch, włoski na klatce piersiowej, płonące szare oczy, głowa przechylona na bok. Unosi brew. O cholera.

– Tak i co dalej? – szepcze.

Och.

– Tak, proszę pana.

Jego spojrzenie łagodnieje.

– Grzeczna dziewczynka – mruczy. – Myślę, że lepiej nam będzie na górze – dodaje.

Mój żołądek zaciska się w taki rozkoszny sposób.

Bierze mnie za rękę, a ja idę za nim korytarzem i dalej po schodach na piętro. Pod drzwiami pokoju zabaw Christian zatrzymuje się i delikatnie mnie całuje, po czym mocno łapie za włosy.

– Bierzesz mnie od dołu, co? – mruczy mi do ust.

– Słucham? – Nie rozumiem, o czym on mówi.

– Nie martw się. Jakoś to przeżyję – szepcze rozbawiony, a potem przesuwa nosem wzdłuż linii żuchwy i delikatnie przygryza mi ucho. – Jak wejdziemy, klęknij, tak jak ci pokazywałem.

– Tak… proszę pana.

Patrzy na mnie. W jego oczach widać miłość, zachwyt i lubieżne myśli.

Rany… Życie z Christianem nigdy nie będzie nudne, a mnie to bardzo pasuje. Kocham tego mężczyznę: mojego męża, kochanka, ojca mego dziecka, mojego czasami Pana… mojego Szarego.

EPILOG

Wielki Dom, maj 2014

L eżę na kocu piknikowym i wpatruję się w bez-
chmurne, błękitne letnie niebo. Oprócz nieba widzę także polne kwiaty oraz wysoką zieloną trawę.
Promienie popołudniowego słońca ogrzewają mi skórę,
kości, brzuch... rozluźniam się. Ależ mi dobrze... Rozkoszuję się tą chwilą, chwilą spokoju, chwilą stuprocento-
wego zadowolenia. Powinnam mieć wyrzuty sumienia, że
czuję tę radość, to spełnienie, ale nie mam. Życie tu i teraz
jest cudowne, nauczyłam się je doceniać i żyć chwilą, tak
jak mój mąż. Uśmiecham się, gdy w mojej głowie pojawiają się wspomnienia z minionej nocy w naszym mieszkaniu w Escali...

Witki pejcza w zmysłowym tempie prześlizgują się po
moim zaokrąglonym brzuchu.

– Już wystarczy, Ano? – Christian szepcze mi do ucha.

– Och, proszę. – Pociągam za kajdanki. Stoję w pokoju zabaw przytwierdzona do krzyża. Oczy mam zasło-
nięte.

Pośladki mnie pieką od słodkich smagnięć pejczem.

– Proszę co?

Łapię głośno powietrze.

– Proszę, proszę pana.

Christian kładzie dłoń na piekącej skórze i gładzi ją delikatnie.

– No już, już. – Przesuwa dłoń w dół i jego palce wsuwają się we mnie.

Jęczę.

– Pani Grey – dyszy i pociąga zębami za ucho. – Jest pani taka gotowa.

Palce wślizgują się we mnie i wyślizgują, uderzając w to miejsce, w ten słodki guziczek. Pejcz upada na podłogę, dłoń Christiana przesuwa się na brzuch i jeszcze wyżej, na piersi. Zamieram. Są takie wrażliwe.

– Ćśś – mówi Christian i bierze jedną w dłoń, kciukiem muska delikatnie brodawkę.

– Aach.

Jego palce są delikatne i uwodzicielskie, i rozkosz rozchodzi się od piersi w dół, dół, dół… Odchylam głowę, wpychając brodawkę w jego dłoń, a z mojego gardła wydobywa się jęk.

– Lubię cię słyszeć – szepcze Christian. Na biodrze czuję jego wzwód, guziki rozporka wbijają mi się w skórę, gdy jego palce kontynuują nieustępliwie, rytmicznie wchodząc we mnie i wychodząc. – Chcesz tak dojść? – pyta.

– Nie.

Jego palce zatrzymują się we mnie.

– Naprawdę, pani Grey? A to zależy od pani? – Zaciska palce wokół brodawki.

– Nie… Nie, proszę pana.

– Tak lepiej.

– Ach. Proszę.

– Czego pragniesz, Anastasio?

– Ciebie. Zawsze.

Wciąga głośno powietrze.

– Całego ciebie – dodaję bez tchu.

Wysuwa ze mnie palce, odwraca przodem do siebie i zdejmuje mi z oczu przepaskę. Mrugam powiekami, a potem patrzę w jego płonące szare oczy. Przesuwa palcami po mojej wardze, a potem wsuwa mi je do ust, pozwalając poczuć słony smak mego podniecenia.

– Ssij – szepcze.

Po chwili jego dłonie przesuwają się ku kajdankom nad moją głową, rozpina je. Odwraca mnie twarzą do ściany, pociąga za warkocz i bierze w ramiona. Przechyla mi głowę na bok i prześlizguje się ustami w górę szyi aż do ucha.

– Chcę, żebyś wzięła go do ust. – Głos ma miękki i uwodzicielski. Mięśnie w moim podbrzuszu zaciskają się rozkosznie.

Jęczę. Odwracam się przodem do niego, przyciągam jego głowę i mocno całuję, a mój język wdziera się do jego ust, smakując i delektując się. Christian jęczy, kładzie dłonie na moich pośladkach i pociąga mnie do siebie, ale tak, że dotyka go tylko mój ciążowy brzuch. Przygryzam jego brodę i obsypuję pocałunkami szyję, podczas gdy palce wędrują ku jego dżinsom.

Pociągam za pasek, po czym rozpinam guziki przy rozporku. Klękam przed nim, a on kładzie mi dłonie na ramionach.

Gdy podnoszę na niego wzrok, widzę, że patrzy na mnie. Oczy ma pociemniałe, usta rozchylone i głośno wciąga powietrze, gdy uwalniam jego członek, by chwilę potem wsunąć go sobie do ust. Uwielbiam to robić. Słyszeć jego urywany oddech i ciche jęki. Zamykam oczy i ssę mocno, rozkoszując się jego smakiem i twardością.

On chwyta moją głowę, zatrzymując mnie, a ja wsuwam go jeszcze głębiej do ust.

– Otwórz oczy i popatrz na mnie – nakazuje. Głos ma niski.

Wypycha biodra, wypełniając mnie sobą aż do gardła, po czym szybko się wycofuje. Powtarza to, a ja unoszę ręce, żeby go złapać. Christian nieruchomieje.

– Nie dotykaj, inaczej znowu cię zakuję w kajdanki. Chcę jedynie twoich ust – warczy.

O rety. Chowam ręce za plecami i podnoszę na niego niewinny wzrok, usta mając pełne jego męskości.

– Grzeczna dziewczynka – mówi. Głos ma schrypnięty. Wysuwa się, po czym znowu we mnie wchodzi.

– Ma pani usta stworzone do robienia loda, pani Grey. – Zamyka oczy i wsuwa się do mojej buzi, a ja zaciskam wargi i przebiegam po nim językiem. Biorę go jeszcze głębiej i wycofuję się, i jeszcze raz, i jeszcze.

– Ach! Przestań! – woła i wysuwa się ze mnie. Pociąga mnie za ramiona, każąc wstać. Łapie mój warkocz, mocno mnie całuje, a jego nieustępliwy język jest jednocześnie łakomy i hojny. Nagle mnie puszcza i nim zdążę się zorientować, co się dzieje, bierze mnie na ręce i podchodzi do łóżka. Kładzie mnie delikatnie, tak że pupa leży na skraju materaca.

– Opleć mnie nogami w pasie – nakazuje. Robię to i przyciągam go do siebie. On się nachyla, kładzie ręce po obu stronach mojej głowy i bardzo powoli wsuwa się we mnie.

Och, ale przyjemnie. Zamykam oczy i rozkoszuję się tym doznaniem.

– Okej? – pyta z troską.

– Och, Christianie. Tak. Tak. Proszę. – Oplatam go jeszcze ciaśniej i wysuwam biodra w jego stronę.

Jęczy. Chwytam jego ramiona, on zaś wykonuje powolne pchnięcia.

– Christianie, proszę. Mocniej, nic mi się nie stanie.

Jęczy i zaczyna się poruszać, ale tym razem tak naprawdę, wbijając się we mnie raz za razem. Och, bosko.

– Tak – dyszę, gdy zaczynam się wspinać... Jęczy, nacierając na mnie z nową determinacją... i jestem blisko. Och, proszę. Nie przestawaj.

– Dalej, Ana – jęczy przez zaciśnięte zęby i ja eksploduję wokół niego, a mój orgazm trwa i trwa, i trwa. Jeszcze wykrzykuję jego imię, gdy on nieruchomieje, szczytując. – Ana! – woła.

CHRISTIAN LEŻY OBOK mnie z dłonią na moim brzuchu.

– Jak tam moja córka?

– Tańczy – śmieję się.

– Tańczy? A tak! Wow. Czuję ją. – Uśmiecha się, gdy Druga Fasolka wyczynia w moim brzuchu harce.

– Myślę, że już lubi seks.

Christian marszczy brwi.

– Naprawdę? – pyta cierpko. Przesuwa się tak, że dotyka ustami brzucha. – Możesz o nim zapomnieć, dopóki nie skończysz trzydziestu lat, młoda damo.

Chichoczę.

– Och, Christianie, ale z ciebie hipokryta.

– Nie, jestem po prostu troskliwym ojcem. – Patrzy na mnie, marszcząc z niepokojem brwi.

– Jesteś cudownym ojcem. Od początku wiedziałam, że tak będzie. – Dotykam jego kochanej twarzy, a on posyła mi ten swój nieśmiały uśmiech.

– Podoba mi się – mruczy, gładząc, a potem całując brzuch. – Mam ciebie więcej.

Wydymam usta.

– Ja nie lubię, jak jest mnie więcej.

– Jest super, jak dochodzisz.

– Christian!

– I już się nie mogę doczekać, żeby spróbować znowu twojego mleka.

– Christian! Ale z ciebie zboczony...

Rzuca się nagle na mnie, mocno całuje, zarzuca nogę na moją, a ręce unosi mi nad głowę.

– Kochasz perwersyjne bzykanko – szepcze.

Uśmiecham się szeroko.

– Tak, kocham perwersyjne bzykanko. I kocham ciebie. Bardzo.

~~~~~~~~~~~~~~~~~~~~~~~

Budzi mnie pisk radości mojego syna i choć nie widzę jego ani Christiana, uśmiecham się jak idiotka. Ted nasycił się popołudniową drzemką i teraz baraszkują niedaleko. Leżę cicho. Christian ma niesamowitą cierpliwość do Teddy'ego. Większą niż w stosunku do mnie. Prycham. No ale przecież tak właśnie powinno być. A mój śliczny mały chłopczyk, oczko w głowie mamy i taty, nie wie, co to strach. Christian z kolei nadal jest nadopiekuńczy – w stosunku do nas obojga. Mój słodki, zmienny, kontrolujący Szary.

– Poszukajmy mamusi. Jest tu gdzieś na łące.

Ted mówi coś, czego nie słyszę, a Christian śmieje się głośno, radośnie. To taki magiczny dźwięk, pełen rodzicielskiej radości. Nie potrafię się oprzeć. Podnoszę się na łokciach, aby zobaczyć, co robią.

Christian wiruje z Tedem w objęciach, a mały piszczy z zachwytu. Wyrzuca go wysoko do góry – wstrzymuję oddech – i łapie go. Ted piszczy z radości, a ja oddycham z ulgą. Och, mój mały mężczyzna, mój kochany mały mężczyzna, nigdy nie ma dość.

– Jeszcze, tatusiu! – piszczy.

Christian spełnia jego życzenie, a mnie znowu serce podchodzi do gardła. Mój mąż całuje miedziane włoski Teda, a potem przez chwilę bezlitośnie łaskocze. Teddy wyje ze śmiechu, rzucając się w ramionach Christiana. Ten stawia go w końcu na ziemi.

– Poszukajmy mamusi. Chowa się w trawie.

Ted uśmiecha się promiennie, zachwycony nową zabawą, i rozgląda się po łące. Bierze Christiana za rękę i pokazuje miejsce, w którym mnie nie ma. Chichoczę. Kładę się szybko, zachwycona tą zabawą.

– Ted, słyszałem mamusię. A ty?

– Mamusiu!

Prycham, słysząc władczy ton syna. Jezu, taki podobny do ojca, a ma dopiero dwa latka.

– Teddy! – odkrzykuję, wpatrując się w niebo i uśmiechając od ucha do ucha.

– Mamusiu!

Chwilę później słyszę ich kroki i najpierw Ted, a za nim Christian wyłaniają się z wysokiej trawy.

– Mamusia! – piszczy mój synek i wspina się na mnie.

– Hej, maleńki! – Tulę go do siebie i całuję jego pulchny policzek. On chichocze i też mnie całuje, po czym wyrywa się z moich ramion.

– Cześć, mamusiu. – Christian uśmiecha się do mnie.

– Cześć, tatusiu. – Też się uśmiecham.

Podnosi Teda i siada obok mnie, sadzając sobie naszego syna na kolanach.

– Delikatnie z mamusią – beszta Teda.

Uśmiecham się kpiąco. I kto to mówi! Christian wyjmuje z kieszeni BlackBerry i daje go Tedowi. To nam gwarantuje jakieś pięć minut spokoju. Teddy ogląda telefon ze wszystkich stron. Wydaje się taki poważny, taki skoncentrowany, jak jego tatuś, kiedy czyta mejle. Christian muska nosem jego włosy, a mnie na ich widok rośnie serce. Podobni jak dwie krople wody. Moi dwaj ulubieni mężczyźni, najulubieńsi na świecie.

Oczywiście Ted jest najpiękniejszym i najmądrzejszym dzieckiem na tej planecie, ale przecież jestem jego matką i wolno mi tak uważać. A Christian jest... cóż,

Christian jest po prostu sobą. W białym T-shircie i dżinsach wygląda równie apetycznie jak zazwyczaj. Czym sobie na niego zasłużyłam?

– Dobrze pani wygląda, pani Grey.

– Pan także, panie Grey.

– Ładna jest ta nasza mamusia, no nie? – szepcze Christian Tedowi do ucha. Mały się od niego odgania, bardziej zainteresowany tatusiowym telefonem.

Chichoczę.

Christian uśmiecha się i całuje włosy Teda.

– Nie mogę uwierzyć, że jutro skończy dwa latka. – Wzdycha tęsknie. Wyciąga rękę i kładzie ją na moim brzuchu. – Miejmy dużo dzieci – mówi.

– Przynajmniej jeszcze jedno.

– Jak tam moja córka?

– Dobrze. Chyba śpi.

– Dzień dobry, panie Grey. Cześć, Ano.

Odwracamy się i widzimy Sophie, dziesięcioletnią córkę Taylora. Wyłania się właśnie z wysokiej trawy.

– Sofiiii – piszczy zachwycony Ted. Zrywa się z kolan Christiana, rzucając telefon na trawę.

– Mam od Gail lody na patyku – mówi Sophie. – Mogę dać jednego Tedowi?

– Pewnie – odpowiadam. O rety, ależ będzie brudny.

– Lód! – Ted wyciąga rączki i Sophie podaje mu jeden. Już z niego kapie.

Siadam, biorę od synka łakocie i szybko wsuwam do ust, zlizując nadmiar soku. Hmm... żurawinowy, zimny i pyszny.

– Mój! – protestuje Ted, a w jego głosie słychać oburzenie.

– Już ci daję. – Oddaję mu nieco mniej cieknącego loda, który wędruje prosto do jego buzi. Uśmiecha się szeroko.

– Mogę iść z Tedem na spacer? – pyta Sophie.

– Oczywiście.

– Nie odchodźcie za daleko.

– Dobrze, panie Grey. – Orzechowe oczy Sophie są duże i poważne. Myślę, że Christian ją trochę przeraża. Bierze małego za rękę i razem odchodzą.

Christian ich obserwuje.

– Nic im nie będzie, Christianie. Zresztą co by mogło się stać tutaj? – Marszczy brwi, a ja wchodzę mu na kolana. – Poza tym Ted zupełnie stracił dla niej głowę.

Christian prycha i nosem pieści moje włosy.

– To wspaniała dziewczynka.

– Owszem. I ładna. Jasnowłosy aniołek.

Nieruchomieje i kładzie dłonie na moim brzuchu.

– Dziewczynki, co? – W jego głosie słychać cień niepokoju.

– Jeszcze przez co najmniej trzy miesiące nie musisz się martwić o córkę. Wszystko mam pod kontrolą. Okej?

Całuje mnie za uchem.

– Skoro tak pani twierdzi, pani Grey. – Przygryza je. Piszczę cicho. – Podobał mi się wczorajszy wieczór – mówi. – Częściej powinniśmy to robić.

– Mnie też się podobał.

– I moglibyśmy, gdybyś przestała pracować…

Przewracam oczami, a on obejmuje mnie mocniej i uśmiecha się do mej szyi.

– Czy pani przewraca oczami, pani Grey? – Groźba jest realna, ale zmysłowa, ponieważ jednak znajdujemy się na środku łąki, po której biegają dzieci, ignoruję zaproszenie.

– Grey Publishing ma autora na liście bestsellerów „New York Timesa". Boyce Fox sprzedaje się rewelacyjnie, sprzedaż e-booków też idzie świetnie i w końcu udało mi się zgromadzić odpowiednią ekipę.

– I zarabiasz pieniądze w tych trudnych czasach – dodaje Christian z dumą. – Ale… lubię mieć cię w domu.

Odchylam się tak, żeby widzieć jego twarz. Patrzy na mnie błyszczącymi oczami.

– Ja też to lubię – mruczę, a on mnie całuje, nie odrywając dłoni od mego brzucha.

Widząc, że jest w dobrym nastroju, postanawiam poruszyć delikatny temat.

– Myślałeś już o mojej propozycji?

Spina się.

– Ana, odpowiedź brzmi „nie".

– Ale Ella to takie śliczne imię.

– Nie nazwę córki po mojej matce. Nie. Koniec dyskusji.

– Jesteś pewny?

– Tak. Ana, porzuć ten pomysł. Nie chcę, aby moją córkę kalała moja przeszłość.

– Okej. Przepraszam. – Cholera… Nie chcę go denerwować.

– Tak już lepiej. Przestań próbować to naprawiać – burczy. – Zmusiłaś mnie do przyznania, że ją kochałem, zaciągnęłaś mnie na jej grób. Wystarczy.

O nie. Obracam się na jego kolanach i ujmuję jego twarz w dłonie.

– Przepraszam. Naprawdę. Nie bądź na mnie zły, proszę. – Całuję kącik jego ust. Po chwili pokazuje palcem na drugi kącik, a ja uśmiecham się i też go całuję. Pokazuje na nos. Całuję. Uśmiecha się szeroko i kładzie dłonie na moich pośladkach.

– Och, pani Grey, i co ja mam z panią zrobić?

– Jestem pewna, że coś wymyślisz – mruczę.

Christian odwraca się nagle i popycha mnie na koc.

– A może zrobię to teraz? – szepcze z lubieżnym uśmiechem.

– Christian!

Nagle rozlega się głośny płacz Teda. Christian niczym pantera zrywa się z koca i biegnie w stronę, skąd dochodzi ten dźwięk. Ruszam za nim, ale wolniej. Prawdę mówiąc, nie przejmuję się tym tak bardzo jak Christian – to nie był płacz, na którego dźwięk wbiegałabym na górę, pokonując po dwa stopnie naraz.

Christian kołysze Teddy'ego w ramionach. Nasz chłopczyk żałośnie płacze i pokazuje na ziemię, gdzie leżą resztki jego loda, roztapiając się i brudząc trawę.

– Spadł mu – mówi ze smutkiem Sophie. – Dałabym mu swojego, ale zdążyłam już zjeść.

– Och, Sophie, skarbie, nie przejmuj się tym. – Głaszczę ją po głowie.

– Mamusiu! – zawodzi Ted, wyciągając do mnie ręce. Christian podaje mi go niechętnie.

– No już, już.

– Lód – szlocha.

– Wiem, maleńki. Pójdziemy do pani Taylor i poprosimy, żeby nam dała drugiego. – Całuję go w główkę… och, tak ślicznie pachnie. Pachnie moim małym synkiem.

– Lód – pociąga nosem. Biorę jego rączkę i całuję klejące się paluszki.

– Czuję twojego loda tutaj, na twoich paluszkach.

Ted przestaje płakać i przygląda się uważnie swojej dłoni.

– Włóż paluszki do buzi.

Tak robi.

– Lód!

– Tak. Lód.

Uśmiecha się szeroko. Mój zmienny mały chłopczyk, zupełnie jak jego tata. Cóż, on ma przynajmniej wymówkę – ma dopiero dwa lata.

– Pójdziemy do pani Taylor? – Kiwa głową i uśmiecha się słodko. – Może cię nieść tatuś? – Kręci głową i zarzuca mi rączki na szyję. – Myślę, że tatuś też chce posmakować loda – szepczę do uszka Teda.

Ted patrzy najpierw na mnie, potem na swoją dłoń i wyciąga ją do Christiana. Ten się uśmiecha i bierze paluszki Teda do ust.

– Hmm… smaczny.

Ted chichocze i wyciąga ręce, chcąc, żeby wziął go Christian. No więc tatuś bierze synka od mamy i sadza sobie na biodrze.

– Sophie, gdzie Gail?

– Była w dużym domu.

Zerkam na Christiana. Jego uśmiech zrobił się słodko-gorzki i zastanawiam się, o czym teraz myśli.

– Tak dobrze sobie z nim radzisz – mówi cicho.

– Z tym malcem? – Targam Tedowi włosy. – Tylko dlatego, że mam już wprawę z Greyami. – Uśmiecham się drwiąco do męża.

Śmieje się.

– O tak, to prawda, pani Grey.

Teddy wierci się na rękach Christiana. Teraz ma ochotę iść, mój mały uparciuch. Biorę go za jedną rączkę, a tata za drugą i robimy huśtawkę. Sophie biegnie wesoło przed nami.

Macham do Taylora, który ma wyjątkowo dzień wolny i siedzi przed garażem w dżinsach i białym podkoszulku, majstrując przy starym motocyklu.

‖‖‖‖‖‖‖‖‖‖‖‖‖‖‖‖‖‖‖‖

Zatrzymuję się pod drzwiami do pokoju Teda i słucham, jak Christian mu czyta. „Jam jest Lorax! Mówię w imieniu drzew…"

* * *

Kiedy zaglądam do środka, Teddy mocno śpi, a Christian dalej czyta. Na mój widok zamyka książkę. Przykłada palec do ust i włącza elektroniczną nianię. Poprawia Tedowi kołderkę, dotyka jego policzka, a potem prostuje się i wychodzi na paluszkach. Trudno się z niego nie śmiać.

Na korytarzu Christian bierze mnie w ramiona.

– Boże, kocham go, ale jest super, kiedy w końcu zaśnie – mruczy mi do ust.

– Święte słowa.

Patrzy na mnie łagodnym wzrokiem.

– Ledwie mogę uwierzyć w to, że jest z nami już dwa lata.

– Wiem. – Całuję go i przez chwilę wracam myślami do narodzin Teddy'ego: cesarskiego cięcia, strachu Christiana, spokoju doktor Greene, kiedy mojej Fasolce groziło niebezpieczeństwo. Wzdrygam się w duchu na to wspomnienie.

⁂

– Pani Grey, poród trwa już piętnaście godzin. Skurcze zwolniły pomimo oksytocyny. Musimy zrobić cesarskie cięcie, dziecko jest zagrożone. – Doktor Greene jest stanowcza.

– W samą, kurwa, porę! – warczy na nią Christian.

Doktor Greene go ignoruje.

– Christianie, uspokój się. – Ściskam jego dłoń. Głos mam słaby i wszystko jest rozmazane: ściany, aparatura, odziani na zielono ludzie... Chcę jedynie zasnąć. Ale najpierw muszę zrobić coś ważnego... Och, tak. – Chciałam go sama urodzić.

– Pani Grey, proszę. Cesarka.

– Proszę, Ana – błaga Christian.

– Mogę w takim razie zasnąć?

– Tak, skarbie, tak. – To niemal szloch. Christian całuje mnie w czoło.

– Chcę zobaczyć Fasolkę.

– Zobaczysz.

– Okej – szepczę.

– Nareszcie – mruczy doktor Greene. – Siostro, proszę wezwać anestezjologa. Doktorze Miller, proszę się przygotować do cięcia. Pani Grey, przewieziemy panią na salę operacyjną.

– Przewieziemy? – pytam jednocześnie ja i Christian.

– Tak. Teraz.

I nagle jedziemy – szybko, światła na suficie zlewają się w jeden jasny ciąg.

– Panie Grey, musi pan założyć fartuch medyczny.

– Słucham?

– Natychmiast, panie Grey.

Ściska mi dłoń, po czym ją puszcza.

– Christianie! – wołam i ogarnia mnie panika.

Przejeżdżamy przez kolejne drzwi, a parę chwil później pielęgniarka ustawia mi na klatce piersiowej parawan. Drzwi otwierają się i zamykają, i jest tu tyle osób. Jest tak głośno… Chcę do domu.

– Christian? – Szukam mojego męża.

– Zaraz tu przyjdzie, pani Grey.

Chwilę później jest już przy mnie.

– Boję się – szepczę, biorąc go za rękę.

– Nie, maleńka, nie. Jestem tutaj. Nie bój się. Jesteś moją silną Aną. – Całuje mnie w czoło i z jego tonu wnioskuję, że coś jest nie tak.

– Co się dzieje?

– Nic się nie dzieje. Wszystko w porządku. Skarbie, jesteś po prostu wyczerpana. – W jego oczach płonie strach.

– Pani Grey, anestezjolog już tu jest. Otrzyma pani znieczulenie zewnątrzoponowe, a potem możemy działać.

– Ma kolejny skurcz.

Czuję, jakby wokół mojego brzucha zaciskała się stalowa obręcz. Cholera! Miażdżę Christianowi dłoń. Właśnie to jest męczące – przetrzymywanie bólu. Jestem taka zmęczona. Czuję, jak po moim ciele rozchodzi się znieczulenie. Koncentruję się na twarzy Christiana. Na zmarszczce pomiędzy brwiami. Jest spięty. Martwi się. Dlaczego się martwi?

– Czuje to pani, pani Grey? – Zza zasłony dobiega mnie głos doktor Greene.

– Co czuję?

– Nie czuje.

– Nie.

– To dobrze. Doktorze Miller, zaczynamy.

– Dobrze ci idzie, Ana.

Christian jest blady. Na jego czole widać kropelki potu. Jest przerażony. Nie bój się, Christianie. Nie bój się.

– Kocham cię – szepczę.

– Och, Ano – szlocha. – Tak bardzo, bardzo cię kocham.

Czuję w środku dziwne ciągnięcie. Jeszcze nigdy czegoś takiego nie czułam. Christian zagląda za parawan i blednie, ale patrzy zafascynowany.

– Co się dzieje?

– Ssanie! Dobrze…

Nagle powietrze przeszywa gniewny krzyk.

– Ma pani syna, pani Grey. Ile punktów?

– Dziewięć.

– Mogę go zobaczyć? – pytam bez tchu.

Christian znika mi z oczu i chwilę później pojawia się, trzymając mojego syna otulonego błękitnym kocykiem. Twarz ma różową, pokrytą białą mazią i krwią. Moje dziecko. Moja Fasolka… Theodore Raymond Grey.

Kiedy zerkam na Christiana, widzę, że w oczach ma łzy.

– Oto twój syn, pani Grey – szepcze. Głos ma zachrypnięty.

– Nasz syn. Jest piękny.

– To prawda – mówi Christian i składa pocałunek na czole naszego pięknego chłopca. Theodore Raymond Grey jest tego zupełnie nieświadomy. Oczka zamknięte, o płaczu nie ma mowy, po prostu śpi. To najpiękniejszy widok na świecie. Taki piękny, że zaczynam szlochać.

– Dziękuję ci, Ano – szepcze Christian i w jego oczach także widnieją łzy.

⸻⸻⸻

– Co się stało? – Christian unosi mi brodę.

– Przypomniały mi się narodziny Teda.

Christian blednie i kładzie dłoń na mym brzuchu.

– Nie zamierzam znowu tego przeżywać. Tym razem od razu cesarskie cięcie.

– Christianie, ja…

– Nie, Ano. Poprzednio mało brakowało, a byś się przekręciła. Nie.

– Wcale tak nie było.

– Nie. – W jego głosie słychać zdecydowanie. Kiedy jednak patrzy na mnie, jego spojrzenie łagodnieje. – Podoba mi się imię Phoebe – szepcze.

– Phoebe Grey? Phoebe… Tak, mnie też się podoba. – Uśmiecham się do niego.

– To dobrze. Chcę rozstawić prezent Teda. – Bierze mnie za rękę i schodzimy na dół. Emanuje z niego podniecenie, cały dzień czekał na tę chwilę.

– Myślisz, że mu się spodoba? – Patrzy na mnie niespokojnie.

– Oczywiście. Przez jakieś dwie minuty. Christianie, on ma dopiero dwa lata.

Mój mąż skończył właśnie rozstawiać drewnianą kolejkę, którą kupił Teddy'emu na urodziny. Barney z biura przerobił dwa małe silniki tak, żeby działały na energię słoneczną, tak jak tamten śmigłowiec, który podarowałam Christianowi kilka lat temu. Christian nie może się doczekać wschodu słońca. Podejrzewam, że dlatego, iż sam chce się pobawić tą kolejką.

Jutro odbędzie się przyjęcie urodzinowe Teda. Przyjadą Ray i José, i Greyowie, łącznie z nową kuzynką Teda, Avą, dwumiesięczną córeczką Kate i Elliota. Czekam niecierpliwie na spotkanie z Kate. Ciekawe, jak się odnajduje w macierzyństwie.

Wyglądam przez okno i widzę, jak słońce się chowa za Półwyspem Olimpijskim. Na ten widok za każdym razem czuję radosny dreszcz, dokładnie tak, jak tamtego pierwszego dnia. Widok jest po prostu zachwycający: zmierzch nad Zatoką. Christian bierze mnie w ramiona.

– Niezły widok.

– To prawda – odpowiada, a kiedy odwracam się, by na niego spojrzeć, widzę, że wpatruje się we mnie. Całuje mnie delikatnie w usta.

– To piękny widok – mruczy. – Mój ulubiony.

– To dom.

Uśmiecha się szeroko i całuje ponownie.

– Kocham panią, pani Grey.

– Ja ciebie także, Christianie. Zawsze.

ODCIENIE CHRISTIANA

S weter mnie gryzie i pachnie nowością. Wszystko jest nowe. Mam nową mamusię. Jest lekarzem. Ma stetoskop, który mogę sobie wsadzić do uszu i posłuchać swojego serca. Jest miła i się uśmiecha. Cały czas się uśmiecha. Zęby ma małe i białe.

– Chcesz mi pomóc w ubieraniu choinki, Christianie?

W pokoju z dużymi kanapami stoi duża choinka. Duża. Widziałem już takie. Ale w sklepach. Nie w domu, gdzie są kanapy. W moim nowym domu jest dużo kanap. Nie tylko jedna. Nie brązowa i brudna.

– Proszę, zajrzyj.

Moja nowa mamusia pokazuje mi pudełko. Pełno w nim bombek. Mnóstwo ładnych, błyszczących bombek.

– To ozdoby choinkowe.

O-zdo-by. O-zdo-by. Moja głowa wypowiada to słowo. O-zdo-by.

– A to… – urywa i wyjmuje sznur z małymi kwiatuszkami. – To są lampki. Najpierw lampki, a potem możemy wieszać bombki.

Wsuwa mi palce we włosy. Nieruchomieję. Ale lubię, jak to robi. Lubię być blisko Nowej Mamusi. Ładnie pachnie. Czystością. I dotyka tylko moich włosów.

– Mamo!

On to woła. Lelliot. Jest duży i głośny. Bardzo głośny. On mówi. Cały czas. Ja w ogóle nie mówię. Nie mam słów. Słowa mam w głowie.

– Elliot, skarbie, jesteśmy w salonie.

Wbiega. Był w szkole. Ma obrazek. Obrazek, który namalował dla mojej nowej mamusi. To także mamusia Lelliota. Kuca i go przytula, i patrzy na obrazek. To dom z mamusią i tatusiem, i Lelliotem, i Christianem. Na obrazku Lelliota Christian jest bardzo mały. Lelliot jest duży. Uśmiecha się, a Christian ma smutną minę.

Tatuś też tu jest. Idzie w stronę mamusi. Przytulam mocno swój kocyk. Całuje Nową Mamusię, a Nowa Mamusia się go nie boi. Uśmiecha się. Też go całuje. Ściskam kocyk.

– Dzień dobry, Christianie. – Tatuś ma głęboki, łagodny głos. Lubię jego głos. Nigdy nie jest głośny. Nigdy nie krzyczy. Nie krzyczy jak… Czyta mi książki, kiedy kładę się spać. Czyta o kocie i kapeluszu, i zielonych jajkach, i szynce. Nigdy nie widziałem zielonych jajek. Tatuś przykuca i robi się malutki.

– Co dzisiaj robiłeś?

Pokazuję mu choinkę.

– Kupiłeś choinkę?

Mówię „tak" głową.

– Śliczna choinka. Ty i mamusia dobrze wybraliście. Wybranie właściwej choinki to ważne zadanie.

On też głaska mnie po głowie, a ja nieruchomieję i ściskam mocno kocyk. Tatuś nie robi mi krzywdy.

– Tatusiu, zobacz mój obrazek. – Lelliot jest zły, kiedy tatuś rozmawia ze mną. Lelliot jest zły na mnie. Biję Lelliota, kiedy jest na mnie zły. Nowa Mamusia złości się, gdy to robię. Lelliot mnie nie bije. Lelliot się mnie boi.

LAMPKI NA CHOINCE SĄ ŁADNE.

– Zobacz, tak to się robi. Haczyk przechodzi przez tę dziurkę, a potem możesz to powiesić na choince. – Mamusia wiesza na choince czerwoną oz… o-zdo-bę.

– Spróbuj ten mały dzwoneczek.

Dzwoneczek dzwoni. Potrząsam nim. To wesoły dźwięk. Jeszcze raz potrząsam. Mamusia uśmiecha się. Szeroko. To uśmiech specjalnie dla mnie.

– Podoba ci się dzwoneczek, Christianie?

Mówię „tak" głową i raz jeszcze potrząsam dzwoneczkiem. Dzwoni wesoło.

– Masz śliczny uśmiech, kochany chłopcze. – Mamusia mruga powiekami i wyciera ręką oczy. Gładzi mnie po głowie. – Uwielbiam twój uśmiech. – Jej dłoń przesuwa się na moje ramię. Nie. Cofam się o krok i ściskam kocyk. Mamusia wydaje się smutna, a za chwilę wesoła. Gładzi mnie po głowie. – Zawiesimy na choince dzwoneczek?

Moja głowa mówi „tak".

– CHRISTIANIE, MUSISZ MI MÓWIĆ, że jesteś głodny. Umiesz to zrobić. Możesz wziąć mamusię za rękę i zaprowadzić mamusię do kuchni i pokazać. – Pokazuje na mnie długim palcem. Jej paznokieć jest błyszczący i różowy. Jest ładny. Ale nie wiem, czy moja nowa mamusia złości się, czy nie. Zjadłem cały obiad. Makaron z serem. Dobry.

– Nie chcę, żebyś był głodny, kochanie. Okej? A co teraz powiesz na lody?

Moja głowa mówi „tak". Mamusia uśmiecha się do mnie. Lubię jej uśmiechy. Są lepsze niż makaron z serem.

CHOINKA JEST ŁADNA. Stoję i patrzę na nią, i przytulam kocyk. Światełka migoczą i każde ma inny kolor. Podobają mi się te niebieskie. A na czubku choinki jest duża gwiazda. Tatuś podniósł Lelliota i Lelliot ją powiesił. Lelliot lubi wieszać gwiazdę na choince. Ja chcę powiesić gwiazdę na choince… ale nie chcę, żeby tatuś mnie podnosił. Nie chcę, żeby mnie dotykał. Gwiazda jest jasna i błyszcząca.

Obok choinki stoi fortepian. Moja nowa mamusia pozwala mi dotykać te czarne i białe klocki w fortepianie. Czarne i białe. Lubię białe dźwięki. Czarne są złe. Ale czarne też mi się podobają. Idę od białych do czarnych. Białych do czarnych. Czarnych do białych. Białe, białe, białe, białe. Czarne, czarne, czarne, czarne. Lubię dźwięk. Bardzo lubię.

– Chcesz, żebym dla ciebie zagrała, Christianie?

Moja nowa mamusia siada. Dotyka białych i czarnych i pojawia się piosenka. Wciska pedały pod fortepianem. Czasami gra głośno, czasami cicho. Ta piosenka jest wesoła. Lelliot lubi, jak mamusia także śpiewa. Mamusia śpiewa o brzydkim kaczątku. Mamusia śmiesznie kwacze. Lelliot śmiesznie kwacze i macha rękami, jakby miał skrzydła jak ptak. Lelliot jest śmieszny.

Mamusia się śmieje. Lelliot się śmieje. Ja się śmieję.

– Podoba ci się ta piosenka, Christianie? – I mamusia ma tę smutno-wesołą minę.

Mam skarpetę. Jest czerwona i jest na niej rysunek pana w czerwonej czapce i z długą białą brodą. To Mikołaj. Mikołaj przynosi prezenty. Widziałem obrazki przedstawiające Mikołaja. Ale Mikołaj nigdy nie przyniósł mi żadnego prezentu. Byłem niegrzeczny. Mikołaj nie przynosi prezentów chłopcom, którzy są niegrzeczni. Teraz jestem grzeczny. Moja nowa mamusia mówi, że jestem grzeczny, bardzo grzeczny. Nowa Mamusia nie wie. Nie mogę nigdy powiedzieć Nowej Mamusi… ale jestem zły. Nie chcę, żeby Nowa Mamusia o tym wiedziała.

Tatuś wiesza skarpetę nad kominkiem. Lelliot też ma skarpetę. Lelliot umie przeczytać słowo na swojej skarpecie. Jest tam napisane Lelliot. Na mojej skarpecie też jest słowo. Christian. Nowa Mamusia wypowiada po kolei literki. C-H-R-I-S-T-I-A-N.

TATUŚ SIEDZI NA MOIM łóżku. Czyta mi. Tulę do siebie kocyk. Mam duży pokój. Czasami w pokoju jest ciemno i mam niedobre sny. Niedobre sny o tym, co było. Moja nowa mamusia kładzie się ze mną do łóżka, kiedy mam niedobre sny. Leży i śpiewa cicho, a ja zasypiam. Moja mamusia nie jest zimna. Nie tak jak... nie tak jak... I już nie mam niedobrych snów, kiedy śpi ze mną.

MIKOŁAJ BYŁ. MIKOŁAJ NIE WIE, że jestem niegrzeczny. Cieszę się, że Mikołaj nie wie. Mam pociąg i helikopter, i samolot, i helikopter, i samochód, i helikopter. Mój helikopter umie latać. Mój helikopter jest niebieski. Lata wokół choinki. Lata nad pianinem i ląduje na środku białego. Lata nad mamusią i lata nad tatusiem, i lata nad Lelliotem, który bawi się lego. Helikopter lata po naszym domu, po jadalni, po kuchni. Leci przez drzwi do gabinetu tatusia i na górę do mojego pokoju, pokoju Lelliota, sypialni mamusi i tatusia. Lata po domu, bo to mój dom. Mój dom, w którym mieszkam.

POZNAJCIE SZAREGO

Poniedziałek, 9 maja, 2011

– Jutro – mówię, odprawiając Claude'a Bastille'a stojące-go w progu mego gabinetu.

– Golf w tym tygodniu, Grey. – Bastille uśmiecha się arogancko, wiedząc, że ma zapewnioną wygraną.

Patrzę na niego gniewnie, gdy odwraca się i wycho-dzi. Jego ostatnie słowa są dla mnie niczym sól na rany, ponieważ choć rano bardzo się starałem, mój osobisty trener skopał mi tyłek. Bastille to jedyna osoba, której pozwalam wygrywać, a teraz chce mnie jeszcze dobić na polu golfowym. Nie znoszę golfa, ale tyle spraw firmo-wych załatwia się na fairwayach, że muszę jakoś wytrzy-mać te lekcje… I choć niechętnie, muszę przyznać, że Bastille jest dobrym nauczycielem.

Gdy przyglądam się panoramie Seattle, dopada mnie znajome znużenie. Mój nastrój jest równie kiepski jak po-goda. Kolejne dni niczym się od siebie nie różnią i przy-dałoby mi się trochę rozrywki. Pracowałem cały weekend, a teraz, w czterech ścianach gabinetu, zaczyna mnie nosić. Nie powinienem tak się czuć, nie po kilku walkach z Ba-stille'em. Ale się czuję.

Marszczę brwi. Prawda jest taka, że jedyne, co ostatnio przykuło moją uwagę, to decyzja o wysłaniu dwóch frachtowców z towarem do Sudanu. A wła-śnie – Ros ma do mnie zadzwonić i przekazać dane. Czemu to tak długo trwa? Chcąc się dowiedzieć, w co ona sobie pogrywa, zerkam na swój grafik i sięgam po telefon.

O Chryste! Muszę przetrzymać wywiad z nieustępliwą panną Kavanagh. Dla studenckiej gazety WSU. Czemu się, kurwa, na to zgodziłem? Nie znoszę wywiadów – bezmyślne pytania zadawane przez bezmyślnych, niedoinformowanych idiotów. Dzwoni telefon.

– Tak – warczę do Andrei, jakby to ona była winna.

– Jest tutaj panna Anastasia Steele, panie Grey.

– Steele? Spodziewałem się Katherine Kavanagh.

– Zjawiła się panna Anastasia Steele, proszę pana. Krzywię się. Nie znoszę niespodzianek.

– Wpuść ją – burczę. Wiem, że zachowuję się jak nadąsany nastolatek, ale mam to gdzieś.

No, no… Panna Kavanagh jest niedostępna. Znam jej ojca, właściciela firmy Kavanagh Media. Robiliśmy razem interesy, sprawia wrażenie człowieka rozumnego. Ten wywiad to przysługa dla niego – taka, na której kiedyś zamierzam zarobić. I muszę przyznać, że trochę jestem ciekawy jego córki i tego, czy jabłko rzeczywiście pada niedaleko od jabłoni.

Zrywam się z krzesła, bo w drzwiach wybucha jakieś zamieszanie. Do gabinetu wpada plątanina długich kasztanowych włosów, bladych nóg i brązowych kozaków. Przewracam oczami, tłumię rozdrażnienie z powodu takiej niezdarności i podchodzę szybko do dziewczyny, która wylądowała na czworakach. Chwytam ją za szczupłe ramiona i pomagam wstać.

Napotykam zakłopotane spojrzenie intensywnie niebieskich oczu i zatrzymuję się w pół kroku. To niezwykła barwa i przez jedną okropną chwilę mam wrażenie, jakby ta dziewczyna potrafiła przejrzeć mnie na wylot. Czuję się… obnażony. Ta myśl jest niepokojąca. Ma drobną, słodką twarz, która jest teraz cała czerwona, niewinna blada róża. Ciekawe, czy wszędzie ma taką skórę – nieskazitelną – i jak by wyglądała zaróżowiona i rozgrzana uderzeniami laski. Kurwa. Powstrzymuję krnąbrne myśli, zaniepokojony ich kierunkiem. O czym ty, kurwa, myślisz, Grey? Ta dziewczyna jest za młoda. Gapi się na mnie i mało brakuje, bym znowu przewrócił oczami. Taa, taa, mała, to tylko twarz, a prawdziwe piękno kryje się przecież wewnątrz.

Pora na przedstawienie, Grey. Zabawmy się trochę.

– Panno Kavanagh, jestem Christian Grey. Nic się pani nie stało? Usiądzie pani?

I znowu ten rumieniec. Przyglądam jej się uważnie. Jest dość atrakcyjna, w taki lekko nieokrzesany sposób – szczupła, blada, z burzą mahoniowych, związanych gumką włosów. Brunetka. Owszem, jest atrakcyjna. Wyciągam dłoń, a ona duka początek pełnych zażenowania przeprosin i wsuwa swoją małą dłoń w moją. Jej skóra jest chłodna i delikatna, ale uścisk dłoni zaskakująco silny.

– Panna Kavanagh jest niedysponowana, przysłała więc mnie. Mam nadzieję, że nie przeszkadza to panu, panie Grey. – Głos ma cichy i lekko śpiewny. Trzepocze tymi swoimi długimi rzęsami przysłaniającymi wielkie niebieskie oczy.

Przypomina mi się jej mało eleganckie wkroczenie do mojego gabinetu i z rozbawieniem pytam, jak się nazywa.

– Anastasia Steele. Studiuję literaturę angielską razem z Kate, eee. Katherine... eee... panną Kavanagh na Uniwersytecie Stanu Waszyntgon.

Nerwowy i wstydliwy mól książkowy? Tak wygląda; koszmarnie ubrana, chowa szczupłą figurę pod bezkształtnym swetrem i brązową rozkloszowaną spódnicą. Chryste, czy ona w ogóle nie wie, jak się ubierać? Rozgląda się nerwowo po gabinecie – patrzy wszędzie, byle nie na mnie. Dostrzegam to z pełną rozbawienia ironią.

Jak ta młoda kobieta może być dziennikarką? Nie ma w niej absolutnie nic asertywnego. Jest uroczo zdenerwowana, potulna... uległa. Kręcę głową skonsternowany kierunkiem, w którym idą moje niestosowne myśli. Racząc ją jakimiś frazesami, proszę, aby usiadła. Zauważam, że przygląda się bacznie wiszącym w gabinecie obrazom. Nim zdążę się powstrzymać, wyjaśniam:

– Miejscowy malarz. Trouton.

– Są piękne. Zwyczajność zmieniają w nadzwyczajność – mówi z rozmarzeniem, zachwycona moimi obrazami.

Profil ma delikatny – zadarty nos, miękkie, pełne usta – a jej słowa dokładnie odzwierciedlają moje uczucia. „Zwyczajność zmieniają w nadzwyczajność". Celna uwaga. Panna Steele jest bystra.

Przyznaję jej rację i patrzę, jak po raz kolejny oblewa się rumieńcem. Gdy siadam naprzeciwko niej, próbuję powściągnąć myśli.

Wyjmuje z wielkiej torby złożoną kartkę i cyfrowy dyktafon. Cyfrowy dyktafon? A nie zniknęły one razem z kasetami VHS? Chryste – ale z niej niezdara. Dwa razy upuszcza to cholerstwo na mój stolik Bauhausu. Widać, że nigdy tego nie robiła, ale z jakiegoś niewytłumaczalnego powodu bawi mnie to. W normalnych okolicznościach taka niezdarność cholernie mnie wkurza, ale teraz skrywam uśmiech pod palcem wskazującym i opieram się pokusie włączenia dyktafonu samemu.

Gdy zaczyna się denerwować coraz bardziej, przychodzi mi do głowy, że mógłbym poprawić jej umiejętności ruchowe za pomocą szpicruty. Odpowiednio użyta potrafi przywołać do porządku nawet te najbardziej płochliwe. Na tę myśl poprawiam się na fotelu. Ona podnosi na mnie wzrok i przygryza tę swoją pełną dolną wargę. Ożeż! Jak mogłem wcześniej nie zauważyć tej wargi?

– Przepraszam. Nie jestem do tego przyzwyczajona.

Widzę, skarbie – myślę ironicznie – ale w tej akurat chwili mam to totalnie gdzieś, ponieważ nie potrafię oderwać oczu od twoich ust.

– Ależ proszę się nie spieszyć, panno Steele. – Potrzebuję jeszcze chwili, aby przywołać do porządku swoje niesforne myśli. Grey... przestań, natychmiast.

– Nie będzie panu przeszkadzać, jeśli nagram pańskie odpowiedzi? – pyta, a na jej twarzy maluje się szczerość i wyczekiwanie.

Chce mi się śmiać. Och, dzięki Bogu.

– Teraz mnie pani o to pyta? Po tym, jak zadała sobie pani tyle trudu, aby umieścić na ławie dyktafon? – Mruga powiekami, a ja czuję obce mi ukłucie skruchy. Przestań być takim palantem, Grey. – Nie będzie mi to przeszkadzać – mówię.

– Czy Kate, to znaczy panna Kavanagh, wyjaśniła cel tego wywiadu?

– Tak. Ma się pojawić w kolejnym, ostatnim w tym roku akademickim numerze gazety studenckiej, ponieważ to ja mam wręczać absolwentom dyplomy. – Nie mam pojęcia, czemu się na to zgodziłem. Sam z PR mówi mi, że to zaszczyt, a Wydziałowi Sozologii w Vancouver przyda się nieco rozgłosu, aby zdobyć dodatkowe fundusze.

Panna Steele mruga powiekami, jakby moje słowa ją zaskoczyły i rany, robi minę pełną dezaprobaty! W ogóle się nie przygotowała do tego wywiadu? Powinna o tym wiedzieć. Ta myśl studzi mi krew. To... nieprzyjemne, ponieważ nie tego się spodziewam od osób, którym poświęcam swój czas.

– Świetnie. Mam kilka pytań, panie Grey. – Zakłada za ucho pasmo włosów.

– Tego właśnie oczekiwałem – rzucam cierpko. Niech się wije. I tak właśnie robi, po czym bierze się w garść i prostuje się. Wciska na dyktafonie „start" i marszczy brwi, zerkając do notatek.

– Jest pan bardzo młody jak na osobę, której udało się stworzyć takie imperium. Czemu zawdzięcza pan swój sukces?

O Chryste! Nie stać jej na nic lepszego? Co za beznadziejnie nudne pytanie. Ani krzty oryginalności. To rozczarowujące. Recytuję zwykłą śpiewkę o tym, że pracują dla mnie wyjątkowi obywatele Stanów Zjednoczonych. Ludzie, którym ufam, jakbym ufał komukolwiek, i których sowicie wynagradzam – bla, bla, bla… Ale, panno Steele, prawda jest taka, że w tym, co robię, jestem cholernie genialny. W kupowaniu kulejących, kiepsko zarządzanych firm i stawianiu ich na nogi albo, jeśli są rzeczywiście do niczego, pozbawianiu ich aktywów i sprzedawaniu temu, kto da najwięcej. To jedynie kwestia odróżnienia tych dwóch rodzajów firm, a to nieuchronnie prowadzi do ludzi ze szczebla kierowniczego. Aby osiągnąć sukces w biznesie, trzeba mieć dobry zespół, a ja potrafię wyczuć, czy ktoś się do tego nadaje.

– Może ma pan po prostu szczęście – mówi cicho.

Szczęście? Ogarnia mnie irytacja. Szczęście? Nie ma w tym żadnego cholernego szczęścia, panno Steele. Wydaje się skromna i cicha, a tu takie pytanie. Nikt mnie nigdy nie zapytał, czy miałem szczęście. Ciężka praca, zabieranie ze sobą ludzi, pilnowanie ich, w razie potrzeby odgadywanie ich zamiarów, a jeśli się nie nadają – bezlitosne pozbywanie się ich. To właśnie robię i w tym jestem dobry. To nie ma nic wspólnego ze szczęściem! Pieprzyć to. Popisując się erudycją, cytuję słowa mojego ulubionego amerykańskiego przemysłowca.

– Widać, że lubi pan rządzić – mówi poważnie.

Że co?

Może te jej błękitne oczy rzeczywiście potrafią mnie przejrzeć. Kontrola to moje drugie imię.

Gromię ją wzrokiem.

– Och, sprawuję kontrolę we wszystkich dziedzinach życia, panno Steele. – A w tej akurat chwili miałbym ochotę sprawować ją nad tobą.

Jej oczy robią się wielkie. Ten atrakcyjny rumieniec po raz kolejny pojawia się na jej twarzy. O, znowu przygryza wargę. Kontynuuję, starając się odwrócić myśli od jej ust.

– Poza tym ogromną władzę człowiek zdobywa wtedy, gdy przekona samego siebie, iż urodził się po to, aby sprawować kontrolę.

– Uważa pan, że ma ogromną władzę? – pyta łagodnie, ale unosi delikatną brew i w jej spojrzeniu czai się potępienie. Moja irytacja rośnie. Czy ona próbuje mnie sprowokować? Wkurwiają mnie jej pytania, jej postawa czy fakt, że uważam ją za atrakcyjną?

– Mam czterdzieści tysięcy pracowników, panno Steele. Zapewnia mi to swoiste poczucie odpowiedzialności, władzy, jeśli takie określenie bardziej pani odpowiada. Gdybym podjął decyzję, że już mnie nie interesuje branża telekomunikacyjna, i sprzedałbym firmę, po mniej więcej miesiącu dwadzieścia tysięcy ludzi miałoby problem ze spłatą hipoteki.

Moja odpowiedź sprawia, że jej usta się otwierają. Tak już lepiej. I co ty na to, panno Steele? Czuję, że odzyskuję równowagę.

– Nie musi pan odpowiadać przed zarządem?

– Jestem właścicielem mojej firmy. Nie muszę odpowiadać przed zarządem – rzucam ostro. Powinna to wiedzieć. Unoszę pytająco brew.

– A poza pracą ma pan jakieś zainteresowania? – kontynuuje pospiesznie, właściwie interpretując moją reakcję. Wie, że jestem wkurzony, i z jakiegoś niewytłumaczalnego powodu bardzo mnie to cieszy.

– Mam różnorodne zainteresowania, panno Steele. Bardzo różnorodne. – Uśmiecham się. W mojej głowie pojawia się ona w różnych pozycjach w moim pokoju zabaw: rozciągnięta na krzyżu, przykuta kajdankami do łóżka, leżąca na ławie do chłosty. Kurwa mać! Skąd te myśli? I uwaga – znowu ten rumieniec. To jak mechanizm obronny. Uspokój się, Grey.

– Ale skoro tak ciężko pan pracuje, to co pan robi, aby się zrelaksować?

– Zrelaksować? – uśmiecham się szeroko; te słowa w jej ustach brzmią nieco dziwnie. Poza tym kiedy mam mieć czas na relaks? Ta dziewczyna nie wie, ile mam pod sobą spółek? Ale ona patrzy na mnie tymi swoimi szczerymi błękitnymi oczami, a ja ku swemu zaskoczeniu uzmysławiam sobie, że jednak zastanawiam się nad jej pytaniem. Co robię, aby się zrelaksować? Żegluję, latam, pieprzę się… Testuję granice drobnych, brązowowłosych dziewcząt takich jak ona, przywołuję je do porządku… Na tę myśl poprawiam się na fotelu, ale udzielam gładkiej odpowiedzi, nie wymieniając dwóch ulubionych hobby.

– Inwestuje pan w produkcję przemysłową. Co jest tego powodem?

Jej pytanie przywołuje mnie brutalnie do rzeczywistości.

– Lubię budować różne rzeczy. Lubię wiedzieć, jak wszystko działa: na jakiej zasadzie, jak to złożyć i rozłożyć. Poza tym kocham statki. Cóż mogę powiedzieć? – One rozprowadzają jedzenie po całej planecie, zabierają towary tym, co je mają i przekazują tym, co nie mają. Jak ich nie lubić?

– Mam wrażenie, jakby mówiło to pańskie serce, a nie logika i fakty.

Serce? Ja? O nie, maleńka. Moje serce już dawno temu zostało straszliwie pokiereszowane.

– Możliwe. Choć niektórzy powiedzieliby, że nie
mam serca.

– A czemu mieliby tak mówić?

– Bo dobrze mnie znają. – Posyłam jej cierpki
uśmiech. Prawdę mówiąc, nikt nie zna mnie dobrze, może
z wyjątkiem Eleny. Ciekawe, co by powiedziała na pannę
Steele. Ta dziewczyna to same sprzeczności: nieśmiała,
skrępowana, w sposób oczywisty bystra, no i cholernie
podniecająca. Tak, okej, przyznaję. Ponętna z niej laleczka.

Recytuje kolejne pytanie:

– Czy pańscy przyjaciele powiedzieliby, że łatwo
pana poznać?

– Mocno bronię swojej prywatności, panno Steele.
Rzadko udzielam wywiadów. – Robiąc to, co robię, prywatności potrzebuję jak powietrza.

– Dlaczego więc na ten się pan zgodził?

– Ponieważ jestem dobroczyńcą waszej uczelni, no
i prawdę powiedziawszy, panna Kavanagh nie pozwalała się zbyć. Bez końca wierciła dziurę w brzuchu moim
ludziom z PR, a ja podziwiam tego rodzaju upór. – Ale
cieszę się, że to ty się tu zjawiłaś zamiast niej.

– Inwestuje pan także w technologie rolnicze. Skąd
pańskie zainteresowanie tą akurat branżą?

– Nie da się zjeść pieniędzy, panno Steele, a zbyt
wielu ludzi na tej planecie jest niedożywionych. – Patrzę
na nią, zachowując kamienną twarz.

– Bardzo filantropijne podejście. Czy to właśnie jest
pańska pasja? Nakarmienie biednych tego świata?

– To całkiem niezły biznes. – Wzruszam ramionami,
udając znudzenie, i aby odsunąć od siebie te wszystkie
myśli związane z głodem, wyobrażam sobie, że pieprzę jej
usta. Tak, te usta potrzebują przeszkolenia. Cóż za przyjemna myśl... Pozwalam sobie na wyobrażenie, jak klęczy
przed mną.

– Ma pan swoją filozofię? A jeśli tak, to jaką? – recytuje raz jeszcze.

– Nie mam filozofii jako takiej. Może jedynie zasadę przewodnią, słowa Andrew Carnegiego: „Ten, kto posiądzie umiejętność władania własnym umysłem, może objąć w posiadanie wszystko inne, do czego ma słuszne prawo". Z determinacją dążę do celu. Lubię kontrolę zarówno nad samym sobą, jak i nad tymi, którzy mnie otaczają.

– A więc chce pan obejmować rzeczy w posiadanie? – Jej oczy się rozszerzają.

Tak, maleńka. Na przykład ciebie.

– Chcę zasługiwać na to, aby je posiadać, ale owszem, tak to można ująć.

– Mówi pan jak konsument pierwszej wody. – W jej głosie ponownie słychać przyganę, co cholernie mnie wkurza. Mówi jak bogate dziecko, które miało wszystko, co tylko chciało, ale kiedy przyglądam się uważniej jej ubraniom, Walmart i chyba Old Navy, wiem, że tak nie jest. Nie wychowała się w zamożnej rodzinie.

Naprawdę mógłbym się tobą zaopiekować.

Cholera, a ta myśl to skąd się wzięła? Choć teraz, kiedy o tym myślę, rzeczywiście potrzebuję nowej uległej. Od czasu Susannah ile minęło? Dwa miesiące? I oto ślinię się z powodu jakiejś brunetki. Uśmiecham się i przyznaję jej rację. W konsumpcji nie ma nic złego – to w końcu ona napędza to, co zostało z amerykańskiej gospodarki.

– Został pan adoptowany. Jak dalece ukształtowało to pański charakter?

A co to ma, kurwa, wspólnego z ceną ropy? Rzucam jej gniewne spojrzenie. Co za niedorzeczne pytanie. Gdybym został z tamtą dziwką, najpewniej bym nie żył. Zbywam ją, starając się zachować spokój, ale ona drąży temat, pytając, ile miałem lat, kiedy zostałem adoptowany. Zamknij ją, Grey!

– To fakt powszechnie znany, panno Steele. – Głos mam lodowaty. Powinna to wiedzieć. No i wygląda na skruszoną. I dobrze.

– Dla pracy poświęca pan życie rodzinne.

– To nie jest pytanie – warczę.

Ponownie rumieni się i przygryza tę cholerną wargę. Ale ma na tyle przyzwoitości, aby przeprosić.

– Czy musi pan poświęcać dla pracy życie rodzinne? A po co mi cholerna rodzina?

– Mam rodzinę. Mam brata i siostrę, i kochających rodziców. Nie interesuje mnie powiększanie tej rodziny.

– Jest pan gejem, panie Grey?

Że niby co? Nie mogę uwierzyć, że zadała mi to pytanie. Niewypowiadane na głos pytanie, którego nie śmie zadać moja własna rodzina, zresztą ku memu rozbawieniu. Jak ona ma czelność? Muszę zwalczyć ochotę, by przełożyć ją przez kolano i sprać na kwaśne jabłko, a potem zerżnąć na moim biurku. To by odpowiedziało na jej pytanie. Cóż za frustrujące babsko. Biorę głęboki, uspokajający oddech. Ku mej mściwej radości wygląda na koszmarnie zażenowaną swoim pytaniem.

– Nie, Anastasio, nie jestem. – Unoszę brwi, ale twarz zachowuję kamienną. Anastasia. Śliczne imię. Podoba mi się sposób, w jaki mój język roluje się wokół niego.

– Bardzo przepraszam. To, eee... jest tu napisane. – Nerwowo zakłada włosy za ucho.

Nie zna własnych pytań? Może nie ona je kleciła. Pytam ją o to, a ona blednie. Kurwa, naprawdę jest bardzo atrakcyjna, w taki dyskretny sposób. Posunąłbym się nawet do stwierdzenia, że jest piękna.

– Eee... nie. Kate, panna Kavanagh, to ona je przygotowała.

– Pracujecie razem w gazecie studenckiej?

– Nie. To moja współlokatorka.

Nic dziwnego, że jest taka zdenerwowana. Drapię się po brodzie, zastanawiając się, czy nie dać jej rzeczywiście popalić.

– Zaoferowała się pani, że przeprowadzi ten wywiad? – pytam i nagradza mnie uległe spojrzenie: wielkie oczy nerwowo czekające na moją reakcję. Podoba mi się to.

– Zostałam oddelegowana. Kate jest chora – mówi cicho.

– To wiele wyjaśnia.

Rozlega się pukanie do drzwi i na progu staje Andrea.

– Panie Grey, przepraszam, że przeszkadzam, ale za dwie minuty ma pan kolejne spotkanie.

– Jeszcze nie skończyliśmy, Andreo. Odwołaj, proszę, to spotkanie.

Andrea waha się, wpatrując się we mnie. Rzucam jej gniewne spojrzenie. Jazda mi stąd! Natychmiast! Jestem zajęty. Andrea oblewa się pąsowym rumieńcem, ale szybko bierze się w garść.

– Oczywiście, panie Grey – bąka, po czym zamyka za sobą drzwi.

Ponownie kieruję swoją uwagę na to intrygujące, frustrujące stworzenie, które siedzi na mojej kanapie.

– Na czym skończyliśmy, panno Steele?

– Ja naprawdę w niczym nie chcę panu przeszkadzać.

O nie, maleńka. Teraz moja kolej. Chcę się dowiedzieć, czy za tymi pięknymi oczami kryją się jakieś tajemnice.

– Chciałbym dowiedzieć się czegoś na pani temat. Dla wyrównania rachunków. – Gdy przyciskam palce do ust, ona to widzi i przełyka ślinę. Cieszy mnie myśl, że nie jest odporna na mój czar.

– Niewiele tego jest – mówi. Rumieniec wraca. Onieśmielam ją. Dobrze.

– Co ma pani w planach po ukończeniu studiów?

Wzrusza ramionami.

– Jeszcze nie poczyniłam planów, panie Grey. Na razie muszę zdać egzaminy końcowe.

– Mamy tutaj doskonały program dla stażystów. – Kurwa. Co mnie opętało, że to powiedziałem? Łamię złotą zasadę – nigdy, ale to nigdy nie pieprzyć się z personelem. Ale Grey, ty nie pieprzysz tej dziewczyny. Wygląda na zaskoczoną i znowu przygryza tę wargę. Dlaczego to jest takie podniecające?

– Och. Będę to miała na uwadze – duka. Po czym dodaje: – Choć nie jestem pewna, czybym tutaj pasowała.

A czemu, do diaska, nie? Co jest nie tak z moją firmą?

– Dlaczego tak pani uważa? – pytam.

– To chyba oczywiste.

– Dla mnie nie. – Jestem skonfundowany jej odpowiedzią.

Znowu się denerwuje i sięga po swój dyktafon. Cholera, zbiera się. W myślach przebiegam swój popołudniowy grafik – nic, co by nie mogło zaczekać.

– Może oprowadzić panią?

– Jestem pewna, że ma pan zbyt wiele zajęć, panie Grey, a mnie czeka długa droga.

– Wraca pani do Vancouver? – Wyglądam przez okno. Kawał drogi, a pada deszcz. Cholera. Nie powinna prowadzić przy takiej pogodzie, ale nie mogę jej tego zabronić. Ta myśl mnie irytuje. – Cóż, proszę zachować ostrożność. – Ton mam bardziej surowy, niż zamierzałem.

Chowa dyktafon. Z jakiegoś niewytłumaczalnego powodu nie chcę, by opuszczała mój gabinet.

– Otrzymała pani wszystko, co trzeba?

– Tak, proszę pana – odpowiada cicho.

Jej odpowiedź wbija mnie w fotel – sposób, w jaki te słowa brzmią, wychodząc z jej ust – i przez chwilę wyobrażam sobie te usta na każde moje zawołanie.

– Dziękuję za rozmowę, panie Grey.

– Cała przyjemność po mojej stronie – odpowiadam zgodnie z prawdą, ponieważ dawno już mnie tak nikt nie zafascynował. Ta myśl jest mocno niepokojąca.

Wstaje, a ja wyciągam rękę, pragnąc choć na chwilę jej dotknąć.

– Do zobaczenia, panno Steele – mówię cicho. Podaje mi drobną dłoń. Tak, pragnę tę dziewczynę chłostać i pieprzyć w moim pokoju zabaw. Mieć ją związaną i spragnioną... potrzebującą mnie, ufającą mi. Przełykam ślinę. Możesz sobie pomarzyć, Grey.

– Panie Grey. – Kiwa głową i szybko cofa dłoń... zbyt szybko.

Cholera, nie mogę pozwolić jej tak odejść. To oczywiste, że desperacko pragnie stąd wyjść. Przychodzi mi do głowy pewien pomysł.

– Chcę dopilnować, aby nic się pani nie stało, panno Steele.

Rumieni się jak na zawołanie. Cóż za rozkoszny odcień różu.

– Jest pan bardzo uprzejmy, panie Grey – warczy.

Panna Steele ma pazurki! Uśmiecham się za jej plecami, wychodząc z gabinetu w ślad za nią. Zarówno Andrea, jak i Olivia zaszokowane podnoszą wzrok. Tak, tak. Ja ją tylko odprowadzam.

– Miała pani jakiś płaszcz?

– Tak.

Ganię wzrokiem Olivię, która natychmiast zrywa się z krzesła i przynosi granatowy płaszcz. Biorę go od niej i wzrokiem nakazuję wracać na miejsce. Chryste, ta Olivia jest irytująca – przez cały czas robi do mnie maślane oczy.

Hmm. Płaszcz rzeczywiście jest z Walmartu. Panna Anastasia Steele powinna się lepiej ubierać. Przytrzymuję go jej, a kiedy wsuwam go na jej szczupłe ramiona, dotykam skóry na karku. Nieruchomieje i blednie. Tak! Mam na nią wpływ. Ta świadomość jest niezwykle przyjemna. Podchodzę do windy, wciskam guzik przywołujący, a ona staje obok mnie.

Drzwi się rozsuwają. Wsiada do windy, po czym odwraca się w moją stronę.

– Anastasio – mówię tytułem pożegnania.

– Christianie – szepcze. I drzwi windy się zasuwają, pozostawiając moje imię w powietrzu, brzmiące dziwnie, nieznajomo, ale seksownie jak diabli.

A niech mnie. Co to było?

Muszę się dowiedzieć więcej o tej dziewczynie.

– Andrea – warczę, kiedy mijam ją w drodze do gabinetu. – Połącz mnie z Welchem, natychmiast.

Gdy siedzę przy biurku i czekam na telefon, patrzę na wiszące na ścianach obrazy i przypominają mi się słowa panny Steele. „Zwyczajność zmieniają w niezwyczajność". Spokojnie mogłyby dotyczyć jej.

Dzwoni telefon.

– Mam na linii pana Welcha.

– Połącz.

– Tak, proszę pana.

– Welch, musisz mi kogoś sprawdzić.

Sobota, 14 maja, 2011

Anastasia Rose Steele

Data urodzenia	10.09.1989 r. Montesano, WA
Adres	1114 SW Green Street, Apartment 7, Haven Heights, Vancouver, WA 98888
Telefon komórkowy	360 959 4352
Nr ubezpieczenia zdrowotnego	987-65-4320
Rachunek bankowy	Wells Fargo Bank, Vancouver, WA 98888 Nr rachunku: 309361: saldo 683,16$
Zawód	Studentka WSU Wydział Humanistyczny – specjalizacja: j. angielski
Średnia ocen	4.0
Wcześniejsza edukacja	Montesano JR-SR High School
Wynik maturalny	2150
Zatrudnienie	Sklep żelazny U Claytona NV Vancouver Drive, Portland, OR (na pół etatu)
Ojciec	Franklin A. Lambert Ur. 1.09.1969, zm. 11.09.1989
Matka	Carla May Wilks Adams Ur. 18.07.1970 Mąż Frank Lambert – 1.03.1989, owdowiała 11.09.1989 Mąż Raymond Steele – 6.06.1990, rozwiedziona 12.07.2006 Mąż Stephen M. Morton – 16.08.2006, rozwiedziona 31.01.2007 Mąż Robbin (Bob) Adams – 6.04.2009
Przynależność polityczna	nie stwierdzono
Wyznanie	nie stwierdzono
Orientacja seksualna	nieznana
Związki	Na chwilę obecną nie stwierdzono

Mam ten raport od dwóch dni i teraz studiuję go po raz setny, próbując znaleźć klucz do enigmatycznej panny Anastasii Rose Steele. Nie potrafię wyrzucić tej przeklętej kobiety z myśli i zaczyna mnie to poważnie wkurzać. W tym tygodniu podczas szczególnie nudnych spotkań przyłapuję się na tym, że odtwarzam w głowie naszą rozmowę. Jej drżące palce na dyktafonie, sposób, w jaki zakładała włosy za ucho, przygryzanie wargi. Tak. To cholerne przygryzanie wargi jest najgorsze.

A teraz siedzę w samochodzie zaparkowanym przed skromnym sklepem żelaznym na przedmieściach Portland, gdzie pracuje panna Steele.

Głupiec z ciebie, Grey. Po co tu przyjechałeś?

Wiedziałem, że tak to się skończy. Cały tydzień... Wiedziałem, że muszę ją znowu zobaczyć. Wiedziałem od chwili, gdy w windzie wypowiedziała moje imię, a potem zniknęła w czeluściach mego budynku. Próbowałem stawiać opór. Czekałem pięć dni, pięć pierdolonych dni, żeby się przekonać, czy o niej zapomnę. A ja nie bawię się w czekanie. Nie znoszę czekać... na nic. Nigdy dotąd nie uganiałem się za kobietą. Kobiety, które miałem, rozumiały, czego od nich oczekuję. Obawiam się teraz, że panna Steele jest po prostu za młoda i nie okaże zainteresowania tym, co mam do zaoferowania... prawda? Czy w ogóle byłaby dobrą uległą? Kręcę głową. Jest tylko jeden sposób, aby się tego dowiedzieć... i dlatego tu jestem, cholerny osioł, na parkingu w ponurej części Portland.

Raport na jej temat nie powiedział mi niczego niezwykłego – z wyjątkiem ostatniego faktu, który zaprząta mi myśli. To powód, dla którego tu jestem. Dlaczego brak chłopaka, panno Steele? Orientacja seksualna nieznana – może jest lesbijką. Prycham, uznając, że to mało prawdopodobne. Przypomina mi się pytanie, która zadała podczas wywiadu, jej potworne zażenowanie, sposób, w jaki jej skóra zrobiła się jasnoróżowa... Cholera. Te niedorzeczne myśli dręczą mnie od dnia, gdy ją poznałem.

Dlatego właśnie tu jesteś.

Już się nie mogę doczekać, kiedy ją znowu zobaczę – te niebieskie oczy mnie prześladują, nawet w snach. Nie powiedziałem o niej Flynnowi i cieszę się, bo teraz się zachowuję jak jakiś prześladowca. Być może powinienem mu jednak powiedzieć. Przewracam oczami – nie chcę, żeby mnie dręczył tymi najnowszymi pierdołami opartymi na rozwiązaniu. Potrzebuję jedynie rozrywki – a na chwilę obecną jedyna rozrywka, jakiej pragnę, pracuje w sklepie żelaznym.

Przejechałeś taki kawał drogi. Sprawdźmy, czy panna Steele jest równie urocza, jak zapamiętałeś. Pora na przedstawienie, Grey. Wysiadam z samochodu i ruszam w stronę wejścia. Gdy wchodzę, rozlega się dzwonek.

Sklep jest znacznie większy, niż sądziłem, i choć zbliża się pora lunchu, to jak na sobotę panuje tu spokój. Stoją tu rzędy regałów z tym wszystkim, czego można się spodziewać w takim miejscu. Zapomniałem, ile osoba mojego pokroju może w nim znaleźć inspiracji. Swoje potrzebny zaspokajam głównie w sklepach internetowych, ale skoro tu jestem, może się zaopatrzę w kilka rzeczy... rzepy, kółka na klucze – taa. Poszukam uroczej panny Steele i się zabawimy.

Zajmuje mi to całe trzy sekundy. Stoi za ladą, wpatruje się w monitor komputera i skubie lunch – bajgla. Bezmyślnie ociera okruszek z kącika ust i ssie palec. Mój kutas od razu reaguje. Kurwa! Ile ja mam lat? Czternaście? Reaguję cholernie irytująco. Może ta nastoletnia reakcja minie, kiedy ją skrępuję, zerżnę i wychłostam... niekoniecznie w takiej właśnie kolejności. Tak. Tego mi właśnie trzeba.

Jest całkowicie pochłonięta swoim zadaniem, a ja mogę dzięki temu spokojnie się jej przyjrzeć. Rzeczywiście jest atrakcyjna, nawet bardzo. Dobrze ją zapamiętałem.

Podnosi głowę i zamiera, wpatrując się we mnie inteligentnymi oczami w odcieniu błękitu, którymi najwyraźniej potrafi mnie przejrzeć. Patrzy jedynie, chyba zaszokowana, a ja nie wiem, czy to dobra reakcja czy zła.

– Panno Steele. Cóż za miła niespodzianka.

– Panie Grey – szepcze bez tchu. Ach... dobra reakcja.

– Byłem akurat w okolicy. Muszę zrobić małe zakupy. Miło znowu panią widzieć, panno Steele. – Naprawdę miło.

Ma na sobie dżinsy i obcisły T-shirt, nie ten bezkształtny worek, co podczas wywiadu. Zauważam długie nogi, szczupłą talię i idealne cycki. Dalej się na mnie gapi, a ja muszę zdusić chęć wyciągnięcia ręki i uniesienia jej brody, aby przymknęła usta. Przyleciałem tu aż z Seattle, żeby cię zobaczyć, i widzę, że było warto.

– Ana. Mam na imię Ana. Czym mogę służyć, panie Grey?

Bierze głęboki oddech, prostuje się tak samo, jak podczas wywiadu, i posyła mi sztuczny uśmiech, który niewątpliwie rezerwuje dla klientów.

Gra rozpoczęta, panno Steele.

– Potrzebuję paru rzeczy. Na początek spinki do kabli.

Głośno wciąga powietrze.

Byłaby pani zdumiona tym, co potrafię zrobić z kilkoma takimi spinkami, panno Steele.

– Mamy opaski w różnych rozmiarach. Pokazać panu?

– Tak. Proszę prowadzić, panno Steele.

Wychodzi zza lady i pokazuje na jedną z alejek. Ma na nogach trampki. Ciekawe, jak by wyglądała w zabójczych szpilkach. Louboutiny... nie ma jak louboutiny.

– Znajdują się w dziale elektrycznym, regał ósmy. – Głos jej drży i oblewa się rumieńcem… znowu.

Rzeczywiście na mnie reaguje. Budzi się we mnie nadzieja. A więc nie jest lesbijką.

– Pani przodem – mruczę, pokazując ręką, aby prowadziła. Ja dzięki temu mogę spokojnie podziwiać jej fantastyczny tyłek. Spełnia wszystkie warunki: słodka, grzeczna i piękna, ze wszystkimi fizycznymi atrybutami, jakie cenię u uległej. Pytanie za milion dolarów brzmi jednak tak: czy umiałaby być uległą? Najpewniej nie wie o tym zupełnie nic. Ale ja chętnie jej wszystko wytłumaczę.

– Przyjechał pan do Portland służbowo? – pyta. Głos ma wysoki i próbuje udawać brak zainteresowania. Chce mi się śmiać, co stanowi miłą odmianę. Kobiety rzadko doprowadzają mnie do śmiechu.

– Odwiedzałem wydział rolniczy WSU w Vancouver – kłamię. Tak naprawdę to przyjechałem tu do pani, panno Steele.

Rumieni się.

– Finansuję badania dotyczące płodozmianu i gleboznawstwa. – Przynajmniej to jest prawda.

– To wszystko stanowi część pańskiego planu nakarmienia świata? – Uśmiecha się lekko.

– Coś w tym rodzaju – mruczę. Czy ona się ze mnie śmieje? Och, chętnie bym jej tego zabronił. Ale w jaki sposób zacząć? Może od kolacji, a nie standardowej rozmowy… To by akurat była nowość – kolacja z kandydatką na uległą.

Docieramy do spinek, poukładanych według rozmiarów i kolorów. W roztargnieniu przesuwam po nich palcami. Mógłbym ją zaprosić na kolację. Jak na randkę? Zgodziłaby się? Kiedy zerkam na nią, widzę, że spojrzenie ma wbite w splecione dłonie. Nie patrzy na mnie… to obiecujące. Wybieram większe spinki. Są przydatniejsze, bo za pomocą jednej można skrępować dwie ręce albo dwie nogi.

– Te będą dobre – mruczę, a ona ponownie się rumieni.

– Potrzebuje pan czegoś jeszcze? – pyta szybko. Albo jest wyjątkowo troskliwą sprzedawczynią, albo chce się mnie jak najszybciej pozbyć ze sklepu.

– Taśmy malarskiej.

– Remontuje pan mieszkanie?

Powstrzymuję prychnięcie.

– Nie remontuję. – Od dawna nie miałem w ręce pędzla. Na tę myśl się uśmiecham; mam ludzi, którzy to dla mnie robią.

– Tędy – mówi cicho. – Taśmę malarską mamy w innym dziale.

No już, Grey. Nie masz dużo czasu. Zagaj jakąś rozmowę.

– Długo tu pani pracuje? – Oczywiście znam już odpowiedź. W przeciwieństwie do niektórych ludzi, ja lubię być przygotowany. Po raz kolejny oblewa się rumieńcem – Chryste, ależ ta dziewczyna jest nieśmiała. Odwraca się szybko i idzie w stronę działu nazwanego MALOWANIE I TAPETOWANIE. Podążam za nią ochoczo. Co ja jestem, szczeniak?

– Cztery lata – bąka, gdy znajdujemy taśmę malarską. Schyla się i bierze z półki dwie rolki o różnej szerokości.

– Ta może być – mówię. Szersza taśma jest bardziej skuteczna. Gdy mi ją podaje, koniuszki naszych palców się stykają. Efekt odczuwam w kroczu. Kurwa!

Blednie.

– Coś jeszcze? – Głos ma cichy i schrypnięty.

Chryste, reaguję na nią tak samo, jak ona na mnie. Może...

– Chyba jeszcze trochę sznurka.

– Tędy. – Szybko przechodzi przez alejkę, dając mi kolejną szansę podziwiać jej niezły tyłek.

– O jaki sznurek panu chodzi? Mamy syntetyczny i z włókna naturalnego... szpagat... kabel...

Cholera – przestań. Jęczę w duchu, próbując odpędzić od siebie wizję panny Steele podwieszonej do sufitu w pokoju zabaw.

– Poproszę pięć metrów sznurka z włókna naturalnego. – Jest bardziej szorstki i nieprzyjemniej się ociera, jeśli się ciągnie...

Drżą jej palce, ale udaje jej się odmierzyć pięć metrów. Wyjmuje z prawej kieszeni praktyczny nożyk i jednym ruchem odcina sznurek, zwija starannie, a na końcu robi węzeł przesuwany. Nieźle.

– Była pani harcerką?

– Zorganizowane zajęcia grupowe to nie dla mnie, panie Grey.

– A co jest dla ciebie, Anastasio? – Napotykam jej spojrzenie i jej źrenice się rozszerzają. Tak!

– Książki – szepcze.

– Jakiego rodzaju książki?

– Och, no wie pan. Normalne. Klasyka. Głównie literatura brytyjska.

Literatura brytyjska? Założę się, że Brontë i Austen. Te wszystkie romansidła. Kurwa. Nie jest dobrze.

– Potrzebuje pan czegoś jeszcze?

– Nie wiem. A co pani proponuje? – Chcę zobaczyć jej reakcję.

– Majsterkowiczowi? – pyta zaskoczona.

Mam ochotę ryknąć ze śmiechu. Och, maleńka, majsterkowanie jest nie dla mnie. Kiwam głową, tłumiąc wesołość. Jej spojrzenie przesuwa się po moim ciele, a ja się spinam. Lustruje mnie! Ożeż.

– Kombinezon – wyrzuca z siebie.

To najbardziej zaskakująca rzecz, jaka wydostała się z jej słodkich usteczek od czasów tamtego „gejowskiego" pytania.

– Chyba nie chce pan pobrudzić ubrania. – Pokazuje na moje dżinsy, znowu zażenowana.

Nie potrafię się oprzeć.

– Zawsze mogę je zdjąć.

Robi się czerwona jak burak, a wzrok wbija w podłogę.

– Wezmę ten kombinezon. Boże broń, abym zniszczył ubranie – mruczę, żeby jej dłużej nie dręczyć. Bez słowa odwraca się i szybko oddala, a ja po raz kolejny ruszam w ślad za nią.

– Czy coś jeszcze? – pyta bez tchu, wręczając mi niebieski kombinezon. Jest zawstydzona, wzrok ma spuszczony, policzki zarumienione. Chryste, ależ ona na mnie działa.

– Jak praca nad artykułem? – pytam, licząc, że nieco się rozluźni.

Podnosi wzrok i uśmiecha się z ulgą. Nareszcie.

– To nie ja go piszę, lecz Katherine. Panna Kavanagh. Moja współlokatorka. Świetnie jej idzie. Jest redaktorem naczelnym gazety i była załamana tym, że nie mogła sama przeprowadzić tego wywiadu.

To najdłuższe zdanie, jakie wypowiedziała do mnie, odkąd się poznaliśmy. A i tak mówiła o kimś innym, nie o sobie. Interesujące.

– Martwi się jedynie, że nie ma żadnych pańskich oryginalnych zdjęć – dodaje.

Nieustępliwa panna Kavanagh chce zdjęć. Da się to załatwić. Dzięki temu będę mógł spędzić więcej czasu z uroczą panną Steele.

– O jakiego rodzaju zdjęcia jej chodzi?

Przygląda mi się przez chwilę, po czym kręci głową.

– Cóż, jestem w okolicy. Może jutro... – Mogę zostać w Portland. Pracować w hotelu. Może pokój w Heathmanie. Taylor będzie musiał mi przywieźć laptopa i jakieś ciuchy. Albo Elliot. Chyba że się szlaja, co jest jego normalnym weekendowym zachowaniem.

– Wziąłby pan udział w sesji zdjęciowej? – Nie potrafi ukryć zdziwienia.

Kiwam głową. Zdziwiłabyś się, co gotów jestem zrobić, aby spędzić z tobą więcej czasu. Prawdę mówiąc, sam się dziwię.

– Kate będzie zachwycona. O ile oczywiście znajdziemy fotografa. – Uśmiecha się, a jej twarz rozpromienia się niczym letni świt. Chryste. Jest niesamowita.

– Da mi pani znać w kwestii jutra, dobrze? – Wyjmuję z portfela wizytówkę. – Tu jest numer mojej komórki. Proszę o telefon przed dziesiątą rano. – A jeśli nie zadzwoni, wrócę do Seattle i zapomnę o tej głupiej wyprawie. Ta myśl działa na mnie przygnębiająco.

– Dobrze. – Nadal się uśmiecha.

– Ana! – Oboje odwracamy się w stronę młodego mężczyzny, który pojawia się na drugim końcu alejki. Rozpływa się w uśmiechach dla panny Anastasii Steele. Kim, u licha, jest ten złamas?

– Eee, przepraszam na chwilę, panie Grey.

Idzie w jego stronę, a ten kutas zatapia ją w niedźwiedzim uścisku. Zabieraj od niej te swoje łapska! Zaciskam dłonie w pięści i czuję się nieco lepiej, kiedy widzę, że ona w ogóle nie odwzajemnia uścisku.

Rozmawiają cicho. Cholera, może w raporcie Welcha są błędy. Może ten koleś to jej chłopak. Wiek odpowiedni, no i nie odrywa od niej głodnego wzroku. Ona wygląda na skrępowaną i przestępuje z nogi na nogę.

Cholera. Powinienem już iść. Wtedy mówi do niego coś jeszcze, po czym wyplątuje się z jego objęć, dotykając jego ramienia, nie dłoni. To jasne, że nie są ze sobą blisko. Świetnie.

– Eee, Paul, to Christian Grey. Panie Grey, to Paul Clayton. Brat właściciela tego sklepu. – Posyła mi dziwne spojrzenie, którego nie rozumiem, po czym kontynuuje: – Znam Paula, odkąd zaczęłam tutaj pracować, ale niezbyt często się widujemy. Przyjechał właśnie z Princeton, gdzie studiuje administrację.

Brat szefa, nie chłopak. Tak wielką czuję ulgę, że aż mnie to zaskakuje. Marszczę brwi.

– Panie Clayton. – Ton mam celowo szorstki.

– Panie Grey. – Niemrawo ściska mi dłoń. – Chwileczkę, chyba nie TEN Christian Grey? Ten od Grey Enterprises Holdings?

Tak, to ja, ty złamasie.

– O kurczę. Mogę w czymś panu pomóc?

– Anastasia się wszystkim zajęła, panie Clayton. Jest bardzo pomocna. – A teraz się odpierdol.

– Super. – W jego głosie słychać szacunek. – No to później pogadamy, Ana.

– Jasne – mówi, a on się oddala. Patrzę, jak znika na zapleczu.

– Coś jeszcze, panie Grey?

– Tylko te rzeczy – burczę. Cholera, kończy mi się czas, a nadal nie wiem, czy jeszcze się z nią zobaczę. Muszę wiedzieć, czy istnieje choć cień szansy na to, że zastanowi się nad tym, co mam do zaoferowania. Jak mogę ją o to spytać? Jestem gotowy wziąć sobie nową uległą, taką, która nie wie zupełnie nic? Cholera. Będzie potrzebowała solidnego przeszkolenia. Jęczę w duchu na myśl o tych wszystkich interesujących możliwościach… Ale czy ona będzie w ogóle zainteresowana? A może źle wszystko interpretuję?

Wraca do kasy i wbija na nią moje zakupy. Wzrok ma przez cały czas spuszczony. Popatrz na mnie, do diaska! Chcę jeszcze raz zobaczyć jej śliczne niebieskie oczy i spróbować odgadnąć, o czym myśli.

W końcu unosi głowę.

– Razem czterdzieści trzy dolary.

Tylko tyle?

– Chce pan reklamówkę? – pyta, gdy podaję jej kartę kredytową.

– Poproszę, Anastasio. – Jej imię, śliczne imię dla ślicznej dziewczyny, ześlizguje się z mojego języka.

Sprawnie pakuje zakupy do torby. No to tyle. Muszę iść.

– Zadzwoni pani do mnie w sprawie tej sesji zdjęciowej, tak?

Kiwa głową i oddaje mi kartę.

– Świetnie. Wobec tego być może do zobaczenia jutro. – Nie mogę tak po prostu wyjść. Muszę dać jej znać, że jestem zainteresowany. – Och, jeszcze jedno, Anastasio. Cieszę się, że panna Kavanagh nie mogła przeprowadzić tego wywiadu. – Zachwycony jej zdumioną miną przewieszam reklamówkę przez ramię i wychodzę ze sklepu.

Tak, wbrew rozsądkowi pragnę jej. Teraz muszę czekać... znowu.

To tyle... na razie.
Dziękuję, dziękuję, dziękuję za przeczytanie.
E L James